inn earth

地球旅馆

激荡

四声部——作品

天津出版传媒集团
百花文艺出版社

图书在版编目（CIP）数据

激荡 / 四声部著. -- 天津 : 百花文艺出版社,
2019.9
ISBN 978-7-5306-7769-8

Ⅰ. ①激… Ⅱ. ①四… Ⅲ. ①长篇小说－中国－当代
Ⅳ. ①I247.5

中国版本图书馆CIP数据核字(2019)第203114号

激荡
JIDANG
四声部 著

选题策划：唐冠群 胡晓童 **封面设计：**八月松子 August pine nut
责任编辑：胡晓童 唐冠群
出版发行：百花文艺出版社
地址：天津市和平区西康路35号 **邮编：**300051
电话传真： +86-22-23332651（发行部）
+86-22-23332656（总编室）
+86-22-23332478（邮购部）
主页： http://www.baihuawenyi.com
印刷：天津市仁浩印刷有限公司
开本：787×1092毫米 1/16
字数：518千字
印张：30
版次：2019年9月第1版
印次：2019年9月第1次印刷
定价：58.00元

如有印装质量问题，请与天津市仁浩印刷有限公司联系调换
地址：天津市武清区大碱厂镇吉祥道10号
电话：(010)84498871
邮编：301706

目录

CONTENTS

第一章 ◈ 陆家兄妹

Chapter 1

◈1◈

1992年，上海。

一条僻静的弄堂口，陆江涛和冯力正蹲在地上，你一口我一口地抽着一支烟。

冯力砸吧着嘴问："二哥，咱不是许文强和丁力吗？怎么出来干这种下作事了？"

陆江涛掐着烟屁股，最后吸了一口。冯力还想接过烟头，没想到陆江涛手指一弹，已经把烟头扔了出去。

陆江涛吐着烟说："你懂个屁。田四答应让给咱们的那三条巷子里，有两家街道企业，那废品里有好多电子元器件，你不知道大哥现在在一个电子修理铺当学徒啊？咱们收回来送大哥那儿去，比那些废纸酒瓶之类的东西赚钱多了！"

"那咱也不能为了钱就干这种事啊？"

"什么事？做戏你懂不懂？咱们给田四帮这个忙，那不都是为了赚钱吗？没钱当个屁许文强。"

"哦，那咱们一会儿……真要欺负那女孩啊？"

"做戏，做戏！什么是戏？就是演啊！你要真敢跟人家动手动脚，被揪到派出所判个流氓罪我可不管。这事的重点是挨田四一顿揍。"陆江涛一边说着，一边琢磨，"咱们都商量好的，他应该也不会下手太重吧？一会儿你可护着点儿自个啊。"

冯力应道："知道了，不就是打架装没打过嘛，这事我有经验！"

两人正聊着的时候，一个小眼睛的年轻人小跑了过来，正是田四。

田四一边跑着一边压低声音喊："来了，来了！后面穿花格裙子的那个女孩！"

陆江涛说："你赶紧躲起来！"

话音未落，田四已经冲进了弄堂。

陆江涛扒拉了两把头发，装出一副小流氓的样子，靠在一棵树上。正不知道怎么办的冯力看到，问他："二哥，你这是干什么？"

"你先上，流氓也分大小。你这样的就是小流氓，我来装那个大的。挨打也是我挨得重啊？赶紧的！"

“哦……”

冯力想了想，还是觉得有点儿无从下手。远远的，一个背书包、穿花格裙子的少女缓缓走来。冯力只好想了想录像带里的流氓样子，晃悠着肩膀拦住少女的去路。

少女一愣，但并没有害怕，反而有一种泼辣劲儿，她瞪着冯力问：“你干吗？”

冯力心里一哆嗦，但脸上还是硬撑着：“小姑娘长得挺漂亮啊，交个朋友呗？”

“你有病吧？我可叫警察了啊？”

冯力大笑：“叫啊，小爷我可是刚从局子里出来的，里面我熟得很。”

“就你？”

“就我！”

话聊到这，冯力也有点儿不知道该怎么办，只好装模作样地回头喊着：“二哥？你看这小妞，长得不错啊！”

少女随着冯力的目光看去，正好看到从树后露出脑袋来的陆江涛。

陆江涛愣住了。少女明眸皓齿，在夕阳的照射下整个人都仿佛剔透的水晶球一般。他从未见过这么漂亮的女孩。不知不觉中，陆江涛甚至傻笑了起来。

少女则看得不明所以，冯力更是丈二和尚摸不着头脑。只见陆江涛几步走上前，一脚踢在了冯力的屁股上。

冯力愕然：“二哥？你干吗？”

“给这位……这位小姐姐道歉！”

“道……道歉？我道什么歉啊？咱不是流氓吗？”

少女扑哧一声笑了。

“就你们俩这怂样还装流氓，吓唬谁呢？装什么社会人啊？”

陆江涛觍着脸装绅士，微微低头解释着：“对不起啊，我这个弟弟从小就不学好。都是录像带看多了，惊扰了姑娘，我替他道歉。”

冯力嘀咕：“还惊扰，是咱说的词吗？”

陆江涛继续问：“敢问姑娘芳名？”

少女啐了一口：“我呸！你给我好好说话。我告诉你，不管你是混哪儿的。隔条街就是我们高中。你要是敢胡来，我喊一嗓子能来几十号人你信不信？”

陆江涛挠挠头：“我有个问题啊，一直弄不明白，想找个有文化的人问问。”

“什么？”

“不是有首粤语歌吗？怎么唱的来着？‘那双眼动人，笑声更迷人……’，这歌到底叫什么名字？”

少女嘲笑道：“这都不知道，beyond 的《喜欢你》。”

“不对吧？我怎么记得歌名是《我爱你》呢？”

“喜欢你！”

“我爱你！”

少女突然反应过来，俏脸一红，生气道：“你找打是不是？”

陆江涛得了便宜还在卖乖：“好，那就喜欢你吧！”

“油嘴滑舌，胡说八道！”

“其实，是有人托我来骗你的。”

“就知道你不是什么好人！”

少女说着要走，又被陆江涛拦住去路。

“这你就错了，我还真是个好人。有个臭小子喜欢你，拜托我们来装坏人欺负你，到时候他就冲出来把我们打一顿，然后就把你骗了。”

“有这么傻的人吗？好人坏人我分不清啊！”

“说得太对了！看到你的那一瞬间，我装不下去了，你这么好的姑娘，怎么能被他骗呢！我实在是下不了手。这叫助纣为虐！”

“别装了，那个臭小子就是你吧！”

“我确实是个臭小子，但我是一个一看见你就舍不得骗你的臭小子！”

“呸！你有完没完，不是说有人等着救我吗？拉出来让我看看？”

“那不行，要把那小子骗出来，我得先欺负你，我才舍不得呢。”

“嘁，还不知道谁欺负谁呢。”

“那我可来了啊？”

“你……”

少女还没反应过来，陆江涛的手已经伸向了她的脸庞。她恍惚了一瞬间，却并没有躲闪。陆江涛痴迷的表情使她一时几乎忘了这个人刚才的所作所为。等到回过神来，陆江涛的手掌已经近在眼前。少女的脸突然红到耳根，但又鬼使神差地对自己暗暗说道：“我就不信真有骗子，一会儿没话说了看你怎么办。”

少女颤抖的睫毛拨动着陆江涛的心弦，他只觉得心脏狂跳，手指不敢贴上去。

他不知道，自己的脸此时和少女其实差不多红。

“温泉！别怕！有我呢！”

喊声将两人惊醒。不远处的弄堂里，田四大喊大叫着冲了出来。在一边无奈地看了半天戏的冯力也打起了精神。

陆江涛收回手，问：“原来你叫温泉啊？你看，我没骗你吧？”

温泉没好气地瞪了一眼田四，心里也知道了陆江涛果然没骗他。这个叫田四的小流氓其实已经纠缠她好一段时间了，她也正为此烦恼呢。只是没想到，眼前这个男人居然和那个小流氓是一伙的。这让她对自己刚才的恍惚羞愤不已。

愣神间，田四已经冲到了眼前。他一把抓住陆江涛的衣领，骂道：“哪儿来的臭流氓，敢欺负我们温泉？找死！”

话音未落，陆江涛狠狠一拳打在了田四的脸上。

众人愕然。准备了半天怎么演戏的田四和冯力都懵了，有点儿搞不清楚状况。但田四脸上火辣辣的疼让他立刻气愤起来：“我……”

陆江涛上前一脚，又把田四踢翻在地。田四被一脚踢岔气，半天缓不过来。指着陆江涛想骂又说不出话。陆江涛看看温泉，指指田四说：“温泉，你可记清楚了，就这个小子，惦记你好久了，憋了这么个臭屁。这种人，以后啊，你要离得远远的！”

“都不是什么好东西！”

“哪怕我就比他好一分、一寸，我也满足了。”

温泉哭笑不得，不知道这个莫名其妙的人到底想干什么。

“温泉！”一声呼唤将众人的目光都吸引了过去。另一个背着书包、衣着朴素的少女走了过来。

温泉、陆江涛和冯力三人同时出声：“思齐？”

陆江涛最先反应过来，问温泉：“你也是六中的啊？”

“对啊，怎么了？”

“真是巧了嘿，你跟我妹是同学啊？”

“思齐……是你妹妹？”

“哈哈哈，是啊。”陆江涛眼角的余光看到还躺在地上喘气的田四，猛然一惊，拉起冯力就往弄堂里跑。

“二哥你干吗？”

“别让思齐看见，要不又告诉大哥我打架了！”

两人一阵风似的消失了，留下温泉一人站在原地。陆思齐走来，看到地上的田四，关心地问温泉：“发生什么事了？你没事吧？”

温泉大方地摆摆手，笑道：“没事，我能有什么事啊？教训了一下这个小流氓。”

陆思齐愣住：“你是越来越厉害了……”

“对了，你是不是还有个二哥？”

“是啊。”

“他叫什么？”

“陆江涛，怎么？你认识他？”

“本来不认识，不过现在应该是认识了。”

2

次日。

快到放学时间了。六中的操场上，学生们来来往往，有的坐在草地上读书、聊天，有的和同学追逐打闹。

远处的围墙上，一颗脑袋鬼鬼祟祟地探了出来。

陆江涛的目光在操场上逡巡着，好一会儿之后，他才终于在操场的一角看到了温泉。温泉和陆思齐在跑道上，并肩往陆江涛的方向走来。看样子她们似乎正在聊天。

陆江涛脚下一晃，差点儿跌倒，他愤愤地喊道：“你倒是站稳点儿啊？”

原来陆江涛的双脚正踩在冯力的肩膀上。冯力被压得龇牙咧嘴：“你最近是不是胖了啊……”

陆江涛没再回话，双手扒在围墙上，痴迷地看着温泉。

“真好看……”

“二哥！”

“什么？”

“田四！”

“田四是个什么东西？”

陆江涛突然觉得有人在拽他的裤脚。扭头一看，田四带着几个人正对自己阴笑。

“田四？小爷这会儿忙着呢啊，没空跟你……”

话还没说完，田四狠狠一脚踹在了冯力腿上。叠在一起的两人重重摔在地上。陆江涛愤怒地爬起来，却发现他和冯力已经被田四的人围在了墙角。

田四瞪着陆江涛说道：“你俩摆了我一道，这就没事了啊？上次趁我一个人，这次连本带利，老子跟你们把账算算清楚！”

冯力阴着脸攥紧拳头，已经做好了打架的准备。不想陆江涛看出好歹，连忙对田四赔着笑说：“别啊田老四，上次的事怪我，咱们冤家宜解不宜结。我把控江路那边几条巷子的破烂让给你们兄弟！”

田四嘲笑道：“你当我拾破烂的啊？随便打发。我们家做的是正经的收废品生意，看门大爷不堵门还得倒请咱哪。哪像你们，到哪儿都被人追着往外赶。我还要你让？”

“但是那边我做得熟啊，你们就是上门去要，人家也不会给你们，还不是得跟我抢生意，我现在主动让给你们，行吗？”

“我去你的！老子的终身大事被你坏了！”

本来赔着笑的陆江涛表情突然变得僵硬，继而阴沉起来：“田四，你也不撒泡尿照照你自己，还我耽误了你，你这辈子都没戏！”

田四怒喝：“打！”

一群人一哄而上。冯力和陆江涛都是在街头打着架长大的，但奈何对方人太多，很快冯力就被打倒在地，只能护着脖子脑袋，把后背留给一群混混拳打脚踢。

陆江涛突然大喊一声，猛地一冲，将田四推倒，骑在了田四身上。几人都被陆江涛突然的爆发吓得一愣，等反应过来时，陆江涛的拳头已经像雨点一样落在了田四脸上。几个围住冯力的小混混见状，连忙去拉陆江涛，却拉不开。无论怎么踢打，陆江涛就是不要命了一般，盯着田四打。

一块砖砸在陆江涛头上，陆江涛脑袋一晃，立刻又稳住。鲜血从他的发间流下，流过眼睛。被血染红的双目中，迸发出拼命地狠劲。

田四双手挥舞着，努力阻拦着陆江涛的拳头，但无论怎么阻挡，还是很快就满脸青肿，鼻血迸溅。

“停！都给我停！别打了！”

所有人都是一愣，田四继续喊："陆老二，老子服了！今天就让给你，别打了！"

陆江涛恶狠狠地抹了一把脸上的血，骂道："老子要你让？"说着又是一拳打在田四的脸上。

陆江涛突然感到被人拉了一把，扭头一看，是同样鼻青脸肿的冯力。

"二哥，快跑啊！"

愣神间，田四突然一翻身坐了起来。陆江涛也被掀倒在地。

田四爬起来，愤怒地大喊着："打！打死了算我的！"

一瞬间，两人又被围在了墙角。

"二哥？"

"什么？"

"上面！"

陆江涛扭头，看到冯力坚定的眼神，顿时会意。冯力弯腿，双手交叉向上。陆江涛默契无比地踩在冯力的手上，冯力同时抬腰发力。这个动作两人从小到大已经不知道做过多少遍。借着冯力的劲头，陆江涛一跃爬上了围墙。

陆江涛稳住脚步，立刻去拉冯力。但田四已经冲了过来，一脚将冯力踹倒在地。

冯力和之前一样，双手护住脑袋缩在地上，臂弯间蹦出几个字："二哥先跑！"

陆江涛犹豫片刻，差点儿被跳起的田四拽下来。他咬着牙，突然灵机一动，大骂道："田四，你有种上来追我啊，温泉以后是我老婆了，有你个小瘪三什么事！"

田四怒极，招呼着兄弟蹲下给他垫脚，要爬上墙去追陆江涛。陆江涛看准时机，一脚踹在田四脸上，将他踹翻在地。

"上来啊，田老四，你不是要弄死我吗？看你有没有这个本事！"

陆江涛喊完，跳下了围墙。

田四盛怒之下，喊着几个兄弟奋力爬墙。冯力知道陆江涛是故意帮他吸引注意力，瞅准机会扒开人群，逃了出去。两个混混还想追打，被田四看到。田四怒骂："管那个小王八蛋干什么？老子要弄死陆江涛！爬墙！"

围墙内，陆江涛跳下来才发现，很多人在看着他。想来刚才他在墙上的一阵喊骂吸引了不少目光。此时他满脸血地跳进来，顿时把几个胆小的女生吓得惊叫起来。

陆江涛还是第一次被这么多人盯着看，他有点儿不好意思地抹了抹脸，嘿嘿笑着向人群道歉："不好意思，不好意思。打扰同学们学习了。"

“二哥！”

陆江涛听到妹妹的声音，立刻暗叫不好。但想逃也来不及，只好硬着头皮迎上。

陆思齐和温泉并肩快步走来。陆江涛不好意思地向两人摆摆手，已经忘了自己手上还血糊糊的。他笑着问道：“思齐？你怎么在这啊？”

陆思齐又急又气：“废话！这是我们学校，我不在这能去哪儿？”

温泉看清陆江涛的相貌，惊道：“你……你这是？”

“没事儿，不小心摔了一跤。”

“摔跤能摔成这样？是不是又打架了？等我回去告诉大哥！”

“不是不是，被野狗咬了一口。别跟大哥说，真没事。”

田四等人翻过围墙，冲了过来。陆思齐看到他们，立刻明白过来。田四跟他们也算一起长大的了，他和陆江涛从小打到大。不用说，今天他们一定是又打架了。

陆思齐心疼地拉着二哥，喊道：“田四，你们要干吗！”

“思齐，别怪我不给你面子，你二哥这次太过分了……”

“你们几个，翻墙进来要干什么！我去找孙校长去！”

田四道：“切！他一个老头儿追得上我吗？”

温泉瞪了一眼田四：“好，那今天我就站这不走了。你有本事来打我啊！”

田四看温泉态度坚定，不由心软了下去：“温泉，我们男人的事，你别管！”

温泉往陆江涛和陆思齐身前一站，倔强道：“我不管，是因为昨天那事吗？这事我还非得管管！”

“陆江涛，你躲在女人身后算什么本事？”

“算你喜欢的女人喜欢我的本事啊。”

陆思齐偷偷掐了一把陆江涛：“说什么呢！”

田四气得直喘，但他看看陆江涛再看着温泉，犹豫再三，终于下定决心：“行，今天就算过去了。我给温泉个面子，咱们下次再好好算账！你别落我手里！走！”

温泉骂道：“滚蛋！”

田四带着人骂骂咧咧地离开了。几个学生还围在附近看他们，温泉正在气头上，嚷嚷着说：“看什么看？看什么啊？没见过小混混打架啊？”

陆江涛看着离开的学生们，嘿嘿笑了。

“思齐，你这个小姐妹有点儿意思啊？”

"哥，你能不能正经点？都这样了嘴上还不消停。疼不疼啊？"

温泉赶走围观的人，瞪着眼睛又回看陆江涛："你刚才说什么？"

"我刚说了挺多话啊，你问哪句？"

"算什么本事那句。"

"呃……"陆江涛老脸一红，没好意思再重复一遍。

"我不是为了气他嘛，随便说说。我这人就这样，嘴里没个把门的……"

温泉没再说话，掏出一块干净的手帕，轻轻按在陆江涛脑袋上。陆江涛感到轻微的疼痛，忍不住吸了口凉气。他感到温泉的手颤抖了一下，似乎是怕弄疼他。于是陆江涛忍着疼，咧嘴笑了笑。

一股温暖的少女香味，从温泉的手腕流出来，被陆江涛吸进鼻子。陆江涛感到一阵轻微的眩晕，也不知道是因为流血太多，还是因为这股香味。

三人走到校门口的时候，刚好看到冯力蹬着一辆破三轮驶过来。冯力喜欢思齐，一看到陆思齐，就不自觉笑起来。陆思齐没好气道："你跟我哥还是拜把子兄弟呢，怎么回事啊，我哥被人打得翻墙，你跑哪儿去了？"

冯力指着自己一身的灰土和青肿的眼眶，委屈地说："二哥可是踩着我翻墙的，再说了，我这不是来接应了吗？"

陆思齐这才脸色缓和了些。冯力马上喊："思齐、二哥，来，上车！"

温泉和陆思齐把陆江涛扶上三轮车，两人也坐进去。冯力问道："田四那混蛋呢？他没找你们麻烦吧？"

温泉双眼一瞪："他敢？"

冯力嘿嘿笑着："不敢不敢，他肯定不敢跟你这撒野啊。那咱们去哪儿？"

陆思齐还在犹豫，温泉已经做好了决定。

"去我家吧，比较近。我家也有白药。赶紧蹬车！"

"好嘞！"

冯力应声，卖力地蹬着三轮车。小小的车斗里坐着三个人，有点儿挤。不过陆江涛却感觉幸福无比。此时陆思齐抱着他的头，温泉一手扶着他的头，另一手把手帕摁在他头上。陆江涛只觉得迷人的香味充满鼻子，双眼不时被手帕撩过，就连昏黄的路灯都变得迷离起来。三轮车带出的风，让他觉得舒适无比。

温泉无意间低头，看到陆江涛傻笑着，奇怪地问陆思齐：“思齐，你二哥这是怎么了？是不是失血过多了啊？”

陆思齐瞥了一眼，没好气道：“他有毛病！”

陆家嘴定海路街道上，有一个丁字路口。路口接连开着几家铺子，有卖烟酒的，有卖五金的，也有卖早餐的。最中间的店面，是一家电器修理铺。这家店的地理位置刚好处在丁字路口中间，三面来往的行人都能一眼看到。只是二十世纪九十年代初的定海，还远没有后来繁华，自然也无人注意铺面地理位置的好坏。

电器修理铺的门头上挂着一块白色木板，木板上用红漆写着“电子修理铺”五个大字，底下又用小字写着“维修：彩电、冰箱、空调、洗衣机”。

修理铺内，一个面相敦厚的年轻人正站在柜台里忙碌着，这是陆江涛和陆思齐的大哥陆海波。他嘴里念叨着，左手迅速扒拉算盘珠子，同时右手在账本上做着记录。

一个看起来四十多岁的中年人双手背后，踱着步从铺子里间走了出来。

陆海波看到，连忙叫道：“师父！”

中年人满意地点点头道：“嗯，你忙你的。我就随便看看。”

“您坐，我给您盘盘账。”

中年人嘴上虽然说是随便看看，但还是自然地坐在了柜台边的一张板凳上。又接过徒弟递来的茶，跷起二郎腿等着徒弟说话。显然，中年人早已习惯了徒弟的伺候。

“这个月，零器件方面，二极管一共卖了一百二十个，利润是七十二块。维修电器，电视机八台，利润三百二十四块；维修冰箱两台，一百块钱；还有……”

“等等。”中年人挥手打断陆海波的话，“你这么高的利润哪来的？进元器件的成本可在那儿放着呢。二极管八毛进的，卖一块二，你全卖了也就赚四十八呀？”

“哦，是这样，一百二十个我按您开价卖了六十个，一个赚四毛，利润一共二十四块。另外六十个，我上门修收音机、录音机，他们另贴我检查和焊接费各两毛，这样一个带零售毛利能赚八毛。”

中年人笑道：“呵，可以呀海波，都出门接活了。我也不能亏待你，你那四毛手工钱跑腿钱，回头从利润里扣除奖励你。”

陆海波有些局促地说：“师父，真不用，也就一抬手的事。我倒有另外一件事想跟您说一下。您前几天不是去深圳进货了吗，正好陈家滩小学的王老师让我给他帮忙。王老师教物理的嘛，他们实验课兴趣小组要的量大，质量要求不高，但要尽可能便宜。您也知道，我弟弟在收废品，咱们这里又要用电子元器件。我就专门叮嘱他，这个月他收了报废电器都送咱们这里。我擅自做主把能用的二极管拆下来，有两百个，按两毛一个收的，六毛一个卖学校。他们可高兴了，批发最少也得八毛呢。咱们店里的成本上就省了不少。”

中年人露出了满意的笑容：“也真难为你，聪明踏实，把店当自己家。”

就在这时，门被推开了。两人抬头看去，是街坊的陈大爷。

陈大爷进来，看到师徒两人都在，笑呵呵地说道：“哟，都在呢？”

陆海波连忙迎上去，问道：“陈大爷好，您是来取收音机的吧？”

“对，修好了吗？”

陆海波从柜台里拿出一台收音机道：“早就修好了，等您来取呢。”

陈大爷应着声，接过收音机，突然瞪大了眼睛。

“这……这是我的收音机？怎么这么新啊？”

陆海波憨厚一笑，解释道：“我正好有空，修完之后就帮您清理了一下。看外面有点儿破了，就顺便补了补。”

陈大爷哈哈大笑：“本来是修收音机，结果跟买了个新的一样。温老板，你可是收了个好徒弟啊！”

温老板嘬了一口茶，笑着说：“还可以，还可以！”

陈大爷捧着收音机出了门。

温老板放下茶杯，似乎对陆海波刚刚的表现非常满意。他拍拍陆海波的肩膀说道：“海波啊，你爹给你起这个名字耐琢磨。海波，无风无浪嘛，凡事就讲个公平合理。但那毕竟是你弟弟，价格可以适当升一升。补贴一下你们兄妹仨，都不容易。”

“谢谢老板。对了，还有这个月，弄堂里张老师家的电视坏了，拿过来修，我没收钱。温泉快高考了，咱们这里只有张老师学问大，有时候晚上遇到不懂的功课，还要去讨教张老师，收人家钱不太好。如果您觉得我做得不好，我可以把钱补上。”

“你呀，还真是操心的命。好了好了，你的账，我放心！”

两人正聊着，门外突然传来一阵刺耳的三轮车刹车声。温老板一愣，一边往外走一边问道：“怎么回事啊？肇事啦？”

陆海波思索片刻，明白过来，赧然道：“师父，可能是我弟弟来了……”

温老板脸色不太好看："这么晚了，还跑来！你这个弟弟呀不省心，你得多管着他点儿，别让他老出去惹事。"

说着温老板绕过柜台，背起手走进了里间。陆海波摇摇头，无奈地迎出门去。

温泉和陆思齐扶着陆江涛，冯力跟在后面。几人一进来，陆海波一眼就看到了陆江涛头上的血迹，惊道："老二？你又去打架了？"

陆江涛还是晕头转向的，突然听到大哥的声音，也是一惊，问道："这是哪儿？"

温泉随口回道："我家啊，怎么了？你先坐着，我去拿药。"

陆江涛满脸痴呆地看着正瞪自己的大哥："这是……温老板的铺子？那温泉是？"

"是温老板的女儿。"

修理铺是一栋临街的二层小楼。后门出去有个小院子，就是温泉家。小楼的楼下是铺子，楼上是库房。库房里腾开一个小隔间，摆着一张小桌和一张行军床，陆海波平时就住在这。

陆江涛坐在行军床上，龇牙咧嘴地叫唤着。此时他脸上的血迹和灰土已经洗干净了，陆海波用纱布在他脑袋上扎了一圈，打了个结。

"还好伤口不深，敷点儿药应该就行了。你也是啊，多大的人了，还天天在外面惹事，像什么话！"

"我也不想惹事啊，关键是田四那个王八蛋惹我。"

陆海波不满道："你不惹他他能惹你？"

陆江涛不说话了，闷了一会儿，突然表情又生动起来，兴冲冲地问："大哥，温泉真是你老板的女儿？"

"那还能有假？"

"我以前怎么没见过呢？"

"她平时都住在学校，你又是这个月刚开始往这送货，没见过也正常。我还想问你呢，你们俩怎么认识的？"

"我们俩……"陆江涛眼珠一转，又换上一副谄媚表情，"大哥，我问你个事啊？"

"什么？"

这时门突然被推开，温泉的脑袋伸进来，调皮地问："我能进来吗？"

"你不都进来了？"陆江涛应道，说完觉得不太对，又对大哥说，"是吧，哥？"

温泉嘻嘻一笑，侧身挤进屋来，她只穿着一件清凉的T恤，却不知道从哪儿变戏法似的掏出两个苹果来。

“给你们俩的。”

陆海波木讷地说：“不……不了吧？”

“那给你！”

陆江涛接过苹果，大方地啃了一口：“谢谢啊。”

“应该是我谢你，这个苹果谢谢你英雄救美。”

“所以今天来了一次美救英雄？”

“美是真美，但你是不是英雄就另说了。”

两人说着一起笑了起来。陆海波诧异道：“你们俩到底怎么认识的？”

“嗯……”温泉想了想说，“嗯，你弟弟前几天救过我一次。”

“你遇到……危险了？”

陆江涛插话：“哥，咋结结巴巴的？”

“你哥有怪病，一见我，不是，一见女孩子说话就磕磕绊绊的。”

陆海波脸上有点儿挂不住：“没……没有吧？”

陆江涛哈哈大笑起来。一笑又牵动了头上的伤口，疼得龇牙咧嘴的。

“看，敢笑话你大哥，老天爷都看不下去，要教训你了。”

陆海波突然觉得自己有点儿多余，低声问温泉：“老爷子睡了吗？”

“睡了，嘟囔了半天，说快高考了，回家干吗？”

陆江涛接过话茬：“快高考了，才要回家啊，这会儿咱是祖宗，想吃啥家里就做啥。”

温泉被逗得一阵笑：“说得对，我就是这么想的。”

“那我去对对账。”

陆海波站起要出门。陆江涛把刚才温泉带进来的苹果递给他：“哥……那晚上我就住这边了啊！给你苹果。”

陆海波点点头，接过苹果走了出去。

站在门外，陆海波不知道怎么的，突然停下了脚步。两人聊天的声音不住传进耳朵。先是温泉清脆的笑声，然后他听见弟弟的声音：“其实我哥从小就嘴笨，不光是跟女孩子说话结巴。小时候我爸声音稍微大一点儿他也结巴……你看把你给乐的，那是我哥又不是你哥。”

“我一直把你哥也当我哥的啊。”

“那你不就是我妹？”

“我跟思齐确实是姐妹，不过你嘛，还得考察考察。”

陆海波轻轻叹了口气，下了楼。

天已经黑了，陆海波觉得心里有点儿不舒服，但又说不上来究竟为什么。他漫无目的地走着，出了店门，拐进旁边的石库门弄堂里，又走了好一会儿，突然发现自己手中还拿着一个苹果。这让他想起了小时候的一件事。

那时还是二十世纪七十年代末。陆家三兄妹的母亲早逝，他们和父亲居住在定海的乡下老宅子里。那个年代，他们一家人经常连饭都吃不饱，三兄妹饿得睡不着，只好靠喝水充饥，才能勉强睡着。

有一天晚上，小江涛不知从哪儿偷来一个苹果。本来他想偷偷享用，但晚上躺在破木板床上，却实在忍不住肚子里的馋虫叫唤。一想到枕头底下有个苹果，口水就不住地涌出来。越咽口水越饿，无论怎么忍都睡不着。等他偷偷摸出苹果正准备吃的时候，却被十岁的小海波闻到了味。

饿慌了的海波跟弟弟要苹果吃，江涛不给。两个小孩就在床上争抢起来，只有五岁的思齐也被吵醒，哭了起来。哭声又吵醒了他们的爸爸——睡在隔壁的陆全宝。

门突然被推开，小海波的嘴里还含着一口苹果。他饿急眼了，又抢不到，就伸头咬了一口。这一幕刚好被陆全宝看到。

陆全宝黑着脸，三个孩子都吓得不敢说话。小江涛趁小海波松了手，偷偷把苹果藏在身后。

“不好好睡觉吵吵啥呢？”陆全宝瞪着三个孩子，突然注意到海波嘴里含着什么，顿时脸色更黑，问道：“海波，你嘴里吃的什么？”

小海波被父亲一吓，把嘴里的苹果囫囵吞了下去，小脸通红。

“爸……是苹果。”

“你给我过来！”

海波缩了缩肩膀，但还是下了床，光着脚走到了陆全宝面前。

“给我跪下！”

海波低着头，顺从地跪倒在地。陆全宝走到墙边，取下一把木头戒尺。三个孩子看到戒尺，都哆嗦了一下。

小江涛咬咬牙，跳下床把苹果递给陆全宝："爸，你别打我哥，苹果在这，是我偷的。"

陆全宝像没听到似的，一戒尺抽在海波屁股上。海波咬牙忍住，没吭声。

"说！为什么偷吃？"

"爸，我饿！"

陆全宝又狠狠抽了一戒尺，小思齐吓得再次哭出声来。

"你是哥，他是哥？"

"我是哥！"

陆全宝再次举起戒尺，却没有抽下去。小江涛满眼是泪，用力拽着父亲的胳膊。

"爸，你别打我哥了……他吃就他吃吧。"

"老二，别护着你哥！我怎么就教出这么个东西！就他饿，你和思齐不饿？这年头谁不饿！"一句话说完，陆全宝一阵难过，几乎也要哭出声来。他也想让孩子们吃饱，可是他怎么努力干活也做不到……

小海波强忍着痛，没有流下一滴眼泪。

"江涛，苹果你吃，从今往后，你没吃够，我绝不下嘴，我是大哥！"

小江涛也抹干净眼泪，回身跳上床，把苹果塞给哭泣不止的小思齐："思齐，你吃，从今往后，你没吃够，我也绝不下嘴！我是二哥！"

小思齐红着眼眶，年幼的她虽然没有彻底理解到底怎么回事，但饥饿还是使她接过苹果，咬了下去。

一个男人、两个男孩，就这么安静地看着思齐。简陋的屋子里，只有小思齐啃苹果的声音……

陆海波回到房间时已是深夜。他想起江涛可能没吃饭，特意带回来一份葱油面。

推开门，陆海波看到弟弟正在收拾床铺。床铺很挤，大概只有一米二宽，周围只有一点儿空间可以勉强下脚，地上、桌上都堆满了各种电子元器件和修理工具。

"你吃了没？"陆海波问道，"给你带了碗面。"

"吃了，温泉给我做了点儿。"

"哦。"陆海波闷头想了一下，说，"再吃点儿？扔了浪费。"

“哥，你吃吧。我吃饱了。”

陆海波点点头，从床头的小桌底下摸出一个铁饭盒来，把装葱油面的塑料袋放进去吃起来。陆江涛则熟门熟路地端着一个脸盆坐到床边，洗起了脚。

“就不能等你哥吃完？”

“我这脚也不臭啊。你闻闻？”

陆海波吃着面笑出来：“滚一边去！反正晚上就这了，咱俩挤挤，你睡哪头啊？”

“这就挺好了，哥，咱啥没睡过啊？哪头我都一样。不过你也得洗个脚啊，要不我可受不了。”

“就你操心得多！”

陆海波吃完面。陆江涛也洗完了脚，双腿盘着坐在床上，看着哥哥收拾洗涮。沉默了一阵，陆江涛突然问出了下午被温泉打断的问题：“哎，哥，我问你个事？”

“什么？”

“我喜欢温老板的女儿，想追她，你帮帮我呗？”

陆海波犹豫地回答道：“嗯……温泉是温老板的掌上明珠，可不是那么好追的。”

“那我不怕，只要我看上的我一定要追到手！”

“那你试试。”

“好，我宣布，我这辈子要干三件事！”

“还宣布，给谁宣布啊？”

“给我自己！第一件，我要好好爱温泉；第二件，我要给咱妈报仇；第三件，我要努力，出人头地！”

陆海波一边洗漱一边听着弟弟絮叨，收拾完毕，躺在床上，关了灯。黑暗中，陆海波长长吐出一口气，说：“你也别老想着妈的事，也许你一辈子也碰不上那个人！”

陆江涛沉默着，没接话。

陆海波继续说：“知道咱们家现在的头等大事是什么吗？”

“思齐高考！”

陆海波冷静的声音从黑暗中传来：“是钱。”

“哥，我知道了。”

“嗯，睡吧。”

3

时值八月，夏日炎炎。

温家电器修理铺里，陆海波正修着一台电视机。天气太热，以至于电风扇吹出来的都是热风。陆海波忙活一会儿，就得停下来擦擦汗。

温泉从后院走进来，站在一旁看了会儿海波干活，似乎想说什么，又开不了口。

陆海波注意到，奇怪地问："怎么了？"

"最近怎么没有见你弟啊？"

"他呀？不知道怎么搞的，就你们高考那天，把三轮给撞了，车圈都歪了。我让他把三轮收拾收拾，再出来收东西。"

"你这个当哥的，光想着那破三轮。他人呢？没事吧？"

"应该没事了吧，他从小就皮，三天两头就得磕碰一下。能有啥事？"

"你这个哥哥一点儿也不尽责。"温泉责怪道，等了等看海波不回话，又说，"他要是伤得厉害，我跟思齐去定海看看他吧？反正高考也完了。"

"真没啥事，早就能收货了。"

"那他怎么不来玩？"

"玩？来这玩什么？"

"他……他不是思齐的哥哥，你的弟弟吗？我们应该多……"

恰在此时，陆江涛提着半袋子电子元器件走了进来。他大汗淋漓，但脸色挺好，看样子应该是没什么事。

陆江涛把手里的袋子递给陆海波："哥，这是这两天的。"

陆海波接过，随口说道："好，温泉正问你呢，你就来了。"

"温泉？什么事？"

"你……好点儿了吧。"

"没事，早没事了！"

陆海波奇怪地看着两人，问道："你们说什么呢？"

明明是很简单的问题，陆江涛却一时答不上来。他受伤的原因，大哥第一次问的时候就鬼使神差地没回答，现在更不好意思说了。

温泉倒是大方，解释道："高考那天我迟到了，多亏了他蹬三轮送我，都是因为送我太急，他才受的伤。"

"哦……"陆海波恍然，同时又对弟弟向自己隐瞒这件事觉得奇怪，"这有什么？还不跟我说。行了，我去找温老板，你们先聊吧。"

陆海波提起袋子去了后院。剩下两人一时无话，扭捏半天，突然同时开口问："你……"

陆江涛不好意思地挠挠头，温泉说："你先说吧。"

"你考得怎么样？"

"胡蒙呗，没考上，我又不像思齐学习那么好。"

"那你以后怎么打算？"

"我没打算啊，留在上海就行呗。"

陆江涛哈哈一笑："全中国最好的就是咱们上海了，就留上海！"

温泉被他爽朗的笑声感染，也笑起来："就是，哪里能比得上咱们上海呀！"

两人正聊着，陆思齐突然冲进来，带起一阵风。陆江涛和温泉奇怪地看着兴奋的陆思齐，不明所以。而陆思齐，则满脸都是难掩的自豪表情。

"哥，我考上了！中央财经大学！"

陆思齐考上大学的消息，让一家人狠狠地快乐了几天。一向节俭的陆海波主动请妹妹去夜市大排档上吃了一顿好饭。温泉和冯力也来了，几个人还喝了不少啤酒。

然而欢乐过后，摆在陆家兄弟面前的，还是愁苦。

聚会过后，陆海波当晚没有回电器修理铺。而是又回到了定海的陆家老宅里。老宅里很挤，也就稍微比他在修理铺的住处好一些。他平时住在铺子里，也是想让弟弟妹妹住得舒服一点儿。

晚上，小屋里的破木板床上，两兄弟盘腿坐着，正细细地算着账。陆海波说，陆江涛拿本记录。

"从上海到北京，思齐就硬座吧，累是累点儿，不过到了可以休息嘛。而且学生半价，便宜。"

陆海波一边写一边说："我问了，半价硬座是七十二块钱，但得把来回算上，别思齐过年都没钱回来了，一共是一百四十四块。"

"嗯，学费是四百块。但到了那儿，肯定得买书，买本子，买个铅笔啥的，都算上学习费用是个六百！"

"还有吃喝，生活费这是最重要的，这钱不能省，得给咱们老三留得宽宽的。"

"一个月生活费……"陆海波咬咬牙，"五十吧！出门在外，得多预备点儿，一个学期五个月，总共是多少？"

"二百五呗。"

"到北京去，也得置换两身衣服，别让人看扁了咱。这得二百吧？一共多少？"

陆江涛算了片刻，写出一个数字，突然愣了。

陆海波拿过小本，看了一眼，上面写着：一千一百九十四元。

他也沉默了。

陆思齐睡在楼上的阁楼里。楼下两个哥哥虽然努力压低声音，但每一句还是清晰地落进她的耳中。哥哥们相对无言、沉默不语的时候，陆思齐也忍着哭声。

长夜漫漫，兄妹三人因为同一件事都睡不着。

楼下，陆海波和陆江涛的争论声仍然断断续续地传进陆思齐的耳中——

"我是老大，咱爹临死前嘱咐过，这事你就别管了。"这自然是大哥的声音。

"凭什么？思齐也是我妹！"这是二哥。

仿佛因为陆江涛突然提高的声调，陆海波赶紧提醒他："嘘，别把思齐吵醒了。"

陆思齐轻轻地下床，借着月光走到阁楼最里面的山墙前。那里摆着一张小桌子，桌上放着父母的遗像。

陆思齐跪下，用只有自己能听到的声音跟母亲说起话来。

"妈，我从来没有见过您，您生我的那天就去了。这么多年，我一直觉得我就是一个灾星，我来了，您走了。我记事了，爸也走了。我十七岁了，也拖累了大哥二哥十七年。我不想拖累他们，可是他们逼我考大学。现在考上了，可是……我不想上，白吃白喝这么多年了，我真的……不想继续上学了……"

楼下又传来陆海波和陆江涛争论的声音。

"不管什么办法，一定让思齐上学，难得考得这么好。还有啊，思齐自尊心强，咱俩找钱归找钱，别在她面前提。”

“哥，我懂……”

陆思齐忍住抽泣，轻手轻脚地站起来，走到遗像前，捧起了妈妈的遗像。

遗像下压着一张照片，还有一条款式很旧的项链。照片似乎被水泡过，皱巴巴的。照片上是一个意气风发的年轻男人，衣服朴素，像是二三十年前的打扮。照片看起来已经很有年头了。三兄妹都不知道这是谁，只知道照片和项链是母亲的遗物。

陆思齐放下母亲的遗像，拿起照片看了看，又看看母亲的遗像。心中疑惑了刹那，这个男人究竟是谁？然后她放下照片，又拿起了项链。

隔着天窗，几颗星星若隐若现。黯淡的月光从天窗照进来，映衬出陆思齐青涩的脸庞。不知道是不是因为月亮移动，光线有了细微的变化，陆思齐站在天窗前，神情变得越来越坚定……

◈4◈

一大早，陆海波和陆江涛就起床了。两人一个去修理铺，另一个收拾三轮车去收破烂。临走前陆海波还做了饭，嘱咐妹妹多休息一会儿，起来再吃。陆思齐应了一声，听着两个哥哥在楼下说着话离开了。

她下了床，洗漱后吃了饭，拿出纸笔安安静静地坐在桌前，开始写着什么。写了许久，她把那张纸折好放在桌上，压上一只杯子。然后，她收拾了几件衣物和日用品，统统装进一个包袱里，背起来出了门。

对此一无所知的陆家兄弟还在各自忙碌。陆海波在修理铺里忙活着，陆江涛则和冯力走街串巷收破烂。他们心头都压着一块巨石：该怎么赚到供妹妹上学的钱呢？陆江涛甚至想卖掉那辆破三轮车。但是卖又能卖多少钱呢？陆海波则不知道怎么办，唯有尽心尽力好好干活，帮师父经营小店，同时尽可能节约每一分钱。他们不知道，温泉也为了陆思齐上大学的事，缠着父亲好几天了，想让他资助。可温老板却始终没有松口，因为对他来说这也不是一笔小数目。

一眨眼好几天过去了，虽然陆江涛和冯力努力收一些电子元器件拿给陆海波，但赚到的钱还是远远不够。而且正因为他每天往修理铺跑，甚至都没注意到老宅那边，妹妹已经离家出走……

这一天，陆江涛正骑着三轮车吆喝，冯力突然急匆匆跑来，一边跑一边大喊："二哥，二哥！有门了！我找到办法赚钱供思齐上学了！"

陆江涛有点儿不相信地问："什么办法？"

"我听人说，什么银行，认购什么的，能赚快钱？"

"成本多少，能赚多少？多长时间？到底什么意思？"

"我也不清楚，就是听他们那么一说，就是听人说……这生意没本。"

陆江涛愣住了："没本？"

虽然将信将疑，陆江涛还是详细地问了冯力到底是什么情况。原来冯力听人说，银行内部可以买一种什么认购证，拿出来就可以倒手卖掉。巧的是他们从小一起长大的一个邻居，就在银行里工作。两人当下不再多说，骑上三轮车赶往银行。

这个邻居名叫孙小虎。但孙小虎给他们的回复却并不像他们想的那么容易。

所谓认购证，就是股票认购证。1992 年的上海，因为股票供不应求，市场扩容成了经济发展的当务之急，认购证应运而生。但认购证也并非如冯力所言的，是一门不要本钱的生意。

陆江涛则连什么是股票都不知道，好奇地问道："股票是啥啊？"

孙小虎想解释，但看了看两人，感觉好像解释不通。只好说："咱们上海年底，就要开证券交易所了，这个股票，就是在证券交易所里买来买去、卖来卖去的东西。"

陆江涛还是不明白："这个股票……是不是跟粮票布票差不多啊？"

"差远了！哎，跟你们解释也解释不清楚。就跟你们说这个认购证吧。"

陆江涛赶紧接话："您说，您说！"

"这证券交易所不是要开吗？就得需要这种证，你才有权力买股票啊。所以这东西值钱，比如你三十块买一张，将来你可以凭这个买相关的股票，然后那个股票一升值，你这三十就变六十，变七十，变一百了。"

"那……那得等到什么时候啊？"

"年底吧，年底就发了。"

陆江涛琢磨着，说道："那不行啊，我这两天就要用钱。"

"这两天也能赚钱啊，你倒给别人啊，你能把这一套东西说圆乎了，有人买你的，也别多，你一张三十，这一本是一百张。你帮我们销，一张给你提五毛，一本你就赚五十。卖十本就是五百，你自己就有钱倒了。"

陆江涛总算听懂了，眼神泛起一阵光彩。两人从银行出来，冯力还是没搞明白孙小虎说的到底是什么意思。陆江涛却已做好决定：先买几张试试水。

他们没看到，银行外面不远处的巷子里，有几双眼睛正盯着他们。其中一个就是田四，另有一个神态嚣张的小青年看着陆江涛和冯力的背影，问田四："这下他们中招了吧？"一开口，这个穿着打扮都是男孩的青年，竟然是个女孩。而田四也不知为什么，对她恭恭敬敬。听到她说话，田四赶紧恭维："还是老爷子厉害，随便指点咱们一下，两个小赤佬就得吃不了兜着走！"

"那还用说？"

陆江涛和冯力最后决定，先从孙小虎那拿一本，卖一下试试。孙小虎起初不愿意，后来被两人缠得实在烦了，就拿了一本给他们，让他们试试看。陆江涛鬼机灵多，还不放心，问卖不出去怎么办，孙小虎没好气道："那你原样再还给我！"

人民广场，陆江涛见人就上去兜售。把孙小虎给他讲的那一套搬出来再给他的客人们讲，却被几句话问得哑口无言。

一名中年人说："不是我说你哦，你这个认购证又不是股票，我买了它还得再摇号看能不能中股票，那我要摇不上呢？我的钞票不是打水漂了吗？我一个月工资也只有一百多块。"

另一名阿姨接过话："而且啊，你那个股票又不是只涨不跌，就算中了签，也可能要跌的，这不是两头吃我钞票吗？"

正当陆江涛头昏脑涨之际，旁边一位老人说话了："现在我们国家要大力发展证券市场，股票应该是个很好的投资，升值空间不可估量。我买十张！"

老人说着就开始掏钱，另有一人说，这位老人是复旦的教授，他最懂这些。其余人见状，也纷纷掏钱抢购。

陆江涛觉得有点儿头晕。直到认购证全部卖完，他才反应过来。开始他只是为了试水，以原价兜售的，实在是没想到这东西这么好卖。他立刻就明白了这门生意里的巨大利润，他甚至几乎忘了先去跟冯力说一声，就急匆匆赶回家从积蓄里拿了百十块钱，又赶往银行。走得太急，他甚至都没看到思齐留下的信……

一路跑到银行，孙小虎正在柜台里忙碌。陆江涛也不知道排队，上去拍拍柜台，叫道："小虎哥？小虎哥？"

孙小虎抬眼看了看陆江涛，无奈道："先去一边等着，没看正忙着呢吗？"

陆江涛只好守在一边，一直到孙小虎忙完才再次凑上去，摸出钱递给孙小虎。

"多谢小虎哥，改天我请你吃香辣蟹。那个，没想到这个认购证这么好出手，我再拿十本行不？"

孙小虎摆摆手："不行啦，代销是皇历啦，这两天认购证俏得不得了，统统不代销了，没有提成了，现在都排队买。"

"小虎哥……这好事才刚开个头，要不您给通融通融？"

"通融个屁呀，统一规定。我一个小不拉子，谁要听我说话。"

"我呀，我听您的。你说不好卖的时候咱哥俩忙死跑活的，现在好卖了，咱不要提成，直接加价卖，赚头更大呀。小虎哥，你给想想办法。"

孙小虎被说动了，回道："那，我琢磨琢磨。你等我下班。"

虽然心急，但陆江涛也知道不能再催了。等了一个钟头，冯力也来了。原来他看陆江涛提前离开人民广场，以为认购证不好卖就来这里退货。陆江涛三两句跟他说了下认购证的紧俏，冯力也是兴奋不已。

两人挨到银行下班，看孙小虎背着包从银行里走出来，连忙跟上去。

孙小虎边走边说："我跟经理说了，经理说代销肯定不行了，不过可以帮我们优先买点儿。但是得自己垫钱啦。一本一本卖的，一张三十元，一本一百张，一共三千块钱。"

冯力吓了一跳："小虎哥，这是个天文数字呀！到哪儿整这么多？"

"都是街坊才给你们弄，你们还叽叽歪歪，要知道外面多少人想要都搞不到。"

陆江涛谄媚道："小虎哥，我们俩啥情况您还不知道啊，能不能这样，您能不能给我们一张！就一张！"

"干吗？"

"我们卖出去了，我们再来找您，多卖几张！"

"你当我开杂货铺呀？一张一张的，不卖。"

冯力着急了："那，小虎哥，我们能不能先赊着啊，您给我们一张，我们卖出去了，马上给您把钱拿回来。”

孙小虎嘲笑两人：“就你们那点儿胆，还想赚钱？”

“小虎哥，小虎哥，我们是真缺钱啊，求求您了，您就给我们赊一天，不，一晚上，我们揣怀里感觉一下，这东西有多值钱，大不了明天还给您不就行了吗？”

“不行！你们啊，是彻底不知道这东西现在有多紧俏！跟你们说这些真是白费劲！”

孙小虎说着往前走，走到墙根就要骑上自行车走人。

冯力急眼了：“二哥！怎么办啊？”

陆江涛狠狠心，从口袋把所有钱都掏出来，追了上去。

“小虎哥！求求你，求求你给我们卖一张！”

孙小虎一摆手：“别，都跟你说了一张不卖！”

说着孙小虎就要蹬车走人，陆江涛连忙冲到孙小虎的自行车前，两条腿夹住前车轮不让他走。陆江涛也知道这样不好，手中作揖道歉：“小虎哥，小虎哥，大慈大悲的小虎哥，给兄弟条活路吧，您要是不卖，那……冯力，你坐后边，咱俩今儿就一路求着小虎哥，到小虎哥家去，跟嫂子哭去。”

孙小虎拧了拧车把，骑不动车。叹了口气，无奈道：“行，陆老二，你真有出息！要不这样，三千块，咱俩合股，我出一千五，你出一千五。赚了钱，二一添作五，咱再投入。”

陆江涛长吸一口气，终于还是答应下来：“那——行吧。”

与此同时，温家的院子里，温老板坐在一张竹制的摇椅上，望着站在自己面前的陆海波和温泉。陆海波左思右想，最终还是决定向自己的师父开口。毕竟他实在是再没有什么经济来源了。

温老板躺在摇椅上咂摸着：“借钱啊……海波啊，首先祝贺你妹妹啊，穷人的孩子早当家，思齐有出息，不像我家这个嗲作女。”

“爸！说正事呢，你提我干吗？”

“我倒是想出这笔钱供个大学生，偏偏我家姑娘心疼爹要给我省钱。”

温泉没好气地白了温老板一眼。陆海波怕两人又吵，也劝道：“对了，老板，温泉也是一时失手，您也别放弃，让她复读吧，明年还有戏。”

“哎？你们怎么还真说上我了，我不复读，我受够了！你们俩又没有高考过，凭啥让我一直考？我上班！”

温老板笑眯眯说道："你去哪儿上班啊，谁要你啊？"

"我来您这上班啊，你们俩谁敢不要我啊！"

"那行，要你，我这用不起俩人，把海波辞退了吧？"

"爸！说正事，说思齐的事！"

陆海波也被师父和温泉的对话逗乐了："老板，那您对我借钱这事……"

温老板大方地一挥手："没问题。不过呢，我扣不着你弟弟的钱，我扣你半年工资，倒是都还清了，但是你吃啥啊？"

陆海波想说什么，但是忍住了。温泉也忍着笑。

温老板继续说："所以我想了，不能这么绝，咱们也是……啊，一年多的师徒了，这样吧，你给我签个协议，三年，每个月扣一点半点的，三年轻松就过去了。"

温泉气得大喊："我说老狐狸，你还真够奸猾的，这么着，海波就得没日没夜地给你干三年苦力！"

"哎？你谁家姑娘呀？怎么说话呢？你这俩胳膊肘就没正常过！"

温泉不管不顾："不行，就半年！海波前几天还给我说呢，准备一年后自己还要做个小买卖呢。"

"你别给我嚣张啊。还没给你算账呢。"

陆海波有些感动，又有些难过："老板，真的只能半年，因为半年以后，又是新学期了，说不定，还得跟您借。"

温泉和温老板都是一愣，没有想到这一层。

"你妹上大学几年啊？"

"四年。"

温老板好像琢磨出了什么，立刻答应："那行，四年……就四年，你就老老实实在这干四年，吃呢，多一口少一口也不算个事，工钱就都扣下了。"

"爸，你就是个周扒皮！"

"我扒谁的皮，不都还是为你做褥子吗？"

陆海波不吭声，思索着要不要答应。温泉被父亲一句话顶回来，也生气地不想再看父亲。

温老板从口袋里拿出钱包，从里面数出一千块钱，递给陆海波："海波，你考虑一下吧，这一千你先拿着。"

“海波，不许要！你这是丧权辱国啊！”

“什么话？这是明天一早进货的钱，他不想明白，我还硬给啊？”

温老板说完，摇着头回屋里去了。一边走还一边嘀咕温泉到底是谁的女儿。陆海波也闷声进了修理铺的后门。

温泉跟着陆海波，噔噔上了阁楼。温泉还是不服气，走着路还气呼呼地说：“我爹那个老狐狸，一下就诳你四年。”

“怎么是诳呢？温老板是在帮我忙。再说四年就四年，思齐上学要紧。”

“那四年后你怎么办？不还是一分钱没有？”

“慢慢来，慢慢攒，现在是先让思齐去学校。”

陆海波把温老板给他的钱掏出来，塞到枕头底下。站起来说：“我去找你爸！”

“你真的想好了？要不……我那儿有四百！你去借个五六百就行！”

陆海波没有回她的话，下了阁楼。温泉听着海波的脚步声消失，懊恼地把手边的一个小钟表摔在海波的床上。

不过片刻，脚步声再次响起来。温泉以为是陆海波又想开了，刚站起来，却看见陆江涛风风火火地跑了进来。

“我哥呢？”

温泉没好气地说道：“卖身去了！”

陆江涛一愣：“卖身？”

温泉并不回答他，没好气地站起来。

“我去看看他！卖也卖不了几个钱。”

说着温泉走出了房间。

陆江涛突然想起自己来的目的，拉开陆海波的抽屉，翻找着，又到海波的床铺上翻找，突然翻出了海波枕头底下的一千块钱。

“居然有这么多？！”陆江涛激动不已，但拿起钱他又犹豫了片刻。毕竟这是大哥的钱，但想想自己卖认购证的画面，他又咬咬牙，拿起钱出了门。

天已经黑了，好在孙小虎家离得并不太远。陆江涛满脑子都是认购证，在影影绰绰的巷子里跑了一阵，突然一个黑影闪过，他只觉得后脑一疼，眼前一黑，就一头栽倒在地。陆江涛晃了晃脑袋，想爬起来，两条胳膊却被两个人按住了。

田四嬉皮笑脸地蹲下，看着灰头土脸的陆江涛，说道：“还记得上次，四爷跟你说的话吗？”

陆江涛看清了是田四，大骂：“田四！老子今天有正事！你把我放开，明天咱们新仇旧账一起算！眨一下眉头老子不姓陆！”

一个女声突然响起：“你就是陆江涛？”

陆江涛抬头，看到一个打扮成男人的女混混，诧异了片刻，问道：“你谁啊？”

“我是谁你管不着！你听好了，田四是我兄弟，我黄瑶的兄弟不能惹！小爷这一次算是给你一个教训，记住了！小子！”

陆江涛知道今天自己怕是逃不掉了，语气也变软了：“小兄弟，都是我有眼无珠，得罪了你的小弟。这笔账，我和他回头单算。今天你们放了我，算我欠你的，我真的有正事！”

田四再次凑上来：“什么正事啊？不就是急着给孙小虎送钱吗？”

“你……”

黄瑶轻蔑道：“想什么呢？这么好的赚钱路子，你还真以为是从天上掉下来的？”

陆江涛心里明白了，怪不得一向笨拙的冯力会突然得知这么好的路子。原来都是田四下的套！怪不得他们能在这埋伏着拦住他，所以他们的目的是……

“田四，你要是敢打我钱的主意，我非杀了你！”陆江涛突然想到要害处，没命地大喊。

黄瑶踢了一脚动弹不得的陆江涛：“杀谁？你再说一句我听听？”

“说就说。谁敢动这钱，我这辈子跟他没完！我弄死他！”

黄瑶笑了：“那我还真要动动这钱，我见天儿闲得快长毛了，我倒要看看你怎么跟我这辈子没完！”

说着黄瑶伸手去摸陆江涛的身上。陆江涛拼命挣扎着，但被几个人按住，怎么扭动都挣脱不开。黄瑶悠闲地从陆江涛身上摸出那一千多块钱，拍拍陆江涛的脸。

“陆老二，挺有本事，能整来这么多钱！我就不客气了！”

“田四，你个王八蛋！思齐也是你小时候的同学！这是思齐的学费！”

“同学管个屁用啊，毕业了，老子不认！”

黄瑶站起来，把钱一揣，扭头打算走。按着陆江涛的几个混混也放开他，准备离开。没人想到，陆江涛居然敢一个人冲上来。黄瑶猝不及防，被陆江涛撞倒在地。陆江涛骑在黄瑶身上，抡起拳头就打。黄瑶下意识躲过，其他几人反应过来，对陆江涛拳打脚踢。陆江涛无动于衷，抓着黄瑶想把钱抢回来。田四一脚踢在他肩膀上，把他踹开，几人围住陆江涛一顿拳打脚踢。

“够了！”一声轻喝，几人抬头，看到的是却是浑身灰土的黄瑶。

田四说道：“哥儿，这条疯狗打你……”

黄瑶脸有点儿红：“让你走就走，哪儿那么多废话！”丢下这么一句，扭头离开。

田四等人只好跟上。刚走出几步，陆江涛又爬起扑了过来，再次被几人打倒。

黄瑶杏眼圆睁：“你是属王八的啊，咬住不撒嘴？！”

陆江涛头破血流，骂着：“你个不男不女的，把钱还我，那是我妹妹的学费！”

“从来没人敢这么骂我！姓陆的，你再敢说一句，我能让你先不男不女！”

“我骂了，怎么着？一个臭丫头片子，还冒充男人！你有那功能吗？我说一百遍：你，不男不女！死太监，阴阳人！”

黄瑶气极反笑，咬着牙指挥：“去找块狗屎，给这王八蛋把嘴堵上！”

田四兴奋地答应：“好嘞，等着啊！”

田四左看右看，在路边还真找着一块狗屎。走到跟前又有点儿犹豫，实在太臭了。他捡了块破布衬着手捡起来。陆江涛早已被几人再次按住，田四忍着臭，朝陆江涛嘴巴里塞去。陆江涛脑袋一晃，被糊了一脸狗屎。

黄瑶笑得前俯后仰：“还嘴硬吗？走！”

陆江涛在地上蹭着脸，不让他们看到自己正脸。

黄瑶和田四笑了半天，让几个混混放开陆江涛。这次他没有再扑上来，几人放心地想要离开。

一声怒吼从他们身后传来：“站住！”

黄瑶诧异地回头，看到陆江涛眼中没有被羞辱后的愤怒，却满是坚定的火光。

“陆老二，你脑子锈逗了？我们五个，你一个，你识数吧？你闹得过谁啊？莫非你还想吃狗屎？”

陆江涛死死地看着黄瑶。

黄瑶被看得有些心虚：“你看着我干什么？”

“姓黄的，我要跟你赌一把！”

“赌什么？你赌赢了，我把钱再还给你？姑奶奶我是抢劫好不好！”

陆江涛轻蔑道：“不敢赌？那这辈子，你这个不男不女的阴阳人是跑不了了。”

"行啊，你是不知道我爹是谁吧？还没人能赌赢他的女儿，你赌什么？"

"我赢了，你把钱还我；你赢了，你把我废了！"

黄瑶不敢相信陆江涛竟然这么狠，诧异道："你至于吗？为了这点儿钱？"

"就为了这点儿钱！"

黄瑶不由得看着陆江涛，好半天，她突然一笑："行，我跟你赌！"

汽笛轰鸣，火车飞驰而来。

这是一个半废弃的货运仓库，几条铁路正经过这里，在铁路边上，有一栋破旧的小楼。此时，黄瑶和陆江涛就站在铁路边的小楼旁。陆江涛已经擦干净了脸，只有衣服上还是脏兮兮的。

黄瑶有点儿莫名其妙，不知道陆江涛为什么让她来这赌，更不知道他想赌什么。巧的是，这也是她父亲暂时落脚的地方。

"你说吧，怎么来？"

"咱就赌下一趟来的是客车还是货车！你可以先选！"

"你真搞笑，我就住那边小楼上，天天看着火车从这边过，赌这你不是找死吗？"

"那你倒是你选啊！"

"货车！这条线上，根本就没有什么客车走，本来就是货运线！"

陆江涛装出一副深不可测的样子问："你选定了？"

"下定离手。"

"不改了？"

"不改了！"

陆江涛自信满满道："行，那把钱还给我吧。"

黄瑶莫名其妙，又有些慌张地问："你说什么？不是赌下一趟火车来吗？现在火车还没有到呢。"

"但是你已经输了。"

黄瑶看着淡定的陆江涛，不明所以。她抬起头看向小楼上，父亲黄智中正站在二楼的楼梯上笑着望着下面。

"凭啥你就赢了？等火车来了。"

"那我问你，今天几号？"

“八月十三啊。”

陆江涛从口袋里掏出一个小本甩给黄瑶。

“这是我前几天去火车站收破烂，从调度室顺出来的最新火车调度表，你看看上面第三页，从今天开始，下午四点到五点段还有货车吗？”

黄瑶紧张地翻看着，第三页上面确实写着火车调度计划。今天下午没有货车。

黄瑶的汗珠流下来。

“输了，还钱！”

“你算计我！你都算好了这里要调整。”

“别废话，毛主席教导我们，不打无准备之战！”

黄瑶被逼着，拿出了钱。陆江涛上前一步，一把抢过钱转身就走。走出几步又回头：“妹子，别每天打扮得跟个男人一样，不男不女。当个姑娘挺好。”

黄瑶恼怒地蹬了一下脚。抬头，却看见黄瘸子还在笑。陆江涛刚拐过一个弯，就撒腿狂奔起来。黄瑶则噔噔跑着上了楼，走到父亲身边。

“爹，我输了。” 说着她把那个火车调度本递给黄瘸子。

黄智中笑着问：“这是哪一年的？”

黄瑶一愣，低头翻了翻，恍然大悟：“前年的？！”

恰在此时，火车道上一列货车鸣着笛，轰隆隆行驶而来。

“这小子骗我！我追他去！”

“算了，你有没有想过，他一个收破烂的怎么会有最新的火车调度表，另外你那会儿着急，根本也不看时间。哎，火候还不到啊。”

“我找他算账去！”

“说实话，这小子，有点儿意思。”

5

陆海波其实没怎么犹豫，就在心中做好了决定。除了答应师父的条件，他还能有什么办法保证妹妹安安稳稳地上完大学呢？而且温老板确实一向待他很好……

从阁楼下来，他径直去找了温老板，一口答应下来。温老板喜滋滋地写了一份简单的协议。陆海波正想签，温泉后脚跟了进来。

温泉急得乱转：“喂，你想好了再签啊。四年……四年……人生没几个四年……”

温老板不高兴了：“哎，你烦不烦啊，我怎么就生了个你这样的啊？我们师徒……父子之间签个协议，你看看你……”

“爸，您知道脸字怎么写吗？”

“就是一个月，那边是收敛的敛字的这半个。”

“对啊，像你这样，得了便宜还卖乖，不知收敛的，那就……啊……”

陆海波充耳不闻，把合同签好，递给温老板：“老板，我签好了。”

温泉知道挽回无望，生气地扭头出门去了。门被她摔得咣的一声。

温老板看着温泉，眼神复杂。又看看陆海波，陆海波无奈地赔笑了下。

“好孩子，好好在这干吧。”

陆海波关了店，回到阁楼上的宿舍里。刚刚躺下，门嘎吱一声开了，温泉进来了。

陆海波想到温泉对自己的维护，心里一阵温暖。

“好了，休息吧，明天我还进货呢。”

“我不计较你跟那老狐狸签几年，你这次要跟他借多少？”

“我手里还有二百，得跟温老板借一千。”

“我不是跟你说了吗！我手里还有四百呢！”

“我不能用你的钱。”

“为什么！”

陆海波沉默不语。

温泉被陆海波的沉默气得不行：“行，你有种！我今儿在气头上，不说了，明天我再跟你好好算账！”

说着温泉就往外走，陆海波翻身朝墙躺倒在床上，手不自觉地往枕头下一摸。

温泉刚刚走到门口，正准备狠狠地回头看一眼陆海波，突然发现陆海波一下子跳了起来，正慌忙地掀开枕头，在床上不断翻找被褥。

温泉停住脚步：“怎么了？”

就这么片刻间，陆海波居然流了一头汗：“你爸给的那一千块进货钱……没了。”

“没了？怎么会没了？你好好找找！”

温泉过来帮忙，两人四下翻动，可什么也找不到。陆海波脸色黑的像块铁。温泉跪在地上往床下看，却听到陆海波说：“别看了，床下我看过了。这是招贼了？”

温泉站起来，突然想到陆江涛，连忙说：“刚才你去找我爹的时候，江涛来了。你问问他？”

“他来了？他来干吗？”

“我那会儿正生你的气，也没问，然后就到我爸那边去了。”

“不该啊，他要是看到什么，肯定会跟我说。”

“除了他，好像再没人进咱们这个院子了。”

“他从小没这毛病啊……不行，我得去定海老宅那边问问他去。”

陆海波急匆匆下楼，刚要离开，突然发现温老板站在院子里。

“海波？这么晚了，干吗去啊？”

海波正想实话，温泉在旁边拉他袖子。

“拉什么拉？那点儿小动作以为我看不见啊，怎么了？”

“您……您给我进货的那笔钱，丢了。”

温老板愣了一下，突然暴怒起来：“丢了？！”

“是啊，从您那边回来，过了一会儿，发现找不到了。”

温老板不相信地望着海波：“海波，我可一直把你当老实孩子，你别玩这个花样，这可是一千块钱！”

“真丢了！”

“就这么巧？你要借一千，我借你，但你不能拿钱丢了糊弄我！这不明摆着吗？回来想想觉得不划算，四年白干嘛。想反悔？想把进货的钱眯了？陆海波你休想！”

“爸！你能念人点儿好吗？我作证，真丢了，你要想进货再给钱。”

温老板眼睛一转，好像明白过来：“我明白了，明白了！海波你给我老实交代，是这丫头的主意吧？温泉，不带这么坑你爹钱的！”

“哎，你行了吧，怎么还赖在我头上了！我告诉你就是丢了！想找回来，找贼要去，被贼偷了，爱进货不进货，我们还不管了！”

“你休想，你个吃里爬外的东西！陆海波，我不管这是谁的主意，我劝你们俩别打错了算盘，我告诉你，这笔钱你要是不给我找回来，第一，你给我滚蛋；第二惹急了我，我报警！一千块钱够你蹲局子了！”

说着温老板气愤地摔门而去。

陆海波望着温老板离去的背影，拿起一件衣服，就往外走。

“你干吗去？”

“我得回趟定海，最好是江涛拿了，这样还能追回来。”

“我陪你去。”

“算了，我自己去，你去陪陪你爸吧，你也别老是这么跟你爸顶嘴。”

“我才不管他呢，老狐狸，市侩！”

从修理铺到定海老宅，需要走将近两个小时。一路上，陆海波黑着脸，脑子里闪过无数种可能性。他既害怕是弟弟染上坏毛病拿走了钱，又害怕不是他。这样的话，陆海波对温老板那儿就真是无从交代了。那可是一千块啊……

陆海波走到老宅时，街上已经几乎没有行人。他走过阴暗杂乱的小巷，来到家门口，打开门。家里没有人，他摸黑拉开灯，发现家里干干净净。这么晚了，江涛不在，思齐难道也不在吗？

陆海波喊了两声，没人回答，就在这时，他看到了桌上的信。只读了两句，陆海波就感觉脑中嗡嗡响……

陆江涛在他那儿住了好几天，也就是说，思齐可能已经离开家好几天了？她吃什么，用什么，住在哪儿？陆海波只觉得心中隐约开始颤抖，他甚至不知道接下来该怎么办。去找弟弟还是去找妹妹，还是想办法还上温老板的钱……

门突然打开，陆江涛鼻青脸肿地进来，嘴上还喜滋滋地喊着：“思齐？思齐？”

陆江涛突然发现陆海波站在家里，满脸阴郁。他想起自己拿了大哥的钱，再加上自己今天又弄得一身伤。眼神躲闪着，不敢看大哥，下意识就往冯力身后躲。

冯力会意，紧张地问：“大哥？您今天怎么回来住了？”

陆海波冷着脸，瞪着两人问：“我让你看着思齐，你都忙什么去了？”

陆江涛：“还能忙什么啊？筹钱啊！大哥，思齐的钱，我有办法了……思齐呢？”

陆海波突然一拍桌子，吓得陆江涛和冯力一哆嗦。

“钱的事我负责，你负责看着思齐！现在好了，思齐走了，不想拖累咱们，离家出走了！你忙活出什么来了？啊？”

陆江涛和冯力异口同声惊呼：“出走？”

第二章 ◈ 祸不单行

Chapter 2

◆1◆

陆思齐离开家时，其实并不知道要去哪。她没有钱，即使有钱，也不知道除了上海还有什么地方可去。走着走着，她突然注意到路边有一家饭店在招工。无论如何，先找个落脚的地方吧。她想。

陆思齐去饭店里应聘，饭店老板看她言谈之间怯生生的，还提出来想在店里住，猜准了她的心思，按一个月四十块钱的低工资雇用了她。干了几天，陆思齐端饭时失手摔碎了一个盘子，老板拿这个当借口，赶走了她。

无助的她也不知道如何讨回工资，只好另寻地方落脚。傍晚的时候，她买了一个烤红薯，坐在路边的长凳上吃着。这就是她今天的晚餐了。吃到一半，她把自己仅有的一点儿钱拿出来，数了一遍，细心地一张一张叠好。都是一块、五毛的零钱，叠在一起居然有厚厚一小包。

她必须得在这些钱花完前找到落脚的地方。

“小偷！”

陆思齐突然听到一声呼喊，然后一道黑影从她眼前闪过。陆思齐惊觉，那个小偷就是一直坐在她身边的人。想到这里时，小偷已经跑出一段距离。

“抓小偷！”还是刚才那个声音。一个二十岁出头、打扮入时的女人带着几个人追了上去。陆思齐连忙跟上，追出去好远，其中一个男人才撵上小偷，将他扑倒在地。小偷着急之下，把钱包扔掉，借机逃走。

陆思齐上气不接下气地跟过来。只看到几个人在帮她捡起撒的满地的零钱。陆思齐一边谢谢他们，一边也赶紧捡钱。她突然看到一张两块的纸币被风吹着，卷向街边的下水道井盖，井盖露出一个洞，两块钱马上就被吹了进去。她像疯了一样冲过去抓，两块钱还是掉进了下水道。陆思齐哭了起来。

帮陆思齐追小偷的几个人把各自捡回来的钱递给她。

“姑娘，别哭了，就两块钱。”

陆思齐抽泣着：“那……那是我最大的一张。”

那个喊“抓小偷”的女人眉头紧皱着，看着陆思齐，充满疑惑地问道：“小姑娘，我看你也就是个高中生，你在这干吗呢？需要我们送你回家吗？”

陆思齐连忙摇头：“不，不用，我没有……我自己回家，谢谢你们。”她一边说着，一边不住地鞠躬道谢，然后急急忙忙转身走了。

几个人疑惑地看着陆思齐的背影。

追上小偷的那个男人好奇道：“别是高中生跟爹妈闹意见离家出走吧？”

“走，咱们帮人帮到底，看看她去哪儿？”

时值仲夏，无助的陆思齐一直走进地下通道，找到一块干净的地方，从背包里拿出一张床单，铺在地上。她准备就在地下通道凑合一夜。

陆思齐刚刚躺下，闭上眼，泪水就流了出来。

帮助陆思齐的那几个人走过来，看到她脸上的眼泪，拍了拍她，她警惕地睁开眼睛，发现原来是他们，又放松下来。

那个女人向她伸出手：“我叫林霞，一个爱管闲事的人，你呢？”

“我叫陆思齐。”

“我知道你一定有说不出的苦衷，但是睡在这里可不行。你如果不介意，今晚跟我走，我可以什么都不问，只给你住一晚的地方。”

陆思齐泪水喷涌而出。

林霞家里，她父亲林长民正在和他的部下顾亦雄谈话。林霞打开门，带着陆思齐进来。顾亦雄连忙站起来打招呼：“林霞回来啦？”

林霞点点头，拉着陆思齐往自己卧室走。

“站住！”林长民斥责道，“成什么样子，看不到家里有客人吗？顾叔叔跟你打招呼，你爱答不理的，什么教养？”

林霞冷冷回应：“养不教，父之过。”

顾亦雄和陆思齐都有些尴尬。顾亦雄年长些，站出来打圆场说：“主任，我跟林霞都熟，繁文缛节就算了。林霞，你赶快去休息吧。”

林霞拉起陆思齐，陆思齐茫然地被拉着，有些不知所措。

“站住！什么人啊，这么晚还带人来家里？”

“这是我的一个学生，今天在这住一晚。”林霞厌恶地回答，又对陆思齐说：“这是我爸，那个是我爸单位的顾叔叔。”

“伯伯好，顾叔叔……”陆思齐礼貌地打招呼，但看到顾亦雄的那一刹那，她突然愣住了。本来从进门开始就拘谨着的她，突然失神地望着顾亦雄，甚至还走上前仔细观察。其他几人都有些尴尬，顾亦雄被看得不自在：“林霞，你这个学生，干吗一直看着我？她认识我？”

林霞拍拍思齐：“思齐？你怎么了？”

陆思齐终于回过神来，疑惑道：“这是？”

“这是我爸单位的顾叔叔啊。”

“顾叔叔？您……您去过宁长县吗？”

顾亦雄一愣：“宁长？老想去来着，但还真没机会，怎么了？”

陆思齐仍然困惑而又难以释怀，但也只好礼貌地点了下头。林霞看陆思齐不说话了，拉起她进了自己的房间，关上门，按着失神的陆思齐坐下。

“什么也别多想，我也不会多问，我这张床宽，今晚咱俩挤一挤。不管因为什么，过一夜，想清楚之后，就回家去吧。你还小，很多事情……”

“姐姐，外面那个叔叔叫什么啊？”

“顾亦雄，怎么？你们认识？”

“我看他特别像……”

“特别像谁？”

“像一个我也不认识的人……”

“你这小姑娘，怎么说的我越来越听不懂了。”

林霞不知道，陆思齐现在脑子里全是那张老照片。照片里的人明明叫许志民，为什么却那么像她今天见到的这个顾亦雄……

“林姐姐，今天谢谢你。但是我得回家一趟，让我哥来认认看。”说着陆思齐不管林霞的反应，自顾自地打开门，离开了林霞家。

就在陆海波和陆江涛准备出门报警，寻找陆思齐的时候，门一打开，却看见陆思齐就站在门外。陆海波大喜，一把抱住妹妹，几乎哽咽着说：“你可算回来了！”

陆江涛也笑道：“多大的人了，还搞离家出走啊！”

陆思齐喘了口气，没来得及跟大哥二哥说话，就噔噔跑上楼，拿来许志民的照片。

"大哥、二哥……我今晚看见他了！"

陆江涛一愣，立刻明白了为什么思齐急匆匆跑回家。这件事才是他们家的大事啊！而陆海波，表情则奇怪得阴晴不定。

夜色中，冯力吃力地蹬着三轮，陆海波三兄妹坐在车上。

陆江涛既焦急又紧张，喊着："冯力，你能快点吗？"

"你们三个人呢！"

陆海波的语气冷静得多："思齐，你看清楚了吗？"

思齐点点头："我和二哥，每天都会看一看那张照片，不会看错的。妈临终最后握着的就是那张照片，她以前也说过，只要找到这个许叔叔，她受过的苦，遭过的难，我们就都知道了。"

"你就这么确定？"

"我……确实看清楚了……但是……他说他没去过宁长。"

"管那么多干吗？先找到再说。"

几人到达林长民家门口时，夜已经深了。陆江涛不管不顾，走上前咚咚咚敲响了门。片刻后，明显已经有些困的林长民开了门。

林长民看了看几个不认识的年轻人，有些愠怒地问道："你们要干什么？"

"我们找人。"陆江涛应了一句，一边说一边就要往林家冲，"人呢？那人姓什么来着？"

思齐有点不好意思，但还是回答："姓顾。"

"什么姓顾的，这里姓林！"林长民看到陆思齐，生气地朝家里喊："林霞，你给我出来，你看看你带回来的都是什么人！"

林霞从卧室出来，看到陆家兄妹几人，有些意外。

"思齐，到底怎么回事？他们是什么人，你们要干什么？"

思齐不好意思地说："林姐姐，刚刚在你家的那位顾叔叔呢，能让他出来吗？他跟我们家有些……渊源。"

林长民不耐烦道："人已经走了，你们也不看看几点了！"

陆江涛急道："那他家住哪儿？叫什么？我们现在去找他！"

"你们到底要干什么？你们不说出原因，我不可能告诉你们！"

"他是我妈的朋友，我妈让我们找他的。"

“什么时候的朋友？”

“宁长县，知青。”

“你们认错人了！亦雄没有去过宁长县，我也不可能告诉你们他住哪里？”

林霞也解释着：“思齐，你恐怕是认错了吧，你不是说你要找的人姓许吗？顾叔叔真不是你要找的人……”

陆江涛看大家说来说去说不到重点，忍不住发牢骚：“哎，你们家也是，我们找他，肯定有我们的目的，你知道就把地址告诉我们，这不就完了吗？其他的你们不用管了！”

“不可能，我不知道你们有什么目的，或者说就算知道你们有什么目的，我也不可能就这样让你们找到顾亦雄家里去！”

林霞也有些不满：“思齐，你这个哥哥说话怎么那么不讲理啊？”

陆江涛混惯了，马上接嘴说道：“嘿，不讲理？我就不讲理了，怎么着吧！”

林长民哼了一声：“你们再不走！我就报警了！”

一直沉默的陆海波缓缓走到陆思齐和陆江涛面前。

“林老师？首先谢谢您今天救助了我妹妹，我们跟您家刚才的那位客人有些恩怨，但我们不会不分青红皂白，上去就怎么着人家。即使我们找过去，我们也会先把事情搞清楚，请你们原谅我们的激动。这个人对我们家特别重要，关系到我母亲的一些往事，请你们谅解。”

林霞火气稍微下去点儿：“那……好像也不太好吧？”

林长民：“什么叫不太好？我告诉你们，不可能！还有我最后说一句，请你们离开！”

陆海波点点头：“抱歉，不打搅了！”说着硬拉着陆江涛离开。

林长民狠狠地关上了门。

冯力坐在三轮车上，看着陆家兄妹垂头丧气地走出来，不明所以。陆江涛还不服气，气愤道：“哥，你也太弱了，他们不说出来，咱就不走！”

“咱不能不讲理，思齐，你再确认一下，没有认错？”

“绝对没有！”

“知道那个顾叔叔是这个老人家的同事，这就够了。”

说着陆海波上车坐好，望着陆江涛和陆思齐："上来吧，这个人既然冒头了，那就跑不了，硬逼着人家也不好。思齐，改天你来谢谢那个林老师，顺便了解一下他爸爸是什么单位。"

陆江涛自告奋勇："这事交给我了。"

陆海波脸一黑："回家，咱们算账去。这一晚上，事情太多了。"

"算什么账？"

"算一算，思齐离家出走的账，算一算你偷拿我钱的账！"

陆江涛吐吐舌头，缩着肩膀朝陆思齐望去，两人都像犯了错的孩子，不敢接话。

林霞家。

林长民关上门，余怒未消地坐到沙发上，训斥着女儿："林霞，你看看你认识的都是什么人啊？"

林霞低头，沉默不语，往卧室走去。

"真是什么人带出什么学生，你看看你现在成了什么样子，爸爸问你话呢！"

林霞脸上出现愠怒的神色，缓缓转过来："谁问我话？"

林长民气得满脸通红："你……你不应该这么说话，难道你连爸爸都不认了？"

"笑话，您什么时候把我妈当成过您的爱人，什么时候把我当成过您的女儿？"

林长民被林霞说中痛点，懊恼地闭目喘了口气。

"咱们不说那些好吗？不是说都过去了吗？我就问你，你这个学生什么来路？这样胡搅蛮缠下去可不行！"

"她不是我学生，路上捡的。"

林长民诧异道："你说什么？"

"我说这件事情，我惹得我来管，不会让您光辉伟大的形象遭受一点点的污损！行了吧，林长民同志！"

"你要怎么处理？要是他们还来呢？"

"大不了把顾亦雄家的地址告诉他们，让他们自己找去。"

"胡闹！就算他们说的都是真的，就能把亦雄家在哪里告诉他们？你别忘了，你丹丹婶婶的爸爸，是市委的靳副书记。市领导的家，就算他们知道了地方，能进得去吗？就算进得去，我们能给领导添这种麻烦吗？我还要警告你一下，以后这家人再找上门来，你亦雄叔叔的事情，一丝一毫也不能透漏给他们，懂吗？”

“放心，我不给您这个商委的副主任添麻烦，也绝不会让您给您的老领导添麻烦。”林霞丢下这么一句，径直回了卧室。

林长民深深地叹了口气，就这么坐在沙发上，闭目休息了会儿。他实在有点儿不知道怎么和女儿相处，怎么修复他们父女之间满是裂痕的关系……

不知过了多久，林长民悠悠睁开眼，看了一眼表。他站起来走向厨房，从冰箱里找出面包片和牛奶，整齐地放在客厅餐桌上。这是给女儿准备的早餐。

这一夜，回家的顾亦雄也很不好受。本来他找林长民，是想借岳父的身份，让领导免去他徇私的处罚。没想到林长民六亲不认，虽然免去了行政处罚，但仍然让他在党委会上做检查。这件事结束后，他又要受到岳父的责怪了吧……

顾亦雄对着纸，想了半天也只写下“检查”两个字。他妻子丹丹敷着面膜进了卧室，好奇道：“干吗呢？平时也不见你这么爱学习？给我倒碗蜂蜜水去。”

“哎！”顾亦雄答应着，起身调蜂蜜水。

“你那事儿？林老头那关过得去吗？”

顾亦雄苦笑：“你说呢？林老头是出了名的包青天，前几年的时候，他老婆……”

丹丹不屑地打断他：“他老婆是他老婆，你是你，我爸的面子他总得给。”

“这不是让先写个检查，交上去再看他的意思。”

“这事儿你别给咱们家那位老爷子提啊。”

“我哪儿敢啊。”说着顾亦雄已经调制好了蜂蜜水，毕恭毕敬地端给妻子。

“把你那心放你那狗肚子里去吧，老林是个明白人！”

顾亦雄赔笑：“当然当然，主要是有咱爸的面子在。”

“知道就行。快点睡啊，开着灯，我睡不着！”

顾亦雄无奈地把妻子喝完的杯子接过来，放在桌子上，又给妻子拉了拉被子，蹑手蹑脚地走到门口，把房间的大灯关上。他重新坐回写字台前，轻轻把台灯的开关扭小，回头看看床边的光亮，已经很弱了，才又扭头开始看着“检查”两个字发呆。他不自觉地摸出一支烟准备点，手刚刚碰到桌子边上的打火机，就听到身后的丹丹嚷着：“房间里别抽烟，抽烟出去！”

顾亦雄只好把烟又放回了烟盒。等了一会儿，他回头看看妻子，发现她有些睡意，才长吸一口气，拿出一支烟，摸了打火机，悄悄出门了。

顾家，或者说是靳家的客厅很宽敞。虽然灯已经暗了，但是依稀还能看到气派的沙发和墙上挂着的书法名家的字画。在略显阴森空荡的客厅中，顾亦雄捏着烟，蹑手蹑脚地拉开客厅通往阳台的推拉门。站在阳台上，仰头望着窗外漆黑的天，看不见一点星星。

他想起了陆思齐的问题——“你去过宁长吗”？

顾亦雄摇摇头，摸出手里的烟和打火机，打火机的滚轮摩擦着，但里面的油不够了，打了几次没有打着……推拉门被悄悄推开，顾亦雄下意识地把烟往身后一藏，回头看，是保姆小杨。

顾亦雄低声说：“还不睡啊，吓我一跳！”

“偷着抽烟呢吧？”

“没有！”

小杨冷冷地说：“我都听见打火机的声音了，我就睡旁边的屋里。靳伯伯不喜欢烟味的，你知道。”

“抽烟怎么了？这不是阳台吗？一会儿打开窗户跑跑味儿不就行了吗？”

小杨不依不饶地说：“那也不行，上次靳伯伯在阳台上发现一个烟头，专门说过的！”

顾亦雄心中突然升腾起一股厌恶感：“行了行了，睡你的去！你也管我！”

“我才不是管你呢，我是奉了靳伯伯和丹丹姐的命令，监督你！”

“你走不走？”

小杨看到顾亦雄真有点儿动气了，只好边拉门边说：“不许抽！”

望着家里保姆对自己的严厉与冷漠。顾亦雄望着漆黑的夜空，长出一口气。

顾亦雄恶狠狠地从背后拿出烟和打火机，使劲打着，像是故意抗议一般。但是打火机就像中了邪，任凭顾亦雄怎么打，就是打不着。他突然拉开窗户，像是摆脱厄运一般，用尽平生力气，狠狠地把打火机丢了出去。

清冷的夜空里，远远地听到打火机摔在楼下便道上，发出清脆的一声“啪”。

◆②◆

“路上不是都跟您说了吗？这叫认购证，只要明天一出手，就能换大钱！”陆江涛无奈地解释。

陆海波显然不相信：“还有这种好事儿？这种好事儿也轮得到咱们头上？”

“我的亲大哥哎，您把您的心放回肚子里去！放一百个心，我都试过了，只要明天去人民公园转一圈，钱就回来了。”

“那好啊，我说的就是这个意思，你去人民公园，我去找姓顾的。”

陆江涛不情不愿地说：“这就是钱，不急着出手，明天能换回来，后天也一样！哥，这事您别管了！”

众人沉默一会儿，陆海波再次说话：“但是我明天需要把钱还给人家温老板，这不是咱们的钱！”

陆思齐不满道：“二哥，你……你就算为了我，也不能偷大哥的钱啊。”

“什么叫偷啊，我能眼看着一张一张的大团结从眼前飘过去不抓啊？我是借大哥的，一换成钱，马上就还给大哥！”

“说得比唱得好听！偷就是偷！”

众人回头，发现温老板和温泉站在门口，温泉无奈地撇撇嘴。

陆海波赶忙解释：“老板，对不起，确实是我弟弟拿的，不过我来晚了一步，他们用钱买了这东西。您放心，明天一早我就让他们去把东西退回去。”

温老板带着温泉走进来，脸色铁青。温泉跟着撇着嘴，偷偷摆手示意陆海波——老爷子在气头上呢。

只有陆江涛满不在乎：“退什么退啊？这东西真的能赚钱，我昨天卖出去了一本。大哥你要是不相信，明天一早，您就跟我去，咱们把这些一脱手，就把这一千块钱还给温老板。赚的钱，咱们再去买。这样倒腾个几次，一千块钱就到手了。”

温老板有些异常得走过来，从陆海波的手里拿过认购证收据，仔细看着。

陆江涛看到温老板被吸引，马上开始公关：“温老板，您是做生意的，这倒腾一次几乎就是百分之四五十的利润啊。怎么样？您要是有兴趣，明天干脆您再投点儿钱进去，咱们再买点儿。这种事情就是买得越多，赚得越多，跟你们修电视、修冰箱可不一样。你们那是干一件，收一件的钱。这个可不一样，你扔进去一千能赚四百，你要是一次扔进去一万，就能赚四千，你要是扔进去十万，那一天时间，你可就赚了四万啊！”

温老板看着滔滔不绝的陆江涛。众人也都吃惊地望着极力推销的陆江涛。温泉甚至有点儿被陆江涛说动了，为陆江涛的说辞而兴奋。

温老板疑惑道：“那你能告诉我，这张纸的价值在什么地方吗？”

陆江涛愣住了，不知道该怎么说。

温老板冷笑：“不管做什么生意，都能赚钱，赚多赚少而已。我做了一辈子生意，我就认一点，什么东西能卖，都有它值钱的地方在。也许这玩意儿可以赚钱，也许它就是一张空纸头一文不值，但你要是连它值钱的地方是什么，凭什么赚钱都不知道，我劝你还是别真金白银地扔进去，想明白了再玩，好吗？”

陆江涛哑口无言。

温老板继续说：“陆海波，我不管这东西能赚多少，我给你那一千块钱，是用来进货的。明天一早，这东西要么退回去，要么你们赶快出手。反正明天晚上，我要看到进的货。至少我知道，电子管、二极管是有值钱的地方的。”

说完，温老板大步走向大门口，温泉跟着，回头跟陆家兄弟挤了挤眼。

父女两人走出几步，温泉突然好奇地问：“爹，你做了一辈子生意，像陆江涛说的那些，您听懂了没？”

“我当然听懂了。”

“那……他说的有道理吗？”

“有道理。”

温泉兴奋地说：“是吗？那咱们也买点儿？”

温老板苦笑着，不说话。

“爸，你到底什么意思啊？”

“我原本是想好好栽培一下海波的，海波这个人太实成，能成事，但是太费劲。”

“您的意思是陆江涛能成事？”

“不，他是个惹祸精。看吧，海波这个老实孩子，少不了被他这个弟弟牵连。”

“没那么严重吧。再说了你那也叫栽培？你简直是往死里剥削。”

温老板不耐烦地看了温泉一眼：“你懂个屁，我要不把他陆海波苦练四年，让他修炼成精，将来我怎么放心你啊！”

温泉听着老爸的话，感觉出来些什么，嗔怪道：“爸，您这话啥意思？”

“装什么装啊？你那点小心思，能骗了我这个老狐狸？我是帮你把他在咱们家拴死了，拴够四年。”

天还没亮，陆海波迷迷糊糊听到陆江涛起了床。他心想陆江涛一定是去卖认购证了，毕竟还温老板的钱是最重要的事。昨晚的事情太多了，他有点儿累，想到这儿，就又睡了一会儿。

起床后，陆海波直奔人民广场。昨天陆江涛已经告诉他认购证在这里卖了。可是左转右转，并没有看到弟弟的身影。没办法，他只好先回修理铺上班，路上再想想怎么跟温老板解释。好在温老板并没有在店里，只有温泉在。温泉还对昨天陆江涛说的认购证很好奇，问陆海波:“到底卖出去没有啊？我昨天可都被你弟弟说动了，要是行，我也去买点儿。”

“不知道，我去转了一圈儿，好像没什么人。”

“那不是黑市吗？大白天的都跟你一样闲逛啊？别急，我觉得你弟弟，说不定还真就把问题解决了。”

两人正聊着，突然听见门外嘎吱一声响。孙小虎急匆匆冲进来大喊:“陆老二呢？”

陆海波好奇地问：“小虎哥？他……他不在我这里啊？您找他有事儿？”

“你找找他，告诉他，今天务必把手里的那个认购证出手！再晚就亏了！这会儿都一点多了，消息马上就传出去了，要赶在传出去之前出手！”

“出什么事儿了？”

“说了你也不明白，我得赶紧回银行了，你快去找他！”

陆海波看孙小虎的急切神情，也意识到事情的严重性，忙说：“好，好的！我现在就去！”

孙小虎急匆匆地走了，陆海波愣着。

“到底是怎么了？快去找江涛啊！他去哪儿了？”

“让我想想他可能去了哪儿。难道说？”

天蒙蒙亮的时候，林长民走出单元门，朝着小区外走去。不远处的破三轮上，平躺着的陆江涛坐了起来，抬腿下车。跟着林长民。

林长民想起忘记拿某个文件，反身往回走，突然看到了陆江涛。

“你？怎么是你啊，你要做什么？”

陆江涛嬉皮笑脸:“我干什么您还不知道吗？您要是不告诉我那个姓顾的住哪儿，我这辈子就跟着您了。”

“你这不是要无赖吗？”林长民生又冲自己家窗户喊，“林霞，你给我出来！”

陆江涛还是嬉皮笑脸：“您叫她没什么用，我就跟您。”

林霞听到喊声，从窗户里露出半个脑袋：“干吗？”

“你看看你给我惹的麻烦啊！”

林霞突然看到楼下嬉皮笑脸的陆江涛，正抬着脸肆无忌惮地冲着她笑。她本来就对父亲没好气，这下看到陆江涛的表情更是来气，冷哼一声从窗户里消失了。

“小伙子，你就死心吧，我是不会把我同事的情况告诉你的。”

“那咱们走着瞧。”

陆江涛身后，林霞又从窗户里露出了头，手里还端着一盆水。林长民看到赶忙往后退了两步。陆江涛毫不知情，仍然一副无所谓的样子。林霞对着陆江涛的脑袋倒下来，把他浇得一激灵。陆江涛惊呼一声，抹了把脸抬起头。

林霞笑着喊：“林长民，你走你的，这小子交给我了。”

“林霞，你……你个女孩子！”

“走你的！我这暴脾气还收拾不了他？”

林长民无奈，只好走向小区门口。

陆江涛还在抖落一身的水，等到他反应过来，发现林霞已经穿着一身睡衣，双手抱胸站在自己面前。

“你这人，不给你点厉害就没完了，是吧？”

陆江涛气呼呼道：“你们把那个姓顾的交出来，咱们就算完，否则……”

“否则什么？我就不说，你能怎么样？”

陆江涛被气急了，四下乱瞅着，突然看到不远处小区草地上有根正在浇水的软管。

他三两步跑过去，抱起水管冲过来。

“你要是不说，你给我一盆，我还你一吨！”

“你来啊，我还就不信了，你还敢……”

林霞话没说完，陆江涛已经抱起水管，往林霞身上冲去。林霞尖叫着四下躲避。陆江涛看着她的惨样，乐呵起来，玩心大起，还捏住水管让水流更激烈一些。林霞抱着头，好不容易跑到了安全地带，花容失色中，发现自己的睡衣被水一冲，玲珑的身材已经隐约可见。

林霞大窘，红着脸狠狠地瞪着陆江涛吼道：“好，有你落我手里的一天！”说着急匆匆跑回楼上。

陆江涛哈哈大笑,看着林霞上了楼,又回到自己的三轮上,躺下,望着天空的白云。

“我就不信你还不出门了！”

他不知道，此时孙小虎正颤抖着从领导手中接过一份文件——即日起，认购证必须记名。

下午四点钟，林霞收拾一新，背上一个双肩包，准备出门。她是夜校老师，因此昨天才会偶遇陆思齐。林霞从窗口看了看，发现陆江涛还在三轮车上。

“倒是有点儿毅力！”

陆江涛看到林霞下楼，一跃而起。林霞往前走，他就骑着三轮跟上来。林霞回头看着他。

“你到底要干吗？”

“你给我说那人的情况，我就走。你不说，我永远跟着你。”

林霞鄙夷一笑，继续往前走。陆江涛蹬三轮跟上。

林霞停下脚步，回头问：“我去哪儿，你就跟哪儿？”

陆江涛点点头。

林霞走回两步，直接跨上了陆江涛的三轮车。

陆江涛愣住了：“你干吗？”

“你不是要跟着吗？那好，反正光天化日，你也不敢怎么着，直接送我去单位好了。”

“你说什么？”

“不占便宜白不占，请您送我去单位，出门左拐啊。”

陆江涛被气得不行，发狠地点头："行，我看你能忍到什么时候！"

陆江涛蹬着三轮就要出小区，陆海波和温泉突然出现在两人面前。

"大哥？你怎么来了？我不说了吗，这丫头我负责！"

"你整整一天都在这里？认购证呢？"

"在我怀里呢。那是钱，我可不敢乱丢。"

陆海波走上前，抬手给了陆江涛一个嘴巴。温泉和林霞都愣住了。

"大哥，你！"

陆海波恨铁不成钢地指着陆江涛："你把正事都耽误了！快！去人民广场！"

林霞揶揄陆江涛："哎，别，我学校不在人民广场，你们不是要送我去学校吗？"

陆海波注意到林霞，走到她面前，深深鞠了一个躬："对不起，我这个弟弟又缠磨了您一天。我们确实有点急事儿，很想知道昨天您家那个客人的情况。我们不会去骚扰他，但需要见见他，了解一些当年的情况。请您见谅，今天我们还有急事，改天请求您约一下那位客人，我请你们吃饭。"

林霞感受到了陆海波的诚意，点点头跳下车，拍着陆江涛的肩膀道："小伙子，学着点儿，你哥这才是做事的样子，你们有礼数，我也不会为难你们。" 说完她又转身向陆海波道："不好意思，约还是免了吧，我不跟陌生人打交道，你们也别想从我嘴里知道顾叔叔一丝一毫的消息。"

陆江涛大怒："你这人，给脸你还不接着！"

林霞笑嘻嘻丢下一句："你们好像还有别的正事，我就不耽误了！"说着大步走向小区门口。

人民广场上，中午的热气一过，三三两两的人群逐渐多起来，几个黄牛神色紧张地说着什么。

陆江涛机灵地凑上去，听见一个黄牛正愤愤不平地发牢骚："今儿真是触霉头，刚交了三本的钱，上头说要记名了。记名你让我卖给啥人呀？"

陆江涛倒吸一口冷气，小心翼翼地追问："什么情况？不是这些天都是白板不记名的吗？"

"小兄弟，不知道吧，昨天晚上人民银行已经出通知了，股票认购证必须记名，所有预缴款的到时候换的都是记名认购证。这不是敲我们的饭碗吗？"

陆江涛傻眼了，冷汗瞬间流了下来。

陆海波找到陆江涛后，因为店里忙，先回了修理铺。柜台里，他正帮一个顾客修理着收音机，但是明显能看出来他心不在焉，不时回头看墙上挂着的表。

顾客不满道："哎，我说，你倒是用点儿心，你老看表干吗？我这收音机还能听到音吗？"

"能，能，能，马上马上！"

说着海波加快手中的活，打开开关，传来收音机的嗞啦声……

海波把收音机贴到耳边听着。

"中国人民银行今日下发通知，对于股票认购证进一步规范……将不再允许空白认购证流通……"

海波听到这里，脸色顿时白了，手中的收音机一下掉到了地上。

"哎！你这人怎么回事？让你修呢，怎么给我摔了！"

人民广场上的每一个人都像热锅上的蚂蚁，陆江涛恐怕是其中最热的。因为这些认购证是他所有的财产，一旦卖不出去，除了血本无归，还要背上温老板的债……

陆江涛颤抖地望着眼前众多正在聊天、交易的黄牛，感到一阵眩晕。

"那……那我这些是不是……"

那个黄牛鄙夷地看了看陆江涛手里的认购证："废纸！"

陆江涛颤抖着低下头，咬牙切齿地狠狠扇了自己一个耳光。他还要继续，一个黄牛走过来，伸手拦住了他："小伙子，这是干什么啊？"

陆江涛苦笑着没有理会，转身，艰难地往外走。

那个黄牛追上来："小伙子，是不是有不少白板啊？天无绝人之路……"

陆江涛不理会黄牛，自顾自地往前走。

此时另一个人冲过来，一把抓住追着陆江涛的黄牛急匆匆道："张哥，你可要救兄弟这一回啊，兄弟这次可是把身家性命都投进去了，不能就这么栽了啊。"

那个黄牛挥手甩开来人："你别叫唤！这个时候我有什么办法？"

"张哥，谁不知道你路子宽啊，想想办法吧。"

"你那些白板，想要赚钱是很难了。这样吧，你打包转手给我，我给你一个合适的价格，至少少亏一点点，咱们都是老相识了！”

陆江涛的脚步突然停下来，慢慢回头。

“大……哥，您还能多救一个吗……”

后来的那人一边掏出一摞认购证，递给黄牛，一边说道：“张哥本事大，什么东西到他手里，都能活过来！张哥，我的都给你，尽快帮我变现啊。我可真亏不起了！”

“大哥……要不，您也把我的打包吧。我这是拿的我哥的钱，我不能血本无归啊。”

“有多少？太多我也没有办法啊。”

江涛掏出认购证，递给黄牛。黄牛接过来点数完，把两人的认购证归在一起。

“这样，你们俩在这里等着，我去帮你们跑跑路子，一个小时之后回来。千万别走远，就在这里等！”

两人不住地点头：“是，张哥，放心，放心！”

黄牛离开广场，穿过马路，消失在人流中。

人民广场上的钟声突然响起。江涛焦急地问：“不对啊，是不是出了什么问题？这都走了两个小时了。”

“小老弟，你是第一次做这种事情吧。别紧张，要汽水吗？我去给你买瓶汽水。”

“不用了，还是等吧。对了，那个张哥有没有 BP 机啊？要不要给他……”

“有，你等着，我现在就去给他打个电话，问问情况……”

那人不容分说，大步流星地朝马路对面跑去。陆江涛感觉事情不对，想冲过马路去追，却猛然看到大哥骑着自行车赶来。因为骑得太快，差点儿和一辆车撞上。

“哥！”

“不要说了，我都听新闻说了。我就问你，现在怎么办？”

“哥，你不要着急，我找了个有门路的大哥帮我出手，至少能折七成回来，不会亏太多。等会儿啊。”

旁边一个看热闹的黄牛笑了：“等什么等啊？那两个是连档模子，骗你的了。连这都看不出来，小兄弟不要出来混了！”

两兄弟都愣住了，陆江涛一把抓住旁边说话的黄牛：“你说什么？你再说一遍！”

“再说一遍，那两个也是连档模子嘛！等不回来的啊，小兄弟，这就是江湖，你还嫩得很嘞！刚刚我就在偷看来着，我一早就知道的！”

陆江涛气愤道："你一早就知道，怎么不说啊？"

黄牛扯扯被陆江涛拉扯的衣服："哎哟，我说啥子啊？管我什么事啊！"

陆江涛一看路对面，那个人已经快消失在街道拐角了。

"快追！"

陆家破败的小屋里，陆海波呆呆地站着，陆江涛懊恼地蹲着，陆思齐坐在两人中间的床上低头不语。在他们面前的桌子旁，坐着温父，正冷眼望着三兄妹。

"没得话说了？昨天是哪一个拍着胸脯教训我？扔进去一千赚四百，扔进去一万赚四千，扔进去十万赚四万？四万在哪里啊？四万没见到，怕是被人玩死了。"

陆江涛被温父奚落得腾地站了起来，想说话。

"哦呦？这是要掏四万给我看了看。"

被温父一句话噎住，又气鼓鼓地蹲了下去。温父望着他，轻蔑地笑了一声。

"陆海波！"

"老板……"

"我看你们心情也不太好，不像是赚了四万的人，我也就不再挖苦你们了。但是昨天说好的，我不管你们赚多少，我不收利息的，把本金给我，我要进货！"

"老板，都……赔进去了！"

温父气得暴跳："都赔进去了？是什么意思啊？我的一千块呢？"

"都被人骗走了。"

"哎哟喂，你们好厉害的啦。我都想到你们要赔钱的了，但你们还是超出我的想象力了哦，赔得一分钱都不剩啊？哦呦，本事不要太大好吗？现在怎么办啊？我可不是慈善家，拿钱出来给你们玩玩，赔光就算完的了？"

"老板，这样吧，我……我还您，我……"

"你怎么样？"

陆江涛腾地站起来："哥，这是我惹的祸，我来扛。温老板，这笔账算在我头上，我给你还。"

陆思齐难过极了，因为发生这么多事情，都是因为两位哥哥要帮自己。她几乎哽咽着说："哥，你们都是为了我，才惹出这么多事情的，大学我就不上了。温伯伯，你那边还需要工人吗？我去给你打工，我的工资还你的账！"

温父抱着胳膊，望着三个争先恐后的兄妹不语。

“老板，不关他们的事，还是我来！”

突然从门外传来了温泉的声音：“你们谁来也没用！”

三兄妹一愣，温泉款款走进来，面色冰冷地首先瞪了陆江涛一眼。陆江涛刚刚踊跃的气势顿时矮了下来，又蹲下去，恨不得找个地缝钻进去。

“温泉，你……你帮我给老板说说，我给他打工，钱一定是可以还上的。”

“跪下！”

所有人都是一愣。

温泉冷冷地说：“跪下！”

陆海波迷茫道：“温泉……你……”

“我不是说你，你们仨都得跪下！”

三兄妹都是一愣，陆江涛灵光些，感觉到温泉在想办法帮助他们，首先扑通跪下了，并且拉了拉陆海波。

温泉会心地看了一眼陆江涛，似乎有些赞许：“听见没有，都跪下！”

陆海波和陆思齐有些不情愿地跪下了。

温父不明所以：“这是做什么？温泉！你这是要干什么！”

温泉继续命令三兄妹：“叫爸爸！”

三兄妹更愣住了。

“爸，你不晓得吧。其实啊，在学校的时候，我跟思齐关系特别好，好到什么地步呢？我们义结金兰，做了干姊妹。我们是干姊妹，那他两个哥哥，就是我的干哥哥了。我的干哥哥，那就是您的干儿子了。”

温老板明白过来，赶紧伸手拦住 ：“停！不要说了！我知道你想说什么了。鬼丫头，不要说胳膊肘往外拐，你现在连脚脖子都拐到外边去了！”说着温父就要往外走。

陆江涛最机灵，也立刻明白过来：“爸爸啊，还有好多事情没有商量呢，您怎么就走啊！”

温泉高兴地冲着陆江涛挤眼，示意他做得好。

温父回头道：“不好忙着叫爸爸的。这一声爸爸，一千块呢！”

温泉开心地帮腔：“对啊，一声一千块，那两个一叫，就是三千块了。爸爸，先不说江涛拿走那一千块啊，思齐是您干女儿，难道因为没钱，考上大学也不上啊？”

说着温泉朝着思齐不住地挤眉弄眼，示意她说话。

思齐为难地看了一眼大哥，有些不好意思地轻声说："爸爸，您也不要太恼火了。"

温父回过头来，望着跪在自己面前的三兄妹——江涛热切地望着自己，思齐则很羞涩，只有海波像犯了错误，死死地低着头。

温父又看看旁边的温泉，一副奸计得逞的表情望着爸爸，温父无奈地苦笑。

夜色中，温父铁青着脸走在前头，温泉哼着小曲"夏天夏天悄悄过去，留下小秘密，压心底压心底不能告诉你"，走在后头。

温父停住脚步："压心底？都堵到嗓子眼了！快别聒噪了！"

"爸，您今天是不是特别高兴？"

"又动什么歪脑筋？"

"原来您一直说我不好好读书，考不上大学，没出息。现在好了，您有个考上大学的女儿了。您还一直说我是个女孩子，这下更好了，您一下多出两个儿子来！"

温父回头望着温泉，一言不发。

"可别说您不认啊，思齐是多好的闺女，您真就舍得让她因为钱上不了大学？"

"思齐上大学，需要帮我可以帮嘛。可是那俩小子，成事不足败事有余的，我要是收了他们当干儿子，我这副家当非赔光不可！"

"您就这么看不上他们俩？你女儿眼光就这么差？"

温父大步往前走："哼，该叫爸的不叫，不该叫地乱叫！气死了，气死我了。你给我听好了，总有一天，我会把你赶出家门去的。你在家里才是最大的祸害！"

温泉笑着追上去，从后面搂住爸爸的肩膀："不用你赶，我找着合适的马上嫁！"

温父被逗笑了："他想得美！娶我的闺女，谁这么好运气？啊？"

父女俩笑着继续前行，月光铺地，无限美好……

3

一个月后。

夜校里，林霞拿着书本从走廊上走过来，一抬眼，突然看到了百无聊赖的陆江涛。两人都是一愣。

“是你？”

陆江涛奇怪道：“你怎么在这儿？”

“我是这里的老师，当然要在这里了。我还问你呢，你怎么在这里？”

“我……你不告诉我那个姓顾的在什么地方住，我就得找你啊。在你家找不到，我只好到你学校来找你了。”

“真有你的啊，还追到这里来！”

“你赶紧把那个姓顾的地址告诉我，咱们算两清了！要不是你，我能赔掉那么多钱吗？”

“什么钱？你死乞白赖关我什么事。还有你为什么要一直追顾叔叔？”

“你以为我想找他啊？那是我妈临死前给我留了一张照片，说是要找到他。否则我才懒得找他呢。”

“这里面还有故事啊？”

“从我生下来，到我妈去世，她就一直被一种怪病缠身，我都不知道她临终的时候到底要给我们说什么，所以我们必须找到这个姓顾的！”

“但是你们要找的那个人姓许，我爸爸这个同事姓顾。你们要找宁长县的人，我这个顾叔叔，从来没去过宁长。”

“我相信我妹妹！”

林霞愣住了。

其实，陆江涛之所以来夜校，是因为陆海波怕他再惹事，给他报了名让他去学习。在陆思齐的鼓动下，他好歹是勉强答应了。没想到上学的第一天，就遇到了林霞这个“仇人”。

夜校的课堂上，林霞正在黑板上演算着一道数学题。讲台下，其他学生都在认真听讲，只有坐在最后一排的陆江涛在呼呼大睡。林霞写完了演算过程，回过头来，问道：“这道题的算法，都明白了吗？”

陆江涛的鼾声突然响起来，学生们忍不住地笑了起来。

林霞顺着声音看到了趴在桌子上睡觉的陆江涛。她冷笑着，拿起黑板擦，把演算过程擦掉。

然后打开点名册，找了一会儿，试探着叫：“陆……江涛？”

一个学生接话：“是他！”

林霞大声叫道：“陆江涛！”

陆江涛的同桌捅了捅他。他苏醒过来，睁开惺忪的睡眼，懵懂地抬起头，发现其他同学和林霞正望着自己。

同桌使坏，小声对陆江涛说：“选 B！”

陆江涛大声回答：“这道题选 B！”

全班哄堂大笑。

林霞站在讲台上朝着陆江涛微笑：“原来你叫陆江涛？”

陆江涛看到林霞，眼神一亮，继续喊：“选 B！”

全班又是一阵笑。

“选什么 B 啊，哪儿有 B 可选啊，你给我上来！”

说着林霞让开身，陆江涛看到黑板上写着一道数学题，顿时明白过来，这是林霞要他上台答题。陆江涛犹豫着，磨蹭着时间。

“怎么了？你敢追到这里来，不敢上来？心虚了？没有三两三，你也敢上梁山啊。陆江涛同学，请快点，大家的时间不能让你一个人耽误了！”

陆江涛磨磨唧唧走向讲台，望着已经解了一半的数学题，头大起来，他突然灵光一现，几步走上去。在众人的诧异中，他把数学题擦了个干干净净！

“你干什么啊？”

陆江涛觍着脸强词夺理：“老师，您不是说，陆江涛你来吧。我一看你这是想把这个擦干净，接着讲下一题。但您擦了一半黑板累了啊，您叫我上来擦黑板的啊？”

全班学生哄堂大笑。

林霞被气笑了：“下课后不许走，来我办公室！”

陆江涛无所谓地回到座位上，继续睡觉，直到被下课铃声吵醒，才晃晃悠悠地跟着林霞去了办公室。一名老师看林霞黑着脸进来，好奇地问：“怎么了？学生不听话啊？”看到后面的陆江涛，立刻明白了，说道：“哎哟，你看看你把我们小林老师气成什么样了。小林老师可是名牌大学的高才生，你不要把人家气得太厉害啊。”

陆江涛赶紧鞠躬道：“小林老师，对不起啊，以后你让擦黑板，我也不擦了。”

林霞望着嬉皮笑脸的陆江涛，突然说：“明天把你家长叫来，我要跟他好好谈谈。”

那位老师接话道："小林老师，咱们是夜校，都是成年人了，叫家长那是小孩子啊。"

林霞看了一眼陆江涛："不行的，我看这个学生啊，根本就没心思好好上咱们夜校，一定要跟家长沟通下的。"

"什么家长啊？我没有，我就是我家家长。"

"你爸爸呢？"

"死掉了的。"

"你妈妈呢？"

"死掉了的。"

林霞和几个老师都是一愣。

"那……那你们家还有谁啊？"

"还有妹妹，你见过，不过刚刚去外地上大学了。在北京，要不要叫回来啊？"

林霞没有想到陆江涛的家庭竟然是这个样子，沉默了。陆江涛得意地笑着。

陆海波正在低头认真地修理一台收音机。温泉趴在一边的桌子上，看着陆海波认真工作。

温泉突然说："你这人吧，就一点好。"

"什么好？"

"干起活来认真得很。"

店外，陆江涛蹬着三轮来到门前，正准备走进去，远远看到温泉给海波擦汗。他心里莫名地有点别扭，又把车往后倒了倒，犹豫了一下，还是提起车斗里新收来的元器件，朝店里走去。

店里，温泉正在跟海波聊天："哎，今天下午你俩谁陪我出去吧。我们家的周扒皮出去办事了，这种机会可不好找。我听说动物园新来了一对熊，咱们逛逛去？"

"还是算了吧。你爸不在咱们还得看店，而且我这手里还有一堆活儿呢。"

温泉有点不开心："你这人怎么回事啊？你就那么爱干活？你这都不正常。"

"我带你去啊？"两人抬头，看到陆江涛进来。

"哥，这是今天收的。"

"放这里吧。回头让温老板给你算账。"

温泉生气了："到底去不去啊？你俩一天到晚就知道给我爹卖命，没人管我啊！"

说着她噔噔出了门。

陆海波干着活说：“去追吧。”

“嗯！”

陆江涛使劲蹬着三轮，追了一条街终于追上了温泉。温泉还在生气，闷头走着。陆江涛骑着三轮到她身边，拨动车铃。

温泉停了下来，回头说：“干吗？”

陆江涛犹豫着，突然鼓起勇气：“上车！”

“去哪儿啊？”

“上车就行了！”

陆海波站在店门口，看着两人慢慢离去，默默转身走回了店里。

动物园里人流如梭，陆江涛带着温泉兴奋地朝着熊馆而去。

俩人站在熊馆的笼子外面，温泉兴奋地直喊。陆江涛看着她笑着问：“你说你一个女孩子怎么喜欢熊啊？”

“那怎么了？稀罕。”

熊在笼子里走来走去。陆江涛看看熊，又看看高兴的温泉，突然说：“你等着。”

“你干吗去？”

陆江涛一边走开一边喊着：“你等着就是了。”

一会儿工夫，陆江涛举着一瓶可口可乐跑回来：“天热，你喝这个。”

“哟，你这生活档次也上去了啊？见天儿地请我喝可口可乐了？”

“知道你喜欢这个，只要是你想要的，没二话。”

温泉故意逗江涛：“看你那样子，还没二话。你可还欠我们家钱啊。”

陆江涛有点尴尬，但还是鼓起勇气直视着温泉：“真的，你说吧，只要你想做的，你想要的，没二话，我立马去办！”

温泉坏笑着看了一眼笼子里的熊，说：“那行啊。人们不是都说，老虎屁股摸不得嘛，估计这狗熊的屁股也摸不得。你给我摸一个。”

“啊？”

“不敢吧？还装得跟什么似的。”

陆江涛脸色一变，转身趴到笼子边，伸手到笼子里，朝着熊喊：“喂！过来！”

温泉意外，嘀咕着：“嘿，还真有点儿胆子！”

熊看着笼子外伸进来的手，有点意外，慢慢站了起来，一步步向着笼子边走来。

温泉有点儿怕了，她本来只是开个玩笑，连忙劝道：“行了啊，它真过来了。”

“我说了没二话！”陆江涛继续朝熊喊着，“过来！”

熊看着陆江涛伸进来不断挥舞的手臂，突然怒吼一声扑了过来。

温泉吓得一声尖叫。陆江涛赶紧抽手出来，但还是晚了一步，被熊爪子抓到了一点点。温泉被野兽的咆哮吓坏了，一头钻进了陆江涛怀里，立刻又反应过来，使劲捶打着陆江涛：“你干吗？疯了啊！”

陆江涛脸色铁青，刚刚收回来的手不停地颤抖。

温泉注意到他的异常，随即发现他的手背上被抓了一道血印子。

“你脑子有病吧？”

陆江涛嘴唇颤抖着笑起来：“不是你说的吗？让我摸熊屁股。”

温泉气急，又不知道说什么，只好闷头往回走。陆江涛莫名其妙：“又生气了啊？”

“气什么气，回家！”

两人回到修理铺，陆海波已经做好了饭。看到弟弟受伤，陆海波以为他又去打架了，训斥了几句就找来纱布、药酒帮他包扎。不过，温泉惶恐的表情被陆海波觉察到了，等陆江涛去了夜校，陆海波趁机训了温泉几句，她就老实交代了，听得陆海波眉头直跳。

“这都出的什么幺蛾子啊？不是我说你，以后，你千万不要跟江涛开这种玩笑！他较真的很！还有啊，哪有让人摸狗熊屁股的，你怎么想的啊……唉，这……这不会有什么后遗症吧，需不需要去医院打个疫苗什么的？”

说到医院，陆海波不由分说就关了店带着温泉出了门。

夜校已经下了课，学生们正在往外走着，陆海波在门口焦急地等待着。陆江涛手上缠着绷带，显眼无比。陆海波远远就看到了弟弟。

陆江涛也看到了大哥，他愣了一下，怯怯地喊：“哥。”

“你这手怎么伤的？”

“我摔的。”

“别撒谎了，跟我去趟医院，那狗熊都是野生的，说不定有什么呢。打个疫苗去。”

“我没事，真没事。”

正拉扯的时候，下班的林霞看到他们，回忆起那天自己家门口的事，她大步走上前来问道：“您是陆江涛的哥哥吧？”

“我是，哦，您是那天……”

“我是陆江涛的数学老师，兼他们这个班的班主任。关于陆江涛我有些事情要跟您谈谈，他在我的课上就没有消停过。而且通过这段时间的观察，我觉得，他来上这个学校，是白耽误时间……”

“那您的意思是……”

“让他退学吧。”

陆江涛看形势不妙，忙道：“哥，你们聊啊。我先去医院了。”说完撒腿就跑。

陆海波苦笑着望着一脸认真的林霞。

陆江涛跑出去几步，迎面撞上了来找他的温泉和冯力。

冯力一看到他手上的绷带就大怒：“哥，你手怎么了？谁干的？我给你报仇去。”

“去啊，最好去了一拳打蒙它。动物园新来一狗熊，它抓的我。”

“那……算了，去动物园还得买门票呢。”

温泉坐下，望着陆江涛的手，充满歉意地说：“好点了吗？”

“你干吗给我哥说这个？”

“我……我就是怕你伤得厉害。”

“没事，以后咱俩的事，别老跟我哥面前告状。”

“咱俩有啥事啊？”

“好玩的事呗……”

夜校门口，陆海波还在不停地给林霞鞠躬，真诚的态度让林霞都有点儿不好意思。

“林老师，对不起，对不起！我这个弟弟又给您添麻烦了。”

“也没什么，我算看出来了，你弟弟陆江涛，本来就没打算来好好学习文化知识。”

“我不想他一辈子就收破烂、捡废品，是我逼他来的，没想到在这里遇到了您。我估计他为了您那个顾叔叔，一定会给您添不少麻烦的。”

“顾叔叔对你们就有那么重要？”

“当然，其实……”

“算了，我不想听。你们要找的人姓许，我认识的人姓顾。我觉得你们不要在这上面白费气力了。”

“其实您也不用为难，只要您把那位顾叔叔的家庭地址告诉我们，我估计您就是用绳子拴，也拴不住我这个弟弟了。”

林霞语气突然变冷，说：“哦，你在这里等着我呢！好嘛，弟弟耍无赖，哥哥装真诚，目的就是你们口里的顾叔叔？”

“您别误会，千万别误会，我的道歉是真诚的！”

“行，我知道了，关于你弟弟要不要上学你们自己考虑！”

“林老师，您别生气，我真的不是您想象的那样。”

林霞停住脚步回头：“把你弟弟领走，再也不要来烦我！”

“行，您放心，我一定不让他再来骚扰您了。”

陆海波这么干脆，林霞反而有些意外：“那好啊，那我们就此拜拜吧。”说着林霞径直往前走。陆海波停住了脚步，望着林霞的背影，沉默不语。林霞走出去好远，感觉到陆海波没有跟来，诧异地回头看着他。

“还有什么事情吗？”

“林老师，我能跟您讲个故事吗？”

林霞有些无奈地说：“故事？”

陆海波点点头，追上她，两人说着话，并肩走在人行道上。

“我妈特别苦，你都不能想象她为了我们三个吃了多少苦。而且她还有一种怪病，一旦犯起病来，害怕水，害怕一切水，渴得不行了我们才敢给她喝一口水。每喝一口，那种痛苦，就像咽毒药一样。”

“那你们没有去给她看看吗？”

“看过，江涛那时候还小，也就我知道。但我们那个小地方的医院根本解决不了问题，医生只是说找到病根，就能想办法。”

“那找到了吗？”

“我爸爸从来不跟我们谈妈妈的事情，我妈也从来不说。我经常见她一个人在深夜里哭。我去问过她，她只是给了我那张许叔叔的照片，告诉我，等我们长大了如果遇到照片上的这个许叔叔，他会告诉我们一切的。”

“你们的那个许叔叔，是不是长得很像我爸爸单位的顾亦雄？”

陆海波点头。林霞犹豫着。

“我和江涛小的时候，没有事情做，连学也上不起，我俩就拿着那张照片，站在我们那里集市上，一站就是一天。我们想，许叔叔应该住得离我们不远吧，我们总会遇到的。遇到了他，我们就知道了妈妈的故事，知道了妈妈的故事，我们就能给妈妈治病，让妈妈笑一笑。”

林霞已经被深深地打动，有些不忍地问：“然后呢？”

“后来妈妈就怀了小妹思齐，然后大出血……”

“对不起。”

“没事，已经去世好多年了。”

“你们的妈妈已经去世了，你们还要找那个许叔叔？”

“要找，一定要找。许叔叔就是打开妈妈故事的一把钥匙，可能他是妈妈一生最好的朋友，也可能他见证了妈妈最不幸的一刻。找不到他，我们的心就总悬在那里，无处安放。”

“我明白了。”

陆海波继续说道：“谢谢您听我讲这些。如果江涛再给您找什么麻烦，您就来找我，我们不能为了找到许叔叔，让您不得安宁……”

林霞久久地望着陆海波，好像从来没有见过这么讲理的一个人。

林霞沉默着，看了看陆海波。陆海波也沉默着，低头走路，仿佛不敢看林霞一样。

两个人往前继续走着。

不远处的大排档上，温泉和陆江涛、冯力突然看到了并排走来的林霞和陆海波。

“哎，大哥！”

陆江涛狠狠地敲了下冯力的头：“别吭声！”冯力立刻会意，和陆江涛都低下头去。温泉则看着徐徐走过的陆海波和林霞。

“那就是你老师？你故意给人家找麻烦的？”

“是啊，怎么了？”

“还挺年轻的啊。”

陆江涛看了看温泉的脸色，故意试探道：“我哥怎么还跟她挺谈得来的啊。”说完，他偷偷观察着温泉。

温泉脸色果然不好了，她鼓气道：“还不都是你！惹这么多事！”

陆海波和林霞并没有注意到路边的三人。

好一会儿，林霞终于反问陆海波：“那对于我爸爸单位的那位顾亦雄叔叔，你真的不想知道他的消息？”

“我当然想，您要是说，我就听，但是如果您反感不愿意说，我也不会强求。”

“我确实不方便告诉你们顾叔叔的事，但是我可以帮你们一件事情。”

“什么？”

“这样，我帮你们找一张顾叔叔的照片，你们可以拿回去和手里那张照片做一下比对，如果真的没有差别，再说其他的办法，可以吗？”

陆海波高兴地说：“当然可以了，谢谢，谢谢您！”

“另外，只要陆江涛不给我捣乱，上夜校也是好事，你就不用把他逼回家了。学点文化，总比一辈子拾荒要强得多。”

陆海波有些感动，诚恳道：“谢谢您，林老师！”

俩人互视一眼，都微笑了一下。

不远处，田四和黄瑶正扶着一个一瘸一拐的人在路边走着。那人正是黄瑶的父亲黄智中，他是一名走南闯北多年的老江湖人，因为年轻时瘸了一条腿，因此被人称为黄瘸子。

黄瘸子从陆海波和林霞身边走过，炯炯的目光在林霞身上停留了片刻。

田四感觉到异常，连忙献殷勤：“老爷子，您慢点儿走。”

黄瘸子低下头，继续慢悠悠往前走着，眼中的光芒掩在黑夜里，使人不知道他在想什么。走出一段距离，黄瘸子低声嘀咕道：“奇怪，她怎么在这里？”

“您认识陆老大？”

“陆老大是谁？”

“就刚刚那男的，就是上次那个陆老二他哥。”

黄瑶好奇地回头看了一眼陆海波和林霞的背影，听到父亲笑着说：“有点意思。”

次日，夜校的课堂上。

林霞讲完了今天的课，一边合上课本和教案，一边宣布下课。学生们纷纷收拾各自的书本离开。坐在最后一排的陆江涛也百无聊赖地站起来。

林霞突然说："陆江涛，你留一下。"

陆江涛一愣，以为林霞又要收拾自己。没一会儿，学生渐渐走完了，陆江涛吊儿郎当地走到讲台前，说："林老师，今天我可是老老实实听课，认认真真做题了啊。"

林霞不说话，从口袋里掏出了一张顾亦雄和林长民的合影。

陆江涛一愣，顿时双眼冒光，一把抢过照片。

"就是他！"

林霞完全不搭理陆江涛，转身就走。

陆江涛连忙追上："哎，你别走啊，你还得告诉我……"

"我什么也告诉不了你！我顶多就能给你这张照片，让你确认一下，顾亦雄是不是你找的人。"

"就是他！没错！他在哪？"

"你回家好好看看再说，别就是他就是他，人家跟你们八竿子打不着。"

"我看了那照片快二十年了，不会认错的！"

"那行吧，我就能帮你们这点儿事情了。"

"那不行啊，你得告诉我，他住在哪里？"

"不可能！"

"你这不是吊着我吗？"

"我告诉你，我这是看你哥哥的面子，给你们找张照片。之后你想干吗，自己干去，别烦我了，行吗？"

陆江涛看着照片点点头道："行，至少确认就是他了！"

"还有，你交了一学期的学费，也就上了不到一个月。你要是走，我可以帮你向学校申请，退点儿学费给你！"

"行，你仗义，我也仗义。放心吧，从今往后，小爷陆江涛再也不会来这里，听你那听也听不懂的课了。拜拜了您哪！"

陆江涛转身大步离去，林霞望着陆江涛的背影，突然感觉这个人也不是那么讨厌。

陆江涛兴冲冲地回到温家的修理铺子。陆海波正在焊一个二极管，温泉在旁边啃苹果。陆江涛兴奋地把林霞给他照片的事讲了一遍，丝毫没发觉低头干活的陆海波一脸平静。

陆海波等弟弟讲完，缓缓地问："然后呢？"

陆江涛信心满满："然后，我就拿着照片蹲在林霞他爸单位门口，就像咱们小时候在市集上，一个人一个人地过，总有一天能找到他。”

“然后呢？”

“咱们找了二十年，你说然后呢？”

“然后呢？”

“然后，然后，还然后什么，哥你怎么了？”

“江涛，我知道你想找到许叔叔，但你想过没有找到又能怎么样？我们知道了妈妈年轻时的事，又能怎么样？能让妈妈活过来？跟我们现在的日子有关系吗？”

陆海波说完，继续低头修理手里的东西。陆江涛瞪大眼睛看着哥哥。温泉在一边笑。

“我不管，我找了这么久，我也不知道有什么意义，但我就是想找到他！”

陆海波不说话，只是看了温泉一眼。温泉止住了笑。气氛的突然严肃让陆江涛也开始有点怀疑自己。

“我……我找到他，抱着他哭一场都行……大哥，你倒是说句话啊！”

“如果这个顾亦雄不是许叔叔呢？就算是，如果他也不知道妈妈的事情呢？就算知道，他要是有什么不得已的原因，不好给我们说呢？”

“你怎么那么多如果啊？如果没有这些如果呢？”

陆海波干完活，擦着手说：“江涛，你这辈子就是为他活得吗？”然后拿着修理好的收音机去了库房。

陆江涛迷茫道：“他什么意思？”

温泉无奈地摇摇头：“他说你没意思！”

陆江涛终究还是没去找顾亦雄。或许是因为他对所谓真相有些恐惧，也或者是因为，陆海波问他的问题，他还没想明白。

4

天已渐渐有些凉意。

陆江涛坐在大排档上，等着冯力来一起吃饭。冯力白天跟他说，有个朋友有一门生意，挺好赚的，想拉他们一起做，所以晚上一起吃饭聊聊看。陆江涛百无聊赖了一阵，突然看到了冯力。而冯力身边的人，竟然是田四!

陆江涛腾地站起来，手里抄起大排档桌子上的醋瓶子，怒视着两人："冯力，怎么带他来了？"

冯力赶紧拦住陆江涛，道："二哥，你这是干吗啊？"

"你说我是干吗！"

田四笑道："陆江涛，你要是没耍够，你就继续耍，我还真不怕你这个。但是，我是没闲工夫跟你玩小孩子这些打打闹闹的事。"

"二哥，田四这次可是来给咱们送发大财的机会的。"

陆江涛不屑道："就他？"

"就是他，你别看他比咱俩还小一两岁，高中毕业也没有考上大学，人家现在做的可是大买卖。"

"什么大买卖啊？"

田四有些不耐烦了："我说冯力，我就不爱带着你们玩，没劲。算了，我走了！"

冯力赶紧拦住田四，却被他甩开："起开，怪我今天出门没有看皇历，怎么跟你们两个收破烂的家伙混到一起了。"

冯力着急了："二哥！你怎么这么对待田四啊？咱们那是不打不相识！现在田四可真的有发大财的机会。你是不知道，一个暑假下来，人家赚了多少！"

"冯力，你让他走，他赚多少跟咱们没有关系，咱们跟他是敌我矛盾！"

田四轻蔑道："听见没有，听见没有，冯力！敌我矛盾，今儿晚上就算了，以后要是让我田四再见到你，见一次打一次！"

眼看着田四走远，冯力着急地给陆江涛说好话："二哥，你不能连听都不听啊，机会，你知道现在机会多重要啊！"

陆江涛低头吃饭，根本不搭理冯力。

冯力看着田四消失，只好无奈地坐下吃饭。

陆江涛突然说："这一顿你掏钱啊。"

"这点儿钱算什么。二哥，你刚才要是留住了田四，咱还会在乎这一顿半顿？"

陆江涛不耐烦道："看你那个谄媚样儿！说吧，他田四到底现在在做什么？"

"盘条！钢材！"

陆江涛一愣："就他？"

"你是不知道！田四他舅舅在江湖上那可是有一号的，只要你能搞到盘条，人家就能收货，多贵不在乎！"

陆江涛有些心动，但想了想还是说："有个屁用，咱们又搞不来钢材。"

"只要有了出口，有人收货，您还怕收不来盘条啊？"

陆江涛沉吟着，不语。田四晃晃悠悠地又出现了。他也不客气，一屁股坐在了陆江涛的面前，喊："冯力，给我要份儿东西，饿了。"

冯力和陆江涛都愣住了。

"田四，你……老板，再来一份炒面！"

田四拿着一双筷子，伸筷子就准备去夹陆江涛盘子里的炒面吃。

"陆江涛，我给你一个机会，咱们以前的账一笔勾销。以后，咱们合作，好好做两笔，赚大发了，你好我好大家好。"

陆江涛用筷子拦住他手里的筷子："停住！"

田四抬头看看陆江涛："我这么给你面子，你就不能给我一个面子？"

"你为什么要给我面子？"

陆江涛一提醒，冯力也想到了这一层，急切地问："对啊，为什么啊？"

田四笑了："装糊涂啊，跟我这儿装？……哈哈，从今以后，咱们就是兄弟，你负责搞货我负责销货，买卖成了，咱们对劈！"

"我怎么越听越糊涂了，我去哪儿给你搞货啊？"

田四嘿嘿笑起来，硬是夹了一筷子陆江涛盘子里的炒面，塞进嘴里，贱笑着用筷子指着陆江涛道："使劲儿装！"

陆江涛劈手将田四的筷子夺下："不说清楚，别吃！"

田四神秘兮兮问道："你哥，跟那个姓林的，关系不一般是吧？"

"我哥？姓林的？哪个姓林的？"

"没意思了啊，林霞！"

"林霞？"

"对啊。跟你哥特亲密，前几天我可都看见了。知道这妞儿是谁吗？"

陆江涛冷笑地看着田四道："谁啊？玉皇大帝的女儿？"

"比玉皇大帝的女儿都大！我告诉你，商委林副主任的女儿。她爹是专管这些紧俏物资批文的，只要你搞到批文，什么都不用管了，要多少钱，就是多少钱！”

陆江涛怔住了，但只愣了片刻，站起来就走。冯力连忙追上，又被大排档老板喊着付钱。田四愣了片刻，大排档只剩他还坐着，只好付了钱再去追陆江涛和冯力。

追到路上，田四有点儿不爽地喊：“怎么着陆老二？真不给田四我这张脸？”

冯力也劝道：“哥，哥，咱再商量商量！”

陆江涛站住回头道：“商量什么？田四，你记住了，我陆江涛虽然也只是这黄浦江边一个收破烂儿的，但是我有人格，有底线！想让我跟你们穿一条裤子，给我哥设局让他从林霞那里套批文出来，我告诉你，痴心妄想！”

“切，我可提醒你，陆思齐可还要上四年大学呢？我看你拿什么供她？人穷志短，马瘦毛长！没钱，就别在这里跟我装高尚！你就说吧，到嘴的肥肉你吃不吃？”

陆江涛听到妹妹的名字，犹豫了一会儿，最终，他撇腿上了三轮。

冯力道：“哥，哥，怎么说走就走啊？再聊一瓶啤酒的？”

陆江涛瞪了他一眼：“你走不走？”

冯力只好上了三轮。

田四看着两人离开，啐了口唾沫：“呸！不识抬举！”

夜色明灭，街上的灯流光溢彩。冯力蹬着三轮车，陆江涛躺在车斗里。

“二哥，你真打算放掉这次机会？”听不到陆江涛回应，他继续说，“好吧，我也不逼你了。不就是思齐的学费，欠温老板那点儿钱吗？咱好好收，高高卖，几年也就赚回来了。那摸不着的钱咱就不想了……”

“冯力，咱们捡的破烂儿里有没有针线？”

“有啊。”

“回去你给我找来。”

“干啥呀？”

“给你把嘴缝上！”

冯力一口气噎嗓子里，说不出话来，好半天才又接上：“二哥，我知道不该背着你约仇家田四来，可……可咱们不是穷吗？”

陆江涛长出一口气：“是啊，穷……”

“哥，要是一辈子都这么穷，你怕不？”

“怎么不怕。我怕穷着穷着，就穷习惯了……”

这天之后，陆江涛和冯力照常每天走街串巷收废品。但那一夜聊的内容让他们两兄弟心里似乎有了些芥蒂。

这一天，两人又在街头偶遇了黄瑶。黄瑶戴了副墨镜，嘴里嚼着口香糖，跟田四等几个小年轻嘻嘻哈哈地走过来，争着看一个东西。

冯力悄声对江涛道：“是他们……咱赶紧走吧。”

陆江涛心里腻歪：“一个尿裤子的主儿，怕她什么？继续喊！”陆江涛一把抢过拨浪鼓，声音扯得很高：“收破烂……破烂换钱……”

黄瑶看到两人，晃荡着走了过来。

“哟，我当是谁呢？是帅哥啊，怎么收起破烂来了？”

陆江涛没理她，要走，却突然看到黄瑶手里的东西，那是一个二十世纪九十年代很少见的大哥大。

田四一把拽住车把道：“我姐问你话呢，怎么不回答？这么拽呀！”

陆江涛一拧车把，道：“起开！别挡老子的道儿，老子还要干活儿呢！”

黄瑶笑道：“急什么呀？我有破烂卖给你！”

“你自己啊？”

黄瑶一愣，啐道：“你小子，嘴真损！有你哭的一天！”说着她将口香糖吐出来，在手上撮了个球儿，按在车把上，“这个收吗？”

围着黄瑶的混混们肆无忌惮地笑起来。陆江涛绷着脸，不说话。

冯力怒吼一声：“别笑了！”黄瑶等人停下来，看着他。冯力却突然指着黄瑶手里的大哥大问道：“你这个……是什么东西？”

黄瑶再次大笑，几乎要岔气了。

田四帮腔：“土鳖了吧？这叫大哥大！”

“大哥……大？干啥用的？”

“打电话用的！”

陆江涛不由得侧目，因为他也没见过。

冯力好奇：“这个怎么打电话呀？”

大哥大正好响了，还是蛐蛐叫声。冯力惊讶地叫起来：“二哥，二哥，这里边住着一个蛐蛐儿！”

黄瑶忍住笑，接起电话：“喂，老头儿，放心吧，跑不了！等我消息啊！”

黄瑶挂了，抬头看见陆江涛和冯力的眼睛都瞪圆了。

“两双狗眼睛，看清楚了吗？”

冯力咽了口唾沫道：“乖乖，真神奇啊。说是电话，又不带线，还满街乱跑……”

田四装腔作势道：“姐，给他俩看看，让这俩破烂王也开开眼！”

“切，看坏了，赔得起吗？”

冯力巴结道：“看不坏，看不坏，我就看一眼，姐……”

一直在忍耐的陆江涛开口道：“冯力，你贱呀！坐稳了，走！”

陆江涛用力一踩，车差点儿压着田四。

田四连忙跳开，骂道：“你个小赤佬，想死呀！”

黄瑶慢悠悠地来了一句：“让他们去吧！这辈子，陆家老二也就勉强能分清饭是香的，狗屎是臭的！”

“你说什么？”陆江涛一下子停住了，但他骑在车上没下来。

黄瑶凑近陆江涛，道：“哇，好臭！陆江涛，你完了。你就是用一辈子的中华牙膏，也刷不掉你嘴里那股臭味啊！”

黄瑶用大哥大指着陆江涛。陆江涛暴怒，劈手夺过大哥大骂道：“你个尿炕精跟我臭显摆什么？相不相信，我把你这个破砖头给砸了！”

“你敢！你扔了试试？”

“你看我敢不敢！”

陆江涛作势要将手机扔出去，却停在空中。黄瑶尖叫一声。田四乘机一脚踹在陆江涛三轮车前轮。这一震，大哥大脱手就摔在了水泥地上。

冯力愣了，想接却没接住……

陆江涛也愣了，他没想真摔呀。

黄瑶扑过去，捡起来，按了下按键发现没声了，顿时尖叫着哭喊：“我爸的大哥大，你给摔碎了……你赔我！”

陆江涛一愣，似乎是意外黄瑶一个小太妹竟然会哭。黄瑶扑过来，拽住陆江涛的胳膊使劲拉扯：“你赔我，赔我！”

陆江涛不耐烦道：“少拉拉扯扯的！不就是一破大哥大吗？等小爷有钱了，赔你！”

“赔，你赔得起吗？把你们家房子卖了也不值个充钱器的钱！”

“滚一边儿去！吓唬谁啊？”

“知道这手机多少钱吗？”

“多少？”

“两万八！”

陆江涛愣了，有点儿不敢相信自己听到的数字：“多少？”

“两万八！”

冯力痛苦地呻吟道：“我的妈呀……”

陆江涛感觉脑袋一晕，差点儿从车上跌下来。他看着抱着大哥大哭泣的黄瑶，彻底傻了……

温家的修理铺。桌子上，放着那个裂成几块的大哥大。陆江涛跟傻了似的，可怜巴巴地看着哥哥。

陆海波用修理收音机的工具试图修复，脑袋上全是汗。温泉凑过去，紧张地看着。

黄瑶和田四守在门口。

黄瑶气呼呼道：“我劝你们呀，别白费心思了。一个修收音机的，要能修大哥大，泥瓦匠都能盖天安门了！再说了，都摔成八瓣了，就算拼成一块了，我们能要吗？”

屋里的几个人没理她。

温泉关心地问：“怎么样？”

陆海波不甘心地放下工具：“我根本没见过这东西，怎么可能修得好？”

陆江涛的眼里全是绝望。

“那怎么办？”

陆海波烦恼地说：“我哪儿知道怎么办啊？陆老二，你能不能一天到晚别给这个家闯祸？算我求求你了！”

陆江涛垂着头，不敢回嘴。黄瑶继续催着：“快点儿决定！不然，我这就报警！”

温泉火了，还嘴道：“你们是想逼出人命呀？”

黄瑶看着温泉，突然笑了：“这位漂亮的小姐姐，你谁呀？”

“我是谁你管不着！”

“你是陆江涛的女朋友？”

温泉脸腾地红了："你胡说什么？"

陆江涛也不自在，陆海波还专注在大哥大上。

"既然你不是他女朋友，你急什么？"

温泉被问得哑口无言，只好哼了一声："没教养！"

黄瑶也不跟她计较，对陆家兄弟说道："我数十下。田四，数完后，你就报警！"

"明白了，姐！"

"一……二……"

陆家兄弟如丧考妣，束手无策。

"三……四……五……六……"

每一声，都像是在催命。

陆海波站起身，要往外走。

陆江涛连忙问："哥，你干吗去？"

"我回去，把房子卖了，给他们还钱！"

陆江涛拦住哥哥："你疯了！咱哥仨在世上唯一的财产就是房子，那是咱爸留给咱们的。你卖了，对得起咱爸吗？思齐回来住哪儿？"

陆海波火大地喊道："你现在记起爸和妹妹了？跟人打架的时候干吗去了？"

陆江涛难受极了："哥，你不能……"

温泉也拦住他："海波，江涛说得对，房子卖了，你们住哪儿？再说了，就你们家那破房子，根本值不了几个钱！"

黄瑶插话："这位美女姐姐聪明，卖了那老房子，也无济于事。倒是这房子，这修理铺，还值那么几个钱……"

陆江涛呵斥道："你少打房子的主意！这是人温家的房子，跟我俩没关系！"

"随便，不关我事。田四，数到几了？"

"到七了。"

"接着数。"

"好的，七……八……"

温泉突然站起来，气呼呼地喊："不用这么折磨人！我替你数！九、十！"喊完就往门口走。陆家兄弟突然明白她要干什么。

陆江涛喊："你别去……"

“不去你就得进监狱！”陆海波拦着弟弟，又焦急地对温泉说，“你跟师父说，欠你们老温家的，我用一辈子还，我一辈子当牛做马，做小伙计，还你们父女！”

“一辈子做伙计？那还不如我去坐牢呢！姓黄的，你去打110，去啊！我等着！”

陆海波也急了：“你给我闭嘴！黄小姐，别听我弟弟的，千万别报警！”他双眼满是乞求地看向温泉：“温泉，你快去呀……”

温父的声音突然响起：“去哪儿啊？”

“爹，您都听见了？”

“我当然听见了！自家女儿吃里爬外，胳膊肘往外拐，我能装聋子？”

陆海波挤过去，跪在师父面前哀求着：“师父，我给您改合同，我这就改。我给您当一辈子学徒，永不出师，不拿一分工钱，给您老还债……”

“你给我站好了！我是封建社会黑心老板哪？逼学徒卖身？陆海波，就算你想，我也不干！且不说我这房子值不值那么多钱，就是值，这买卖我也不敢干！你守着这个害人精弟弟，谁知道明天又能捅出什么天大的篓子？到时候你拿什么押给我？”

陆海波说不出话来。

温泉打圆场：“爹，看您说的。您也太把江涛看扁了……爹，江涛不是不知好歹的人。求求您，就这一次，您帮帮他……”

温父一把甩开女儿：“蠢宝呀，我拿什么帮呀？这次的祸事比那个一千块钱认购证要大几十倍，你让我怎么帮？我看，让他进去关几天清醒清醒，对他有好处！”

“爹，那不是几天的事儿，那是几年……”

黄瑶冷笑：“几年？我看是几十年吧……”

陆江涛突然站起来，走到黄瑶面前：“黄瑶，这大哥大是你爸的？”

“是啊？”

“他人呢？”

黄瑶笑了：“怎么，你还想见他？我爸那人……你多少听过点儿名声吧？你觉得你见了他，还能活着回来吗？”

陆江涛一咬牙：“就算是死，也总得看到债主吧？我跟你个小丫头片子在这里废什么话呀？”

“这可是你说的。陆江涛，去警局，你可能一辈子回不来。去我爸那里，你可能现在就回不来。你定！”

“少废话，带路！”

温泉一把抓住陆江涛：“你不能去！”

陆海波也把弟弟护在身后：“黄小姐，你再给我们几天时间。我保证，一定把钱给你凑上，一定……”

陆江涛突然大吼：“哥，你能不能别一直替我出头？我这条命……你让我自己做一回主？”

陆海波抓住弟弟的手，泪流满面。

陆江涛的眼睛也湿了：“哥，我真回不来，你就把我跟爸妈埋一起，我们在那边团聚，我也就不惦记妈的身世了……哥，对温泉好点儿……我走了。松手，松手！”

陆江涛哭着，使劲将哥哥的手掰开，随着黄瑶和田四走了。

温泉也哭了，陆海波看着弟弟的背影，狠狠地一拳打在了门框上。

陆江涛跟着田四和黄瑶走了许久，一直走到天黑，才进了一条小巷。又绕了半天，才进了一栋破旧的小楼。

一进屋，陆江涛就被田四推在了椅子上。黄瘸子正在喝酒，看到陆江涛进来，便招呼道：“来两口？”

“把手拿开！放心，黄瘸子，我敢到这里来，就没打算跑！”陆江涛先对按着他的混混喊，又回黄瘸子道，“有话说，有屁放！说完了，给老子一刀，老子好上路！”

黄瘸子笑了：“陆江涛，你以为这是样板戏啊？鸠山设宴请李玉和呢？”

陆江涛说：“那你叫小爷来这里干吗？难道还想招我当上门女婿？”

黄瘸子呵呵笑了：“别说，老夫我真有过这心思。不过，就你现在这点儿三脚猫的本事，想做我黄瘸子的女婿，还差点儿……”

黄瑶有些不自在，站起来道：“懒得听你们闲磨牙，睡觉去了！”说完推门离开。

陆江涛把双手放在桌上，狰狞着叫嚣：“想要哪只胳膊，还是都要，或者把头一起砍了，随你便！眨巴一下眼睛老子不算一条好汉！”

黄瘸子哈哈笑了，走过来，握住江涛的手放回桌下。

“我又不是黑社会，你香港录像看多了吧？还剁手，你以为就这么简单啊。”

“黄瘸子，你到底想怎么样？”

黄瘸子坐回自己的位置，盯着他说：“陆老二，我跟你做一笔交易！”

“什么？”

“你给我搞到一张钢材的批文，这大哥大的账，咱们一笔勾销！”

“我上哪儿去给你搞批文去！”

“你去找一个人，她父亲手里有……”

陆江涛突然明白过来：“你是说……”

“小子，真聪明，一点就透。就是她！”

陆江涛看着黄瘸子，再看看田四，猛地站起来吼道：“你们……你们给我下套！”但还没吼几句，就又被按回了椅子。

黄瘸子得意地笑了：“为了拉你这小子下水，我是下了血本了。一个大哥大呀，平常人见都没见过！”

陆江涛吼道：“黄瑶，你个臭丫头，你给我出来！”

田四推了一把陆江涛：“老实点儿！坐好！”

黄瘸子继续说：“刚开始，我以为是你大哥和林霞好，闹了半天，关节在你这儿。说吧，干不干？”

陆江涛不说话。

黄瘸子喝了一杯酒，砸吧着嘴说：“道我给你指明了。你要是不同意，那就没办法了，你今天走不了了。”

突然一声响，门被撞开，陆海波冲进来，扑通一声跪在了地上。陆海波左右看看，对着坐着的黄瘸子说：“您是黄大哥吧？别伤我弟弟！”

黄瘸子和陆江涛都懵了。

“哥，谁让你来的？你起来！给这种流氓下跪，咱爸活着，饶不了你！”

“你闭嘴！黄大哥，江涛年龄小，不懂事，得罪了您，您千万别怪他。他还小，还有大把的前程，您让他这辈子怎么活呀？您剁我的！”

黄瘸子看着这哥儿俩，笑道：“哎呀，好感人的兄弟情哪！我都快被感动了。可是没法儿呀，冤有头，债有主！田四，你们几个，把陆老大给我拉远点儿！”

田四和另一个混混过来，把陆海波拉到了一边。

陆海波挣扎着，但挣脱不开。

“黄瘸子，你放了我哥！”

“只要你答应我，你俩都能走。”

陆江涛看着被控制住的大哥，长长地叹气道："黄瘸子，我答应你……"

深夜的街头，陆江涛搀着陆海波慢慢走着。两人在黄瘸子那儿都出了一身汗，出来后才发觉刚才有多紧张。夜风一吹，两人都感到有些虚脱。

"哥，你不该来！"

"废话。爸临死的时候把你交给我，你有个闪失，我怎么跟爸交代？"

"哥，我欠你一条命，将来还你……"

"胡说八道！让我喘口气。"

"哥，你该不会是害怕吧？"

"我怕？我这是跑得太急了！你小子，到现在还有心思开玩笑？"

"我不敢我不敢……"

"老二，你刚才答应人家什么了，他才肯放你？"

陆江涛眼神躲闪，说："没什么。"

"没什么？那黄瘸子能轻轻松松把你放了？你快跟我说实话，是不是让你跟他入伙，去干非法的勾当？"

"哥，我将来做什么，都不会做违法犯罪给你丢脸的事儿。我和黄瘸子之间的事，我死也不会告诉你。你相信我，就让我自己来解决这件事，行吗？"

"可是……"

"没有可是。哥，有时候妥协一下，不要脸，我们就能活得不这么辛苦……"

陆海波还想问什么，突然一声猫叫传来。

陆江涛不耐烦道："还不赶紧出来？还弄什么暗号？黄瘸子就那么可怕？"

冯力推着三轮车从街角的巷子里出来，看见二人完好无损，十分开心。

"大哥二哥，你们俩……出来了？"

"看你个怂样儿！你怎么把三轮推来了？"

"我是想，万一二哥你被大卸八块，我用个车，能一次收拾完……"

陆江涛给了冯力一脚："滚开！会说话吗你？"

冯力哈哈笑着躲开。

陆江涛转身对陆海波做了个邀请的手势："大哥，上车！"

"干吗呀？走回去！"

陆江涛坚持道："不，你上车，我想拉你一段。"

陆海波笑了："你小子，又琢磨什么坏心思呢？你啊，什么时候能让我省点儿心？"

陆海波上车坐好，冯力也上车。

陆江涛脚下使劲，车子慢慢开始前行。他在心里默默回答了大哥："……快了。"

陆江涛突然开始唱歌："我们亚洲，山是高昂的头……"

冯力也跟着唱道："我们亚洲，河像热血流……"

黄浦江边，陆江涛等待着，冯力带着温泉从远处跑过来。

"二哥，温泉姐给你带来了。

温泉调皮地看着正望着黄浦江的陆江涛，说："又怎么了？什么事？"

"我想问你件事。"

温泉调皮地说："好啊，想问什么，先拿条件来换。"

"你要什么我给你什么，只需要你回答我的问题。"

冯力看傻了，嘀咕着："这么说，二哥要表白了？那……大哥怎么办？"

"你说的啊，要什么给什么啊？"

陆江涛很认真地点点头。

"好，我要……"温泉左右看看，突然张开双臂望着黄浦江，"我要整条黄浦江！"

"好，黄浦江！"

"好什么好啊，你能给吗？你给了我也要不了！"

陆江涛半是苦笑半是认真地说："就算我给不了你整条黄浦江，我也会给你整个上海滩！"

温泉哈哈笑起来："好大的口气，可惜有点口臭！说吧，你想问什么？"

陆江涛想了想，斟酌着字句说："如果我现在想做一件事，它不是我喜欢的，却是我必须做的，你觉得我该不该做？"

"你到底说的什么啊？"

"我该不该做一件我不喜欢，但是必须要做的事情。"

温泉笑了："你想做的是什么啊，吃吃喝喝玩玩乐乐？你还是让你大哥省省心吧。"

"别把人看扁了！我要做正经事，赚钱的事情！"

"那倒是必须要做的事情了。但是必须要做的事情，好像都是让人不喜欢的事。"

陆江涛低头说："你说得对。"

"但是又怎么样呢？人不都得这么做下去。你这算什么问题啊？"

陆江涛望着黄浦江长长地吸一口气，突然大声吼道："那就是做了！"

温泉和冯力都愣住了。

◆5◆

黑板上写满了教纲和公式，林霞擦掉一半，又写出一道题来。

林霞转身问学生们："谁上来做一下这道题？"话刚说完，她不自觉地望向了陆江涛的位置，那里已经是个空座位了。

下课了，林霞跟着放学的人流从夜校出来。突然，人群中一阵吵闹。林霞顺着声音的来源望过去，看到正对着校门口的马路上，陆江涛站在那里——手里拿着一根点燃的蜡烛，脚下，一圈蜡烛围成了一个心形。

林霞诧异地加快了脚步，走到近处发现，陆江涛正在笑着看她。

周围的老师和学生都诧异地围观着。

林霞奇怪地问道："陆江涛，你又搞什么鬼啊？"

陆江涛把手里的蜡烛往心形图案前方一丢，那里的地面上已经用油料暗写了林霞的名字，随着油料被点燃，"林霞"两个字冉冉地出现了。

林霞一下子脸红了，围观的老师同学也看明白了，"哇"的一声开始起哄……

陆江涛对着林霞，莞尔一笑，突然开始大声背诵：

我要像爱节日那么爱你
我要像一只拖鞋爱另一只那样爱你
我要像酒鬼爱酒那样爱你
我要像爱金庸的小说那样爱你
我要像林彪爱搞阴谋那样爱你
我要像琴弓爱琴弦那样爱你

我要像爱小学一年王老师那样爱你

我要像工人爱奖金那样爱你

……

全场都在安静地倾听陆江涛背诵诗歌，直到他背完最后一句——

“我要像爱自己那样爱你。”

人群中爆发出喊叫声：“好！”接着是无数人的起哄声。林霞又是羞涩，又是气愤。大叫着：“你胡闹！跟我到办公室来！”

“林老师，我已经不在这里上学了，去办公室干吗？你要想聊聊，就跟我走吧。”

冯力突然从陆江涛背后跳起来喊：“在一起，在一起……”却没想到落地时不小心踢翻了装着油的油桶，里面的油流出来，流向了正在燃烧的林霞的名字……

“轰”的一声，一团大火升腾而起，吓得在场所有人都尖叫着跑开。场面一时混乱无比……

陆海波和林霞走在前面，后面跟着陆江涛，三人从派出所出来。林霞的衣角被烧出一个洞，陆江涛的则脸被火熏得乌漆墨黑的，低头闷闷地跟在后面。

走没几步，陆海波就开始不住地跟林霞道谢：“林老师，您真是为江涛操心，这事儿把您都麻烦到这里了，谢谢了。”

林霞有点儿不好意思，毕竟陆江涛是为自己搞出这一摊子事来，忙说：“没关系，以后别让他这样了。”

“我知道，我知道，以后还需要您多多教训他，不能让他这么贪玩。”

“还让我教训？我教训的着吗？他夜校都不上了。”

陆海波愣住了：“您说什么？”

“你不知道？他都退学好几天了。”

陆海波的脸色严肃起来，停下脚步回头看着陆江涛。陆江涛被看得一哆嗦。

“还有，我有我个人的生活，请您管好您的弟弟，别骚扰我的生活。”

“他还骚扰您的生活？”

“我一直没好意思跟您说，他不知道中了什么邪，今天跑我们学校门口，又是点蜡烛，又是背诗，又是放火，说他……你问他吧，时间太晚了，我得回家了。”

林霞加快脚步，眼看着要离开。陆海波急道：“你又干什么了？你快给人家林老师解释解释！”

陆江涛想了想，鼓起勇气对林霞的背影喊道：“我没什么好解释的。林霞，我不是你学生了，有什么我就说什么。从你兜头泼我一盆水开始，我就喜欢你了，我就是想一辈子跟你在一起，我就是想每天都逗你玩，我还爱看你着急，爱看你生气，爱看你高兴，总之每一分每一秒，我都想看到你。”

陆海波彻底傻了，说：“江涛，你怎么……”

“哥，我不是孩子了，我长大了，你别老是‘他还是个孩子……还是个孩子’的。我是男人，跟你一样，你有你喜欢的温泉，我也应该有我喜欢的林霞。喜欢一个人是正大光明的，我今天晚上就是要正大光明地告诉我喜欢的人——我喜欢她！”

陆海波看陆江涛还在说，手足无措，他害怕林霞生气，紧跑两步追上林霞说：“林老师，您看这孩子太不懂事。”

夜色之下，陆海波都没看到林霞已经脸红了。

“好了……好了，别闹了。还有啊，江涛哥哥，你也别老说他还是个孩子，他确实是个大小伙子了，我先走了。”

林霞一路小跑，落荒而逃。

陆海波和陆江涛回到修理铺时，已经很晚了。两人悄悄上了阁楼，陆江涛坐下，陆海波拿来一条毛巾，帮他擦脸上的灰。

陆江涛躲闪着接过毛巾，说：“哥，我自己擦。”

陆海波沉默着，按住给他擦完。擦完后，陆海波扔下毛巾，又拿出一件自己的衬衣说：“把衣服换了。”

陆江涛有些心虚，但还是把衣服脱下来，他换着衣服，陆海波也终于坐了下来。

“江涛，你说得对，你大了，是个男人了。但我还想问问你，我还管得了你吗？”

“能！你是我哥。”

“那就好，我不知道你想干什么？你有你自己的想法，我也没办法挡着，但是咱们陆家人，不胡闹，不糊涂，不折腾。”

“大哥，我都知道。”

陆海波突然一个巴掌扇在陆江涛的脸上。陆江涛捂着脸，愣住了。

陆海波低吼：“你今天说你喜欢林老师，你还记不记得，你当初第一次见温泉，你说你喜欢温泉！你喜欢温泉，就去追求，我不拦着，但是你这又插一杠子，去追林霞，我得对温泉负责。你说实话，你到底……”

陆江涛突然打断大哥，说了一句让自己无比难受的话：“我以前喜欢温泉，但现在我喜欢林老师了！”

门嘎吱一声被推开，温泉脸色铁青地站在门口。

“这就是那天你说的事？”

陆江涛沉重地点头。

温泉转身离开：“我再也不要看到你。”

陆江涛憋得脸通红。陆海波长长地叹了口气，说：“其实温泉是喜欢你的……”

说着陆海波沉默着走出去，陆江涛也不知道该说什么好。

寂静的夜里，隐隐约约传来一个少女的哭声，那是温泉的……

夜校门口，天还没黑，陆江涛已经蹬着三轮在校门口等着。几个他以前的同学经过，看到他都在笑。一个同学过来拍陆江涛的肩膀。

“开桑塔纳来接咱们林老师？陆江涛你省省吧。”

陆江涛笑笑，继续等待着。

天渐渐黑下来。林霞走出校门，远远看到陆江涛，赶紧转头，朝着路另一侧走。陆江涛蹬动三轮跟了上去。

“你到底要干什么！”

“我怕你有危险，以后每天你上下班我都接你，送你！”

林霞瞪了他一眼，但也没什么好办法，只好闷头走路。陆江涛就这么在后面跟着。

陆江涛调侃林霞：“有专车不坐？上次你坐得挺开心啊。”

“你也太无聊了吧！”

“无聊不无聊，要看跟我聊的是谁。”

林霞忍无可忍，突然大喊道：“你怎么不去死啊！”

“好啊，你让我去死的啊！”

对面一辆汽车正驶来，陆江涛突然拼命地蹬起三轮朝着亮起的汽车车灯猛蹬过去。

林霞愣住了：“陆江涛！你干什么？停下！”

陆江涛直冲着汽车过去，把汽车里的司机吓坏了，急忙转弯。幸好这一转弯，陆江涛和汽车擦肩而过。汽车停下来，司机跳了下来，怒吼着：“你神经病啊！”

林霞赶忙冲过去给人家鞠躬道歉，费了半天口水，司机才骂骂咧咧走了。林霞气呼呼地一回头，看到不远处路灯下，陆江涛跨在三轮上，正贱兮兮地笑着看自己。

林霞顿时羞怒交加：“你疯了，你到底要……”

“还问要干什么？我一早就告诉你了，我喜欢你，不管死了活着！”

林霞几乎崩溃了，蹲在地上哭了：“陆江涛！你是个疯子！神经病！无赖！”

陆江涛下车，缓缓走回来，递上一块手帕。

陆江涛仍然保持着微笑：“不管你哭还是笑，我都喜欢你，你跑不掉的！”

林霞回家后，陆江涛蹬起三轮车，一边吆喝着收破烂，一边往修理铺驶去。他花这么多精力做这些事，自然得花点精力把赚钱的时间补回来。他的心里满是矛盾和痛苦，但想想大哥，想想思齐，他就咬咬牙，忍了下来。

三轮车拐过一个弯减速，车把突然被人拽住。陆江涛抬头看到温泉，又低下头。

温泉笑着说：“我突然想明白了。你是不是图那个林老师什么？”

陆江涛愕然道：“你……你怎么知道？”

“上回那个大哥大的事？”

陆江涛闷闷地点头。

“你太损了！有这样的吗？你将来怎么收拾？”

“我……”陆江涛很少见地说话没有底气，“我跑！”

“你个怂蛋！王八蛋！”

“我还能怎么办啊……我不知道……”

温泉咬牙切齿地看着陆江涛：“总之我奉劝你别用这一招，太下作，也太伤人了。伤林老师，也伤别人……”

温泉说完，转身离开。

次日，林霞居然突然造访了温家的修理铺。陆海波从柜台里抬起头，看到是林霞，热情地迎上去道：“林老师？怎么是您啊？您快坐！”

林霞虎着一张脸说：“坐就不必了，陆海波，我今天是来说说你那个好弟弟的！”

温泉在门外听了一会儿，装作若无其事地走进来。

林霞已经把陆江涛的荒诞行为告诉了陆海波。陆海波气得火冒三丈，赶忙赔礼道歉："林老师，实在是对不住啊。我没想到他还这么缠着您，我还以为上一次的事情之后，他想明白了呢。"

"是想明白了，更厉害了。"

温泉假装什么都不知道，好奇地问："这到底怎么回事啊？"

陆海波低声嘀咕："江涛在追求人家林老师，但是人家林老师怎么能看上他呢？"

林霞一本正经地解释："江涛哥哥，不是看不上，根本就不可能的。但是现在他骚扰得我没有办法正常工作了。"

温泉脸上浮现出愠色，不知为何，突然对林霞产生了一丝抵触。

"骚扰？不就说爱你吗？你说你不爱他不就完事了吗？江涛把你怎么着了？"

林霞的脸腾地又红了。

陆海波生气地训温泉："温泉！有你这么说话的吗？"

此时陆江涛大步走进来。陆海波看到了，假意生气，冲过去要打他。温泉眼疾手快，赶忙拦在两人中间。

"你还敢回来？你看你把人家林老师气的，赶快道歉！"

"喜欢一个人不需要道歉吧，我就是喜欢她，她上课，挺好玩的，也挺美的，就是那种让我抬头看着她，心里就怦怦跳，忍不住想站起来告诉她我爱她的那种美。"

所有人都愣住了，对于从陆江涛嘴里说出的这段话，大家都没有心理准备。

林霞尤其害臊，讪讪地说："江涛，你……你还是多听听你哥哥的，不要……江涛哥哥，我先走了……走了。"

陆江涛转身跟上说："我送你！"

"不要！不！我是说不需要！"

说着，林霞为了掩饰尴尬，推推眼镜，走出了温泉家的电子修理铺。

陆海波道："你喜欢林老师我不反对，你别跟无赖似的行不行？"说着追了出去。

温泉望着陆江涛，有点不敢相信地说："你真的那么喜欢这个老师？"

陆江涛被温泉问得低下了头。

温泉生气道："你给我把话说清楚！我认识的陆江涛可没有不敢说话的时候！"

"没什么好说的，昨天不是已经说得很清楚了吗？"

“一点都不清楚！我就搞不懂了，你这脑瓜子是进糨糊了？”

“你觉得怎么样就怎么样吧，原本就是这样。”

“停！什么叫你觉得怎么样就怎么样，还原本就是这样？你到底有什么预谋？”

陆江涛苦笑着回应道：“我有预谋，行了吧。”

“预谋是什么？”

陆江涛强忍着心中的痛苦，回话道：“我喜欢你，但怕你不喜欢我，我就找个女人喜欢，刺激你，这样可以了吗？”

“你胡闹！”温泉举手要打陆江涛。但她突然看到陆江涛直勾勾地望着自己的眼睛，眼神里透出一丝痛苦与真诚。这眼神使她举起的手怎么也落不下去。

林霞走出校门，远远看到对面的一条街巷里，陆江涛正坐在三轮上，等待着自己。她赶忙转出校门，朝着街的一边急急忙忙地走去。但才走没几步，她就听到了身后的三轮车声。接着，三轮车追上了她。

林霞不说话，继续往前走，想要摆脱陆江涛。陆江涛蹬着三轮，林霞走快，他就蹬快，林霞走慢，他就蹬慢。

林霞停下了脚步，瞪着陆江涛说：“你这样有意思吗？”

“我只是要送你，你坐不坐我的三轮我都不介意。”

“可是我介意，我害怕，又有汽车过来！”

“害怕就上来吧。”

“你这是在强迫我吗？”

“不，我这是没有办法的办法，我只想让每天回家的你，都能平平安安。”

林霞知道说什么都没用，只好继续往前走。陆江涛也继续跟着。一直到林霞家门口，她停下脚步，一回头，看到陆江涛的三轮车也停在了身后。

“你这么做有意义吗？我是不可能喜欢你的，你是我的学生！”

“曾经的学生，现在我有追求你的自由。而且我发现，我越来越爱你了。”

“可是我越来越不爱你了！”

陆江涛乐了，问道：“那就是原来爱过？”

“你不要这么无赖好吗？”

“爱一个人，不就是无论多难都要赖下去吗？”

"懒得跟你说！"林霞气鼓鼓地往家里走，但她又突然停住脚步，表情严肃地问，"陆江涛，你总是爱啊爱的，你知道什么是爱吗？你爱我什么？"

"想知道我爱你什么吗？明天中午跟我一起吃饭。"

"无耻！"

林霞憋着一肚子气回了家。陆江涛笑着看她离开，没注意到林霞家的窗户边，林长民正透过窗户望着楼下的两人。

林霞回到家，径直走向自己的房间。身后的林长民突然喊了一声："你站住！"

林霞如往常一样冷淡地回头，望着父亲问："有事吗？"

林长民愤怒地质问女儿："楼下那个蹬三轮是什么人？"

"没您什么事儿，您别瞎掺和，越掺和越乱。"

"你别以为我记性差，那不就是上次跑到咱们家非要找顾亦雄的那个娃娃吗？现在据说在你班上？"

林霞缓缓转身，脸色愠怒道："你在调查我？"

"我调查什么啊？这是有人给我反映情况！我警告你，不许再跟这个小子来往。你也不看看你是谁的女儿，怎么就是不让我省心？净跟些不三不四的人来往。"

"谁不三不四？他是我学生，老师能不和自己学生来往吗？"林霞被激怒了。

"他是你的学生不假，他也是个想吃天鹅肉的癞蛤蟆！我已经打听清楚了，一个收破烂的就想追我女儿，他做梦！"

"你错了，错得离谱！如果他真的爱我，他就有权利追求我，这跟他是不是收破烂的没关系！如果我真的爱他，我就可以嫁他，这跟我是不是你女儿也没关系！"

"你……你放肆！你在跟谁说话！"

"你说呢？我在跟谁说话，我的爸爸？还是一个副主任？"

说着林霞径直走进自己的房间，"砰"的一声关上大门。林长民被气得脸色铁青。

隔了一天，仿佛是赌父亲的气似的，林霞竟然答应赴约。走进饭店，她四下张望两眼，突然看到了陆江涛高高举起的手。林霞走过去，坐在了陆江涛的对面。

陆江涛高兴地把菜单递给林霞："你看看，想吃什么？"

林霞表情严肃道："我什么都不吃，我就是来跟你讲清楚的。"

"你不需要讲，你想讲什么，我都一清二楚。"

“既然你清楚，你就不要让我为难！”

“我从来不想让你为难，我只希望你快乐。”

“关键是，自从你出现之后，我就从来没有快乐过。”

陆江涛成竹在胸道：“有一对情侣，女的老是问男的，你爱不爱我？男的回答，当然爱了。女的就说，那你拿出证据来。男的从口袋里掏出三十块钱，就问女的，你有十块钱吗？女的掏出十块钱递给男的，男的就把四十块钱放在了女孩的面前？女孩说，四十块钱就想证明你爱我？男的说，不，我的意思是：四十摆在眼前了。”

林霞先是一愣，旋即被陆江涛的笑话逗乐了。

看着林霞笑了，陆江涛补充道：“事实摆在眼前，你并不是从来就没有快乐过。”

“好了，我不跟你贫了，我就是很奇怪……你到底喜欢我什么？我有那么值得你爱吗？那一次你简直不要命了，要去跟汽车拼命……”

“想知道为什么吗？那你就要不管我点了什么菜，都要拼命吃光，然后我告诉你。否则，这将是你一辈子解不开的谜，不管我娶了你，还是你甩了我。”

林霞无奈，但语气已经软下来了：“我发现你这个人特别会提条件，总是一个条件紧跟着另一个……”

陆家定海老宅，破旧的门被推动，发出痛苦的声音。陆江涛带着林霞进来，摸黑拉开灯。

林霞只看了一眼，就惊呆了。房间内虽然算得上干净，但实在太狭窄了，而且破破烂烂，一眼看过去竟然没看到任何一样新东西。

“这就是我的家。”

“你和你大哥就是在这里长大的？”

“还有思齐。我们不仅仅是在这里长大的，至今我还主要住在这里，偶尔到我大哥的那个店里借住一两晚。”

“你们也挺不容易的……”

“十岁的时候，我爸去世了，我们就再没人管了。我们兄妹三个，就守着这里。”

从小生活优渥的林霞有些惭愧，不知道说什么了：“你们……不应该就这样……”

“也没什么，就是有时候有些伤心，有时候又有些赌气。”

“赌气什么？”

“赌气，同样是人，为什么有人一出生，就吃得好，穿得好，我们就只能在这样的地方生活。”

“如果是这么说，你更应该在学校里好好学习了。你知道，你大哥挺希望你能学好知识，将来不再做一个收破烂——不，废品回收的。”

“我相信我一定会发大财，因为只有在这种环境长大的人才会发大财。这跟上学不上学没有关系，也跟有没有好爸爸没有关系。”

“为什么？”

“这间房子，这种房子，可以把人逼成一个大款！”

林霞看着陆江涛的侧脸，有些感动地说：“我相信你！”

陆江涛没看林霞，往阁楼上爬去。林霞也跟上来。没想到阁楼上的空间更小，除了一张小桌和一张小床，剩下的空间刚刚够两人弯着腰站立。

陆江涛面对着天窗，坐在地板上，林霞也学他坐下。可因为空间太小，两人挨得有点近。窗外，天空碧蓝，白云凝固。

“你和你大哥经常坐在这里吗？”

“是的。”

“为什么呢？”

“白天的时候，这里可以看见云，晚上的时候这里可以看见星。”

“没有想到你们肚子都吃不饱，还挺诗情画意的？”

陆江涛出神地望着天空：“已经吃不饱了，如果还不能做梦，活着有什么意思？”

“做梦……本来是多美的词……”

“不仅美，当一个人快要饿疯的时候，做梦，白日梦，都是可以充饥的。”

林霞若有所思。

两人在老宅望着天空，有一句没一句地闲聊着。不知不觉，天光渐暗。陆江涛又带着林霞来到了他和冯力平时改善生活的大排档上。

林霞没吃过大排档，她试着吃了口炒面，脸上露出惊喜的神色：“味道不错！”。

陆江涛大口吃着，含混不清地答道：“一看你就是千金大小姐，从没吃过这口。”

“你一直在逃避我那个问题。”

“什么问题？”

“为什么……喜欢我？”

“因为，你就像梦的一部分。”

陆江涛还在低头吃饭，没有直视已经脸红的林霞。

此时冯力远远走了过来，说：“二哥好！”

“坐下吃饭，别废话。”

冯力笑嘻嘻地望着林霞点点头，然后开始大口吃饭。

林霞有些奇怪：“你为什么不让你这个朋友说话？”

“我不想破坏——这个美好的夜晚。”

“他一说话就会破坏？”

“你说句话！”

冯力立刻说：“二哥，咱们这顿这么吃就赔了，今天废品一共才卖了十二块！”

林霞被冯力逗笑了，笑着笑着又为他们的生活而难过，想了想说：“这顿我请。”

“那不行，我说过吧，他一说话，什么都破坏了，好像是我们在逼你请客。”

“我是自愿的。你们也不能老是收破烂啊，能不能做点别的？这个很难养活你们两个大小伙子的。”

冯力接过话，仿佛排练过一样，嘟囔着：“能干啥？做生意我们没有本钱，就算有本钱，现在生意那么难做，一样赔光。工厂不要我们，据说现在倒卖点儿物资倒是能赚钱，但那是需要批文的。我们无权无势的，去哪里找那东西？”

林霞心中一动，沉默不语。

陆江涛继续说：“就算有批文，咱也不干，那有什么意思啊？那是本事吗？”

林霞突然说：“陆江涛，你上夜校，准备好好学吗？”

“当然，难道我现在学得很差吗？”

“不，你学得很好，我都想不到，这么短的时间，你都能赶上来。”

“那不就得了，除了卖卖破烂，我就这点事，还做不好，就太说不过去了。再说了，等到学习完，我就能发大财了，我干吗不好好学习？”

林霞犹豫半晌，突然下定决心似的说：“陆江涛，我帮你赚些钱，但你得答应我，从今往后不能再纠缠我，我们之间没有可能。你要好好学习，改变自己的命运。”

陆江涛心中既高兴又内疚，但还是哈哈大笑道：“你帮我？你怎么帮我？”

“这你别管！”

第三章 ◈ 批文风波

Chapter 3

◈1◈

林霞躺在床上，脑海中不断浮现出今天和陆江涛共度的那些时光。无论是老宅的天空，大排档的食物，还是他们的贫穷，每一个画面都让她印象无比深刻。

林霞从床上坐起来，打开房门，望着客厅里正在沙发上看书的林长民。

“爸爸！”

林长民一愣，几乎难以相信——林霞已经很久没有叫过他爸爸了。

“你……你叫我什么？”

“我求您件事。”

林长民开心地站起来，仿佛要给女儿让座一般：“哎，你说，你说！”

林霞坐下，开始讲陆江涛的事。不知不觉讲了好一会儿，讲到了陆江涛需要一张批文的事。她丝毫没有停下来的意思，更没有注意到父亲脸上渐渐升腾起来的怒气。

“你跟我之间难道除了这个小子，就不能说说别的？”

正讲得高兴的林霞被突然打断，看着父亲不耐烦的表情，一股无名火也升腾而起。她的脸迅速冷下来，什么都没说，站起身来就往自己房间走。

“你给我站住！”

林霞冷冷道：“我不愿跟一个亲手把自己妻子送进公安局的人多说一句废话！”

林长民脸憋得通红，半晌，才憋出一句：“你放肆！”

林霞的脾气上来，冷笑着说：“如果你看我不顺眼，我可以离开这个家。”

“林霞，你这是在逼你的父亲吗？”

“是谁在逼谁？首先是你逼死了我的母亲！”

“你妈妈的死和我没有关系！她犯了错误，我是要她去承认错误，我怎么能想到她在公安局会自杀！”

“您和我的母亲一起生活了二十年，您应该知道她是一个刚烈的人，您还应该知道，我和她一样，也是一个刚烈的人。”

林长民望着林霞坚定的目光，软了下来：“你妈妈的事情，是我对不起她，我当时只想她犯了错误，受点儿惩罚也是对的。我没有想到她……自己走上了绝路。”

“您是一个好领导，好干部，但您真的不是一个好丈夫，好父亲！”丢下这么一句，林霞的手已经推开了自己卧室的门。

林长民被林霞刺激地大喊：“好了！我给那个小子批！”

林霞愣住了，她没有想到父亲可以突然转变得这么干脆。这一瞬间，林霞突然泪如雨下。因为父亲的焦急让她切切实实地感受到了父亲对自己的爱。

次日，上海市商委，林长民办公室内。

一个办事员拿着一摞文件走进来，看到林长民坐在办公桌后，一动不动，似乎在……发呆？

办事员恭敬地把文件放在案头：“主任，您要的东西都在这里了。”

林长民回过神来：“程序都没有问题吧？”

“只要您签个字，就可以了。”

林长民点点头，挥手示意办事员出去。他看着门关上，才抽出批文，掏出笔。但落笔的瞬间，林长民又犹豫了。他想为女儿签这个字，却死活抬不起笔来。终于，他泄气一般丢下了钢笔，无奈地靠在椅背上，闭上了眼睛。许久之后，他睁开眼睛，看见了办公桌对面墙上挂着的一幅字画：心底无私天地宽。

他拿起办公桌前摆放着的一张林霞的照片，轻轻地把相框盖在桌上，在文件上签了字。刚签完，他却突然生气地拍着桌子。

顾亦雄此时恰好进来，突然看到林长民眼圈红着，愣住了。

“主任？”

林长民把他刚签过字的批文抽出来，把其他文件交给顾亦雄：“你把这些批文下发吧。”

顾亦雄恭敬地接过文件，出了林长民办公室。他一边走，一边看文件，然后突然转身，径直往刚才那位办事员身边走去。

顾亦雄假装随便聊天地问道：“小周，这个月的数字对不上啊。有一份批文，林主任的计划里有，但是现在下发的里面没有啊。”

“估计是林主任扣下了，原本是主任家女儿想要。林主任这个人……你知道的嘛。”

顾亦雄诡异地笑着：“知道，我最知道了。刚做完检查嘛，哈哈。”

小周忙活着手上的事，也笑了几声。顾亦雄离开他的办公室。

快下班了，顾亦雄忙完后一直和同事们闲聊着，借机在林长民办公室附近游荡。终于，他看到林长民从楼道出来，走进了卫生间，

顾亦雄连忙拐进去，小心地打开林长民的抽屉，找到那份签过字的批文，把它装进了公文包。

顾亦雄从商委出来，径直往夜校走去。一直等到晚上，看到林霞背着包走了出来。

“林霞！这边。”

林霞看到顾亦雄，有些意外。她先是想到如果陆江涛今天也在夜校门口，不就可以遇到他吗？又想到顾亦雄找她，肯定是有事。她噔噔跑过来问道：“顾叔叔？有什么事吗？”

顾亦雄掏出批文递给林霞：“你要的吧？”

林霞欣喜地想要接过，不想顾亦雄手一缩，没有给她。

“你爸交代，下不为例，不许在他面前再提这件事。而且，我也没有给过你什么东西，明白吗？”说着顾亦雄把批文放在花坛边上，林霞冰雪聪明，立刻明白过来，捡起批文道：“放心吧，顾叔叔。”

说完林霞兴奋地回到夜校，顾亦雄望着林霞的背影，思索着，嘴角露出一丝微笑。

就在当天，林霞兴冲冲地约了陆江涛在公园里见面。陆江涛虽然隐约猜到了情况，但还是装作不明所以，走到林霞面前说：“这是你第一次约我吧？”

林霞呸了一声道：“别废话。我给你一份东西，从今往后，咱们就不要见面了。”说完林霞掏出批文递给陆江涛。

“这是？”

“这是批文，你拿出去，就能让你们兄弟俩的日子好过点，至少你妹妹上四年大学的钱都有了。跟我和你的所谓感情没有一毛钱关系，我就是想帮帮你们兄弟俩。”

陆江涛看着批文说道：“如果拿了这么一份不知道是什么的东西，我就再也不能跟你在一起，我不要。”

林霞心头一热，竟然调侃起他来：“什么叫再也不能跟我在一起？你从来就没跟我在一起过！”说完，林霞开心地转身，少见地蹦跳了一下往公园外走。“从此以后，好好赚钱养家，别胡思乱想了！”

陆江涛捧起批文，兴奋地振臂，差点要欢呼。然而小臂一疼，让他差点呻吟。他咝咝地抽着冷气，缓缓地坐到长椅上，长长地呼出一口气。

他的小臂上满是烫伤的伤口，每个伤口都是圆的，那是他在深夜想到自己对林霞的欺骗，痛苦得无法控制时，用烟头烫的……

陆江涛怔怔地看着地面，自言自语："你记住了，就这么一次！"

大排档上，陆江涛、冯力、黄瑶和田四围坐一桌。陆江涛抽出批文，拍在大排档的桌子上，推到对面黄瑶的面前。

黄瑶的眼睛突然瞪大了，拿起批文翻看着。

田四在一旁吼叫："服务员，啤酒、啤酒、啤酒！"又对陆江涛笑道："陆江涛，我还真小看你了，你知道这东西有多值钱吗？"

"你说有多值钱就有多值钱！"

冯力道："值多少钱就不说了，我二哥这回可是都使出美男计了。"

黄瑶鄙夷地看了一眼陆江涛："美男计？也没看出美在哪儿啊？"

饶是陆江涛，也被这句话说得老脸一红。

黄瑶继续取笑："哎呀，脸还红了？这是得了便宜还卖乖吧！"

田四开着啤酒说："行了，别说江涛了，拿到东西最关键！"

冯力跟着得瑟："田四，怎么样，以后跟我们二哥混吧？"

"那当然啊，以后，你冯力是冯老三，我田四就是田老四！"

"你想的美，陆家老三，是思齐，我是老四，你以后改名叫田老五！"

田四兴奋地指了指批文："有这东西，别说田老五了，就是田老八、田老十，随便叫！"

黄瑶白了田四一眼："你咋这么有出息呢？咋跟陆江涛似的呢？"

陆江涛瞬间怒了，一拍桌子站起来："你有完没完？是谁下套逼我干这事的？"

黄瑶看了他一眼，咽下了后面的话。田四为众人倒上了啤酒，举起酒杯道："来，哥几个，为了咱们捞钱大计，走一个！"

几人干杯，田四顺手就把批文装进了自己随身带的小公文包里。

陆江涛立刻注意到："田四，你这是干吗啊？我的批文！"

"我当然知道是你的批文啊，但是我不得在中间跑啊，我不得拿过去让人家看看啊。你放心，你现在是我二哥，我能不护着你？”

“你给我拿出来，我用不着你护着我！你带个路，我自己去谈。”

“这不行，你欠我们两万八，这个交给我们，我们两清。”

“还当我傻子呢？这东西可不止两万八，我还得把我妹妹的学费赚回来！”陆江涛看着黄瑶，冷笑着，一把把批文夺了回来，“我有批文，你认识要这东西的人，所以这样，你把我们三方约出来，我们见个面，当面锣，对面鼓。除了欠你们的两万八，你们作为中间人，该给你多少就是多少，一分钱不少你的。”

田四犹豫着说道：“这样当然好，但是啊，二哥，这种事情好像还上不得台面。这都是桌子底下的交易，你们一见面，生意倒是清楚了，但是人家会担心，你不也担心吗？如果哪天他们犯了事，再把你扯进来或者把你背后的人扯进来，这就不好了。或者说，哪天二哥你翻了船，再把人家扯进来？”

陆江涛犹豫着，田四继续说：“为你们着想，这点风险我担了，我就是一打死不招供的李玉和。万一出事，就在我这里掐了！”

陆江涛不屑道：“就你？”

田四赔笑道：“我就是一中间人，我总得拿过去让人家看看真假吧？”他一边说，一边把批文往自己公文包里装。

陆江涛还在犹豫，冯力嚣张地威胁道：“田四，你住哪儿，你爸妈干吗的，我们都门清，你要是敢耍花招……”

田四忙说道：“两个哥哥，你们放心！事情要是坏在我手里，你们去扒我祖坟都行！咱们是什么弟兄啊！”

陆江涛果然如林霞说的，再也不纠缠她了。这几天，林霞讲课时，总会不自觉地看向原本陆江涛坐的位置。那里空荡荡的，带给林霞的只有走神和忐忑。放学时，林霞总会想到骑在三轮车上等自己的陆江涛，这个画面也不再出现。甚至，林霞曾经把一个捡破烂的人错认成了陆江涛。

林霞回到家，脱掉外衣，挂在衣架上。林长民依旧坐在沙发上，看着电视剧。

“回来了？”

“回来了。”

这几天，父女俩都怀着愧疚，对话简单至极。林霞感激父亲帮她，而林长民则内疚自己言而无信。

“厨房里给你下了碗面，饿了吧。”

“爸，我不饿。”

听到女儿叫自己爸，感觉是个不错的时机，斟酌着说道：“还是让我说中了吧，人家冲的是你爸爸我。”

其实林霞已经有所怀疑了，但她不愿意面对。父亲的话让她这几天的郁闷心情突然爆发出来：“你什么意思啊？”

“怎么样，看拿不到东西，就再也不出现了吧？”

林霞没有为父亲的话感到意外，因为顾亦雄已经交代过她。这句话反而更让她觉得父亲是一个虚伪的官员。

“他有他的生活。而且……你别拿那种眼光看人家，人家不是你想象的那样子！”

“他爱是什么样，就什么样。只要他以后再也别缠着你，就行了。”

“但是你不能这么背后说人家啊。”

林长民觉得无辜，说：“我也没有说错啊？”

“懒得给你证明你错了！”林霞气鼓鼓地回了卧室，可一关门，她又自言自语，“他才不是那样的人呢！”

也不知道说给谁听……

这几天发愁的不光是林霞和林长民，陆江涛和冯力同样头疼。

因为田四消失了。不仅田四，黄瑶、黄瘸子，甚至跟他们混的那些小年轻，一个都找不着了。他俩找遍了所有能想到的地方，都找不着，两人已经渐渐绝望。

这一天，两人无精打采地在街上晃悠着，突然远远看到林霞骑着自行车而来，林霞也看到了他们，大喊道：“陆江涛！”

陆江涛赶紧拉了一把冯力，假装没看到她往另一个方向走去。林霞有些生气，蹬着自行车追了上去。陆江涛不敢撒腿狂奔，没一会儿就被追上。林霞把自行车一停，挡在了陆江涛和冯力面前问道：“你怎么回事！躲我？”

陆江涛慌乱道：“你……你不是说，拿了你的那个东西，就再也不要骚扰你吗？”

“还有呢？”

陆江涛愣住了：“还有？还有什么？”

“我当初说了，我不可能跟你怎么样，但是我可以帮你一次，条件是你必须继续好好学习，出人头地。”

“我……那东西，不是得忙一阵吗？”

“不管怎么忙，你得给我上课去，懂吗？”

陆江涛不敢直视林霞，眼神躲闪着：“行，忙完了，我就去上课。”

林霞看着他魂不守舍，有点担心：“是不是那事没办好啊？”

“没有没有，办得好，挺好的，最近就要办成了。”

林霞望着奇怪的陆江涛，沉默思忖着。

冯力看着陆江涛挨训，突然说：“林老师，您还能不能再搞一个？”

陆江涛狠狠地踢了冯力一脚，冯力低头不说话了。

林霞意外，陆江涛找了借口就要走，她也没追，而是径直往修理铺去了。

陆海波看到林霞来了，又高兴又紧张，连忙招呼她坐下。温泉则去泡了一杯茶端上来。

温泉突然问：“林老师，您跟江涛，现在……在谈恋爱？”

林霞的脸红了，说：“哪有的事情，我就把东西给他了，我们之间，没有什么的。”

陆海波一愣：“东西？什么东西？”

“我就是看你们兄弟俩，还有你们的妹妹思齐，太辛苦了。我就想帮你们一把，就给江涛搞了点儿能赚点儿小钱的东西。”

温泉一副意料之中的样子。陆海波则先是出乎意料，继而勃然大怒……

陆江涛正躺在床上发呆，突然一声巨响，抬头就看见陆海波脸色铁青地冲进来。

陆江涛心虚地坐起来说：“哥？！”

陆海波上去就要打他，陆江涛伸手，第一次直接抓住了大哥要打自己的手。陆海波愣住了，以前他从来没有这样过。

“哥，我都长大了，什么道理我都懂。你该说说，别老动手！”

“什么道理你都懂？那你这些天都干了什么？”

“我……我干什么了？”

“你对人家林老师干什么了？”

陆江涛沉默片刻，说：“林老师去你那里了？既然你都知道了，那就是那样。”

“你胡闹！”

“我胡闹？我是为了咱们家！”

“咱们家？用不着你为咱们家做这种丢人的事情！”

“我做什么丢人的事情了！”

“我问你，你跟人家林老师说，你喜欢人家，是真心的吗？！”

陆江涛叹了口气：“不是！”

陆海波忍无可忍，一巴掌扇过去，这次陆江涛没再抓住他的手。狭窄的老宅里，传出响亮的一声。

“胡闹！”

陆江涛捂着脸，声音也变低了：“我又没有怎么着她！”

“你是不是从人家林老师那里拿了一个批文？”

“是！”

陆海波又是一巴掌，说：“马上给我还给人家！”

陆江涛嘴硬道：“批文是她心甘情愿给我的，我凭什么还给她？”

“你那是骗！”

“你愿意这么想你弟弟，我也没有办法！”

陆海波被他无所谓的态度气得几乎要疯了，说：“现在！马上！立即！给我起来！找人家去，把东西还给人家，给人家道歉！”

“东西被田四骗走了……”

陆海波愣了一下，随即颓丧地坐在地上，望着他说：“那你倒是去找田四啊，追回来啊！”

“要是能找到，我早就把他揪出来了……”

“你真是要气死我……”

“大哥，我不想气你，但是我也不想就这么过一辈子！”

夜校门口，林霞走出校门，习惯性地往以前陆江涛等待她的地方看去，却看到了陆海波。陆海波也正看着自己。

林霞奇怪地走上前去，问道：“你来是？”

就在林霞走过来的时候，陆海波不知道为什么，把已经写好的道歉信塞进了兜里。

他的耳边响起了温泉的声音："其实吧，这事你要不点破的话，还能……还能在林老师那里留一个美好的回忆，人家看你们可怜帮了你们，还有人喜欢她，不管她喜不喜欢江涛，至少有个男人向她表白。海波，你不知道，其实这对林老师不是什么坏事。但你要是写了这封信的话，倒是对林老师打击挺大的。"

"是陆江涛有事吗？"

陆海波回过神来，改口道："不，我是来看看这个臭小子，是不是来上课了。"

"没，他一直都没来。"

陆海波观察着林霞，从她的眼神里看出了一股失望来。

林霞有些尴尬地说："要是没事，我就走了。"

陆海波鼓足勇气，虽然信可以先不给林霞，但弟弟做错了事，道歉是必需的。

"林老师，江涛不懂事，做了很多对不起人的事……"

"你到底想说什么？"

陆海波犹豫道："您上了一晚上课，是不是饿了？要不我请您吃饭？"

"好啊，还是那家大排档吗？那个味道蛮好的。"

陆海波意外道："您吃过啊？"

"陆江涛带我吃过，我以前还真的很少去这种地方吃东西……"

陆海波看到她提到陆江涛就神采飞扬，尴尬地笑了笑。

两人来到大排档上，点了东西，又发现没什么话说，尴尬地各自吃着。最后还是林霞率先打破沉默："江涛把批文的事情办好了吧？"

"林老师，我想还是把那个批文还给您吧。"

"为什么？"

"那种投机倒把的事情，还是不做的好。"

"其实没什么，你不做别人也在做，说是投机倒把，也可以说是有效利用资源。这不是你俩的事情，这是咱们国家这个时期制度上的问题。可能你见的少一些，我的很多朋友的父母都是有些办法和资源的，所以我见的多一些，倒不算多大的事。"

"我不管别人，至少我自己赚钱都要清清楚楚，都要流了那份血汗，才能拿那份钱，只有这样我才踏实。"

林霞感慨道："海波，现在能像你这么想的人越来越少了。"

"不管还有多少人这么想，至少我是这么想的。"

“好了，就这么一次，我真心诚意地想帮你们兄弟俩一次，别推辞了。否则好像是我非要让你们做什么违法犯罪的事情一样。”

陆海波低头，沉默了一下，说：“那……林老师，我问您一句实话，您真的喜欢我们家江涛吗？”

林霞嘴里的一口粥差点喷出来……

“……你想到哪里去了，我怎么会……”

陆海波踏实了点，说：“既然这样，我就放心了。我就怕……”

“我知道，江涛应该比我小四五岁吧，虽然只有几岁，但他就是一个孩子，喜欢上我也不是什么罪过，我能理解。其实他人倒是挺好的，看上去像个刺猬，浑身的刺和毛病，但细看，也是个有担当的人。”

陆海波惊悚地望着林霞，发现她说起陆江涛时言语和表情之中竟然露出一丝满意。陆海波把那封原本捏在手心里的信，彻底塞进了裤子口袋。

陆海波抹了抹额头的冷汗说：“别……江涛就是个孩子。”

林霞注意到陆海波的异常，也发现了自己的话不合适，于是不再说什么。两人就这么在尴尬中，吃完了消夜。

吃完后，陆海波喊：“服务员，结账！”

服务员走向陆海波。突然，陆海波看到大排档不远处的另一个街口，竟然是田四正拐过来。

陆海波大喊：“田四？”

对面的田四听到有人喊话，抬头一看，发现了陆海波，一愣，转身就跑。

陆海波不顾一切地喊着：“田四，你个王八蛋，你给我站住！”一边喊，一边朝着田四跑的方向狂奔过，他敏捷地翻身跳过栏杆，消失在黑夜里。

服务员和林霞都傻眼了，望着消失的陆海波，不知道发生了什么。

服务员：“一共……一共八块。”

田四在前面疯狂奔跑，不断拐进一条条小里弄。但陆海波也在上海长大，对路无比熟悉，田四无论如何都跑不掉。跑出几里路，田四大喘着气已经快没有力气，恍惚中被陆海波一把扑倒在地。

田四挣扎着装糊涂说：“你要干什么啊？”

“你说我要干什么！你从小就没有跑赢过我，你还敢跑！”

晚上，陆江涛和冯力将田四扭着出去了。陆海波不知道他们要做什么，但他知道不能阻拦。第二天也果然如他所想，田四告诉了他们黄瘸子的藏身之处。巧合的是，黄瘸子住的地方正是陆江涛和黄瑶赌博的那里——铁路旁一栋破旧的废弃小楼。

陆江涛和冯力夹着鼻青脸肿快虚脱的田四，噔噔上了楼。看门的看到田四，想要动手，却被陆江涛一声大喊镇住。

“黄瘸子，滚出来！”

门里传来黄瘸子的声音：“让他们进来吧。”

屋内，黄瘸子坐在一张破旧的桌子后面，桌前放着一张破沙发。房间内很简陋，并不像是某人的家，明显是一个江湖人暂时的栖身之所。

陆江涛放开田四，大大咧咧一屁股坐下去，陷进了沙发里。

“你们也真够呛，这破沙发，我收破烂的都不收。”

田四有气无力地说：“老爷子，他们欺负我！”

黄瘸子笑着说：“我说怎么今天一大早喜鹊就在我这脑门子上绕啊绕的，原来是有贵人登门啊。”

陆江涛冷笑道：“你少来那一套，我的批文是不是在你这里？给我交出来。”

黄瘸子嚣张地接过话：“我要是不交呢？”

“我把你们……”

黄瘸子摆摆手说：“行了，行了，跟你们开个玩笑。做生意而已，动不动打打杀杀像什么样子？”说着，他探身打开一个抽屉，拿出了批文，丢给陆江涛：“拿去！”

陆江涛有点诧异，没有想到黄瘸子如此痛快。

黄瘸子不屑地解释道：“这东西在你手里就是废纸一张！”

陆江涛一把拿过批文：“在我手里是废纸？就算是废纸，也比在你们手里强！”

黄瘸子鼓掌：“好，现在很少见你这种视金钱如粪土的人了。”

陆江涛疑惑道：“你话里有话？”

黄瘸子笑了，这个年轻人确实是聪明：“当然，你以为我拿着你批文干什么？”

“你骗我钱！”

黄瘸子哈哈大笑：“这东西要是好换钱？我早就换钱了，还能在我手里？”

“我明白了，你倒腾不出去。”

黄瘸子露出惋惜的神情，说：“唉，上海滩可不是谁都能倒腾钢材的。本来呢，我是托了好几层关系，都跟大老板约好了，明天一手交批文，一手拿现金。可惜啊，你这个娃娃视金钱如粪土，不卖了。”

“吹牛！”

黄瘸子笑嘻嘻地说：“万一要是真的呢？”

陆江涛犹豫起来。

黄瘸子拿起桌上的大茶缸子喝了一口，偷偷看着正在思考的陆江涛，目光闪烁。

陆江涛终于决定了，说：“那好啊，明天带我去交易，赚了钱，当然有你一份。”

“可以啊，你七我三，咱们的账一笔勾销！”

“这批文，可得我拿着。”

“你拿着，你今天晚上睡觉就抱着它，一分钟都别离开。明天我们一起去，当场换成现金，然后咱俩分账，可以吗？”

“一言为定。”

黄瘸子望着陆江涛抱着批文的样子，还是一脸笑眯眯的表情。

◆②◆

陆江涛果然如黄瘸子说的，抱着批文睡了一宿。醒来看到批文，顿觉安心。冯力在外面咣咣地敲门，陆江涛起床，背着装批文的包洗漱完，出了门。

冯力骑着三轮车，陆江涛攥着包坐在后面。两人前行了半个小时左右，来到一家茶楼下。黄瘸子带着黄瑶和田四，已经等在那儿了。

茶楼外面的停车场上停着几辆车，一辆奔驰尤其显眼。

黄瘸子看着陆江涛的紧张样，笑着指指大奔说：“小子，认识吗？”

陆江涛鄙夷地说：“不就是辆大奔吗？”

“这就是光头老韩的车，车号四个八，全上海都知道。这茶楼就是老韩的场子，每天就坐在这里喝茶，那赚钱海了去了。想跟他做生意，只能在这里谈。”

“啰不啰唆！”

黄瘸子一笑，带着四个人往茶楼里进，茶楼门口站了两个穿着黑西装的壮汉。黄瘸子走上前打招呼：“跟韩总约好的。”

黑衣人点头，让黄瘸子上楼去。其他几人想要跟着，突然被黑衣人伸手拦住。

陆江涛解释：“我们是一起的。”

黑衣人不说话，摇摇头。

黄瘸子笑道：“呦，我给忘了，光头老韩最精明，从来不跟陌生人做生意，你们上不去。你们就在楼下等着，把批文给我，我上去交易，一会儿带钱下来。”

陆江涛有些警觉，又有点不知所措。他把公文包抱紧拒绝道：“那不行！”

“这是人家的地盘，得按照人家的规矩办。你要是非上去，人家老韩根本不跟你谈，有什么用啊？你再想想。”

陆江涛犹豫了一下，黄瘸子就给两个黑衣人伸手打招呼：“看样子这钱是赚不上了。算！走！”说完就要往外走。

田四眼看着赚不了钱，骂道：“陆老二，你有病吧，你抱一晚上还没有抱够啊？你是卖批文，不拿出手，怎么卖啊？”

陆江涛挣扎着。黄瘸子往外走，走到他面前，叹口气就要继续往外走。

陆江涛伸手拦住他，一句话没说，把公文包递给了他。

“这就对了嘛！”黄瘸子拍拍陆江涛的肩膀，大摇大摆地走进茶楼，“等着啊。”

陆江涛在楼下，心神不宁地等着。他蹲在地上，拿着一根小棍，拨弄着地上一队爬过的蚂蚁。

黄瑶好奇地靠过来，看到他在折腾一只蚂蚁，嘲笑他：“你也就欺负欺负蚂蚁。”

陆江涛本来就着急，被黄瑶说了一句立刻炸毛了，说：“你说啥？”

冯力突然大喊：“二哥！成了！”

陆江涛顺着冯力的目光抬头，看到黄瘸子了抱着一个箱子，打开，从里面拿出几叠厚厚的百元大钞，给楼下看。

黄瘸子合上箱子，对楼下喊：“再等会儿啊，我得给人家韩总签个合同！”

陆江涛长出一口气，渐渐放心下来。

黄瑶继续撩拨他：“怎么样？我爹出马，什么不安全不放心，都滚一边去！”

陆江涛不搭理黄瑶，继续蹲着，笑着用棍横拦在蚂蚁爬行的路径上。一只蚂蚁顺着小棍爬上来，他出神地看着蚂蚁的行动轨迹。那只蚂蚁绕着木棍，爬了好几圈，突然从木棍上掉了下去。

陆江涛突然觉得好像哪里不太对，黄瘸子上去似乎……有点久了。他突然蹦了起来，冲向茶楼，却被两名西装大汉拦住。

陆江涛心急如焚，但又知道强闯没用，只好问道："两位大哥，你们这茶楼几个门啊？"

黄瑶在后面嚷嚷："我爹都说了，就一个门！"

两名黑衣人都不回他的话，陆江涛一急，往门里挤了挤，立刻就被推了回来。

冯力不明所以地说："二哥，你咋了？"

"我也不知道，我就觉得不对劲！"

"哪儿不对劲啊？"

"哪儿都不对劲，咱们不会被这个黄瘸子坑了吧！"

田四嘲笑道："有可能吗？我不是还跟你们在一起呢吗？"

陆江涛狠狠骂道："你就是一个屁！"

陆江涛正不知道怎么办，突然看到了那辆大奔。他三两步冲过去，狠狠地朝着大奔踢了一脚，大奔的报警器立刻响了起来。两个黑衣人诧异片刻，冲过去拉陆江涛，拉不动便拳打脚踢。陆江涛不管不顾地继续踢车，冯力虽然不知道陆江涛为什么这么做，但出于多年来对二哥的信任，也冲过来踢。

黄瑶和田四则傻在一旁。

楼上一声怒吼："小兔崽子，干吗呢！"是老韩。

陆江涛已经被两个黑衣人打倒在地，但还是挣扎着喊了出来："黄瘸子呢？"

"早走了！"

他瞬间就出了一身的冷汗。震惊中，他急中生智，突然愤怒地吼叫："他骗你，那批文已经作废了！"

老韩一惊，顾不上思索真假，连忙命令手下："快，到后门把黄瘸子给我追回来！"

茶楼上一阵响，似乎是很多人急匆匆地在跑。果然没一会儿，两名大汉一左一右，夹着黄瘸子出来了。

老韩站在茶楼门口，看看陆江涛，又看看黄瘸子，脸上隐隐浮现一丝黑气。

"怎么个意思，说说吧。"

黄瘸子无奈至极，说："别听小兔崽子胡咧咧，我保证这批文没问题。"

陆江涛回嘴："他保证，这批文是他的吗？他要能保证没问题，他跑什么啊？这批文是小爷的，跟他没有一毛钱关系！"

黄瘸子脸色铁青地说："老韩，咱们这么多年交情，我的话你信不过？"

老韩笑着说："交情？哼，黄瘸子，你混江湖是靠交情？"说着一把从黄瘸子手里抢过现钱箱，骂道："我老韩才是讲交情的，都滚蛋！"说完就准备回茶楼。

陆江涛急了，连忙喊道："我的批文，你还没有还给我批文呢！"

"你不是说作废了吗？你还要那个干吗？那就是废纸！"

说着老韩走进茶楼，几名黑衣人跟上他。陆江涛和黄瘸子被放开，冯力和田四各自扶起自己的人。

黄瘸子气急败坏："你真能捣乱！"

"我不捣乱，我不捣乱，你都跑了！"

"你能！现在好，竹篮打水一场空，赔了夫人又折兵！"

陆江涛想了想，走到茶楼下，冲着楼上喊："韩老板，那是废纸！但是我能把它变回批文！"

窗口出现了老韩的大光头，只见他说："小兔崽子，你还真挺能说。你以为你是谁啊？你说变废纸就是废纸，你说变批文就是批文啊？"

陆江涛胸有成竹地说："那当然，知道我这批文从哪里拿来的吗？"

"你倒是说说看！"老韩觉得好笑。

陆江涛刚喊出一个"林"字，就被老韩打断了："本事不小啊，胡扯扯到林主任的头上来了。我告诉你，林主任从来不做这种事。行了，别扯了，给老子滚蛋！"

"林主任是不会做，但林主任最疼他闺女。"

"那又怎么样？"

陆江涛觍着脸道："我脸白，他闺女最疼我。"

老韩哈哈大笑，指点着不远处的黄瘸子叫道："黄瘸子，从哪儿淘换回来这么个小兔崽子？我还挺喜欢！"说着，老韩把批文从窗口扔了出去，丢下一句话："小兔崽子，拿去吧，林主任对我老韩有恩，不管这批文是真是假，我不能收。拿走吧！"

陆江涛捡起批文，愤恨地看了一眼黄瘸子，然后带着冯力走到他面前，狠狠朝着地上啐了一口："呸！"呸完，两兄弟抬头挺胸，雄赳赳气昂昂地走了。

黄瘸子望着陆江涛的背影，突然露出了微笑。

黄瑶气愤不已地说："老爷子，就这么完了？他还欠咱们手机钱呢。"

黄瘸子却望着陆江涛的背影摆手说："算了，这小子真是个可造之才啊！"

"就这么被个雏儿耍了？我咽不下这口气。"

"我想过了，这上海咱们也不待了。我们走，去个有意思点儿的地方。"

虽然没赚到钱，但陆江涛和冯力走在路上，兴高采烈。走着走着还唱了一遍《亚洲雄风》。唱完，冯力兴奋地说道："二哥，你知道你刚才有多帅吗？你就跟那个周润发一样，我就跟丁力一样。刚才那一出，哎呀我的妈啊，那就是上海滩风云啊，我都看傻眼了。"

"别得瑟了，能要回来批文，咱们就得回去烧烧高香了。"

"就算那个光头老韩再牛，也架不住您这边关系深啊。要不是林主任把这个批文作废了，还真不知道怎么收场呢。"

"扯淡，那是我临时瞎编出来吓唬他们的。"

"啊？！那这批文……"

陆江涛捏着批文甩了甩："我就不信，有批文咱还倒腾不出去？咱自己卖！"

"怎么卖啊？"

"大排档上卖！"

两人还真在大排档上卖起了批文。冯力负责到处放消息，说陆江涛这里有钢材批文。果然很多人听到消息后，就来到了大排档上。但来的人五花八门，还好陆江涛这次心眼多多了，没再被骗去批文，但也没找到可靠谱的卖家。而他们这样大张旗鼓地倒腾批文，也引起了很多人的注意……

小酒馆里坐着几桌人，其中靠墙的一张桌子旁，两个男人已经喝得面红耳赤——这两人是顾亦雄和他多年的朋友刘毅。

两人推杯换盏，顾亦雄眯缝着眼嘀咕着："刘毅啊，我跟你说，我认识你二十年了，我再也没有比今天晚上更清醒的了，人都不能相信，什么话也不能相信！"

刘毅以为顾亦雄说的是他投机倒把被抓，又被林长民逼着做检查的事。只好安慰道："不至于，不就是想赚点儿钱，被人挡了道吗？"

"你知道个屁！如果有人口口声声说，不能这样，不能那样，但是背地里，哈哈，背地里什么都干！”

“你……你这是说谁啊？”

“还有谁？林长民这个伪君子。他看上去两袖清风，廉洁自律，背地里还不是跟咱们一样！”

刘毅被吓了一跳，左右看看，压低声音问道：“你这话，有根据吗？”

“当然有根据了。知道吗？林长民也在批条子，给了自己的女儿。”

“只许州官放火不许百姓点灯啊，这算什么东西？不行，咱们不吃这个亏，告他！”

“告个屁，老头子最后又不敢了，怂了。我给他捣鼓出来给了林霞！”

“哥，那你这是图啥？”

“哼，他让我写检讨书。这一回，我让他写坦白书！不让我体体面面地活着，谁也别好过！你，就现在，写举报信！”

刘毅还没彻底喝醉，想了想，说道：“哥，这事儿得等你清醒了再说，我哪里写得清楚啊？得了，别喝了。看你这样子，我送你回去。”

“我不回去！我才不回那个狗屁家里。那不是家，那是监狱，是劳改场！”

“别胡闹了啊。丹丹要是知道了，还不得把我活剥了呢。”

顾亦雄的脸突然变得狰狞，大喊着：“刘毅！你要是今天送我回家，我跟你绝交！”

刘毅无奈，只好答应着，去结了账，扶着顾亦雄往外走。两人打了车，刘毅送顾亦雄回家。到了家门口，顾亦雄却突然发起酒疯来，死活也不进门。刘毅只好找了一家宾馆，把他安顿进去，然后独自回家。

刘毅走后，顾亦雄慢慢坐起来，表情也恢复如常。他咬牙切齿地骂了一句：“没用的东西。”骂完，他去卫生间里洗了脸，擦干净，出来坐下，拿过宾馆的纸和信笺，在最上面写下“举报信”几个字。

几天后，林长民正在忙碌，办公室的门突然被推开。单位的纪委书记带着两个纪委办公人员走了进来。林长民一愣。

林长民愕然道：“这是？”

纪委书记叹口气道：“老林，你怎么也犯这种错误？”

林长民还不明白，问道：“我怎么了？”

“有人举报你了，匿名举报！”

林长民想了想，明白过来，说："是批文的事吧？"

"老林，我们已经调查了，有一份批文现在经过林霞的手，给了她的一个朋友，正在大排档上叫卖呢！"

"这不可能，我根本就没有批给她！"

"你还是跟我们过去，说清楚吧。"

林长民打开抽屉，一边寻找一边说："好的，我是给一份批文签了字，但是我没有给林霞……怎么……找不到了？"

"老林，先跟我们走吧，另外我们会通知林霞把批文拿回来，这是最重要的。你先停职。"

大排档上，陆江涛刚刚送走一位"客人"，那人居然是个鞋匠打扮的，想要骗走批文。没想到陆江涛和冯力捡破烂时，曾见过他。

突然一个女人坐了下来。正和冯力说话的陆江涛扭头看去，发现居然是林霞。

"你的批文到底倒腾出去没有？"

陆江涛有些不好意思："你会不会觉得我太没用，拿着批文都倒腾不出去。"

林霞轻轻地叹了口气，好像在思考着什么。

陆江涛敏锐地感觉到了她情绪，问道："怎么了？出了什么事情？"

"就没见过你们这么倒腾批文的，大张旗鼓，搞得天下无人不知，无人不晓。有人把你们举报了。"说着林霞把手里的信甩给了陆江涛。陆江涛打开，只看了一眼就觉得额头冒汗。那是一张复印件，一封关于林长民违纪的举报信。

"我爸已经被停职了。我就是来看看你到底是怎么倒卖的。"

陆江涛听着难受，掏出批文递给林霞："快拿回去吧！我没有想到会给你带来麻烦，还牵扯到了你爸爸。拿走吧，把这个交回去，估计对你爸爸能有好处。"

"你不卖这个，你以后……"

"林霞，谢谢你，不要管我了，就当从来没有见过我，赶紧回去帮你爸爸处理好这个事情。事情闹到这一步，也是我没想到的。"

"你别这样，这事怪我，不怪你。"

"不，你就当是我从头到尾在骗你，你现在识破了我的骗局。咱们永不再见好了。"

"可是你没有骗我啊。"

“我就是骗你呢。”

“你骗我什么了，你家穷是骗我吗？你家老宅是骗我吗？你和你哥哥比赛着要给你上大学的妹妹凑钱是骗我吗？”

“我……还是骗过你一些的。”

“行了，批文是我要给你的，现在又要我拿回去，想把批文退给我，就再也不见我了？那不行，我现在已经把你当成了朋友，好朋友。我不会因为一个批文，就和朋友闹翻的。”

说着林霞把批文收进背包，往回走。走了几步突然转身，脸上竟然隐约还有一丝笑意，说：“哎，陆江涛，你知道不？你已经长了一辈了，原来我可是你老师。”

陆江涛有点尴尬，冯力目瞪口呆。

“二哥，她这真的是……”

“闭嘴！”

没了批文，自然就不用卖批文了。陆江涛和冯力早早收拾了，去温泉家修理铺蹭饭吃。

温泉看两人进了门，阴阳怪气地叫唤道：“呦，陆大老板，今天收摊收的早啊，看来买卖不错啊，卖出去了？”

“卖什么啊，让人家给收了。”

“谁啊？城管？”

“林霞。”

温泉突然兴奋无比，脸上全是幸灾乐祸的表情。

“呦，为什么？”

“有人把我们举报了。”

温泉笑得眼泪都快流出来了。

“陆江涛，你厉害啊，摆地摊倒卖批文，还能让人给举报了？”

陆江涛看到温泉笑话自己，默默地低头要走开。

“哎，别走啊。”

“不走干吗，让你笑话死？”

“我笑笑，你就能死啊？”

“这会儿玩得这么砸锅，这么彻底，我都没脸跟你说话了。”说完陆江涛准备走，却听到背后的温泉说："你知道吗？我可高兴了。"

陆江涛诧异地回头，看到温泉的眼里竟然噙着泪水。

"你再也不用去要什么美男计了！没钱饿死！也不能那么坑人！"

"我……我错了。"

"收一辈子破烂，没关系，但你自己要是成了破烂，成了垃圾，那什么都完了！"

陆江涛看着认真的温泉，突然也笑了。

靳鹏生把一份举报信甩到了桌子上，冷冷地看着顾亦雄。

顾亦雄装作什么都不知道："爸爸，这是什么？"

"你写的你不知道？"

顾亦雄继续装模作样，拿起信看了起来："什么我写的？"

"顾亦雄，我告诉你，我可是在市委大院，你们商委的任何风吹草动我都能知道！"

"这……"

"顾亦雄，我真是看错你了。"

"爸爸，我在这个家里已经十年了，我是什么样的人，您应该清楚。"

"我不清楚，你在这个家里十年了，但是你说过的话还不如保姆小杨多，她才来三年。"

"我举报林长民以权谋私有什么问题吗？"

"看上去没有什么问题，秉公而断，不留私情，但是也没有情义！"

"爸爸，您这么说就不对了，我跟他林长民谈不上情义。"

"顾亦雄，你知道我最看不上你的是哪一点吗？你的眼里只有你自己，你的眼里有你的委屈，你的不得已，你的不得志，你的忍无可忍，你根本看不到你的眼界之外的那个世界。这件事后，你好自为之吧，我不希望丹丹为你的事情跟我闹事。我还不是林长民，为了一个女儿什么都能干。"

"爸，我已经想好了，我准备辞职。"

"你也没法不辞职了，现在全商委都知道，是你举报了林长民——一个十多年来提拔你，培养你，督促你，监督你的兄长。而且老林的问题并不大，我已经在市委会上保了他，很快就会恢复职务，你还能留得住吗？"

顾亦雄仍然不服，冷哼一声："是吗？他对我有这么大恩情？"

“我怎么说来着，你的心里只有你，你根本看不到别人对你的好。”

“那好吧，算我忘恩负义。”

靳鹏生有些意外顾亦雄的语气越来越硬，问道：“那你接下来准备……”

顾亦雄突然站起来，神情坚定，仿佛早就做好了决定：“我去深圳！爸爸放心，我会跟丹丹好好商量，绝不会让她为难，让您也为难。”

3

1990 年 4 月 18 日，党中央、国务院做出了开发开放上海浦东的重大决策，上海市委、市政府按照中央的战略部署，制定了“开发浦东、振兴上海、服务全国、面向世界”的开发方针。一时间，浦东开发成为整个上海，整个华东，整个中国改革发展的关键词。而浦东区 570 平方公里的土地，也从这一年开始变得火热。

1994 年夏天，陆江涛和冯力终于不再收破烂，转而去工地干活了。一方面，是思齐马上又要交学费了；另一方面，林霞越来越频繁地来找陆江涛，他不得不借机离开修理铺。所有人都明显地感觉到林霞对陆江涛热烈的感情，只有她自己不承认。而陆江涛，则在愧疚和矛盾中选择逃避。

这一天，林霞本来只是漫无目的地散步，可不知不觉中，又走到了修理铺门口。最近已经好几次这样了。她犹豫了一会儿，还是鼓起勇气大步走了进去。

温泉一个人在店里，看到林霞，愣了一下：“林老师？您又来了？”

林霞脸一红，问道：“大哥在吗？”

“大哥？”

“就是……陆海波。”

“哦，在呢，在后面，我去叫他？”

“不必了，我自己去找他，后面屋子？”说完林霞慌张地去了后院。

陆海波正在后面修着一个手表。

“大哥。”

陆海波听着声音一愣，回头看到是林霞，忙问：“林老师？您来了？您叫我什么？”

“大哥，您不能不管江涛啊。”

“江涛？他……他又惹您生气了？这小子就爱胡闹，他说什么您千万别信，他那就是满嘴跑火车！对不起您了……”

“他……他又说什么了？不是……大哥，江涛不能一辈子就收破烂啊。我觉得他还是继续去夜校上课吧？”

“您不怕他麻烦您啊？”

“我就是觉得不能耽误了他。”

陆海波高兴地说：“林老师您越来越关心我们家江涛了。”

“他……他不是我学生嘛。”

“谢谢林老师。不过他现在不打算继续捡破烂了。”

“那他？”

“不知道……也就是前几天，他才跟我说的。”

前面店铺里，陆江涛和冯力正好回来。温泉故意大声喊：“陆江涛！”

陆江涛奇怪地看了她一眼，温泉继续大声喊，给后院里的林霞听：“你们哪位林老师可又来找你哥的麻烦了！你就潇洒去吧。”

陆海波和林霞从后院出来，几人各怀心思，显得小店的空间都不够用了。

最后还是林霞先开口：“你……来了……你……不准备继续上夜校了？”

“我上那玩意儿干吗？能赚钱吗？”

“江涛，你别老是钱钱的，你的潜力很大……”

“我不说钱，谁给我们活口啊。不就是一个老师吗？至于吗？”

陆海波怒道：“有这样跟老师说话的吗？”说着就准备上前去扭住陆江涛。却是林霞先阻止他，说：“你别又打他啊！”

然而陆江涛一把推开她喊着：“我哥想打我就打，用不着你管。他是我哥，你是我什么啊？”

林霞被推开，突然定定地站住，两行眼泪从脸上流了下来。

众人都不知所措，陆江涛看到林霞哭了，变得更加烦躁，拉了一把冯力说：“走！”

两人出门，跨上三轮车，自顾离开，留下其他人不知道怎么办。

浦东的朝阳升起，远远望去，工地上的工人们都在热火朝天地干着活儿。陆江涛和冯力穿着工服，往吊车上装材料。俩人都灰头土脸、满头大汗，累得哼哧哼哧的。

冯力喘着气说：“哥，这活儿真不好干啊。”

“累倒是小事，就是这么干，什么时候才能发大财啊？”

说着陆江涛把手里的材料放上去，有些郁闷地坐在了一旁，冯力也坐了下来。

“二哥，你老说赚大钱，赚大钱，到底赚多少算是赚大钱啊？”

“那还不简单？至少让我妹妹上大学，哪怕以后还想上个啥的学费都赚够吧。之后嘛，像这样的楼至少得有那么三五栋吧。”

冯力看着陆江涛指着的楼，傻了。

“这楼？还三五栋，二哥，你醒醒，翻个身再睡行吗？”

“不信？有那么一天。”

“真要有那么一天，我得分一栋楼。”

“行，要是有那么一天，我那三栋楼的破烂都归你，我保证没人跟你抢地盘！”

“你都三栋楼了，我还收破烂！”

陆江涛哈哈笑着。

远处的工头周青眼喊道：“你们俩干吗呢？偷懒啊！”

他们连忙从地上爬起来，继续干活。

冯力愤恨地骂道：“周青眼，真是个周扒皮！”

陆江涛低声说：“哎，你知道不，周青眼为啥叫周青眼？”

“为啥啊？”

陆江涛还没说，就“咯咯”笑了，开不了口。冯力着急地推了他一把：“快说！”

“我听他们说，外面有个相好，家里还有个大嗓门……哈哈哈……就周青眼。”

冯力看着疯笑的陆江涛说：“这什么啊？”

这时已经离上次和林霞在修理铺偶遇过去了一个月。到了下午，两人去灶上吃饭，刚打了饭，突然一只大手摁住了陆江涛的肩膀。俩人都是一愣，回头看，发现正是一脸严肃的陆海波。

“大哥？”

冯力也回头，看到陆海波身上到处是白色的粉末，忙问：“大哥，您怎么一身的白粉啊？”

陆海波擦了擦腮帮子上的面粉，说：“铺子里我请了假，为了进工地上找你们，我现在给面粉店打零工，给各个工地的大灶送面，挨个工地寻你们。”

陆江涛听着有些辛酸，说：“大哥，你这是干什么？”

“我弟弟丢了，我得找回来啊。还有林老师一直在找你，你不能就这么不管了。”

“哥，我大了。您不用这样子。”

“你们俩这小身板能干得了这个吗？跟我回去！”

“不回去！”

陆海波看着弟弟执拗的表情，想了想，说：“你不回去，也行，我跟你们来干。”

“你有温泉家的店，你干这个干吗？”

“反正你不回去，我也就待在这里了。”

“我有我自己的主意。”

“你爱待这儿就待这儿，反正我是不回去了。”

兄弟俩相互看着，僵持不下。半晌，陆海波突然转身，径自去找了工头。他白天还得照顾师父的铺子，因此只能晚上来工地做一些保管、夜巡之类的事情。几天之后，陆海波就累得几乎无法坚持，好几次甚至在公交车上睡着，坐过了站。然而他从没告诉过弟弟……

一个月后，发了工钱。几人的工资放一块儿一凑，居然有不少，起码思齐的学费是没有问题了

陆江涛数着钱说：“这么下去，钱好像也赚不了多少，而且还都是血汗钱。”

陆海波本来已经很满意了，听到弟弟的话，笑着说道：“温老板那里，我还有一份，够咱们花销了。你还想赚多少啊？”

此时工头周青眼晃晃悠悠地走进了工棚，看着工棚里的大多数已经躺在床上的民工们，吆喝着：“哎哎哎，发钱了，弟兄们高不高兴？”

有个工人大喊着：“那当然了，发钱谁不高兴啊！”

“那要是你们都当老板了是不是更高兴啊？”

陆江涛立刻听出周青眼话里有话，接话道：“周哥，有啥话，你就说呗。”

周青眼笑了笑，继续说：“我当了半辈子工头，你们这拨算是有造化的，老板让我告诉你们，要提点你们。”

民工们都被吸引了，纷纷附和道：“老板还要怎么提点我们啊？”

“你们也知道，浦东开发是大事情，活儿太多了，现在竞争也激烈。所以呢，孙

哥想多揽上几个活儿，但孙哥手上钱不够啊，所以准备问问大家，有兴趣投资没？”

陆海波奇怪地问：“哪个孙哥？”

陆江涛给他解释：“大工头。周青眼就是咱们这个工程队的头，他干的活儿都是孙哥分下来的。我还以为是哪个大老板呢，原来也就是个工头。”

冯力从床铺上坐起来，扶着周青眼坐下问：“孙哥让我们怎么投资啊，我们哪儿有什么钱投资？”

周青眼跷起二郎腿，慢悠悠说着：“孙哥呢，想把隔壁那个大厦的活儿也接下来，可是钱都被压在咱们这俩工地上了。想拿活儿简单，但是拿了活儿，不是得垫资买料吗？孙哥就是问问大家有没有兴趣，投上一股。大家都当工头了。”

工人们都有点儿犹豫，没人敢接话。周青眼注意到陆江涛跃跃欲试的表情，问他：“陆江涛，你不是老嘟囔赚不到大钱吗？这可是个机会啊。”

陆江涛笑了：“这算什么机会啊？我有多少钱可以投资？就你们给的这俩工钱，投进去，没个响啊。”

“你看看，老是嘴上的把式，有了机会也看不清楚。孙哥说了，三个月，周转过来，百分之百的利润给大家分。”

所有人都愣住了，周青眼的条件对他们来说太诱人。

“就是说只要入股，以后你们每个月，干一个月的活，就能拿两个月的工钱了！谁要是不信，跟我去见孙哥！”

陆江涛和冯力对视一眼，都从对方的眼神中看到了兴奋。就在他们想要站起来时，陆海波伸手按在了他们的肩膀上。

“先去看看再说吧。”

工地财务室，陆家兄弟跟着周青眼进来。财务室里坐着一个穿着西服、戴大号蛤蟆镜的中年人，正是孙哥。

周青眼一进门，立刻换上一副谄媚嘴脸说：“孙哥，就这俩兄弟事儿多，给他们甜头，他们还事儿事儿的。”

孙哥干脆了当地说：“说吧，有什么疑问？”

陆江涛先问：“孙哥好，您是江湖大哥，我就是想从您嘴里听到个准信儿，是不是真的像周青眼说的那样，百分之百分红？”

孙哥笑了：“小兄弟，你问问周青眼自己投进去多少。”

陆江涛望着周青眼，他得意地炫耀道：“我信孙哥，我把全部身家都给孙哥了。”

陆海波有些忧虑地问道：“孙哥，干吗这个活儿还没干完，就想着别的啊？这是不是有点儿吃着碗里的，想着锅里的啊？”

孙哥拍了拍跷起的二郎腿说：“听过浦东大开发没有？这里是浦东！国家的政策，知道不？国家政策往哪儿走，哪里就是遍地黄金。现在根本不是死心眼的时候，谁死心眼，谁就没活路。我还告诉你们，今天孙哥给你们一句人生名言：吃着嘴里的，得惦记着碗里的，你还得望着锅里的，你还得盯着厨房案板上没下锅的！”

“那要是三个月后，没赚到那么多呢？”

“不还有我呢吗？你孙哥我在建筑行业混了十多年了。我凭什么混？还不是‘信义’两个字。要是出了事，随时找我啊！就你们那点儿钱，我还不至于赔不起！”

陆海波还是不放心，还想说话，陆江涛一拉大哥。

“行，孙哥，我们哥俩回去商量一下。”

商量的结果是，陆海波被陆江涛说服了。他们除了工地上挣的工钱，还拿了所有的积蓄一起入了股。收完周青眼打的凭据，陆江涛还不放心，让孙哥签个字。孙哥坦荡地签上自己的名字，也终于让有些忐忑的陆海波放下心来。

晚上，几人围坐在床头，冯力和陆江涛都是喜形于色，只有陆海波没有明显的兴奋。陆江涛注意到大哥似乎不高兴，就问：“大哥，你还担心什么啊？”

“没事，江涛，要是三个月后，真的赚钱了，能还上思齐的学费了，你也别在这里干了，还是太辛苦。”

“大哥你傻啊？你真以为我愿意一辈子搬砖和泥啊，咱这不是跟孙哥套上交情了吗？以后我就跟孙哥混了，不出一年，我也就跟周青眼一样，是个工头了。再过三五年，孙哥我也看不上了，说不定我自己还揽上好几个活儿呢。”

“要是有那么简单就好了。”

“大哥，你这个月太累了，白天在那边，晚上在这边的。这活儿啊你就别干了，老老实实回去修理电器，这边交给我了。”

“说得简单，你知道我为什么不愿意住那边吗？人家林老师明明是已经喜欢上你了。我太知道你当初为的什么了，我可没有脸再见人家，见了人家我说什么啊？”

陆江涛这才明白，原来大哥也是在躲林霞。

“大哥，你害怕她什么啊？你回去要是见了她，告诉她，等我混有钱了，我自己回去见她！别让她老去给你添乱！”

“那你娶人家吗？”

陆江涛的语气顿时软了下来：“不……”

半个多月过去，林霞终究还是没忍住，又一次来到了温家的铺子里。温泉在店里看着走进来的林霞，露出了无奈表情。

“林老师，您又来了。”

“大哥在吗？”

“您可比陆海波还大，您别老大哥大哥的叫，他在睡觉。”

林霞对温泉的话丝毫不以为意，继续说：“那我等他一会儿。我今天没有课，晚上也没事。他找到江涛了吗？”

温泉看着坐到凳子上的林霞，无奈地说：“真服了您了，您就看不出来？”

“看不出来什么？”

“陆江涛那小子是骗您的！”

林霞根本没有听进去，说：“对了，大白天的，大哥怎么在睡觉啊？”

“还不是陆江涛那个小子……”温泉突然捂住嘴，意识到自己说漏了。

“大哥找到江涛了？”

温泉连忙摆手说：“没有没有！白天也找，晚上也找的，能不累吗？”

院子里突然传来陆海波的声音：“温泉，是林老师来了吗？”说着，陆海波头发凌乱、睡眼惺忪地出来了。

林霞急切地追问：“大哥，是不是找不到江涛了？”

陆海波正想说点儿什么，但是看着她的目光，又犹豫了。

“这么说是找到了？他在哪个工地上，我去找他！”

“你……别去了。他说他过三五个月，混好了……就回来……”

“是吗？那他……累吗？”

“工地上那些活儿，能不累吗？”

林霞立刻就急了，说：“他不能就这么干下去了，那不是他干的事！”

陆海波有些不忍地说：“你不要太激动……”

“我能不激动吗？不行，我还是得去找他！一天也不能让他在那里受罪了。”

陆海波激动起来，说：“你别去，你也知道你们俩之间差距太大，他……他只是想缩短你们之间的距离……”

林霞的眼中闪过一丝喜悦，说：“我什么时候计较过这些。”

“可是他计较。”

“大哥，这是你想的还是他这么说的？”

陆海波轻轻咬牙，还是选择了欺骗：“他说过个一年半载，混好了就回来找你。”

林霞终于安心，高兴地说：“行，大哥，我不找他，我给他机会。但是你还得把他在哪个工地告诉我，要不我觉都睡不安稳！

陆海波看看温泉，两人眼中尽是无奈。

工地上，中午下班，工人们都在吃午饭，陆江涛和冯力围坐在一起。陆江涛低头看看碗里的白菜帮子和手里的馒头，突然觉得好像有几天没吃肉了。再一想，工地上好像还少了点儿什么……

“冯力，有几天没有见孙哥了？”

“有一个礼拜了吧。怎么了？”

陆江涛转了转眼珠子：“我有种不好的感觉。这样，吃完饭我去隔壁工地看看。”

“看什么啊？”

“孙哥不是说已经拿下那个工地了吗？我看看是不是在那边……”

“瞎看什么啊，中午还能休息会儿。”

“你不懂。咱们那点儿钱也不是白来的。你也别睡觉了，看住那边房子里的人。”

冯力还是没听懂他的意思：“谁啊？周青眼？”

“孙哥不来了，你不得看看他在忙什么？”

吃完饭，陆江涛晃悠着去了对面的工地，看见几个工人刚吃完饭，晃悠着走出来蹲在路边抽烟，就去搭话：“老哥，您家里哪儿的？”

那名工人回答他：“江苏盐城的。”

“嘿，敢情您是孙哥老乡啊？”

“哪个孙哥？”

“哪个孙哥，就是咱们老大孙哥啊。”

“咱们老大？”

“你们这活儿不是孙哥承包的？”

“哪有个什么孙哥啊？我们这是顾大承包的。”

陆江涛愣住了，扭头就往回跑。跑出几步，突然看到路边有一个电话亭。这让他又稍微冷静了一点。他跑进电话亭，拨通了林霞的电话。

“喂，您哪位？”

“我是陆江涛！”

林霞高兴极了，说：“陆江涛，你怎么想起给我打电话了？”

“林霞，你给我查查，有个叫鑫诚建筑公司的，有没有问题。快！”

林霞还想说话，电话已经挂断了。

工地财务室的们突然被撞开，陆江涛和冯力带着一群民工冲了进来。

“打！”陆江涛一声怒吼，民工们瞬间将周青眼围住。转瞬之间，周青眼已经鼻青脸肿。

陆江涛揪住他问：“说！你是不是正想跑呢？”

周青眼求饶：“兄弟们，我也是被骗的啊。这是孙哥的事，跟我没关系啊！”

“我问你，他现在在哪里？我们要找他！”

“我也在找他啊。他让我坚持一下，上周说等他三天，可是三天过去了，我连他的影子都没有看见啊。”

“他是不是卷钱跑了？”

“他早就憋着跑了，上周发工钱的时候他就撑不下去了……”

工人们都傻了，只好罢工。可包工头都跑了，谁理他们，这栋楼竟然就这样成了烂尾楼。不久之后，林霞也告诉了陆江涛，鑫诚建筑公司一直就债务缠身，还有好几起官司……

陆家两兄弟坐在自己修建的大楼楼顶，这栋楼他们很熟悉，毕竟里面有他们的汗水。但此时，这里只留下些钢筋水泥的残骸。陆江涛几乎每天都会在工地上等，希望发生什么转机。

太阳快要落下去了。陆海波突然说："行了，留在这里也没有什么意义了，咱们还是先回去吧。"

"不，我不回去。"

"钱都没了，你留在这里有什么意义？"

"我不服，要找姓孙的算账。"

"没有意义，你懂吗？"

"不管他到哪里，天涯海角我也要把咱们的血汗钱要回来。"

"就算你去找他，你去哪里找啊？"

陆江涛掏出一张名片，说："这是我逼着周青眼找出来的，据说是老孙在深圳的一个姘头的公司，老孙八成跑去找她了。"

"这有什么用，你还能去深圳找他？"

"咋不能！欠我的，追到哪儿也得追回来。"

"思齐前儿天来电话了。"

陆江涛愣道："说什么？"

"思齐挺有出息的，说是学得好，被老师选中，要跟老师去美国考察一段时间。"

"那太好了！"

"好事，但是要出去一个多月，虽然都是公费，但是你总不能让思齐一分钱都不带吧。你不知道外国钱贵，咱们十块钱，才顶人家一块钱。咱们做哥哥的总得给思齐点儿零花钱吧……不过没事，有大哥呢。"说着陆海波起身离开。

陆江涛沉默地看着大哥离去的背影，不知道该说什么好。

余晖落尽，陆江涛终于也站了起来。他明白，在这儿等下去确实毫无意义。他出了工地，走了一会儿，来到了血站。除了这个，他实在不知道还有什么办法。

护士扎上皮筋，陆江涛问道："护士，最多能卖多少？"

"最多也就 400cc"

"那人身体里有多少血啊？"

"有 4000 多吧。"

"嗨，那没事，您抽我 600 吧。"

"不行，这是规定。"

"求求您了，实在是急等着用钱。"

“你求谁都不行。”

“还牛得不行，大不了明天我再找个别的地方抽400cc。”

护士抽着血，没有搭理陆江涛，他还想问，却突然被一声大吼打断：“你胡闹！”陆江涛愕然抬头，看到了陆海波。

陆海波的胳膊上，也按着棉签。

“长本事了，学会卖血了？！”温泉叉着腰，双眉倒竖，显然气得不轻，“没钱，可以给思齐说，大不了不去就行了，看看你们哥俩……”

陆海波执拗地说：“那不行！”

“怎么就不行了？现在怎么办，打肿脸充胖子？要是思齐知道这钱是这么来的，还不得哭死啊！”

陆江涛劝着温泉说：“大哥以后不去不就行了，你干吗生这么大气。”

“你大哥想不开，你也想不开啊？在工地上没白没夜地干活，完了还卖血，你们都不要命了？”

“我年轻！”

“你给我闭嘴！我宣布，这三天你们俩哪儿都不能去，给我回房间好好躺着。我伺候你们！小祖宗们！”

林霞突然走了进来，一眼看到陆江涛，脸上露出惊喜的神色，但还未说话，就先被温泉抢白道：“你接着训他们俩啊，我去熬鱼汤！”

“训？训什么？”

温泉根本不回答，人已经进了后院。温老板正在厨房里，系着围裙切菜，看温泉进来，说：“切好了，剩下的交给你了啊？”

温泉点点头，边干边说：“爸，这两天你别让他俩干什么重体力活儿啊……”

“哎哟，我敢吗？我这三个祖宗……”

林霞好歹算是问明白了怎么回事。虽然心疼，但她也实在不知道该如何关心，如何帮助。只好说：“需要钱，大家想办法嘛，你们俩这是干什么啊？”

陆江涛道：“我们的事情，你不要管了，你……你爸爸……”

“没事，我爸的事情早就说清楚了。关键是你们，至于这样吗？”

“至于。我们就是缺钱，天天缺钱，我还是惹祸精，一天到晚不省心。你看清楚我了吧，我追你也是为了你爸的批文。现在好了吧，你可以回家了。把我骂上一百遍，咱们就两不相欠了。”

林霞激动地站起来。陆海波伸手拉了拉陆江涛。

三人都没说话，林霞突然挽了挽袖子，说：“我去给你们做点儿东西吃。”说完也走向了厨房。

厨房里，林霞和温泉都不说话，忙碌着做饭。巧合的是，两兄弟也不知道说什么，就这么沉默地坐着。

饭菜做好，温老板嫌陆江涛烦，早就出去溜达了，剩四个年轻人坐在小院吃饭。

陆江涛突然说：“我要去深圳。”

正围坐在餐桌前的众人都是一愣。

陆海波：“你……你又想怎么样？”

“我打听清楚了，老孙跑路去了深圳，我得去找他，把我们的血汗钱要回来。”

“你去哪里找啊？你凭什么找啊？你这是痴人说梦。”

“深圳那边据说好赚钱。机会多，就算我找不到，我也可以再打份工。反正我不想走回头路。我不能一直在上海收破烂吧？”

“不行，我还怕你走了回不来呢。再说了你和林霞之间……”

众人都沉默着偷眼看林霞。

林霞虽然感情上有些不舍，却大气地接过话说：“我支持江涛。”

陆海波感到意外，说：“你支持他？他可是……”

“我也不想让江涛一辈子就这么耗着，他有志向，有想法，我支持。所以放心吧，我会等他回来的。”

这下，众人反而不知道说什么了。

温泉嘀咕道：“放出去，可就不一定回来了。”

林霞笑着说：“只要对他有好处，我就支持。深圳那边有个我爸的老战友在开商贸公司。江涛，如果你愿意，我可以介绍你过去工作。相信在那里，你会学习到很多东西的。”

陆江涛惭愧地说：“那……那谢谢你了，只要有个机会，我都会把握住的。”

“还有一点，你们不是一直在找顾亦雄吗？其实他已经辞职去深圳了，都走了一段时间了，也许你在深圳能见到他。”

陆江涛激动地说："真的？看来深圳我是去定了！"

温泉沉默地望着林霞和陆江涛。两人你一句我一句地说着去深圳的事，让她心里说不出的滋味。

◆4◆

几天后。

定海的陆家老宅，陆江涛跪在父母的遗像前，规规矩矩地磕了三个响头。

"爸，我要走了，您放心。我们三兄妹要天各一方了，思齐在北京，大哥在上海，我去深圳。也请您在上面保佑我们三兄妹，保佑思齐学习好，将来找一个稳定体面的工作；保佑大哥保重身体，有他在我们就有主心骨；您要是想保佑我，就保佑我这次去了深圳能够发大财吧。咱们陆家不能穷上几辈子，从今往后，有我在，就不能让大哥小妹再受什么罪。"

"你知道你这次去深圳最重要的是什么吗？"陆海波问。

"赚大钱！"

"不需要，钱这种东西，只要不让我们窘迫就行。"

"那就是找到老孙，把骗咱们的血汗钱都要回来。"

陆海波摇摇头说："你能去哪里找啊？要是你一去深圳就找到他，那算是老天开眼了，再说了就算找到老孙你就能要回来钱吗？我估计他手里也没什么钱了。"

"那是什么？"

"我希望你能够好好找一下那个叫顾亦雄的。"

"对，我知道，妈的事情，我得搞清楚。"

"不仅仅是妈的事情，这还关系着你。"

"我？"

陆海波也给遗像磕了三个头，然后说："爸，江涛长大了，要出门了，这也算是他真正成人了。您一直不让我把那些事情告诉他，但是到了这一步，我觉得应该跟他说了。"

“大哥，说什么啊？”

“说说你。你知不知道，咱爸结过两次婚？”

“啊？”

“唉……其实这么多年，我一直想对你说，但不知道怎么开口，这次正好是一个机会。其实我娘去得早，我很小的时候，跟着咱爸捡破烂。有一次，我们在河里发现了一个奄奄一息的女人，咱爸就把她救回了家里。但她身上有着怪病……”

“你是说我妈……是你和爸爸从水里捡来的？”

“对。杨姨落水之前的事情，从来不跟我们说，而且她似乎就是因为落水才害下了病。而且咱爸救她回来以后，才发现她还怀孕了……”

“大哥，你的意思是，我不是咱爸的孩子？也不是你弟弟？咱俩都没有血缘关系？”

“你是我弟弟，你永远是我弟弟，不管咱们流的是不是一样的血。”

陆江涛难受极了，陆海波心疼地抱了抱弟弟。

“所以你知道为什么从小我专门让你看那张照片了吗？那应该是咱妈的战友，只有他才知道咱妈之前都经历了些什么，才能知道到底谁才是你亲生父亲。”

“哥，这次去深圳要是找不到顾亦雄，我就不会回来了！”

“说什么呢……”

次日，陆江涛去向温老板道别，温老板嘴上冷嘲热讽，跟往常一样被温泉顶了回去。温泉把陆江涛拉到卧室，拿出一个笔记本和一支钢笔说：“你到深圳的大公司做事，可不比收破烂，要学会记东西。我买了个本子和一支钢笔，想着你能用上。”

“谢谢你，温泉。还是‘英雄’牌的呢。”

“体面，至少拿出去用不会让人看不起你。”说着温泉听了下门外的动静，又偷偷摸出几百块钱来。

陆江涛连忙拒绝道：“你这是干什么？”

“穷家富路，出去少不了要受罪，这是我平时攒的。别让我家老狐狸看见，他可抠了。”

“这我不能要。”

“拿着，你走了，我总觉得日子也变得不那么好玩儿了。”

两个人都尴尬地沉默了，温泉又一次把钱塞给了陆江涛。陆江涛扔到床上，看到温泉泫然欲泣的表情，又不忍地拿起来。

“等你走了，会想起我吗？”

“每天都会。”

深圳的火车站外，陆江涛提着一个旅行包，大步走了出来。包很漂亮，是林霞送的。

陆江涛热切地望着四周。远处，建设中的大深圳在晨霭中渐渐苏醒。

陆江涛一边走，一边好奇地四处张望着。其实深圳和上海除了气候风俗，光外表倒也没有太大不同，都是高楼大厦。只是陆海波被新鲜感刺激着，仿佛越走越觉得发财的梦想近在眼前。

走了一会儿，陆江涛看到不远处的天桥下围拢着一群人，看模样像是各式打散工的外地务工人员。

一个工头打扮的人正在喊着：“三个水泥工，十个小工。”工人们都围拢上去接活儿。陆江涛一想自己也干过这个，就也挤上前去，想看看情况。

人太多，工头喊着：“别挤别挤，够了，人够了。” 工头带着几个工人离去，其他没有挤上的都有点儿沮丧地散开了。就在这时，另一个工厂负责人模样的人，手里拿着一摞摞传单喊着：“光机厂招工！”

众人再次围上来，抢夺着负责人手里的传单。陆江涛因为原本就在里面的位置，一瞬间就被挤到了最中间。

那个招工的人一边发传单一边喊着：“……别乱要，需要技术的！”

陆江涛正想要一张传单，却感觉肩膀被拍了一下。回头，一个光头正看着自己。

“老刘！你也来深圳了？”

陆江涛有点懵，自己明显不认识这个人。光头却兴奋地握住了他的手。

“老刘啊，你也太不够意思了，你来深圳，怎么也不给兄弟们说一声啊。”

“你认错人了吧！”

那个发传单的人已经发到了陆江涛面前：“哎，你要吗？想好了，不是什么人都能干的，得要技术。”

“要！我看看要啥技术！”

陆江涛想伸手，却发现自己的手还被光头热情地握着，只好把手里提着的包放在地上，腾出手来接传单。就在这时，一个小胖子出现在陆江涛身后，悄悄地拿起皮包，撒腿就跑。陆江涛浑然不觉，还在和光头说着话。

“我不姓刘啊？”

光头装作才看明白的样子，说：“嘿，你还别说，哥们儿，你长得真像我家邻居啊。”说完放开陆江涛的手，准备走。陆江涛下意识地去提起放在地上的包，却抓了一个空。一低头，哪里还有什么包？一抬头，那个光头正要挤出人群。

“你给我站住！”

光头仿佛没听到一般，往外大步走去……

陆江涛努力想从人群里挤出来，但前进得非常缓慢。等他挤出来，撒腿狂奔，拐过几个路口，发现已经没有了光头的踪迹。他大口喘着气，累得一屁股坐在地上。

陆江涛抬眼望着，四周，正在建设的高楼大厦环绕在他的头顶，让他一阵眩晕。

陆江涛突然想起林霞给他的地址，翻找起口袋来。口袋里除了写着地址的纸条，只剩十块钱。今晚之前，如果找不到这个地方，他恐怕就得流落街头了。好在他从小吃苦多，这么点儿事对他来说不算什么。下午时分，他终于慢慢打听着，找到了林霞写的那家公司。不巧的是，林霞介绍的人出差了……

陆江涛一片茫然，漫无目的地四处走动，一直走到天黑，突然发现自己走到了一个高架桥下。桥底下的角落里横着一个破旧的沙发，这里好像是什么人暂时栖身的场所，沙发的后面，堆积着几个破烂箱子。

陆江涛以为这都是没人要的垃圾，他捡破烂多年，自然而然就想去看看，捡到点儿什么的话，自己也好想办法落脚。这么想着，就坐到了破烂沙发上。

“哎哎哎，干吗呢？这地儿有主，知道谁的地儿吗？”

来人是个小胖子。陆江涛想也没想就回答：“你的！”

胖子一愣，说：“你咋知道啊？”

“你这么问还不就是你的啊？”

“哦，知道就好，起开！把我沙发都坐皱巴了。”

陆江涛哭笑不得地说：“就这沙发还给坐皱巴了？”

“起开起开，一边去。”

陆江涛无奈地站起来，看着胖子把手里的袋子放下，一屁股坐到沙发上。刚才赶陆江涛时还凶巴巴的脸，一坐下又变得笑嘻嘻。他从捡破烂的袋子里掏出一根甘蔗，咬掉皮，吃起来。陆江涛蹲在他面前，沉默地看着他。

胖子啃着甘蔗说："还不走啊？今儿晚上我就睡这里，我一直睡着，你等不来的。"

"我晓得，我是刚来深圳，包啊钱啊都被人偷了。"

"那也不能睡我的沙发。"

陆江涛看着胖子吃甘蔗，咽了口干吐沫，说："我不睡，不跟你抢，能给口吃的喝的就行……"

胖子把甘蔗握紧了说："我就是个捡破烂的，一晚上才捡了这么半根甘蔗。"

陆江涛笑了："我……我在上海也是捡破烂的，咱们是同行！"

"哦，同行？同行是冤家。"

"我又不来深圳跟你抢，你就……可怜……可怜可怜呗。"

"你本来是来深圳赚大钱的，可是钱被偷了，那你肯定会干老本行了，那肯定是冤家了。冤家我不管。"

"你这都什么逻辑啊？"

"反正我不管！"

陆江涛渴坏了，喉头干疼。突然伸手捡起胖子咬下的甘蔗皮，上面有一块被胖子吐掉了，陆江涛塞进嘴里，有些痛苦地咀嚼着。

"哎哟，你这个人，还真不讲究啊，吃我嘴里吐出去的！"

陆江涛翻捡着地上的甘蔗渣，不说话，试图再找出一块儿可以嚼出汁水来的。胖子越看越难以忍受，说："别捡了，别捡了，恶心死了。给你给你，拿去吃吧！我们深圳是卫生文明城市。"

陆江涛看了胖子一眼，接过甘蔗，站起来，一屁股坐在他旁边。

胖子腾地站起来说："你这个人，我就是看你太不卫生，给你甘蔗吃，你怎么得寸进尺啊？"

陆江涛看他站起来了，索性抬脚歪着身子躺在了沙发上。

胖子急得在旁边又蹦又跳，说："你起来下好不好，这不是你的地方。"

"好人做到底！给我睡一晚，明天我给你捡破烂去，捡的都归你。"不等他回应，陆江涛已经累得闭上了眼睛。

胖子后悔得在一旁唉声叹气："我就知道好人不能做的，做不得的！"

清晨，太阳从高楼大厦和钢筋水泥的脚手架间升起。高架桥上，车辆川流不息。

陆江涛从沙发上坐起来，迎着太阳伸了个懒腰。他回头看看，胖子还趴在自己脚边，流着口水睡着。

陆江涛走过去，拍了拍他："老板！老板！"

胖子懵懵懂懂地醒来，揉着睡眼说："你干吗？还要抢我啊？"

"老板，我是说，今天干一天活儿，报答你！"

胖子看看四周，委屈地问："捡破烂的，需要起这么早吗？"

陆江涛用实际行动告诉他，还真的需要。陆江涛虽然在深圳人生地不熟，但捡破烂可真是一把好手了，看货准，抢货快，甚至还和卖废品的讲价格，看得胖子目瞪口呆的。胖子名叫乐东，他从没想过，原来收破烂、卖破烂还可以讲价的。一天下来，两人居然赚了快一百块钱。乐东开心地要请陆江涛吃饭。

大排档上，陆江涛和乐东要了两份快餐、一瓶啤酒。乐东高兴地给陆江涛倒上，说："行啊，哥们！真是行家啊？"

陆江涛笑着说："给你说了，我原来在上海就是干这个的。"

"你别说，你跟我这一天，比平时多赚二十块钱呢。"

"捡破烂这也是有技术含量的。"

"来来来，先干一个，咱兄弟以后搭伙吧！"

陆江涛犹豫着说："实不相瞒，我……"

"我知道，你是来赚大钱的，每一个来深圳的都是想着赚大钱。"

"乐东哥，我确实是一来就着了人家的道了，没办法，跟您这儿讨两天生活。等过去这几天，我要投奔的人从香港回来了，我也就走了。但您放心，我到了深圳，第一张床是您的，第一口水是您吐的甘蔗皮，这我不会忘记。"

乐东看着陆江涛，转换话题说："哎，今晚上睡，那沙发能不能让我一半？"

陆江涛有点儿不好意思："昨天是太累了……"他说着不自觉地转头，突然看到偷了自己包的那个光头正从街上走过。

陆江涛起身要去追，乐东却一把抓住他，说："你干吗？"

陆江涛焦急地说："我看见偷我包的小偷了。"

"别去啊，人家都是团伙的，你惹不起！"

"咱俩不也是团伙吗！"陆江涛甩开他追了上去。

乐东看着陆江涛的背影想道："咱俩是团伙吗？"

陆江涛跟着光头，眼看着就要追上，光头却走进了一家海鲜酒楼。陆江涛跟着进来，却看不到光头的身影。乐东气喘吁吁地跟了进来。

“找……找着没？”

陆江涛摇头。

“那就好，咱打不过人家！”

陆江涛不搭理他，拉住一个服务员问：“刚刚进来一个光头，二十来岁，去哪了？”

服务员端着一盘蛤蜊急匆匆走过，回了一句：“二楼三号包间。”

陆江涛看着服务员的蛤蜊，眼珠一转，说：“乐东，我请你吃海鲜！”

乐东瞪大了眼睛说：“你？”

陆江涛四下看看，找到一个空位，坐下招呼：“服务员，拿菜单！”

服务员应声而来，陆江涛毫不客气，不管认识不认识就挑贵的点。没一会儿，一大桌子海鲜摆放在两人面前的餐桌上，两人狼吞虎咽地吃起来。

等快吃完了，乐东才又有些心虚地问：“小陆，你有钱吗？”

陆江涛擦擦嘴说：“吃饱了，过瘾啊。”

一个服务员凑上来问：“先生，是要买单吗？”

陆江涛说：“不，我不买单，我这桌挂二楼三号包间那一桌账上！就那个光头！”

服务员一愣，问：“你们是一起的？”

“对！一起的！”

“那……那我上去问一声。”

“去吧，去吧！”

服务员离开。乐东瞪大了眼睛说：“挂人家账上，人家认吗？”

“他不认，他不得出来！”

“人家一桌人！咱们俩人！”

“我算了下，他偷我那钱啊，大概，也就这么一桌子的海鲜钱。他认当然好，他不认，我就当我一来深圳就把所有钱都吃了顿海鲜大餐。反正他偷我那钱，我现在找回来了，在我肚子里，我已经不亏本了！”

乐东哀号道：“你是这么算账的啊！”

没一会儿，服务员带着光头和胖子几个人走来。光头还一脸莫名其妙的表情。

服务员停下说：“就是这桌。”

光头走近，看着陆江涛和乐东，问："哥们，咱们不认识吧？"

陆江涛看着光头说："哎呀，怎么不认识啊？我是你家邻居老刘啊！"

光头疑惑地说："老刘？"

"哎呀，你忘了，看来生意好啊，主顾多。昨天一大早，天桥那儿，我那包，忘了？"

光头突然想起来了，往后退了一步："你要干吗？"

陆江涛指点着光头和胖子说："有你，还有你，既然都想起来了。把包还给我吧！"

光头看看陆江涛和乐东："你说什么？哥们听不懂。"

"听不懂啊？装呢吧？你是干什么的我清楚得很啊，你现在把包还给我，对了，再把这一桌账结了，咱们两清。否则，我报警！"

光头怒道："滚一边去！"转身就走。

陆江涛站起来抓住光头的衣领："你不能走，你是小偷！"光头和身边的胖子等人都怒了，开始打陆江涛，陆江涛死死抓着光头的衣领，冲乐东喊："快找警察！"

乐东刚想动，被其他跟着光头来的人围住，两人都按倒，围着又踢又打。

陆江涛不管不顾地拉着光头的衣领，向围观的人群嚷嚷着："他们这一伙都是小偷，大家帮帮忙报警啊，不要让他们跑了。"

乐东在被围着打，却不住地喊："我不认识他，我不认识他！"

光头死活甩不开陆江涛，抄起临近桌子上的一瓶啤酒，朝着他的手砸去。

周围的顾客和服务员都看傻眼了，四下躲避着。

"都住手！"

光头等人都停止了对陆江涛的殴打，目光朝着发出声音的二楼看去。

楼梯上缓缓走下来一位中年男人，竟是黄瘸子。与前两年在上海不同，此时的他穿着崭新的皮鞋、款式新潮的西装衬衣，几乎年轻了十岁。怎么看都像一个成功的商业精英，而非一个行走江湖的老骗子。而黄瑶，也换了打扮，俨然一个知性女性，在一旁挽着黄瘸子的胳膊，一起走来。

光头等人不好意思地道歉："黄老板！"

黄瘸子骂道："老子好心好意，请你们这群龟儿子吃顿好的。看看你们，一个个什么样子，脱不了流氓习气，打什么人啊？还想不想以后跟我混上流社会！"

黄瘸子走到中央，突然看到了陆江涛，愣住，嘴角坏笑着说："是你小子啊！"

黄瑶问道："怎么回事？"

光头说："姐，上回在火车站……"

陆江涛恨恨骂道："敢情根儿在你这里啊！什么意思？从上海欺负我到深圳来了。"

黄瑶也嘲讽陆江涛道："就是看你不顺眼，不行吗？"

黄瘸子出面，这一阵闹腾才算结束。陆江涛已经鼻青脸肿，跟着黄瘸子等人上楼进了包间，站在巨大的圆桌外面。黄瘸子则像个江湖大佬一般，坐在靠里最中间的位置，嘴里叼着根牙签，光头等人圆扇般站在黄瘸子身后。黄瘸子望着陆江涛，陆江涛则丝毫不退让地看着黄瘸子。

光头有些战战兢兢地说："黄老板，我不知道这是您朋友。"

黄瑶接话说："不是朋友，是仇人。"

光头一愣，说："那还废话什么啊？灭了他。"

黄瘸子伸手阻止说："急什么啊！知道吗？师叔当年就是被这小子坏了事，凄惨落寞地离开了上海滩。你灭了他，那师叔的人生多无聊啊。"

光头阴笑道："师叔，随您便，您玩爽了，交给我。"

"哎，陆江涛，山水有相逢，这么大几千里了，咱们又见面了，你也不说两句？"

"反正是落你手里了，要杀要剐随便，小爷还没心情给你打哈哈。"

光头凶狠地喊："谁面前你也敢称爷！"

黄瘸子笑着说："哟呵，小脾气还见长啊。"

陆江涛不卑不亢地说："我就是个捡破烂的，但在你们这群小偷骗子面前，还就是个爷！"

众人都火了，以光头为首的几个年轻人都要往前凑。

黄瑶脸色一寒，说："干吗呢？没规矩！"

黄瘸子站起来说："小子，怎么说我在这里也是一个长辈，好声好气给你叙旧，你别蹬鼻子上脸。"

"有什么好叙旧的啊？最后还不是灭了我。反正我钱都给你们偷去了，有种灭了我，省得我挨饿。"

"小子，咱们赌一把怎么样。你赢了，咱们一笔勾销，你走你的阳关路，门外那一桌的账，我付。"

"我要是输了呢？"

“我要你一只手。”

“切，我才没那么傻呢。刚才的话我可都听明白了，你是要玩我，猫捉耗子，弄死我，还得玩爽了才弄死我。再说了，你就一骗子啊，赌，你太在行了，我不跟你玩儿。哎，光头，过来，打死我！”

黄瘸子哈哈大笑：“有意思！不用那么血腥。这样，如果你输了，你欠我这个数，怎么样？”

“十块钱？”

“十万！”

陆江涛哈哈大笑道：“大哥，包送您了，您自己玩儿。十万，哼，真能想！”说着转身就走。

“年轻人，十万块就吓走了？这样，咱们简单点儿，你赢了我给你一百万。”

“你这吹牛都不打草稿？你给我看看一百万长什么样子。”

黄瘸子拍拍手，两个小弟提着包，放在桌上，打开拉链，里面整捆整捆的钞票让陆江涛目瞪口呆。

黄瘸子满意地笑着：“你赢了，都是你的。你输了，输我十万！”

“怎么玩儿？”

“咱玩最简单的，这根牙签，我让我女儿黄瑶拿着。两只手，你猜哪只手里有，一半一半的机会。”

陆江涛望着黄瘸子手里举着的牙签，思索着。黄瑶因为输给陆江涛一次，故意挑衅他说：“怎么？不敢了？放着一百万不要的人，不多了。”

“我要是赢了，还得加一条，你得让这个光头把偷我的包还给我，尤其是里面有一支笔一个本子。那个必须还给我！”

黄瘸子笑着说：“行，我答应你。”

“我跟我兄弟说一声。”

陆江涛打开包间门，乐东正被两个黄瘸子的手下看押着坐在外面的椅子上。陆江涛低头，悄悄把他和黄瘸子的谈话大致说了一下。

乐东听着听着就哭丧起来：“大哥，你玩儿就玩儿，十万块，我不参与了吧？”

“又不是我要捎上你，他们以为我们是一伙的。要是我输了，你自己长点儿心，找路快点儿跑。”

“我能不参与吗？”

“赢了我分你五十万。”

“我不要！”

“想想看，昨儿晚上的那块甘蔗皮。说不定我还你五十万。真的，你再掂量掂量。”说完陆江涛转身进入包间。

乐东哭丧着脸嘀咕道：“关键我又不傻，你赢不了！”

包间里，黄瑶早就做好了准备，两只拳头紧握着，伸在陆江涛眼前等他猜。陆江涛犹豫着，看看这个，又看看那个，有点儿不知道怎么下决定。

黄瑶一脸微笑地看着陆江涛，沉默不语。

陆江涛头上冒汗，好半天才鼓足勇气，慢慢指着她左手说：“这个里面……”

话还没说完，陆江涛突然注意到黄瘸子的眉毛提了一下，看着黄瑶的眼睛，斩钉截铁地说：“这个里面没有！牙签在右手里！”

乐东站在陆江涛身后，关切地望着。

黄瑶问：“你确定？”

“我确定！”

“不改了？”

陆江涛一把抓住黄瑶的手，以防她出老千，说：“不改了，快开！”

黄瑶生气地喊：“你捏人家手干吗！”说着伸开手，里面空空如也。

陆江涛愣住，身后旋即传来乐东的哭声：“完蛋了，我就知道完蛋了！”

黄瑶从陆江涛抓紧自己的手中挣脱着，陆江涛不愿意相信这个事实，死活不松手。

“小子，还会观察，还虚晃一枪？我这个眉毛就是逗你玩儿的。”

黄瑶得意扬扬地说：“咋了，还不舍得松开了？”

陆江涛明白着了黄瘸子的道了，渐渐松开握着黄瑶的手。

“十万块！拿不出来，就拿你的一只手还账！”

光头兴奋地叫道：“一只手不够，两只，我来！”

陆江涛失魂落魄地站在那里，乐东则吓得一屁股坐在地上。

光头掏出刀子，走到陆江涛面前说：“愿赌服输，伸手吧！”

陆江涛突然把两只手都放到了圆桌上，发狠道：“两只手都是你的，这小子跟我真没关系，我不能连累人家。”

黄瑶意外地看了一眼他。

黄瘸子拍拍手叫好道："不错，仗义啊。那就两只手都要你的！"

陆江涛低下头闭上眼说："来吧！"

光头笑着一步步走向陆江涛，举起刀子，望着陆江涛放在桌子上的两只手上说："说吧，先跟哪只手吻别？"

陆江涛望着黄瑶，突然灵机一动，大喊着："不对！"

"干吗？想要赖！"

陆江涛瞪着黄瑶说："你才要赖，差点让你蒙过去，既然牙签不在这只手里，那就在你的另一只手里了。现在牙签在哪？"

黄瑶被识破，有些尴尬，一直在看的黄瘸子哈哈大笑："漂亮！小子，醒过来了。说说吧，怎么发现的？"

"我一直盯着这丫头，她始终没有把牙签从手里取出来，但是刚才她给我鼓掌，两只手鼓掌，牙签，她两只手里都没有！"

黄瘸子笑着回头对黄瑶说："行了，不跟他玩了！"

黄瑶炫耀地伸出另一只手，摊开手掌，确实没有牙签。但那只手五指紧闭着，黄瑶缓缓张开手指，牙签从手指缝里掉落。

"我还是输了！"

"现在心服口服了吧？陆老二，你还是输了。哪只手先来？"黄瑶笑道。

黄瘸子志得意满地坐下说："什么手不手的，我跟他玩笑呢！都是上海老相识了，把包还给他，把外面那桌的账算我头上！"

陆江涛不屑地望了黄瘸子一眼，拉起坐在地上的乐东，大步往外走去。

黄瑶不明所以地问："就这么让他走了？"

黄瘸子看着陆江涛的背影，仿佛为刚才的赌局异常得意。

"这孩子我喜欢！"

陆江涛拉着乐东出来，径直回两人栖身的高架桥下。路上，乐东一直想问他是不是欠了黄瘸子钱，但看他发黑的脸色，也没敢问。

两人刚到高架桥下，一辆大奔就停在了不远处的车道上。光头提着陆江涛的包走来，远远地冲着俩人喊一声"接着"，然后把包扔了过来。

陆江涛去接包，奔驰车的车窗被缓缓摇下，黄瘸子露出脑袋来。

“包还给你了，可你来这儿干吗呢？”

“你管不着。”

黄癞子看了一眼不远处的乐东，笑了：“在上海捡破烂，到深圳还捡破烂？那你至于跑这么远吗？这深圳的破烂比上海好卖吗？”

“你管不着！”

黄瑶也插嘴嘲笑道：“来深圳都是想发财的。只有你，坚持老本行啊，好品格。”

黄癞子从车窗里甩出一张名片，说：“小子，有事找我。”

说着黄癞子摇上车窗，光头上车，扬长而去。

陆江涛冲着车屁股，狠狠地“呸”了一口，又狠狠地踩了两脚黄癞子的名片。

乐东看着陆江涛拎着包走回来，惊喜地说：“还真还给你了？”

“嗯。”

“可是为啥啊？按说你欠他十万呢。”

“看吧，他一定还有下文。”

“我见过丢包丢钱的，没见过丢了包还能把包要回来，但又欠上一百万的。”

“十万！什么一百万，赢了赢一百万！”

“就咱俩，十万跟一百万有区别吗？”

陆江涛说：“那照你这么说，咱还欠人家一千万呢。”

“这会儿还能胡说八道，看来没吓死，也没吓傻。”

“不认了，大不了再让他们逮着，剁手还他们，就当还他们一千万了！”

“你这什么手啊，这就半天工夫，都值一千万了。对了，刚才他丢你什么东西啊？”

“名片。”

“那癞子干什么的啊？这么有钱，大奔哪。”

“管他呢，反正不是什么好路来的，坑蒙拐骗呗。”

“他给你名片干吗？”

这个就连陆江涛自己，也不太明白……

深夜里，陆江涛和乐东挤在沙发上，翻来覆去怎么都睡不着。因为黄癞子和黄瑶白天的话，反反复复地在他耳边响起。凌晨，他突然坐起来，蹑手蹑脚地走到路边，捡起了黄癞子的名片。名片上写着：环球商贸有限公司，董事长：黄智中。

◆5◆

陆江涛和乐东又一起收了一段时间破烂，可黄瑶却有事没事总来找他，开着车在旁边冷嘲热讽。陆江涛没办法，就去工地上干活。黄瑶还是阴魂不散。任凭陆江涛怒气冲冲大喊大叫，都没什么用。陆江涛忍无可忍，却又没办法。因为他目前只有乐东这一个落脚的地方，再无处可去。只要在这儿，就总会被黄瑶找着。这么一想，他又想起了那个林霞介绍的朋友。去了一次发现，那家公司的老板人还是不在。反而是因为包还回来了，陆江涛发现了另一张名片。

陆江涛按着名片上的地址，走进了一家公司。前台的背景墙上写着：深圳科创云彩设计公司。

前台小姐礼貌地问道："您好，请问您需要帮助吗？"

"我找陈彩玲。"

"陈总啊？有预约吗？"

"没有！"

"那不好意思，没有预约，没有办法帮到您了。"

"那我现在可以预约吗？"

"可以，请问您是……"

"我是他男人的朋友。"

"她男人？"

"就是那老孙，包工头。"

"请问您有什么业务吗？"

"没有，就是老孙欠我钱，我知道他俩有一腿……"

"先生，实在抱歉，我们帮不了您。"

"你就给我叫一声呗。"

前台歉意地一笑，转身道："去叫俩保安来。"

没一会儿，陆江涛就被两个保安拖着出来了，他使劲挣扎，但并没有什么用。

没办法，他只好蹲在路边，盯着商业楼进出的人，看能不能找到姓孙的。可一直到天黑，也没有收获。

“干吗呢？”

陆江涛知道又是黄瑶，头也不回地说道：“你们烦不烦啊，我都躲到这里来了，咋还跟着我？”

“你今天挺稀罕啊，一天没干活，就在这里蹲着。”

“你们这是监视我？跟踪？凭啥啊？你们是什么黑社会组织？”

“懒得理你，谁跟踪你啊，我们公司就在这里！”

陆江涛掏出两张名片看了看，果真是，一个八楼，一个十二楼。

“所以没人跟踪你，你这是自投罗网！这是谁的名片啊？”

“你能带我去这个公司不？我被保安赶出来了！”

难得陆江涛会开口求人，黄瑶笑道：“跟我走！”

上到八楼，两人来到了老孙姘头的公司门口，此时办公区都已经熄灭了灯。陆江涛突然看到老孙和一个女的，一起走出办公室。

“老孙！”

老孙看到陆江涛一愣，转身就跑。但陆江涛已经扑了上来，一脚把他踹翻，骑上去就打。

“我让你跑！让你骗人！”

陆江涛边打边骂着，黄瑶和那个女的都冲过来拉着他。

老孙被打得鼻青脸肿，哀号着：“你怎么追到这儿的？”

“敢不还我们钱，天涯海角也得追到你！”

黄瑶突然笑着说：“这不是老孙吗？”

老孙抬眼一看，说：“哎哟，黄姐，您可救救我吧。”

“不要脸，你都多大了，你管她叫姐姐！”

“黄姐，您认识这货啊！放了我吧，您知道，我没钱！”

“你还好意思哭穷，说，我们的钱呢？”

“都在黄姐那里呢。上次玩儿期货，一把都输给黄姐了。”

黄瑶摆摆手说道：“别胡说啊，那不是输给我了，是我买涨，你买跌，你都赔进去了。关我什么事？”

“反正还不是那个意思。小陆，我现在是真没钱了。再说了，你认识黄姐，那不是天天发大财，你还跟我要什么钱啊！”

陆江涛不敢相信地看向黄瑶，黄瑶得意扬扬，满不在乎。

次日一早，陆江涛又来到了这栋写字楼。这次他手里拿的，是黄瘸子的名片。

环球商贸有限公司的前台，陆江涛走上前问道：“你们黄总在吗？”

前台小姐没有回答他的问题，礼貌地问：“请问先生您有预约吗？”

“我没工夫约他，可他天天约我！”陆江涛知道扯皮没用，径直往里走，边走边喊，“黄瘸子，你在哪个屋啊？”

身着职业套装的黄瑶出现在他面前，呵斥道：“你干吗！”

“不找你，我找你爹！黄瘸子！黄瘸子！”

黄瑶的混混习性也上来了，大骂：“你再喊一句试试！”

陆江涛笑了，用尽力气喊：“黄瘸子！爷来找你了！”

整个公司都震惊了，竟然有人敢管他们老总叫黄瘸子。黄瑶气得直跺脚，差点撸起袖子冲上去跟他打架。

前台小姐急急忙忙追过来说：“先生，您没有预约，不能进去。”

陆江涛不管不顾继续往里走。走廊尽头最大的一间办公室门外，黄瘸子突然露出头来，笑嘻嘻地朝陆江涛招招手。前台小姐看到黄瘸子招手，只好放他进去。

整个办公室富丽堂皇。陆江涛晃悠着走进去，左右看看，然后大大咧咧坐在沙发上。

“有意思吗？”

黄瘸子坐在自己的大班椅上，笑着对他说：“有意思。”

“你说你办这么大一公司，又是什么董事长，你天天骚扰我一个捡破烂儿的有什么意思啊？你就直说吧，憋着什么坏呢？想怎么玩儿我？”

“我不是想玩儿你，我是想跟你一起玩儿。”

“一起玩儿？”

“我这办公室怎么样？”

“挺好！亮堂，贵气，就是有点土鳖。”

“哎，你就没想过吗？两年吧，两年前我在上海被你整了，当时我什么样？住的什么房子？开什么车？那时候没车！你就一点儿不好奇，我怎么就突然变成这样了呢？市中心最好的写字楼，大奔，顿顿海鲜。你就没想过为什么？”

“想过，坑蒙拐骗呗！”

黄瘸子笑道：“小子，这是深圳，坑蒙拐骗拐不到这里。我可以告诉你，我原本是在上海混不下去了，是要来深圳坑蒙拐骗的，但是来了，我就改了主意。我可以负责任地说，我这里的每一分钱，都是合法收入。”

陆江涛愣住了，他确实没想到会是这样。

“好了，该说你了。我觉得你是一个人才，从你在上海弄了我开始，我就觉得你是个人才。到上次的海鲜酒楼，我又试了试你，好用，是我想要的人。”

“我？你想要的？怎么那么别扭呢，看上我了？”

“我想收你当徒弟，你是有天分的，我对你有感觉。我觉得你的成就将来一定在我之上。”

“拉倒吧！你以为东北老树根换身衣服就成西洋参了？你以为土鳖翻个身，就成忍者神龟了？还想收我为徒？那我不成小偷了吗？”

“你不相信我，可以查一查，看看我赚到的这些钱，哪一分是坑蒙拐骗来的。”

“小爷没时间，我来就是警告你，别一天没事总跟着我，烦！知道吗？”说着陆江涛站起来，大踏步走出黄瘸子的办公室。

下了楼，陆江涛坐在一楼大堂的沙发上，想休息一会儿。虽然刚刚不假思索地拒绝了黄瘸子，但是黄瘸子的变化实在太大了，让他还是忍不住想知道黄瘸子的发家史。

旁边的沙发上，两个身穿西装的生意人正在聊天。

“下周是关键。”

“你听谁说的？”

“黄智中黄总啊。那是神。”

陆江涛一愣，注意听着。

“黄智中，黄智中，你一天到晚就知道他。”

“不服不行啊，想当年他孤身一人来了深圳，还是个瘸子，两三年光景，看看人家挣下的这基业。”

“这期货，就是刺激啊，两年上千万富豪。”

“所以说，在我们炒期货的圈子里，他就是神！”

“期货……期货究竟是什么？”

期货交易所的交易大厅内，巨大的屏幕上，无数数字变幻着。屏幕下方，陆江涛好奇地仰望着数字，又好奇地看着那些如痴如醉、看着显示屏变化的人们，他想不通这里面到底有什么玄机。但直觉上，他似乎有些喜欢上这个地方的氛围了。

陆江涛突然看到黄瘸子带着两名员工走进了交易大厅。他是跟着那两个人来的，不想被黄瘸子发现，于是下意识地低下头。

交易大厅里人很多，黄瘸子并没有发现陆江涛，径直朝大户室走去。

突然黄瘸子停住了脚步，哈哈大笑着说：“顾老师，您又在这里祸害人啊。”

原来黄瘸子听到几个人在交易大厅里点评期货，停下脚步加入了讨论。

陆江涛怯怯地抬头望去，突然愣住，他看到黄瘸子正站在以一个中年男子为核心的圈子边上，而这个中年男子正是顾亦雄。

陆江涛努力辨认着，不自觉地靠近两人。幸好黄瘸子背对着他，看不到他。

被黄瘸子打断的顾亦雄有些尴尬地推了推眼镜。

“顾老师，这是第几次了？我都不稀罕说你了。老孙，老刘，你们跟着他买，那不得亏得棺材本都没有了。”

“黄总，您是这交易大厅的风云人物，但是您别忘记了，这不是赌场，您那套不可能永远都玩得转。”

“你说什么玩意儿？”黄瘸子好像被说到了痛点。

“跟您说多了您也听不懂！别看您是这两年这个交易厅里最大的赢家，但我知道您的路数，跟我谈不上。”

“你个臭知识分子，还跟我谈不上，装什么装啊！在这个场子，你懂多少经济，多少金融，都是个笑话，赚没赚钱才是根本。你管我用的什么法子？”

“投机总有一天会遭到报复性毁灭的。”

黄瘸子眼一斜，说：“你说偷鸡？”

顾亦雄无奈道：“我跟您没有话说。以后我跟别人聊天的时候，麻烦您也不要乱插嘴。”

“我还没工夫跟你瞎扯淡呢。哎，顾老师，您从上海来了多久了？我怎么感觉您离卷铺盖回家的日子不远了，啊？哈哈。”

黄瘸子鄙视地往前继续走。

顾亦雄被气得脸色铁青，站在大厅里一动不动地发愣。围观的人觉得无趣也都散了，只有陆江涛呆呆地望着顾亦雄，两个人相隔两三米的距离一动不动地站着。

已经走远的黄瘸子骂骂咧咧地回头，突然看到陆江涛和顾亦雄面对面站着，一愣，注意起来。

陆江涛看着顾亦雄的样子，脑海里翻滚着那张从小就经常看到的照片，照片上那个叫许志民的人，与眼前的顾亦雄是那么相似。

陆江涛终于忍不住走上前去："对不起，我问一下……"

顾亦雄误以为陆江涛是来征询意见的散户，抬头看了一眼他，看到他热切的目光也是一愣，旋即苦笑着摆摆手，示意自己没有什么意见可以指点，随即往外走去。

陆江涛看着顾亦雄有些失魂落魄的状态，有些心急地跟了上去。

"请问……请问您是顾亦雄吗？"

顾亦雄停住脚步，第一次正式回头注视着陆江涛。

顾亦雄突然感觉到眼前这个小伙子，不知道什么地方透着一股自己熟悉的味道。他点了点头，没有说话，越发奇怪地看着陆江涛。

"我是林霞的朋友。"

顾亦雄更奇怪了，但老于世故的他故意装作很意外的样子说："哦？有什么事情吗？"

"是这样，我一直在找您。"

"找我？为什么？"

"因为您长得和我妈的一个朋友很像，我一直感觉您就是我妈的那个朋友？"

"你妈？你妈是谁？"

"我妈叫杨怡华。"

顾亦雄的嘴角哆嗦了一下，但立刻掩饰住了，说："杨什么？"

陆江涛没有注意到他的异常，有些失望地说："我妈叫杨怡华。她有一个好朋友叫许志民，跟您长得太像了。我们家有我这个许叔叔的照片，我看过，真的太像了。"

顾亦雄努力控制着情绪，说："许志民又是谁？我叫顾亦雄。"

"哦，兴许不是一个人，您去过宁长县吗？"

"宁长？没听说过。抱歉了。"

顾亦雄离开，陆江涛怅然若失地缓缓走着，突然又不知道该去哪儿了。一转身，他又想到了刚才交易大厅的画面，于是下意识又回去，却看到黄瘸子正远远看着自己。

“你还是来了！”

“你管得着吗？这又不是你开的。”

“我上次跟你说的话还有效，我知道你一定会来的。你一定是在背后调查了我，知道了我怎么用两三年光景，从一个骗子、混混，成了如今的样子。”

陆江涛不耐烦道：“没兴趣，我就是路过。”

“路过？好啊，说明咱们有缘，我相信你这样的孩子，只要走进了这个大厅，就有一种吸附你的魔力，让你挣脱不开。”

“这有什么啊？就是一些数字，大豆、绿豆、铜铁锡金。”

“哟呵，看得还挺仔细。”

“你就是个骗子，原来在街头骗，现在换个样子，换身行头在这里骗。”

“这叫本事！”

“我对你这套本事没兴趣。”

“你这话说得早了点儿，当初你不是连我的名片都不愿意弯腰捡一下吗？还踩了两脚。后来呢，你还不是按照名片找到了我？”

“那是你天天骚扰我。”

“这是咱们师徒俩的缘分。”

“谁是你徒弟啊，你这人怎么这样？”

陆江涛说着就烦躁起来，要往外走。黄瘸子却笑着提醒他说：“对了，那个姓顾的，顾亦雄吧，不是什么好鸟，你别跟他走太近。”

“你管得着吗！”

黄瘸子看着陆江涛渐渐走远，突然大声喊道：“小子，你来深圳真的是来收破烂的吗？”

本来要离开的顾亦雄，其实只是想躲开陆江涛。他也注意到了陆江涛和黄瘸子……似乎认识？

夜市上，顾亦雄和几个朋友在酒桌上吃饭，但他明显心事重重。

跟顾亦雄一起来到深圳的刘毅拍了他一下。

“亦雄，你不对啊，你说请大家吃饭，你看看你这个闷闷不乐的样子，这是请人吃饭应该有的态度吗？”

顾亦雄苦笑着：“宴无好宴，这是消愁酒。别见怪。”

刘毅的爱人梁梅问道：“怎么了亦雄，又亏了？”

“唉，最近买什么亏什么。悲催的。”

“是吗？那看来我可以进军期货行当了。你买什么我就卖什么，你卖什么我就买什么，一定发大财。”

“刘老板，你赶紧发，发大发了，我就是你的幸运星。”

刘毅端起杯子说：“你这叫扫把星。”

顾亦雄苦笑了下，把手里的酒一口闷了。心中有事，酒易醉人。刘毅才刚刚脸红，顾亦雄已经趴在了桌上，咕哝着开始说胡话。

梁梅埋怨道：“他心情不好，你还让他喝那么多？”

刘毅也觉得冤枉：“我让他喝？明明他手快，抢得我都没酒喝。”

“我……我梦见杨怡华有个儿子，来找我了。”

刘毅和梁梅都是一惊，劝解着他：“你……是喝多了。怡华哪儿来的孩子。当年她被大水冲走，人早就没了。唉……”

“我想她……我要去救怡华……”

“得了吧，你站都站不起来还救人。”

“为什么没人救救她啊……”

梁梅对顾亦雄说：“杨怡华倒是应该有个侄子或者外甥什么的。那时候我跟她住一块儿，她说过她有个姐姐还是妹妹的，有儿子了。”

“她……她外甥……一定也恨我。”

“行行行，恨你恨你。”刘毅哄着顾亦雄，对梁梅说，“去打个车，咱们把他送回去。”

梁梅应声出门，顾亦雄还醉醺醺地推着刘毅说：“不用！我还没那么不中用。”

深夜的出租车上，顾亦雄渐渐从东倒西歪的样子坐正。他脸上原本装醉的表情渐渐消失，取而代之的是一脸严肃、若有所思的表情。

第二天，陆江涛又来到了期货交易大厅。但他的内心比上一次激动了许多，他感觉这里也许就是自己建功立业的阵地。

黄瘸子看到陆江涛，心中一喜，不动声色地走了过去。

“这里可没有破烂儿可收。”

“我不是来收破烂儿的。”

“那你是来给我当徒弟的？”

“黄先生，您那套我没有兴趣。”

黄瘸子意外了，说：“那你来是……”

“我想自己做，但是我没有多少钱，我……我想跟你借点钱。”

黄瘸子哈哈大笑着说：“借钱？我凭什么借钱给你？”

陆江涛尴尬。

“钱我不是不可以借给你，但是名不正言不顺啊。”

陆江涛仍然不说话。

黄瘸子刺激他说：“你不是还认识那个叫顾亦雄的酸秀才吗？可以跟他借。”

陆江涛扭头就走。黄瘸子一愣，对陆江涛的表现有些诧异。

陆江涛朝着顾亦雄走去，顾亦雄用余光看到，故意装作在专心致志地观察大屏幕。陆江涛走过来，礼貌地喊：“顾叔叔。”

顾亦雄伸手示意陆江涛不要打搅他观察大屏幕上的数字变化。

停顿了一会儿，顾亦雄突然问：“对了，小伙子，你和林霞是朋友？”

陆江涛一愣，没有想到他会主动探问林霞的事情。

“是……”

“男朋友？”顾亦雄头都不回，继续看着大屏幕。

“嗯。顾叔叔，我还是……”

“你说的那个人，我真不认识。怎么？长得跟我很像？”

“很像！”

顾亦雄迟疑地回头看了眼陆江涛，余光瞥到正在远处注视他们的黄瘸子。

“可惜，我帮不了你。希望你以后有机会找到你的这个许叔叔。”

陆江涛还想继续说什么，顾亦雄制止了他，示意这个话题不要再继续下去了。

陆江涛只好又回到黄瘸子面前。

黄瘸子笑嘻嘻地说："小子，看来你是我的福星啊。"

"什么意思？"

"就你来这会儿工夫，我又赚到了五万块钱呢。"

陆江涛不相信地撇撇嘴说："吹牛！"

"那你也给我吹一个，顾亦雄借给你多少钱？"

陆江涛沉默了。

"看在你刚给我赚了五万块的面子上，你叫我一声师父，我就把这五万块借给你。"

陆江涛执拗着，就是不张口。

黄瘸子看着他，语气缓和下来。

"这样吧，小子，我再给你一个选择。满屏的期货，你随便选一个，我把这五万块钱投进去。如果到今天结束的时候，挣钱了就说明咱们爷俩有缘分，咱们合作。如果跌了，咱们一拍两散？"

"行！"陆江涛立刻答应，然后把所有注意力放在大屏幕上。事实上，这几天通过给陆思齐打电话，他已经了解了期货的基本知识。但真要操作，还是不太够……

"随便选，别犹豫，看上哪个算哪个。"

陆江涛点点头，完全凭直觉选了一项。

这一选，几乎决定了陆江涛接下来的人生走向。他终于放下曾经的不愉快，答应和黄瘸子合作——是合作，因为他不想叫一个老骗子师父。黄瘸子让他去自己的公司上班，甚至给他找了一间高档公寓，真可谓是关怀备至。饶是陆江涛，也渐渐对黄瘸子这个老头有了一些好感。

而顾亦雄，陆江涛也通过林霞查了他的档案。顾亦雄上工农兵大学时改过一次名字，他的本名正是许志民。由此陆江涛终于可以百分百地确定，顾亦雄就是照片上的那个人。一切事情，都似乎在往好的方向转变。

就在陆江涛确定顾亦雄就是许志民的这一天，他在期货交易大厅里堵住顾亦雄对质，却被顾亦雄一把推开，差点跌倒在地上。当他再次站起时，已经找不到人了。

黄瘸子站在陆江涛身后问："我一直没好意思问你，你跟他纠缠个什么劲儿？"

"我来深圳就是为了找他。"

"找他？"

“这是我个人家庭的事情，我不想说。”

“不想说就别说。我的意思是你别在交易时间缠着那家伙，这会儿在大厅里，你给谁说点儿期货以外的事情，人都有想杀了你的心。”

“我是不会放过他的，除非他跟我说实话。”

黄瘸子嘿嘿坏笑着说：“他不跟你说实话是不是？那就在期货场上击败他，把他打趴下了，翻不了身了，你想怎么问就怎么问，懂吗？”

陆江涛被黄瘸子一点拨，好像突然明白过来该怎么办……

此时全天的期货交易都已经结束，人群正往外走着。陆江涛看着人群，信心满满地攥紧拳头说：“行，把他打得一分钱不剩的时候，我不信他还有工夫给我扯谎！”

黄瘸子拍拍他的肩膀：“走，先吃饭！有的是时间收拾他。师父今天教你一招。”

陆江涛跟着黄瘸子出来，黄瘸子开车，陆江涛坐在后排。黄瘸子一边开车一边讲着：“这个顾亦雄，我也不明白我们俩是怎么了。整个交易大厅，从一开始进去当小散户，到最后进大户室，我跟那么多人打过交道，还就跟他不对付，也是邪了。”

“因为什么？”

“他是大学生，当了那么多年公务员，傲啊，心气高。他是知识分子，看不上我们市井江湖，我们市井江湖还看不上他们呢。”

“就相互看不上而已？”

“哪有那么简单？我跟你说，这个玩儿期货，就跟赌钱是一个道理，我们在赌场里，有时候不知道该怎么下手的时候，我们就会找一个倒霉鬼。”

“找倒霉鬼干吗？”

“跟他作对，只要他下哪个注，我就跟他反着来啊。他押小，咱们就押大，他押庄，咱们就押闲。这就是自己没手气，就要借借别人的晦气。”

“管用吗？”

“当然管用！就说这个顾亦雄吧，他当了多年公务员，心气高，好像什么都懂，不知道哪里凑了一笔钱跑深圳来赚钱。但我一眼看上去，丫就是一脸的碎催相。当时我也不太懂这玩意儿，我就跟他走，他买哪个，我就扔哪个；他抛哪个，我就接哪个。你是不知道啊，他那个倒霉催的，抛出去的期货准涨，买进的准跌。”

陆江涛都听傻了，说：“还有这种事情？”

“你师父最初的钱就赚在他身上，可惜后来有一次被他知道，我到处在打听他买了什么抛了什么。这家伙也机灵，马上明白我就是附在他身上的一个吸血鬼，对我那叫一个恨之入骨啊。”

“怪不得，跟你混在一起，他看我的眼神总是透着一股怀疑的感觉。”

“哼，他呀，把自己看得太高了。找个倒霉鬼，这只是爷的一招，像我这种从小在赌场、江湖里混的人，有太多的东西可以转嫁到什么期货、股市上去玩儿了。等我闲了慢慢教给你。”

“你就不能教给我点儿正经技术？”

黄瘸子哈哈大笑说：“你跟那个顾亦雄倒是有点儿像。这玩意儿说白了，跟赌钱一个意思，哪儿有什么正经技术啊。”

虽然黄瘸子这么说，可陆江涛还是觉得有真正的技术。和黄瘸子吃完饭，他就给陆思齐打过去电话。

“思齐，这次你一定要帮我。”

电话那头，陆思齐莫名其妙地说：“我知道，二哥，既然你想学，我知道的一定帮你。对了，你不是在一个公司上班吗？就是做这个的？公司里学不了吗？”

“你算了吧，我那个老板，那就是个江湖混混出身，正经玩意儿什么都不懂，完全是邪门歪道。我还是想从你这个正经的财经大学高才生这里学点儿正经技术。你再帮我查查，什么叫掉期合约，什么叫空盘量，给你一天时间，明天还是这个时间，给我讲清楚了。好啦，挂了！”

就这样，陆江涛一边学着思齐的“正经技术”，一边学着黄瘸子的“歪门邪道”。很快，几个月时间过去了，他已经成了一名优秀的操盘手。

陆江涛跟在黄瘸子后面，迎面看见顾亦雄正走过来。顾亦雄不想搭理黄瘸子，转身准备离开。黄瘸子却大声叫道：“顾老板，听说你最近在瞄海南的棕榈油？”

“怎么，黄老板也对棕榈油有兴趣？我觉得您就不需要再玩儿棕榈油了，您这一身油头粉面，再进油就太油腻了。”

“我才不玩儿这玩意儿呢，有什么好玩儿的？我听说您跟我们小陆还有点儿渊源，我是凑巧了劝您一句，收手吧，这棕榈油恐怕会让您输个精光。”

“你也好意思劝我？”

黄瘸子叹气道：“哎，您这么有学问的怎么都不如我们小陆呢？小陆，你给顾老板分析一下。”

陆江涛装模作样地咳嗽两声，说道：“顾老板，我们觉得，棕榈油这个品种作为国内期市较早推出的大品种，一度成为期货市场的热门炒作对象，吸引了大量的投机者和套期保值者参与，市场容量相当大。”

顾亦雄想了想，陆江涛说的一点没错。他好奇道：“所以很有做头啊。”

“早期来说，国内外棕榈油市场由于供求不平衡，全球植物油产量下降，而同期需求却持续旺盛，导致棕榈油的价格不断上涨。但到了今年，国内外棕榈油市场行情却出现了较大的变化，棕榈油价格正在逐渐形成回落趋势。第一季度海南棕榈油期价一直在每吨9300元以上横盘，已经很高了。但在M506合约上，有太多跟您一样的市场投机者仍想凭资金实力拉抬期价。我们认为棕榈油品种上的风险太大了，而且目前这个时期，空头的势力已经形成，我们看空不看多。”

顾亦雄听着，突然哈哈大笑起来：“黄瘸子，你从哪里趸来这么一个宝贝，开始教训我了？我告诉你，有风险才有利润，风险越大，利润才越大。”

说完，顾亦雄转身，傲慢地离开了。

陆江涛不解地问黄瘸子：“咱们为什么要分析这些给他听？”

黄瘸子也有点不明白陆江涛为啥能说出这么一大段来，疑惑地问：“小陆，你这套词从哪儿学来的？”

“我……我妹妹教给我的。”

“好，以后好好跟你妹妹学着点儿啊。”

“咱们真的要看空？”

“当然！”

“咱们就这么清楚明白地告诉顾亦雄？你不是和他是对手吗？”

“在棕榈油上，你没说那几句之前，我们还不是对头，但你说了那几句，就是对头了。这小子一定不会听咱们的劝，非要拧着干，因为他不相信一个刚入行的小子敢教训他，而且教训得那么在理。你说得越真诚、越在理，他越接受不了！”

环球商贸公司，黄瘸子的办公室内。

电话突然响了，黄瘸子拿起电话，听到是陆江涛激动的声音。

“老板，打下来了，棕榈油的期价从9500的高位，不断跌停，打到7500一线了！”

黄瘸子微笑着说："说话慢点儿，别着急。你再去找找顾亦雄。"

陆江涛愣住了，说："什么？"

"死就要死得透透的，我估计他会死守着棕榈油不放手，直到7200吧。"

"这……有点太狠了吧，这一把他输掉了不少钱呢？"

"我的傻徒弟，你不能打人一拳，就让人躺地上歇三个月，你再打第二拳啊？师父告诉你，打，就要打死！"

挂掉电话，黄瘸子又拨通一个电话，直接订了最高档的酒店，准备给自己的徒弟去庆功。因为黄瘸子知道，陆江涛必胜。

这一天的收盘日，棕榈油跌到了7200点。

海边，陆江涛和黄瘸子下了车。

黄瘸子看着远处的大海，笑眯眯地望着陆江涛。

"小子，明天去查一下你的工资卡。"

"明天发工资吗？"

"今晚好好给你庆功。这次赚的这一笔，有你的百分之三十。这是你赚来的！"

陆江涛惊呆了，他赚了十多万，他甚至不敢去算那个详细的数字。虽然他干期货已经见过很多钱了，但从没想过有一天，自己也会拥有……

"给我这么多？我也没有做什么啊？"

"你做了最重要的一点，拴住顾亦雄啊。你以为咱们赚到的钱是天上掉下来的？没有顾亦雄这样的多头往里面砸钱，咱们去赚什么钱啊？记住了，我教给你的不会再说第二遍，什么技术，什么知识经验啊，都是常规武器，你能够战胜对手的心理，你能摸着对手的脉门下单，你拥有的就是原子弹！"

陆江涛思索着黄瘸子的话。

"来，对着大海喊一嗓子，我每次赚了钱都来这里喊上一嗓子，只有这样，才能感觉到那股爽劲儿！"

陆江涛深深吸了一口气，他想到自己曾经为了思齐的学费付出的努力，想到了师父坑他的那个大哥大，想到了田四，想到了大哥和温泉……

他用尽浑身力气对着大海喊："我——有——钱——了！我陆江涛，有钱了！"

第四章 ◈ 生死赌局

Chapter 4

◆1◆

一年后。

深圳期货交易大厅和去年并没有什么变化。大屏幕仍然是原来的大屏幕，上面仍然是无数的数字和流动闪烁的文字。只有看它们的人，来来往往，有新有旧。

陆江涛穿着红马甲，正在忙碌着，他已经成了期货交易所的一名交易员。

黄瑶正在帮黄瘸子做交易，一年了，她看向陆江涛的目光也已经从原来的嫌弃，变成了现在的默契和信任。

顾亦雄胡子拉碴，缩在墙角远远看着陆江涛，他几乎走投无路了。从上海家里带出来的钱，在去年和陆江涛对赌棕榈油的时候就已经输光了。为了翻盘，他向所有能借钱的朋友借了钱，借到的钱，现在又全部输完……

顾亦雄痛苦地离开交易大厅，独自在街上踉踉跄跄地走着，他已经没钱继续玩儿下去了。不知道走了多久，天已经黑了。他甚至有点儿不敢回自己租住的小屋，怕遇到债主，只有喝酒能让他暂时不去想那些无尽的绝望。

酒吧里灯光昏暗，音乐震耳欲聋。舞池里，红男绿女在劲歌热舞。顾亦雄和刘毅坐在角落的一张桌子旁，顾亦雄已经喝得酩酊大醉，又拿起一瓶啤酒想要对瓶吹下去，被刘毅伸手拦住。

顾亦雄苦笑道："连……酒都……都不舍得让我喝了，是不是连你也看不上我了？"

刘毅冷冷说道："你现在欠了多少钱了？需要多少钱才能翻身？"

顾亦雄哈哈大笑着，摇摇晃晃地站起来说："很多！很多！输得连裤子都该当掉了。"说着，他竟然真的要伸手脱裤子，被刘毅一把按回座位上。

"顾亦雄，你看看你那个熊样，你都四十多岁的人了，怂包！像什么样？你就回答我一句，想翻身吗？"

"想啊，你知道我现在像什么？像个乌龟王八蛋，四脚朝天，我想翻身，我使劲儿蹬，我使劲儿蹬，可都蹬在空气里，我蹬不动，我翻不过来啊！"

"你给我听着，老子送你个机会，你找钱去，再赌一回！"

“赌什么？期货？你……你还嫌我死得不透，是吧？”

刘毅死死盯着顾亦雄，用手沾了沾啤酒，在桌子上写下“327”三个数字。顾亦雄一愣，瞬间酒醒了。

“梁梅的大哥在中经开，知道中经开吧，财政部的公司。大哥说财政部已经决定了，327国债期货，将按148.50元兑付，保值贴补率竟然提高到12.98%！现在市场上，万国证券、辽宁国发集团都在做空327国债期货，把327国债期货打得很低。但是财政部的消息一公布，你晓得的。亦雄，这是你最后一次机会了。这机会太好了，借钱也要做啊。你去凑一部分钱，我再想办法，这次咱们联手，只要做好这一局，咱们这辈子就翻身了！”

陆江涛很意外，他已经快半年没有见过顾亦雄了。很多人都在传说他输光家产自杀了，没想到居然还能看见他。虽然没自杀，不过看起来比死也好不到哪儿去。

顾亦雄衣衫不整，胡子拉碴，手里拿了个铝制的小酒壶，喝一口小酒，看一眼远处的显示屏。他的身边渐渐围拢起几个认识他的老客，有一搭没一搭地聊着天。

下午，一天的交易即将结束，黄癞子在两个助理的协助下，意兴阑珊地收拾东西准备离开。一个助理把蛤蟆镜递给他，另一个则恭敬地为他点上雪茄。

黄癞子对助理嘟囔着：“太没劲了。这段时间都没多大劲头。收了吧，叫上江涛，咱们去吃海鲜。”

黄癞子走出大户室，两个助理跟随着，穿过走廊，进入交易大厅，朝着大门外走去。不远处的角落里聚集了一群人正在闲谈。黄癞子好奇地看了一眼，发现人群中间，坐在交易大厅地板上的竟是顾亦雄。

黄癞子推推墨镜，乐道：“新鲜啊！”

顾亦雄眼角的余光也看到了，恰好此时正和熟人聊着他，便故意说：“黄癞子也不带劲儿，你这还有什么好玩的？都让黄癞子那样的货色把钱赚了。”

“这是谁在背后嘀咕我呢？”

众人一看黄癞子，都有点不好意思：“黄老板来了，您不是发得大吗？这个交易大厅，说什么也绕不过去您啊。”

黄癞子故意装作无意中才看到顾亦雄，说：“哎哟，这不是顾亦雄顾总吗，这是怎么了？怎么坐地上了？这是说什么呢？”

另一个聊天的人接话说：“这不在说你吗？顾亦雄说，这个交易厅没啥玩头了，有本事的都赚不上钱，钱都让您这样的赚了。”

黄瘸子哈哈大笑：“这是骂我还是夸我啊？”

顾亦雄喝了口酒，说：“夸您呢！这是您的地盘，在这地盘上，您稳赚不赔，我不就被您杀得铩羽而归吗？我是来给大家伙告别的。每个人命里都有一块福地，找到福地了，您就发财。像这块地是黄老板的福地，我们都不赚钱，黄老板赚。所以呢，我找到我的福地了，准备走了。”

“嘿，这话说的，找着你的福地了？就怕再有福的地，让您那么一坐庄，也是乌云惨淡，血流如河啊。说说呗，你顾亦雄准备玩儿什么去啊？”

“不说这个吧，您就守着您这块福地，出了这个圈，谁能保证您一直赢呢？所以您也别关心我去哪里发财……”

“打住！什么意思啊，叫板？！我就在这里能赚钱？这是我福地？出了这里，我就抓瞎？这是您的背地，出了这儿您就发，这不扯淡？顾亦雄，我可以给你下句狠话，不管你去玩儿什么？我黄瘸子，对付别人不行，对付你，绰绰有余！”

陆江涛正好已经下班，换好衣服走了过来，发现黄瘸子正气呼呼地喊着，好奇道：“师父，怎么了？”

顾亦雄继续激黄瘸子，说：“您说您的，您赚您的，我都是要走的人了，不跟您置气。但我还是这句话，出了这块地，有些东西，您还真是铁拐李跳舞——摆不平！”

陆江涛有些恼火，接话道：“姓顾的，不见黄河不死心啊。这场子里，谁都有资格说道说道，好像就你没这个资格。”

顾亦雄望着他的怒火，笑了：“你是小孩子，我不给你置气，我跟你师父谈，一边去。我知道你是想跟我较量一番，但是你这个老狐狸师父是不敢冒险的。”

“嘿，这鼓点打得越来越响亮啊。这是逼我呢！姓顾的，划出道来，我黄瘸子跟你玩儿一场。”

陆江涛也热血上涌，这一年，他学到太多东西了，正是自负的时候，接话说：“对，玩儿死你！你准备怎么玩儿吧，我跟着去，都不用老黄，我上就能管住你。你卖涨，我就买跌，你买空，我就买多，咱不玩儿炒股票，炒期货什么的，咱就赌。”

“算算，犯不上。今天算我犯浑，等我发了，再回深圳，我做东，请黄老板好好舒服一下，算是今天冒犯您了。”说着顾亦雄故意装作不好意思地站起来，拍拍屁股要走。黄瘸子感觉到了他的异常，沉默着琢磨。

陆江涛大喝：“你站住！”

顾亦雄停下脚步，回过头，缓缓说道：“小朋友，非要把人逼死吗？”

“不是我逼你，是我看扁你了。”

“黄老板，您的徒弟本事大啊。”

“这不是我的徒弟，这是我的合伙人，他说的就是我要说的。”

“那好，小朋友咱们赌一局？”

黄瘸子冷笑一声：“姓顾的，我不管你背后藏着什么猫腻，小陆说出的话就是我的话，也别怪我看扁你。知道我赚钱最大的秘密吗？我会看相，我能看出来谁脸上衰气重。这全场老少爷们里，姓顾的，就你衰！我之所以发财，就是你买什么我卖什么，你卖什么我买什么。我还吃定你了，你这辈子，就是这个衰货！”

顾亦雄气得颤抖，指着黄瘸子和陆江涛说：“赌就赌，咱们来一场绝的，行吗？”

“悉听尊便！”

“国债期货 327。明天我回上海，十天之内，咱们自由运作，按照最后的赔赚定输赢，谁输了……”

“你说，别停顿。”

“谁输了，谁从上海证券交易所楼上，跳下去！”

黄瘸子一愣。陆江涛大怒：“你……”

“怎么，不敢了？”

陆江涛大喊：“有什么不敢的？玩儿什么都行，你说那个什么三二几来着……”

“你们还有几天可以了解一下，学一下，还来得及。要是学不会，明天跟我说，咱就算了，你们曾经对我赶尽杀绝，我仁慈。”

黄瘸子一声冷哼：“用不着！咱们上海见！”

顾亦雄看了一眼陆江涛：“这事是我跟黄瘸子的赌局，你没资格参与。”

陆江涛抢在师父面前说：“有我的事，我已经查了，顾亦雄，你原名就叫许志民，你就是从宁长出来的。你输了可以不跳楼，把当初的事情原原本本告诉我。”

“不！”

陆江涛发狠说：“进了赌局，由不得你！”

沉吟了一会儿的黄瘸子突然哈哈大笑：“顾亦雄，别怪我把你往死路上逼，我还就爱玩儿点刺激的。咱们上海见！小陆说的那个条件也是我的条件！”

顾亦雄冷冷地看着师徒两人，丢下一句“上海见”，独自离开了。

黄瑶开着车来接黄瘸子和陆江涛。一上车，陆江涛就把和顾亦雄的赌局告诉了她。黄瘸子坐在后排沉吟着，陆江涛看到，突然笑着说：“老黄同志，你不会又怕了吧？”

“我怕个球啊，这小子我今天看了，半年过去了，还是一脸死相，没有一点儿改观，说明他活得并不如意。”

黄瑶好奇道：“那他为什么敢挑战咱们呢？这里面是不是有局？”

“我相信他一定有所依仗，有背景，或者说这件事情上他有后台。”

“那……咱们还……”

“小陆啊，我再教你一招，不怕别人给你设套，只要是套就有缝隙。你要是知道他在给你设套，那真是天大的好事。什么叫江湖高手？从套里钻出去，毫发无伤，还能顺手牵羊，拿走敌人的套！”

“是，师父。那咱们什么时候回上海？我赶快把那个三二儿的看看。”

“用不着，没有金刚钻也不揽瓷器活儿。上海我有哥们就玩儿这个，否则我干吗跟这么个家伙玩儿赌局？你们都收拾一下，明天一早，跟我去上海！”

时值冬春之交，上海的天气还有点寒冷。黄瘸子穿着西装，依然抽着雪茄，他的身后跟着陆江涛和黄瑶。三人快步走出机场。

黄瘸子边走边布置工作。

“丫头，你找人盯住顾亦雄，他每天干什么，见什么人，都要清楚，我们要摸清楚他背后的牌到底是什么。小陆，你就跟我住酒店里，专心研究327国债期货。”

“我可以回家住的。”

“不行！只有十天，也许十天之后，你就有几百万了。那时候，你爱干什么就干什么，这十天跟我在一起，谁都不要见！”

陆江涛还想说什么，黄瘸子边走边回头说着：“打住，就这个安排。”

三人刚刚走上车道，远处一辆出租车飞驰而来，黄瘸子扭头对着陆江涛说话，没有看见。出租车丝毫没有减速的迹象，陆江涛和黄瑶还没来得及想这辆车怎么了，更来不及提醒黄瘸子。下一刻，他们听到一声闷响和急促的刹车声，然后是躺在地上的黄瘸子……

“爸——”

“师父！”

医院里，陆江涛和黄瑶焦急地在病房外等待着。门突然打开，走出两位医生。

黄瑶连忙凑上去问：“大夫，我爸他怎么样了？”

“病人刚刚苏醒过来，暂时脱离了生命危险。但是这几天必须观察一下。”

陆江涛也心急如焚地问：“我们能进去看看他吗？”

“这会儿可以了。”

黄瑶和陆江涛冲进了病房。黄瘸子躺在床上，脸色苍白。

“看来上海还真不是我的福地啊，一来就出这种事情。”

“老黄，跟顾亦雄的事情是不是停一下？”

“不停，怎么能停呢？找出他背后的牌，咱们就能大杀特杀一顿！你来操盘，我在医院遥控，你们俩去盯人，咱不是来上海住医院的！”

陆江涛还在犹豫，黄瘸子劝他说：“小陆，上海其实是你的福地，我这样的老江湖，当年都被你杀得丢盔卸甲狼狈不堪，何况一个顾亦雄呢？放心大胆地去操作。一定赚钱！”

陆江涛点点头，神情坚定。

上海证券交易所，陆江涛器宇轩昂地走进去，望着国债期货交易的屏幕。顾亦雄也走到他身边，和他并肩站着。顾亦雄伸手过去，陆江涛却并不和他握手。

“从这一刻起，咱们这场赌局开始，十天时间。”

顾亦雄笑道：“已经开始了。我刚刚已经建仓了。我买多。”

“那我就做空。”

“悉听尊便，十天之后见分晓。”

顾亦雄转身离开，背后传来陆江涛的声音：“关于宁长的事情，你还有十天，可以编一下，最好说出来，让我没有杀你的心。”

“你先在这十天里，赢了我再说吧！”

医院里，陆江涛正给黄瘸子汇报着他调查的情况：“327 是一个国债产品，对应 1992 年发行 1995 年 6 月到期兑付的三年期国库券，该券发行总量是 240 亿元人民币。兑付办法是票面利率 8% 加保值贴息。由于保值贴息的不确定性，决定了该产品在期货市场上有一定的投机价值，成了现在最为热门的炒作素材。327 合约的价格目前大致在 147.80 元至 148.30 元之间。”

黄瘸子琢磨着：“顾亦雄有什么动作？”

“顾亦雄看多 327，扔进去几万块钱，在场子里根本就是无足轻重。”

“那我们就看空，打压这个价格。”

“仅仅因为顾亦雄？”

“我们把可以调动的资金，全都调动过来。我觉得顾亦雄一定是有背后消息，落实他的消息，我们要借着他发财。丫头啊，跟踪顾亦雄有什么效果吗？”

“没有，很正常，白天在交易所，晚上回家。”

“继续，时候还不到。”

此时顾亦雄在他上海的家里，正跪在老婆面前，不过不是在认错，而是在要钱。

丹丹脸色冷冷地说：“你起来，这些都没用，你去深圳的时候带了多少钱，最后是什么结果？血本无归！我都不知道你在深圳干什么了，几十万，说没就没了？”

“丹丹，相信我最后一次，这一次是我翻身的唯一机会，太难得了，你再帮帮我。”

“我真的没有钱了。”

“那爸爸那里……”

“你疯了？”

卧室的门突然被人用力推开，两人回头，发现靳鹏生正威严地站在卧室的门口。

“亦雄，你这是干什么？”

顾亦雄忐忑地出去，把 327 国债的事情告诉了靳鹏生。

“爸爸，情况就是这样子，我觉得这是一个很好的机会。”

靳鹏生正在整理着衣服口袋里的几张名片，严肃地说：“这是投机倒把。”

“这怎么是投机倒把呢？这是国家允许的。爸爸您也一直在商委主持工作，这可是搞活经济、搞活金融的主要方向啊。”

“我不是说这个事情是犯罪。我的意思是，你是我女婿、丹丹的丈夫，这都是有影响力的。我不管你最终能不能赚钱，但是要让所有人知道，你没有赚到钱。”

“我明白，我明白，我会注意影响的。我这次不会操作太多，但是私下会让一个朋友操盘，稍稍做大一点儿，我的账面上一定清清楚楚。”

“那就好！这件事情，整体上还是可行的嘛。”

“但是爸爸，您能不能借我一点儿钱，操作的资金太少，确实就没有太大意义了。”

靳鹏生看了一眼桌子，走向自己的卧室。顾亦雄突然发现，桌子上放着一张名片，是靳鹏生留下来的。

上交所内，顾亦雄和陆江涛再次相遇在大屏幕前。两人并肩站着看向大屏幕。

“你们黄老板到底还能不能来啊？听说又瘸一条腿，这倒好，两条都瘸了，这不就不能正常走路了吗？这个生死赌局，如果他胆怯了，找个人把自己一撞，来个苦肉计，那就算了，我不计较，咱们各玩各的。”

“顾老板放心，那个约定绝不会变。老黄来不了，还有我。”

“那你们输了，谁跳楼啊？”

“我啊！”

“小朋友，我怎么觉得，他就是个老狐狸，这事儿他没把握，是逼着你出头啊。赚钱了，是他的，该跳楼，就是你的。”

“别胡说八道，顾老板，你还是想想，十天之后，从哪儿跳，会摔得彻底一点，否则弄个瘫痪什么的，更难受。”

顾亦雄拍拍陆江涛的肩膀说：“原来我还有点儿害怕，但是发现你们竟然做多，我就不怕了。知道谁在做空吗？万国证券、辽宁国发，那都是什么实力，就你们这点儿本事还想跟它们抗衡？等死吧。”

顾亦雄笑着转身离开了。陆江涛则继续留在上交所内，因为他知道黄瑶会跟紧顾亦雄的。可到了晚上一问，黄瑶还是没有发现任何异常。市场上，327 国债的价格一直比较稳定，双方无论做空做多，都没赚多少也没赔多少。反而黄瘸子认定现在他们已经入了套，顾亦雄马上就会有下一步动作。

次日，陆江涛正在上交所盯着屏幕观察，身边的 BP 机突然响了。

陆江涛拿出来看了看，上面出现一行汉字：“顾亦雄明为做多，实为做空，他一定有内幕消息。他正在绿源茶座，跟合作伙伴交谈。”

发信息的自然是黄瑶。陆江涛冷笑了一下，做了个决定。

茶楼里，顾亦雄喝着茶慢悠悠地和刘毅聊着："明天一早，我就把做多的资金全部抽出来，咱们全部杀向空。"

"最后一天了，估计黄瘸子他们也翻不出这个局了。"

突然一双有力的大手摁在了茶桌边缘。

陆江涛冷笑道："那可不一定。"

顾亦雄有些慌张："你……你怎么在这里？"

陆江涛坐到了俩人旁边的空位子上，给自己倒上一杯茶水。

"顾亦雄，你够黑的啊！跟我下这么个生死赌，然后呢？自己故意拿出一点点钱来做多，而背地里，你却把大量的资金去做空。玩儿这么大，就是想玩儿死我们？哈哈，可惜你的一举一动都逃不出我的手掌心。"

"小朋友，要不要这么拼命啊，生死赌局就是个玩笑，赚钱是最重要的，你可以把黄瘸子的钱放在上面，下面也跟我一样做另一边。"

"我才没有你那么无耻呢，不过你这么处心积虑地玩儿我们，我要提出新的条件——我们不再玩儿你多我就空，你空我就多的游戏。既然你真正是要买空，那我们也买空，咱们最后就比谁赚得多，谁能投进去的钱多，就赚得多！"

顾亦雄恼怒道："这不行，我哪有那么多钱跟你们比啊？"

"后天一早咱们天台上见！"陆江涛喝完茶，扬长而去。

顾亦雄冷眼看着陆江涛离去，给自己和刘毅又倒上茶。

"这下他们该相信已经抓到我的底牌了吧？不出意外，明天他们就会把全部资金都入场买空。"

"这下你可报了仇了。后天，你们赌局的最后一天早上，财政部的消息一公布，他们就去哭吧，死吧。"

"明天全部资金都转入买多。另外我岳父也给我找了一部分钱，全部都砸进去。"

"很多都是借来的钱，要是出了纰漏……"

"那天你来操盘，我就在天台上，赢了，咱们就一辈子不用看人眼色过日子；输了，你去楼下给我收尸。"

刘毅满脸震惊地说："亦雄！你……"

"我这辈子等的就是这一天！"

转眼到了十日之约的最后一天。

上交所附近，有一片建于二十世纪八九十年代的七八层小楼。楼与楼之间离得很近，只有十多米。如果有人看向这里，一定会惊讶地发现两栋楼楼顶的楼沿上，有两个人相对而坐，隔楼相望——他们都把两条腿悬空担在十多米的高空之中。

顾亦雄和陆江涛，两个人目光炯炯地望着对方。

陆江涛身边放了一个塑料袋子，里面装了一只烧鸡，旁边还竖着两瓶啤酒。此时的他正拽下一只鸡腿，用牙咬开一瓶啤酒，大口吃肉，大口喝酒。

“顾亦雄，不，许志民，想好怎么编宁长的故事了吗？”

“赚钱是赚钱，何必把当年宁长的事情搅和进去呢？你口口声声说杨怡华是你的母亲，我不信，杨怡华到死都没有孩子。我知道你可能是杨怡华大哥的儿子，但是请你不要老打着杨怡华的旗号，这让死者也很难堪。”

“这么说，你承认你就是许志民了？”

“承认，有什么不承认的，那些年的事，我不想回首，可你总是逼人太甚。你是怎么查到我就是许志民的？”

“等你赢了，我告诉你，但你要是输了，你就该讲讲宁长的事情。如果这个故事还比较长，那么最好你现在就开始讲，免得输了之后拖延时间。”

“小朋友，你就这么确定你能赢？凭什么？”

陆江涛坏笑着，学着黄瘸子的语气说：“因为你就是长了一副死人脸！”

顾亦雄推推自己的眼镜：“年轻人，不到最后一刻，咱们谁输还不一定呢！告诉你，做人最好留一线，别学你那个师父，动不动赶尽杀绝！”

医院里，黄瘸子正躺在病床上休息，黄瑶突然急匆匆地跑了进来。

“爸，出事情了。”

“别急，天塌不下来。”

“今天上午九点，财政部突然发出了红头文件。说 327 国债将按 148.50 元兑付，保值贴补率竟然提高到 12.98%！”

黄瘸子腾地从床上就跳了起来，一瘸一拐地往外走。黄瑶连忙去扶他，却不想父亲走得比自己还快。

"马上走，去交易所。陆江涛呢？"

"陆江涛和顾亦雄去生死赌了。"

"查一下顾亦雄到底买的是多还是空！还有，给江涛发消息，让他回来。"

楼顶上，突然响起滴滴两声，坐在大楼两边的陆江涛和顾亦雄都低头去看BP机。他们的BP机上，是同样的数字：149。

"年轻人，149了。"

陆江涛愣住了。顾亦雄哈哈大笑起来，从背后也拿出一个塑料袋，里面装着啤酒和小菜。

"如果我说得不错，你们应该是把在深圳赚到的钱都投进去买空了吧。想让你们两个老狐狸买空，有多难啊，我还得明着一套，暗着一套。但是老子告诉你，你们以为摸到老子的底牌了，老子的底牌多着呢！昨天老子已经把所有资金都投进去了，买多！因为我知道今天财政部要出文，一定涨！"顾亦雄解恨地在楼顶叫嚣着，跳跃着："一定涨，越来越涨！"

突然，他转身指着陆江涛说："我跟你们无冤无仇，在深圳，你们两个瘪三对我赶尽杀绝，不留活路。你们以为老子就这么完了？今天才是老子报仇的时候！我可以不拉你们死，自己赚大钱，但我就是看不惯，你们这种瘪三还在深圳欺负我！今天，你们侮辱过我的，全都还给你！"

陆江涛冷冷地看着顾亦雄歇斯底里的发泄。一言不发，猛灌了一大口啤酒。

交易大厅内的大屏幕上，国债期货的行情继续上涨，已经涨到了150。有人欢呼着，开始在大厅内疯狂地手舞足蹈。

顾亦雄的表情越来越轻松，他又喝了一口酒，对陆江涛喊："年轻人，已经150了。"

陆江涛也刚刚看完BP机上传来的数字，冷冷地瞥了顾亦雄一眼。

"年轻人，我比你多活了有20年吧，而且我还是从国家机关辞职下海的，我告诉你个道理吧，在中国，什么事都不是你以为的那样子！"

"姓顾的，别狂。等等看。"

"不用等了，做空是没有前途的。我想问问你啊，是谁帮你查到我是许志民的？"

"老子不想说！"

“玩不起了啊，咱们怎么说的？输了跳楼。而且要是我输了，我给你讲讲宁长，你输了，你要告诉我是谁帮你调查的。”

陆江涛一把将手里的啤酒瓶凌空摔向楼下，酒瓶“啪”的一声摔得粉碎。

“急什么？这才几点，离收市还远着呢！”

大户室里，黄瘸子正盯着一点一点涨上去的指数。

黄瑶心急如焚地说：“爸，咱们可是把深圳的全部身家都投进去了，要是再涨五毛钱，咱们就要被强行斩仓了，血本无归。”

黄瘸子咬着牙：“不急，有人比我更着急，我相信万国证券这会儿正在准备反攻！价格每涨一毛钱，他们就要损失几个亿！”

就在同一时刻，万国证券的总经理办公室内，一名老者正在紧紧盯着屏幕上的行情变化，似乎在做一个艰难的决定。

时间一分一秒地过去，墙上的时钟显示的时间为下午四点二十二分，离收市不足十分钟了。

老者艰难地伸手拿起桌子上的电话，他的声音坚定而颤抖：“抛！全部抛掉！”

交易所内，大屏幕上的数字突然又开始变化，从151变成了150。那些正在狂欢的人都惊呆了。

紧接着，150变成了149、148……

整个交易大厅安静下来。悄无声息。

顾亦雄和陆江涛的BP机上，数字变成了147.40。顾亦雄的手开始发抖，手中的BP机突然滑落，掉了下去，发出“啪”的一声脆响。

对面传来了陆江涛的大笑声。

“姓顾的，你不是能算计吗？你不是能演戏吗？你不是把所有身家投进去玩儿我们吗？怎么跌了？你要不要算算这几分钟你有多少钱魂飞魄散了？”

陆江涛晃晃悠悠地站了起来，突然在大楼边沿处又蹦又跳，还唱起了1995年最流行的《祝福》：

不要问，不要说，一切尽在不言中
这一刻，偎着烛光让我们静静地渡过
莫挥手，莫回头，当我唱起这首歌
怕只怕泪水轻轻地滑落

时间一分一秒地接近收市，所有的交易员都回头望着大厅一侧的上证所经理。

经理强抑着紧张问："是技术故障吗？"

工作人员抬头回答："查出来了，都是从万国那三个交易席抛出的巨量大单把价格打成跳水的！"

经理一字一顿说道："327交易品种出现异常情况，经初步查证，有严重蓄意违规行为。如何处理，请各会员单位留意交易所公告。"

说完经理疾步走出了大厅。

黄瘸子从大户室出来，看上去几乎老了十岁。这一局实在是让他疲惫。才走出去几步，提了一天的劲头突然卸去，猛地瘫软倒地。

黄瑶马上过去扶住父亲："爸，爸！"

黄瘸子虚弱地睁开眼睛，露出一丝微笑说："丫头，陪我去看江涛。这小子，真是狗屎运，他就是个打不死的怪胎。"

楼顶上，陆江涛又蹦又跳地继续刺激着顾亦雄："顾亦雄，已经收市了，最终价格定格在147.1。算一算吧，你亏了多少！"

"不可能，这不可能！"

"不就是收到一个内幕消息吗？你说你赚钱就行了，你还非要拉着我们爷俩垫背，你现在知道恶有恶报了吧。现在咱们说说宁长的事情吧。"

"有什么好说的，我都要死了，我管你什么宁长宁短的。我就这么一跳，你一辈子也别想知道当年到底发生了什么！"

"跳啊？那你倒是跳啊！"

顾亦雄虚弱地站起来，擦掉满头的汗说："小朋友，你急什么，我得等黄瘸子来！我要问问他，到底发生了什么！"

"不敢跳了吧，找借口呢吧！自作自受！"

“我作孽再多，也没有你逼人跳楼缺德！”

“你说话算数不算数？磨叽什么？147，你赔了多少？活着还有意思吗？家破人亡？身败名裂？”

顾亦雄被说中心头痛点，他悲愤地望着苍天吼道：“老天爷，为什么，你为什么这样对待我！”

“问问你自己，做过什么缺德事！”

顾亦雄缓缓地站在楼沿上，往下看着。楼下，已经聚集了大量的路人围观。顾亦雄有些眩晕，轻轻地闭上眼睛，缓缓往前踏出一步……

黄瑶扶着黄瘸子终于来到楼顶。

黄瘸子冷笑着：“顾亦雄，你够狠，设计了那么深的圈套。可惜，今天我就告诉你，你的对手是打不死的陆江涛，你这辈子的霉运还没到头，陆江涛的好运也没到头！”

“黄瘸子，不就是一跳吗？你觉得我不跳还能活下去吗？到最后一刻，我输掉了几百万！几百万！几百万啊！”

顾亦雄一步步走向了楼顶边缘，楼下看热闹的人群爆发出一片惊呼。此时，顾亦雄的身体已经悬在空中，只有手还拉着栏杆，只要一松手就会掉落下去。突然，他听到有人叫他，而且好像在说他赢了……

他睁开眼，看到黄瘸子和陆江涛都在看他这边。

刘毅突然从身后的楼门冲出来，原来刚才喊顾亦雄的是他。只见刘毅疯疯癫癫，一把抱住顾亦雄，抱头痛哭：“亦雄，我们赢了，我们赢了。不用跳楼，不用跳楼。”

与此同时，楼对面，黄瘸子的助理小刘也跑上来了。

顾亦雄懵懂着问：“你说什么？什么！”

刘毅哭着说：“证监会宣布，经过会商，认定十六点二十二分之后的所有交易，存在严重违规的操作，最终收市价格无效，价格还是151。”

顾亦雄如同疯了一般，一会儿哭一会儿笑，不断念叨着：“151，151，151！”

小刘也告诉黄瘸子他们说：“黄总，证监会决定价格维持在十六点二十二分的成交价151。”

黄瘸子顿时整个人瘫软下来，被黄瑶扶住。陆江涛愣在当场，不知所措。

此时对面的顾亦雄突然从喃喃自语中醒悟过来，他狂奔到楼边，指着对面，发出一种既悲愤，又哭中带笑，笑里带哭的腔调：“小朋友！无效！无效！我赢了，是我赢了！！！该你了！跳吧！再也不会给你翻盘了！”

陆江涛冷峻地看着顾亦雄。

顾亦雄疯狂地喊：“跳啊！你倒是跳啊！”

陆江涛咬咬牙，走到了楼边。黄瑶跑过来一把抓住陆江涛问：“你干吗！”

陆江涛甩开她说：“没你事，你让开！”他一步步走向楼的边缘，耳中是顾亦雄疯狂的笑声：“我等着，我等着呢！”

“男子汉大丈夫，说出去的话泼出去的水，不就是死吗！”

黄瑶冲上来死死抱住陆江涛说：“你别犯傻，等我爸醒来了再说！”两人拉扯中，陆江涛仇恨地望着疯狂的顾亦雄。

顾亦雄还在狂吼：“无效！一分钟，你亏了多少？啊？多少？！多少？！”

陆江涛已经走到了楼边，神情中无所畏惧。

就在此时，黄癞子终于醒了过来。黄瑶无助地喊：“爸！爸！江涛要跳楼。”

黄癞子如同打了鸡血一般，猛然从助理怀中爬了起来。他望见陆江涛已经走到大楼边缘，大声喊着：“小陆！站住！你给我站住！”

黄癞子挣扎着起来，奋力冲向了陆江涛，终于跌跌撞撞，挡住了只差一步就要跳出去的陆江涛。

“你给我站住！要跳也是我跳，轮得到你吗？我死了，帮我照顾好黄瑶！”

黄瑶莫名其妙地问：“爸，你说什么呢？”

“老黄，这次是我替你出战，最后输了那就是我的。”

“你知道我输掉了多少吗？几千万！我所有的钱，都没有了，是不是该我！”

黄癞子使劲把陆江涛往里推。陆江涛咬咬牙发狠，往后退了几步，奔跑着向大楼边缘冲过去。黄癞子惊呼一声，猛地跳起来，挡在了他前面。在两人的冲撞之下，大楼边缘的栏杆突然断裂。黄癞子最后推了自己的徒弟一把，自己则从楼顶坠落下去。

陆江涛只觉得天旋地转，大脑一片空白。

一声闷响。

黄瑶撕心裂肺地尖叫：“爸爸——！”。

顾亦雄在对面楼顶上，像傻了一样，“呵呵”的不断傻笑着。

救护车的警笛声划过天空……

◆②◆

铁路边，陆江涛和黄瑶少年时打赌的地方。陆江涛不知道，这里也是黄瑶从小长大的地方。黄瑶站在铁轨旁，夕阳的余晖打在她的侧脸上，沉静阴郁。许久，她闭上了眼睛。春日鹅黄的微风，吹起来细碎的蒲公英，轻舞、飞扬……

长鸣的汽笛声呼啸而至，一个身影突然上前，把黄瑶从那个庞大的列车暗影里拖离出来。是陆江涛。

陆江涛还没来得及定神看黄瑶，脸上就重重地挨了一巴掌。黄瑶一瞬间就从求死的淡然恢复到她一贯的冷漠神情，陆江涛能感觉到她眼神里那森森的杀气。他没有惊诧，没有说话，他等着。

“你就是个祸害，我第一眼就看出你是祸害。可惜我爹不信，还把你当儿子。你毁了我的世界！你毁了我整个世界！”

“求你，再狠点！”

“怎么就，怎么就成了赌命？都是因为你！为什么？你想赌，你就要有担当！你凭什么把别人的天踩在脚下？你凭什么？你知道我们父女相依为命，你能忍心吗？我爹哪里对不住你！”

陆江涛从怀里掏出一把匕首，递到黄瑶手里，然后握住黄瑶的手，把匕首尖对准自己的心口说：“你要是怨我，我这里也痛呢。来吧，做个了结。”

黄瑶恨恨地看着陆江涛，轻轻往前推了一下匕首。陆江涛深吸一口气，脸上的表情却不是恐惧，而是如释重负。黄瑶突然扔下匕首，望着陆江涛，陆江涛也平静地望着她。许久之后，黄瑶流下一颗泪珠，转身离去。

陆江涛俯身捡起匕首说：“你做什么都行，去哪儿都行，但是有一点，你不能动顾亦雄！”

黄瑶愤怒地转头说：“为什么？我得给我爸……”

“顾亦雄是我的，所有的事，我来负责，你别掺和！”

“那不行。”

两人四目相对，都很坚定，都寸步不让，也都拿对方没什么办法。

上海某豪华酒店门口，挂着“证券期货形势报告会”的巨幅会标。一些西装革履、一看就是商界精英的人聊着天走进酒店，几名记者举着相机跟在后面。

陆江涛和黄瑶跟着人群从侧门走了进去。酒店大厅，墙上的大屏幕正播报着财经新闻。几个穿西装的人驻足在大屏幕前观看着。

“另外播报一条重要国际新闻：今天，英国巴林银行宣布倒闭，由此可能引发全球金融市场的动荡。”

陆江涛随意地瞄了瞄大屏幕，世界那头的事情跟他没啥关系，他在寻找顾亦雄。旁边的黄瑶碰了碰他的胳膊，陆江涛循着黄瑶视线看过去，发现了顾亦雄。

陆江涛伸手摸了摸怀里的匕首，问黄瑶：“你准备好了？”

“放心吧，动静大着呢。”

陆江涛慢慢向顾亦雄蹭过去，顾亦雄跟旁边的人正被巴林银行事件震惊，热烈地讨论着。

黄瑶跑到会场中间，突然从兜里掏出烟花点燃扔在地上。烟花是那种小孩子玩的，焰火不大但特别响，一时间搞得声势惊人。

会场中间有几个人被吓了一跳，到处乱跑。远一点儿的人都望着黄瑶，莫名其妙。几个保安看到，从不同方向冲了过来。黄瑶撒腿就跑。

另一边，陆江涛掏出匕首，握在手心，一步步走向了顾亦雄的背影！

沉浸在新闻里的顾亦雄，被保安追逐黄瑶的声音惊动。回头想看看发生了什么事，猛然看到眼中去全是仇恨之火的陆江涛。

“去死吧！”陆江涛暴喝一声，一刀捅向顾亦雄。不想顾亦雄居然仓促之间做出了反应，用手里的皮包挡下了这致命的一刀，然后立刻丢掉包，从旁边的侧门逃了出去。陆江涛从包里拔出匕首，追赶着顾亦雄。两人在酒店的楼梯间一前一后奔跑了片刻，顾亦雄突然看到一个通往大厅的门，正想冲过去，陆江涛看着还有最后几级台阶，直接跳了下来，把顾亦雄顶在了门上。

“你还往哪儿跑？”

顾亦雄镇定下来，喘着粗气说：“小陆！你别糊涂，我们没到这地步！”

“我师父死了！”

“这事跟你师父有关系吗？是咱俩赌！他是替你死的！我什么时候逼他死了！”

“我师父死了！”

顾亦雄迅速组织着语言：“小陆，我知道你师父死了！但该死的是你！愿赌服输懂不懂！你输了！你师父疼你，替你死了！你现在找我是什么意思？输不起吗？输不起当初就别赌！捅死我！来啊！就算我死了，我也看不起你！你就是个小瘪三。”

陆江涛的目光游移着，又嘟囔了一句：“我师父死了……”

“你师父死了，我知道！我也很痛心，其实当初是谁逼谁？是谁要玩儿这么大？你当初天天追着我问怡华的事情……我……我跟杨怡华可是很好的朋友，但是提起那些事，我难过啊！你要是怡华的后人、家属，那就跟我的孩子一样啊！”

“你少扯淡！我师父的账必须我来结！”

“你来结？你来结就必须这么刺刀见血？”

“我师父的血不能白流！”

顾亦雄的情绪已经稳定下来，他隐约有了把握，说：“小陆，你的心情我了解。咱们的账是在期货市场上记下的，你要是条汉子，算个英雄，在市场上赢了，把我整成什么样，我都不眨眼。但是现在你拿着这个东西，在我眼里，你啥不是！就算死了，到了阴间，我也会去嘲笑黄瘸子，教出你这么个丢人的徒弟！”

顾亦雄闭上眼：“来吧，你根本不是这块料！说白了，就是个捡破烂的！”

“你去死！”愤怒的陆江涛怒骂一声，举起来的匕首却迟迟没有落下去……

黄瑶面无表情地站在铁路边，陆江涛站在她身后。

黄瑶突然冷笑一声：“我看错人了，你是怂了！”

“我没有。”

“认怂你说一声，我根本不需要你，我一人就把事办了。”

“这么杀了他，太轻饶了他了！我要让他服气地跪下！报仇也不是只有杀人，可以换一种方式。”

“换一种温柔的是吧？温柔一点？让他给咱道个歉？让他个王八羔子去跟躺在棺材里的我爹道歉？真是够男人，出息！”

“不，我突然想明白了。顾亦雄在台面上赢了我们，我们就这么偷偷摸摸做了他，又能怎么样？强者的报复，就是怎么跌倒的怎么爬起来，用什么方式栽的，就用什么方式找回来。我要让仇人看到，我们都比他要过得好。”

“行啊演说家，你去阳谋吧。我——黄瑶，从此跟你桥归桥路归路，别再跟我提报仇的事，那不是你的事，那是——我的——家事！”

黄瑶转身离去，陆江涛看着她的背影，不知该说什么好。

327国债一役之后，顾亦雄骤然暴富，甚至一觉醒来，他才发现一切都是真实的，而不是做梦。家中，靳鹏生对他的态度也开始转变，甚至为他办了庆功宴，亲自给他倒酒，让他受宠若惊。

赚钱之后，顾亦雄也在岳父的授意下成立了凯莱集团，并且借岳父的运作，获得了一部分国有资产入股，顿时成为上海商界新贵。

可一大早，顾亦雄竟然发现办公室失窃了。但究竟丢了什么东西，却怎么都搞不清楚，只发现电脑上多了一张空的软盘。正在他莫名其妙之际，秘书过来说道：“老板，门卫来电话说下面有人找您，让不让进？”

“谁？”

“他说他是您最不想见又不得不见的人。”

顾亦雄看了一眼和自己检查办公室的刘毅，冷笑一声：“得了，不用查了，正主出现。叫他上来吧。”

陆江涛满脸微笑地走进来，顾亦雄一看见他，立刻大喊起来：“保安！把他给我扣下来！”

两名保安立刻冲进来，摁住了陆江涛。

“哎哟，豁出去了啊。啥意思啊？”

“我这里，被搞成这样子，是你干的吧？”

“什么就我干的？”

“你少装蒜，偷东西可是犯法的，我一个电话就给你送派出所里去。”

“送啊，拿人拿赃。对了，你这里少什么了？”

陆江涛笑着望着顾一雄，俩人目光对视。

“再说了，你就算少了金银珠宝，关我什么事啊？你有什么证据说是我偷的？就因为你丢东西了，我恰好来找你啊？”

顾亦雄思索着，试探地说：“这事我交给警察去查。”

“交给谁查，我也没事！交给谁查，你也得说清楚你丢了什么吧？”说着陆江涛挣脱两名保安，找了张椅子坐下，“一边去，没看见我跟你们老板谈事呢吗？”

顾亦雄挥手，两名保安离开。

“所以陆总，你今天到底过来有什么指教？”

“我其实对你丢的那东西，特感兴趣。还真巧了，今儿早上也不知道是谁，打电话到我们家门口小卖部那电话摊上，说他手里有点儿你见不得人的重要材料，在个什么盘里。顾总，您有什么见不得人的重要材料，还要放在盘子里啊，当菜吃呢？这菜吃下去……味道不太好。”

顾亦雄的表情凝重起来，说：“狐狸尾巴露出来了吧，你现在这叫敲诈！”

“跟我有鸡毛关系啊，我就接个电话，担心你，赶紧跑来看看你。”

陆江涛目光炯炯有神，定定地望着顾一雄，两人对视着。

顾亦雄突然哈哈一笑说：“其实我这电脑里也没什么重要东西，我都不知道你说的重要资料指什么。”

“那太好了，那人要再给我打电话，我就告诉他，没啥重要材料，让他随便扔了，扔到派出所啊，扔到纪检委啊什么的，都行，不重要。”

“年轻人，做事太不讲究了吧。你这么年轻，可惜了。你做的这些，一查出来可是要蹲大牢的！”

“好啊，蹲大牢没啥，我都快成要饭的了。我要是蹲了大牢，在那儿吃牢饭的时候，您信不信，一定能见着你。咱俩这缘分，说不定还一个牢房，不对，你那事儿应该比较重，我就一小偷小摸，你那是重要……材料。”

“好，我明白了，你到底要我怎么样？”

“忘了？什么记性啊，我们之间可还有一件很大的事没有了结。”

“输赢各自凭本事。黄瘸子的死，我也没有想到，那是一个意外。我只赌输赢不赌命，所以我并不欠你师父的命。如果真要算起来，应该是你欠比较合适。”

陆江涛啪啪地双手鼓掌说：“说得好！输赢各凭本事？可我怎么觉得你们跟着中经开的这拨人没多大本事啊。你们敢下这么大注，是哪儿捧到了尚方宝剑吧？你们交易的时候也应该很守规矩吧？这样的话，看来我是走错门了，您就当我没来过。”

“别虚张声势了，我顾亦雄趟过的码头水都深，你这点儿小溪流里的两捧水就不要这么秀了。我劝你赶紧回去，赶紧散摊，该回哪儿回哪儿去。”

“那行，反正这些资料重不重要我也不知道，得找专业人士鉴定一下，我回头给那哥们说一声。”

“其实呢，我这人挺愿意成全年轻人的，我也是这么过来的。不如这样，我想先听听你有什么要求，看看在我力所能及的范围里能帮到你什么。”

陆江涛阴恻恻地笑着说：“这话说的，真是冠冕堂皇！好，要求很简单，只要你答应三点：第一，我师父葬礼那天你给他披麻戴孝；第二，你从此从证券行业消失，不要让我再看见你；第三，退回我们公司损失的一千万。”

顾亦雄哈哈大笑道：“太有创意了！年轻人就是年轻人！可惜理想很丰满，现实很骨感。我都不确定你底牌是什么，你就要我答应你，那才是笑话。”

“你爱信不信。如果你做不到，我就在师父的葬礼上，找那位拿了重要资料的兄弟，向期货交易中心和媒体公布资料，让公众来证明资料是不是真实的。”说完陆江涛不管顾亦雄的反应，径直出门离开了。

顾亦雄恨恨地骂道：“陆江涛这小混蛋，是虚张声势呢还是真有咱们把柄？”

刘毅斟酌着说道：“这可不好说，我听说现在有电脑黑客，厉害着呢，想要什么资料就能盗取什么资料。加密什么的都不管用。”

“这小子肯定不会，但是保不齐他出钱请人呢。说起来给咱们领头的中经开可真是拿了内幕消息的，齐鲁证券那边也有邮件跟我露过风声。再有我电脑里客户资料还有操盘记录是个大麻烦，因为那天对赌的时候双方都有人进行了一些违规操作，包括对倒。就吃不准这小子是不是真有证据，这些证据又藏在哪儿？”

“不在他身上，就在他身边人身上。这样，他再提什么要求您应付着他，给我时间我跟着他，等找到磁盘，他什么心思全白费。”

顾亦雄点点头说：“我看可行，就这么着吧。”

陆江涛第一次见到黄瘸子，是在一处深巷里的破旧二层小楼。再回到这里，陆江涛觉得有些恍如隔世。当年黄瘸子用过的桌椅，还有他坐过的破沙发，竟然还都在。

“这里安全吗？”

黄瑶说：“自从我们去了深圳，这里就没人来过。他们找不来。”

“还是要小心。”

“你放心，我不需要男人保护，尤其是靠不住的男人。”

“换个地儿吧，我给你找。一到这里，我就想起师父。”

“我就住这里，这是我在上海的家！”

“你再坚持几天，躲好。等把师父的葬礼办好，一切也该水落石出了。”

“我才不呢，我想躲的时候要他们玩儿；不想躲的时候，我去找他们玩儿。那个姓刘的今天跟了我一天，带着他逛，我可开心了。”

“你还是小心点儿好，别忘记我们的约定。”

“说得我好像只是你的复仇工具，我有脑子的，比某些人好使。”

陆江涛无奈地摇摇头，转身离开了。

刘毅回到顾亦雄办公室里，毕恭毕敬地站着。凯莱集团成立后，顾亦雄把他接到上海当作心腹。他自然也明白现如今顾亦雄才是老大，时刻都守着下属的本分。

“那个黄瘸子的女儿贼精，几次都被她溜了，其实我一直都有怀疑。”

“怀疑什么？”

“我怀疑陆江涛手里‘重要资料’的真实性。”

“哦，说说理由。”

“您说如果他手里真有资料，干吗不举报，不是马上就达到复仇目的了吗？”

“有道理，你能这么想我很高兴。商场如战场，知己知彼才能百战不殆，所以揣度人心最重要。”

“反正我想来想去不对劲。”

“一开始，你的这个想法也是我的第一反应。不过，当陆江涛提出三点要求的时候，我犹豫了。你想一想，陆江涛跟黄瘸子那一把，肯定是全压上去了，所以他一定赔光了。如果，我是说如果，陆江涛真有证据，并且把我们举报了，他马上就可以报仇，可是他一分钱都得不到。”

刘毅好像突然明白过来。

“你说得对，陆江涛那小子可不是做这种损人不利己的事儿的人。”

“那么假如我们达成交易，首先他自己的利益可以最大化；其次，黄瘸子的女儿可以得到一部分补偿，陆江涛面子上过得去，那这就是一个正常交易。”

“那如果他是诈唬我们，手里没有材料呢？”

“如果资料是假的，他一定很着急，他会虚张声势，因为时间一天天过去，他的威慑会越来越没有力量。可是，他好像并没有我们着急，倒是你打草惊蛇，增加了我判断的难度。但是如果说他没有抓到一些把柄，他敢要挟我们到他师父葬礼那儿闹，不是自己打自己嘴巴吗？他能得到什么？这是一笔不划算的生意。”

“那他联合黄瘸子的女儿是什么意思？他要真有资料，并且跟我们达成了交易，赔付多少可都是他说了算。他一个人就能报仇，还扯上一个制约他的干吗？”

“鬼有什么可怕，人心才可怕。你回想一下，他提的三个条件里，让我给他师父披麻戴孝，不难。我豁得出去这个脸皮，因为我的脸皮不值一千万。”

“是这个道理！”

“让我退出证券圈子这条，跟他没实质性关系，而且凯莱的主要业务也不在证券上，充其量只是给他解气。所以这是一个谈判的可变条件，我可以当面退出，成全他，也可以在适当时候回归。他可以当我不守信用，对我们双方伤害都不大。”

“这就是他自己给自己找脸呢。”

“那么第三条就是核心，一千万，对我们也不是一笔小数目。我已找人评估，万一他手上的资料是真的，那么市场禁入是肯定的，但罚款肯定没有这一半多。我本来可以跟他扛到底，可惜我不能影响我老丈人，我岳父的位置比一千万值钱！所以我愿意息事宁人，也可以陪陆江涛继续周旋，直到你拿到那个不管真也好假也好的‘重要资料’。陆江涛也不是省油的灯，他如果诚心交易，自己就可以，我款到他交资料。可他拉来一个一心要给自己父亲报仇的女儿来，这里面可就有玄机了。”

“那会怎么样？”

“那说明不管这个资料是不是真的，他都没有交易的诚意。”

“为什么？”

“他想要的是超额收益，根本没诚意，既想拿赔偿，又想让我出丑，还不想就这么私了。然后假借这个女人反悔，让管理部门收拾我们，达到正常交易达不到的超额收益。这，就是人心。”

“您是说，那个女孩手上的资料多半是真的了？”

“我现在还不能下这个判断，但是我们得当它是真的，因为我们冒不起这个险。”

黄瘸子曾经栖身的小楼，有一个小院。陆江涛第一次来的时候，只觉得这里是龙潭虎穴，阴森恐怖。白天再来时，却发现这里其实还算雅致。

楼下，陆江涛找来丧葬公司的人布置着灵堂，黄瑶捧着黄智中的遗像在一边发愣。

时间到了中午，陆江涛看黄瑶还在发愣，就过去叫她："黄瑶，你去吃饭吧，我在这儿盯着。"黄瑶没听到一般。陆江涛硬把她拖起来："走，跟我办件事。"

"啥事？"

"你不吃饭，但是工人该吃饭了，你跟我一起去给他们叫些盒饭。"

两人走进一家面馆，陆江涛吩咐老板给准备盒饭打包回去。

"这家拿手的就是大肠面，你尝一下，很好吃。"

"没胃口。"

"你有这么多事要做呢，不吃怎么行？"

"不要你管。"

"可是我不能不管。管你是你爹交代我的，我答应了就要做到。"

"我爹说的，你就要做到？"

"是。"

"那好，我爹还说让你管我一辈子呢，你管吗？你管得起吗？"

陆江涛有些尴尬，但还是说："管，当然管。"

"别口是心非了，心里没底气吧。你不怕别人说闲话，我还怕别人拍黑砖呢。"

"认一个妹妹，还得别人同意？你太小看我了。"

黄瑶突然翻脸不搭理他了，对柜台招呼："老板，给我来碗素面。一点油腥都不要有，免得腻着我。"

面打包好，两人从面馆出来，迎面碰见了刘毅。双方都见过，刘毅主动说："陆总，有事相商，不知道有没有时间？"

黄瑶可能是没认出来刘毅就是那天在楼顶对面的人，丢下一句"你们说吧，我先回去了"就离开了。

陆江涛和刘毅回到面馆里。

刘毅开门见山地说："生意场上没有永远的朋友，也没有永远的敌人，一切，都是利益说话。所以，老板让我转达他的歉意。"他掏出一封信，推到陆江涛面前，陆江涛打开，发现里面是一张支票，一张二百万的支票。

陆江涛笑说："支票没有说明是什么款项，你们该不是等我去领取的时候把我拿了，再告我一个敲诈勒索吧？"

刘毅又掏出一个信封："老板想到了你的顾虑，这上面说了，就是给黄老板的抚恤金，慰问一下，这是顾老板的一点心意。不过虽然是黄老板的，我老板不会跟任何人提起这事儿的，完全由你支配。"

"抚恤金？你老板不愧是混过场面的。我先收下，等你老板磕完头，我们再谈其他条件。"

"我想最后好意地提醒一点，我们这个圈子，利益交织，不要把人赶尽杀绝，否则两边都不好看。执念太多，是要付出代价的。"

"哦？我可以把你的话看成恐吓吗？"

刘毅深深地看了陆江涛一眼，离开了。陆江涛揣着信，回到小院里。

黄瑶问道："看你们相谈甚欢，答应你的条件了？"

"这老狐狸，怎么可能？"

"你没去投靠他吧？人家现在风头正健。"

陆江涛把信塞给她："你自己看。"

黄瑶瞟了一眼信，抽出支票说："乖乖，出手大方呀，买你我看绰绰有余，反正你也不值钱。"

"我就那么贱？这钱我一分钱都不要，我宁可回工地搬砖去。"

"那你还收下？"

"收下你以为就能拿到钱了？那老狐狸就不叫老狐狸了。他这是想堵我一人的嘴。不过，钱虽然拿不到，但是我拿到了一份很重要的证据。"

"有你那份重要吗？我看咱们就直接把资料发给报社曝光，揭他个老狐狸的嘴脸。"

"当然不够，那老滑头，支票备注里没有款项说明，另附的便签上连抬头带事由都是虚的，就连信纸都是酒店的，论起来最多也就是个间接证据。我们还得沉住气！"

"你赶紧吧，我这性子，你再不动手我自己动手了。"

顾亦雄气哼哼地从家里出来，也没让司机开车，自己开着车往公司赶。开出一段路，刘毅电话打了过来，顾亦雄接起电话，张嘴就骂："岂有此理！欺人太甚！通知银行，填一份支票取消通知给他们，就说我们遗失了这张支票，申明作废。"

"找了私家侦探，二十四小时跟踪黄瑶，发现她身边好像没有一直随身携带的包，很有可能是把陆江涛交她保管的东西，又交给了其他人或者放在什么隐秘的地方了。"

“那就给我盯紧了，不信她没有打盹儿的时候。一会儿公司见！”

凯莱公司办公大楼前，围满了警车、消防车和急救车，还有好多看热闹的人群。顾亦雄吓了一跳，循着众人的视线看过去，发现大厦楼顶的天台边上，一个人在边上晃来晃去，底下人都在说那人好像讨薪不得准备跳楼。

楼顶的那个人，是黄瑶。黄瑶坐在楼边上，晃荡着两条腿，跟没事人一样。

楼下的消防员已经开始给救生垫充气。两名警察从天台出入口上来了。黄瑶一下站起来，冲警察喊：“别过来，过来我就跳了。”

一名警察赶紧挥手示意不过去，另一名警察拿着喇叭开始喊话：“姑娘你别激动，没有过不去的坎儿。你是失恋了还是跟家人吵架啊？说出来看我们能帮到你什么？”

“失什么恋？姑娘我长得貌美如花，哪个不长眼的敢让我失恋。我也没跟家人吵，不，是我没有家人可以吵。”

“那你是因为什么想不开？”

“我没别的原因，就是气不过。”

“气不过什么呢？”

“气不过我的老板，我要跟我的老板对话，让他跟我说个明白。”

“好好，你别激动，我们这就去找你的老板，他是哪个？”

“就是七楼凯莱公司的老板顾亦雄，你让他过来我要问明白。”

警察噔噔跑下楼，冲保安喊：“快去找找七楼凯莱公司的老板。”保安正好看到顾亦雄刚停好车也在往楼顶上看，就给警察指了指。

警察过来问道：“您是顾老板？”

顾亦雄一愣：“啊，我是，有什么事吗？”

“那好，请您跟我们上去一趟，配合我们工作。”

“我能配合什么？”

“人命关天哪，需要您配合什么您就配合什么。”

记者一听就围上来了，拍照的拍照，采访的采访。

“请问贵公司这位员工是欠薪呢还是感情问题，您有什么能告诉我们的吗？”

“请问这位员工平时的表现如何？”

顾亦雄气得一挥手，说：“你们问我，我问谁去？我都不知道是谁呢！”警察帮他拦着记者，他们好不容易上了楼，顾亦雄还在解释自己根本不认识天台那姑娘。

一上楼，顾亦雄看到是黄瑶，气不打一处来，说："黄瑶，你损不损呀，用这种下三烂的手段，有种咱市场上见。"

警察冷哼一声说："还说不认识，都指名道姓了，就说人家不会无缘无故找你。"

顾亦雄气急说："这是哪儿跟哪儿啊？全拧了，我跟她不是你们说的那回事。"

黄瑶接腔说："哪回事呀？不就是你欠钱这回事吗？还想抵赖？"

"我啥时候欠你钱了，我就算欠也是欠你爹的吧。"

"警察同志你们听好了，这个人承认欠我爹的钱，而且我爹还被他害死了。"

警察莫名其妙地说："什么情况？看来问题挺严重啊，你得跟我们走一趟。姑娘，你也下来，相信我们。"

"不，我等你们把这个坏人铐走。"

"我们在没了解情况之前，怎么能随便铐人呢？"

"反正你不铐他，我就不走。"

这时，消防员从楼侧面攀上来，警察使个眼色，消防员从侧后面一下把黄瑶扑翻在地。

黄瑶在那儿大呼小叫："你们要那么狠吗？痛死我了！当我傻呀！你们下面那气垫那么点儿大，我会跳吗？跳不准可不得摔死呀，我可不想死啊！"

几名警察都松了一口气。一群人下楼来，顾亦雄跟着警察，准备去警局接受问话。一堆记者再次涌上前，一堆问题劈头盖脸地砸向他。

次日，一张报纸扔在顾亦雄面前，靳鹏生气得脸色铁青。

"学会露脸了，都上社会新闻了？"

"我……我只是配合一下调查，根本就跟这事扯不上关系。"

"哦！扯不上关系吗？你这个曾经的干部，理论知识都荒疏了吧。辩证唯物主义和历史唯物主义告诉我们，万事万物都存在着普遍联系。你不承认，是因为你没有发现其中的逻辑关系。你还要记得，事物的发展，是不以人的主观意志为转移的。你没有发现，或者没有意识到其中的关系，不代表其他人没有意识到这个关系。所以，你的行为，不光影响你自己，起码还影响了我。"

"我明白，爸，我一定积极善后，不把事件扩大。"

顾亦雄赶到公司，立刻把刘毅叫来，询问调查的情况。私家侦探调查果然专业得多，原来资料早就被黄瑶转移了，交给了她的一个叫田四的兄弟保管。两人商量后决定，顾亦雄去黄瘸子的灵堂，稳住他们，刘毅则找人去抢资料。

灵堂上，陆江涛忙着接待期货圈前来吊唁的朋友们，黄瑶则在家属席披麻戴孝。顾亦雄独自进来小院，陆江涛迎上去。

“顾老板，你好像没有带着诚意来啊。”

“哦，何以见得？”

“你这见面的仪式好像有点儿随意了。”

“哦，是吗？我现在打扮应该还来得及吧。”

“当然，如果你想。”

陆江涛一挥手，有人就送上来一套白布孝服。顾亦雄换衣服的时候，看了一眼手机信息，神情淡定许多。换好孝服，顾亦雄向家属致意，却碰到黄瑶冷冷的目光，他对黄瘸子三鞠躬，陆江涛似乎很不满意。

顾亦雄不理不睬，自顾自地对周围人说：“《诗经》里说‘死丧之威，兄弟孔怀’，我跟黄老板虽是生意场上的对手，却惺惺相惜，可比兄弟之谊。今天这个特殊的日子，我也想借此机会澄清一点，外面传他的死是我造成的，这都是假的，他的死是个意外。而我没有提前澄清是本着死者为大，不愿再生是非，并不是心虚。而我一片好心，却没有换来别人的谅解。”他突然转身，一手指着陆江涛说，“这个人非常过分，居然羞辱性地让我给黄老板磕头，实在毫无道理。这个人口口声声说拿到了我违规违法的交易证据，我今天当着大家的面，请你拿出来，不要子虚乌有地泼别人脏水。”

说完顾亦雄得意地看着陆江涛。

同一时刻，刘毅带着人找到了田四租住的房子，搜出了磁盘。刘毅给顾亦雄发短信：“磁盘已拿到。”

陆江涛给顾亦雄拍着掌。

“精彩啊，顾老板，你真是不要脸到家了。既然你提到让我证明，我还真是很想证明，你玩期货对赌那些见不得光的手段。不过，我承认我没有证据来证明这一切。可是，我不能证明，不代表你没有做过那些事。虽然我不能证明，但是你可以呀！”

顾亦雄的手机突然响了，他接起电话，听到一个陌生的声音：“是顾老板吗？这个人跟你有话说。”

接着是刘毅的声音：“老……老板！我……我们上当了！”

顾亦雄额头流下了汗。

时间往回几分钟，田四租住的房子里。田四刚发完短信，几名警察就冲进来了，一顿追赶，把持刀拿棍的刘毅等一群人都给铐了。原来警察接到报警说这里有恶性犯罪，进来就发现刘毅等人，只好先铐回去再说。回到派出所，警察把收缴的磁盘插进电脑，发现磁盘上只有一个写字板文档，打开来只有五个大字："你们上当了！"刘毅看了差点没气昏过去，只好一顿解释，又要求打一个电话……而此时不知道怎么回事，派出所门口竟然还聚集了一群记者……

陆江涛和黄瑶吃着面，看着电视，电视正在播报重大新闻。

"本台消息，本市凯莱商贸集团因涉黑引起证监部门和警方关注。经查，凯莱商贸集团，前身信达期货涉嫌以对倒、内幕交易等违规违法手段获取非法收益。另据消息人士透露，信达事件可能成为中国的巴林银行事件，由此引发的监管风暴正在升级，目前调查范围已波及多家期货公司，中国期货市场可能出现重大变局。"

顾亦雄家，靳鹏生颓然地躺在沙发上，顾亦雄就在对面，垂首沉默。

"事已至此，我骂你什么都没有意义了。因为你的事，我现在虽然分管浦东新区经济金融工作，但组织上明显不放心，放了林长民这个硬骨头跟我搭档，其实是制约我，很多工作我还要配合这个我曾经的下级。我这张老脸，真是被你丢尽了！"

顾亦雄不敢吱声，恭恭敬敬地递了一杯茶过去。

"还有你的事，罚了六百万已经是便宜你了，你知道费了多大事你才没有进去吗？赶紧善后，花钱消灾，不要舍不得。资金安排了吗？"

"已经提前抽出了一部分资金，后续还能再出一半。"

"时也，运也，命也。你就是胜了一把，尾巴翘得太厉害。可以让刘毅和丹丹多担待一些嘛，丹丹也跟我说了几次想帮你，我看你也需要缓冲一下，考虑考虑吧。"

此时的顾亦雄已经没有了叫板的勇气，只能唯唯诺诺地说："都听您的，这次我能出来，全靠您了。"

一间伸手不见五指的暗室之中，突然响起一个阴森森的声音，是刘毅。

"一定要让那小子付出代价！"

顾亦雄慢悠悠地说道："现在正在查我们公司，我希望你不要多生事。"

“这小子不光动了您的地盘，还因为他牵连了不少业内大佬被查，我们不动他，别人也不会放过他。”

“你要坚持那样吗？我做人是有底线的，能用金钱搞定的绝不动用武力，能用关系搞定的绝不沾血腥。即便搞不定，我也不希望搞出人命。”

“有些人不能不动，什么都是要付出代价的，不然圈里就没有规矩了。您放心，这事儿跟您绝对扯不上关系。”

“我话已至此，不想节外生枝。但是如果你代言的不仅仅是我一人的利益，那我悉听尊便。”

夕阳静好，金色的柔光把一切点染得温情平和。陆江涛跟黄瑶漫步在乡间公路。

“你决定了吗？”

“是的，我爹是乡下奶奶唯一的儿子，对我也很好，我想去那儿陪她一段时间，顺便想想以后的路怎么走。你呢？不接受顾亦雄的私了真是一件不划算的事情，不然你可以带着钱和你的承诺衣锦还乡去找那个你牵挂的姑娘。”

“没办法，有的事是可以商量的，有的事不行。我也准备回去了，可是我都没有想好，就这样两手空空回去怎么面对他们。”

“我爸那么看好你，说明你有你的本事。其实我挺佩服你的，不管被打压成什么样子，遇到事，你总有办法。”

“师父死了，你要走了，有时候人真可笑，你能想象吗？一千万曾经在我的眼前呼啸而过，我抓了半天，一分钱没抓住，还让钱踹了几脚。”

“总有一天，你能抓住。”

俩人站定了脚步，黄瑶有些不舍地望着陆江涛。

“别送了。”

“这事了了，我也该回家了。”

两人站在路中央沉默着，突然背后一辆大车呼啸而来，黄瑶一把将陆江涛推到路边。陆江涛踉跄着后退，眼睁睁看着黄瑶被大卡车撞飞……

黄瑶重重地落地。

“不！！！”

陆江涛撕心裂肺地喊着……一瞬间，他感觉自己听不到周围的声音，只能看到殷红的鲜血流出来。他抱起黄瑶，呼喊着，奔跑着。他想找到医院，但发现黄瑶越来越凉，越来越重。他觉得变太阳成了黑色，失去意识前，他只看到闪烁的警灯……

◆③◆

陆江涛在深圳的这一年多，家里也发生了很多变化。温老板看陆江涛不在，好不容易安生了一段日子，就盘下了一家铺子交给陆海波经营，又在旁边不断鼓动温泉和陆海波赶紧结婚。不想这两个人，一个木讷，另一个心有所属，没有进展。

陆江涛刚回上海的时候跟陆海波通了电话，陆海波很是愤愤，不理解为什么回来了不在家里住，非要住在酒店里。倒是温泉很开心，觉得陆江涛现在是做大事的，反正很快就能见到了。他们都没想到，这个很快，过了半个月都没消息。

这天，陆海波在五金店里忙了一天，回到了定海老宅。思齐上学，江涛又不在。他就定期回老宅打扫打扫。一开灯，屋子里居然有一个人，他被吓了一跳。

“江涛？”

陆江涛蜷缩在角落里，了无生气，一动不动。

陆海波发现不对，忙问：“江涛你怎么了？”

陆江涛还是目光呆滞一语不发。

“发生什么事了？”

陆江涛不理他。

陆海波着急地说：“你这到底是怎么了？你倒是给我说说啊！”

陆海波抓住陆江涛，硬生生把他拉起来。

“陆江涛，你给我听好了。我不管你发生了什么，你记住，你是陆江涛，是陆家的爷们儿，我不允许你这样！”

陆江涛任凭陆海波愤怒地摇晃着自己。

“你倒是说句话啊。这里是咱们的家，我是你哥，你有什么不能跟我说的！”

陆海波愤怒地把他推向了旁边的床，陆江涛瘫软地倒在床上，流下两行泪水。

夜校门口，林霞走出来，突然看到路对面的陆海波，他似乎是在等人。

“大哥，有什么事情吗？是不是有江涛的消息了。”

陆海波看着林霞渴望的眼神，欲言又止。

“是不是江涛有什么事？他都几个月没给我打过电话了。”

陆海波咬咬牙，终究还是说了出来：“他回来了，回来上海了。”

林霞惊喜道：“是吗？他在哪里啊，怎么都没有跟我说啊。”

“原来说是出差，跟着老板一起来，就待几天，所以可能都没有给你说。我也就接了他一个电话，说太忙，等忙完回来见我们。”

“那他现在忙完了吗？”

“看样子是忙完了，但是……他……他已经回定海我们家了。今天太晚了，你也还有课，这样吧，明天我……带你去找他。”

“好啊，好啊！”林霞兴奋极了。

太阳升起，照进陆家老宅。

陆江涛斜着身子躺在床上，依旧目光呆滞。温泉端着一碗蒸水蛋，半跪在他面前，舀了一勺水蛋，轻轻吹了吹，送到陆江涛嘴边。

陆江涛仿佛没有看见一般，一动不动，不肯张嘴。温泉就举着勺子，一动不动地等着他张嘴。良久之后，陆江涛闭上了眼睛。

一旁的桌子上，还放着小米粥、混沌，还有小菜。但看起来已经不新鲜了，显然是昨天做的，但陆江涛没吃。

温泉的胳膊实在酸得不行，终究还是放下了勺子。

“我不知道你遇到了什么，但是江涛，我想你应该明白，天从来就没有塌过，坎儿总能过去的。”说着温泉把手里的饭碗往桌子上一放，禁不住抹起泪水。

陆江涛呆滞地望着温泉，伸出手来，想要握住温泉的手……

“江涛？”

门突然开了，林霞推门进来。原来她等不及陆海波接自己，就打电话给陆海波说了一声，独自来陆家老宅了。

林霞一进门，看到憔悴的陆江涛就完全愣住了。

“这是……怎么了？”

顾亦雄开着一辆豪车，行驶在上海的街道上，刘毅坐在副驾驶的位置。顾亦雄成立了凯莱集团之后，瞄准的第一个大项目，就是连锁超市产业。

“看这片，商业多繁华，要是在……在那个路口，那家店！在这样的黄金位置，竟然开着一家五金店？这个位置好，一定想办法拿下来。”

刘毅一边记录着，一边问：“有那么好吗？可以选的地方多了。”

“不，就这家店！太好了。”

后面的车子鸣笛了，顾亦雄不再指点店铺，给了一脚油，车子加速驶去。

他没看见，这家五金店的老板送着一位顾客走了出来，老板正是陆海波。

看了半天店铺，下午，顾亦雄来到自己从前的单位，专程拜访林长民。林长民自然对当年被举报的事毫不介怀，招呼两人进了办公室，笑说道：“亦雄啊，你的英雄事迹，可在商委系统里都传遍了。这一仗漂亮，不愧是咱们商委出去下海的人啊。”

“那还不都是您林主任栽培的。在您手底下当兵，锻炼人。”

刘毅也恭维着说：“是啊，林主任，我是老听亦雄说起您，上次我们公司成立，才第一次见到您。也不知道怎么回事啊，一见别的领导，我就怕，但是一见您，我就感觉透着那么些亲切啊。”

“你们这些做生意的都是一张巧嘴。说吧，无事不登三宝殿，来我这里什么事！”

顾亦雄继续客套说：“林主任，这就是您的不对了，您是我的老领导，也是我的长辈，我就不能趁着星期天，来看看您？非得有事才能来。”

“欢迎，没事儿来我更喜欢啊。”

“而且吧，我爸，也叮嘱过我，说，亦雄啊，你现在开始做生意了，可不能忘本，你是咱们商委系统培养出来的，做生意之后的第一件事情，就是去各位老领导、老同事那儿都走一走，那是革命情义。”

林长民明白了这番话的意思，说：“好啊，你爸爸，那是我的老领导，我也听老领导的！亦雄啊，以前咱们俩有点儿小隔阂，或者说是小误会。你放心，我既往不咎，你就当什么都没有发生过，怎么样？”

“那不行，我以前算是得罪过您的，我一定得赔礼道歉，负荆请罪！我这不是已经来了吗？”

三人都心领神会，哈哈笑了起来。

陆江涛还是一句话都不说，任凭林霞和温泉怎么劝解、怎么安慰，都没有用。晌午时分，因为陆海波要照顾五金店，温泉要回家给父亲的修理铺帮忙，不得不先走。林霞送她出来，温泉一边走一边计划着说：“要不这样吧，他看来是遇到大问题了，我们俩轮班吧，一人一天，照顾他，直到这小子能够生活自理。”

林霞想了想说：“用不着，这种时候，就得下点儿猛药。我想到办法了，交给我吧。”

温泉有些幽怨地说：“你也别太狠啊，行不行啊？我有点担心……”

“交给我吧，放心！”

温泉这才离开。林霞回到老宅里，叉腰站在陆江涛的身旁。

“碰上事了？”

陆江涛沉默。

“起来！给我起来！天气这么好，你说你这个样子，出去晒晒太阳去！”

陆江涛不自觉地抱紧被子。林霞想从他怀里拽走被子，他却越抓越紧。林霞索性撒手，拉住他的胳膊，使劲把他从床上拽起来。陆江涛无奈地被她拽起来。

林霞气呼呼地骂道：“看你现在的样子。我就看不得男人被人打了一拳就装死的熊样。陆江涛！给我起来！知不知道，你现在就跟一条狗差不多！一条癞皮狗！”

陆江涛缓缓抬起头，望着林霞。林霞以为他中了自己的激将法，自己即将得逞。没有想到陆江涛竟然又坐到床上，翻身趴在床上学着小狗的样子“汪汪”叫了两声，然后就又继续躺下了，翻个身，再也不扭头过来了

林霞被吓傻了，她突然发现，所谓“猛药”毫无作用。

这天晚上，陆海波、林霞和温泉都来了。桌子上还是放满了饭菜，但一口都没动，陆海波表情严肃地走来走去，心情烦躁。

“陆江涛，你给我听好了，我知道你在外面一定是出了大乱子，惹了大祸。但是你现在这个样子，对任何事情都于事无补。而且你在拖累大家，我不想因为你一个人让我们一家人都过不好日子。我也不认为有什么天塌下来的大事。事来了，躲不过的，我们陆家能扛。”

陆江涛终于缓缓转过头来，看了看三人，说：“你们都走吧，我没事，我就是就想好好静一静。”

林霞急道：“那也不能不吃饭啊！”

温泉也说："你这是哪儿是静静，你这是自残。"

"江涛，我不管你怎么了，我的弟弟不能是这个样子。如果你还想继续成为陆家的一分子，今天晚上我们都走，你一个人在这里好好想想，我希望明天在我的五金店里能够看见你。我们现在已经有了一家真正属于我们的店，只要我们把它经营好，没有什么过不去的。"

说完，陆海波不管不顾，拉着温泉和林霞出了老宅。出门后，陆海波想走，可温泉和林霞都担心陆江涛，于是他们流连在老宅门前，不知道该去该留。

温泉嘀咕着说："大哥，真就这么走了？"

"他不是说了吗？他想静静。"

林霞也担心道："不会出什么意外吧？"

"你们在这里宠着他，惯着他，他永远没有办法再站起来。给他点儿时间吧，我相信江涛。"

"要是他又不辞而别，不知道跑到哪里去了呢？"

"那我就当没有这个弟弟。"

"你不要这样，他这个时候需要关怀，你不能总是逼他自己站起来……"

"那我怎么样？像你那么惯着他？走！"

陆海波不由分说，拽着温泉和林霞往外走去。

陆江涛听到外面没声音了，缓缓地坐起来。刚一下床，就虚弱得差点跌倒，但他还是稳住脚步，上了阁楼。他坐在父母遗像前的空地上，久久地望着，仿佛要看透自己二十年人生的风霜。

时间一秒一秒过去，不知道过了多久，陆江涛突然觉得好饿——他已经两三天水米未进了。现在不知道是几点，总之十二点是早过去了，大概凌晨两三点了。

陆江涛想下楼去吃点儿东西，一回头，看到身后放着一块小点心。陆江涛拿起小点心，一口吞进了肚子。吃完，又发现楼梯上每隔几步就放置了一块点心。他捡起一块吃下去，又捡起一块吃下去，一边吃着一边下了楼。

楼下，看到嘴里塞满点心的陆江涛，温泉笑颜如花。

晨曦微露。

陆江涛和温泉走出大门来。

"谢谢！"

“谢什么，只要你恢复到生龙活虎的那个陆江涛，做什么我都愿意。记得今天去你大哥店里，帮他照看下生意。刚开张，他也需要帮助，你还净给他添乱。”

陆江涛点点头，望着温泉，温泉一夜没有休息，有些累了，抬手揉了揉眼睛。

“看什么看，好多眼屎。”

两个人都笑了。

“好了，我回去睡个大觉，只要你肯吃东西了，饿不死了，我就放心了。”说完，温泉俏皮地蹦蹦跳跳着离开。陆江涛深情地望着温泉离去的背影。

巷子拐弯处，林霞望着俩人分别的情景，手里提着一大早买来的早餐，表情复杂。

陆海波的五金店里，一个客人正在店里选着线缆。陆江涛则在小店靠墙的地方，帮忙整理货物。这是他第一天来五金店，货物得花点时间才能认全。

客人问道：“这线多少钱？”

“一米三块。”

“来十米。” 客人掏出一张一百的钱。

陆海波抱歉道：“您等等，我这里没有零钱了，我去给您到对面店里换点儿零钱。” 说着海波走出了五金店。而与此同时，顾亦雄戴着墨镜，也朝五金店走来。海波看到顾亦雄一愣，但顾亦雄戴着墨镜，陆海波并没有认出来他是谁，只是莫名觉得有点眼熟。陆海波也没多想，一路小跑过了马路去换零钱。

顾亦雄走进五金店，环视着，因为陆江涛背对着店门，顾亦雄并没有认出他。

“老板在吗？”

听到顾亦雄的声音，原来心情开朗的陆江涛缓缓地抬起了头。

旁边等着找钱的客人插话说：“老板去换零钱了，这店里只有一个伙计。”

顾亦雄招手道：“哎，那个伙计啊，你过来一下。”

陆江涛听着顾亦雄的声音，浑身不住地颤抖着。

“这是伙计吗？坐着动都不动？”

另一个客人也说：“可不是吗？刚才一直是老板招呼我，那伙计跟大爷似的。”

顾亦雄和颜悦色地问：“伙计，你们老板什么时候回来？这是我名片，我车停在旁边，怕有警察查我临时停车，得走了，你让你们老板回来之后给我打个电话。”说着顾亦雄从西装口袋里往外掏名片。

陆江涛在颤抖之中，手摸向了旁边货架，摸到了一把螺丝刀。

然后突然扭过头来，暴喝一声："顾亦雄，你别想走！"

正在掏着名片的顾亦雄一抬头，突然看到怒目金刚一般的陆江涛，手里握着一把螺丝刀。

陆江涛一步跨过去，冲着顾亦雄就捅。顾亦雄发现是陆江涛，下意识地后退了几步。陆江涛猛地一跃，扑倒了他，把螺丝刀朝着顾亦雄的肚子上捅去，顾亦雄紧急之中抓住了螺丝刀。两个人握着螺丝刀，两头较劲儿。

客人吓坏了，喊着："杀人了，五金店伙计要杀人啊！"

陆江涛恶狠狠地瞪着顾亦雄说："这是你自己送上门来的！"

"你想干什么？"

两人扭打到店外，客人的喊叫声引来了许多人驻足观看。马路对面，正在换零钱的陆海波突然回头看到了陆江涛正在和一个人扭打，赶紧往回跑。

一声急刹车，一辆车挂倒了横穿马路的陆海波，他在地上打了一个滚。车主下来，想看看陆海波的伤势，没想到他一翻身爬起来，就跑走了。

司机是一位少女，奇怪地嘀咕："疯了吧？"她正准备走，顺着陆海波奔跑的方向看了一眼，看到了厮打中的陆江涛和顾亦雄。

她惊呆了。

此时陆海波已经冲到了陆江涛和顾亦雄身边。

"江涛！放手！放手！"

陆海波奋力拉扯着陆江涛，这时有其他人帮助陆海波分开两人，陆江涛如同疯了一般，又是抓，又是踢，但无奈拉住他的人太多了。

顾亦雄趁势爬起来，拼命往外跑。车停在马路中央的少女突然大喊起来："爸！这边，往这边跑！"

顾亦雄像看到救命稻草一般，冲上车。少女回到驾驶位，一脚油门绝尘而去。

此时，陆江涛还在陆海波几个人的奋力控制中，眼看着顾亦雄要逃走，他大喊一声挣脱了所有人，冲向了思思的车。

陆江涛奋尽全力地追赶着，但是最终于事无补。

五金店内，陆海波在帮陆江涛包扎着刚才的擦伤。

“你哪儿来得那么大劲儿，拽都拽不开。”陆江涛瞪着眼睛，不说话。陆海波只好转而问：“那个人是谁？”

“顾亦雄。”

“顾亦雄？那……那不是林霞爸爸那个同事，咱们要找的……”

“就是他，他就是我们一直要找的许叔叔……”

“就因为这个？”

“他还害死了我师父。”

陆海波停住了手中的包扎，望着他说：“江涛，我知道，你一定经历了很多我无法想象的事情，但是事情到了这一步，仇恨是解决不了问题的……”

“对，他还留下一张名片。”陆江涛突然想起来，挣脱了陆海波的包扎，冲到柜台前捡起顾亦雄的名片。陆海波怕他去找顾亦雄报仇，一把夺走他手里的名片。

“大哥，你把名片给我，我要去找他。”

“你找他干吗？”

“我要给我师父报仇，我必须报仇。我到了深圳，什么都没有了，我师父不仅不记我的仇，还给我吃，给我穿，给我钱赚，教我本事。我不能让师父就这么死了，我要杀了这个畜生！”

陆海波听着陆江涛的话，突然把手里的名片撕成碎片！

陆江涛急道：“大哥，你干吗？”

“不管跟他有什么仇，我不能现在让你去复仇，复仇也不是你应该做的事情。”

“爸爸，要报警吗？”

顾亦雄气喘吁吁，惊魂未定地说：“不需要！”

“那是什么人啊，怎么能当街就要……”

“那是以前的一个朋友，因为……因为曾经在期货市场上跟爸爸赌输赢，结果……赌输了。你也知道赌输的人，都难免失去理智，所以看见我，他就有点儿发疯了……没事，没事的。”

“愿赌服输，赌输了就拿着刀子满大街追人啊。”

“思思，回去……不要告诉你妈妈。”

“我晓得，要是让我妈知道的话，还不把你骂个狗血淋头。”

“也别让你姥爷知道。”

思思无奈地问：“行，那小杨阿姨呢？”

“也不要告诉小杨，她嘴不严。”

“爸爸，我有时候真为你在我们家的地位感到担忧啊。”

“为什么？”

“内政外交，经济文化，好像都不归您管。”

顾亦雄苦笑一下，终于把绷紧的神经放松了下来。

“哎，思思，这车是谁的？你怎么会开车啊？”

思思无奈地拍了拍方向盘：“爹地，你是我亲爹地吗？这不是我去年考上大学的时候，我妈奖励给我的吗？”

顾亦雄恍然大悟：“你老是住校，考大学的时候我在深圳，我真不知道。对了，你有驾照吗？”

“爸，我感觉你被那货追得有点神志不清了，回家，回家休息一下。你放心，敢这么对待我爹，此仇不报，誓不为人。”

“别，我的事情，你别管，我会自己处理的。送我回公司吧，这会儿突然回家，你妈又该觉得不对了。”

次日，陆海波正在收拾着货架上的货物。刘毅突然走了进来，看着小店的大小。

陆海波招呼着客人：“您好，需要什么？”

刘毅不理陆海波，继续左看右看。

陆海波诧异道：“您，要什么？您跟我说了我好给您找。”

“你这里面还有套间吗？”

“哦，还有一间，是放货物的。”

刘毅点点头：“确实不错。”

“您到底需要什么？”

“我需要这间店。”

陆海波愣道：“什么？”

“我能请您到对面咖啡店，喝杯咖啡吗？”

陆海波想了想，点点头。

咖啡店里，两人面对面坐着。

“我想，我已经说得很清楚了。我们的商业计划中需要这家小店，我想从您的手里盘下这家店。”

“我想我也说得很清楚了，这家店，我刚刚开张还不到十天，我是不会再转手的，再说了生意还不错。”

“那不正好吗？刚刚开张，你应该对这附近，对这家店还没有什么感情，也没什么老顾客。只不过就当重新找个地方，再开一家而已。我知道，这中间所有的损失，我们愿意偿付。您开个价吧？”

“您错了，我现在蛮喜欢这个地方。虽然店小，但是店里的墙是我自己刷的，地是我自己平的，里面的货物都是一件一件自己搬来放上货架的。这就像我刚刚谈的一场恋爱，我正在热恋，怎么可能轻易分手。”

“你的说法倒很有意思，给你一个好价格，完全可以重新开始一段恋情。”

陆海波坚决地摇摇头。

“难道连开个价格的机会都没有？我可以用两家店换你这一家。”

陆海波也奇怪道：“这附近还有很多商户？不至于就在我这一棵树上吊死吧？”

“我们就要您这一棵树，这涉及我们的商业部局。”

“那不好意思了。”陆海波站起来招手说，“这单算我的。服务员，结账。”说完陆海波自顾走向了柜台。

刘毅望着陆海波的背影咬牙切齿：“你们姓陆的都这么倔吗？”

4

五金店，思思带着两个女同学走过来，在远处路口停下。她一边指着陆家兄弟的五金店，一边和同学说道着。

“就是那个店，看见了吧，你们都得给我报仇！”

“放心吧，你的事，就是我们的事。”

“一个个上，整死他们！”

“我先来。”

说话的这个少女，名叫牛文静，是思思的舍友。她背起双手，晃悠着走进了陆家兄弟的五金店，装模作样地在店里逡巡着。

陆江涛招呼道：“您要买点什么？”

“那种塑料的管子，软的，下水道用的。”

陆江涛指着一处货柜说：“有呢，那不是吗？”

“哦，来一百米。”

“一百米？”

“对，一百米，别裁啊，我还不知道每一段用多少呢。地址你记一下，明天上午给我送过去。”

“那您是现在付款？”

“我要是付钱了，你不送怎么办？”

“总得有个订金吧？”

“出门太忙没带钱，十块钱行吗？”

“行行行，十块就十块。您留一下地址。”

陆江涛无奈地写了收据，交给牛文静，记了账。

牛文静一出来，等在门口的思思的另一个同学司佳瑶又走了进来。左右看看，指着货柜里的电线问：“这电线怎么卖？”

“一米三块。”

“看样子你家的货还不错，管送货吗？”

陆江涛迟疑了一下，摇了摇头。

“那我还怎么买啊？我要五百米，五百米的电线，你让我扛回去啊？”

“要那么多？”

“我们公司要的，你要是管送货，我就在你这里买了。五百米的电线，你不能指望我一个小姑娘背回去吧。”

“行吧，我们送。”

“好，这五百米呢，剪成每半米一段，也就是分成一千段。给我张纸，我把地址给你写下来，你送过去了，到我们公司找我给你付账。”

陆江涛愕然道："一千段？"

和牛文静一样，司佳瑶也是留下一个地址就离开了。没一会儿，陆海波回来，陆江涛将两个姑娘的订单给他一讲，总结道："总之我觉得不像是真的。"

陆海波则满脸兴奋："这可是咱们开张以来最大的一单生意啊。还愣着干吗？店里的电线可没那么多，再去进些货，我负责按照人家的要求裁剪电线。快去！"

"哥，那就是一个黄毛丫头，我觉得这里面有猫腻。"

"我不管，既然人家提出要求了，咱们做不到就是咱们的问题。今天都可以关门歇业了，要裁剪那么多，可不容易啊。"

"那行，既然你决定了，咱们就干，明天那丫头片子要是跟咱们玩猫腻，看我怎么收拾她！"

晚上，温泉和林霞都来五金店里帮忙了。店里已经铺开了大阵仗，满地都是电线和管子。几人正分头用把一卷电线裁剪成若干段。

陆海波边干边笑着说："还是江涛厉害，一上来就接了这么大一单买卖，我在这里坐了四五天，怎么就没有碰上这样的好事呢。"

林霞说道："江涛，我听说还是俩小姑娘要的？"

温泉斜瞥了一眼低头不语的陆江涛说："遇见小姑娘你就这么能卖货啊？"

陆江涛不说话继续剪着电线。

陆海波擦擦汗，长出一口气："江涛也回来了，咱们的小店开业以来，也算是顺利，有时候运气来了，你挡都挡不住。你们知道吗？今天竟然有人找我谈，想盘下咱们这家小店，用两家其他位置的店铺跟咱们这一家换。要是换了的话，以后就我管一家店，江涛管一家店，一下子咱们就是两家店了！"

林霞一听就高兴起来说："真的？还有这样的好事情？"

"主要是咱们这个小店的位置好。"

陆江涛突然冷冷地打断他们："不换！那是个什么人？"

陆海波想了想，说："高高瘦瘦的，戴个眼镜。"

"是不是还带点儿苏北口音？"

"对，对啊。"

"不换，有什么让他们来找我。"

陆海波和林霞异口同声地问："为什么？"

“那人叫刘毅，顾亦雄的搭档。我就知道，顾亦雄不会轻易放手的。”

陆海波和林霞的兴奋一下子都被打击了，低头不语。温泉说：“干吗不换？你跟他们有仇，就要占他们便宜。”

“顾亦雄会给你便宜？”

林霞打着圆场说：“要是这样子，那就算了。咱们这样也很好，慢慢地发展，总有一天咱们也能连锁！”

陆海波也说道：“不换就不换，咱干吗占他们便宜？既然江涛不痛快，他拿十家店咱们也不换。不说这个了，我还有个打算。我看咱们也都好长时间了，前面那么多沟沟坎坎也都过去了，不如，选个日子吧。”

林霞懵懂道：“选日子？不是都开业了吗？”

温泉立刻明白了陆海波的意思：“林姐，你眼里只有五金店开业啊，我想大哥说的选个日子，是江涛跟你的大喜选个日子。”

林霞俏脸一红说：“这个啊……”

陆江涛也说：“是不是有点儿快……”

陆海波大包大揽说：“对，抓紧啊，你爸那里，你要是不好说就我去，我老大也算半个家长。”

“那……那我跟我爸爸商量下吧……”林霞更不好意思了。

剪完一捆电线扎好，陆江涛去套间的库房里，从架子上重新拉电线出来。正干活的时候，温泉突然走了进来。她默默地走到陆江涛身边，靠在架子上望着他。

天气热，陆江涛满头大汗。

“你……真的要跟林霞结婚？也太快了吧……”

“林霞挺好的，她坦诚率性，心地善良。”

“你真的爱她吗？你……你当初和她在一起是因为什么？我可知道。”

陆江涛突然转过头来望着温泉，目光执着而热烈。温泉被他看得心虚，说：“你这是怎么了……”

“不是她，还能是谁？我可以自由选择吗？我不能跟我哥抢，因为那是我哥！我亲哥！喂我，养我，疼我的亲哥！”

温泉生气地说：“还不如从来就不认识你。”

陆江涛突然一把扶住温泉身后的架子，目光炯炯地望着她，嘴里却在念叨着：“我哥挺好的，我哥挺好的，我哥最好了！”陆江涛一边念叨着，一边闭上眼睛，向温泉靠过去。温泉也泪水婆娑地闭上了眼睛，等了半天却没有感觉到陆江涛的呼吸。

“对不起，我不能。”

陆江涛出去了。

一直到半夜，几人才把电线剪完收拾好。回家的路上，陆海波还在安排着明天的工作：“明天这样，你去送那一百米的管子，我去送那一千段的电线。”

“谁一个人能送得了那么多东西啊？反正明天开不了门了，咱们先一起去送一家，再一起去下一家不就行了。”

“那也行。对了，结婚的事情，过段时间，还要见见林霞的爸爸，那是你老丈人。你见丈人爹可别耍什么脾气。”

陆江涛没有接大哥的话，沉默着走了一会儿，突然说：“哥，温泉是个好姑娘，你也对她好点儿。”

陆海波一愣，停住脚步回头望着他。

“我的意思是，你要多花点儿心思在温泉身上，别老想着电线管子、开关、灯泡什么的。哥，你说心里话，你……你知道温泉真正的快乐是什么吗？”

“你的意思是，你知道？”

“我……我就是提醒你。”

陆江涛果然猜对了，那两个姑娘给的地址根本就是假的。两人背着电线塑料管走到地方，才发现那栋楼只有三层，而地址上写的却是十八楼。陆海波还不死心，想再确认一下是不是走错了，陆江涛却已经懒得再费力气，独自坐在马路牙子上生气。

陆海波从楼里出来，也坐在陆江涛身边闷着头不说话。

陆江涛愤愤地说：“别让我碰见那两个丫头，耍我！”

“可能是我们得罪了谁吧。”

“那俩小丫头就是一伙子的，前后脚进来。我会找到她们的。”

“好了，先不管了。就是把我们当傻子遛遛。”

“先不管了？”陆江涛指着地上的几个袋子，里面装的都是电线和管子，“这一堆你觉得还有人要吗？这差不多得有一千块呢。”

"那怎么办？还不得先搬回去？"

陆江涛愤懑地四下看着，突然，他从这栋楼的玻璃上，看到了对面一栋写字楼上隐约有三个人影。

"大哥？"

"什么？"

"咱俩打一架？"

对面写字楼上，思思和牛文静、司佳瑶正趴在窗户上望着楼下的陆家兄弟。

牛文静拍着手喊："快看，他们俩打起来了！"

不知道因为什么，陆海波突然打了陆江涛一拳，打得陆江涛一个趔趄。陆江涛不服气地还手，俩人扭打在一起。陆江涛还是不敢和哥哥对打，边打边退后，渐渐退到了写字楼的一侧。

司佳瑶不明所以地说："这是为什么啊？"

"那个是那小子的老板吧，你说为什么啊，遛了一大圈，还赔了不少钱。看他挨打真爽。走，这里看不见了！"

三人下楼，溜着墙根，慢慢靠近陆江涛和陆海波转过去的大楼侧面。还没有看到人，就已经听到俩人的对骂声。三个小姑娘都觉得无比刺激。

"你也不想想，哪儿有人一次买五百米电线还都剪成这一溜溜的样子，你脑子进水了吧！"

"我哪儿知道那俩丫头都是骗子啊！"

三人露出脑袋，一起朝陆家兄弟看去，却没有看到她们想象中的画面。陆海波和陆江涛没有在打架，而是并肩站在一起，双手抱胸，悠闲地看着她们三个。

"我就知道你们在楼上看热闹。"陆江涛冷笑一声，大踏步地走向三人。思思大喊一声："不好！快跑！"

三个女孩返身就跑，陆江涛怒气冲冲追着。三人分头跑，陆江涛着急喊："大哥，你追那个！"回头却看见，陆海波正在不慌不忙地整理他们带来的电线和管子。

陆江涛只好朝司佳瑶追去，他对司佳瑶印象最深，就是她让把电线剪成了一千段。而思思和牛文静则各自狂奔离去……

司佳瑶跑出去几百米，就累得气喘吁吁跑不动了。陆江涛追上来，把她逼到墙角。

司佳瑶害怕地大喊：“你干吗？你别过来啊！救命啊！”

陆江涛无奈地说：“你还喊救命？咱俩谁该喊救命啊？你看看你把我们整的！”

司佳瑶哆嗦着，一口气把所有事都秃噜出来：“跟我没关系！那都是思思指挥我们干的，我们就是一个宿舍的姐妹，她说你得罪她了，所以想给你点儿恶作剧，让你知道知道她的厉害。跟我没有一毛钱的关系，不，一分钱关系都没有。”

陆海波也走了过来：“小姑娘，我们也不为难你，你就给我们说说到底为什么？”

陆江涛故意吓唬她：“那不行，外面这五百米电线怎么办？你得付钱扛走。”

司佳瑶蹲在地上哭起来：“真的跟我没有一分钱关系啊，我就是帮思思，没我什么事啊。我一个穷大学生，我要那么多电线干什么啊？”

陆江涛和陆海波被突然哭起来的司佳瑶整得没了脾气。

陆海波说：“好了，电线我们自己处理，你得跟我们说清楚你到底是为了什么啊？”

司佳瑶立刻止住了泪水，说：“我也不知道！我就是听思思的。”

陆江涛接话说：“那好，你不是大学生吗？现在我跟你去学校，你们是哪个学校的，那个思思到底叫什么？不行我们就去找你老师，让你老师给我一个说法。”

司佳瑶一听，又开始哭：“找老师也不行啊。我老师凶得很，知道是我们干的，非活剥了我们的皮不可。我上有老，下有小。”

“什么啊？你还下有小？”

“对啊，我还有个上小学一年级的弟弟呢。那不是下有小吗？”

陆海波看她可怜，说：“算了算了。你们是哪个学校的啊？明天我们去找你们那个思思，问清楚。如果我们之间有什么误会，也许解释一下就过去了。”

陆江涛恶狠狠地说：“凭什么过去了？一千多块钱呢！说，哪个学校？哪个班？思思叫什么，明天我就去找你们算账！”

上师大门口，思思和牛文静喝着汽水，等司佳瑶。

牛文静琢磨着说：“看样子，司佳瑶是被人家活捉了。”

“就她笨！”

牛文静突然惊呼：“不会被……强暴吧？”

“他敢！没王法了！咱又不是不知道那俩人是哪儿的。”

牛文静突然看到不远处，司佳瑶脖子上挂着半截电线走来。两人赶紧迎上去。

“司佳瑶，怎么样，那俩二傻子没有怎么为难你吧？”

司佳瑶满脸悲愤地说：“你们俩！窜得也太快了吧，太不仗义了。”

“还仗义，差点就英勇就义了！”

“别废话，别告诉你被抓住了，然后你就把我们都出卖了！”

“你们不仁……我可不会不义！被他俩堵在个墙角，两个五大三粗的男人，死活问我。思思，就问你，我是出卖朋友的人吗？我视死如归，任凭东南西北风，咬定青山不放松！我一个字都没有说，打死我都不说。”

“然后呢？打死你了吗？”

“他们拿我没办法，想要打我。我一哭二闹三上吊，彻底摆平，俩二傻子欢送我归来！”

“吹呢吧，还欢送，把根电线框你脖子上欢送？”

“思思，这次生死存亡的历险，我可都是为了你。他们那么追问你的学校、班级，我都一个字没说。”

思思哈哈笑着说：“别吹了啊，出面的是你跟文静，我连面都没露。你要是一个字都没说，他们根本就没看清我！”

司佳瑶咧咧嘴，不说话了。

远处，陆江涛远远望着三人，抬头看了一眼她们背后的校门。

“还跟我装，说是理工大学的，这明明是师范大学好吗？”

这一天，林霞迫不及待地和父亲说了她的婚事。林长民听完，长长地吐出一口气，问女儿：“你想好了？”

“我已经想得很清楚了，我就是要嫁给他。”

“你知道他是什么样子的人吗？”

“当然，否则我怎么会决定嫁给他。”

林长民有些激动地说：“不，你不了解，你不知道他是个什么人，他就是个混混！”

“我就知道您会这么说，我知道您是怎么想的，不就是因为他是收破烂的出身吗？不就是因为没有上过大学吗？”

“住嘴！”

“难道我说错了吗？你作为商委的领导，我知道你是怎么憧憬未来的女婿的，一个体面，能让你拿出去逢人就可以炫耀的女婿，一个可以在工作上事业上，甚至政治上帮助你的女婿，一个能够讨你欢喜，让你长脸的女婿……”

林长民愤怒地抽了林霞一巴掌。“啪”的一声脆响，林霞捂住脸，沉默地瞪着父亲。

林长民又爱怜地望着女儿，满脸后悔。

“爸爸，你可以打我，我是你的女儿，愿意怎么打就怎么打。但是你阻止不了我和江涛的结合，我们的结合是灵魂的结合，即使你用尽手段，也阻止不了。”

林长民的眼泪扑簌簌流下，说：“林霞，自从你妈妈去世，你就没有原谅过我。我知道从那天开始，我就已经管不了你了，无论我说什么，你永远跟我唱反调。我不埋怨你，不责备你，我知道我对不起你，你还愿意在这个家里住，就是对我这个老人的最大怜悯。但是我想你也应该明白，爸爸从来没有想过要害你，更不可能让任何人伤害你。我已经伤害了你妈，我一切的一切，从来不是奢求你原谅，而是希望补偿你。这是爸爸能够给你说的最后的话，陆江涛不行，你不知道他背后是什么的人。还记得上一次吗？你为他要批条，我给了你，但是在给你之前……”

林霞打断了父亲的话：“爸爸，好了，我已经决定嫁给他了，即使你真对他有什么成见或者偏见，请不要对我讲。我要保证他在我心中的完美！”

林长民痛苦难抑地说：“他靠近你，就是为了我，就是为了我的批条！”

“那批条最后不是也还给你了吗？还要怎么样！”

“谁知道他娶了你以后有什么图谋！”

林霞苦笑着说：“爸爸，你是什么样的一个人，我都一五一十地告诉过他，他娶了我，在你这里什么也得不到，什么也不可能得到！他很清楚这一点。你可以放心，我也释怀了，原来是害怕我们再次连累你！”

林长民痛心不已，怒喝道：“你给我滚！”

“爸爸放心，一旦我们结婚，我就彻底从这个家里滚蛋了。再也不会打搅您！”

说完，就像往常那样，平静地走进自己的卧室，关上了门。

林长民的泪水潸然而下。

上海外国语大学的校园内，司佳瑶从学校小卖部买了一瓶可乐和几包薯片，喜滋滋地正准备往回走，扭头突然被一个人影拦住，仔细一看，竟然是陆江涛。

司佳瑶被吓得尖叫了一声，反而把陆江涛给吓住了。

“叫什么叫，这可是你的地盘！”

“你……你怎么追到这里了，我不是跟你说我在理工学院吗？”

“就你那三脚猫的谎话，骗鬼呢吧。掐指一算，你是上外的，我就过来了。再掐指一算，你就不是好好上课的人。哎，还真对了，这么大校园，正愁找不到你呢，结果一上课，别人都走了，就看见你了。”

“哎哟……辅导员说得对，逃课是有恶报的！”

“别废话，我对你没兴趣，你说那个背后指使你们的思思在哪呢？带我去见见吧，反正我今天闲得发慌，你爱怎么遛我都行，我这一天就耗在你这里了，你看着办！”

司佳瑶有些无奈，只好带着他往宿舍楼走去。到了楼下，司佳瑶还特意告诉门卫说陆江涛是她乡下的亲哥哥，这才把他带上楼。两人说着话来到宿舍门口，司佳瑶敲敲门大喊：“思思，你出来！人家卖电线的找上门来了！你躲不了了！”

陆江涛无奈道：“你喊什么啊，报信呢吧。”

思思听到喊声，眼睛瞪得溜圆，嘀咕着：“这个叛徒！”说着把正在煮的方便面踢到床下。她看到宿舍里放着的轮椅，那是她们排练话剧的道具，急中生智，一屁股坐到轮椅上，稳稳心神，喊：“佳瑶，思思不在，我开不了门，你推门吧！”

司佳瑶听见思思的喊声，愣住了。回头看看陆江涛，陆江涛正示意她推门。司佳瑶只好推开门，宿舍里，思思正坐在轮椅上，微笑地望着俩人。

司佳瑶在陆江涛身后，目瞪口呆地望着思思。

思思怕她说漏嘴，抢先开口问：“佳瑶，这是谁啊？思思出去了，去……辅导员那里了。宿舍里就剩下我一个了，关键这腿啊。”

上次陆江涛并没有看清思思的脸，所以并不知道眼前的就是思思。

陆江涛问道：“这是谁啊？怎么坐着轮椅？”

司佳瑶瞠目结舌。

思思对陆江涛解释说：“我叫小雨，和思思、佳瑶他们是一个宿舍的。唉，从小我这腿就走不了路，这轮椅也坐了十多年了。”

司佳瑶立刻接话：“哦，对，这是我们班……一残疾人！思思不在，要不您……”

陆江涛问司佳瑶：“哪个是你的床啊？”司佳瑶给他一指。陆江涛走过去大大方方坐下：“那我在这里等，今天不闹清楚她为什么捉弄我，我就不走。还有让我搭进去的一千块钱呢，她得赔。”

司佳瑶给思思挤眉弄眼，思思摇头。陆江涛都看在眼里。

“既然是老师叫走了，估计也用不了多长时间。等一会儿就好了。”

司佳瑶突然说：“要不我去辅导员那里找一下。”思思愤恨地瞪了她一眼，说：“别啊，要不我去！”

“不，小雨，你行动不便，怎么能让你去呢？我去，当然也许到了辅导员那里，思思又出了学校，回了家什么的。不过，电线大哥，你放心，不找到思思我就不回来了。”

思思看出来司佳瑶要溜走，说：“你别吧？”司佳瑶紧紧握着思思的手说：“小雨，你行动不便，这不能怪你，这种事情一定得我去。你就好好陪着这个大哥吧，也许过一会儿我没有找到，思思自己就出来了！”

说着司佳瑶一溜小跑出了宿舍。

宿舍里只剩下陆江涛和思思俩人。思思皱着眉头，不知道该如何收场。

“这位大哥，思思……家就是上海的，经常回家，也许今天就不回学校了。”

“没事，我再等等！”

“大哥，你找思思什么事啊？”

“没什么，跟她算账！欠我一千块钱！”

思思偷偷地咧嘴。

俩人尴尬地都不说话了，沉默着，时间一分一秒过去。两人都没看到，桌子底下，正在煮方便面的电炉子被踢到了墙根。墙根是一个堆满了学习资料的废纸箱，随着时间的流逝，废纸箱渐渐被电炉子烤煳了。

陆江涛突然问：“什么味道啊？”

思思嗅了嗅说：“好像是什么烤煳了，烧着了。”她寻找着味道的来源，突然想到了桌子底下，弯腰去看。

陆江涛走过来，恰在此时，突然“轰”的一声，电炉子点燃了桌子底下的废纸箱，整个箱子都燃烧起来，电线也火花四溅……

“不好！着火了！”

思思吓坏了，刚想站起来，陆江涛焦急之中率先打开房门，猛地一推思思坐的轮椅。思思控制不住速度，轮椅狠狠撞到楼道墙上。思思摸着被撞痛的腿，龇牙咧嘴。

陆江涛到处找水，找不着，只好随手拿起一张床单扑打，但火势却一时难以扑灭，房间里到处是浓烟。陆江涛眼看火势难以控制，回头看了眼轮椅上的思思，二话不说冲出去，背起她，一溜烟跑了下去。

“火灭了吗？”

“我先送你下去！你腿不方便，万一火大了，跑都没法跑！”

思思的宿舍在三楼，陆江涛背着她，很快冲到一楼楼管阿姨的房间，把她往楼管阿姨的床上一放。

“阿姨，楼上着火了，我还得上去！你照顾好这个姑娘！”

说着陆江涛反身往回跑。宿管阿姨也是被惊住了，慌忙找出一个灭火器递给他：“小伙子，拿着这个！”

陆江涛接过灭火器，又冲回了楼上。好在火刚刚烧起来，陆江涛抓着灭火器一顿喷，火灭掉了。总算有惊无险，再下楼把思思背回宿舍，放在轮椅上。陆江涛帮忙收拾了一下宿舍，也不好意思再等，只好离开。

5

凯莱集团顾亦雄的办公室里，秘书王雨洋正给他汇报着商铺的情况：“陆江涛兄弟租赁的商铺业主是永兴里街道办火柴厂。本来那一段是这个火柴厂的库房，后来道路扩建，就成了临街房。火柴厂现在的经济效益也很差，就把那一排库房整修成了一排临街商铺，现在，这些商铺的房租反而成了火柴厂最主要的经济来源。”

顾亦雄低头沉思。坐在一旁的刘毅则简单明了地向王雨洋指示着：“既然是这样，那雨洋你就出面接触一下，不管陆江涛兄弟出了多少钱，我们只比他多，把这块拿下！”

“顾总、刘总放心！”

王雨洋出了顾亦雄的办公室，没走几步，遇到了思思。

“思思，你来了？找你爸爸？”

思思嘻嘻笑着说：“雨洋姐，你怎么越来越漂亮了。”

“看这小嘴甜的。去吧，你爸爸在办公室跟刘总在一起，好像有大事，你可别太吵啊。”

思思点点头，径直而去。走到办公室门口，恰好听到里面的对话。

先是顾亦雄的声音：“我想起来了，以前在商委的时候，这家街道办的火柴厂是商委下属的街道企业里的老大难，林主任一直为这个企业的脱困、扭亏为盈发愁。”

刘毅说道：“哎，还别说，你以前是商委的，就管着这家火柴厂，要不你去谈？”

“不行，陆江涛和老林的女儿关系非同一般，不能明着来。说不定不是好办了，是更难了。”

思思推门进去，刘毅和顾亦雄看到她，都有点意外。

刘毅奇怪道：“思思来了？你可是好久没有来你爸爸这里了。”

顾亦雄也高兴起来，说：“思思，今天没有课吗？”

“有，但上着上着，就想到了老顾同志。这不，就溜出来看看他最近怎么样啊……”

顾亦雄开心地笑了起来，说：“哈哈，没大没小，老顾也是你叫的？说吧，是不是想让爸爸带你去吃大餐？”

思思故意装作不高兴，说：“今天晚上我回家住，所以提前过来蹭你一顿饭。但是呢，想让我陪你吃饭也可以，你得答应我一个条件。”

顾亦雄笑眯眯地指指女儿，对刘毅说道：“看见没有，现在的年轻人，和我们这样的老年人吃个饭都有条件。说吧，什么条件？”

“我们班有个跟我关系特别好的同学，也不知道抽什么风，哦，她家是开五金店的，她闲着没事儿就把她家店里的电线都割成半米半米那么长的了。这下卖不出去了，他爹气得非要砍了她，连家都不敢回了。”

“你的条件是什么？”

“爸，你现在财大气粗，腰杆子硬。你能不能帮我同学把那批卖不出去的电线给买了，否则她连家都不敢回，太可怜了。”

顾亦雄乐了，说：“不就是给你点儿钱吗，至于绕这么大个圈子？需要多少？”

“两千！”

顾亦雄一愣，说：“你同学是割了多少米的电线啊！”

晚上，思思回到家里，翻来覆去睡不着，满脑子都是陆江涛救她的画面。她手中拿着那半截挂在司佳瑶脖子上的电线，正在发呆，突然听到门响。她也不知道是怎么想的，仿佛怕被撞破心事一般，赶紧把电线藏在了枕头底下。

父亲的声音在身后响起：“藏什么呢？”

“哎呀爸，你怎么开门都不喊一声的啊？”

“思思，有事情瞒着爸爸？”

"瞒着你干吗？同学的事，不能告诉你。"

"行，同学的事，怎么一个月才回家住那么一两天，还把同学的事带回来啊？"

"我愿意！怎么了？"

顾亦雄无奈地笑笑。

思思突然问："爸爸，上次在街上，我开车那回，那店里的小子怎么回事？你们俩怎么结的仇啊？"

"你别打听了。"

"你不说……那我去问我妈！"

"别胡闹，其实很简单，他是我在深圳认识的一个毛头小子，跟你爸叫板，我们当时做了个对赌……"

"什么叫对赌啊？"

"说了你也不懂。就是我认为会这样，他认为会那样，然后他非逼着我跟他打赌，谁输了，谁去死！"

思思被吓到了，说："啊！至于吗？爸，你没有输吧。"

"废话，我要是输了，还能站在这里跟你聊天吗？"

"可是……他也没输啊，要不怎么还活着？"

"他输了，他倒是……还像个样子，愿赌服输，还真准备跳楼。但是最后没跳成，反而是他的老师，为了他跳楼死了。"

"哦，我明白了，然后他就把这笔账算到你头上了。"

顾亦雄点点头。

"话说能跟我老爹打对台，爸爸，你觉得那小子怎么样？"

"什么怎么样？"

"就是人怎么样？能力怎么样啊？"

"说起来倒是挺聪明的一个孩子，可惜跟你爸爸总是纠缠不清。"

"行，多大点儿事啊，我回头跟他好好说说。"

顾亦雄吃了一惊："你说？你说什么啊，轮得到你说吗？再说了，他要是能讲理，还用你说吗？这件事你千万别插手，没你什么事。有爸爸呢，爸爸会想办法化解。"

思思高兴地点点头说："哦，这就好，我还真以为有什么深仇大恨呢，跟电视剧似的，杀父之仇，夺妻之恨的。"

"从哪儿学的这一套。"

"行，我明白了，放心了。"

顾亦雄隐隐感觉到女儿和陆江涛似乎有了某种联系，想了想问道："你明白了，放心了？你放的什么心啊？你……认识那小子了？"

"没有啊,我认识他干吗啊？我就是说,这种误会还是能够解释清楚的,不是吗？我替你担心。"

"这件事，我不许你乱来，跟你没关系，跟咱们家也没关系。这只是我在深圳的一段往事，希望你不要掺和，也不希望某天从你妈妈嘴里听到这件事情，好吧？"

思思满不在乎地说："还不相信我，来拉钩上吊！"

顾亦雄笑着伸出手指说："拉钩上吊，一百年不许变！"

拿到钱的思思喜滋滋的，第二天就拉着司佳瑶来给陆江涛道歉。两人为了圆谎，还像模像样地把轮椅推了出来。思思坐在轮椅上，司佳瑶推着她。一路上下公交很是费了一番工夫。到了五金店，司佳瑶突然打起了退堂鼓："思思，我发抖。"

"你看看你那点儿出息，别紧张，见了人家，你要彬彬有礼……快走快走！"思思突然语气变得着急，喊着，"快进去！"司佳瑶不明所以，把她推了进去。

思思回头看了一眼路边的一辆车，车上坐着顾亦雄的秘书王雨洋和一个中年男人。

两人冲进了五金店。陆江涛好奇道："你们啊，这是怎么了？"

"这个家伙非催着我进来……"

思思赶忙遮掩："是这样，陆大哥，昨天怎么说你也救了我，我是来感谢您的。"

"用不着。你们那个思思找到没？我就找她！"

司佳瑶看了一眼坐在轮椅上的思思，一语双关地说："那个挨千刀的，知道您在找她，吓得不敢出来了。"

"至于吗？我就问问她，她背后憋着什么坏呢！"

"对啊，小雨，你说思思背后憋着什么坏呢？"

"我……我哪儿知道啊……陆大哥，思思确实太坏了，太不是东西了，我是行动不便啊，不知道她在背后这么给您使坏，昨天晚上我好好训了她一顿。"

"是吗？你让她来，别怕，我又吃不了她。我就想问问这个丫头，凭什么啊？"

"她……她不敢来。我把您的事情、处境都给她说了，她也特别后悔，就是想搞个恶作剧，没想到让你们损失了那么多……”说着思思掏出了钱，“这是她让我带来的一些补偿金，两千块钱。您收下。”

陆江涛有点儿意外，说：“两千？有点儿多了，我收一千吧。不是我讹诈你们，你们确实搞得我们一千多块钱的电线彻底废了。这样，我把钱收下，你让她来，她可以把那一千段电线带走，她要是有用还可以用。”

“不用了，不用了，她就是闹着玩儿。算了，您收下钱，电线也归您。”

“那不行。”

“那就这样吧。”思思回头看看司佳瑶，突然发现她跟花痴一样，偷偷瞄着陆江涛，还满脸含羞。思思猛然想起那天给她讲陆江涛救自己的时候，这家伙就一脸花痴。思思咳嗽一声说：“司佳瑶同学，你还有话说吗？不能是我一直说吧。”

“我……我不知道说什么好。”

就在这时，一个中年人迈着八字步，稳稳地走进了五金店。

“老板在吗？”

思思抬头去看，发现进来的人正是刚才和王雨洋说话的人。

陆江涛在和思思、司佳瑶聊天，看见了赶忙站起来招呼：“您好，要点儿什么？”

“我不要你们的货。不认识我啊，陆海波呢？”

“我哥出去进货了，您是？”

“我叫田旺，就是田里种什么什么就旺的田旺。我是咱们街道上那个火柴厂的厂长。你是海波的弟弟吧？”

“哦，田厂长，我还是第一次见您。这么说您是房东了，有什么事情吗？这个季度的房租我们已经交清了。”

“你赶快通知一下你哥哥，赶快把这里收拾收拾，赶快雇车，赶快搬走。”

陆江涛一愣，问：“您这是什么意思？”

“厂里做了新决定，这一片都不出租了，赶快走，我们要把这一片重新打造。”

“我们可是交了租金的。”

“我知道！我还不知道吗？温老板带着海波给我交的钱，说白了，那也是给温老板个面子。我们是多年的老交情了，他要租，我才答应的。现在不行了，不是我一个人说了算的，厂里有个新规划。过段时间吧，这个不忙，让你哥去厂里，我们算一下，适当给你们退一部分费用，这不就行了？”

"田厂长，我们可是签了租赁合同的，您不能说不租就不租了啊。"

"哎呀，小伙子，这种事情，当然是我们说不租就不租的了。"

陆江涛只好无奈地说："那行吧，我等我哥回来。"

思思和司佳瑶听着有些愤懑，思思突然想起在顾亦雄办公室门口听到的话，咳嗽一声，对司佳瑶说："这火柴厂你知道吗？出的那个火柴我们小时候可爱玩了。"

厂长一听来了兴趣，说："哟，小姑娘，你还知道我们出的火柴呢。"

"可不是吗？原来都用你们的火柴，现在都用打火机了。我爸说过，你们现在经济情况挺不好的，商委管着你们吧，据说商委那个林主任，老为你们发愁了。"

厂长有些尴尬地说："唉，好汉不提当年勇啊。小陆啊，记得告诉你哥哥一声，三天吧，三天之内搬走。"

陆江涛听着他们说话，突然心头一亮，说："田厂长，你们厂的经济状况可不怎么样，还准备拿这片大动干戈？"

"这你就管不着了。"

"我得回去问问，我媳妇和我岳父同意不？"

"你问谁啊？问他们干吗？这店你自己还做不了主？"

"厂长，本来准备下个月给您下请帖呢。我呢，再过一两个月就准备结婚了，新娘子就是商委林长民的女儿，林霞。"

厂长脸上的表情僵住了。司佳瑶和思思听到陆江涛马上就要结婚，也愣住了。陆江涛观察着厂长的表情，越发相信自己的判断，继续说："关于您说的这个情况，我晚上跟林霞商量一下，不行就去找一下林主任看看能不能通融一下……"

"小陆……不，江涛啊，你怎么不早说？你跟林霞在谈恋爱啊，哎呀，这不是大水冲了龙王庙吗？不，小溪冲了龙王庙。这样吧，我现在就回去，跟领导班子开个会，关于这一片的规划，我们再斟酌斟酌！"厂长失魂落魄地往外走，突然转身加了一句，"江涛啊，我来过这里的事，先别跟林主任汇报啊，等我们商量好再说！"

厂长迈着八字步出了门，一把拉开王雨洋的车门，满脸不高兴地说："你们这不是给我挖坑吗？我才知道啊，这陆家哥俩跟林主任还有关系啊。这不行，你出多少钱，我都不能把这个店收回去。让林主任知道了，我怎么办？"

王雨洋有些意外地问："还有这个情况？哪个林主任？"

五金店里，几人喜笑颜开。陆江涛高兴地对思思说："小雨啊，谢谢你，你要是不说，我还真不知道我们这个房东是归商委管的。”

花痴了半天的司佳瑶突然问：“你……你真要结婚了？”

“对啊！”

“和商委主任家的女儿？”

“是啊！”

司佳瑶瞬间变成了一张哭丧脸，说：“思思，我们走吧，我没戏了。”

陆江涛莫名其妙地问：“什么？”

思思连忙掩饰说：“啊……没什么？我们这同学，那脸变得太快，你都不知道她为什么，我们……我们也该走了”说着思思拍拍司佳瑶。

司佳瑶推着她往外走，嘴里还发出一声哀号：“陆大哥，你干吗结婚那么早啊？”

陆江涛丈二和尚摸不着头脑，看着两人离开。

店外不远处，王雨洋已经下车，正向田厂长道歉：“田厂长，真不好意思，我们也不了解这个情况。条件都好说，我们再商量商量，找个解决的办法。”

“还商量什么啊？没得商量，对你们公司没兴趣！”

说着田厂长甩手离去。王雨洋皱着眉头，转头准备上车，突然看到司佳瑶正推着思思走出来。

王雨洋一愣：“思思？”

王雨洋回到公司，把五金店里发生的事向顾亦雄和刘毅做了汇报。

顾亦雄听完有些懊恼地说：“还是让陆江涛抓住这个靠山了。”

王雨洋吞吞吐吐地说：“还……还有个情况，我……”

“说，还有什么？”

“田厂长出来后，我们在车里说这个事的时候，我看见思思也从五金店出来。”

“思思？”

“她，她还坐在轮椅上，被她一个同学推着。”

顾亦雄一跃而起，焦急地问：“轮椅？她怎么了？”

王雨洋连忙解释说：“哦，顾总不要担心，应该没事。我正准备去问她，看见她又从轮椅上下来了，好像身体也没有什么情况，很正常的样子。”

“那她坐的什么轮椅？”

“顾总，思思年纪还小，古灵精怪的，我看她的那个状态，应该是跟谁闹着玩儿，应该不是生病了。但她是从陆江涛的五金店里出来的，也就是说，也许她坐在轮椅上可能就是装给陆江涛看的。”

顾亦雄的脸色黑铁一般难看。他最不想看到的情况，还是发生了。

“好了，我都知道了，你先下去吧！这件事情我会找思思问清楚的。”

王雨洋点头离开，刘毅试探着问道：“要不要去思思学校看看？”

“咱们先去那家火柴厂看看。”

“还要去？”

“陆江涛跟我硬抗，我不能输。”

“那思思呢？”

“摆平了火柴厂，晚上去思思学校，接思思吃个饭。事情要一件一件来。”

火柴厂厂长办公室里，田厂长接过顾亦雄的名片，抬眼一看顾亦雄和刘毅。

“哦，凯莱集团。那个要租赁我们临街商铺的小姑娘就是你的手下啊。”

顾亦雄微微一笑说：“田厂长，这么重要的事情，原本是应该我亲自来的。但是这两天实在是忙，接待了市里面两三波领导的视察，抽不开身，就让雨洋先过来了。听说今天险些给田厂长制造了麻烦，实在是不应该啊。”

“当然不应该，你们也不事先摸清楚状况，那是林主任未来的女婿，林主任可是专门管着我们这个小厂的领导，我得罪不起。所以，我也知道你来是做什么的，还是请免开尊口，不要让我为难。”

“您误会了，其实我也是跟了林主任好多年的兵，我原来也在商委。”

田厂长上下观察了他一会儿，有些怀疑地问道：“是吗？”

“我的老岳父是原来商委的靳主任，我可是林主任的心腹干将。现在呢，我下海自己做公司，但你们的情况我还是很清楚，你们厂一直是林主任的心病。作为商委子弟，即使下了海，我也得替商委系统出力。其实我的本意是收购你们火柴厂！”

刘毅和田厂长都是一怔。刘毅假装端起茶杯，咳嗽了一声。

田厂长则迅速转变了态度，说：“您说什么？您能再说一遍吗？”

“我想收购咱们这个火柴厂，如果不行就退而求其次，和咱们合资办这个企业。现在国家不是大力支持国有企业股份制改革吗？我想帮帮你们！”

田厂长态度的一百八十度转变，让这件事又有了转机。顾亦雄和刘毅从火柴厂出来，刘毅坐在副驾驶座上，一副难以接受的表情。

"怎么？想不通？"

"亦雄，你疯了吗？那样一个毫无生气、毫无前景的街道办的破厂子，你要收购？就是为了赶走陆江涛？你……不可理喻啊。"

"好了，我知道你一时想不通，我有我的理由。我顾亦雄想要做成的事情，没有谁能够阻挡！这是必需的，我们必须保持这样一口气，绝不能断。生意场上遇仙杀仙，遇佛灭佛，我不会后退半步！"

"你这是斗气！陆江涛占据的那个点是一个商业计划中的重要节点，但是我们不能毫不吝惜成本地攻城略地，你这个成本太大！"

"有什么成本？"

"你要收购一家街道企业啊？"

"也许不用花多少钱。像这样的企业，只要帮它解决一批即将下岗、发不出工资的工人的就业问题，对于政府来说就是谢天谢地了。你手上有了这样一家集体企业，总比我们现在看着更像一个集团公司吧。我们拿出点儿钱，就可以得到一定的国有资产，这将成为我们继续向银行借贷的抵押品。我们拿一分钱，也许就能从银行贷五分钱。再说了，这个火柴厂一直是商委的老大难，我们主动帮商委解决了这个问题企业，对于我们以后和商委系统打好关系很有好处。再其次，一旦我们帮了这家老大难企业脱困，扭亏为盈，那么我老岳父顺水推舟，就可以把我们树立成一个社会责任感很强的民营企业典范。你要知道，在中国，越是典型，获得的实惠就越多。"

"可是这么一个老厂，你怎么帮他们脱困？"

"咱们不是正在为连锁超市布局吗？一旦咱们的连锁超市开起来，那么可以解决这个老厂里一大部分职工的就业问题，当一个厂三分之二的员工不需要负担工资的时候，这个厂子的压力就小多了。至于火柴，那是一种马上就要被淘汰的商品，留一点儿人在厂里，做做纪念品，搞搞噱头，也就行了。"

"你……你这都是什么时候想好的？"

顾亦雄微微一笑，说："来的路上。"

顾亦雄送走刘毅，又去接了女儿吃饭。思思开开心心地出来，吵着要吃海鲜。顾亦雄带着她找到一家饭店，点了一堆吃的。

思思啃着螃蟹问：“爸，你怎么这么好，突然想犒劳一下你受苦受难的女儿啊？”

顾亦雄淡淡一笑，说：“爸爸想你了呗。”

思思唱起了张雨生的歌：“天天想你，天天问自己。爸爸你要是天天想我就好了，我天天有大餐吃。”

顾亦雄也学着女儿的样子，轻声哼着歌：“天天想你，天天问自己，到什么时候才能告诉你？说吧，到什么时候才能告诉我。”

“告诉你什么？”

“你瞒着我什么就告诉我什么呗。”

思思转动着眼珠，说：“给一丝丝提示，我瞒着你的事情太多了，我不想被你一吓唬，全秃噜了。”说完还吐吐舌头，做了个鬼脸。

顾亦雄笑着说：“我听说你都坐轮椅了。什么伤啊，什么病啊，什么难言之隐啊？”

思思扑哧一声笑了：“我就知道，王雨洋给你告的秘吧，我都看见她了。”

“说说怎么回事？”

“我们排个话剧，我演了一位伤残人士。”

“演戏跑大街上干吗去了？”

“体验生活啊。戏里面有个残疾人自己买电灯电线，买试验工具，最后成功解决难题的桥段。我觉得太没有经验了，就让司佳瑶推着我，真去了一趟五金店。”

“学校附近不是有五金店吗？跑那么远？这可不像你这个懒惰小公主的秉性。”

“我们俩穷开心，非要装残疾人坐公交玩，结果一上去很多热心人帮助我们，我也就只好继续当残疾人。还有人给我送个水果吃，我们就在公交车上演上瘾了，一不小心坐过站了，下车就随便找了一家五金店。”

顾亦雄哈哈大笑，说：“真有你们的！”

吃完饭，顾亦雄要送思思回学校。思思却说只有几百米，不让送。顾亦雄拗不过女儿，只好由她去。看着父亲的车离开，思思突然激动地蹦起来说：“太佩服我了，顺嘴胡扯都扯得这么像！”夸完自己，她眼珠转了两圈，挥手拦了辆出租车。

五金店内，陆江涛刚给林霞和陆海波讲完白天的事。林霞也大呼侥幸，想了想刚和自己吵完架的父亲，还是说道：“这事儿……我找机会跟我爸爸说一下，争取保住你们的这个小店。”

陆海波很担心，说：“我觉得没有那么简单，说不定还会有风波。”

“没事，哥，不管有多大的风波，咱们都能扛住。”

“我回来听你一说，就去找了温泉爸爸。我师父说他跟田厂长关系很不错，老街坊了，如果不是有人专门挑事，田厂长不会这样的。”

陆江涛冷笑着说：“这还不明白吗，最近是谁三番五次、誓不罢休的？”

陆海波和林霞都沉默了，一时不知道如何应对。此时思思背着书包，一步三摇地走了进来。陆海波以为是客人，说道：“您好，我们打烊了。”

陆江涛认出思思，突然惊讶地发现她是站着进来的。

“你的腿，怎么……”

“好了啊。”

思思在店里晃荡，随便翻看着：“哎，我帮了你那么大个忙，有没有什么表示？”

“你先说说，你的腿到底是怎么回事？”

“傻了吧，蒙你呢。本来就没事。”

林霞好奇道：“这是？”

陆江涛明白过来，说：“如果我没有猜错的话，你就是思思？”

“对！我就是运筹帷幄、决胜千里的靳思思，你终于聪明了一回啊。”

“好，咱们好好算算账！”

思思连忙伸手说：“打住！算什么账啊？我给你那一千段电线的钱没有？再说了电线我还没拿呀。你们的店差点儿被人抢走，是谁提醒你的啊？”

陆江涛望着这个古灵精怪的小丫头，实在猜不出她有什么目的。

“你到底要干吗？”

思思一跃，坐到了柜台上，说：“也没什么事儿，就是闲着没事儿，逗你玩。”

“那现在怎么不继续逗我们玩儿下去了？”

“装瘸子太辛苦了，不好玩儿。所以呢，我就直接过来玩儿了。”

陆海波无奈地说：“丫头，你要我们到底是为什么？”

“我就是觉得你们哥俩挺好玩，怎么样，做个朋友吧。”

陆海波、陆江涛还有林霞，三人面面相觑，哭笑不得，实在不明白这是什么情况。

第五章 ◈ 开基立业

Chapter 5

◆1◆

婚纱店里，林霞穿了一身婚纱出来，满怀希望地望着陆江涛。

“怎么样，这个好吧？”

“还行吧，好像跟你的气质还不是十分吻合。”

“啊，那我试试那套？”

“都行，都试试吧。”

温泉换了一套伴娘装，从更衣室出来，一抬头发现陆江涛目不转睛地望着自己。这时候林霞又出来了，已经换了一套婚纱。两人一起站在陆江涛面前。

林霞又问：“好看吗？”

陆江涛左看看右看看，说：“都好看，你俩都好看。”

林霞高兴地说：“你说好看就是好看。”

温泉好像赌气一样，说：“什么眼力见儿，我这套忒俗了吧！”说着扭头又进了试衣间。

林霞诧异地望着生气的温泉，冲着陆江涛撇撇嘴。陆江涛无奈地笑笑。

这时婚纱店的一个摄影师走来。

“如果选定的话，可以给你们先试拍几张，适应适应。”

陆海波冲着陆江涛一笑，说：“你俩赶紧的呀。”

陆江涛心头沉重，突然说：“大哥，要不，咱们四个一起拍一张吧？”

海波和林霞都是一愣，温泉则心头一沉。

陆海波笑道：“人家是让新人来。”

“大哥，咱们还是一起来拍一张嘛，反正马上都一家人了。”

陆海波被弟弟的话打动了，拉着温泉走上来，招呼着林霞:“好，一起来，一起来。”

他没看到温泉偷偷擦去了眼角的眼泪。

四人站成一行，陆海波和温泉站在一起，陆江涛和林霞站在一起。温泉和陆江涛站在中间，看起来就像是他俩要结婚了一样……

咔嚓一声，画面定格。

一大早，顾亦雄兴冲冲地来到了商委。商委里全是他的老同事，还增加了不少新面孔。大家都和他热情地打着招呼，可他却没时间一一回应，而是直奔林长民的办公室而去。敲敲门，听到林长民的声音，顾亦雄恭谨地推门进去。

“林主任，听说您找我？”

林长民正在批改文件，放下手中的笔，看着顾亦雄，问道：“说说吧，怎么想的？”

顾亦雄故意装出一副莫名其妙的表情，问：“什么啊？什么怎么想的？”

“你知道我找你干什么？”

“林主任，我知道您忙。我也忙，您千万别跟我打哑谜，而且咱们又不是外人，有什么您就直说。”

林长民从抽屉里拿出一份文件，一边拿在手中给他看，一边说：“火柴厂。”

“嗨，我还以为什么事呢？您这么风急火燎地把我找来。是这样，我知道幸福里这个火柴厂，是个扶不起的阿斗，一直是您的一个心病。您暗中给他们下了多大的劲头啊。我不是在深圳赚了点儿钱吗，您也知道我现在开个小公司，就想着为林主任分忧解难。我准备收购它，彻底把这个包袱从您肩膀头上甩下来，我接着啊。”

“什么目的？”

“能有什么目的啊，就是给您分忧解难。”

“收购怕是不行，那是集体所有也有部分国有投资。”

“现在国企不都在改革的攻坚阶段吗？我给您帮不了大忙，帮这点小忙，您还是别拦着了。”

“不是我拦着，我想知道你背后的目的是什么。你现在已经正式下海，还小有成就，那我只能把你当成一个商人看了。商人商人，无利不起早，但是我在其中看不到什么利益。”

“那就对了嘛，这中间能有什么利益？没有利益，那就不会产生腐败，清清爽爽，清清白白，恳求您给我一次做公益的机会。”

“火柴厂是个老大难，但是我们商委也不会随随便便甩出去，我搞不清楚你的目的，是不会轻易同意的。”

“哎哟，我的林主任，我欲将心比明月，奈何明月照沟渠啊。您这是为什么啊？

咱们商委系统养育了我，我顾亦雄就不能为咱们系统做一次冤大头啊？”

林长民冷笑道：“亦雄，我太了解你了，你是不会做任何赔本的买卖的。恰恰相反，你是一个目的性太强的人。所以交给你，我一万个不放心。”

“林主任，您这话说得也……也太难听了吧。”

“其实我也不瞒着你，关于火柴厂，以及其他几家街道企业，我们商委已经做了一个统一的脱困计划，你就别掺和了。”

“好啊，我胃口大，什么样的计划我都有兴趣。”

林长民把报告甩给顾亦雄，摇摇头不再说话，显然是对他的反应失望至极。

顾亦雄气呼呼地从商委出来，上了街边停着的车。刘毅坐在车里，看他上来，正想问什么情况，就看见顾亦雄愤怒地把手中的文件撕碎了。

“这个老林头，表面上客客气气，实质上给我下绊子，我爹打过招呼都不给面子。”

“不批？”

“死活不批！”

“那可怎么办？”

顾亦雄咬牙切齿道：“既然他不仁，就不要怪我不义了！”

这天，陆江涛正在店里忙碌着，冯力突然进来了。陆江涛去了深圳后，冯力就自己去捡破烂了。他干久了嫌赚钱少，去工地又嫌太累，只好和朋友做些小买卖。陆江涛回到上海在五金店帮忙以后，冯力兴冲冲地赶来帮忙，忙活了几天后又觉得有点儿没意思，渐渐也来得少了。陆江涛也不知道他在做什么生意，不过冯力的经济状况倒是比以前好了，这让陆江涛对自己这个兄弟放心了不少。

陆江涛正背着电线打算去送货，冯力一进来，就抢着要把陆江涛背上的电缆背过来。陆江涛太了解自己的兄弟，笑着说：“行了，说吧，今天来是有什么事？”

“二哥，我现在在做一单大生意，赚了那就顶你们这么个小店干好几年的。”

“那好啊，恭喜你，以后我们就指望着冯老板赏口饭吃了。”

“但是我有点儿吃不准。想听听你的意见。”

“能赚钱就赚啊。”

“是走私。”

陆江涛愣住了，站定脚步，恶狠狠地警告冯力：“你小子现在挺野啊，什么都干？

要坐牢的知不知道？”

“没有，我可不敢走私。就是走私进来的货，特便宜，跟当年倒卖批条一样，便宜拿货，咱们负责散到市场上销货，这样赚的不少。听说下一船进来的都是国外的五金材料，二哥你那儿，能不能帮我销点儿啊！”

“你立功，我背锅，你觉得我是不是应该答应你？”说着陆江涛就要走，冯力连忙追上。

“二哥，二哥，你要是销我就敢进，否则我心里没底啊。”

“没底就别干！这都什么事儿啊。我告诉你，这个店那是大哥的，大哥那人你不是不知道，他怎么可能让你做这种事情？滚蛋！滚得越远越好！我还告诉你，冯力，我和林霞马上要结婚了，这种随时可能蹲监狱的事情，我们还是离远点儿好！”

“二哥，你真要跟林霞结婚啊？我还以为是你的权宜之计呢。”

陆江涛长长地叹了口气说：“就算以前是权宜之计，现在也骑虎难下了。”

“那温泉姐呢？”

“你没看我大哥喜欢她吗？”

“大哥他哪儿懂爱情，他都没开窍。他对谁都好，那他娶谁都一样不是吗？你就没有想过温泉姐？”

陆江涛一下子神情委顿下来。

虽然陆江涛没答应给冯力帮忙，但冯力还是帮他送完了货。两人赶回店里，远远看到有人站在了五金店门口。陆江涛觉得那人有点儿眼熟，走近了才赫然发现，那竟然是林长民！

林长民也看到了陆江涛。没办法，陆江涛只好硬着头皮走上前打招呼：“伯父好。”

林长民面无表情地看着他说：“能陪我到外滩走走吗？”

陆江涛点点头，回头看了一眼坐在店里的温泉，她脸上有些泪痕。林长民因为陆江涛的眼神，也疑惑地也看了她一眼，但还是带头往远处走去，陆江涛低头跟上。

陆江涛跟着林长民到了外滩。林长民神情肃穆地望着黄浦江，开口说：“年轻人，如果我记得不错，你当初拿了批条，是准备离开林霞的吧？”

“是。”陆江涛低着头承认。

“难道是因为后来你把批条还给了我，所以你还在她身边？”

“伯父……不是那样的。其实我一直知道我配不上她，我也一直想离开她。可是……可能这就是命吧。为了躲开林霞，我去浦东，我去扛大包，我去打小工，一切的一切首先为的是不让林霞找到我，最后为了彻底履行我的诺言，我去了深圳。”

林长民转过身来说：“可是你又回来了。”

林霞端着一个饭盒，一脸幸福地走进五金店。看到只有温泉一个人在店里。林霞左右看看，不见陆江涛，突然发现温泉的脸上有泪痕。

“温泉，你这是怎么了？他们哥俩呢？”

温泉笑笑，掩饰着说：“没事，他们都不在。”

林霞很关心她，继续追问：“你到底是怎么了？其实这几天我发现你的情绪好像都不太对劲。好像对大哥也……”

“我……我没事。”

“其实我懂，我这几天跟你的感觉一样。”

“啊？”温泉被吓了一跳。

“女孩子都这样，天天盼着有白马王子来迎娶自己，但是真要到了快结婚的时候，心里就发毛，总是有一种恐惧。其实没什么的，只要你情我愿，这不就是幸福吗？这种幸福恐怕也是全世界最难得的了吧。”

“林霞，还是你懂得多。”

“这在心理学上叫恐婚，其实就是对未来的一种恐惧，但是过去了，就只有甜蜜和幸福了。”

温泉无奈地望着一厢情愿的林霞说：“其实吧，我挺羡慕你，甚至嫉妒你。”

“正常的，你不用担心，等我们办好了，就全力以赴给你们准备。”

“准备什么？”

“你和大哥啊？”

温泉苦笑着摇摇头说：“怎么可能？我一直当他是大哥，他也根本不适合我。”温泉突然想起来刚才门口的一幕——

“哦！对了，差点儿忘了大事，你爸爸刚才来了。”

“啊？”

“他把江涛叫走了，看样子是要跟他谈谈。”

林霞大惊失色，惊惧中自言自语：“谈什么？有什么好谈的，我的事情我做主。”

林霞一边嘟囔着，一边跑了出去。跑出门，她才回头问道：“他们往哪儿去了？”

“往……外滩那边。”

陆江涛还在向林长民诉说着他和林霞的感情。

“但是，林霞一直在等我，如果经历了这么多事情，我还是像原来那个样子对待林霞，那我陆江涛就真的没有脸面活在这个世界上了。这几年，不管我在什么样的当口，林霞都一如既往地站在我的背后，支持我，帮助我。我如果这个时候还继续躲避她，对她无动于衷，我做不到！”

“说得倒是蛮漂亮，那么我问你一句最重要的，你们的这次结合，你说良心话，有没有考虑过我们家庭的因素。”

林长民目光如炬，瞪着陆江涛。陆江涛也鼓起勇气，直视着林长民。

“有！”

林长民鄙夷道：“你还是为了能够从我们这样的家庭里捞取好处？”

“不，我今天可以在这里跟您发个誓，我从来没有想过再利用林霞，通过她去博得什么利益。我用不起。凭您的职位，林霞原本可以过得更好，嫁得更好，但是她选择了我。所以，我必须努力，让她不因为嫁给我而后悔！”

林长民露出怀疑的目光，但是从陆江涛直视他的眼睛中，却看到一片坦诚。林长民不知道，是他使原本还有些犹豫的陆江涛认真地回顾了自己和林霞的感情，是今天这次长谈，让陆江涛真正有了结婚的勇气。

“你知道吗？林霞已经决定，等你们结了婚，就再也不回我这个家里。我和她之间，有一道无法跨越的鸿沟。”

“我知道，但正因为这样，她曾经在您那里受过伤害，我就更要担负起一个丈夫的责任，决不让她再受伤害。”

陆江涛沉稳的语气让林长民有些意外，他继续说：“小伙子，两年多没有见，你成长不少。我暂且相信你说的话，现在我希望你给我讲讲那个女孩。”

陆江涛心头一慌，问：“哪个？”

林长民严肃地看着他逼问道：“小伙子，你脸色变了。虽然做了掩饰，但我还是能看得出来。刚刚店里的那个女孩，和你是什么关系？”

“您误会了，那是我大哥的女朋友，帮我们在筹备婚礼。”

“那刚才是怎么回事？她在哭？你们互相看对方的眼神是怎么回事？”

“哦，要结婚了，毕竟事情多，女孩子心理也比较脆弱，可能这段时间跟我哥闹了点儿小别扭……我也没来得及去问。”

“就这么简单？”

“就这么简单！”

林长民的语气骤然变得严厉，说：“可是你刚才的脸色告诉我，并不是这么简单！”

陆江涛咬咬牙，刚才跟林长民讲述和林霞的事，让他对自己的命运多了一分信心。他走到黄浦江边，面对迎面吹来的江风，张开双臂闭上眼睛，平静了片刻。

陆江涛回过头，诚恳说道：“伯父，我知道您心疼林霞，但我是她将来的爱人，我会比您更加不舍得伤害她，况且您刚才质疑我的，还包含了我大哥的女朋友。我不知道我怎么做才能让您相信我，我愿意对着这滚滚的黄浦江给您发誓，我会一如既往地照顾林霞，疼她，爱她，永远不放开她的手……”

远处，林霞看到了站在江边的两个人。从她的角度看过，陆江涛仿佛正要跳进黄浦江一般。她吓出一身冷汗，疯了一样冲了过来。陆江涛还没看清是谁，已经被林霞一把抱住。

林霞情绪激动，愤怒地回头质问父亲：

“你到底干什么？你把江涛拉到这里做什么？你是要逼我们一起跳黄浦江吗？”

看着突然冲出来的情绪激动的女儿，林长民的眼角湿润了，一时间，竟然不知道该说点儿什么。

林霞还在红着眼歇斯底里地说：“你从来就看不得我高兴，看不得我幸福！”

林长民语气艰难地辩解道：“林霞……你说这种话，太让我伤心了。”

可林霞此时太过激动，根本就听不进去，依旧激动地说：“是吗？从小到大，哪一件我想做的事情，你痛痛快快地让我去做了？”

“我那都是为你好！”

“你所谓的为我好，就是按照你的意愿安排我的生活，我的幸福。但是你想象的那种幸福我不要！我要我的幸福！”

林霞瞪着林长民，林长民委屈无奈，无言以对。陆江涛突然转身抱紧林霞。

“林霞，你别误会，伯父找我，没有别的意思。”

“他……没有逼你干什么事情吗？”

陆江涛怜悯地抚摸着林霞的发际说："伯父只是太爱你，太过关心你。林霞，你爸爸是对的。我刚追求你的时候，确实是很想得到一张批文，只有那样我们兄弟俩才能翻身。那时候的我没有那么爱你，但是经过那段时间对你的躲避，逃往深圳，我才知道你对我的重要。"

林霞泪流满面。

"到了今天，我可以问心无愧地对你说，我要娶你，我要给你想要的幸福。但你知道吗？我想给你的幸福不仅仅是咱们两个人的。"陆江涛放开林霞，一手拉着她，转身另一手拉起林长民的胳膊，"还有他，他是这个世界上活着的人里，唯一跟你血脉相通的。我知道因为妈妈的去世，你永远无法原谅你的爸爸，但是林霞，你知道吗？你原本有两份爱，因为其中一份的失去，你开始对另一份怨恨，开始仇视，但你也失去了另一份爱。我不希望你这样。我不希望我的婚礼上，没有人牵着你的手把你交给我，没有人叮嘱我，我该如何疼爱你……"

陆江涛把林霞的手交到林长民的手中。林长民老泪横流。

"林霞，你知道，我没有爸爸。别人结婚之后，都会多一个爸爸，我不想我即使结了婚，还是没有爸爸。为了我，原谅他，好吗？"

父女两人紧紧地握着对方的手……

◆2◆

陆家老宅，院子里被打扫得干干净净。门口已经贴上了大红的喜字。本来林长民想让两人去自己家一套闲置的房子办婚礼。陆江涛却坚持在老宅。一来，这是两人最初认识时感情渐渐转向的地方；二来，他想靠自己的奋斗来改变林霞的生活，而不是靠林霞改变他的生活。林长民拗不过年轻人，也只好由他们去。

婚礼定在明天，陆江涛、陆海波，还有温泉和林霞正围着司仪，听他讲解着明天婚礼的步骤。

冯力慌慌张张地跑了进来，看着陆江涛挤眉弄眼。

陆江涛笑骂道："冯力，你小子挤弄眼儿干啥呢？有什么事情就说，你一天天到处乱跑，明天你还有重要任务呢。”

冯力只好给所有人打招呼：“我这不是来看看有什么能帮忙的吗？你们谈，你们谈你们的。”

陆海波看看温泉和林霞，林霞是满怀期待，温泉则沉默不语。

司仪已经讲完了，陆海波对司仪说道：“那就这样定了。”又把陆江涛叫到一边说：“老二，你跟他出去一趟，一看就是有事。”

陆江涛没好气地站起来。冯力果然立刻凑上来说：“二哥，出事了，你得帮我。”

陆江涛无奈道：“哥，我出去一下。”

老宅门口，两人一边往外走，冯力一边说着。原来上次他说的走私的那批货，进货的时候突然有人喊“有警察”。一时间，交易的人鸡飞狗跳，都跑不见了。而他先交了钱，却因为逃命一点儿货都没带走。逃走后越想越不对，又回去看，却发现是黑吃黑，这才气不过找陆江涛帮忙。

陆江涛狠狠骂道：“活该，我怎么说的你，那群人你也敢招惹？”

“二哥！你不能见死不救啊。”

“明天我就要结婚了，你让我跟你去抢走私货？”

冯力哭丧着脸说：“二哥，我知道你明天结婚，但是你不帮我，恐怕明天我连你结婚的份子钱都出不起了。”说着冯力几乎要跪下来。陆江涛无奈，一把扶起他，想想当年冯力为了自己打架拼命地场景，咬咬牙，一口答应下来。跟林霞说了一声，就跟着冯力出去了。

时间已是傍晚，冯力火急火燎地带路，和陆江涛在街上走着。

“二哥你说吧，得带多少人？我去招呼，现在这一片儿的咱都认识。”

“你要干吗？”

“还能干吗？跟他们拼命去，把货物要回来啊。”

“我明天结婚，你让我跟你去拼命，跟人打架？”

冯力嘻嘻一笑说：“你是新郎官，喜气大，没事的。”

“去你家，先睡一觉。”

“睡觉？不把货要回来？”

“才哥那群人是黑道，你惹得起吗？还要回来？睡好了，半夜咱们去偷回来，我是第一个结婚前一晚，还出去跟人偷东西干仗的新郎官！”

两人一觉睡到晚上，陆江涛跟着冯力来到郊外的一处仓库。冯力蹲在草丛里，远远指着仓库给他介绍情况："我都打听清楚了，这就是他们存货的地方，晚上并没有多少人看着，到后半夜人更少，基本上都睡着了。我也不贪，二哥，我就想把我那十来箱货要回来。"

"这是要回来吗？这是偷！"

"那本来就是我的，怎么算是偷呢？"

"趴着睡会儿吧，等后半夜，老子明天一大早还结婚呢！"

冯力哈哈一笑说："我当伴郎。"

"用不起。"

月光如水，两人偷偷靠近仓库外的围墙，还和前些年一样，冯力站在底下，陆江涛踩在冯力的肩膀上翻过围墙，然后再拉他。两人从小到大这样的事不知道干了多少，配合默契无比。进了院子，摸到仓库那边，冯力拿出提前准备好的钳子撬棍，开了仓库的锁。

一切都很顺利，他们一人抱着两三箱的货，走出来，溜出大门。远处一棵树下，停着冯力的三轮车。两人跑到三轮车边，把箱子放在车上。陆江涛上车准备走，冯力却翻身又往院子走去。

陆江涛急道："你干吗去？"

"这不够！我那好多钱呢。"

"意思意思就行了啊，你还真想全找补回来？"

"这不够，二哥，至少再来三趟吧。"

陆江涛怒骂："你去死吧！为这点儿东西你再把命搭上！"

"二哥有你在，我这条命搭上就搭上了。我生是你的人，死是你的鬼，你就再帮我一趟吧。"

陆江涛无奈，左右看看确实没人，只好答应说："行，最后一趟啊。再不能多了！"

"行，我向天发誓，最后一趟！"

俩人蹑手蹑脚又回到仓库里，一会儿工夫，陆江涛抱着两个箱子走出来，低声朝着库房里催冯力："你倒是快点儿啊。"

然后他看到，冯力抱着摞起来的四个箱子，颤颤巍巍地走出来。

“你拿那么多干吗！”

冯力也急眼了，低声吼：“这可是最后一趟！”

“快点！”

两人摸黑往院门走去，陆江涛走在前面，先出了大门口。走在后面的冯力因为箱子垒得太高，根本看不到脚下，一不小心踩在一根棍子上，几箱东西摔了一地。

院子里，一间房里的灯亮了，传来吼声：“谁！”

冯力爬起来，竟然没跑，反而去收拾箱子。陆江涛愤怒地喊着：“快跑啊！”等他喊完，几个人影已经出现在院子里。冯力抱起两个箱子，跟着陆江涛猛跑起来，没跑出几步又摔倒在地。陆江涛连忙回头拉他，冯力看了看追到眼前的人，大喊：“二哥，你快跑！都抓住了更完蛋！你还结婚呢！”

一瞬间，林霞在陆江涛的脑海中浮现。他只权衡了一瞬间，就咬咬牙，飞奔到三轮车前，把抱来的箱子甩进去，蹬上三轮狂奔而去。

冯力则已经被几名大汉按住，捆了起来……

陆江涛一口气骑到五金店，把货物暂时先堆在五金店的库房里，然后才想怎么办。货在他手里，冯力暂时应该没事，左思右想，还是觉得要等婚礼结束再说。

冯力确实没事，刚刚被绑起来还没进仓库，才哥突然出来了。冯力大骂：“你不仗义，明明收了我的钱，还黑我的货。”

才哥冷哼一声：“给我打，问清楚那几箱子货被送哪里了。我告诉你冯力，这批货要是少了一箱子，老子我要你的命！”

正说着，一辆豪华轿车停在了仓库外面。一名西装革履的中年人下来，赫然是顾亦雄。才哥殷勤地迎上去，招呼道：“顾总！”

“我来收货。”

“不好意思顾老板，晚上招贼了，丢了七八箱子货，不过你放心，一准儿给你找回来。”

“才哥，不是要黑我吧？”

“顾老板，你出的价格实在诱人啊，所以我才坏了道上的规矩，明明已经卖出去的货，又给你整回来，闹出这么多乱子。请顾老板相信我的诚意。”

冯力被几个人围着殴打，顾亦雄看了他一眼，本来已经走出去了几步，又突然回过头说：“冯力？”

光头谄媚道："顾老板还认识他？"

顾亦雄冷笑着说："我就是知道他在跟你们做生意，才跑来跟你们做这把生意的。货是他偷走的吧……"

院子里人头攒动，喧闹的婚庆音乐声中，陆海波点着了鞭炮。一阵噼里啪啦炸响，红色的纸屑翻滚着，在青烟中飞舞……

陆江涛抱着身穿婚纱的林霞走出来，一些帮忙的邻居把彩纸喷了两人一身。林霞光彩照人，满脸的幸福娇羞。却没人注意到，陆江涛的眉头间有一丝阴霾。

陆江涛抱着林霞上了婚车，而另一辆车上，伴娘温泉呆呆地看着这一切。

婚车驶入酒店宴会厅，来宾都已就座，新人入席。主持人鼓足了劲儿，煽情地念着串词："一句誓言承诺一生相随，一刻感动足以相伴风雨人生。各位来宾，各位亲朋好友，下面有请我们帅气的新郎和美丽的新娘，隆重出场！"

陆江涛挽着林霞，缓缓走上舞台。司仪按照之前的排练，调侃了一下两人，又请林霞的父亲为新人送上祝福。只见林长民难得穿了一套整洁的西装，缓缓走上台接过麦克风说："亲朋好友们，也许你们不会相信，就在五天前，我还是完全不同意这门亲事的。"台下的人都听得有些愕然。

林长民继续说："五天前，我还认为这个叫陆江涛的小伙子，势利、奸诈、油滑，野心膨胀，无所不用其极。但是就在五天前的晚上，他让我和我的女儿，在我们家的家庭变故之后，第一次能够面对面地谈一次话。我知道我错怪这个小伙子了，我以前看到的并不是这个小伙子真实的一面。所以，今天我在这里，衷心地祝福他们，祝福他们能够幸福。在茫茫的人海之中，他们找到了彼此，这就是他们的幸福！"

林霞感动极了。陆江涛心情复杂地望着岳父的背影，突然，他看到几个人拿着棍棒闯了进来。为首的一个人，好像是……才哥？

果然是他。一群混混嚣张地从宴会厅中经过，所有坐着的人都无比诧异。

"哪个是陆江涛啊？"

同在舞台上的陆海波震惊地望了一眼陆江涛，发现他的神情也有些紧张。

"你们是干吗的？有什么事情请待会儿再说。我们在举行婚礼。"

才哥斜眼看着陆海波，问道："你就是陆江涛？"

陆江涛刚想要往前上一步去帮忙，却发现身边的温泉和林霞竟然同时伸手，紧紧地抓住了自己的手，制止着他。

林长民怒喝道：“你们是什么人？还有没有王法了？”

才哥一步跨上前来，大喊：“陆江涛你敢偷老子的货，我看你是不想活了！给我打！”

一声令下，一群混混顿时抡起棍子打砸起来。一瞬间，宴会厅内尖叫声四起，满目狼藉。陆海波愤怒地想拦住他们，才哥回身恶狠狠地劈头盖脸一棍子，打在了陆海波的头上，鲜血流了下来，现场一片惊呼。

“跑！”

被愤怒冲昏头脑的陆江涛突然感到手上传来一股巨大的力量。他一回头，发现温泉在紧紧地攥着自己的手。陆江涛提起板凳，温泉再次使劲拉了他一把。这次，他看清了温泉的眼神。那是无比决绝的眼神。

“跑啊！”温泉拉起他就跑，陆江涛仿佛被那眼神击中了似的，竟然下意识也跟着温泉跑出了侧门。

陆江涛出门前最后一次回头，看到了林霞震惊、绝望的眼神，还有捂着胸口倒下的林长民。陆江涛轻轻地对林霞摇了摇头，闭上眼睛任由温泉带着自己，跑了出去。

两人跑啊跑，不敢回头，不敢多想，不敢停下。他们跑着跑着就开始哭，哭到失声，哭到最后终于停下，已经分不清自己是因为哭还是因为跑而喘不上气。他们的手攥得很紧很紧。温泉哭着哭着，又渐渐开始笑。阳光很好，婚纱很美，温泉开心地笑着，就像新娘一样。他们都知道，这一跑就不知道再怎么回去了。但他们不得不跑，温泉渐渐不再激动，满心只有幸福。因为她抓住了这辈子最后一次机会，他抢回了自己爱的人。

再次开始跑的时候，已经变成了陆江涛拉着温泉的手。他们都不说话，他们都知道对方在想什么。陆江涛拉着她一路跑回老宅，想也不想就收拾起了行李。收拾完，陆江涛跪在父母的遗像前咚咚咚磕了三个响头。

“妈，我要走了，我又惹祸了，这次我得出去躲一段时间了，不知道什么时候能回来。这次我想去您曾经待过的宁长县，我知道您在那里有故事，那里有您的青春，有您留给我们谜底，我必须去。温泉，来给妈磕个头。”

温泉乖乖地跪下，一边磕头一边说：“妈，您别怪我，不管是江涛还是海波，我都是您的儿媳妇。您生前我不能尽孝，但是请您放心，我会好好照陆江涛的。我希望您在天之灵能够理解我们俩，原谅我们。”

陆江涛拿起母亲的照片说：“妈，这次我带您一起回宁长。”

“我们这算是私奔吗？”温泉突然问。

陆江涛抱住温泉，狠狠地吻了上去，说：“我不知道，我不管了，我也管不了了。”

医院里，林长民悠悠地醒转过来。林霞呆傻了一般，坐在床头，一句话都不说。林长民分辨着周围的环境，知道自己是在医院里。昏倒前的事情，一件一件浮出脑海，变得清晰。

“那个畜生呢？”

林霞突然哭出声来。

“他怎么能够这样？！难道那天他都是骗我们的？！”

“爸，你别说了！”

“我怎么能不说！天啊，这都是什么人啊，怎么就让我们遇到了？”

此时病房的门突然打开了，两名干部走了进来，自我介绍道：“林主任，不好意思，不该在这里打搅您。我们是市纪委的，能够问您几个问题吗？”

林长民气愤地颤颤巍巍地坐起来，问道：“你们？！你们要干什么？”

“您不要误会，我们也是刚刚知道您病倒了，但是有些情况我们必须要跟您了解一下。我们刚刚收到一封举报信，举报的内容是几年前，您曾经给您未来的女婿陆江涛批过一个违规的钢材批文。”

林霞暴怒，站起来往外推那两人。“请你们出去，我父亲刚刚心脏病猝发，险些失去生命，你们就一定要这个时候问他吗？我在这里告诉你们，陆江涛不是我父亲的女婿，过去不是，现在不是，将来也不是，永远不是！我们和他没有任何关系！”

“林主任，我们确实不知道您的身体状况，对不起。但是等您病好了之后，还是需要您到我们那里把问题说清楚。举报信上还说，您的女婿，不，这个陆江涛还和走私集团有关系。”

两人终于说完离开了，林霞回头看到嘴唇颤抖说不出话的父亲，突然扑倒在他身上说：“爸爸，对不起！对不起！对不起！”

两行热泪从林长民的脸上滑下。

“孩子，你出去吧，我想静一静。”

这天晚上，林长民一个人步履蹒跚地走到前几天陆江涛和他聊天的江边。他望着滚滚江水，实在想不明白，为什么陆江涛可以那么真诚地欺骗他。林长民立在江边，晚风吹过，他突然仰天长叹："我林长民这辈子清清白白，怎么就让你这个家伙害得要去纪委？凭什么，凭什么？！"

说着说着，老人颤颤巍巍地，一步一步，走进了江水之中……

一间雅致的茶楼里，顾亦雄悠闲地泡着工夫茶，好像在等人。茶刚泡好，才哥就坐到了对面，顾亦雄倒上茶，轻轻喝了一口。

"才哥，这次跟您做生意很愉快。"

"顾老板闯荡靠的是财大气粗，我们兄弟走江湖靠的是仗义，咱们合伙，那叫有财又有义。"

顾亦雄喝完一口茶，端起水壶冲第二泡，嘴里闲聊似的问："上次偷咱们货的那两个小子，现在怎么着了？"

"跑了，我们按照顾老板的提醒到了他的婚礼，结果那小子跑得比兔子还快。"

"那货追回来没有？"

"那倒是没有，不过没什么关系，就丢了几箱子。"

顾亦雄给自己和才哥倒茶，提醒他说："其实跑了的那个小子跟他哥哥有个五金店，说不定货就在那里。"

"不值当的，有了顾老板这么大的手笔。"

"说起来当然不值当的，但是传出去不太好听。才哥的货，都有人敢偷，偷了也就偷了，毫发无伤，好说不好听啊。"

才哥眼珠转动，突然明白了顾亦雄的意思，说："顾老板，你是跟那俩小子有什么过节？我看出来了，你可是一直穷追不舍。"

"没什么过节，就是他们那家店我看上了，我想要，他们不给。"

才哥哈哈大笑说："多大点儿事啊。顾老板放心，交给我了，我让他们想干下去也干不成！"

顾亦雄阴狠地笑了笑，不再说话，低头泡茶。茶喝完了，自然要干活。顾亦雄开着车，直接把才哥和他的两个兄弟带到了陆海波的五金店门口。正说着事情如何如何，顾亦雄突然看到思思带着两个女孩，走进了五金店。

“你们……去是去……但是看见刚进去那三个女孩了吗？不要吓着他们，要不……你们等一会儿再进。”

才哥自然看到了思思的身影。他想了想，露出下流的表情问：“行，全听您的。那三个女孩，有顾老板的……”

顾亦雄厌恶道：“有我的女儿！”

才哥立刻收敛起来说：“放心，我们知道分寸，有您家小姐我们一定注意。”

陆海波闷头收拾着五金店，他的头上还包着纱布。他到现在仍然没想明白发生了什么。那天晚上，温老板唉声叹气，一直在对他说：“孩子，我对不住你。”还说要教训温泉这个不孝女，又说其实他一直知道温泉喜欢的是陆江涛，但他看不上陆江涛，所以一直在撮合海波和温泉。

原来全世界的人都知道，只有他不知道。只有他被蒙在鼓里，一厢情愿。陆海波不明白，为什么明明是最亲近的人，却要这样互相欺骗，为什么他们不肯早点儿告诉他……

但日子总得过下去，陆海波胡思乱想着，收拾着店铺。思思带着司佳瑶和牛文静走了进来。

陆海波看都没看她们，直接说：“对不起，我们店里出了点儿事情，暂时不营业了。”

思思不满道：“老板，我们都来了。我们可是你们店的忠实用户，买东西从来不选第二家，就认你们家。你是不是接待一下我们啊？”

陆海波这才看清是思思，只好无奈道：“好吧，你们想要什么？”

司佳瑶连忙说：“我们宿舍的灯坏掉了，想买个灯泡。”

“在那边，你们自己选吧。”

三人走到灯泡货架边，装模作样地选着灯泡。牛文静不满地冲司佳瑶嘀咕：“吃个饭，都要跑来看看你的偶像。买什么灯泡啊？人家都结婚了，你才是个大灯泡呢。人家新婚燕尔，你还来凑热闹，司佳瑶你花痴啊。”

“我就想看一眼嘛。”

思思隔着货架，疑惑地看着神情落寞的陆海波。

“你们看老板，跟平常不一样，垂头丧气的，好像是特别不待见我们。”

陆海波不耐烦地望着三个女孩，明显已经看出来她们不是真的来买灯泡的。

“好了吗？”

“这……这就好，你们这里的灯泡都太难看了，有好看点儿的吗？”

“一个灯泡还分什么好看难看的？”

司佳瑶突然说：“老板，怎么不见你店里那个人……那个伙计。”

陆海波一听到陆江涛就心头冒火，扔下一句“死了”，就不再说话。

司佳瑶被吓了一跳，带着哭腔叫唤：“怎么好好的就死了。”

几人正说话间，才哥带着几个混混冲了进来。思思和司佳瑶、牛文静看到来人气势汹汹，下意识往货柜后面躲闪着。

才哥凶神恶煞地瞪了一眼陆海波，又看了看思思等人，恶声恶气地说道：“不关你们事，走了走了！”

司佳瑶拉拉思思的衣服，想要离开，思思却天生胆大，并不想走，都已经被司佳瑶拉着出了门，又回头扒在门口，朝店里张望。

才哥没注意到她们，径直问陆海波：“陆海波是吧？找着你弟弟了吗？”

“没有。”

“你弟弟可是还欠我们一批货。”

“那是他的事情，我不知道。”

“一个怂货，拉着老婆跑了，让哥哥来顶雷。”

陆海波听到这话，顿时心头冒火，气愤地大喊：“那不是他老婆！”

才哥一愣，莫名其妙道：“不是他老婆？不是他老婆，他拉人家跑什么跑？难道是你老婆啊？”

“你说什么呢？你嘴里放干净点儿。”

“我挺干净啊。”

陆海波怒火升腾，随手抄起了柜台上的一个算盘，朝着才哥砸了过去。才哥斗殴多年，下意识一缩脖子躲了过去，一瞬间也发火了。

“还敢动手？给我打！”几人不由分说，一拥而上踹倒陆海波拳打脚踢。

“干吗呢？怎么能随便打人啊？”

几人回头，看到思思满脸愤怒地站在门口，她的身后是两个吓坏了的小姑娘。才哥想到顾亦雄的话，只好停手说：“小丫头，没你什么事，快走！”

“你们再不住手，我现在就报警！”

才哥无奈，想到这姑娘大概就是顾亦雄的女儿，果然脾气大，一看就是有钱人家的姑娘。

“行，行，我们不打了，我们要账行吧。”才哥喊了一声，几个混混才停手。陆海波鼻青脸肿地趴在地上喘粗气。

“陆海波是吧，我告诉你，你兄弟陆江涛跑了，但是跑得了和尚跑不了庙。他偷了我们的东西，他就是个小偷，你这顿打算是替他挨的。但是挨了打，也免不了得赔偿我们的损失，他偷走的货，你要是知道在哪里就乖乖交出来。不知道，你就得赔！懂了吧，我还会回来的！”

说完，才哥带着兄弟们扬长而去。

思思和司佳瑶、牛文静冲进来扶起了陆海波。

“快！带他去医院看看吧！”

陆海波勉强撑起来上半身，拒绝了她们：“不用。”

“都伤成这样了。”

陆海波神情哀伤，有些自暴自弃，显然不想再多纠缠，说：“不碍事的，扶我坐会儿。我坐会儿就好了。没事的，你们走吧……”

思思还想说点儿什么，却看到陆海波的眼神中满是冷漠，似乎世上再没有什么事情能让他多说一句话。思思握了握他的手，扭头离开了。

不知道过了多久，陆海波终于再次站起来，关掉店门，开始收拾店铺。他走进库房里，把一些货从货架子上搬下来。突然看到，库房墙角处堆着几个箱子。陆海波想起才哥的话，连忙跑过去打开箱子，发现里面全都是走私货物。

陆海波气愤难当，抓起手边的一盒灯泡狠狠摔在地上。陆海波只觉得自己精疲力竭，靠在墙上，一瞬间，他甚至要失去继续经营这家小店的勇气。

“砰砰砰”的敲门声突然传来，林霞的怒吼声传进他的耳朵。

“陆江涛，你给我出来！”

陆海波缓缓站起来，走向门口，目光呆滞地打开门。

林霞冲进来，状若疯癫地大喊着：“陆江涛！你给我出来，出来！”

陆海波自己都没发现，林霞的到来让他突然又有了一丝活力。

陆海波抓住林霞的肩膀，想让她冷静下来：“林霞，林霞，江涛不在这里。”

“那他在哪里？在哪里？我要杀了他！”

“别这样，我知道你难过，别这样。”

林霞突然大哭起来，用带着哭腔的声音呼号：“他到底去哪里了！”

“林霞，你理智点……”

林霞挣扎着，狠狠地一口咬在陆海波的手腕上。陆海波强忍着疼痛，声音低低地道歉说：“林霞，对不起，我们陆家对不起你，对不起！”

“对不起……对不起有什么用？我爸，我爸他走了！都是因为陆江涛！”

陆海波震惊道：“你说什么？”

林霞涕泪横流，几乎说不出一句话，一拳一拳地使劲锤打着陆海波。陆海波咬牙忍受。

“对不起！对不起了！”

一直到林霞用尽浑身力气，渐渐瘫软，陆海波还是魔怔了一般重复着“对不起”。他扶住失魂落魄的林霞，听到她嘴里原来也在嘟囔着什么。

“我要问问他，我要问问他……”

“他跑了，我也想问问他……”

3

陆江涛和温泉逃走当晚就到了宁长县的乡下。刚离开家时的欢欣雀跃，很快就变成了忧心忡忡。陆江涛一想起他从婚礼上逃走时酒店里的情景，心情就久久不能平静。两人正坐在路边摊吃着饭，陆江涛突然就心事重重起来。

温泉关心道：“江涛，多吃点儿。”

陆江涛低头吃饭，但也只吃了两口白饭，一筷子菜都没夹。温泉给他夹菜，他却突然放下筷子，长长地叹了口气。

“我闯祸了！闯大祸了！”

温泉温柔地握住他的手，直视着他的眼睛说：“是我拉你跑的，是我闯的祸，不是你，怪我！”

“怎么能怪你呢？这事起头是我，中间折腾的是我，最后也是我拐了你。”

“不许说拐，要拐也是我拐你。我只想问你一句话，你后悔吗？”

陆江涛坚决地摇摇头。

温泉把菜推到他面前说：“那就什么都不用说了，吃饭！吃菜！”

陆江涛抓起碗筷，大口大口地吞咽起来，吃着吃着，眼泪还是不争气地流了下来。

两人在宁长住了几天，一边走一边打听，径直去了大丰农场。农场里的人告诉他们，当年的知青有一个没回城，在农场结了婚后，一辈子就留了下来。要打听农场的事，得问她——一位叫李蓉的阿姨。两人按照打听来的路线，中巴换三轮，终于找到了李蓉在乡下的家。陆江涛提前买了水果，两人走到门口，敲了敲门，等了一会儿，没人回应。两人以为没人在家，正准备走，门却突然打开了。

开门的人正是李蓉。可能因为常年务农的关系，她看上去要比实际年龄大很多，一眼看过去，给人感觉差不多有五六十岁。李蓉露出怀疑的神情看着陆江涛和温泉，问道：“你们是？你们找谁？”

李江涛礼貌地问好：“您是李蓉阿姨吧。您是不是当初的知青，留在这边的。”

“对，当年来大丰农场的知青，就我留在这里了。你们是？”

“我跟您打听一个人，也是当年的知青。看您认识不。”

“谁？”

“杨怡华。”

李蓉的表情突然警惕起来，双手一送就打算关门。陆江涛连忙伸手把门抵住，

“别，别！阿姨，我们就是找您打听点儿事。”

“杨怡华怎么了？我认识，早死了。”

“我是杨怡华的儿子。”

“你胡说！杨怡华怎么有儿子？她都死了这么久了，你干吗还要玷污她的清白？我当年跟她一个宿舍的，她清清白白一个姑娘，遇到山洪暴发，牺牲了，你们干吗还要胡说这些？”

“我真的是她的儿子，她没有死在山洪里，后来被我爸爸给救了。”

李蓉双手仍然扶在门上，只留下一个门缝，看着陆江涛。

“杨怡华没有死？那她现在在哪里？”

“我妈现在已经去世了，在我还很小的时候。”

“她命苦……”

“李蓉阿姨，能让我进去吗？我想了解一下我妈当年的事情。”

李蓉抹了一把眼泪，双手用力，仍然想要关门。

“孩子，别问了，你妈命太苦，我不想说。”

“阿姨，阿姨您开开门，我就想知道我妈留给我们一个叔叔的照片，说找他就能问清楚当年的事情。”

“谁？”

“许志民。”

“我也不知道他在哪里，他改名字上大学去了，之后就再没消息了。别找他，你妈当年就是去等他，再也没有回来。他就是个无情无义的人！”

“那李蓉阿姨，您……您知道我爸爸是谁吗？”

“那谁知道，追怡华的人多了去了，可谁都没成功。我哪儿知道是谁？”

说完李蓉一把关上了门。无论陆江涛怎么呼唤，李蓉再没有回他一句话。两人面面相觑，都搞不明白到底怎么回事。

“怎么办？”

“敢情这个许志民不仅不是什么许叔叔，还是害死我妈的人。”

“害死？”

“你没听阿姨说吗？我妈要是不去等他，就遇不到山洪，遇不到就不会落水，不落水，她最后几年就不会那么痛苦。”

离开农场得步行去路边等车，两人一边说着，一边往公路上走。走到路边，两人都有些累，就在一座小桥旁停下休息。陆江涛闷闷不乐，温泉安慰他道：“总算是小有收获，也不枉此行。”

“我总觉得，李蓉阿姨还瞒着我们什么？”

“你就是喜欢怀疑人，李蓉阿姨人挺好啊。”

“是挺好，可我总觉得哪儿不对。”

正说着话，一辆载客中巴车的喇叭声打断了他们。这是中巴车在提醒农场的人，如果要坐车就赶紧上来。

两人往桥上走了走，给车让开路，就那么看着公共车渐渐驶远。他们没上车，因为两人都不知道接下来该去哪儿。

温泉问出了心中的迷茫："江涛，咱们去哪儿啊？"

"我们……该回去了吧？"

"你……你是不是担心家里？"

"总不能一直逃避，总要有面对的那一天，我把个烂摊子留给大哥，不知道他们会不会找大哥麻烦？"

温泉原本晴朗的表情，也在听到这句话后，变得沉重起来。

"我知道你担心海波，担心林霞，担心自己闯下的祸。我知道其实你心里也很不好过，其实我也很担心我爸。虽然我很感动你为我放弃了全世界，要努力给我幸福，但我也爱你，希望你开心。我想好了，我们回家，只要我们俩这次下定决心在一起了，就没有过不去的坎儿。面对困难不是逃避，是迎难而上去解决它。江涛，不管回去以后会发生什么，我都会站在你身边陪着你，我们一起面对。"

陆江涛看着温泉，感动地点点头说："让你受委屈了。但你相信我，我发誓，我一定会努力工作，努力赚钱，我要给你幸福，让你吃世界上最好吃的东西，穿最好看的裙子，住大房子，找保姆伺候你，什么也不要你做，绝不让你后悔嫁给我……"

温泉双眼一热，流下泪水说："我们回去，会面对最不想面对的人，你大哥、林霞、我爹。我知道每一道坎儿都会很难，很难。可是我要你记住，我们做的这一切，可能会伤害一些人，但我们是因为忠于爱情，忠于纯粹的爱情，忠于我们的心。"

"我记住了，是你让我有了面对一切的勇气。温泉，咱们回家吧？"

"嗯，回家。"

宁长县距上海不过半天路程。两人下定决心，自然行动也快。这一天傍晚时分，陆江涛牵着温泉的手，已经站在了老宅门口。陆江涛深吸一口气，鼓起勇气推开了门。

陆海波果然在家里，短短的不到半个月时间，他已经像老了几岁似的，变得形容枯槁。陆海波迷茫地抬起头，看到进门的陆江涛，愣住了。

"哥！我们回来了。"

陆海波突然发现这不是幻觉，弟弟真的回来了。他的怒气一瞬间冲上大脑，两步冲到陆江涛面前，用尽全身的力气狠狠一拳砸在陆江涛的脸上。陆江涛被打得七荤八素，趔趄着向墙角倒去。墙边的脸盆架子被他撞倒，水盆里的水洒了一地。

"你还敢回来！"

温泉尖叫着冲上来拉着陆海波劝道："陆海波，你放开，你别打他！都是我的错，你要打，你就打我！"

没想到向来温柔的陆海波一把推开温泉，指着他俩怒吼："你，你们给我滚，一辈子都别回来！"

"海波，这事儿跟江涛没关系，都是我的不对，你听我跟你解释……"

"解释什么？！很光荣吗？师父都被你气坏了，你还是回去跟他老人家解释吧！"

"我爸……他没事儿吧？"

陆江涛扶着墙站了起来，看温泉着急，劝解道："温泉，你先回去看你爸吧，我晚点儿去找你。"

"他要再打你呢？"

"不会的，他是我哥。"

"打你你就跑，听见没？"

"你别管了。"

温泉担心地看着两兄弟，发现陆海波确实不动了，终于还是离开，往家里跑去。

"……哥，我知道这件事情是我不好，对不起。可我是真的喜欢温泉，从我第一次见到她，她就在我的眼睛里生根发芽了。我看出大哥也喜欢温泉，我也不愿意伤害大哥，所以我一直忍着忍着。就在那一刻，我也不知道中了什么邪，温泉一拉起我的手，我就什么都顾不上了……哥，我真的不是故意要伤害你。这样，你就再打我一顿消消气，真的！你想怎么打就怎么打！"

"陆江涛，我真佩服你，你到现在还能这么不知廉耻地说出这些话！你喜欢温泉，那你就一早说呀，干吗还要跟人家林霞虚情假意？还办婚礼？你让人家一个女孩子的脸往哪儿搁？"

陆海波眼泪都快下来了，他狠狠地擦了一把眼泪，往门外走。

"跟我走！"

"去哪儿？"

"还能去哪儿？去向林霞道歉，林主任自杀了！"

"什么？"

温泉家院子里，温泉正"咣咣咣"地敲着门。

“爸，你开开门吧，我都回来了。”

“不开，就是不开，你不是跟着那个浑小子跑了吗？有种你永远别回来。”

“爸爸，要我跟您说多少遍啊，我是真的喜欢陆江涛。”

“你喜欢有个屁用啊，那小子的德行你没有看到啊？一天到晚到处捅娄子，还没怎么着就得丢家舍业地跑路！你要是嫁给他，我最后还不得吓死啊！”

“爸，您就相信我，相信江涛吧，他总有干出来的一天！”

“他干出来了，得把你爸我，把他哥都给拖累死。今天就是一句话，你不跟他了，你进我的门，你还要跟着他，你就不要进我的门！”

温泉扑通一声跪在了门口，双眼含泪，但表情一如既往地坚定，说：“爸，不管怎么着，您永远是我爸，您可以不要我，我不能不要您。我发誓我和江涛以后一定好好过日子，好好奉养您！”

温老板趴在门口偷偷看着倔强的女儿，也流下了眼泪。父女俩就这么僵着，一直到后半夜，几乎跪得快要昏倒的温泉突然听到响动，门开了。

温老板心疼地站在门口，望着女儿嘟囔着：“今晚你先回来，但你要是还要跟着陆江涛，你就再滚！”

温泉刚要站起来，却因跪得太久，膝盖一疼，跌倒在地。温老板心疼地扶起女儿，往屋里走，嘴里嘟囔着：“上辈子我是造了什么孽哟！”

温泉嘻嘻一笑说：“就知道您舍不得！”

这一夜，陆江涛终究没有鼓起勇气面对林霞，两兄弟在老宅里睡了一夜。第二天一大早，陆海波去了五金店，陆江涛也默默地跟着去了。一路上，不断有邻居大妈对他们指指点点，还捂着嘴笑。陆海波越走越快，陆江涛也快步跟上。

进了店，陆海波自顾自去干活，陆江涛就赶紧拿了拖把，准备打扫店铺。忙活了一会儿，陆海波从库房出来，看见陆江涛正在拖地，冷哼一声问他：“让你进来了？”

“大哥，我帮你收拾收拾……”

“出去！”

“哥，你真打算把我扫地出门呀？”

“在林霞原谅你之前，我没你这个弟弟！”

“她……她怎么可能原谅我啊？”

“你也知道？滚出去！别在我眼前晃！”

陆江涛无奈地被推了出来，一开门就看见几个小混混或蹲或站，守在门口。陆江涛正一肚子火没处撒，就走过去问："你们是干什么的？"

一个混混嚣张地说："我们奉了才哥的命令，来看店的。"

"什么才哥才弟的，我不认识。想买东西就进来看看，不想买就滚蛋！"

"让我们滚可以，把店让出来。不然，我们让你这生意没法儿做！"

"我哥身上的伤是你们打的？"

"是啊，不服？！"

陆江涛转身就去店里拎了一把菜刀往门外冲。陆海波一把拉住他，吼道："你干什么？"

"你别管！这帮孙子，我不在了，就敢骑在我哥哥脖子上拉屎撒尿！"说着陆江涛一把甩开陆海波，出门一句话不说，挥刀就往一个混混头上砍去。几个混混被吓坏了，连忙站起来逃走，陆江涛顺手就把菜刀扔了出去，菜刀砍在了一根木质电线杆上。

陆海波气得不行，走过去把菜刀捡回来，大骂道："陆江涛，你要是想死你就滚远点儿，别弄脏了我这店门！"

"哥，你这不是替你……"

陆海波想起来自己早就把走私货还给了才哥，但这段时间他们依然不依不饶地捣乱，越想越气，随口说道："你有本事就把他们彻底解决了！别让他们天天来捣乱！"

"我把他们都解决了，您就让我进家门了？"

陆海波一愣，反应过来说："那也不行！滚出去！"

陆江涛看着大哥，叹了口气，转身离去。他在街头无所事事，先去找了温泉，却被温老板一顿骂赶了出来。他又去找冯力，却不知道冯力跑哪儿去了。不过从其他街坊那儿，陆江涛得知冯力早就被才哥他们放出来了，人也没什么事，跟平时打架差不多。他不知道的是，顾亦雄也已经断了和才哥的来往。因为走私集团早就被公安局盯上，顾亦雄和他们做生意差点儿被卷进去。全靠他岳父靳鹏生压下了案子，这才逃过一劫。才哥等人从陆海波那里讨到货之后，就放了冯力。而因为顾亦雄主动和他们断了交往，为难五金店的事自然也不了了之。

这一年是1996年，陆思齐大学毕业回到上海，跟她的发小兼同学陈建谈了恋爱。

林霞离开上海，去了香港。陆江涛试过无数次给林霞道歉，但都以失败告终。林霞差点儿想要杀死陆江涛，但在刀尖快要接触到他时，还是没能下得了手。陆海波怀着巨大的内疚，每天给林霞送饭，换来的却是冷漠和嘲讽。然而当林霞离开时，却把家里的钥匙交给了陆海波，拜托他帮着照看家里。

因为在上海，她已经找不到另一个可以托付的人了。

1997年，这是在每一个中国人的记忆里都刻骨铭心的年份。邓小平去世，香港回归，亚洲金融风暴……这些历史事件一次次冲击着普通人的记忆。这一年，香港爆发的金融危机蔓延到了中国东南沿海一带，一些香港人在上海投资的店铺，经常性地撤资关张。然而就在阴云密布的经济大环境下，陆家两兄弟终于从屡屡败退的谷底，开始了新的征途……

◈4◈

五金店里，温泉坐在柜台里面。陆家三兄妹围坐在柜台前。

“做超市！”陆江涛说。

“超市？”陆海波问。

“哥，我刚刚去看了几个点，位置都不错，要不是这次亚洲金融危机他们撤资走人，哪儿有这么便宜？可惜我们没有那么多钱，否则我一准儿全都买下来。”

“人家既然撤了，必定有撤的道理，凭什么人家做不了咱就能做？”

陆思齐大学毕业后，一直在《证券报》工作。所以她接触到的经济类资讯很多，听着两位哥哥争论，想了想，说道：“大哥，你先听二哥说。二哥一向不靠谱，但是我觉得这次还是有点儿意思的。”

陆江涛滔滔不绝地说：“他们走他们的。超市是什么？就是柴米油盐酱醋茶，就算什么大环境不好，但是我不信人还能不吃饭？不吃盐？做菜不放油？说实话，咱们这个五金店收入还不错，够养活我们，还能存下一点儿钱。但是收益再好也就这一家店，要想发展，就得多占点儿地盘，多开几个店。”

陆海波还是不放心地说：“搞一个店还忙不过来呢，再多搞几个，人从哪来？”

“我的大哥啊，有收益还怕没人干活吗？您不能永远只做有把握的事情，那么你一辈子都只有这一个五金店。我们不能就这么过一辈子吧！”

“那还能怎么过一辈子啊？”

“我觉得咱五金店的业务比较单一。咱要做超市，而且还做连锁超市，那我们的业务可是跟每一个人都密切相关，就等于每一个人都送钱给你，我们顺便帮人家解决困难。”

“你会说话，说到底还不是一样吗？都是卖货。”

陆江涛有些急了，说：“不一样，你五金店能开几家。咱们如果做超市，就可以把市面上那些撤资走人的店面用最便宜的价格都盘下来，一家变成三家，三家变成五家，五家变成十家。只要认真去做，将来总有一天，出去遛个弯儿，保证走一千米就能看见一家咱们的店！”

陆思齐和温泉都被他煽得有点激动。温泉开心地问：“江涛，还真能那样子啊？”

陆思齐解释道：“当然可以，在国外，这叫连锁经营。别看就是个小卖部，如果连锁经营，规模做大的话，最终那都是国际零售业集团。”

“既然连锁，两家也是连锁，五家也是连锁，我们就一口气做出个规模，只要规模上去了，牌子也就出来了。有了牌子，老百姓买东西就认你，最终离思齐说的那个什么零售业集团公司，也就不远了。”

陆海波还是觉得不现实，问道：“说起来容易，但是同时开几家店，我们哪儿有那么多钱啊？恐怕连第二家、第三家都开不起来。”

“大哥，这一次咱们砸锅卖铁也要做起来。我都算过了，咱们这家五金店改造成超市，算是第一家，这个不需要花多少钱。温泉，你能说服你爸爸吗？把你爸爸的那家电子修理铺也改成个社区超市吧，这算第二家。如果咱们能够把各自的钱凑一凑，还可以再盘下一家位置更好，条件更好，原本就是超市的店，做咱们的中心店，这一下子可就三家了。以后这些店有盈利了，又可以继续开新店。”

“停！陆江涛，你把我爸爸都算进去了？你觉得我爸能答应吗？我爸现在连你进我们家门都不让，你还要夺他的店？”

“你爸也干不动了，那些手艺你又没学会，我哥还要做我们这个马上就要踏上征程的国际零售业集团公司的总经理。你爸还是把店传给你，你传给我，做起来好。”

温泉呸了一声："你去和老爷子谈。"

"我怕他打我，你去谈，你是他亲闺女。"

陆思齐想了想说："二哥，我支持你，我和陈建原本准备安定下来就结婚，我回去可以跟他谈谈，如果可以，我们先不结婚，把结婚的钱拿出来还可以多盘下一间店。"

陆江涛高兴道："看见没有，这才是亲妹子。放心，思齐等你结婚的时候，哥早就有钱了。到时候结婚的一切费用，全部二哥出了，一定给你搞得风风光光，成为全城焦点。"

陆海波语重心长地说："思齐，结婚是两个人的事情，你还是回去跟陈建谈一下再给你二哥表忠心。况且到底做不做超市，还没有商定呢。"

眼看着事成不了，陆江涛真有点儿急了，说："大哥，还没有想好？"

"我知道你的意思，就是把我们所有的资源，所有的钱，都拿出来做超市，连锁超市，对吧。但是，陆江涛，你以前做过不少事情，有哪一件是能够让我放心的？哪一件不是给大家惹尽了麻烦？我们现在是有了点儿钱，但是这点儿钱是我一个个灯泡一个个二极管卖出来的，我必须慎重。温泉，思齐，你们也都想想，有没有这个必要？要不要冒这个风险。"

陆思齐和陈建住在报社的宿舍里。一回去，陆思齐就找陈建商量了起来，把陆江涛的思路一股脑全告诉了陈建。

陈建还不太相信，将信将疑地问："这话真是你那个二哥说的？"

"是啊？"

"你别说狗嘴里还真吐出两颗象牙。"

陆思齐不满地推了他一把，说："你这话什么意思？"

"没听出来啊？我这是夸你二哥呢。"

"你这夸得人别扭死了。"

"我是说，你二哥这次说的倒是靠谱点儿。现在金融风暴蔓延到实体经济，所以在实体经济中弥漫的是恐惧情绪，但这正是抄底实业的好机会。就拿你二哥想的这个做超市来说吧，这是生活必需品，无论大环境如何，都是人类生存所必需的。所以做没有问题。"

陆思齐一听，开心道："这么说你同意了？"

陈建扶了扶眼镜，茫然地问：“同意什么啊？”

“同意把我们结婚的钱拿出来，给我哥，咱们也入一股，帮着他们开一家。”

“为什么？”

“什么为什么？我哥现在想要创业，需要用钱啊。”

“他需要用钱就去找钱借钱，干吗用我们的？”

陆思齐望着男友傻里傻气的表情，突然有点儿不知道该怎么和他交流，想了想，还是说：“我们应该帮一下我哥。你刚刚也说了，你也很看好这个时候做实体超市。”

“可是我们要结婚啊！帮助人这种事情啊，我觉得是在一个人富裕的情况下才好去做。我们现在什么情况啊？你刚刚到《证券报》做个到处乱跑的小记者，才攒下点儿钱。我呢？正忙着复习考咱们学校的研究生，孙老师都说了很看好我的学术能力，希望我能一举考上。咱自己的稀饭还没吹冷呢，怎么帮别人啊？”

“我做记者，有点儿积蓄，你正复习考研，就复习考研。你要考的是公费研究生，也不需要什么钱。而且这种情况下，我们又结不成婚，怎么就不能把钱借给我二哥？大不了给你利息。我二哥可是说了，如果咱们入股，将来结婚，所有的费用算他的。”

“拉倒吧，你啊就是一个傻丫头。你大哥的话十句里面还能听一半，你二哥的话十句里面只能听一句，就是问你借钱那句。”

听到陈建这么说两位哥哥，陆思齐一下恼了：“我大哥又怎么你了？我大哥一向说话算数的。”

“你大哥说话是说一句算一句，但是你大哥说的十句里只有五句是他真想说的，其他的话都是为了你二哥违心说的，被你二哥逼着说的。”

“不说这些。我就说咱们那点儿钱，现在用不上，能不能拿出来？”

“谁说用不上，年底我要考研究生，我想在明年去北京读研究生之前，咱俩先把婚结了。”

“为什么？”

“我……我怕我去读研究生了……你再跟人跑了。”

“做你的春秋大梦吧。”陆思齐气得准备走。陈建拉了一把她，嬉皮笑脸地说：“晚上别走了。”

“不行，明天还有一个对庞总的采访！”

五金店里，陆海波正在柜台里算着账，陆江涛在库房里盘货。思思突然跳进了店里，喊道：“大家好，这段时间想我了吗？”

陆江涛被思思逗笑了，说：“哎哟，还别说，思思你可有段时间没有来过了。”

陆海波也说：“不是去社会实践了吗？”

“实践完了，所以来看看你们。”

陆海波逗她说：“我们都挺好。你可以回去了。”

“怎么现在都开始嫌弃我了，告诉你们我的社会实践结束了，接下来我开始实习了。我都想好实习地点了，就你们这个小店吧。”

“我们这里能实习到什么啊？在我们这里你只能当营业员。”

“我就是来做营业员啊。人啊，要从底层一步步往上爬。想了想，我认识的最底层也就是你们俩这里了。”

陆江涛无奈道：“你这是夸我们啊，还是骂我们？”

思思背着双手晃悠着，嬉皮笑脸地说：“反正我还挺喜欢你们这里的，而且卖卖灯泡，销销电线，我挺知足。”

陆海波觉得不太靠谱，劝她说：“那不行，你一个上师大的高才生，在我们这里会耽误你的前途的。”

“我就是觉得你们这里有前途。”

陆江涛哈哈笑道：“哥，不给她开工资。”

“谁需要工资啊？我本来就是实习，实习不要工资。”说话间，一个客人进了店，思思热情地迎上去招呼，“帅哥，想要来点儿什么啊？来二两电线，还是三斤灯泡啊？”几个人都被她逗笑了。

就这样思思开始在店里帮忙，陆家兄弟只以为她是小孩子觉得好玩，也就由她去。几天后，虽然心里还是不太踏实，但陆海波终于还是答应陆江涛，把五金店改造成超市。这天进货回来，想到要改造店铺，陆海波愁上心头，不由得跟思思说起烦恼来。

思思帮着陆海波从三轮车上往下搬货，陆海波搬着东西，突然说：“这估计是咱们这个五金店最后一次进货了。”

思思诧异道：“为什么？”

“我们准备把五金店改造成超市。”

思思一听，兴奋地差点把手里的箱子扔掉。

“真的？太好了，大哥，你们太英明了。”

“江涛有个想法，我不太支持，他准备一口气做上几家超市，叫……”

“连锁！”

“对，连锁超市。”

“挺好啊。”

“好是好，哪有那么多钱啊？要盘下店铺，要装修，要注册，要进货，一下子需要太多钱，所以我还是觉得应该一步步来。”

“大哥你错了，就应该直接做连锁。”

陆海波被思思说得一愣，回头看着她。思思继续解释道：“我们这个年纪喜欢规模化的商户，你开一个小超市，服务再好品种再多，人家慕名而来太远也不方便啊。超市超市，那就是超级市场，你需要有最丰富的货品，有最便宜的价格，有最超级的服务。如果店面做不大，那就多做几家，有人是做巨无霸，有人就可以实行蚂蚁战术，遍地开花。如果一家一家做，倒是稳妥，但什么时候才能遍地开花啊？等你资金慢慢攒够了，别人早就把市场给占领了。”

“你说的……好像也有道理。”

“所以要借鸡生蛋。如果你们做超市钱不够的话，我可以入一股。”

陆海波不太相信她的话：“你一个大学生……还是到时候抽空来帮忙吧。”

思思已经搬完了最后一箱货，双手叉腰气呼呼地说：“你看不起我？行，等你们成立的时候，我一定来入一股！”说完她转身对着店外，夸张地张开双臂，吼叫着：“这就是我的事业了！”

东洲集团气派的大楼前，陆思齐紧张地做了几遍深呼吸，自言自语道：“不紧张，不紧张，我叫不紧张……再练一遍！庞恩岳先生，您好，我是《证券报》的记者陆思齐，首先感谢您百忙之中接受我们的采访……”

陆思齐练了好几遍，终于确定自己调整好了状态，才鼓起勇气大步往楼里走去。刚刚走上台阶，陆思齐突然发现，东洲集团的董事长庞恩岳正走出集团大楼的一楼大堂，他的身后还跟着好几个秘书模样的随从。庞恩岳步履匆匆，似乎是有什么急事。陆思齐一看急了，连忙冲过去，自我介绍道：“庞总您好，我是上海《证券报》的记者陆思齐，您是要出去吗？”

庞恩岳有些意外地看了一眼陆思齐，似乎是没想到这个小记者会这样冲上来。但他忙着去市政府，没有搭理陆思齐，继续快步下着台阶。一名秘书伸手去拦陆思齐，陆思齐有些着急地跟着他们的脚步，继续说着："庞总，庞总，如果我没有记错的话，下面的一个小时是我们约好的专访时间，我听说职业经理人都很有契约精神。"

庞恩岳停下脚步，回头看了陆思齐一眼，似乎是被她的话打动了，但匆忙之间，也只是向秘书问了一句日程安排。

秘书连忙拦住陆思齐解释道："是陆小姐吧，对不起，刚刚接到了市政府的电话，蒋副市长要见庞总，我们来不及通知您了。"

说着庞恩岳已经走到了路边。

陆思齐望着已经站到路边的庞恩岳一行，鼓了鼓勇气再次走上前去，说："可是，今天我们为庞总预留了版面……"

秘书不耐烦道："回头再说吧。"

"庞总，庞总，我是您中央财大的师妹。您所有专访文章我都看过了，但是看了您从英国留学归来接手东洲集团之后，我想就'职业经理人如何在中国企业家族式经营的环境中突围'这个话题专访您……"

庞恩岳看了一眼手表，回头礼貌地道歉："小姑娘，我现在要去见市长，急了些，工作流程没有调整好，对不起，是我失约了，我愿意弥补。但今天恐怕来不及了……"

陆思齐连忙说："如果您不介意的话，我能跟您坐一辆车走吗？我们可以把专访放在路上谈……"

庞恩岳打开车门，再次回过头来，因为陆思齐又一次让他感到很意外。

"好吧，你上车。"

采访意外地顺利，陆思齐功课做得很到位，每一个问题都让庞恩岳眼中焕发出神采，滔滔不绝地去表达自己对于企业经营，对于经济形势的看法。时间过得飞快，半小时的路程，竟然让两人都觉得有些意犹未尽。庞恩岳对自己这个小师妹兴趣盎然，主动提出再约见一次，还把自己写的关于连锁经营业态的分析报告给了陆思齐一份，请她提意见。这让陆思齐很是兴奋了一把。

下班回到宿舍，陆思齐开心地把庞恩岳的报告拿给陈建看，说是他们大师兄的大作。陈建满脸不屑："什么大师兄，不就是出国镀过金吗？媒体捧得跟什么似的。"

陆思齐的喜悦被男友一下浇灭，有些不满地辩解："人家是真有本事的好吧。

孙老师挺看重咱们这个大师兄的，人家从财大毕业之后，有民营企业的高管经验，又去美国读了宾大沃顿商学院的MBA，海归，回来之后现在又做了东洲集团的董事长。我在路上看了他的这篇论文，理论水平还是有的，更难得的是人家有大量的实战经验。而且这篇文章恰好证明了我二哥的选择是正确的，现在这个情况下，经营连锁超市是符合经济发展的潮流趋势的。”

陈建一听到陆江涛，立刻反应过来，说：“好啊，转了这么一大圈，还是来帮你哥哥借钱不是？我告诉你，我也认为现在做超市是没有问题的，甚至是最好的时机，也许未来几年中国新的首富，就是一个做渠道发家的。”

“那就没有什么问题了？”

“但是绝不是你二哥。我说了理论没问题，时机没问题，但是操作的人有问题。你那个二哥，不是我看扁他，就是一个时时冲动、没有任何稳定性和投资潜力的人。这是学术化的描述，用老百姓的话说，那就是个土包子，成不了什么大气候。”

陆思齐瞪了陈建一眼，不想再跟他多说，摔门而去。

次日，庞恩岳的秘书主动联系了陆思齐。陆思齐很开心，下班后开心地打算赴约，没想到庞恩岳竟然亲自开着车在报社门口等他。虽然受宠若惊，但陆思齐还是坦然上了车，因为庞恩岳留给她的印象也确实非常好。

到了饭店，两人在侍应生的引导下来到靠窗的一个座位。庞恩岳绅士地拉开椅子，请陆思齐就座。然后自己坐下开始点菜，侍应生和庞恩岳很熟悉，还特意拉开一面屏风，为他们隔开一个独立的空间。

陆思齐有点不自在了，说：“庞总，其实您打个电话到报社，我就过去听您的意见了。这样有点……太客气了。”

庞恩岳看着菜单，头也不抬地说：“原本我也是这样想的，但是又看了一遍你的文章，好文字啊！咱们学校，论学术水平，高手很多，但是论文字水平，你写的是我归国这五年难得一见的好文章。”

“谢谢庞总夸奖。请问我的那篇专访，有哪些地方需要修改吗？”

“你的文章，我看了两遍，最终决定——一个字不改。”

“不会吧？”

“是一个字都没有办法改！每一个词都用得精准！漂亮！”

庞恩岳一边侃侃而谈，一边点好菜，侍应生给他们倒上红酒。

陆思齐有些不好意思，站起来举起酒杯说："谢谢庞总夸奖，那我敬您一杯。"

"坐下，师兄师妹的，要是老站起来，就说不成话了。"

两人干杯。

"师妹啊，说实话，见了你的人，看了你的文字，我现在有个念头。"

"庞总，您说。"

"不要老是庞总庞总的，叫我师兄就行了。"

"那师兄您说。"

"我想邀请你到我的东洲集团，来做我的秘书。"

陆思齐一怔，意外道："我？能行吗？"

"怎么不行？就凭你的干练，就凭你的文字处理水平，我的眼光不会错，你一定可以做好的。"

"庞总，不，师兄，您过誉了，我没有您说的那么好。东洲集团可是咱们市里挂了号的大国企，我……我恐怕是做不好的。"

"人啊，总是这样，当你没有这个资源，没有这个平台的时候，总是向往，希望自己可以挥斥方遒，指点江山。但是一旦平台向你伸出橄榄枝的时候，所有人都下意识地对自己说，我能干吗？我怎么能干得了这个？"

"对，师兄你说得太对了。"

"其实所有人都是一步步走来的，我也不是一生下来就是董事长。当年我从英国回来踌躇满志，但一听说要接手东洲集团，心里还是发毛，跟你现在一模一样。"

"师兄，您也有害怕的时候？"

"对啊，每个人都一样，所以我想告诉你的是，当时代选择了你，当一份责任落在你的肩头，不要推辞，权力从来不是从天而降的，谁负的责任越大，最终落在他名下的权力也越大。我给你三天时间思考一下，如果有想法，随时给我打电话。先不说这些，今天咱们得喝尽兴喽。"

说着庞恩岳冲侍应生打个招呼，附耳说了几句。

一会儿，一个拉小提琴的人过来了，陆思齐抬头看了一眼，愣住了。

庞恩岳很得意，给陆思齐倒着酒说："红酒配才女，不能没有音乐助兴。"

而其实，陆思齐惊讶的是这个拎着小提琴的人居然是陈建。陈建仿佛不认识陆思齐一样，自顾自地拉起琴来。他也就是大学时候在社团里学过两下，水平很业余，拉的曲子还是《酒干倘卖无》，听得庞恩岳一阵皱眉。

“能不能换个欢快的或者浪漫的？”

陈建伸出手，庞恩岳会意，掏出一百块递过去。

“不好意思，先生，点歌要加倍。”

庞恩岳又掏出一百来，递给了陈建。

“您点的是艺术，又不是小姐，您还讨价还价，当五星酒店是菜市场啊？”

庞恩岳有些生气地说：“你说话放干净点儿，是你说的加倍。”

“对，没错，我说的。可是基数不对，艺术，八百起价。”

庞恩岳知道跟这样的人没什么好说的，抬手招呼领班，想要投诉，却被陆思齐一把摁住了胳膊。

陆思齐生气地站起来冲陈建说：“别闹了行不行！我们好好谈事情，你起什么哄？”

庞恩岳一脸惊诧地看着两人，有些回过味儿来了……

陆家老宅里，陆思齐、陈建跟两个哥哥坐一桌吃饭。直到这会儿，陆思齐还气呼呼的，不愿意搭理陈建。陈建也心里别扭，不说话闷头吃饭。

陆海波劝解着说：“你俩别闹脾气了，听陈建说那个老总请你去做他的秘书？”

陆思齐点点头，陆海波继续说：“你不是说你和陈建马上就要结婚了吗？这个时候换单位，各种事情又会冒上来。况且，这个庞总是什么人，我们也不清楚，我觉得陈建也不会完全放心，所以还是算了吧。”

陈建点着头说：“就是，大哥说得对。我就不喜欢那个人的面相，再说了，哪儿有一个国企老总，接受了一次采访就非要把记者本人要去当自己秘书的？还开着豪车，接来送往，餐厅红酒，这哪儿是一个国企老总啊？这明明是一个色鬼。”

陆江涛从小就和陈建不对付，忍不住说道：“话也不能这么说，我妹妹写得好，我妹妹优秀，有企业老总看上了，我是说想要挖墙脚，挖到自己公司来，这本身也是很正常的。况且还是东洲集团，这个机会太难得了。我觉得思齐应该去，不应当在一个地方待得太久，那样人都懒了。人往高处走，水往低处流，有什么错吗？”

陈建不服气地说：“陆江涛，你这就是故意不让我省心。”

“陈建，你也有问题。别人如果自己的女朋友有了好的机会，被人夸奖了，工作做出成绩了，会替她由衷高兴。你呢？什么还不了解，就非得压制思齐。你是怕思齐将来的成就超过你，还是怕自己配不上被人家截和？”

“我怕思齐的成就超过我？你这说的什么笑话？思齐你告诉你哥哥，从进入大学，有哪一门功课我落在你后面了。配不配得上我也不说了，要不是思齐，哼！就你们家……”

“我们家怎么了？我们家可没上赶着请你来。再说了，你们毕业了进入社会，不比学校。在学校你是学霸，并不代表在这个社会上就一定一帆风顺。在学校成绩平平，也不代表进入社会就会举步维艰。”

“比如你？上个夜校都能被人赶出来。”

陆江涛一怔，已经很久没人跟他提和林霞有关的事了，听陈建一说，他直接把筷子拍桌上吼：“你说什么？你再说一遍！”

陆海波拉了拉陆江涛，怕他跟陈建动手。陆思齐听着心烦，拉起陈建往门外推。

陆江涛故意气陈建，大声说着：“思齐，你不该放弃这次机会，将来咱们也会像东洲集团一样。你现在就应该潜伏进去，多学习点儿大集团的管理经验。”

陈建反唇相讥，对陆思齐说：“听见没有，这种人永远想的是自己，他让你去东洲集团为的是让你去卧底。”

“闭嘴！你先走吧，我想我们应该暂时分开一段时间，各自考虑清楚未来。”

陆江涛这下痛快了，说：“这就对了，这个家有他没我，有我没他！”

陆海波皱眉说：“江涛，你也闭嘴！”

陈建气呼呼地摔门出去了，陆思齐关上门，气得流下了眼泪。陆海波用眼神示意她追出去，陆思齐却摇了摇头。

“思齐，你们都不小了，不要意气用事，毕竟是几年的感情。如果是因为你二哥，你不需要这样子。”

“不，不仅仅是二哥，我觉得我在他那里越来越不重要了。”思齐低声哭了起来。

刚才大喊大叫的陆江涛突然不知道说什么了，只能走过来，轻轻地拍了拍妹妹的肩膀。陆海波双手一揽，三兄妹抱在一起。

“无论如何，我要你们记住，你们每一个人，对我，都很重要。不管发生什么，我们都是一家人！”

◆5◆

一大早，陆江涛就在证券交易所附近拉起一条大横幅，还在横幅下面摆了张小桌，自己坐在桌后面。横幅上面写着：“不做二级市场冤大头，做老板只要一百元。”摊位前还有一块牌子——“原始股大甩卖”。

一个老头左看右看，凑近问：“小伙子，光天化日骗人哪？”

陆江涛信誓旦旦地发誓：“我要骗您，老天爷让我娶不到老婆！”

几个闲着没事的老头一听都吵吵着围了过来。

“说说，一百块咋做老板？”

陆江涛一看人多了，兴奋地站起来，一脚踩在凳子上大喊大叫：“你们炒股的，赚了钱的举个手！”

几个老头您看我我看你，半天，有个人举手说：“买了个票，刚买就停牌半年，不算亏吧？”

老头们哄笑。

“您看看，知道你们为啥买啥赔啥了吧。因为你们说了不算，因为你们没有知情权，因为你们是股东不是老板，所以企业真经营成个啥样你们也不知道，做个报表就能糊弄你们。啥都不知道，还尽给这儿送钱，傻子才干这事呢。”

老头也嚷嚷道：“别牛气哄哄啊，你能你给指个道啊。”

“现在有个大买卖，比原始股还牛，因为实体店面，品质保证，欢迎参观总店，也欢迎介绍好市口、把您更方便的门面房给我们做连锁店。现在一级半市场的原始股你们谁能看到企业，能看到企业谁能看到财务报表，能看到财务报表你能知道是不是真的？我们“江海便利超市”欢迎您跟我们一起创业，只要一百元，一百元一股，您不光是我们的股东，还是我们的合伙人。”

“那我也搞一个企业，全中国每人入我的股，只要一块钱就行，那我就十三亿了。哈哈，这招不灵！”

“大爷，您这是只想到搂钱，没想给人回报吧？我们不一样！”

陆江涛信心满满地环视众人，解释道："你们投给我们的一百元，可以选择多种方式返还。可以选择一年还本带红利，也可以长期持有年年分利，所有股东在我们店消费都享受打折权。您要还信不过，我们总店现在的货物，您可以在您投资的百分之一百二十以内直接凭我手里这种股权证提货，相当于您持有超额抵押品。再有，从现在开始的一个月，到我们总店购物，满五百送一股股权证，相当于买五百块钱的东西，白送您一个老板身份和长期分红。"

摊子跟前呼啦一下围了好多人，都是本来等着开盘看盘的。

"哎哎，干什么呢？"保安发现了这边的情况，一边大喊着，一边过来撵人。陆江涛不听，保安就开始扯横幅，陆江涛一边护着横幅一边继续广告："我们的总店在控江路新民街 165 弄 3 号，分店在迎春街 322 弄。生意好不好，不是用听的，你们自己去看，值不值得投资。"

保安听得烦，已经开始掀摊子了。陆江涛不管不顾，继续喊："看到了吧，比他们更靠谱的企业来了，他们一定会掀摊子踢场子，因为大家都干实体了，谁还给他们当韭菜呀？还有啊，你们跟我们一起合伙，不光有知情权，你们还有决定权。你们不光是自己的老板，还是自己的客户，方便了自己方便了他人。都是日用品，用谁不是用，用得放心，用得省心，还越用越多，用自家店里的东西您是一举多得呀！"

底下的一群人被陆江涛煽惑得群情激动。就连陆江涛都被自己感动了，仿佛真的看到了自己的光明未来。两个保安收拾完他的摊子，架着他往外走，他还一边回头喊着："记得去看自己的店哪，暗号就是——我是老板！有人给你们登记！"

陆江涛就这么在挑证券公司之类的地方，摆摊吆喝了一段时间。效果竟然很不错，真有不少人去看了他们的店，而且还当场掏钱入了股。

五金店那边，招牌还没换，但店里面已经装修成了便利超市。陆海波骑着三轮车拉来一车日用品。冯力帮忙下货，温泉、思齐和思思往货架上摆放商品。可刚摆上去，就被蜂拥而来的人直接买走了。陆江涛在柜台里当收银，那些顾客结账的时候都跟他说一句："我是老板！"其他几人看得丈二和尚摸不着头脑，陆江涛笑嘻嘻地一边收银一边记录着名单。

陆海波走进店里，奇怪地问："江涛，怎么回事？这么多人一波一波来，不正常啊！都快要直接抢我车上的货了。"

陆江涛卖了个关子说："多好的事呀，还没正式开张呢就零库存。"

温泉笑道："你这鬼头鬼脑的，我看跟你脱不了干系。说吧，你是不是背着大伙搞传销呢？"

陆江涛笑眯眯的，也不争辩，逗温泉说："过来给我捏捏肩膀我就说。"

温泉脸一寒，瞪了他一眼说："我捏死你！"

陆江涛连忙赔着笑，给大家解释了一遍他招募股东的思路。陆海波听完，还是将信将疑："不会吧，天底下哪有这么容易的事？我咋觉得哪里不对呢。"

"大哥您就放心吧，改革就是摸着石头过河，大胆试，大胆闯。您看，咱们不但带领大家共同致富，还捎带着发展了这么多客户呢。"

"恐怕不行。"陆思齐抬起头看着众人说道，"二哥，你这么做其实是违法的。"

"什么？违法？可我觉得咱没坑人哪！"

"我知道，二哥你肯定没有违法的意愿，可你这种行为严格说有违法嫌疑。"

陆江涛有些不开心地说："小妹，你是不是读书读傻了，人家股份公司不都是这样搞的吗？再说了，个体户不也是凑几个亲戚朋友的钱就可以开股份公司了吗？咱这哪点违法了？"

"哥，你不懂。人家凑亲戚朋友的钱开公司是可以的，但是有人数限制，不能超过三十个人，而且不能是陌生人，用句法律术语说就是社会不特定对象。"

"那人家上市公司呢？不都是你那个不特定对象吗？"

"人家不一样，那是要经过证券管理部门同意的。你这样啊，叫非法集资。"

思思也在一旁点头说："思齐姐说得对。"

陆海波听了着急说："啊？那怎么办，怎么补救？"

"得给人家退钱。"

陆江涛不情不愿地说："说得好听，退了钱，咱连锁店还怎么开？"

陆海波坚定地说："退！必须退！违法的事咱坚决不能干。"

陆江涛愁眉苦脸，没了这笔钱，第三家店可就开不起来了。思思定定地看着他，突然说："晚上大家一起去看电影吧？《泰坦尼克号》你们看了吗？"

陆江涛看都没看她一眼，说："哪儿有那个时间，你去看吧。"

周末，思思照常回到家住。母亲早已做好了一桌饭菜。思思开心地大快朵颐，看得母亲心疼不已，说："这在大学是受的什么折磨啊？饿成这样子？幸亏是要毕业了，再上两年学，你都不成人样了。”

思思嘴里嚼着东西，含糊不清地说：“妈，您不觉得我这样吃是为了巴结您吗？我是想让您眼见为实，您做的有多好吃，您的女儿有多爱您。”

“好好好，慢点儿吃，又没人跟你抢。你说的要公布的重大事情是什么啊？不是男朋友吧？给妈妈讲讲。”

“我等我爸回来一起说，要不等他回来还得再说一遍。”

就在这时，门厅里传来顾亦雄的声音：“说吧，我回来了，不需要你当复读机了。”

思思开心地跳起来喊：“爸爸！”

顾亦雄换着拖鞋，笑着说：“正准备把你喊过来说事儿呢。你的工作呢，我已经在考虑了，你也大四了，我给你找人安排去上海文广先实习。”

“不要，我不要别人安排我的工作生活。我要跟你们谈的正是这件事情，我大学要毕业了，但是我想创业。”

顾亦雄和丹丹都是一愣。

丹丹责怪女儿说：“瞎胡闹什么？小孩子家家的，创业是那么好创的？”

“怎么不行啊，爸不是创业干得挺好吗？咱也算家有渊源吧，凭啥还没干就说我不行。”

顾亦雄想了想，说：“敢想是好事。不过最好还是先有点儿工作经验。当然了你跟爸不同，我是白手起家，你要想直接创业我可以做后盾。但是爸爸我可是一个大型民企的掌门人，创业咱不来虚的，你有什么商业计划？你要能说动我，我可以给你启动资金。”

“爸爸，您真是及时雨，我还没有张嘴，您就知道我想吃哪口了。我这次回来就是想要跟你们借点儿钱创业，我会打欠条的，我保证！”

顾亦雄和丹丹都笑了起来。顾亦雄伸出手说：“先把商业计划书给我，这可是创业第一课。”

“商业计划书还没有来得及做，毕竟离毕业还有一段时间呢。我就是先来化缘，讨点儿银两，以便我们的创业团队启动啊。”

顾亦雄哈哈大笑，看女儿的眼中满是宠溺，说：“原来什么都没有，就是伸着手来要钱的！”

思思也配合地撒娇说：“哎呀爸，可怜可怜吧，给口吃的吧。”

“要多少啊？”

“哎呀，别人听得来吓死人，对您来说嘛，一丢丢，小 case 啦。”

“直接说，多少？”

“二十万。”

顾亦雄和丹丹都是一愣：“你要这么多？做什么？”

温老板这两年明显老了，不仅精力不再旺盛，还患上了心脑血管疾病。这几年一直是陆海波照看着两个小店。温老板自己心里本来也很过意不去，就把店交给陆海波去开便利超市了。只有一个条件，就是店是给陆海波的，不是给陆江涛的。又唠叨了好一会儿温泉的婚事，这才放女儿和徒弟走了。

这样算下来，陆家兄弟就有两家店了。只是三兄妹的积蓄加起来，想要再开一家店也还是不够。只好就拿这笔钱当启动资金，先开两家店。

五金店的中间已经清理出一大片空间。陆家三兄妹，还有温泉和冯力一人一个小马扎，围坐在一起。

陆江涛笑嘻嘻地说：“这算是咱们这个公司的第一次股东大会吧。”

陆思齐也很高兴地说：“算啊，就是股东大会！”

陆江涛像模像样地主持会议：“现在请董事长兼总经理陆海波同志讲话。”

陆海波笑道：“我算什么董事长兼总经理啊。你们说你们说。”

“大哥，我们都是为你干的，还是你来说吧。”

陆海波有些不好意思地站起来，想了想，说：“好吧，不知道怎么就成了股东大会，原来是筹钱大会。其实我本来也是不赞同江涛的主意的，从五金店改成便利超市我同意，但一次做几家，我心里确实打鼓，咱们能搞起来吗？但是今天我想说的就是，有他这个臭皮匠，不管怎么样，还是得搞。”

众人哈哈笑着鼓掌，这时思思突然走进了店里，手里还拎着一个大包。

“这么重要的时刻怎么能少的了我呢？”思思说着，把包放在众人中间，拉开拉链，倒出一摞摞现金。几个人都惊呆了，他们好像还没见过这么多的现金……

还是陆海波最先反应过来，问道：“思思，你这是干什么啊？”

“入股啊！今天不是筹钱大会，不，股东大会吗？这是我的积蓄，我入一股。”

陆江涛愣愣地问：“思思，你哪里来的这么多钱啊？”

“放心，不偷不抢，不嫖不赌，合理合法，有根有据。这是我的钱，你们要做的便利超市，可得有我一股。”

温泉砸吧着嘴：“恐怕这不是一股吧，这得有……算了，你是最大股东。大哥，你的董事长该换人了，明显人家的钱多，人家才是董事长。”

陆海波挠挠头，说：“思思，我相信这是你的钱，当然肯定不是你辛苦攒下的，也许是你给家里父母要的。但是，这么多钱，你说你要入股，我们实在不好处理。”

“有什么不好处理的？我爸妈同意的，给我算一股就行，多出的部分，算是我借给大哥的，都算海波大哥的股份，这还不行？”

“你就不怕我们骗你？”

“不怕！第一，我相信你们。第二，我也会看着你们的。我马上就要大学毕业了，我爸爸妈妈在外地，我费了九牛二虎之力终于说服了他们，我要留在上海。但是留在上海，我可是没有工作的，正好你们的超市要开张，那就让我做超市的营业员呗。”

“你真的愿意做营业员？”

“你们不需要吗？”

陆海波偷眼望着陆江涛。陆江涛一直没有说话，这时候站起来，干脆地说道：“收下了！有人投资咱们为什么不要，这样还可以多开一家超市。思思，我宣布你正式成为即将成立的‘江海集团’连锁超市的大股东！”

第六章 ◈ 死地后生
Chapter 6

1

救护车的鸣笛声呼啸而来。无论是听到或是看到救护车的人，都不免多看两眼，每个人都被鸣笛声搞得有些心烦。也有一些人不免想到，不知道又是什么人遭遇了不幸。好在今天路况很好，救护车一路驶进上海市中心医院，终于停下来。

一群医护人员早早等待在医院门口。救护车一停下，就有护工们迎上去，把病人从救护车里推出来，一路直奔急救室而去。病人们的家属也跟在后面，吵吵闹闹地拥着担架往前跑。医院门口，一波又一波病人和家属不断地涌进来。

走廊上，提着暖壶的陆江涛差点儿被一个家属撞到。陆江涛看着病人和担架消失在走廊尽头，正准备走，发现又有担架和病人家属进来了。他只好站在走廊一边，给他们让路。过了好半天，走廊才终于可以再次通行。

陆江涛拎着壶穿过走廊，推开一间高级护理病房的房门。病房里只有一张床，上面躺着温泉。温泉的肚子高高隆起，显然在待产了。

温泉好奇地望着陆江涛，问道："外面怎么了？这么嘈杂？"

"谁知道，再说我知道它干吗啊？我现在就想知道，你这肚子里到底是男孩还是女孩。"

温泉没好气道："女孩怎么了？嫌弃啊？"

"那可太好了！女儿，爹的心头好，小棉袄！"

"我呸！口是心非吧你，你那点儿小心思我不知道啊。"

"我哪有！儿子女儿一个样，我保证！生出来女儿像你，我能嫌弃吗？生出来儿子像我，你说我还能跟自己过不去不成？"

"别贫了……哎哎哎，踢我呢。"

陆江涛赶紧凑上去，耳朵贴在温泉的肚子上听。

温泉拍了一下陆江涛："哎呀！别压那么紧，你压疼他了。看！又没动静了。"

"嘘！女儿说……是爹！不舍得踢！"

"去！人家说了肚子尖是儿子，我儿子肯定跟我亲。"

“好好好，儿子就儿子，我刚听见咱们儿子在你肚子里……放了一个屁！”

“呸！”

病房里的墙上，电视一直开着，此时正播放着新闻。

“从今天中午开始，我市出现了多例急性肠胃炎患者，根据医生介绍，这很可能是我市近几年来最大的一次集体食物中毒事件。根据对正在接受治疗的患者和家属的采访，我们发现几乎所有的患者，都是在近两日食用了在江海集团超市购买的速冻饺子。我们相信这不是偶然。民以食为天，食品安全问题比天还要大，我们静候有关管理部门和涉事企业给全市人民一个满意的答复！”

陆江涛和温泉目瞪口呆。

此时已经是2003年，当年的江海超市在陆家兄弟的努力下，已经是上海有名的连锁超市了，业务甚至已经开始辐射整个江浙地区。自然而然地，陆家兄弟也成了沪商新贵。

陆江涛几乎在看到新闻的同时，接到了大哥打来的电话。陆江涛急匆匆地离开医院，开车驶往江海集团。无奈医院外路况太差，赶到公司时，大哥和小妹正坐在办公室里愁眉苦脸。桌上放着几份报纸，一眼就能看到头条新闻标题的大字：“饺子有毒还是人心有毒！”“速冻饺子冻住的是人性的拷问！”

陆海波西装笔挺，皱着眉站在落地玻璃窗前，望着窗外。陆思齐正坐在办公桌对面的椅子上，焦急地翻看着眼前的一摞资料。

陆江涛看了一眼报纸，对着陆海波的背影说：“大哥，这个事情还是交给我来处理吧。”

“我是江海集团总裁，我必须负责。”

陆江涛和陆思齐相视一眼，都从对方的眼中看到了无奈。

楼下，几辆依维柯突然停到江海集团超市门口。一群气势汹汹的人从车上下来，有人开始分发传单，有人拉起了横幅。陆江涛和陆思齐听到响动，走到窗边，正好看到楼下张开的横幅内容：“江海集团捣糨糊，过期食品昧心钱！”那些人在楼下整齐地高声呼喊着：“还我健康！还我安全！还我医疗费！”

陆海波痛苦地看着楼下的情景，转身目光如炬望着陆江涛，快步出了门。陆江涛和陆思齐连忙跟上。

楼下已经有几个保安出来，正在努力地维持着秩序，但收效甚微。江海集团的门口已经被整个堵住，许多过路的人也被吸引过来，驻足看着热闹。

一位大妈正在声泪俱下地控诉着："大家给评评理啊，我那个闺女在上海当个小白领容易吗？没黑没白地加班，可怜半夜下了一锅他们的饺子，就被送医院了。现在还在医院里躺着呢。他们江海集团得包赔我们，是不是啊！"

另一个中年汉子也跟着嚷嚷："江海集团不要放空话，我在这街上住了快十五年了，你们陆老大陆老二都是我看着长大的，让他们出来！这事情要是没个交代，那就不算完！"

正在群情激愤的时候，陆家三兄妹带着超市的几名高管快步走来。

"大家静一静，我是江海集团的副总裁陆江涛，这是我们的总裁陆海波，这件事情我们一定会给大家一个交代。"

一直叫喊的大妈立刻打断了他说："交代什么？赔钱！少给我们玩虚的。"

刚刚叫喊的中年汉子也说："陆老二，你看着办啊，我家小子和他娘都在医院里呢，你们兄弟俩今天得把事情说清楚！"

陆海波强挤着笑容，抬手示意大家安静，然后努力安慰众人说："父老乡亲们，街坊的大叔大婶们，我是陆海波，我身后的这座江海集团超市，由我全权负责，请大家安静，我代表江海集团对这件事情表一个态。事情刚刚发生，我们也措手不及。至于问题出在什么环节，我们承诺一查到底，绝不姑息。"

大妈仍然不满道："你看看这官腔打的！"

陆江涛连忙安抚道："大妈，我刚才听到您说的了，太抱歉了，让您老还大老远从外地赶过来。您放心，您的家庭所遭受的损失，我们江海集团一定负责到底。"

中年汉子激愤道："听听，都到了这个时候，人家江海集团还说事情没有查清楚，谁查？还不是跟你们沆瀣一气的那群家伙，等过两天说不定风向就变了，人家用钱都收买了，说不定跟他们一分钱关系都没有了，说不定拉两个替罪羊出来顶罪了。那么多人都已经住院了，他们江海集团的老大出来竟然一句实在话都没有！大家评评理，他们根本就是在推卸责任！我们不答应！"

人群立刻嚷嚷起来，都在喊"我们不答应"。一时间，陆海波、陆江涛的声音被彻底淹没，无论他们怎么努力，说出的话都没人听。

一个老大爷刚买了一篮子鸡蛋，正提着在一边看热闹。人群中有两人看到鸡蛋，突然冲过去，抢过老大爷的鸡蛋篮子，捡起一颗鸡蛋就朝陆海波扔过去。片刻之间，陆家兄妹已经被几十个鸡蛋狂轰滥炸得直往后退，狼狈不堪。

陆江涛站在大哥面前挡着鸡蛋，大喊："把大哥送回去！"陆海波还要往前走，被陆思齐和几个高管拉着走开。陆江涛蛮劲上来，恶狠狠地抹了一把头发上脸上的蛋液，大吼一声："都朝我扔！我躲一下不叫陆江涛！"

那名大妈回道："你……你横什么？"

鸡蛋似乎被扔完了，陆江涛喘口气，语气冷静下来，说："大妈，您放心，该赔您的钱一分也不会少，但不是现在，我们总得查查缘由吧，我们总得把事情的来龙去脉搞清楚才能给您一个说法吧。我在这里做出江海集团的承诺，第一，江海集团团队会马上到医院了解情况，确认问题，如果是我们的食品出了问题，我们绝不推卸！第二，我们会马上组织人员进行内部调查，随时配合工商、食品安全等部门的调查要求，三天之内一定给大家一个明明白白的答复！第三，我们请求在场所有中毒患者的家属，现在就进行登记，就在我这里！"说着，陆江涛对身后喊："给我搬张桌子来！我来给大家做登记，不管是调查结果，还是赔偿大家的损失，我一定负责到底！"

人群终于安静下来，似乎被陆江涛给说服了。保安迅速搬来桌子，陆江涛坐下，开始一个接一个地登记着前来闹事的家属的姓名和联系方式。

会议室内，陆家三兄妹坐在会议桌前，无声相对。冯力束着手，愁眉苦脸地站在一旁解释着："大哥，二哥，我真不知道问题出在什么地方。"

陆海波彻底愤怒了，对着他咆哮："冯力，我给你两天时间，你要是找不出问题，吃回扣这事就算落停了，你这个采购总监，就给我去坐牢吧。"

冯力哀求地看了一眼陆江涛："二哥……"

陆江涛狠狠地瞪了一眼冯力，看着他不争气的样子，也吼了一句："叫什么叫？赶紧查去！"

冯力这才急匆匆跑了出去。陆海波轻轻叹了口气，说道："冯力不靠谱。江涛，你去查，查出问题到底出在了什么地方。"

"大哥，不如这件事情，交给我来全权处理。"

"不，你负责调查出结果来，毕竟温泉还在医院，孩子随时可能出生，这件事情不要影响到你们，就算去坐牢，也是我去。”

“大哥，你准备怎么处理？”

陆海波露出意外的表情：“怎么处理？该怎么处理就怎么处理，该去坐牢就去坐牢，该赔多少就赔多少。”

陆江涛轻轻摇头：“大哥，我们算是赶上了好时代，这么几年时间，咱们从几家小卖店开始，发展到了现在这个境地，江海集团现在也算是一块牌子，这块牌子上是什么？是咱们兄弟的血和汗。我不能让这块牌子倒掉。”

陆思齐也说：“如果是咱们的问题，认错才有可能保住人心，保住这块牌子。”

陆海波问陆江涛：“你准备怎么做？”

“还没有完全想好，但是大概有个思路，需要思齐的配合，也需要大哥把处理这件事情的所有责任和权力都委托给我。”

陆海波盯着陆江涛的眼睛看了片刻，做出决定：“好吧，马上通知下去，从现在开始，整个江海集团，由江涛全权负责，一切应急处置，都以江涛的意见为主！”

陆江涛站起来郑重其事道：“大哥，您等着我的好消息。”说完，叫上陆思齐去了冯力管理的采购部。打算从采购清单上入手追查。没想到冯力的动作倒是很迅速，两人刚去一会儿，冯力就推门进来了。

冯力看到陆江涛在自己办公室，有些紧张地走上前来，叫了一声：“二哥。”

“查清楚了吗？”

冯力咬咬牙，坦诚说道：“其实……其实也不用怎么查的，就是进货的时候，没有太注意。二哥您放心，以后打死我我也不敢进那群孙子的货了。”

“你就说你拿了多少好处吧。”

“二哥，天地良心啊，我这次真没有拿他们什么好处。”

陆思齐满脸鄙夷地说：“你拿了没有，不用你说，我这边收到消息，市局已经开始调查了，你嘴里的那群孙子，一个也跑不了，没有几天就都在监狱里等着你了。你放心，那样的人没有一个讲义气的，一进去就把你撂出来。”

冯力扑通跪倒在地说：“我发誓！我发誓就是当初收过他们点儿礼物，这一次我真没收他们的。他们倒是说要意思意思，但是我太忙了，现在咱们在整个江浙地区有上百家连锁小超市了，我一周里面都没有几天待在上海，他们送了几次，都找不到我的人。”

“实话？”

“千真万确！”

陆江涛点点头说：“那还好，我不用给你送牢饭了。”

陆思齐想了想，说道：“二哥，我这边知道你想要什么样子的支援。媒体圈子里我还算有点儿人脉，需要怎么应对，咱们先商量出一个官方口径，然后因势利导去化解。”

“不，我不要化解，我要的更激烈！”

“更激烈？！”

“思齐，我不需要你为了我们背叛你们的新闻良知，我只需要你和你身边的朋友能够公正地报道这件事情，替这些中毒患者的家庭伸张正义，可以做几篇猛烈抨击江海集团的评论，我甚至希望患者们起诉我们。”

陆思齐和冯力都愣住了，陆思齐不解道：“二哥，你疯了？”

“我本来就是疯子！不需要给你们说为什么，你们也不需要知道为什么。你们只需要知道怎么办就行，一切按照我说的方向去做吧。”

“可是……”

“没有什么可是。”

陆思齐站起来，有些犹豫，但还是选择相信二哥：“那行吧，我保证明天的报纸上会有相应的评论。二哥，我不知道你打算怎么扑火，但是只有三天时间，无论如何您也应该去医院或者到患者家里……”

陆江涛笑了：“我现在就去。”

医院里，陆江涛和往常一样照顾好温泉，然后自己转悠着走去了食物中毒患者的病房。站在门口，陆江涛沉吟了片刻，有点不知道该怎么进去询问情况。想着问题，他不自觉地从口袋里抽出一根烟，刚要点，一个护士恰好走过来，不满地瞪了一眼陆江涛。

“这是医院，不能抽烟。”

陆江涛连忙赔着不是道：“对不起，对不起，一时忘了。”

“你是干吗的？站在这里干吗呢？”

“我媳妇这两天要生了。”

“媳妇都要生了，不知道妇产科病房在几楼啊，十二楼！”

“不是，我当然知道，我就是听说这里有集体中毒的，来看看。哎，护士啊，他们严重吗？是不是还得抢救几天啊？”

“严重倒是不严重，就是吃了过期食品，主要症状就是上吐下泻，最晚后天就都该出院了。”

陆江涛心下了然，点点头道：“谢谢您。”

凯莱集团办公大楼内，刘毅正在和顾亦雄汇报着情况：“已经照您的吩咐全面铺开了，除了超市，大卖场也在布点，有些实力小的便利店我们就直接收购了，还有些让他们加盟挂我们牌子，这样扩展很快。就剩下江海、农工商这些中大型连锁在跟我们对抗。”

“资金情况怎么样？”

“您放心，几大城商行都在争取咱们，还给了连环贷的抵押条件。”

“哦？怎么个连环贷？”

“就是我们可以把我们的自有店面抵押获取融资，这些融来的钱我们收购或者新开连锁分店，这些新开的店只要开张，我们就可以继续拿来抵押融资，然后继续开新店……”

顾亦雄笑道：“有这好事？那岂不是借鸡生蛋，生生不息嘛。”

“理论上是这样，只要资金链不断裂，就可以这么玩。”

“抓紧这次时机，赶紧动手，压缩他们的生存空间。这样的天时地利人和有可能转瞬即逝。”

刘毅点头：“是！”

第二天的报纸上，铺天盖地的全是江海集团毒饺子事件的新闻。几乎所有报道都在批判江海集团的不作为。少数理性分析的深度报道，侧重点也都在食品安全和家族企业管理上。一时间风声鹤唳，江海集团被卷入舆论的风暴中。

陆海波揉了揉眉心，有点头疼。手中的几份报纸他只是随便浏览了一下，就感觉到了莫大的压力。

“江涛，这是怎么回事？怎么都开炮了？你不是跟思齐商量好应对了吗？”

陆江涛疲惫不堪地坐在沙发上，他昨晚看了一夜受害者的资料、各家媒体的报道，还起草了和解计划和协议。几乎一夜没睡，此时陆江涛实在是有点儿遭不住了，一边揉着隐隐作痛的太阳穴，一边说道：“对，已经有了初步的应对原则了。”

“那这是怎么回事？灭火灭成这样子？思齐呢？把她叫来。”

“大哥，不用叫思齐，我觉得这件事情，仅仅靠思齐的人脉，或者说我们的财力，并不一定可以摆平，而且还让思齐为难。她是记者，也是我们的妹妹，她发自内心地想帮我们，但是我们不能为了自己，把她的职业毁掉。”

陆海波思忖片刻，说道：“有道理，你没有让思齐插手？”

“也插手，不过不是现在，再等一段时间。我们需要向社会证明的时候，就是需要她发力的时候。”

“这么说，你都想好了？”

“每一步都推演过了。”

“那好，去做吧。”

“大哥，你……你不问问我？”

“我相信你，江海集团能到今天，多半是你的努力。我相信你的能力，相信你不会毁掉江海集团，放手去干吧！”

陆江涛感激地望着大哥，顿时觉得疲惫感都减轻不少。

“大哥，你放心，每一次劫难，都是我们的机会。”

陆海波点点头，出去了。陆江涛躺在沙发上眯了一会儿。中午时分，电话铃声突然响起，他被惊醒，接起电话，是冯力打来的。

“法院立案了吗？”

冯力回道：“已经立案了。”

“好，让公司的法律顾问周律师盯紧法院，你再去查一查病人们什么时候出院，确定时间！”

陆江涛看看表，起身出了办公室。

下午，天突然阴得厉害。傍晚时开始淅淅沥沥地下雨，一直下到晚上还不见停。使人感觉好像天黑得早了很多。

夜雨之中，一辆轿车驶进一条逼仄的巷子里停下。雨刷摇摆着，洗刷着前挡风玻璃上的雨流。

陆江涛坐在后排，隔着玻璃往街边的小楼上看着。

“说说这家的情况。”

坐在副驾驶座上的冯力回道：“按照您的要求，因为今天他们出院，我们几乎全公司的车都到医院去了，接送患者出院。这一家就是嚷嚷得最凶的那一户，他们家的媳妇、儿子都吃了咱们出事的饺子，但确实也是咱们的老主顾，这么多年的老街坊，所以我们安排您先到这一家来。当事人的情绪在所有患病家属中是最激动的，主要是还有一两个月他们家的孩子就要小升初了。”

陆江涛若有所思，点点头道：“我知道是谁了。”

陆江涛下车，冯力和秘书连忙也下车，给他撑起伞。陆江涛关上车门，自己披上雨衣，说道：“我自己去，你们都不要跟着。”

冯力一听就急了：“二哥，我跟着你吧，万一人家激动起来动手了，让他们打我！”

“用不着，十多年前，这条街每家每户的废品都归我收，都是大哥大姐，我比你应付得来！”

说着陆江涛拨开伞，快步走进了大雨之中，昏暗的路灯下，他的脚步异常坚决……

江海集团的毒饺子事件，新闻已经发酵到了白热化的地步。到处都是讨论这件事的人。更别提在接收患者的医院里，温泉几乎每天都能听到有人在讨论这件事。每到这种时候，她只好假装听不到，不敢接话。

晚上，温泉独自在病房里看电视。电视里，一个记者正在江海集团的超市门口做着播报。不用说，又是毒饺子事件的新闻。

“事情已经过去两天多了，江海集团超市毒饺子案，已经有了新的进展。对于生产毒饺子的环节，工商部门联合公安部门已经控制了相关厂家的负责人。而对于销售环节，从昨天开始，众多中毒患者的家属已经联合起来，对江海集团超市提起诉讼，要通过法律讨回公道！而我们背后的江海集团超市，至今还没有对诉讼做好相关准备，没有关于这一事件新的解释和声明……”

温泉凝神静气地望着电视，越看越紧张，紧张到她突然觉得肚子疼，还恍惚是不是错觉。然而没过多久，疼痛感剧烈起来，她才反应过来，摁响了床头的报警按钮。

陆江涛上楼，敲了敲门。没一会儿，上次闹事的中年汉子露出头来，望着门外的陆江涛，有些诧异。

“陆老二？”

“大哥，我来看嫂子和孩子！”

“用不着！咱们法院上见，这会儿知道假惺惺了！”说着就要关门，陆江涛往前一挤，靠在门口，赔着笑说：“大哥，急什么啊，有些话，在法院说不如在家里说。”

中年汉子望着陆江涛在大雨之中被雨淋湿的肩头，讪笑着：“陆老二，你这是怕了吧？怕法院把你们查封了吧？”

“我确实怕，很怕，但不是怕法院，是怕嫂子和孩子的身体受到伤害，我却什么都做不了。”

中年汉子左右看了看，让开了门。陆江涛进去，和中年汉子面对面坐在了沙发上。中年人给自己倒了杯水，没管陆江涛，喝了口水才说：“你们也太不像话了。非要闹到法院去，你们才坐不住啊？”

“您误会我们了。这两三天，我们公司可以说没有一个员工在闲着，都在努力调查事情的真相。”

“我不听，有本事到法院去，跟法官说去。”

“您不听，我也得说，前几天你们去堵我们的超市大门口，我不是说了吗，三天一定给大家一个交代。”

“你不用交代。你的调查不作数的，无非就是推卸责任。说不关你们的事，这谁都想得到啊。”

“您还真想错了。我们有责任，我们也有义务对你们做出赔偿。”

中年汉子有点意外，问道：“你们有什么责任啊？说说看。”

“我们做了调查，确实存在对货品的检验程序不周全的情况，这家违规生产厂商在当地有一系列合法和已经检验的证明，我们在进货时就没有全部重新检验，这是很大的工作疏忽。另外呢，我们专门对于超市内部的相关当事人做了调查，这一点还是比较令人欣慰的，我们的进货采购部门，并没有收受相关厂商的贿赂。这一点呢，我们和公安机关做了沟通，是确定的。”

“打住啊！打住！敢情我们在你们那里买了有毒的饺子，吃出了毛病，你们就是一个工作疏忽啊？这还不叫推卸责任啊？”

“这不是推卸责任，而是实事求是。不过大哥，您放心，我们已经制定了赔偿方案，我们一定对给您家造成的损失给予补偿。”

中年汉子哈哈一笑，说：“到这会儿了，掏出来仨瓜俩枣的，就想糊弄我们。陆老二，咱们不算熟，但都是这片儿的老住户了，你那小心眼，别想在我这里糊弄。我不要你的赔偿，咱们法院上见，到时候让你倾家荡产。”

陆江涛抬头看着中年汉子得意的样子，突然单刀直入，问道：“大哥，你开个价！”中年人一愣，显然没想到陆江涛会这么直接。

“即使到法院，其实第一步，法官还是希望调解，不要走诉讼程序。调解就是公对公了，大家商量个赔偿数目，而且那个数目是针对这次事件的所有人，每一个人都要有。到你手里能够有多少，我的律师已经算过了。正是因为咱们是老街坊了，我才冒着这么大雨，跑您这里来。您就说个数。”

“别唬我，你这是想逐个分化我们这些受害者吧。”

“直接说吧，我也到医院调取了这次事件患者的病历。说实话啊，大哥，其实病情都不严重，否则也不会三天就全都出院了。能报销的医院费大概有多少，我也有个数。我们不急，但我替你急，出院了好多事就不好谈了。”

中年汉子沉默了。

“况且在法院，我们就要负起我们真正的责任了。我们主要是管理上出了问题，过期食品并不是我们制造的。我们售卖的所谓‘毒饺子’，都有当地食品检验部门的合格证。当然关于他们是如何拿到这些检验证的，就要追究那些人的责任了。那些人不管拿了黑心厂家多少钱，都是要用他的人身自由来换的。也就是说，他们会判刑，但是你们收不到赔偿。”

“陆老二，你这是威胁我？”

“大哥，我是想尽办法让您在嫂子和孩子受到伤害之后，能利益最大化。怎么才能让您从这次伤害中得到更多的赔偿，是我的初衷。”

“我不信，你们这些奸商，能少出点儿就少出点儿，法院判的肯定比你给得多。”

“我给多少，您说了算！不管法院判多少，您不能跟法官讨价还价。”

中年汉子被镇住了，迟疑着。

陆江涛进一步利诱道：“我听说咱家的孩子学习不错，该小升初了？但是好像咱们小区的初中不是太好。四中，我负责，保证孩子能上，不需要你们花钱。”

中年汉子神情一震，语气终于软了下来：“既然二哥你这么有诚意，那行吧。

咱们就调解了。”

“我需要您做两件事情，第一，撤诉，我们不需要再去麻烦法院了，那么多杀人放火的大事儿，法官们也很累，咱们能自己谈妥的，就自己谈。”

“好，没问题，明天我就去撤诉。第二件事情呢？”

陆江涛拎起自己随身带的公文包，掏出一张打印好的纸：“把这个签了就行。”

“这是什么？”

“空口无凭，我这么一说，您去撤诉了，回头跟我要钱我不给怎么办？咱们和解要有个和解的小协议。您看看没有问题了，就签字，咱们这事儿就算过去了。”

中年汉子接过陆江涛递来的协议细细地读着。陆江涛已经胸有成竹，介绍起来：“上面有个空，您填一下。要开多少价格，您自己填。但是有一条，金额要保密，不管是对其他患者，还是对媒体。”

中年汉子望着协议上空出来的地方，犹豫着说：“我填？咱们不再商量一下？”

“不必了。您看着填。对了，您把那个给我。”陆江涛把协议拿过来，在上面用钢笔标注了一句：“江海集团负责解决贵方子女上学问题，对口学校为第四中学。陆江涛。”

“这个是单独对大哥您家的，别人家都没有！”

“那行，那我就签了。其实也没有花多少钱，就是遭罪了。两万块，我不多要，我知道进四中得花多少钱，我自己会算这个账。”

说着中年汉子拿起笔，终于决定签字了。笔即将落到纸上了，又停下来问：“这里面有一句不是太舒服。”

陆江涛笑道：“哪一句啊？”

“这句，因贵方贪图便宜，购买了价格低廉的速冻饺子。”

“大哥，您也得为我着想啊。我拿出这么多钱赔偿，也得给身后的董事会交代，而且这也是实情，其实那个饺子我们虽然没有发现问题，但是也归类到了即将过期的打折食品里。在货架上也标注了即将过期，而且确实是全城最便宜的。您说呢？”

中年汉子为难地看着陆江涛，咬咬牙，有些艰难地签下自己的名字。陆江涛满意地收起协议，又安慰了他几句，这才离开。

还有很多家受害者在等着他去拜访……

楼下，等待着陆江涛的冯力突然接到了陆海波的电话。陆海波和思思、温父都已经赶到了医院。温泉因为高血压，进了观察室。几人都焦急不已。温父一看陆江涛居然不在，大发雷霆。陆海波没办法，只好给冯力打来电话说了一下情况。冯力说陆江涛谈了很久还没出来。陆海波让他们忙完立刻去医院。冯力应下挂了电话，正想上去看看，就看见陆江涛走下楼来。众人都关切地望着陆江涛，他脚步匆匆地上车，吩咐道："拿下了，去下一家！"

冯力犹犹豫豫地说道："二哥，温泉进观察室了。"

陆江涛心头一惊，急忙问："怎么回事？要紧吗？"

"大哥说有点儿高血压，已经好些了，还说他在那边压阵。要不我去谈，一家一家地谈，您回去，到医院去？"

陆江涛犹豫片刻，把心一横说："不，还是得我来。开车！"

受害者一共三十三户，等陆江涛一家一家谈完，已是凌晨三点。谈判的效果还可以，全部受害者都同意和解，也签了协议。

陆江涛疲惫不堪地坐在后座上，几乎要累倒。冯力依然坐在副驾驶座上，正一份一份翻看着和解协议，计算总共需要花费多少钱。

"二哥，总共不到一百万，比计划的少了不少。"

陆江涛点点头，闭上了眼睛，想要休息一会儿。突然，电话铃声响起，陆江涛因为太累，被电话铃声吓了一跳。接起电话，发现是大哥打来的。陆江涛猛然清醒起来，只听了片刻就喊道："我马上去！"又对司机喊："快！去医院！赶紧！"喊完刚安静片刻，又兴奋地对冯力说："冯力，我当爸爸了，我当爸爸了！"

还好晚上路况比较好，三点多，陆江涛终于赶到了医院。陆海波和陆思齐还在病房外守着。陆海波见陆江涛来了，瞥了瞥病房，轻声对陆江涛说道："师父在！"陆江涛点点头，进了病房。

温泉已经在病床上睡着了。温父坐在旁边的凳子上，靠着床头在打瞌睡。陆江涛蹑手蹑脚地走过来。走到一半，温父突然听到动静，醒了。

陆江涛压低声音说："爸，您接着睡会儿吧。太不好意思了，还得让您过来。"

"都没事儿了，你回来了？孩子出生时亲爹不在身边，你好意思吗？你看看温泉，有一阵儿都快要休克了！"

陆江涛不敢说什么，小心地赔着不是。

“还有啊，你们啊，尽在外面闯祸，你们那事儿解决了没有？不能把这当成一件小事情啊！去你们超市里的，那都是多少年的街坊邻居，息事宁人就算过去了？那接下来不还得出事啊！毒饺子解决了，万一再有个毒汤圆，毒馄饨呢？”

“爸，您教训的是。我跟您想的一样，怎么才能让老百姓在我们的超市里买不到一件过期有毒的食品？这才是关键！”

两人说话声吵醒了温泉。温泉看到陆江涛，想要坐起来，立刻被陆江涛按住。

“江涛！怎么样了？”

“你躺着！没事！天大的事情，也不归你管，你现在最重要的就是把自己照顾好，把身子养好！爸，也让大哥先送您回家吧。这儿有我呢。”

温老板气呼呼地站起来出去了。陆江涛小步跟着，又跟大哥安顿了几句，送走他们，自己才回到病房里。温泉可能是太累了，已经再次睡着。陆江涛轻轻地吻了吻妻子的额头，坐下，从公文包里掏出笔记本，开始工作。

2

直到天快亮了，陆江涛才迷迷糊糊靠着病床睡去。早晨，陆江涛突然被温泉推醒，睡眼惺忪中，听到温泉说：“快看！”

陆江涛看向电视，里面正在播早间新闻。记者站在法院门口介绍着情况：“第一财经记者李磊向您播报，轰动全市的毒饺子案，今天有了出乎所有人意料的发展。就在昨天，三十三位受害者家属联合向售卖毒饺子的江海集团超市提起了诉讼，但是仅仅时隔一天，就在今天上午，三十三户受害人家属又集体提出了撤诉。根据我们掌握的情况，江海集团超市应该已经主动和所有受害人家属进行了协调，向受害人家庭赔付了巨额赔偿金！就在刚才，受害人家属也提到，当初江海集团超市在这一批即将过期的食品货架上做了警示，他们同时表示，江海集团不存在故意把过期食品贴换标签售卖的情况。关于这一事件的相关进展，第一财经将持续关注……”

“老公，你真棒！”

“老婆，你更棒！”

夫妻两人相视一笑。

“向老婆大人请个假，我给思齐打个电话。”

“老公大人，你请便！”

陆江涛的电话刚拨通，就听到陆思齐一阵惊呼：“二哥！太戏剧性了！这么劲爆，明天，不，这应该是今天全部新闻的头条。还有啊，我这边的电话都快被打爆了，你是怎么跟受害人家属说的？一个个全都说咱们好话，还都死咬着不说到底赔了多少钱，没有一个家庭说的，把整个媒体圈折磨的啊，大家太想知道咱们到底赔了一笔什么巨款，全部都在找我打听。”

“要的就是这个效果，前一天起诉，后一天撤诉，再加上所有人都坚决不说赔款数额，我想你们媒体圈也受不了这种折磨。”

“最近很多人都想采访你。我已经被台长下了死命令，必须拿一个你的专访。”

“OK，我这两天哪里也不去，就在医院，在你嫂子病房里，你可以带队过来。”

“病房里？那……太吵闹了吧，嫂子跟孩子休息不好。”

“可以在门口嘛。”

陆江涛放下电话，有些歉意地对温泉说：“老婆大人，还得跟您请示个事情，我想在这里接受几个采访。”

“在这里？你……可以走，去哪儿都行，没必要在我这里守着。”

陆江涛鸡贼地笑了：“不，这里效果最好，我要的就是这种效果。”

“敢情我们娘俩成了你的背景。”

“老婆，你是不知道，我现在一分钟都离不开你们。”

两人等了没多久，一群记者就蜂拥而来。大小报社的记者，还有电视台的人扛着各种设备，把走廊挤得水泄不通。还好这里是产房外，医院里的人只是让他们快点，并没有赶他们走。

陆江涛在陆思齐的陪同下，疲惫地走出了温泉的产房。记者们一看到他，就往前挤，陆江涛连忙双手下按，向众人请求着：“大家好，大家好，所有的问题我都配合大家，但是这里是医院，需要安静，大家一个一个来，不要急，咱们都把声音往下调那么几度，谢谢大家。”

一名挤在最前面的记者问道：“陆总，我们想知道，江海集团做了什么，一夜之间，让几乎已经失控的局面得到了扭转？”

陆江涛仿佛排练过似的，侃侃而谈："最近一段时间，对于江海集团来说很难。你们也看到了，我老婆待产，我这三天几乎没有合眼。作为一个即将做父亲的人，我深知生命的价值。我们江海集团虽然没有从事高精尖技术，也没有做出什么惊天动地的业绩。我们卖的是老百姓用的柴米油盐酱醋茶，我们卖的是大家需要的日用品，可是我们知道，我们从事的是关乎大家生活甚至生命的事业。这次事件，给了我们一个警醒，一个教训，我们的管理马虎不得，随便不得。在此，我代表江海集团诚恳地向所有人道歉，我们曾经做错过，但是我们以后，将不再犯错！"

"那么是不是说，以后你们会加大对员工的食品安全教育？"

陆江涛从公文包里摸出自己的笔记本，展示给记者们。笔记本上，赫然是一份手写的《江海集团超市食品安全管理条例》——那是他昨晚连夜起草出来的。

"不只是加强安全教育，更重要的是管理制度和运作程序的优化改进，这也是我最近考虑最多的问题。我想借这个机会，向整个社会宣布，从今往后，江海集团超市将成为广大市民食品安全一道最安全的防线。这是我守在医院两个晚上写下的，我们细化了众多的、国内超市尚未发展成熟的操作规范，从工厂到卖场，从田间到餐桌，我们实施严格的流程化管理，每一个环节都不会脱节疏漏。同时我们也向所有的消费者许下承诺，一旦发现江海集团出现假货、黑心货，只要您发现，我们重奖！不会比昨天的赔偿少！"

一名记者啧啧惊叹："果然是个大数字！"

陆江涛笑笑，继而真诚地说出了心里话："我们不求销量最好，我们不求利润最高，我们也不求连锁店最多，卖场最大，我们江海集团只有一个追求：那就是做老百姓最放心的超市！"

陆思齐心悦诚服地望着自己的二哥。

当天，陆江涛接受采访的照片就出现在了各大媒体的头条。陆思齐已经调到了电视台工作，而陈建仍然在报社。她一下班，迫不及待地去取了一份报纸，两人去食堂吃饭的时候，陆思齐不住地看着报纸，开心极了。

陈建一边吃饭一边摇着头说："我算是看清楚了，你这个二哥，太精明了，把整个媒体圈都玩弄了。先是故意拖延，让受害者家属奋起起诉，然后拼尽全力，老婆生孩子都不管，就是要制造一晚上解决所有事情的劲爆戏剧性，一夜之间，就翻盘了。然后又是天文数字，又是产房接受采访，这一系列的运作，太精明了。"

“这不算精明吧？”

“这还不算精明？一共花了一百来万，但是在几乎所有的报纸、电视上都是整版整段的报道，没有花一分钱，全都是你们上赶着追着他。这是多么划算的一笔广告费啊！”

“可是江海集团的品牌也受损失了。”

“得了吧，损失什么啊？你二哥一开始就想明白了，你们卖那个过期饺子，根本不占理。去公关，去反驳，硬顶着来，激起的愤怒更大；去卑躬屈膝，去道歉，于事无补还被人鄙视。但是你哥专门让受害人自己说出自己贪图小便宜，这下好，江海集团占理了，看客们心里的天平就倒过来了。而且，他还暗示这是一个行业普遍性问题，只有他们较真了。这样，消费者在情感上反而不再憎恶他，而且给所有人造成一个一旦江海集团的食品不安全，就会有巨额赔付的印象，大家对江海集团的食品更放心了。”

“这都是你的臆断，猜测。”

“我的猜测？应该说是我的洞见！我的预判都是建立在严密的逻辑推理上的。”

“陈建，你要总是这么恶意揣度我哥，咱们这日子恐怕没法过下去了。我家里终于过去了一道坎儿，你倒好，兜头给我一瓢凉水。”

陈建有些愤愤，气呼呼地说：“你什么意思？你这是要为了你哥，跟我翻脸？”

“那是我哥啊！你看看别人都是怎么对大舅哥、二舅哥的？你看看你，有了事情不说帮忙吧，一天叨叨来叨叨去，好像我俩哥欠你多少钱似的。”

“就是欠钱怎么了？我是知识分子，我没有卑躬屈膝的那个媚骨！”

“你有病！”陆思齐摔下筷子，拎起包自己走了。陈建好像没有想到这次陆思齐脾气这么大，呆呆地望着她离去的背影。

事情总算尘埃落定，江海集团的董事会上，陆江涛受到了表彰。冯力也因为工作失误卸任了采购总监的职务，转去仓库里当库管。采购总监的职位则由本来分管市场部的思思担任。冯力着急地追着陆江涛求情，可这次是他自己犯错，就连陆江涛也支持他换换岗位，免得胡来。

开完会，众人陆续离开了会议室，只留下走得最慢的陆海波和陆思齐。陆思齐收拾着公文包，陆海波突然把一个礼品盒推到了她面前，陆思齐一愣。

“思齐，这次真的要谢谢你。”

“大哥，你这说的是什么话啊！”

“这几天你也没有怎么顾上陈建吧，都是大哥二哥拖累你了。我也不知道怎么谢谢你和陈建，看了块表，挺好的，陈建也用得上。”

思齐打开礼品盒，里面是一只劳力士手表。

“大哥，你这是干吗啊？这公司说起来我也是有股份的，是咱们家的！”

“思齐，因为我们的事情耽搁了你和陈建太多，你们到现在还没有结婚呢。陈建那人吧，也不能说是怪，就是有点倔，而且怎么说呢……我知道他读书多，读得又好，多多少少对我和江涛不是太感冒。但是没问题，只要你们相互喜欢，过得好，凡事大哥给你兜着。”

思齐猛然想起在陈建那里受的气和委屈，突然有一股想哭的冲动。

“大哥……”

电话突然响起，陆思齐做记者多年，职业习惯使她立刻接起了电话。

“思齐，你快来，陈建疯了！”

陆思齐急急忙忙赶到一家茶餐厅，一眼就看到了自己的几位同学所在的那桌。陈建背对着她，正滔滔不绝地讲着：“陆家现在有钱了，有钱能使鬼推磨大家都懂吧？这次他们一共花了多少钱你们知道吗？好几百万，而且不光是给受害者，还有媒体，还有……” 同学们的表情略显尴尬，因为这些人也都是陆思齐的同学，更知道他们的关系。给陆思齐打电话的同学名叫丁蓉，看到陆思齐进来，连忙给同学们使眼色。

陆思齐大步走过来，拍了拍陈建，问他：“你在干吗？”

“我在……我在说出真相。作为一名新闻人，你们要恪守职业道德，要讲真话。”

“讲什么真话？讲哪家的真话？”

“讲你们家过期饺子的真话！”

陆思齐从桌子上端起一杯冰水，朝着陈建脸上泼过去。陈建愣住了，一时不知道说什么。其他同学也都面面相觑。

“大家先走吧，不用留下来看我们的笑话了。”

陈建愤怒地站起来，把脸上的水一抹，大喊：“陆思齐，你别以为就凭你那点儿小聪明就能糊弄整个媒体圈。从今天起，我还就和你那个二哥杠上了，有理走遍天下，我还就不信，全中国找不到一家敢说真话的媒体。良知绝不会彻底沦丧！”

“别闹了！”

“怎么叫别闹？”

“我知道你一直有邪火，原来我们准备结婚的钱，拿出去给大哥二哥创业用了。之后你又考了研究生，等上完学要结婚了，江海集团又不断地忙，抽不出时间。我知道咱们之间有问题，但也许所有症结都在没有结婚。如果是这样，我们结婚吧。”

陈建彻底愣住了。

江海集团的会议室里，陆家三兄妹还有思思神情严肃地看着电视。电视里仍然是新闻，地点仍然和前两天一样，甚至记者和被采访的都是同一群人。但内容，却已截然相反。

那名信誓旦旦和陆江涛签了协议的中年汉子，正对着镜头说话：“事情很简单，我们当初是看江海集团赔偿态度不错，才签了那份协议。但是事后我们几个人都聚在一起想了想，我们不愿意看到我们之后还有老百姓遭受我们这样的劫难，我们不能只考虑自己的受益和赔偿，我们要和这种假冒伪劣、以次充好，甚至毒害百姓的行为做斗争，我们要让江海集团付出他们应该付出的代价。所以我们决定，再次起诉江海集团！”

记者问道：“你们这是要对江海集团继续加价吗？是不是事后发现，江海集团的赔偿数额并不令人满意？”

中年汉子露出不耐烦的表情说：“你的问题我不想回答，反正就这，就这了！”

说着中年汉子离开了，记者又去采访其他人。

陆海波皱着眉头，百思不得其解：“事情怎么会发展到这一步？”

陆思齐接过话：“我找人问过了，所有的现场媒体，都是被人发了通知才前去围堵采访的，这说明不仅仅是几个受害人事后再提价的问题。”

陆江涛一拍桌子：“这说明是有人在背后针对我们！”

陆思齐点点头，陆海波沉吟着：“无论背后是不是有人，问题是现在怎么办？”

“我现在就出发，一家一家地去问，有什么问题，咱们马上解决，不能让事件这么继续发酵了。”

陆思齐敏锐地发现了异常，说：“你们注意一下那个中年男子的表态，明明是食物过期问题，但是他衍生出了假冒伪劣、以次充好、毒害百姓几条罪状。”

“说明背后确实有人设计我们！”

陆江涛气呼呼地出去，刚走出楼道，就被一群蜂拥而至的记者围住了。陆江涛怎么也想不到，这些记者来得这么快。记者们拥上来，让陆江涛应接不暇。

“陆总陆总，请问您对刚刚发生的事有什么说法？”

“是不是江海集团的赔偿太少导致的？”

“请问您当初在医院的那一番表态，有没有作秀的成分？”

陆江涛努力分开人群，边走边说：“抱歉，我还有工作要做，一切随后答复各位。”

“陆总，是无法收拾了吗？您是不是感觉到钱也没有办法搞定一切了？”

陆江涛恼怒地大喊：“你怎么能这么说话？”

“对于受害人反映的假冒伪劣、以次充好的情况，您有什么要说的吗？”

陆江涛被围堵半天，一直压抑着的怒火终于爆发了出来，他一把推开那名记者，大喊大叫：“这是造谣！包括你，你这是在传播谣言，我要起诉你们诽谤江海集团！”

“陆总，您那么多官司还要跟我这个小记者过不去啊？我就是请您回应一下。至于吗！”

“至于！我们江海集团一直在努力挽回整个事件，但是你们一直在煽风点火，使整个事件走向失控！你们究竟想干什么？”

记者们被陆江涛一顿抢白，都愣住了，流露出不满的眼神。陆江涛不管不顾，径直走向了停车场。

然而所有受害者仿佛早已商量好似的，一起拒绝了陆江涛的拜访。陆江涛奔波了一下午，没有任何收获，只好回到公司。刚到公司，坏消息又来了。工商局和质监局同时对江海集团的大型卖场发起了检查，所有卖场不得不停业整顿。陆家兄弟还有公司其他高管分头去应付检查，忙得焦头烂额。一直到深夜，才又回到公司里，商量着办法。

陆海波痛苦地揉着眉心，脑海中一团乱麻，不知道究竟是怎么回事。

陆江涛坐在一旁，叹了口气，说着情况：“墙倒众人推哪，现在工商、质检、食品检疫、物价，凡是能搭上边的，全都来了，已经接到四五十家门店被检查，一些货品下架的通知。更严重的是在上海周边一些地区，一些门店直接停业整顿了。”

“这么严重？你现在有什么办法吗？”

“大哥，现在这种状况，这么一致的步调，这么配合的行动，我坚信背后一定有人操控。现在我甚至怀疑，最开始的那批过期商品，也是被人动了手脚的！”

“你只是怀疑，没有证据！”

陆江涛躺在沙发上半闭眼睛，他最近实在是太累了。

“我得找出证据来，一定能找到的……”

两兄弟一直熬到深夜，最后在办公室里凑合了一晚上。次日一早，出去找了个早点摊吃东西。街对面不远处，有一家江海集团的便利超市，此刻门庭冷落。

两人吃完早饭，正准备回公司，突然听到一阵鞭炮声。循声望去，看到了红地毯和两排漂亮的花篮。原来是一家新超市开业。诡异的是，这家超市就开在江海超市正对面，超市名字赫然是凯莱连锁超市。

刘毅在超市门口拿着喇叭大喊：“凯莱超市开业大酬宾，所有商品一律八折！”

早起买菜的老头老太太们纷纷涌进了凯莱超市。

陆江涛冷哼一声：“我就知道！”

就在这时，陆江涛和陆海波的手机同时响个不停。各个门店经理不断地给他们打来电话，两人一边接听电话一边往公司走，居然一直到办公室电话都没停过。

许久之后，兄弟两人放下电话，对视一眼，都从对方的眼神中看到了震惊。

一夜之间，上海几乎所有的江海超市旁边，都开了一家凯莱超市。而且所有凯莱的超市，都在搞促销活动。

陆江涛也终于知道了针对他们的幕后黑手——顾亦雄！

江水滔滔，远处的轮船上，汽笛声远远传来。陆家两兄弟站在江边，看着黄浦江，沉默着。已经过去半个月了，他们还是毫无办法。

陆海波也不知道是跟谁说话，突然嘟囔起来：“口碑砸了，人气也没了，凯莱集团竞争紧逼，销售几乎停滞，库存超过上限，大量食品类货物面临过期的风险。这次……说不定咱真的扛不过去了。”

“不行的话咱每个人都上街，每个人都带销售任务，大促销，特别是食品类货物，只要能销掉，亏本都在所不惜。资金得流动起来。”

“这也只能熬过一时，毕竟丢了口碑就丢了人心，这对我们来说是死路一条。”

“可我们也没有其他办法了。”

“唉……从明天开始，先按你的办法搞大促销。然后我们可能得撤出上海这个新闻风暴眼，去外地发展。”

“这怎么行？不行！这里是咱的根基，有咱的老宅，咱拼死也不能出去呀！”

“我也不想，可是守在这里有用吗？我们得认清形势，也许将来有一天我们赢回了信任，带着被人信任的品牌，再杀回上海呢？”

陆江涛沉默了，陆海波也不再说话，两人的心情都无比沉重。

次日一早，陆海波带着员工开始走街串巷销货。为了能尽量多卖一点，把价格压得很低，甚至于半卖半送。但大多人一看到江海超市的制服，立刻就躲开了。毕竟只是食品日用品而已，在哪儿都可以买。而最近媒体上的江海超市，真是让人不敢放心……好在，街坊邻里中间，还有不少陆海波开电子修理铺时的老顾客。一看是陆海波，都买了不少东西。

陆江涛倒是聪明多了，直接带着人去摆地摊了。没有挂任何江海集团的标志，反而比陆海波卖得还多。第二天，陆江涛又发现这么卖货人手还是不够。他突然想起来刚准备开超市时，为了集资卖股权的事。虽然钱后来都退掉了，但名单还在。而且名单上的人几乎都是大爷大妈，当年对陆江涛也很信任。于是陆江涛又和冯力去联系名单上的人，请他们都来帮忙。这样一来，全市突然就多出了上百个分销点。虽然每人卖的不多，但累积起来也算可观。

可是这还远远不够。虽然陆海波和陆江涛每天都在努力去跑销售，虽然思齐、冯力还有思思能发动起来的所有人都在努力。可还是不够，远远不够，甚至他们每一个人都知道不够。要维持数百家超市的运转，靠他们走街串巷销货的资金，仍然是杯水车薪，充其量只是这个杯子在他们的努力下变大了一点儿而已。再这样下去，可能几个月之后，江海集团的超市就要大面积倒闭了……

这一天比想象中来得还要早。一个月后，他们连走街串巷都做不到了，因为突发传染性流感，街道办禁止了群体性活动。这将陆家兄弟彻底逼上了绝路。

其实他们早已做好了心理准备，所有的努力不过都是垂死挣扎而已。他们默默地接受了这个结果，相视苦笑，一起长长地叹了口气。

财务室里，陆海波跟陆江涛在计算到底需要支付多少员工的遣散费。结果还算可以，公司破产清算后，债务偿还能力应该可以应付。正当两人准备叫律师做准备工作的时候，门突然被推开了。

冯力跌跌撞撞地冲进来，几乎要站不稳。

公司经营到这一步，陆江涛反而释然了，看到冯力莽撞的样子，一下子想起他们少年时胡闹的事，笑了笑问：“慌什么呀？天塌啦？”

冯力气喘吁吁地喊：“不好啦，不好啦！全是人，拦都拦不住！啊不，是太好了！太好了！拦都拦不住！”

陆江涛听得有点晕乎，他搀住站不稳的冯力，拍拍他的脸问：“醒醒！醒醒！你没喝酒吧？到底什么事？”

“大哥、二哥，一大早咱们店开门，突然涌进了几百号顾客，店里卖不出去的米面油、食盐、手套、米醋、消毒水等都被他们一抢而空。因为人太多了，好多货架都被挤倒了，一片混乱啊！”

陆海波愣了一下，半天才回过味来，说：“走，去看看！”

陆家兄弟刚开始创业时开的三家超市之一，也就是靠众人集资盘下来的最大的那家店面里，此刻已经被人挤得水泄不通。陆海波简直不敢相信，原本货架上的滞销产品已所剩无几，后面的人还在往前挤。

货架前，一堆人挤到了另一堆，陆江涛上去维持秩序，好言好语地劝阻着众人，却被挤到了货架下，一瓶酱油被撞翻，洒了他一身。思思好不容易才把他从货架底下扒出来……

陆海波的手机响个不停，各家分店的经理纷纷打来电话，几乎所有分店都发生了类似的抢购情况。思思临时当起保安，分流顾客，维护秩序。

陆江涛浑身酱油地站在一边，看着一群群的人发愣，突然回过神，哈哈大笑。

“大哥，咱们活过来了！”

“活过来了，活过来了……”

这是 2003 年让所有中国人铭记的事件——非典。

◆3◆

非典一来，挨着江海超市的凯莱超市突然不搞价格战了。这让陆家兄弟终于有空腾出手想想凯莱的目的了。但两人猛然发现，凯莱的所有超市居然大白天关着门。门上贴着公告：因受非典影响，我司采购成本大幅上升，所有货品将随行就市价格上浮。同时为避免大家过于拥堵，我司决定每天营业时间缩短为半天，敬请谅解。

陆海波气愤道："什么随行就市，我看是趁火打劫。现在物资一时紧缺，就应该尽量供应，不能引发恐慌。"

"哥，你看不出来吗？人家这是搞饥饿营销呢？故意加剧市场紧缺，好捞钱。也正好，他们忙着赚钱，咱们就可以喘口气了。"

"江涛，你不是有什么想法吧？我告诉你，这次咱们能活过来已经是万幸了。老天爷给了我们一个改过自新、重建品牌的机会，我们绝不能辜负邻里乡亲的信任，更不能昧着良心发国难财。"

"听你的。不过采购价肯定会上升，我们要想办法稳住供应商，才能稳住价格。这个事，交给我和思思吧。"

果然，因为非典，所有供货商似乎统一了口径，连涨价额度都差不多。而那个价格，陆海波不可能同意。陆江涛和思思跟供货商谈判了几次之后，无功而返。

陆海波在办公室听着两人的汇报，皱起了眉头："要不我去试试？这帮供应商都是江浙沪的，抱团心齐，不能硬来。"

陆江涛没好气道："那咱们也随行就市吧，只要有钱赚，谁都不会为难你。"

"可是我们都一团和气了，不就是为难我们的客户了吗？不就是为难咱自个的街坊邻居了吗？我们要守住底线，一分钱不能涨！"

"大哥，我也想一分钱都不涨，可是不可能啊，如果我们保持原价，不出三天，所有的日用品都会被一抢而光。那时候，咱们将面临无东西可卖的境况……说白了，也就是救他们一时之急，后面怎么办呢？"

“这确实让人头疼！那我们想办法筹钱贴补批零差价呢？”

“关键这不是一两个品种的事，如果要贴补，范围太大了，我们也难以为继。”

陆海波气愤道：“这帮坐地起价的奸商！我们将来要做大了，我就去做工厂。有了自己的工厂才有真正的定价权。”

思思接过话说：“那也不一定，只要规模够大，品牌响亮，一样有定价权。”

陆江涛有些头疼地说：“那也得等我们做大，唉，现在怕是等不了了。”

思思沉吟片刻，突然说：“就这帮江浙沪的商人仗着地利之便欺负人，要我说，咱们不如跳过他们。”

陆海波眼前一亮：“跳过他们？对呀，按他们说法，非典导致各地交通不畅。那除了这些热点大城市的供应紧张，那些偏远一点儿的供应商的货物并不好运出来。咱们来个长途奔袭，一定能解城下之围。目前来看，我们的采购地点太近了不行，太远也不适合，西南或者南下可以选一个。”

陆江涛道：“南下吧，南方正好开广交会，全国去的供应商很多。”

“好，我同意，广交会这个主意好。只是温泉刚生完孩子，你是不能去的，我去。”

“大哥，这事儿还非得我去。你是公司的法人，现在非常时期，你不在，很多事情都没人拍板。还是我去。”

思思也抢着说：“那肯定得带我。我可是修了外语兼会计师的。”

陆海波笑道：“你就别凑热闹了，现在外面不安全，你一个小姑娘家的，出去了谁放心。”

“不行！我一定得去，这还是我的主意呢。你们尊重一下知识产权好吧！”

陆江涛也笑道：“让她去吧，反正有我呢。我护驾，保证思思公主平安无事。”

思思也配合地扬起脑袋，行了一个公主的半蹲礼。几人哈哈大笑。

最终的决定是，陆江涛、思思还有冯力带着财务和采购部门的核心骨干，一起去广交会。第二天一大早，三人带着车队就出发南下。

凯莱集团办公大楼里，顾亦雄坐在自己的老板椅上，仰头看着窗外的陆家嘴。刘毅恭敬地站在他身后，等待着吩咐。

“这事儿你给我盯紧了，不要辜负我对你的信任。浦东正处在一个飞速发展的阶段，我们的经营业务要顺应潮流扩大，从单纯零售到商务咨询再到金融服务，有很多跟政府打交道的业务需要我打理，这一块儿必须低调。所以零售这块儿你顶在前面，我就不出面了。江海集团是华东民营零售的三甲之一，我们布局收购那些中小零售企业，必须先搞定他们，其他企业就会乖乖顺应我们。”

“这个我懂，本来都搞得七七八八了，眼看要成功，谁知道老天不作美，非典倒让他们一下活过来了。”

“就差一口气，不能放松。他们倒腾销售，我们就从采购渠道上怼死他们。”

“已经找人去冲他们的货，扫了不少。不过他们开始预订还送货，这招不灵了。”

“我已经拿到了他们的供应商名单，也派人给他们施加了压力。选择他们还是我们，我想明白人都会懂得怎么做。”

“这个事情思思她知道吗？”

顾亦雄有些不快地说：“思思？有思思什么事吗？我可不知道思思跟他们有什么关系。”

“是是，没关系，我们都不知道有什么关系。”

“那就好，不要显得我们做什么事都工于心计，有些事是企业之间的正常竞争，不要牵扯到人与人之间的私人关系。”

刘毅唯唯诺诺地应承着，不再多说。

广交会上，一片热闹景象。非典的疫情似乎并没有影响到这里。如果不是来来往往的人都戴着口罩，几乎不会有人想起非典正席卷全国。

事实证明，思思的想法是完全正确的。几人在广交会上对比调查后找了几家供货商，居然每一家谈得都相当顺利。原来因为非典，运输成本上升，物流状况也不乐观。很多地理位置偏僻的厂家的货都滞销了。陆江涛自己带着车队，省下了运输成本，当天就谈下了好几家供货商，还签了长期合作协议。当天，江海集团的几辆货车就全部去厂家所在城市，装满货物，踏上了回程之路。

两天后，车队已驶入浙江境内。本来一直走高速，没想到因为非典，有些地方封城了。高速堵得厉害，上海的超市里又库存告急，陆江涛于是决定走省道。这天天擦黑的时候，车队驶入省道，但又遇到修路。没办法只好走另一条旧公路。陆江涛让冯力到前车带路，他自己在最后压阵，一行人离开主路，沿着山脚缓缓而行。

江南的雨说下就下，天彻底黑下来的时候，一场雨淅淅沥沥下了起来。还好雨下得不大，可能因为他们的车队恰好在降雨区的边上，因此只是山间的道路上弥漫着雾气，并没有大雨阻拦他们前行。

摸着黑走了十几公里，陆江涛心里隐隐觉得有点危险。刚想着要不要停车，在车上凑合休息一晚，就听到外面的响动声。

陆江涛伸头一看，立刻惊出一身冷汗。原来那是山上不断有碎石落下的声音。他刚想提醒前面慢一点开，就听到前面的司机大喊一声："泥石流！快点过去！"

黑暗中，除了车灯照亮的前方一小块地面，几乎什么都看不清。陆江涛慢慢地开着车，跟在前车后面。他努力辨认着外面的情况，但也只能看到一些模糊的黑影。前行了几十米，突然听到了激烈的洪流声。陆江涛知道，泥石流大概就在这附近，说不定已经从山上冲到了公路上。

陆江涛前面的车突然停了下来，那是一辆依维柯，车上是思思和公司的财务、采购人员。幸亏陆江涛开得慢，及时刹住了车。他不知道前面是什么情况，但看车一直在给油，大概猜到是车轮打滑或者被什么挡住了。他们之前已经经过了好几片有积水的路段，应该是这里前两天下过大雨的缘故。因为这个，再加上泥石流，黑暗中也不好下车去查看。思索间，陆江涛耳中突然又听到了某种奇怪的声音，就像是什么碎裂开了一般。

他朝车外看去，巨大的山影中，他仿佛看到山动了一下。他猛然反应过来，难道是……要滑坡了？他惊出一身冷汗，疯狂地按着喇叭，但前面的依维柯依然不动。

来不及细想了，陆江涛猛地挂上倒挡，倒出一段后又狠踩油门，皮卡轰鸣着向依维柯冲过去。

停滞半天的依维柯借着这一顶的力量。终于冲了出去。而与此同时，陆江涛的车却停了下来，原来那里有一小块洼地，皮卡的车轮陷进去了。与此同时，山上那一块巨大的黑影，终于落了下来。

思思从后视镜看到陆江涛的车被滑下的巨大山体冲击得侧翻过去，之后被土石掩埋了……

"陆江涛！"

思思颤抖着打开车门，尖叫着冲了过去。公司的其他人此时也顾不上危险，纷纷下车帮忙，山顶仍然不断地有碎石落下。冯力带领公司职工，从车上拿了撬棍之类所有能用的工具，玩命地刨。

思思挖着挖着，突然开始哭喊。她的身上、双手沾满了泥土，手指也不知道什么时候流血了……冯力也脱掉了衣服，沉默地向下挖着。

所幸山体没有再次发生滑坡，众人刨了十几分钟，终于刨到了车门。冯力使劲拉开车门，陆江涛窝在里面，已经不省人事了，不知道是冲撞前车的时候还是泥石流下来的时候受的伤。几个人七手八脚地把陆江涛抬到两辆卡车中间，两名司机已经在那简单地搭起一个遮雨篷。

思思此时已经冷静了下来，她收住哭声，摸了摸陆江涛的脉搏，发现几乎摸不到了。于是解开他的衣领，跪在地上给他做心肺复苏，按了几下发现自己力气太小，于是拽过旁边手足无措的冯力，让他上。

冯力哭丧着脸支支吾吾说："我不懂怎么做呀。"

"你军训没教吗？"思思大喊着，又突然想起他没上过大学，便拉着他跪在陆江涛身边，一边示范一边解释，"这样，你按我教你的做。每分钟你按压一百次，你手按这里。对，就这样，用力。"

冯力照着思思的指示给江涛做着按压。思思捏着陆江涛的鼻子，深深吸了一口气，俯下身给他做人工呼吸……每分钟一百次按压，每三十次按压，两次口对口人工呼吸。思思精神高度集中，指挥着冯力，两人重复着心肺复苏术的标准程序。可过了几分钟，陆江涛什么反应都没有。

冯力被彻底吓到了，他不敢想象二哥死去的情景。一想到这里，就手软得不敢再往下按。思思歇斯底里地喊："快，快一点！"冯力才勉强反应过来，继续按压着陆江涛的胸口……

两个人都泪流满面，情绪几乎崩溃……

按了一会儿，冯力终于停手了，痴傻地看着仰面闭目的陆江涛，不知道该说什么，该做什么。思思则一拳砸在陆江涛的胸口，哭喊个不停，一边哭一边用拳头砸着他："你给我醒醒！你不能死！陆江涛！你不是说你从来不服输吗？你这么快就要认怂吗？你跟我说！你说你没有这么怂！你就是再也醒不过来，你也要跟我说一声呀！"

"咳咳……"

陆江涛突然一阵咳嗽，竟然奇迹般地回过了气。冯力连忙上去拉住思思，抹着眼泪喊："别捶了，别捶了！再捶，真出人命了。"

思思擦着眼泪，看看陆江涛，哭着哭着就笑了，笑着笑着又哭了……

思思帮陆江涛简单做了包扎，然后其他人一起把他抬到了依维柯上。只留下一个人，处理了车的事再回上海。

冯力去了头车，带领车队继续前行。将近凌晨，车队终于进入了上海界，路上的车也多了起来。一盏盏擦肩而过的车灯，不断扫过江海集团众人的脸，让他们感觉好像去了一趟荒野，现在终于又回到了这个世界。

道路前方设有临检点。因为检查得慢，江海集团的车队排了一个多小时队才轮到他们。

工作人员都穿着防护服，手持温度测量仪器走过来，递给车上众人几张表，嘴里机械地说着临检的事："个人信息，家庭住址，工作单位，都填一下。谁说一下你们的情况？几个人？从哪来？到哪去？"

思思答道："我们去广东那边采购，要运货回上海。"

工作人员瞄了一眼前车货物，笑道："呵呵，你们可真会抓商机，现在日用品可走俏了，这回你们发了！"

"哪有！我们还是平价呀？"

"别蒙我了，这会儿你们就是多挣点儿钱也是做好事呀，只要别涨得太离谱，没人说你们。来，测下体温。"

思思看着工作人员递过来的仪器好奇道："用这个吗？"

"对，这是红外测温仪，很快的，别动，照下耳朵就好了。"

照完思思，工作人员指着昏睡的陆江涛问："他怎么啦？"

"路上出了车祸，受了伤，昏迷了。他也要测吗？"

"当然。"

工作人员照了一下陆江涛，仪器突然发出蜂鸣，工作人员紧张起来，立刻用对讲机招呼同事："体温 39.5 度，需要立即去上海公共卫生中心隔离复查。还有你们几个，凡是跟他有接触的，都需要复查。路程不远，就在金山区。"

没办法，车队所有人都和陆江涛接触过，只好跟着医护车辆去了公共卫生中心。等检查完，天已经快亮了。

门诊大厅里，冯力、思思和担架上的陆江涛等待着。工作人员走了过来，先对司机和财务等人说道："你们没事了，可以走了。还有你。"

冯力问道："说我吗？"

“对，就是你，你也没事，可以走了。还有你。”

思思高兴地拍拍手：“终于可以回家了！”

工作人员指指陆江涛道：“你们回去记得通知下他的家人，他被隔离了。”

思思辩解：“啊？！他，他就是昏迷了不是感染了吧。”

“现在不能确诊，就是疑似，暂时不能走。再说，我们检查发现他脑震荡，而且白细胞偏高，有感染发热症状，就在这里一道治疗吧。”

“那我得留下。”

“不行，你没有发热。”

“可是，我给他做过人工呼吸，我有可能在潜伏期呢。”

“这样啊，那你确实需要留院观察，但你们不能在一起，他得到男病区隔离。”

“可是，我是他家属，我得照顾他。”

冯力听到这句话，瞪大了眼睛，刚想说什么，却被思思用眼神杀死了他的质疑。

“家属？那也不行，必须分开。”

思思无奈地点点头说：“冯力，你带司机把货赶紧运回去，告诉海波大哥我们没事，过些天就回家。”

冯力犹犹豫豫，最终还是在思思杀人的眼光下，带着车队的人离开了。

第二天，冯力一行就回到了上海公司总部。那辆坏掉的车晚几天也到了，货物终于补齐，本来几乎售罄的仓库终于又被填满，解了各家店的燃眉之急。

陆海波办公室，冯力正汇报着这一趟的情况。

“大哥，发生了这么多事，现在二哥这情况，还是赶紧跟温泉嫂子说一声吧。”

陆海波沉吟着说：“先不要告诉温泉，她刚生完孩子，千万不能让她焦虑。就说现在你先行押货回来，你二哥还在办后几批出货的事情，一切等江涛出院再说。”

正说着，门被推开，是温父。

“海波啊，江涛他怎么了？这两天都没个电话，你说这个办事没谱的，温泉刚生完孩子，他出差都不往家里打个电话，把温泉急出毛病了我跟他没完。”

陆海波连忙解释道：“是这样，这两天……他去了山区的工厂，那边信号不好，咳咳！我这昨天都没收到电话，咳咳！但是今天冯力回来了，跟我汇报了那边情况，特别……特别顺利，满载而归，就是……就是江涛还需要在那边办理后续跟进的业务，要稍晚几天回来。”

冯力看着一向忠厚的陆海波撒谎，差点儿没忍住笑出来。还好温老板上了年纪，没发现什么异常。

“那就行，我就要个准信。实际上吧，他在，我也不放心。你在，我才放心。”

“放心吧师父，江涛一直把温泉放在心上呢。他人虽然不在，但是他托我置办了童鞋、童袄、学步车、摇篮，一会儿我让冯力给送去。”

“唉！你呀，别人做的错事你都爱往自己身上揽，自己做的好事你都喜欢往别人身上推。要说你这人实诚吧，你这点儿还真不实诚。”

“师父，您最近也尽量别上街，需要什么我让超市给您送家里。”

“你呀，别尽想着别人，有时间考虑考虑自己的问题吧，本来我想帮你张罗呢。可惜呀，现在这个社会，我们喜欢的人，姑娘家都不待见，傻呀！”

陆海波笑笑，目送着师父摇头离去。冯力也去忙了，陆海波开始翻看这次签了合约的供货商的资料。忙到下午，陆海波按惯例去了集团旗下的一家超市巡视，一进门就看到冯力正在码货。

陆海波走过去，一群老头老太太兴奋地推着购物车聊天。

“可捡着便宜货了，现在这个日用品啊，价格飞涨，对面那个凯莱超市翻了好几倍。只有这里还是原价，这几天我都不逛别的超市了，就认准江海了。这样有诚信的店，以后我都在这儿买了。”

“可不是吗，现在大卖场都加价呢。好多东西都买不着，你看，这口罩我跑了好多家才在这里找到。”

陆海波心下喜悦，他知道这次的决策是正确的。他走到冯力跟前，问道：“冯力，你怎么在码货？”

冯力穿着围裙，忙得一头汗，抬头看到陆海波，解释道：“是大哥啊。现在公司有点儿发热的员工都必须在家隔离，有家人感冒的也请假回去照顾了。人手太紧，我就顶上来了啊。”

“辛苦你啦，熬过这一阵，你也休息休息。”

冯力突然想起什么，说道：“大哥，有几家超市说老是有几批陌生面孔抢货，咱的平价货老是被他们一抢而空，搞得周边老头老太买不到东西在抱怨。”

陆海波问清了是哪些店，沉吟片刻，说道：“好，我去看看什么情况，顺便看看他们那边备货有什么问题。”

“大哥，您等等，我一会儿码完货开车送您。”

“不用，我走着来的，打车去也方便。”

街上，到处是戒严的条幅和戴着口罩的人们。整个城市，像电影《寂静岭》中的场景，又像《生化危机》中的场景。救护车在街上呼啸而过，时不时还能看见全副武装的医护人员。陆海波坐在出租车里，对留院观察的陆江涛充满担忧。

冯力所说的几家超市有远有近，陆海波去了最近的一家。一进门，就看到一群人在抢货，而且都是中青年人在抢。他们几乎不看也不挑，直接把货架一扫而空。

陆海波让营业员叫一下经理，没一会儿，经理小跑着出来，告诉了陆海波情况。

“陆总，这伙人，我其实大概知道，发现情况不对了以后，我跟着他们看了几次。这些人跟对面的凯莱超市有关系，我怀疑我们的平价货被他们抢去，一是打击我们生意，二是抢我们的货他们高价卖。可既然开门营业，来的都是客，我也不知道该怎么拦阻他们。”

“这风一定得刹住。”陆海波沉吟片刻，问道，“能不能这样，以后都凭小区门牌号提前预约，特殊时期咱也像药店一样实行实名制，这样他们就没法捣乱了。”

“这倒是个好主意，只是预约会多很多事，不过不是啥大问题。”

“还有小区现在进出都很严格，一些腿脚不便的大爷大妈买菜很不方便，能不能在就近的范围内，咱们的营业员加加班，把货物按预订的给送上门。”

经理为难道：“这……怕是挺困难，我们人手本身就紧缺。外面这种情况，大家躲都来不及了，咱还生往上贴，还不涨价，还搭运费……”

“越是这样的时候，我们做这些才有实际意义。这样吧，我动员司机、行政和财务人员，下午集中两个小时过来帮忙送货。”

“好倒是好，但是现在咱不愁货不好卖呀，咱不需要去讨好客户呀，这样是不是用力过猛啊？”

“想多了！对大家好的事，去做了，好事自会找上门。我晚上就拟个办法出来，明天咱们开始实行！”

上海公共卫生中心里，陆江涛的身体已经好多了。所幸，车祸发生时，驾驶室并没有破损，他只受了一些皮外伤，当时昏死过去是滑坡的冲击力造成的。在卫生中心过了几天，除了腿还不太方便，其他伤病已经基本好了。

陆海波给他打了几次电话，询问病情。陆江涛也是心大，并没有太把非典当回事。而且他的身体状况确实很快就恢复了，不再发烧。陆海波也基本放下心来。

这天，陆江涛却突然接到了温泉的电话。本来他已经和大哥约定好不和她说自己被隔离的事，没想到温泉一上来就问他是不是还发烧，要隔离多久。

陆江涛大概猜到是冯力嘴巴不严实了，只好安慰着温泉："对不起啊老婆，我这次还真是有点儿不走运，没办法。不过我答应你，隔离一结束，我立刻回家去！"

"你没事就好，你们都没事就好。不用跟我解释，你好好配合治疗，观察期一结束就回来，赶巧的话说不定能赶得及。赶不巧也没关系，我爸、大哥还有思齐，他们照顾我也足够了。"

这时，思思跟个穿花蝴蝶似的跑进来，还端着一个托盘。她放下托盘，从上面拿起体温计正要喊江涛量体温，突然看到他在打电话，马上识趣地噤声了。然后吐了下舌头，用手比画着，示意自己需不需要出去。

陆江涛一边打着电话，一边用另一只手比画不用出去，让她站一边儿去。突然温泉的一句话让他一惊。

"你是在忙事？我有打搅你们吗？"

"没有没有，没事，我打蚊子呢，真烦，嗡嗡个没完，这儿连个破蚊香都没有。"

思思听到他把自己当蚊子，蹙着眉头扬手要打他，陆江涛赶紧摆出求饶的姿势。

"对了，你别乱跑乱窜，乱说乱动的，隔离就老老实实待着。我听说思思也隔离了，你们隔离应该观察期差不多，记得要好好地带人家回来。"

陆江涛不知道温泉是什么意思，也不知道冯力这不靠谱的家伙泄露了多少实情，他想说什么，犹豫了下，斟酌着词句跟温泉说："老婆大人您放心吧，我带出去的人，我保证一个不落，都得好好带回来，一定得给咱们家领导一个放心、满意的交代。"

温泉又叮嘱了几句，这才挂了电话。就在陆江涛放下电话的工夫，思思已经打了一盆热水过来。

"这是干吗？"

"换药啊，要不然干吗？"

"我知道，换药打水干吗？"

“换药不得清创吗？清创不得先清洗伤口周边吗？”

“你看你这业余的，清创用酒精棉球。”

“先清洗完再用酒精棉球擦，你以为人家护士多闲，能像家里人那样照顾你。你这是享受我的 VIP 服务呢。”

“行行行，你说啥都行，一看你就是在家被伺候的主，把我当人肉靶子练习呢。得亏你还不扎针呢，不然这医院怕要成我的炼狱了。”

“嘿！陆江涛！嘴不要这么损！你现在在我手心攥着呢，你信不信我不管你的话，护士姐姐都当你是空气？”

“信信信！你那公关能力搁这儿是屈才了，回去我举荐你做老板，我得多省心。”

“美得你！脚伸过来！”

陆江涛脚伸过去，刚一碰水就烫得“嘶”了一声。

思思紧张地试了试水温，有些不好意思地说：“对不起啊，烫了点儿。我去加点儿冷水。”

陆江涛在后边连说没事。思思兑了冷水，把他的脚按在水里想给他擦洗，吓得陆江涛连连摆手说：“不用不用，我一个大男人，哪能让你一个小女孩儿伺候，我逗你玩呢。真不用，我自己来。”

陆江涛把裤腿往上挽，却发现挽不动，他的伤在膝盖上面，病号服裤腿窄，他挽到膝盖就挽不上去了。他故意试了几次，却发现思思没有一点儿走开的意思。

“你……能不能……向后转？”

“干吗？挽不上去？笨！换个方向，从上往下脱呀。”

“所以让你向后转呀，然后，齐步走！”

“陆——江——涛！你别太过分，真把我当丫鬟使啊，招之即来挥之即去，我偏不走。”

“我哪有招你啊？”

“你有！你不招我，我跟车队干吗？不跟车队我会跟你来这地方吗？”

“就算我招你，我也没惹你呀，别气性那么大。放过我行不？”

“不行！说不走，就不走！”

陆江涛也是没辙了，低下头双手使劲，只听“嚓”的一声，愣是把病号服的裤腿给撕开，挽上去了。

“哎，你有意思吗？好好的病号服被你弄坏了，还得赔人家。我都不嫌你，你倒嫌起我来了？” 说着，她真生气了，转身不搭理他。陆江涛咧咧嘴，也不管她，自己忙活着洗了起来。

◆4◆

江海集团上门送货的服务从第二天就在部分小区开始了，果然广受好评。又过了几天，如何送货，如何登记预约和配置，陆海波已经总结出了成熟的办法，并且在江海集团所有超市里推广开来。冯力还出了个点子，把临时雇佣来的送货车全都刷上了江海集团的商标。一时间，江海集团风评暴涨，成了上海的明星企业，在陆思齐的帮助下，频频出现在各大媒体中。

只是苦了陆海波等人。因为人手实在不够，虽然冯力通过自己社会上的朋友找来不少肯干活的人，但还是紧巴巴的。陆海波、陆思齐还有冯力不得不一有空也参与到送货队伍中去。还好陆思齐是跑财经新闻的，否则非典期间，恐怕要忙得根本回不了家。

这天，陆海波正带着妹妹在店里整理货物，准备往车上搬。店里的电视播放着香港新闻：“香港已有多人确认感染非典。今晨，香港联合医院健康服务助理员刘锦蓉因感染非典不幸殉职，港府及各界民众深表哀痛，特区行政长官董建华先生参加了葬礼。为加强防护措施，香港医院管理局正积极商讨建立非典专门医院……”

陆海波无意间抬头看了一眼新闻。突然，新闻上出现的香港某小区的镜头中，一个女子戴着口罩匆匆走过的身影让陆海波一愣。他下意识地问陆思齐：“快看快看，镜头里那个女的好像是林霞。”

陆思齐看了一眼，只看到那个女人的背影。

“是吗？有点儿像，又有点儿不像。”

陆海波没有接腔，专注地盯着电视，努力寻找着标志性的东西，他发现那段随机采访的背景地点是“香港淘大花园”。

陆思齐已经搬完了货，喊着陆海波：“大哥，大哥！”陆海波回过神来，看到陆思齐已经上车了。

“快走，送货呢。”

陆海波跟着上了车，一路上都有些心神不宁。陆思齐发现了大哥的异常，问道：“大哥，你在担心二哥吗？”

陆海波没听见一样，不回话。

“大哥，你在担心二嫂吗？”

海波突然醒过神来说：“啊，不是，我在找路。”

“你不是想林霞姐了吧，她一个人去香港那么久，也挺孤单的，现在那边非典又那么厉害……”

陆海波突然一脚刹车，两个人被惯性推得身体前倾，脑袋差点撞玻璃上。陆思齐刚想问大哥，转而明白自己说中了大哥的心事。

一辆救护车闪着灯从他们车前急速开过去，停在了不远处的路口。海波和思齐看着那家人被隔开，大家都戴着口罩，病人的丈夫突然将口罩摘下，凑过去将脸贴在妻子脸上，像是在告别……

雨刮器无声地扫着车窗，车里的人静默地看着这一幕。

“大哥，如果在这场非典中活不到明天，你最后一句话会对谁说？”

“你会对谁说？”

思齐想了想，说：“对大哥和二哥……”

陆海波没有继续这个话题，陷入了沉思，思齐也不敢打搅他。

“思齐，哥有个事儿想麻烦你。”

“什么事？我看看要不要找人，要找人这时间可说不好。”

“就是今天那电视新闻，你们台的，你让你同事帮忙给我拷一版好吧？”

“我当啥事呢！这是我们台录转的香港新闻，都有留档。这件事，小 case！我让我的实习生去办。” ”

这天晚上，陆海波待在办公室里，看了一夜那一段视频。他反复播放着那个片段，几乎已经确定，她就是林霞。

清早，陆江涛推开陆海波办公室的门，发现大哥正在泡方便面。陆海波抬头，惊喜地叫出声来：“江涛！你没事了？”

“大哥，没事了，回来了。”

陆海波大喜，拍了拍弟弟的肩膀，想了想，把方便面递给他。

陆江涛接过方便面，大口地吃起来。两人都不说话，一直到陆江涛吃完抹抹嘴。

“吃饱了，虽然没哥做的葱油面香，但是管饱。”

陆海波笑笑，继续看着陆江涛。

陆江涛被大哥的眼神逼得只好自我解嘲说：“哥，您要批评，现在可以开始了，我吃饱了，有力气听您开讲了。”

“我开什么讲啊？话都是你说的，事也是你做的。而且我还真不知道该表扬你还是该批评你。”

“那就先表扬，表扬完了你还有力气就批评，没力气留着下次说。”

“还真要表扬你，带出去的人一个不落全带回来了，还顺利谈成了新供货商，功不可没！”

“那批评呢？”

“这个还真不好说，我能说你不够检点吗？好像不能。因为是思思给你做人工呼吸，而不是你给她做。”

陆江涛瞪大了眼睛说：“啥玩意？人工呼吸？她给我？”

“啊？你不知道这回事？”

“我埋车里那会儿？”

“冯力亲眼所见的啊？”

“嘿,这大嘴巴子,连我都不知道,你倒知道了。冯力这小子没有对温泉说啥吧？”

“差点儿，幸亏我拦着，不然这嘴快的家伙准说出去。”

“糟了，这下可真说不清了。这事吧，摆在台面上谁都没有错，可是这些事一串起来，怕是温泉那里没有我好日子过了。算了，你听听，因为非典，现在多个省市包括港澳都形势严峻，我们送货的任务很重，我不在的时候，全靠大哥你了，看你眼睛就知道你有多劳累。现在我回来了，暂时就由我多照管公司，你休息休息吧。”

一边的收音机里正播报着各地疫情及防治的消息。突然，一则消息引起了陆海波的注意：“位于香港九龙观塘区的淘大花园E座已经实行封楼隔离，今天香港食物环境卫生署的工作人员正在检查防护装备，准备进入该公寓检查。据港府卫生署证实，淘大花园已经由最初发现非典病例的五个家庭七人感染，发展到后来的六十三人，目前该处寓所非典感染人数更是达到了令人惊骇的三百二十一人。”

陆海波感觉心跳骤然加剧。陆江涛还在说着公司的事，但他一句都没听进去。

突然，陆海波表情严肃地打断了陆江涛：“我有件要紧的事情，来不及细说。公司的事即刻起交给你全权处理，我必须离开一段时间。”

“去哪儿？”

“你别问了，办好我会告诉你们。”

陆海波去了香港。因为非典，很多航班都已经停飞。本来陆海波都不知道怎么办了，结果恰好有人因为非典临时退票，他才买到一张连夜飞往香港的机票。

一大早，他就坐出租车来到了淘大花园。只是这里还在封闭隔离，楼前拉着警戒围栏，几辆警车和救护车辆在一边待命。陆海波不知道该怎么进去，只好拿出从视频里截图的林霞戴口罩的照片给几位警官看，警官们都摇头表示没见过。

陆海波只好规规矩矩地等在楼前，希望碰到个出来的居民问问。一直等到傍晚，除了医务人员，楼内没有一个人出来。一个警官看他老待着，感到奇怪，上来问询。

“你在找亲戚还是朋友？”

“一个朋友。”

“你确定他在里面吗？有没有住址？”

“没有确切的地址，但是她曾经出现在这里。”

“我劝你还是别费事了，出现在这里不等于住在这里。就是住在这里，现在全面隔离你也见不着。已有上百人因感染住院了，如果她也感染的话更不会在这里。”

陆海波听后，心情暗淡了下来……

天黑了，他没法继续等下去，只好找了一家酒店先住下。第二天，陆海波打听到一家专门收治非典病人的医院。医院门前，很多民众自发折的千纸鹤重重叠叠挂在门廊上、树枝上。

陆海波脚步匆匆，进了医院，直奔向值班柜台。

“请问你们这儿收治淘大花园的病人了吗？”

“是的，应该是都送这里治疗。您有什么需要帮忙的吗？”

陆海波拿出林霞的照片，说：“麻烦帮我查一下有没有这个人？”

“戴着口罩不太能确定，要不我帮你查下名单？”

陆海波激动地连连点头，说：“她叫林霞，双木林，晚霞的霞。”

值班小姐拿出一本入院名册，两个人低头一起翻找起来。翻了几遍，没有发现林霞的名字。陆海波一脸惆怅地念叨着：“真的没有啊……”

“没有是好事呀，说明她没被传染啊。”

陆海波顿时一喜，念叨着：“对呀，她没事，她没事！这是好事呀。行了，谢谢您啦，我去别处找她……”陆海波说完，急匆匆出了医院。值班护士奇怪地看着他离开。

陆江涛在卫生中心隔离的时候，人也休息了个饱，把公司自毒饺子事件以来的疲惫感一扫而空。回到公司，立刻就进入角色开始主持工作。但无奈的是，每天回到家，温泉对他都有些冷淡。

这天，陆江涛正在办公室里给思思布置着工作。门突然开了，温泉站在门口，看了两人一眼，淡淡地说道：“江涛，我想跟思思谈谈可以吗？”

陆江涛一时愣住，不知道该怎么回答。反倒是思思大方地回应：“好啊。”然后跟着温泉出了门。

两人出了门，都不说话，一前一后出了公司。幸好公司里人不多，要不然恐怕会引来不少人围观。

温泉带着思思进了一家咖啡厅，自顾自坐下，点了东西。思思坐在对面，也点了饮料。两人明明坐在一桌，却表现得像两个相互不认识的人一样。沉默了半天，温泉突然问：“你喜欢陆江涛？”

温泉望着思思，思思没有躲避温泉的目光，坦然回答：“是的，我很喜欢。”

“你爱他吗？”

“是的，我很爱他。”

“嗯，我知道了，说明我想的没错，也说明，你是个光明磊落的姑娘。”

“然后呢？”

温泉笑了：“你觉得然后是什么？”

“难道这杯咖啡不会泼我脸上？难道不会赶我走？”

“这咖啡还挺烫的，好了，既然你这么爱他，那他布置给你的工作，快去做吧。”

思思本来已做好被骂的准备，听到温泉的话，露出奇怪的表情：“你说什么？”

“我对我们共同相信的人有信心，虽然他在一个最不应该的时候做了让我不开心的事。”

“你就那么放心我们俩？你就不怕？”

“女人懂女人，一定比男人多。我相信我对你的直觉，你是个认真的女孩，同时，你又很善良。”

“你就一点儿不介意？”

“介意？怎么会不介意，女人天生会介怀男人喜欢的任何人，更何况还是你这么冰雪聪明、漂亮娇嗲的女孩，但这也是对他的考验。其实，你们互有好感我是理解的，因为我也对你很有好感，我们都喜欢美好的事物、美好的人，这是天性。只是江涛走得远了些，我可以不在乎他在我们两个面前选择时的为难，可是我非常介意他对孩子的态度，那是超越我之上的存在。所以我明知道你们没有什么，可是我还是介意，但，也仅止于介意而已。”

“温泉姐，感谢你的大度，可我没法阻止我的内心，我想退出团队，离大家远一些，安安静静地想些事。”

“感情既不能强扭也不能逃避，我还是希望你留下来，我希望能帮到你。再说了，你俩都经过了考验，没有迷失，就是这件事情对你不公平。以前，你也喜欢他，但是你可以在他身边工作，每天看到他，现在经历了这些，你可能会感觉自己无法再继续在他身边工作下去了。这一点我要向你道歉，因为你代替我，在他需要帮助的时候帮了他，结果却伤害了你。这对你不公平。”

“温泉姐，我……”

“一切的一切，基础是我坚信我们的爱情。”

“我明白。”

“思思，谢谢你帮助他。”

不过三天的时间，陆海波跑遍了林霞有可能出现的地方。油麻地、佐敦、中环广场甚至荃湾，然而都没有找到任何线索。每天他都能看到无数北渡离港的大陆人，还有戴着口罩匆匆归家的香港人，但就是没有他想看到的那个人。

黄昏时分，累了一天的陆海波坐在路边休息。他有些绝望，甚至不知道自己为什么突然来到香港，又为什么做了这些莫名其妙的事。想了一会儿，陆海波突然觉得口渴，站起来想去买瓶水，却突然看到了林霞。不，准确地说，是林霞的照片。

那是一家培训机构的宣传栏。林霞的照片和许多人一起贴在上面。陆海波激动地冲进去，却发现大门上贴着通知，因为非典暂时关闭。这是陆海波找到的唯一线索，他只好就地等待，终于在晚上遇到了来打扫的义工，得知了林霞的信息。原来林霞只是利用下班时间在这里做义工而已，她有自己的正式工作。陆海波也终于得到了林霞的地址。

次日一早，陆海波就来到了林霞工作的同海国际商务中心。这是一座很高的建筑。陆海波几乎没费什么劲，就透过落地玻璃看到了她干练的身影。只看了一眼，陆海波就觉得自己呼吸急促起来。真的是……好久没见了啊。

保安看到陆海波探头探脑，感到奇怪，过来问道："您好，您找谁？"

陆海波慌乱地摆摆手，说没事，然后落荒而逃。一出大楼，他就开始自言自语："我这是来干吗呢？她不是好好的嘛。好就好嘛，见不见有什么要紧。"他一边叨叨着，一边走到了公路边，正想打车，却又折了回来，在大楼不远处的树荫下等着。

一直等到林霞下班，陆海波急忙跟上。他想打招呼又没勇气，就这么一直跟着。林霞进了地铁站，坐了几站出来，进了另一家培训机构。他偷偷在教室外看着，她教孩子们普通话，给他们讲故事，孩子们围着她叽叽喳喳。她仿佛回到了当年做夜校老师的时光，一改在写字楼里严肃的神情，浑身散发着当年的质朴、善良和温情。

陆海波不由得笑了，她还是那么喜欢当老师。

林霞下班的时候，陆海波连忙又躲了起来。看着她走出培训中心，他终于鼓足勇气，想走上前去打招呼。却看见一个年轻小伙子陪着林霞一起出来，还捧着一束花给她，林霞上了他的车。

望着离去的车，海波心里一阵失落。他回到酒店，躺在床上，甚至忘了吃晚饭。

这一夜，陆海波彻夜难眠。

第二天一早，陆海波打车去了机场，飞机起飞的时间是八点整。办了登机手续，陆海波却又有些犹豫了。他走回值机柜台问柜台小姐。

"请问，现在还可以改签吗？"

"当然可以的，但是会加收手续费。您要改吗？"

陆海波想了想，又说："算了，不改了。"

陆海波闷头走向安检口，却又没进去。踟蹰的时候，他懊悔地自言自语："我傻了我，我不是想问问她的感情吗？我想知道这些年她的生活，她都碰到了什么事……我怎么就那么怂，一个毛头小伙就……唉！我怎么也该上去拦住她，不说别的，问个好也好啊……”

这么想着，空港的广播里已经播报他的名字了，陆江涛这才急着往42号登机口去。因为一直在犹豫，他甚至走了一路都没怎么抬头。突然回神的时候，他发现自己已经站在了42号登机口。登机口旁边，站着另一个人。她气喘吁吁，明显是刚跑到了登机口，此时，正目瞪口呆地看着陆海波。

居然是林霞。

两人对视着，都愣了片刻。陆海波曾经无数次想过再见到林霞的时候说什么，此时却一句话都说不出来。他憋了半天才说出一句：“真巧！其实，我……我没打算……来香港。”

“我也是。”

“我……我有点儿事，过来……过来办事。”

“我知道。”

“其实我……我办好了，谈一笔生意。”

“我也是。”

“啊！你也是！真，真巧！你去哪里？”

“重庆。”

“重庆，啊，重庆有点远。”

“替我问温泉好，问思齐好。”

“好，好，好！”

“你好吗？”

“我很好。你几时走？”

林霞抬腕看看手表，说：“还有十分钟起飞了。”

“哎呀！那你赶紧！赶紧！几号登机口？”

林霞朝登机口努了下嘴：“好像你比我要早。”

陆海波反应过来，脸变得通红，慌乱不堪地说着话进了登机口：“啊，是是，那我先走，咱们回头联系。”

林霞优雅地站在原地，看他进去。

陆海波刚走进机舱，就重重捶了下自己的腿，他不明白刚才说了些什么混账话。

他不知道，林霞本来是因为看到非典的新闻，想去上海的。他进了登机口以后，林霞在原地停伫片刻，转身把机票撕碎，扔到了垃圾桶里。然后向出口走去，身后巨大的玻璃幕墙外，一架国航班机呼啸着起飞……

◈5◈

2003 年仲夏，非典终于过去。与此同时，江海集团终于渡过难关，并重新焕发出了生机。起诉江海集团的几家受害者又都撤诉了，还在报纸上公开道歉。工商部门经过细致检查，得出的结论是江海集团的所有超市都没有问题，食品检疫部门的报告全部合格。无形中又给江海集团打了广告。

非典正在渐渐远去，生活又恢复了它本来的样子。只是有一些细微的改变，是只有身在其中的人才能深切体会到的。

江海集团里，陆江涛因为在毒饺子事件和非典期间的出色表现，升任为集团总经理。陆海波仅保留董事长一职。冯力也因为表现积极，重新回到了采购总监的职位。思思则去负责市场开发工作。陆思齐也正式从电视台辞职，来到江海集团任了副总，主管宣传工作。一时间，整个江海集团又回到了一派欣欣向荣的景象。

半夜里，温泉靠在床头半躺着，她的身边是新生的小宝宝。而床边，陆江涛在小宝宝的另一侧，已经累得睡着了。

宝宝突然哭了，吵醒了陆江涛。陆江涛努力睁着惺忪的睡眼，说着："哎哟！我都睡着了。他……他怎么哭了？"

温泉眼睛都不睁，说道："饿了吧，你去冲点儿奶粉，爸爸带过来的。"

陆江涛在孩子的哭声中，慌乱地爬起来，找出来奶粉，手忙脚乱地冲好，急匆匆地过来要给孩子喂。

温泉一直在偷看着他忙活，此时连忙叫住陆江涛："慢点儿，烫！"

"哦哦哦，对，等等，我拿个奶瓶去。"

"你别用奶瓶了，吹凉了，一勺一勺地喂他。"

陆江涛给儿子取名陆远。陆远胃口出奇的好，一会儿就喝完了。结果喝完还哭。陆江涛痛苦地叫唤着："多大点儿人啊，就这么能吃，怎么吃饱了还哭啊？要再冲点儿吗……"

温泉看着手忙脚乱的陆江涛，幸福地笑了。

陆家经济状况渐渐转好后，陆江涛和陆海波先后都买了房搬出去住了。陆思齐为了工作方便，也经常住在职工宿舍里。但老宅没空着。陆海波找人把老宅收拾了一番，一是父母遗像摆在那里，方便祭奠。二是自从陆思齐回来，陆江涛和温泉成婚，一家人经常在周末聚餐，偶尔也会来老宅。自然是厨艺精湛的陆海波当主厨。自从毒饺子事件爆发一直到非典结束，全家人都结结实实地忙碌了几个月。等到尘埃落定，才又继续进行周末的家庭聚会。

这天在老宅吃完饭，陆江涛和陆海波出去溜达了。温泉带着孩子在家。陆思齐就留下来陪她。两人聊了一会儿，陆思齐突然说："嫂子，我想跟你说点我的事。"

温泉一边哄着孩子一边应话："你说。"

"我准备结婚。"

温泉吃惊道："啊？跟谁？"

"陈建呗，还能有谁。"

"唉，他这个人翻来覆去的，你想好了吗？陈建吧，不是我说你啊，你在大学怎么看的人啊？"

"我想了，可能前面三四年，为了……江海集团……他是有怨言的，所以永远跟二哥顶着。现在他动不动就……唉……不说这个了，我想的是也许，结了婚，二哥毕竟也就是他的哥了，他应该就不会做出什么对不起我们家的事情。"

"你傻啊，结婚是自己的事情，照你这么说，你跟陈建结婚还是为了江海集团？这扯得上关系吗？结婚不应该因为别的什么，那只能是因为感情！"

"我们大学谈了三年，毕业后持续至今，这么多年了，你说难道我们没有感情？"

"我不是说你们没有感情，但是……算了，我就是一说，你要是想好了，我也没什么反对的。你跟你大哥二哥说，让他们给你操办。"

陆思齐想到二哥和陈建吵架时的情景，又想到自己当时答应陈建结婚的事，嘟囔着："我不想操办，我也不想让大哥二哥知道，二哥一定不同意。"

"那你是什么意思啊？"

“就是拿着户口本去扯个结婚证呗，拯救他，也拯救我。其他的以后再说。”

温泉震惊地瞪大了眼睛，一时间都不知道该说什么。

“所以，二嫂，我就是跟你说说心里话，你别跟二哥说这事！”

温泉有些呆傻地点点头。

次日一早，陈建已经笑吟吟地等在了民政局门口。陆思齐坐在一辆出租车上，车本来都已经停在民政局外面了，他看了一眼陈建，突然对司机说：“师傅，您能再绕一圈吗？”

司机似乎已经见惯了这些事，打着方向盘问：“没问题啊。怎么着？是结婚没想好啊，还是离婚没想好啊？”

陆思齐没有回话。出租车绕了一个大圈，再次停在了民政局门口。司机回头问道：“还绕吗？”

“不绕了。”

“妹子，想清楚。这可是人生大事！想绕，哥可以带你绕一上午，还给你打八折。”

“谢谢大哥。”

说着出租车停了下来，正好停在了陈建的前方。陆思齐打开车门下车，陈建满心欢喜地迎上来，问：“思齐，你看我今天帅不帅？”

陆思齐淡淡地笑了笑：“挺帅的，走吧！”

两人进了民政局，可能都是看了日子来的，人出奇多。排了半天队才轮到他们。

材料递进去，登记员看完两人的材料，问道：“是自愿的吗？”

陈建连忙回答：“是，是，当然是！”

登记员看了一眼陆思齐，问：“你呢？”

陈建又说：“她也是，都走这里了，有几个不是自愿的？”

“我问她呢！”

陆思齐沉默着，欲言又止。

“她不是。”

陈建和陆思齐愕然回头，看到陆江涛和冯力站在他们身后。

陈建急了，喝问道：“陆江涛，你干什么？”

冯力一把把他推到一边。陆江涛走到窗口边，对登记员说：“麻烦把他俩的材料还给我们，我们不领证了！”

"你说不领就不领了？得她说。婚姻自由，不管你是他什么人，她说了才算！"

陆江涛回头看着妹妹说："思齐，告诉他，不结了！"

"二哥……"

陈建也急忙喊着："思齐，你告诉他，我们就是要结婚！"

陆江涛和陈建一人一边，站在陆思齐的身边看着她，等着她说话。

登记员又说话了："姑娘，想清楚了再说，你说OK，我就盖戳。你说不行，我就给你撤！"

陆思齐的泪水流了出来。

陈建突然一阵心慌，叫喊着："陆江涛，你干吗啊？你干吗冲进来跟我们闹，我们俩都说好了……"

陆江涛看都不看他："思齐，不管你是因为什么要跟这家伙结婚，你想清楚，我们永远不需要你做出牺牲，你永远是我们最爱的妹妹，二哥永远保护你。"

陆思齐含泪点头。转头望着正等着自己回答的登记员，摇了摇头。登记员一把把俩人的材料甩了出来。陆江涛拿起材料，拉起陆思齐往外走。陈建气急败坏地跟了出来，没走几步，就指着陆江涛大喊："陆江涛！你……"

但话没说完，就被冯力一脚踹倒。

陈建喊着："思齐！你不能这样！"

陆江涛转头望着还要纠缠的陈建，警告他："陈建，我告诉你，不管你要干吗，你尽管去干，我陆江涛不是那种怕人威胁的主。但是我告诉你，从今天开始，我见你一次打你一次！不为别的，就为我妹妹受的委屈。"

"你打啊，你倒是打啊，我还怕你不成。"

陆江涛冲着冯力一使眼色，期待已久的冯力立刻跳起来，又是一脚踹在了陈建的身上。陈建还想反抗，但他是个文弱书生，打架完全不是冯力的对手，片刻之间就被冯力一顿痛殴，爬都爬不起来。

冯力一直喜欢陆思齐，早就对陈建恨得牙痒痒，一边打还一边骂："姓陈的，我们思齐也是你欺负的？"

陆海波的新居是一套别墅。这个周末，陆江涛带着冯力一起来了。巧的是思思加完班，恰好和陆海波一起离开公司，就顺路也来了，说要蹭饭。

众人说笑着美美吃了一顿。傍晚时分，华灯初上，陆海波和思思聊着天在院子里散步。陆思齐去了楼上的客房。而陆江涛、冯力和温泉仍然坐在餐厅里。温泉在哄着孩子，冯力和陆江涛聊着天，不知道为什么，表情有点紧张。

温泉隔着窗子看着院子里聊天的陆海波和思思，说笑道："大哥是不是喜欢思思啊？别说，他俩还挺合适。"

陆江涛想起非典时候被隔离的事，以为温泉故意调侃自己，接话道："合适，看样子说不定都快好上了。"

冯力突然嘀咕了一句："不行，我得赶在他们前头去。"

温泉好奇地问："你，你要追思思？"

冯力哭笑不得地说："我追什么思思啊，我说思齐……"

温泉露出嫌弃的表情，说："思齐真是感情运势不好，刚走了个陈建，怎么又出来个你啊！"

"嫂子，你怎么这么说啊，我对思齐可是一直忠心耿耿的。"

陆江涛也说："就是，冯力怎么了？"又对冯力说："别废话了，你准备好了没？"

冯力赶紧点头说："好了好了，马上！"

温泉问："你们要干吗？"

"表白！"

冯力一边打着电话，一边出去了。温泉拉了一把陆江涛，问："你觉得冯力和思齐合适吗？"

"没什么不合适的，冯力跟着我这么多年了，对思齐也一直痴心不改的，从来没有二心。女人啊，嫁人还是要嫁对自己好的，不一定非要嫁给那个自己想嫁的。"

温泉听得有些不高兴，揪住陆江涛的衣服问："陆江涛，你现在说这话了？当初呢？当初我要是嫁给对我好的人，我就嫁给海波了。"

陆江涛赶紧赔笑说："刚才那话，对别人说的，对我来说，一定要娶自己最想娶的那一个。"

正聊着天的陆海波和思思抬起头，突然看到院子外面腾空而起一串的烟花……

思思调侃道："哇，大哥，这不会是你为我准备的吧？"

陆海波也笑了："我还没有这么浪漫。"

二楼，陆思齐打开窗子，惊讶地望着升腾而起的焰火。楼下，冯力深吸一口气，鼓起勇气对她大喊："思齐！我喜欢你，我喜欢你好多好多年了，我愿意像狗一样永远守候着你，让你开心，让你幸福，让你无忧无虑地生活在这个世界上！"

陆江涛也出来了，起哄地吹着口哨，喊："冯力，你今天最帅！"

所有人都望向了陆思齐，但她显然没有思想准备，看着漫天开放的璀璨烟花，又看看楼下望着自己的冯力。有些感动，却又不知所措。惊慌中，她关上窗户，转身捂住脸，一滴眼泪从指缝间滑落。

冯力上楼，轻轻敲响了陆思齐的门，温柔地呼唤着："思齐，能让我进去吗？我有很多很多的话想对你说……"

但陆思齐没有回答他。

远处，看着烟花的思思突然说："大哥，我想请一段时间假。"

已经中午了，思思才起了床。她穿着睡衣坐在餐厅里，狼吞虎咽地吃着东西。顾亦雄关心地坐在一旁，看着女儿吃。

"你说你这，到底吃的是早餐，午餐，还是晚餐啊？"

"有区别吗？饿了就吃，累了就睡。我最讨厌所有的事情都得有个规定，几点到几点要干什么……"

"好了，好了，你的鸿篇巨制就不要开头了，我们不说这个。你回来了，我今天可是连公司都没有去。说说吧，最近这一年工作怎么样啊？"

"喜欢，舒服，得劲！"

"你现在到底在做什么？"

"这个你管不着，反正是我喜欢的工作，和喜欢的人在一起。"

"我当然得管，否则你去贩毒，你说你也喜欢，难道我就放纵你去？"

"爸爸，你这还算是委婉的说法，我知道你想说什么，放心吧，正大光明！"

"那……做的是哪一行，你总得告诉我吧，否则我真再也不能放你出去了。"

"哎呀，爸，你可别忘了，当初您答应给我创业资金的时候，我们可是有君子之约的。五年时间，我自由管理，过了五年，我要是混得不好，再来找您，要是混好了，这辈子你们也不用为我操心了。很明显我三年前就做到了嘛。"

顾亦雄还是关心女儿，有点哀求地问："你就给我说说是什么行业，让我判断一下你有没有可能混好。"

思思笑了，说：“爸爸，你对你的公司有信心吗？”

“当然！”

“那就 OK 了。”

顾亦雄吃惊道：“你在做零售？”

思思吃着东西点点头。

“不会是做售货员吧？”

“放心，你女儿没有那么低端。”

“那是做什么？”

“好啦，爸，我做市场，一个大型连锁超市的市场部经理。”

顾亦雄哈哈大笑：“吹牛吧，你爹我就是干这个的，全国的大型连锁超市就那么几家，你要真是这行当的啊，你们老板我一定见过或者听说过。还有啊，市场开发可是关键中的关键，就你一个小丫头片子，还是一个连锁超市的市场部经理。你这套话骗得了你妈，但是骗不了我。”

思思得意地说道：“爸爸，总有一天，你会在谈判桌上见到我的。”

“思思啊，那爸爸来检查一下你的工作情况，给你的工作打个分，怎么样？”

“你想怎么检查啊？”

“你把你们公司的进货表给我搞一份看看。”

思思一愣，瞪大眼睛看着顾亦雄说：“爸，这可是商业机密！”

“没有什么事情对我是秘密的，我就是看看你的工作到位不到位！”

顾亦雄哈哈笑着，不再提这事。

思思自从大学毕业，因为和父亲有协议，也就不怎么和家里说她工作的事。江海集团发展迅速，她又忙，因此平时都是自己一个人住在公司附近的公寓里。这次难得回趟家，顾亦雄也就放下了工作，陪女儿开开心心地玩儿了两天。

然而顾亦雄隐约发现，女儿不太对劲。思思一直是一个很乐天开朗的女儿，玩起来疯得没个姑娘家的样。但这次，她的笑容下却似乎总有一丝阴霾。顾亦雄问她，她却什么都不说……

从游乐场出来，顾亦雄本来想带她去吃海鲜，思思却执意要去快餐店。快餐店里全是孩子在吵闹，顾亦雄坐在窗口等了一会儿，思思端着一大盘子快餐挤过一群孩子，重重地将餐盘放在桌上，坐到了顾亦雄面前。

“爸爸，你不够意思啊，今天都没怎么陪我玩儿。”

顾亦雄翻看着相机里他给女儿拍的照片，笑着说：“还不够意思？你玩儿的那些过山车啊什么的，我去玩儿两趟，你就该叫救护车了。”

“切……老家伙，偷懒。”

“是啊。爸爸是真老了，玩儿不动了。思思什么时候找个男朋友，带回来，让他陪你玩儿。”

思思开心的表情一下没了，和顾亦雄猜想的一样。

“爸。你就这么着急让我找个男朋友？不怕我爱上个混蛋？”

“敢？哪个混蛋敢招惹我女儿？我去对付他。”

思思笑了，啃着炸鸡说：“还是爸爸好。”

吃完一块，思思擦了擦手，喝着饮料突然问：“爸爸，你给我参考一下，我应该找个什么样的男朋友？”

顾亦雄一拍胸脯，说：“我看，照着你老爸的样子找就行。”

思思哈哈大笑：“老顾同志，太不知耻了。”

顾亦雄也笑着，满足地看着女儿吃东西。

回到家，思思去找她妈妈了。顾亦雄独自走出家门，在院子里拨通了一个电话：“刘毅，去给我查一下，思思现在在什么地方工作，跟什么人交往……”

晚上，丹丹正坐在梳妆台前对着镜子往脸上擦护肤品。顾亦雄穿着睡衣进来，掀开被子，躺下，半靠在床头看书。

丹丹问道：“你们今天玩儿得怎么样？”

顾亦雄想到女儿今天的表现，有点不耐烦地说：“你别就知道美容、逛街、打麻将，有空多陪陪孩子。孩子大了，有些心里话是没办法和我这个做父亲的说的。”

丹丹一惊，回头问道：“思思怎么了？”

“怕是恋爱了，而且还不顺呢。”

“啊？真的呀？对方是做什么的？家境如何？是不是上海人呀？”

顾一雄把书往下一放，说：“我说你都想什么呢？你女儿不高兴，你倒是关心关心孩子呀。”

“我怎么不关心她了？她喜欢玩儿游乐场的东西，你知道的，从小我都不敢玩的。

只能让你去陪她了。再说了，我今天在家也没闲着，偷偷看她的邮件呢！她好像真的是在做什么超市什么采购的。我也看不懂的。”

顾亦雄有些生气地说：“你说你，孩子都这么大了，怎么还能偷看她的东西……”

“她一回来就睡了好几天，也不出门，不收拾东西。电脑没电了，就用我的电脑上网发邮件。接了个电话，忘记关掉网页，我就看了看。也没什么，没发现恋爱呀！”

顾亦雄戴上眼镜下床，打开丹丹的电脑，思思的电子邮箱还在线。顾亦雄翻看了一会儿，惊喜地发现了一封思思曾发给冯力的“采购部经理手续交接”文档。顾亦雄悄悄地把这封邮件转发到自己的邮箱，并删除了记录。正在这时，他的手机短信响了。顾亦雄打开来看，是刘毅发来的短信：江海集团！

顾亦雄震惊无比。

次日一早，刘毅就来顾亦雄办公室给他汇报。

“基本调查清楚了，思思现在在江海集团已经跻身高管行列，而且她个人在江海集团也有投资，是股东会成员。”

“这个丫头是要干什么……”

“根据我们的调查，思思可能对陆海波、陆江涛兄弟……”

“查一下是不是陆家兄弟对我设的局，把思思当诱饵？人质？还是……”

“似乎陆家兄弟并不知道思思跟您的关系。”

顾亦雄陷入了沉思。

“顾总，咱们要不要再出手？要不是非典闹的，肯定把他们的连锁超市搞垮了。”

“别急，放长线……这次的事儿咱们也有损失。还是从长计议吧。而且现在思思在他们公司，我们还是有点儿投鼠忌器的，我们必须搞清楚思思到底是玩儿什么？其实有时候，你不知道怎么打败一个敌人，上天会突然给你递上一个机会。”

“你是说，思思在江海集团不一定是坏事，也许是个机会。”

“就看我们怎么用了。”

顾亦雄的目光渐渐望向墙上的上海地图，看了片刻，又将目光投向了窗外。

“时候未到，跟陆江涛过不去的不仅仅是我们一家。我就知道还有人比我更想要他的命！”

“谁？”

顾亦雄嘴角露出神秘的微笑：“天机不可泄露。”

◆6◆

两年后。

江海集团新建成的集团会议室里，装饰一新，富丽堂皇，气势已远非两年前可比。陆海波还是居中而坐，陆江涛坐在他的旁边，更多的高管们围坐在四周。

陆思齐正在向陆海波和全体高管们汇报着——

“近两年来，在陆江涛总经理的主持之下，集团打开了一个快速扩张的局面。连续四年跨越式发展让集团连锁超市受到市场欢迎，目前已经拓展到华东、华北、华中等地，我们本年度的计划是完成集团在全国各大区的布局，目前来看，只剩下大西南和西北区域了。我估计再有一年时间，咱们的连锁门店将占领全国市场。”

陆思齐站起来，拉开会议室背景墙上的帘子，露出一幅全国地图，地图上到处都是密密麻麻的小点。

“虽然年初集团提出了进军西南西北市场的战略，但是西南，尤其是重庆、成都市场的门槛不低，主要原因是在当地有国字号的连锁集团、凯莱集团和同样有国资背景的同凯连锁等强势企业，外来超市包括国外超市都水土不服，进入这个市场非常困难。而政府方面担心超市过多会引发恶性竞争，因此准入批复迟迟下不来。”

陆海波沉吟道：“咱们不一定非要那么着急地进入西南，可以调整战略。”

“即使是不进入西南，我们也遇到了新的问题，咱们江海集团连锁超市目前扩展到全国三百多家门店，由于扩张迅速，整个集团的资金链比较吃紧。”

“这是扩张必然遇到的问题。”

冯力拍陆江涛马屁说：“步子太大，是好事也是坏事，想办法让整个集团都能够跟上陆江涛总经理的思路和步伐，不掉链子不掉队。这才是现在所有工作的关键。”说完环顾四周，发现没有什么人接他的茬，又看看陆思齐——此时他们俩已经结婚，但她也没有接他的话，冯力只好闷闷地闭嘴。

陆思齐继续说：“现在的问题是几乎所有的利润都拿去扩张新店了，新店一家紧跟一家，缺钱啊。”

陆江涛说：“关于公司下一步的战略，我有一个看法，也已经进行了一部分试验，大家应该知道我说的是什么。我想这也许是解决资金问题的一个办法。”

陆海波心下了然：“你是说加盟？”

“对，加盟！加盟是目前市场上比较流行的扩张方式，通过授权加盟，我们的全国布局能提前两年实现，而且每发展一家加盟店的加盟费都是一笔可观的收入。”

“我知道，你不是已经试行一批了吗？”

“是，这几个月，我们对于加盟这种形式，进行了试验，现在大概有六十多家加盟店进入了我们江海集团的版图。财务上有具体的数字，这是一把钥匙开两把锁的好办法。”

陆海波眉头微皱：“但是也有一些副作用吧。”

思思一向负责市场开拓工作，主动说道：“加盟店，我们不能直接进行管理，只能对其服务体系进行培训，所以和我们的直营店相比，在服务上还是有区别的。自从二哥，不，陆江涛总经理试验了六十多家加盟店以来，我们的顾客投诉率已经上升了百分之八十。”

“这么严重？”

陆江涛解释：“没有那么严重，是咱们的直营店管理严格，所以原本基数就小。”

“不管基数大小，至少说明了自从我们试行了加盟制度，顾客对于江海集团的服务体验好感度降低了。”

陆江涛无奈地点点头，抬头看到大哥严肃的表情，有了情绪，把手里记录的钢笔往桌子上一丢。

“我们是不是能够回头想想，这种模式是否可取？我们并不需要每一个热闹的潮流都去赶。”

“但错过一个，有可能就错过了所有！”

“没有那么严重吧？”

“这应该是目前连锁经营的大趋势了，虽然有这样那样的问题，但是我相信这个大趋势是不可违背的。”

所有的人都发现兄弟两人在针锋相对，便都噤声不语。

陆海波沉吟片刻，还是坚持自己的观点：“一时的大势，恐怕并不一定都是发展的方向。”

陆江涛立刻回道："我们不能因噎废食！自从汽车被发明，每天都有被汽车撞死的人；自从电被发现，每天都有被电死的人。难道人类就不用汽车，不用电了吗？"

"这是两回事。"

"这怎么是两回事？"

"并不是每一个潮流都会改变一个时代，像汽车应用那么重要。"

"你这是……唉……"

股东们都感觉到了两兄弟之间的火药味，陆思齐适时站起来打圆场："大哥、二哥，要不先这样吧，至于最终的决策，是不是，大家再好好商量一下再决定。"

陆海波疲惫地点点头。散了会，兄妹三人默契地去了陆海波的办公室。陆海波气呼呼地站在落地窗前，望着窗外。陆江涛则坐在沙发上，一句话不说。陆思齐看着两个哥哥，有些无奈地说："你们俩今天都是冲谁啊？"

陆江涛撇撇嘴说："没冲谁！正经讨论问题，还不许说话了？"

"反正除了我，其他人可都吓得够呛，好像你们俩成立江海集团以来，就从来没有这么争论过。"

陆海波没有回头，也说："争论一下也是对的。"

陆江涛想起刚才的话题，不理解地问："大哥，你怎么对加盟这么排斥？"

"我并不排斥加盟这种新形式，但是在目前的情况下，我们还不能解决加盟店对于江海集团商业品牌美誉度的伤害。"

"不做加盟，虽然能够保持江海集团服务体系的水准，但是没法解决目前我们面临的问题。"

"江涛，我觉得你的问题是，太注重那个快，总想飞一样地完成全国市场的布局。这个商业目标真的那么重要吗？我们不能慢一点吗？"

"慢一点？怎么慢？大哥，这两年你没有做具体的管理，你是不知道，我们江海集团现在是被绑在一辆超快的战车之上，想慢也慢不下来的。"

"我不相信，只要我们乐意，我们可以不太介意那些速度、涨幅、生长率等等吧。只要我们不是那么介意这些数字，我们就能慢下来，认认真真把事情做扎实。"

"您说的都对，但是您说的是理想状态。现实呢？我们江海集团，没有国资背景，没有官方后台，也没有商业大鳄的资金支持，我们就是一家土生土长拼上来的民营企业。在我们的身边有无数人虎视眈眈地盯着我们，盯着我们这块肥肉，要把我们一口吞下。不要说慢下来，我们只要不快，就会死！”

“没有那么恐怖吧？”

陆江涛苦笑道：“大哥，我发现你是我这辈子最难说服的人。”

“难道你不是？”

“我们都思考几天吧，最后不行的话，还是股东会决定，但是……”

“收回你的但是，没有什么但是！”

陆思齐赶紧说：“好了，你们别吵了，一家人不说两家话。都再考虑考虑。”

下午时分，陆江涛坐在自己办公室里闭目养神，想着该怎么说服大哥，但怎么想都没有头绪。正苦恼时，突然有人敲门。

陆江涛不耐烦道：“不是说了，谁也不要打扰我吗？！”

“是我。”思思推门进来。

“哦。思思啊，有事吗？”陆江涛皱着的眉头舒展开。

“我给你买了晚饭。”

陆江涛望向窗外，才发现天已经黑了，他疲惫地从椅子上站起来。思思走到茶几前，打开饭盒，摆上筷子。陆江涛走到沙发前和思思并排坐下，看着满桌子的菜。

“本来我晚上准备跟冯力、思齐一起吃点儿的，争取让他们在股东会上支持我。你也先吃点儿垫一下吧，一会儿一起去。”

“我吃过了，就不去了。就是见你办公室还亮着灯，顺手给你带的。”

“顺手带的，点这么多？一起吃吧。”

思思的心思被拆穿，笑了一下，抽出筷子陪江涛一起吃起来。

“思思，你也是集团股东，你怎么想？”

“大哥说得有道理。”

陆江涛意外了，放下筷子看着思思问：“你也支持大哥？”

“我是说，大哥说得对。发展速度太快的确存在着问题，这是事实。但我们并不能因噎废食，商场如战场，天时地利人和，缺一不可。大势所趋，如果不抓住机会布局，将来其他连锁集团反应过来跟我们抢占市场，我们就没有机会了。到那时资金短缺更会是短板。这么做目前看起来是有些冒险，但也可谓险中取胜。”

陆江涛高兴地赞赏道：“思思，你这两年成熟了不少。”

思思调皮地笑笑说："谢谢陆总夸奖。不过，这次你的反应还真不像平日里的你，以前你可不是这样的呀，遇到任何苦难，都不会皱一下眉头的。是不是因为大哥？"

"唉……伤了谁，我都不愿意伤害大哥。这次我是真没想到大哥会不同意，他一向都不会拒绝我的。哪怕我闯祸，他都不会说这么重的话。这次是为什么呢？"

"也许，大哥想得到的已经得到，想拥有的也都拥有了吧。不像你，野心大。"

"野心，对，是野心。知我者，思思也……野心也得和实力匹配。等下，你帮我再把加盟店的资料过一下，股东会的时候，好向股东们说明。"

"好。"

陆江涛说着，自然地把菜夹到了思思碗里，两人一起愉快吃起饭来。

门外，温泉提着保温盒，恰好看到了这一幕。她想了想，抬手打算敲门，恰好电话响了起来。她接起电话，听完立刻挂掉电话，疯了一般往外跑去……

电话是保姆打来的，陆远稚嫩的声音说："妈妈，外公不见了。"

温泉急匆匆赶回家。陆远才两岁多，说不清楚到底是怎么回事。保姆说她带着小陆远下楼转了一会儿，回来温老爷子就不见了。温泉心急如焚，父亲年纪渐渐大了，这两年不仅患有脑梗，还有阿尔茨海默症。人越来越糊涂，越来越让人操心。

温泉没办法，只好带上陆远出去找父亲——陆远说不定能想起什么。两人在小区转了好几圈不见人，又往老宅那边寻去。街上，陆远稚嫩地喊："外公，外公……"

去老宅的路上经过陆海波当年的五金铺子，这还是温老板找火柴厂领导租到的店面，后来也成为江海集团最早开的超市之一。温泉突然想到父亲可能在那儿，就往那边转去。走出几步，突然看到一边散步一边思考着问题的陆海波。

温泉看到海波，仿佛看见救星似地喊了他一声："海波！"

陆海波看清楚是温泉带着孩子，一愣，走上前去。

"你们娘俩怎么跑这里来了？"

温泉焦急道："我爸不见了。"

陆海波惊愕，连忙问："什么时候的事情？报警了吗？江涛知道吗？"

"下午的时候，保姆带着陆远出去转了会儿，回来就不见了。小区里，附近的街上都找了，没有！我想起前两天我爸说要去看铺子，所以就赶过来。经过这里就先去看看这边有没有。"

陆海波安慰温泉说："我估计老爷子也去不了哪里，走，进去看看，说不定就在这里呢！”

两人说着，穿过街道，走到了店门口，隔着玻璃往里看，突然就看到了温老板。

这家店面积不大，只有几十平方米，原来有三个员工：一个店长，两个售货员。两人隔着窗户望进去，发现三人都垂首站在一旁，而负责售货的，竟然真是温父。

温老板正在颤巍巍地拿起两个白菜，给一个顾客称重。

“两颗，一共五斤，一斤七毛，一共是三块五，您收好了。”

说着，一个售货员小姑娘连忙帮着装袋子。

买白菜的大妈接过零钱和菜，说道:“温家伯伯，好久不见了，还是你们这里好啊，价格公道。你都是那么大老板的丈人爹了，还来给我们老街坊们卖菜！”

温老板也很高兴：“哎，想你们了，家里都好吧？”

“好，都好着呢，咱们这片儿亏了有你们这个小店。海波、江涛他们也不容易，生意越做越大，但是从来没有撤了咱们老街坊这个点啊。”

大妈身后的一个老爷爷说：“可不是吗？前几天我在外头大街上，想临时给孙子买点儿玩具，看着是江海集团的店，我就进去了。你猜怎么着？跟咱们这个老店比起来差远了，那个店大，可就是透着不亲近。那些售货员都是爱答不理的，还是回咱们这个小店买东西舒心啊。”

温老板一听，生气地问：“你说的那家店在哪里，哪条街上的？不行，我得给海波他们说说！”

“哎，算了，他们兄弟俩也不容易，现在光上海就有几百家店，哪顾得过来啊？想当初，我还是挺疼他俩的，我们家的啤酒瓶子、废箱子，别人来收，我都不给，就给他俩留着。俩小子也勤快，谁能想到两个捡破烂的小子能变成大老板啊！”

温老板和老头老太太们都笑了。

温泉听着父亲和老街坊们的调侃，有些感动，关心地问陆海波：“海波，张大爷说的是哪家店啊，你们的管理是不是出问题了？”

“看他说的，应该是新搞的那一批加盟店。因为是加盟，我们只是制定规章制度，但内部还是加盟店自己管理，毕竟不是我们的直营店。”

“就是江涛最近搞的那一批？”

陆海波点点头。温泉沉默片刻，抬腿推门进去，海波跟着进来。

“爸，真是看不住您。一转眼的工夫，您怎么跑这么远，到这里来了啊？”

大妈看到温泉，惊喜道："哎哟，温泉姑娘，多久没见过了。回来找你爸爸呢？哎哟，海波啊，海波也来了！"

陆海波笑呵呵地和大家打招呼："大妈，大爷，这不是我师父跑回来了吗？他最近啊（用手指指脑袋）有点糊涂了，怕他找不到回去的路了，现在咱们住的附近不也在拆迁吗？变化太大了。所以跟着温泉过来看看。"

温老板突然脸色一变，喝道："陆海波！"

众人都是一愣。

"师父？"

"你给我立正！"

陆海波有些莫名其妙，看看温泉，温泉示意他照做。陆海波抬头挺胸地站好，严肃地问："师父！您有什么吩咐。"

温老板走到张大爷旁边，把他拉出来说："老张，你自己跟海波说，怎么回事？"

老张有点儿不好意思，连忙摆手说："没什么，就是那边的店服务态度差点儿。"

"师父，我都听见了，一定改正！"

温老板语重心长地说："海波，你知道为什么这家店这么小，咱们从来不撤吗？"

"都是老街坊，咱们撤了，大家也不方便啊。"

"我不管你有多少家店，但是这家店的服务，那是'军民鱼水情'，那是服务态度的模范店。我不管你有多少店啊，每家店都得跟这家一模一样才行，否则就算拥有全世界的便利店，有啥意思啊？"

温泉听着父亲糊里糊涂的训斥，看着海波。陆海波认真地点点头，仿佛又回到了自己年轻时跟着师父经营电子修理铺的时光。

"师父，我明白！师父，我能跟老街坊们说两句吗？"

温老板点点头，让开了。

陆海波真诚地看着街坊邻居们，说道："老街坊们，大爷大妈，我是陆海波，刚才张大爷说到的问题，其实也是我们江海集团内部正在讨论的问题。说实话，我们这几年发展得不错，也赚到了不少钱，但是要不要真的这么发展下去，是我们正在考虑的问题，在这种发展之下，我们可以轻装上阵，却也丢失了一些东西。不管我们怎么发展，我请老街坊们放心，最重要的东西我们绝不会丢！"

众人都被陆海波打动，齐声叫好。买白菜的大妈笑着说："说实话，海波啊，我这几年所有的衣食住行用品，都是在你们店里买的。为什么？靠得住！放心！你们可一定要把这些事情都做好！让老婆子我也放心用到死！”

温泉回到家时，已经快十一点了。她安顿好父亲，又哄孩子睡觉。这才想起自己还没吃晚饭。给陆江涛带的保温盒被她一着急给扔掉了。温泉随便吃了点儿东西，看看表，轻轻叹了口气。

十二点左右，陆江涛醉醺醺地开门，温泉在客厅沙发上等着他。陆江涛有些意外，换了拖鞋走过来半蹲在温泉面前，温柔地问：“怎么还没有休息？”

“你今天干吗去了？”

陆江涛有些意外地说：“我能干什么啊？我在公司啊。”

“下午我给你打了个电话，可是秘书接的。”

“是吗？那会儿我有事情，小刘后来好像也没给我说你打电话了，不，好像说了那么一嘴。我晚上约了思齐两口子吃饭，没来得及给你回电话。出什么事了吗？”

温泉疑惑地看着江涛，没再继续问，转而说起父亲的事。

“爸爸的病更厉害了，晚上走丢了。我们找了一夜。”

陆江涛一听，抱住温泉说：“哎哟，一定把你吓坏了吧！都怪我，忙一些乱七八糟的事情，这种时候，我知道你一定很着急，很无助，我应该出现在你的眼前。对不起，都怪我。找回来了吗？要不我现在发动全公司去找……”

“早就回来了。”

“那就好，那就好，有惊无险，有惊无险。这样吧，我呢，明天就让小刘到保姆市场雇上三个五个，多找几个照顾咱爹，你也轻松一些。”

“随便，但是咱爸，不是那么好看的。”

“我知道，我这么厉害的人，花了半辈子都搞不定老爷子，其他人就更难了。但是咱们不是忙吗？不就得找人吗？一个不行，两个，两个不行，三个！”

温泉看着醉醺醺但焦急而真诚的陆江涛，怒气消了一些。

“你请思齐他们吃饭干吗？”

“都是公司的事情，一些事情需要提前跟思齐沟通一下。对了，后天公司开股东会，对公司的一个重大决策有个投票，咱爸当年可是大股东呢，需要去投票。这样吧，咱爸现在的状态大家都知道，我代表他吧。”

“你看着办吧。”

两人洗漱上床，温泉背对着陆江涛，睁着眼睛毫无睡意，心里还是对下午陆江涛办公室的一幕有些过意不去。

“江涛，我有些话想问你，你不要骗我……”

温泉等了半天，没听到陆江涛的回答，翻过身来，却看到他已经睡着了。

股东会如期举行，陆海波仍然居中正坐，表情严肃。

“我还是坚持我的想法，步子迈得太大不一定是好事，暂缓加盟店扩张，整顿关停一部分不合格加盟店，同时把合格加盟店全部都收购自营，实行标准化管理。”

陆江涛声音低沉：“我还是原来那个想法，没有改变。所有吃进肚子里的肥肉，没有再吐出来的道理，扩张，加速，必然会引起一些问题，但完全没有必要小题大做，甚至改弦更张，这都是发展中的阵痛。况且只有不断发展，才能保持整个集团的超常规进程，才能抵消整个集团在发展中遇到的各种问题，一白遮百丑嘛！”

两个人的话语都掷地有声，会议室里变得鸦雀无声。

冯力成竹在胸地说道：“既然是这样，那么不如就请股东投票吧。”

众人沉默片刻，思思率先举手：“我支持陆江涛总经理的思路。”

其余几名股东也都纷纷表态，有支持陆海波的，也有支持陆江涛的。很快，场面上只剩下陆思齐在低头不语，其他人都已经表态了。

冯力数完票数，说道：“思齐，如果你支持二哥，那就打平了。如果你支持大哥，那就是大哥胜出。我冯力先把话说到这里，不管是大哥胜出还是二哥胜出，我冯力一定不打折扣地执行。听话，是一个企业最应该发扬的文化。”

陆思齐缓缓看着陆海波，目光中带着歉意，声音有些低地说道：“大哥，在道德上我支持您。但是咱们这毕竟不是公益组织，而是一家商业公司，对商业公司来说发展是第一需求。我们不能苛求自己成为一个道德完人，但是我们必须在市场的绞杀中冲出一条血路来，我支持二哥。”

陆海波微笑道：“思齐，我理解你的选择。现在在场的都投过票了，只有我师父，因为身体原因无法参加这个会议，但是估计大家都知道我师父也是江涛的岳父，我知道那一票会投向哪里。好吧，暂时就是这个决定了。”

冯力连忙接过话说：“对，对，对，那咱们鼓掌通过吧，公司发展按照陆江涛陆总刚才所提的方式进行。接下来，各个部门要按照陆总的指示，完善各自部门的工作任务和计划，要下达集团任务责任书，要一字不改地执行……”

陆思齐看不惯冯力对陆江涛的吹捧，在桌底下踢了他一脚。此时，会议室大门突然打开——温泉扶着父亲站在门口。陆海波和陆江涛都是一愣，连忙站了起来。

陆海波走过去扶住师父，关心道：“师父，您怎么来了？”

“我给爸爸说今天股东会要投票，他坚持要来投一票。”

陆江涛脸色一凛，皱眉道：“温泉，爸爸年纪大了，你怎么也不让人省心啊……”

“是爸爸要求的，也代表了我的意见。”

陆海波和陆江涛一人扶着一边，把温父扶到会议正中央的位置。温父坐下，长出一口气，颤颤巍巍说：“温泉……给我说了今天投票的内容……我觉得这是一个关系整个公司发展的大事，所以，我要来……我发自肺腑地希望大家能够按照……海波说的去做，不能一味追求快！萝卜快了不洗泥，我们手艺人都知道，快了，活儿就糙。咱不追求那个，咱要让咱的公司，在这个上海人人夸，而不是人人骂！”

陆海波笑着给师父倒了一杯茶，而陆江涛不满地回头看温泉。

自从温老板和温泉进来后，陆思齐就一直是一副吃惊的表情。此时，她终于释然，率先鼓起掌来，所有人跟着一起鼓掌。

陆思齐道：“刚才是打平了，现在最关键的一票已经投出。按照我们的规则，陆海波陆董事长的思路即是我们整个集团的工作思路了。”

冯力有些懊恼好事被搅和的感觉，嘀咕着：“温泉啊，我觉得啊，伯父身体不太好，我听说啊，好像是阿尔茨海默症，这个，这一票不好作数吧！”

温泉马上不满地顶了回去：“冯力，什么意思？你是说我爹老年痴呆，糊涂了？”

“我不是这个意思，我就是说这一票是不是具有法律意义还不一定呢。那个，这一票是不是温泉嫂子，你代表伯父，重新投一下。”

温泉神情坚定，忍着怒气一字一句说道：“我父亲说的每一句话，也就是我要说的，没有任何需要修正的。”

陆江涛气冲冲地回到家中，脱下外套，狠狠地摔在沙发上。温泉跟着他进门来，看到他的动作，冷淡地问：“你这是做什么？”

“你说我做什么？我还要问问你们爷俩到底要做什么呢？”

“我们做什么了？”

“我从没见过你爹那样的，看不上一个人就一辈子看不上，永远不分青红皂白地打击我，永远不正眼看我。我哪里做错了？他要这么欺负我，在家里欺负我也就算了，还跑到公司去。我堂堂一个总经理，就这么让你们爷俩当着众人的面打脸啊！”

“我昨天晚上要跟你说，但是你睡过去了！”

“我睡过去了，你打我脸啊，你把我打醒，也比在公司那么多人面前狠狠地抽我脸强啊。我说个什么别说全公司执行了，就连我的老婆，我的岳父，都跑到公司给所有人说，你们不支持我，你们不认可我，你们不相信我！”

“哪有你说的那么严重！只是一次投票！”

“我连自家这一票都搞不定，还去拉什么票！你们爷俩不是能吗？从明天起，我不去公司了，你们去。你们不是有主见吗？你们不是有道德吗？你们不是说不需要发展那么快吗？你们坐那个位置试试！你们尝尝公司一旦慢下来就会死的滋味！”

温泉终于被陆江涛的咄咄逼人气到了，大喊：“你吵什么吵？你牛什么牛？你给过别人说话的机会吗？我说话你听吗？你成天回来这么晚？你跟我说过话吗？这个家你管过吗？爸爸那天走丢了，你知道我多害怕吗？你呢？那个时候你在哪儿？”

说到家里的事，陆江涛有些气短地说：“你怎么公私不分呢？说公事就说公事，现在在说股东投票的事。”

温泉毫不退让地说：“好啊，说股东投票，我们既然是股东，我们就有权力去说出我们的选择。在家里不听我们说话，我们到公司拿投票去说好了。我相信不管走哪条路，都不会好走，但是这也是我们雇佣你这个总经理的缘由。”

陆江涛意外地望着温泉说：“雇佣？我就是你们雇佣的一个公司总经理？我就是给你们打工的一个打工仔？”

“在公司层面，就是这样。你是股东雇佣的经理人。但是进了这个门，你是我老公，是我儿子的爸爸，这不会改变。”

陆江涛气得说不出话来，他没想到温泉会说出这样的话来。温泉也感觉自己话说得有些重，有点后悔，走向厨房，给他端出一杯水。

“好了，消消气，但是我还是要告诉你，我爸爸说的，确实都是我想说的。即使你是我的老公，在这件事情，我也有权力选择我认为对的，否则我就不是温泉了！”

陆江涛目瞪口呆。

第七章 ◈ 进军地产

Chapter 7

◆1◆

陆海波正站在落地窗前思考。陆江涛和陆思齐坐在一对沙发上等待他的回答。

“大哥，你现在知道我为什么一定要加快发展了吧？做生意，没有你那么做的。现在我们是按照你的做法，放缓了整个集团加盟经营的力度，并且按照你的要求，对已经加盟的非直营店进行了巡视，按照最终的评分标准，要收回一部分非直营店的授权。但是人家不干啊，做得好好的你要收回，人家自然要索赔。而且一旦放缓了这个步子吧，整个集团的资金链就很紧绷了。需要……”

“需要钱！”

“对，这么大的摊子，你非要自己搞，那必然需要大量的资金支持。咱们的现金流虽然已经很不错了，但是并不足以支撑这么大的一个摊子。”

“如果关停一部分怎么样？”

“绝对不行，现在舆论的力量尤其大，这个时候你只要有一家店关门停业，哪怕说是整顿，那就被媒体抓住了一个大新闻，说什么的都有。而且很有可能被不断放大，最终会说我们资金链断裂，资不抵债，到最后，可能就成真事儿了。”

“大哥，现在的世界规则是你不发展，就会倒退。”

陆海波沉默半晌，最终转头过来。

“我从来没有说过不发展，但是君子爱财，取之有道。资金紧张是事实，我们想办法就是了……”

但江海集团实在没找到什么可靠的办法。两个月后，因为资金链吃紧，集团不得不紧缩业务，关停了一部分新开的门店。尽管陆家兄弟都努力过了，但其土生土长的民营企业身份，想要获得大笔融资实在有些困难。

陆江涛窝在老板椅里，脚蹬在桌子上，呆呆地看着对面播放的电视节目。桌子上、地上，散落着一张一张的报表。陆江涛双眼通红，显然又是一夜未睡。电视里正在放浦东一块地的招标公告，上海的高楼和棚户区混杂在一起的街景被镜头快速扫过。

播音员不带情绪的声音飘进陆江涛的耳朵，却一句话也没有走到他的脑子里去。陆江涛随后换了一个台，那个台正在播广告，一个纸飞机飞过上海的高楼大厦，向天空冲去。

陆江涛随手扯过桌上的一张报表，撕下一页纸，动手折起飞机来。

电话突然响起来。陆江涛接起来，是温泉。

“你在哪儿？”

“在公司。”

“陆远烫伤了，你快带他去医院看看吧。”

“啊？怎么烫的？现在怎么样啦？”

“吃饭的时候，他跟姥爷闹着玩儿，姥爷犯病了，糊涂起来要往外走。陆远去拦，一下把碗弄倒，烫到了。”

陆江涛松了口气，转而又有点生气地说：“保姆是吃干饭的？！怎么把孩子给烫了？没什么大事就好。好好哄哄，我派司机过去接你们。”

“你这什么态度，这儿子是你的，还是司机的？”

“我正烦着呢，你能让我省点心不？还有你爸，你能看好他吗？公司里的事情快烦死了。好多加盟商找上门来，大哥正在应付着。咱们这回有大麻烦了。你们要是早点听我的，怎么能到这步？”

“你少吓唬我，公司那么大，一时半会儿又死不了。儿子重要还是公司重要？你对我爸不满，也别把气撒到陆远身上。”

“我……”

没等他说完，温泉已经挂了电话。

陆江涛生气地把折了一半的飞机揉烂了，朝电视机扔过去。广告已经播完，电视里又开始播报浦东地皮拍卖的新闻。陆江涛突然被吸引住了，把手头的一堆文件拨到地上，认真端坐着看起来。

有人敲门，陆江涛仿佛没有听到一般，继续看着电视。门被推开，是思思。她看到办公室的状况，把手里的文件放到桌上，俯身捡起地上的文件。

“别捡了。情况怎么样？”

思思把手里的文件拿给陆江涛看，说：“情况不乐观。我把所有加盟超市的电话都打了一遍，挨个沟通。有一些老板同意收回，但要求我们必须赔偿损失，全款退回加盟费。这可是一笔不小的钱。按照他们的初步要求，我已经核算清楚了，这是详细情况。”

陆江涛翻了翻手里的文件，无心细看。

思思有些不甘心地轻轻叹气说：“真没想到温老爷子竟然帮着海波大哥，而不是帮你，毕竟你才是他的女婿……事到如今，说那些已经没什么用了。你有什么应对措施吗？如果我们这个时候融资，银行对我们的评估会是个大麻烦。业务收缩，又没有什么特别显著的理由，外界会猜测我们公司遇到了危机。”

“我想休息一下。”

“那我出去了。”

“思思，你还记得那年咱俩被隔离的时候，你说你想去哪儿吗？”

思思愣住了，迟疑半天才说出来：“珠峰？”

医院里，温泉和保姆还有父亲坐在休息凳上。陆远一脸泪痕，手上还缠着纱布。温泉跟保姆交代：“把我爸看好了，再别出差错了。”

保姆唯唯诺诺道：“是是。”

温泉把陆远搂到怀里哄道：“陆远乖，爸爸在忙，暂时不能过来。陆远要勇敢，等爸爸来的时候，妈妈肯定要好好夸赞一下我们陆远。”陆远还在抽泣，温泉抱起他去排队挂号。身后，一对夫妻正在聊天。男的说：“下午就放出来一百多个号。照这个队伍看，排到我们就没了。我刚才听保安讲，今天人多分流，二楼的挂号窗口好像也开了。”

女的说：“那我们上去看看。”

“你别去，我去吧。你在这儿排队。楼上窗口一开，两边同时挂号，很快就没了。我上去排队，谁先排到打个电话。”男人说完转身离去。温泉听着，越发焦虑起来。她也想去二楼看看，又担心现在的队伍里没人占位置。她给陆江涛打电话，电话却关机了。陆远脸上还挂着泪，温泉又气又着急，只好拨通了陆海波的电话。

陆海波来得很快，十几分钟就到了。温泉看到他，眼泪再也忍不住，不争气地流了下来。

“大哥……”

陆海波急匆匆地问：“怎么回事？我刚从客户那里赶回来。”

“陆远的手被烫了，给江涛打电话，关机。我没办法，又担心爸爸，就把他们也带来了。爸爸和保姆在那边。”

陆海波让冯力安排司机先把老爷子送回家，又看了看陆远的伤，心疼地说：“孩子手烫伤了，怎么不挂急诊？”

“急诊大夫接突发通知上手术台了，护士简单处理了一下，让挂门诊再看看。”

“放心吧。有我在，我陪着你。”

等了片刻，冯力回来了。陆海波问他：“冯力，你是从公司来的吧。看到你二哥了吗？”

“没看见……我来的时候，他好像出去了，可能是去见客户了吧。最近公司的事情多，也或者他去出差了……哦。对了，嫂子，别排队了，我搞到号了。”

“怎么弄的？”

“医院门口好多黄牛，我直接买了张专家号。快带陆远去看吧。”

两人带着温泉母子向门诊室走去，陆远突然要上厕所，温泉带着他去了。陆海波把冯力拉到一边，问他：“老二怎么回事？”

冯力有些尴尬地说：“瞒不过大哥，我嘴笨。二哥出去了，就带着思思一个人。”

“胡闹！先别让你二嫂知道。”

两人一回头，却看到温泉带着陆远出来了。

陆海波尴尬地问：“这么快回来了？”

“陆远又不想上厕所了。他这是紧张害怕的。”

温泉抱着陆远坐在椅子上，沉默地等候着，神情黯淡。

陆江涛和思思当天就买了去拉萨的机票。思思在机场关掉了手机，陆江涛看着她，也关了机。到达拉萨时已经是深夜，休息了一晚。次日，两人坐上了去日喀则的中巴车，再换车来到距离珠峰大本营最近的定日县。来得匆忙，他们甚至不知道爬珠峰是要办边防证的，只好临时找旅行社代办。等了两天办完证，两人才乘着藏民的大巴车来到了珠峰大本营。

这里海拔已经是五千二百米了。陆江涛身体状况倒还好，思思却有些高原反应。圣洁的雪山远远就能望到，但两人都不是专业的登山运动员，也没有经受过训练，不能继续前进了，陆江涛在帐篷里照顾思思。两人都没想到，本来一场说走就走的冒险，会变成这么一番模样。

陆江涛买了藏民的奶茶，给她端过来。思思接过，喝着喝着突然流下了眼泪。

“陆江涛。”

“嗯？”

“能跟你经历这么一趟，值了。虽然上不了珠峰，但是我的这个梦想，已经实现了。真的，值了。”

“你说什么呢……”

“说实话，我真的有点……不想回去了。”

“我要回去的。”

“我明白……”

珠峰大本营附近，全是荒凉的山。雪山能远远看到，但不能上去。两人就像普通的游客那样，次日只在大本营里转了转，就下了山。两天后，他们就回到了上海。迎接他们的，是亲人的愤怒和不解。但陆江涛早已想好如何面对。事实上，这一路上他都在想一个问题。现在他已经想明白了。

“江涛，你去哪儿了？给我个解释，给温泉个解释。”陆海波怒气冲冲地问。

“大哥，我知道你有一肚子的话要问，但先别急，先听我说。”

“好。你说，公司乱成一摊子，陆远又烫伤了。你这一走就是一周，什么也不交代，想急死我们呀！”

“大哥，我想独立出去开个公司。”

陆海波愣住了：“你说什么？”

“大哥，你先别急，等我把话说完。”

“江涛啊，你说出来这话太让大哥伤心了。你这是要分家吗？是，咱们当前遇到了各种麻烦，资金链也出现了问题。大哥没有在股东会上支持你的加盟连锁战略，可你怎么会生出这个念头？大哥无论如何也不会同意分家。这事思齐知道吗？温泉知道吗？还有，你和思思到底怎么回事？温泉都知道了，这次她是真的伤心了……”

“大哥啊，大哥，我不是想分家，你听我把话说完。这一段时间，我仔细分析了。大哥说得对，加盟连锁的确存在着隐患。这种扩张是以牺牲品牌价值为代价的。如果大哥你没有阻止我，将来企业再上一个台阶，规模越大，越难刹车，早晚还会爆发出来各种问题来。只是大哥本着替消费者考虑的原则，从我这儿就掐断了念想。我也曾经烦恼郁闷过，我想我们兄弟一心，怎么会出现如此纷争呢？跟谁斗，我也不愿意跟大哥你斗，而大哥也绝对不会跟我过不去。那这就真的是事儿上的问题了。我曾一度以为是大哥满足于现状，不思进取，思想僵化，跟不上现如今的社会发展了。直到温泉告诉我，你和我岳父都去过咱们最开始经营的那家小店。后来，我也去店里看了看。重新站在大哥的角度思考问题，我能理解大哥的初衷。”

“那还要跟我分家？”

“这段时间，思思帮我整理各种资料，从销售的数据上来看，灶具和家电的增长率最快。说明大家都在搬新家，都在重新谋局。很多不如咱们的超市连锁企业也面临着同样的问题，增长变缓，资金压力大。这不是我们一家的问题。整个市场儿近饱和，谁能跳出这个圈子谋到出路，谁就能有胜算。”

站在一旁的思思也说：“大哥，是这样的，江涛的眼光还是很独到的。”

“我这几天什么也没干，就去爬了个山，在山上我一直在想，为什么我们就只能被困在圈子里面思考问题。就算圈子开个口，引入了新的加盟商，那无非是把圈子做得更大些罢了。整个市场是有饱和度的，开了五百家、一千家超市，但消费人群数量是固定不变的呀！我想跳出圈去，重新开拓市场。”

陆海波听着陆江涛的话，紧皱的眉头渐渐舒展开来，略微激动地问：“江涛，你想怎么干？快说说看。”

“我想进军房地产市场。”

“盖房子？可是，可是我们什么也不懂。”

“没事儿的，大哥，咱们最开始还是卖五金的呢！不也做成了连锁大超市了吗？上海的房地产市场刚刚完成了福利分房到市场化的转变。有大量的市场需求，但是盖房子的企业却没有那么多。大哥你想想看，当初你买的那套房子，还是咱们费了很大劲儿才弄到手的。老百姓想买到像样的房子，有钱也办不到。”

陆海波沉思片刻，说：“江涛，你总是这么出人意料。不过这次大哥支持你，我相信你的眼光。可是，也没有必要分出去单干啊，咱们可以拿到董事会上讨论。”

“大哥，你可以先去试试。不过，我对此不抱希望。我只要大哥支持我就行。”

陆海波欣慰地笑道：“但是地产行业，需要更多的钱，咱们现在本来资金链就很紧张，哪儿有钱给你去做地产？”

"我慢慢再想办法。你给我两年时间，也许我能给你重新打通现金流。"

思思适时提醒陆海波："大哥，你总要给江涛一个……"

"好，公司新成立地产部门，你可以在所有部门里抽调人手组建。"

陆江涛兴奋道："大哥，我不会让你失望的！"说完步履匆匆地出门，想立刻开始着手新公司的事。陆海波却叫住了思思："思思，你等一下。"

"大哥？"

"思思，我把你调过去帮他怎么样。"

"我？"

"我只相信你。"

陆江涛办公室里，已经站了一列员工。站在陆江涛身边的，正是思思。陆江涛踌躇满志，朗声问道："你们都是我选出来的，说明什么你们知道吗？"

员工们面面相觑，都不说话。

陆江涛充满蛊惑性地强调："说明你们是江海集团几万员工里，最优秀的那一群！我陆江涛眼睛从来不瞎，谁能干，谁窝囊我都一清二楚，把你们从各个部门里抽调出来，就说明了你们是全江海集团里最优秀的！我希望我把大家聚拢起来，大家最终能给我一个巨大的惊喜！"

员工们脸上开始浮现出激动的表情，都被他的演讲感染了。

"从现在开始，全部下去调研！第一组，下去给我调查咱们市所有正在招拍的土地情况！第二组，进全上海的新建小区去调研，调查小区的设计、建设、物业公司的底细。第三组，去所有的售楼处，一个个给我访查，我需要全上海最新的售楼处的销售策略和方案细则！去给我学！去给我偷！去给我抢！"

陆江涛仿佛一台闲置许久又重新加满油的发动机，再次开足马力转动了起来。他挑选的员工大都是江海集团的少壮骨干，一个多月下来，已经拿到一份详尽的上海市房地产市场资料。而所有正在招拍的土地中，经过对比分析，陆江涛看上了浦东的 031 地块。这里即将有两三条地铁线开通，在市政规划中，这里也是整个浦东未来最大的一个商业地块。

陆江涛负责去解决钱的问题。因为贷款数额巨大，好几家银行都婉言谢绝了。

陆江涛只好许诺拿出一百家超市做质押，这才换来银行上会研究一下的许诺。

陆海波带着陆江涛的方案在会上研究，虽然有几位股东不同意，但在陆海波的施压下，方案还是勉强通过了。

陆海波刚回到办公室，思思就敲门进来了，她把一摞资料递给陆海波说道："大哥，这是江涛看上的那块地的详细资料，以及投标方案。"

陆海波称赞道："思思你现在越来越能干了。江涛才把想法说了一下，我这董事会议刚刚结束，你这资料都准备好了。"

"那是，现在可是拼效率的时代，跟不上的人，小心被时代的列车淘汰啊。"

"你这丫头，揶揄我。"

"哪敢啊？大哥，你可是我的挡箭牌呀。"

陆海波笑了笑，突然又换上一副严肃的表情，问道："思思，说真的，你跟江涛到底怎么回事？"

思思叹了口气，坦诚地说："什么也没有。我爱他，他不爱我。"

"温泉已经对你有想法了。你和江涛独自出去那么久，也不跟我们通个电话，事后连个解释都没有，怎么也说不过去啊。"

"我们的感情是纯洁的，我没有做任何对不起温泉的事。"

"可是你……喜欢江涛的事，全公司的人都看出来了。大哥我这次也不能站在你这边了。"

"我并没有难为江涛，也没有为难温泉。我爱江涛，这和别人无关，和江涛也无关。他接不接受我，也跟温泉无关。至于他们之间发生了什么，那是他们夫妻自己的事。"

"可是，可是……"

思思的神情有些黯淡，说："好了，大哥，你别劝了，我们之间真的什么也没有发生。江涛的心思根本不在感情上，他是一个有大志向的人。这次去爬山，只是为了圆我一个梦罢了。这其实是他在明确拒绝我。梦都圆了，还有什么理由继续留下来呢？我知道我再也不能在他身上投入情感了。等这块地的事忙完了，我想休个假。关于公司下一步的发展，大哥，我委托你代我行使权力吧，我暂时也帮不上什么忙了。关键时刻，帮帮江涛。"

陆海波沉默地点点头。

拍卖会场外，陆江涛西装革履，思思一身职业套装，看起来非常精明干练。两人刚走进会场，思思远远地就看到顾亦雄正站着和人说话。

“我……我去上个厕所。”

陆江涛莫名其妙地说：“这马上就开始了。”

“开始了我就回来，我一会儿就回来。”

说着，思思一溜烟儿地跑了。陆江涛独自往里面走，走了几步，也看到了顾亦雄。顾亦雄笑着迎上来说：“没有想到咱们能在这里碰面。”

“顾总，您不做超市了，也来买地皮？”

“您不是也来了吗？我发现了，只要咱们两个出现，总有好戏。”

“对，总有好戏，我等着。”

此时庞恩岳也远远走来，看见两人，热情地打着招呼：“哎哟，顾总，陆总，你们两大超市巨头怎么出现在这里啊？”

陆江涛道：“庞总，我们是闻着味道就来的。”

顾亦雄奇怪地问：“什么味道？”

“资本的味道。”

三个人都哈哈笑了起来。

“一会儿，我就等着看好戏了。”庞恩岳说完，自顾自地走向了自己的位置。

拍卖快开始的时候，思思才猫着腰进入会场，坐到陆江涛身边。

“干吗去了？这么长时间。”

“你先开始啊！”

“我开始什么啊？牌子在你包里！”

思思吐吐舌头，从包里掏出竞拍的牌子。

这时，拍卖师宣布开始：“现在开始拍卖031地块，起价4000万。4000万一次！”

陆江涛一把抢过竞拍牌子，举起来喊道：“4200万！”

“江海集团4200万一次。”

坐在前方另一侧的顾亦雄也举起了牌子：“4500万！”

“凯莱集团顾总4500万！”

陆江涛冷笑着加价：“4800万！”

顾亦雄毫不退让："5000万！"

"凯莱集团5000万，5000万一次！"

"5500万！"

思思拽了一把陆江涛："悠着点儿啊。"

"你别管！"

顾亦雄微笑着再次举牌："6000万！"

陆江涛咬咬牙："7000万！"

思思一把抢过陆江涛的牌子，低呼："我们有多少钱啊！别疯好不好。"

顾亦雄再次举牌："7500万！"

陆江涛想把思思手里的竞拍牌子抢过来，但思思怎么也不给。陆江涛情急之下直接举起了手："8000万！"

拍卖师笑道："陆总帮我喊了，8000万！"

"8000万一次！"

顾亦雄回头看了看陆江涛，笑着做了个请的手势。思思恰好藏在一边没被看到。

"8000万两次！"

全场静默。

"大家还有没有加价的了？如果没有我就落锤祝贺江海集团陆总了。"

"9000万！"

所有人心中都是一惊，循着声音望去，赫然看到东洲集团的庞恩岳正举着牌子。

"东洲集团9000万！"

思思难过地拍了拍陆江涛，劝着他："江涛，算了吧，9000万了，已经超出咱们预计2000万了。"

陆江涛低着头，一股气憋在胸口，双颊发红。

"9000万一次！"

陆江涛的腮帮子鼓了起来，那是因为他太过用力地咬牙。

"9000万两次！"

陆江涛猛然抬起了头，双眼中闪动着不顾一切地火光。他伸手去拿思思手里的竞价牌子，思思死死拿着牌子不给他，"江涛！江涛！"喊着，想要把他叫醒。可陆江涛却使出了浑身的力气，把思思推到一边，抢过了牌子。

“一个亿！”

全场哗然。陆江涛的脑子嗡嗡作响，几乎什么声音都听不到了。

“一个亿，还有没有加价的？”

陆江涛感觉天旋地转。仿佛过了很久，又仿佛只过了一瞬间，拍卖师狠狠落锤，锤子好像直接砸在了他的脑仁中，刚才尖锐的耳鸣随着落锤的一刻静止下来。

“一个亿，成交，江海集团！感谢大家在今晚见证了上海土地拍卖新纪录！”

如梦如幻中，陆江涛想起了顾亦雄和庞恩岳看他的神秘微笑。许多炫目的光使得他喝醉了一般，有些站不稳，无数相机的闪光灯在闪烁……

江海集团的天台上，陆江涛闷着头上来，陆海波已经站在那里等他。

“大哥。”

陆海波把手中的报纸递给他。天台的风很大，吹得报纸哗啦啦地响，就像陆江涛的心情，他不用看也知道报纸的内容。

“一个亿？”

“嗯，一个亿。”

陆海波逼视着陆江涛说：“一个亿，你从哪里来？”

“我……已经质押了咱们……”

“那也只有7000万，你现在连地皮的钱都拿不出来！地皮你都花掉了一个亿，还要盖房，还要卖房！从哪里拿这些钱！”

“大哥，我觉得……”

“不要说你觉得，你觉得，你就告诉我，现在该怎么办？一个月之内，这一个亿就要支付给政府。你拿什么交钱！”

“咱们可以再质押一百家超市，去借贷。”

“然后你盖房子的时候，我们再拿出一百家抵押？也就是为了你这块地，我们要把辛辛苦苦多少年赚下来的超市，全部抵押出去？你的房子要是卖不了呢？我们再回去捡破烂？”

“大哥，相信我！”

“我怎么相信你，你给我变钱出来啊！你这是在玩火！”

“这一次，我们去借，我们咬咬牙，只要我们拿下了这块地，将来的收益会成倍地回馈我们。”

“我不允许，我们的董事会也不允许你这么恣意妄为！”

“但是现在怎么办呢？已经竞拍下来了，如果我们不能支付这笔土地出让金，那参加竞拍时的押金就打水漂了！难道您就是要让我开心地玩儿一下这个游戏，然后悄悄地退出吗？让整个上海怎么看我们江海集团。没有实力，就不要玩儿，既然下场了，就不能退回来！丢不起这个人！大哥，就算你现在想把我从楼顶丢下去，也得等我把房子盖起来、卖出去之后、才行。现在你就算打死我，我也不甘心！”

陆海波愤怒地盯着他，什么话都说不出来。

无论如何，总要前行。

陆江涛连着跑了好几家银行，可每家银行都仿佛商量好了似的，要么闭门不见，要么百般推诿。就连之前答应上会，已经帮他做了第一笔贷款的那家银行，也不愿意继续放贷了。陆江涛虽然觉得奇怪，但又找不出原因。

转眼之间，031 地块的交割时间只剩半个月了。如果无法缴纳土地出让金，押金将被扣缴，江海集团可能被追罚，集团的声誉自然也会一落千丈……

“如果实在不行，我和江涛在公司的股份可以在二级市场上售卖，凑些资金进来。”股东会上，一向不参与公司管理的温泉也帮忙提出建议。

思思也说：“还有一种办法，那就是引进战略合作者，就是为我们的地产项目寻找战略合作伙伴，一起出钱来把这个项目做起来。”

陆海波沉吟道：“思思的想法也是一个思路，有没有合适的公司？”

“我现在正在筛选，一旦确定合适的合作者，我们可以分头找他们去谈。”

陆江涛一直没有说话，温泉关心地看了他一眼。

陆江涛突然说：“我总觉得这一次是有人对我们设了一个局，让我入场。”

陆海波不满地看着弟弟，说：“江涛，现在不是推卸责任的时候。”

“我不是推卸责任，我是希望能够解决这个问题，但是现在我越想越觉得可疑。”

“即使可疑，现在也不是追查的时候。”

“大哥，如果我们出售一部分超市，一旦我们把消息放出去，谁来找我们低价收购，谁的可疑性就最大。”

“你说什么？出售超市？”

"我是怀疑，顾亦雄这一次又在里面捣鬼。"

思思说道："江涛，这么没有证据的猜疑还是不要说了。"

"你们怎么都不相信我呢？"

"顾亦雄这样整你，对他又有什么好处呢？"

"我们和凯莱都是超市的巨头，我们在西南西北有短板，凯莱在华东有短板，但华东是我们的大本营，这么说来，不仅仅是我们要打进凯莱的西南去，他们也有心要打进我们的华东市场。"

陆海波突然大吼："你说这些有用吗？就算是个圈套，那也是你自己钻进去的！再说了，顾亦雄又不是你肚子里的蛔虫，你想要进入地产市场他怎么知道的？你的想法没凭没据。"

陆江涛的脑海中，回响着当年黄癞子教他的话："不怕别人给你设套，只要是套就有缝隙，你要是知道他在给你设套，那真是天大的好事……"

陆江涛执拗地站起来："有用，我必须知道是谁在黑暗中给了我这狠狠一拳，我才能还击！"

"还要问是谁吗？是你自己！是你自己给了我们所有人狠狠一拳！"说着陆海波站起来，愤然离场。

次日，长江三角洲经济论坛企业年会开幕，陆家兄弟一起参加。一般情况下，这样的活动两人只要来一个就行了。但因为最近太需要钱，两人决定一起来，各自尽量找人聊聊，看能不能找到什么门路筹钱。

庞恩岳作为沪市商界大牛，自然也在受邀者之列。庞恩岳远远看到陆海波，举着酒杯走了过来。

"陆总，好久不见。"

陆海波与庞恩岳在各种商业场合遇到过多次，他礼貌地碰杯，招呼道："庞总好。"

庞恩岳客气地聊着："你们兄弟这几年做得好啊，把我很想做的一些事都做了。"

陆海波无奈地苦笑着："尽力而为吧。不管怎么说也比不上庞总的东洲集团。"

"开什么玩笑，一个在全国开了不下五百家店的老板跟我哭穷。"

"不管开了多少家店，我们毕竟是民企，不比你们东洲，那是国家的亲儿子啊。"

"这么说，陆总是遇到什么麻烦了？"

“江海集团要发展，更要升级换代，但是资金一直是我们发展的大问题。我们之前一直在发展连锁经营的授权店，但是后来发现加盟店的管理总是跟不上，我们集团也为这个事情产生了一次比较大的争议，最后决定为了保证服务质量，把全部的加盟店收回。这一收回呢，服务是提上来了，但是资金就紧张了。”

庞恩岳吃惊地望着陆海波说：“陆总，恐怕全国敢这么做的也只有你了吧。”

陆海波愣住了：“为什么？这不是应该的吗？”

庞恩岳笑望着陆海波：“陆总，你确实非同凡响啊。你坚持的这一点，也正是我们国内大部分企业缺少的，要是都能像你一样，我们的商业环境也许会好很多。”

陆海波苦笑道：“像我一样，就都活不下去了。”

“不，我不能看着你们因为坚持原则而迈不过去这个坎儿。”

“难的倒不是这个，而是我那个弟弟，他要注册新公司，进军房地产市场。上一次您也见证了。”

“小陆总大手笔，一出手就缔造了一个地王。”

“可是现在资金太紧张了，难就难在我们是一家民企，想从银行贷款难上加难。”

庞恩岳笑着拍拍陆海波的肩膀，脸上露出高深莫测的微笑：“还真是英雄所见略同啊！改天我凑一个局，看能不能帮你引荐几家银行。”

陆海波惊讶道：“由庞总出面，那真是雪中送炭啊。先感谢了！”

庞恩岳笑着离开了。陆海波没有想到庞恩岳会主动提出帮助自己，还在回味，一直在不远处观察着的陆江涛走过来。

“大哥，庞恩岳为什么要帮我们？”

“我也不知道，但是他也犯不着害我们啊，我们一直以来井水不犯河水。”

“但是上一次，如果没有他在最后一秒钟的加价，我们现在也不会被逼进死胡同。”

“是他？”

时间就约在次日晚上，陆家兄弟虽然对庞恩岳有些不信任，但还是准时赴约。服务员推开包间门，里面已经坐了七八个形形色色的人，庞恩岳自然也在其中。

陆海波笑着走进来，向庞恩岳告罪：“庞总，路上太堵，紧赶慢赶还是来迟了。”

庞恩岳笑着让他们入席：“不晚不晚，再说了今天晚上就是朋友聚会，没有迟到这一说。”

庞恩岳把陆海波让到正中央偏左的椅子上，陆江涛坐在陆海波身边。陆海波发现庞恩岳也没有坐到正中央的位置，说明正中位置的客人还没有到。庞恩岳在给众人介绍着："这是江海集团的陆海波、陆江涛两兄弟，这两个小兄弟很能干。"

陆海波和陆江涛向大家点头示意。

"这是建行的孙行长。"

陆江涛笑了："我们前一段时间刚刚见过。"

孙行长笑着点头："上次拒绝了陆总，我心里一直过意不去啊。"

庞恩岳继续介绍："这是民生的陈行长。这是金鑫集团的金总。"

陆海波、陆江涛一一和众人寒暄。

此时服务员开始上菜，众人开始闲聊。庞恩岳好奇地问陆江涛和孙行长的事。孙行长说完，庞恩岳大笑道："老孙啊，这就是你的不对了，像江海集团这种企业，你就应该放心大胆地贷款！给他们钱，他们比我们更缺血！"

孙行长道："庞总教育得对，教育得对。"但他一直只说对，并没有下文。陆海波和陆江涛心里明白，让他们答应帮忙没这么简单。

金总突然说："今天请客的主人怎么还没有到啊？"

孙行长笑道："她啊？忙！刚刚说了让我们先开始，她随后就到。"

陆江涛有些意外地问："今天不是庞总请客啊？"

"今天啊，我是借花献佛。我们一位共同的好朋友回上海了，首先是请我们几个聚一聚，我就想起你们俩来了，就一块儿叫上。"

"主人是？"

孙行长夸张地说："哎哟，那可是手眼通天的大人物！"

几人都笑了。

陆江涛故意打趣："这么厉害，难道还能管得了孙行长？"

本来是开玩笑，没想到陈行长却说："不光管老孙，连我也管着呢！不是想贷款吗？你们要是能把这位搞定，别说老孙，我们两家都可以给你们贷款。"

庞恩岳笑着望望陆海波和陆江涛，两兄弟意外地对视一眼。

陆江涛笑着说："看来今天要好好整一顿了，不管是谁，今天都要伺候好了！"

众人又是哈哈大笑。此时包间的门被服务员打开，一个声音传来。

"这是谁又拿我说事呢？"

陆海波和陆江涛一愣，因为这个声音太熟悉了——包间门口站着的竟是林霞！

林霞穿着一套素雅庄重的呢子大衣，手里还捧着一束鲜花。

庞恩岳等人连忙站起来说：“说曹操，曹操就到！”

林霞仿佛不认识陆海波和陆江涛一样，对着两人礼貌地微微一笑，缓步走来。众人把林霞让到了中间位置上。

陆江涛举着酒杯呆住了，竟然忘了放下。陆海波也彻底呆住了，表情似忧似喜。

庞恩岳热情地给林霞介绍：“林霞啊，我来给你介绍两位新朋友，这是江海集团的两位陆总，你也常来上海的，你知道江海集团吧……”

“陆海波，陆江涛，两位老总，好久不见。一向可好？”

众人都是一愣，陈行长明白过来，笑说：“哎，敢情认识啊。”

庞恩岳滴水不漏，也笑了笑：“陆海波，原来你们认识林霞啊。这下好了，你们是走了大运了，刚才两个行长可是说了，只要林霞点头，一切都好商量。”

“是吗？这么说两位陆总是有求于老孙老陈了？”

“不算啊，不算，他们以前认识，这个不算。这算是什么，故交啊？”

林霞依然保持着笑容说：“我们可不是什么故交，我们以前有仇。”

众人听到，都安静下来，一时不知道如何接话。陆海波诚恳又有些歉疚地说：“林霞，对不起，不要这么说。”

庞恩岳打圆场说：“仇，能有多大仇？大不了今天一醉泯恩仇。”

“杀父之仇！”

就在陆江涛不知所措的时候，温泉正在家里哄着陆远睡觉，温老板糊里糊涂地走了进来，把一个存折递给了温泉。

“我……我听说你们现在缺钱……我这里有个存折。”

温泉不耐烦道：“爸，您别管了，我们缺的可不是一丁半点儿的。”

“我这有好多好多钱呢，两万多呢。”温老板笑呵呵地举着存折，塞给温泉，“你知道吗？这可是这些年我偷偷攒下来的私房钱。我是准备留着到关键的时候做救命钱的，都给你！”

温泉突然泪如雨下地说：“爸，两万块钱能当救命钱的时候，多好啊……”

酒店里，包间中静默了片刻，陆海波端起了一个酒杯，走向了林霞。

“林霞，对……对不起。我代表……”

“你谁也代表不了，每个人能代表的只是自己。”

“我知道，但我是哥哥。”

“太尽职的哥哥，只能制造一个恣意妄为的弟弟。”

“林霞……”

林霞却不管陆海波，转而对陆江涛说道：“陆江涛，缺钱是吧？来求我呀，只要让我高兴了。我帮你借钱。”

所有人都望着陆江涛，他突然苦笑一声，站了起来。

“林霞，这么多年了，我一直没有一个机会，好好向你说一声对不起，今天正好借着这个机会，我要很诚恳地对你说——对不起。”

“如果对不起管用的话，杀人也不用入刑了。”

“你想让我怎么样，我就怎么样！只要你今天划出道来，我接着。”

“我想让你去死，你去死吗？”

“好。”

说着陆江涛转身就走向了窗户，所有人都震惊地望着他。陆江涛毫不迟疑地打开了窗户。陆海波立刻冲过去，抱住了他，回头喊道：“林霞，非要这样吗？”

林霞冷冷地笑着：“算了，陆江涛，我懒得看你死，而且你死不死，有天在看着，用不着把你的死做成我的罪状。大家喝酒！”

“林霞，我知道我以前做了不少错事。但我真的，真的想对你说对不起。”

“我懒得听你这句对不起。”

陆江涛看着冷淡的林霞自顾自地给自己倒上一杯酒，小口品尝着，他扭过头，甩门而去。陆海波看了看林霞，轻轻叹了口气，和众人道歉后也离开了。

酒席散时，已经是深夜了。林霞和庞恩岳等人从酒店出来，互相道别，一一离去。陆海波远远地看着他们，直到只剩庞恩岳和林霞的时候，才迎了上去。

“庞总，林……林总。”

林霞笑着问：“陆江涛呢？”

“他……喝多了，就先……”

“他还是那个德行啊。”

陆海波为难地说：“林总，今天晚上遇到您，确实是个意外，我知道您从来也不想再见到我们。我们心中有愧，也不敢想象再见到您的样子。不好意思了，我代替我弟弟向您再次道歉。还有庞总，今天谢谢您了，感谢您想尽办法帮助我们，但是我们确实……”

庞恩岳笑笑说：“海波，你是个实诚人。好了不说了，林霞，我先撤了。”说着，庞恩岳一招手，一辆轿车过来，庞恩岳上了车。

“林总，对不起。”

陆海波站在那儿，有点儿手不是手脚不是脚的，怎么都感觉别扭。正想要不要离开的时候，林霞突然说：“海波，我们走走吧……”

两人散着步去了外滩。陆海波想了很久，终于再次鼓起勇气，想要求得到原谅。刚叫完一声林总，却被林霞打断了：“海波，没必要吧，我可从来没有叫过你陆总。”

陆海波望着眼前的外滩，猛然想起这里是林霞父亲故去的地方。

“……林霞……唉……咱们怎么走到这里来了？”

“我每次回来，都会到这里走走。”

“你回来过？”

“当然，我还去你们那家店买过东西，但是没有见过你们。”

“就算知道你回来了，我估计也不好意思去见你。”

“我倒是还挺想见见你的。”

“啊……”

“谢谢你。”

陆海波奇怪道：“谢谢我？”

“对啊，在我最扛不住的时候，是你帮我扛住的。要是没有你，说不定我早在当年就已经跳进黄浦江了。”

“可别！林霞……那都是我应该做的，因为一切的根源都是江涛。”

“你看看你，我都已经把你和陆江涛区别开了，你怎么还念念不忘？”

“区别开？”

“对啊，你是你，他是他。他害了我们家，但是你，在我最难受的时候给了我最大的力量。我知道你们的公司现在遇到了一些问题。我跟你说实话，我是可以帮上你的，但是我要帮的是你，而不是陆江涛。如果这个公司是你陆海波的，我会义无反顾地帮助你，但是你的公司其实是你和陆江涛的，这我就没有办法了。”

“我知道我知道，自从看到你出现，看到你这些年过得很好，我就放心了。我从来没有奢求你还能帮助我们。”

林霞突然停步，看着陆海波问：“海波，这些年你到底是怎么在上海滩混下来的？”

“就是开店啊……”

“你难道听不出我话里的意思吗？”

“什么？”

“我的意思是，你是这个公司的法人代表，是董事长，如果你能踢开陆江涛，你遇到的困难，我都义无反顾地助你，帮到底！”

陆海波彻底愣住了：“踢开江涛？”

◆2◆

位于浦东东方明珠附近的一座高档办公楼里，陆海波在电梯前停留片刻，仰头看着电梯旁的指示牌，找了一会儿，目光定格在26楼的“道简信息咨询有限公司”上。

他走进电梯，按下26楼。

电梯缓缓上升，片刻，伴随着“叮”的一声，门开了。陆海波走进楼道，径直走进道简咨询公司。秘书带着他走进林霞的办公室，林霞正对着电脑看着什么，听到门响，头也不抬地招呼了一声：“来了？坐！”

陆海波坐到了沙发上，左右看看，似乎不知道如何开口。

“想通了？”

“什么想通了？”

“你不是需要帮助吗？我可以帮助你，不过是有条件的。”

“哦，那个事情，我想了，江海集团是我和江涛一起搞起来的，我们是亲兄弟，这三十多年，我们相互扶持，到了现在我不可能……”

陆海波还要滔滔不绝地说下去，林霞却突然站了起来。

“怎么了？”

“陆海波，有时候我觉得你这个人还是蛮有意思的。”

“是吗？我……有很多人说我很无趣。”

“不，我觉得你挺有趣。你既然不准备答应我的条件，你还跑到我这里干什么？给我示威？给我难堪？让我看看你们兄弟之间是如何情比金坚？”

“林霞，你不要误会，我不是那个意思。我觉得不管我答应不答应，我都必须给你一个答复，否则我心里也不踏实。”

“现在你就踏实了？好了，你已经说出来了，我也知道了。其实从第一次见到你，我就知道你会是这么一种回答，你可以走了。”

陆海波却尴尬地坐着不想走，继续说着：“林霞，难道我们之间除了谈生意，都没有别的什么好说的了吗？”

“原本是有很多事情可以说的，但是在这件事件上，很明显你还是站在陆江涛那边，这件事情是我们之间谈论其他任何事情的基础。既然这个基本立场已经清楚了，其他的也就不好说什么了。”

“林霞，能不能有其他方法，你不就是给大公司做转型咨询的吗？我掏钱，我来做你的客户，我的公司现在发展就遇到这个资金链短缺的问题，不管多少钱，我请你来给我做方案，我执行。这样可以吧？”

“陆海波，说实话，你还是比以前聪明多了。但是……即使你愿意掏钱雇佣我们公司，我们对于客户也是有选择权的，有陆江涛的公司，我是不会做的。明白吗？”

陆海波听完，无奈地站了起来，说：“好吧，林总，改天我再来看您。”说着，他走出了林霞的办公室。林霞抬头望着他的背影，嘴角挂着一丝神秘的微笑。

让林霞有点儿意外的是，第二天陆江涛居然来到了她的办公室。而且一进来就大大咧咧地坐在了沙发上，和陆海波的表现反差巨大。

“你来找我做什么？”

“跟你谈谈。”

“我跟你没有什么好谈的”

“还是谈一谈吧，谈完这一次，我再也不会来麻烦你了。”

“哦？请讲。”

"我首先是来给你道歉的。"

"不需要！"

"也许你不需要，但是我需要。"

林霞冷笑着说："看看，你这个人是多么的自私？道歉都不是为了你真正对不起的人，而是出于你自己的需要！"

"我知道我以前做过太多荒唐糊涂的事情，欺骗过你，伤害过你，但是到了现在，不管你需要我怎么样道歉，怎么样补偿，我都愿意……"

"你明知道我绝不会要你任何东西！"

陆江涛突然站起来，走到窗户边，打开了窗户，回头盯着林霞说："我知道你只是要让我死，让我给你爸爸偿命对吗？"

"对！"

"那好，我给你偿命，但是我希望你不要再刁难我大哥。"

"看见了吧，你这个人，就算是偿命，也是有条件的。"

陆江涛忍无可忍地说："林霞，你一定要这么刻薄吗？"

"我不刻薄，这里是二十六楼，你倒是跳下去啊！我看看你这场戏到底要做到什么地步。"

陆江涛什么也不说了，跳上去，翻过窗台，坐到了窗户上。林霞慢悠悠地走过来，坐到沙发上，双手抱着胳膊，等待着。

楼下不远处，陆海波一边给思思讲着他们当年和林霞的过节，一边往前走着。思思听得意犹未尽，说："这也太能玩儿了吧？"

"这可不是玩儿！江涛当年伤害林霞太深了，她是过不去这一关的。"

"真的吗？我怎么觉得不像。"

"这还不像？"

"唉，林霞姐姐总是要狠狠修理一下那个家伙的。"

"林霞姐姐？你怎么叫得这么亲切？"

"呃……她肯定比我大啊，比我大的我就叫姐姐，怎么了？那你们准备怎么办？"

"还能怎么办？大不了，不走林霞这条路子了，我觉得宁可借不到钱，也不能因为这个事情，再伤害到林霞。"

“你看看，你看看，你有没有发现在这件事情上，你考虑最多的还是林霞。”

陆海波一愣，意识到了什么，有些尴尬，只好转移话题说：“快到了，林霞就在前面那栋楼……”话没说完，两人突然看到有个人攀在玻璃窗上。仔细看去，竟是陆江涛。想到前几天初见林霞时的情景，陆海波不由惊出一身冷汗。

“江涛！”

两人没命地奔进楼里，一路上到26楼。许多人都围在林霞的办公室里，不知道发生了什么。陆海波气喘吁吁，拼命拨开众人挤进去，却发现窗台上已经没有人了。

思思疯了一般大喊：“江涛呢？不会跳下去了吧……”

林霞说：“你们俩来干吗？是和陆江涛串通好了来救他的？来晚了！”

陆海波心急万分地冲到窗台边，往下看看，却发现楼下什么都没有。

思思的泪水已经涌了出来。

“哥？”

陆海波和思思回头，看到陆江涛毫发无损地站在那里，似乎刚从人群里走出来。陆江涛看着两人，无奈地说：“我没有那么傻，我就是吓唬吓唬她。”

林霞也冷笑道：“陆海波，你弟弟永远是这一套，放心，我是不会再上他的套的。”

陆海波突然涌上一阵怒气，冲到陆江涛身边，一脚踢在了他的腿上。陆江涛被踢得双腿一弯，陆海波顺势摁住他，把他摁得跪在了地上。

陆海波转头，诚恳地对林霞说：“林霞，我知道江涛曾经做过无数错事，他这辈子最对不起的就是你，你就算要他的命，我也没什么话说。但他是我弟弟，你要是要他的命，我也只能拦着。我不管他心里怎么想，作为他的家长，我今天正式让他给你请罪，这和你帮不帮我们没有一毛钱的关系。我们做错了，就得向你请罪！”

陆江涛也明白过来大哥的意思，低下了头说：“林霞，对不起，请你原谅我。”

林霞把脸转了过去，并没有原谅的意思。

陆海波沉默片刻，说道：“我知道你现在一时还难以接受，但是我们必须道歉。我知道以后我们可能也没有机会再见面了，所以这个歉一定要道。”说完，陆海波拉起陆江涛，头也不回地往外走去。

思思看着林霞耸耸肩，跟着兄弟俩一起走出去。

融资的路行不通，陆江涛只好选择之前思思说的办法，寻找战略合作者。而他们所认识的企业家中，最具实力的无疑是庞恩岳。所以离开林霞的公司后，陆江涛立刻就约了庞恩岳吃饭。但庞恩岳忙，晚上已经有了约，时间只好定在了次日。

次日晚上，陆江涛和陆思齐一起赴宴。庞恩岳坐在餐桌前慢悠悠地喝着咖啡，时不时看一眼陆思齐。三人闲聊几句，将上次的不愉快一笔带过。庞恩岳开门见山道："你要我怎么帮你们？"

"我们现在去银行贷款，最大的难题，就是我们是私营企业，银行并不相信我们。您的东洲集团可是大型国企，如果你们能够为我们担保的话，也许……"

"这个免谈吧。"

"为什么？庞总，您有什么条件，我们都可以谈。"

庞恩岳笑道："这不是开什么条件的问题，你是光看着我们是国企，就只看到我们的好处，你是不知道我们的难处啊。就是因为是国企，很多事情我们反而不好办。在你们那里，只要你们兄弟两个商量好了，那就是公司的决定，但是我们的很多事情，并不是某一个人就能解决的。"

"庞总，能不能想想办法……有多少关，我们一关一关过。"

"哈哈，江涛，你想得太天真了，这根本不是一关一关过的问题。让我们一个国企为你们一个私营企业担保，还要等我们一关一关审批结束，我现在就可以告诉你，你等到江海集团关门都不一定能够等来。就是说，东洲集团完全没有可能帮到你，因为我们的集团内部，我太了解了。其实你们兄弟俩做的事情，正是几年前我想做的事情，我之所以愿意和你们交这个朋友，就是因为你们两个实现了我的梦想。但是东洲集团，你就不要考虑了。"

陆江涛意识到庞恩岳还有后话，追问道："庞总，您说我可以考虑的是哪里？"

庞恩岳不急不缓地继续说："上次你和林霞见面的时候，我也在，如果我大张旗鼓地帮助你们，那不是打林霞的脸吗？我还不想得罪她。"

"那……"

"我想了想，倒是有一家大型国企可能真能帮助你们。因为第一，你们两个公司的主业是有重叠的，你们不仅仅可以是担保关系，还可以进行行业合作，这在审批上就有个说法了；第二，这家企业虽然也是大型国企，但是很大一部分股份并不是国家的，它里面也是有私人股份的，所以它的体制是比较灵活的。"

陆江涛着急地问："到底是……"

庞恩岳笑了：“其实你应该能够想到了，那就是凯莱集团。”

“凯莱集团？”

思思在陆海波办公室修剪着绿植，看看愁眉苦脸的陆海波，问道：“还纠结呢？”

“我也不知道怎么了，只要一坐下来，就会想起林霞，可能是总觉得我们无法补偿她。以前做过的错事，不管做什么都难以弥补。”

“仅仅是因为这个吗？”

“还能有什么？你是说还有公司的事情？”

思思叹着气摇头说：“大哥，从林霞姐姐离开上海之后，你似乎就从来没有过感情生活。”

“你……什么意思？”

“江涛和思齐都结婚了，我不多说，你自己应该心里清楚。”

“我清楚什么啊，你到底想说什么？”

“非要我把话说清楚啊，你其实一直以来，心里都喜欢着林霞姐，你一直在等着她的消息。”

陆海波被思思说愣住了。

“不要胡说。”

“是不是胡说，你自己心里清楚。不管你承认不承认，你心里有林霞姐姐，这种滋味我明白……”

两人沉默片刻。陆海波的电话突然响了起来，他看了一眼，居然是林霞，顿时有些紧张，不知道该说些什么。

电话里，林霞的声音一如既往的冷静：“海波，看在你的面子上，我可以帮你们一次，我帮你疏通银行的关系，你们可以再质押一部分超市。”

“林霞，谢谢你。”

陆江涛对林霞突然的态度转变很疑惑，但陆海波却因为对林霞的愧疚，完全不敢有任何多余的想法，甚至还训斥了怀疑林霞的陆江涛。陆江涛拿大哥没有办法，只好走一步看一步。好在林霞兑现了诺言。江海集团再次质押了一百家超市，获得了贷款，总算准时缴纳了土地出让金。

众人都松了一口气，好歹土地是到手了。再有什么情况，最多把地卖掉就是。几人开了个简单的庆功会，思思提议大家放个假休息一下。众人欣然同意，只有陆海波说公司的事太多，他留下来看家。众人拗不过他，只好由他去。

陆江涛休了假，自然是回家陪老婆孩子。思思也打算回家陪陪爸妈。冯力和思齐则决定去日本玩儿几天。

就在两人候机的时候，陆思齐的电话突然响了，她接起电话，听了片刻，惊呆了。

一条爆炸性的新闻一夜之间在整个上海火了起来。沪市新地王拍出了一亿天价，本来就已经被媒体炒得如日中天。然而突然不知道从哪儿爆出来消息，这块地竟然曾经凶案迭发……转瞬之间价值大大缩水。

陆江涛站在一片荒地上，这就是他花了一个亿买来的031地块，荒地周围早已经高楼林立。他呆呆地望着远方，极力压抑着心中的燥郁。

温泉、陆思齐和冯力站在他身后，沉默许久，陆思齐轻轻唤了一声："二哥。"

陆江涛摆摆手，示意她不要说话。

温泉也安慰道："江涛，我们放弃吧。"

陆江涛突然爆发，愤怒地吼叫了出来："不可能！这笔钱是我们用两百家超市质押换来的，现在放弃只能让我们赔得精光！哪片地没有死过人！不对，不对！一定是有人在背后捣鬼。是顾亦雄吗？为什么？凯莱集团主要是做超市的，为什么那天他也会去参加土地拍卖？"

"江涛，别疑心太重，这两年，我们各自发展，和凯莱井水不犯河水，你江海集团可以出现在地块拍卖会，顾亦雄怎么就不可以？"

陆江涛有些疯狂地大吼："那就一定还有其他人，有人在针对我！"

陆思齐有些不忍地分析着："二哥，媒体和舆论的逻辑是对的，因为你把这块地他炒成了地王，所以报社的记者才对它进行了深度挖掘，结果才挖掘出来这里曾经发生过灭门惨案。"

"胡说，胡说，这都是胡说！在哪里？在哪里？"陆江涛魔怔了一样，冲进荒地，拿起一把铁锹，在地面上胡乱地挖着。温泉和陆思齐对视一眼，无奈又心疼。冯力冲过去拉他，大喊："二哥，别这样。"

"他们不是说这里死过人吗？在哪里，我要把这片地全挖一遍，让他们看看，有没有！有没有！”

陆江涛一把甩开冯力，冯力被推得摔倒在地上。

“我要把全世界的记者都叫过来，我让他们一寸一寸地去拍，让全世界看看，有没有！有没有！”

温泉走向疯疯癫癫的陆江涛，从背后紧紧抱住，将脸贴在他的后背：“江涛……”

陆江涛无助地停止了挖掘，扔掉铁锹，仰天长叹。

本来都准备休息的众人，又坐到了一起。陆海波和陆江涛都像经了霜的茄子，低着头沉默着。

陆思齐说：“现在唯一的出路是我想想办法，从舆论上挽回一下。但是你们最好想一想这个项目是不是暂停一下。”

陆江涛立刻打断了她：“不能停，如果停了，我们就要背负一个亿的债务，如果到期不能偿还，我们手上至少一半的连锁超市就要被银行拿走。我们不能做江海集团的罪人。”

“对，绝不能停。但是现在就算我们手里有这块地，它的价值也已经大打折扣了，原来我们还可以引进战略合作者，比如庞恩岳，共同开发这个地块，但是现在我估计他不愿意再插手这个项目了。我们的工程，我们将来的楼盘营销，都需要大笔资金，怎么办？”陆海波的想法和陆江涛一样。

所有人都沉默下来了。就在这时，陆思齐的电话响了起来。她接起电话，听了片刻又挂掉，表情犹豫，似乎不知道该如何开口说话。

“怎么了？”

“我让我新闻界的朋友追查了一下消息来源，很遗憾，我们都觉得二哥疑心太重，但是二哥是对的。”

陆江涛立刻来了精神，问：“真的是有人专门放出来这个消息？”

“是林霞。”

所有人都震惊了。

陆海波不敢相信地说：“怎么可能？我们之所以能够从银行借贷出来钱，还是林霞给疏通的关系。”

陆江涛愤怒地大吼：“大哥，你怎么还不明白！我们原本准备了7000万，5000

万用来买地，2000 万作为建设的初期费用，但是林霞用一场拍卖会，就把我们顶到了一个亿，逼着我们再次拿出超市质押。等到我们真的从银行把钱借出来，林霞才放出来这个消息，让我们死无葬身之地。”

“不可能，林霞不是那样的人。”

“海波，我就是那样的人。”

在众人震惊的目光中，林霞徐徐走了进来。

“海波，对不起，我欺骗了你。这一切都是我布的局，不为别的，就是要针对他！”林霞愤怒地指着陆江涛，表情冷酷，“这么多年，其实你们江海的每一步我都清楚，但是我没有动手，因为，江海江海，有江也有海。但是这一次不同了，这一次是陆江涛自己在操盘的地产项目。我要让他知道，犯过的错误，不会那么轻易被抹杀！”

陆江涛苦笑着，事已至此，恐怕已经是回天乏术了。

“林霞，你下手挺狠的。”

“彼此彼此！”

陆思齐还想挽回，说：“林霞姐，你不要这样。我二哥的确对不起你，但是我们大家还是你的朋友。何必要把我们逼得这么惨。”

“你们惨吗？自从他逼死了我爸爸，你们知道我有多惨吗？那是我在这个世界上唯一的亲人了。从那天开始，我就是一个孤苦伶仃、没有人管、没有人会想着我、没人爱着我的人了。这一切都是拜他所赐！”

陆江涛声音低沉地说：“林霞，我现在明白了，就算让我死，你也要给我找一种最痛苦死法对吗？”

“当然！”

“林霞！”陆海波叫了一声，低下头，就像他做过的无数次那样，“对不起！”

“大哥，不要再对她说什么对不起了，我们现在很对得起她了。”

“你闭嘴！”陆海波朝他吼道，又转向林霞：“林霞，我没有想到江涛会给你造成这么大的伤害。对不起，我们没有权力去恳求你放过我们，你的复仇，我们无话可说。不过如果要死，我们一起死，我们一家人来给你赎罪！”

林霞看着陆海波深深的鞠躬，愣住了。

“你……你恨我吗？”

“我没有资格恨你。”

◆3◆

思思在家里自然也看到了新闻。聪慧无比的她立刻就明白了事情的来龙去脉，毕竟林霞在香港的这些年，其实和她一直有联系。但现在不是吵闹的时候，首先要解决的，是如何让 031 地块摆脱舆论旋涡。

晚饭后，思思来到了顾亦雄的书房。顾亦雄看到女儿表情严肃，奇怪地问："怎么了？板着个脸，谁惹你生气了？爸爸替你出气！"

思思走到顾亦雄旁边，正襟危坐，突然说："爸，其实你早就知道我在江海集团工作了吧？"

顾亦雄愣了一下，神秘地笑笑，并不说话。

思思继续说："爸爸，我作为江海集团的代表，想跟您谈判。"

"好的，你说。"

"您可不可以帮帮江海集团？"

"怎么帮？帮你们处理那块地？"

"您当初去竞标，是不是……"

"没有什么秘密，就是你林霞姐姐拜托我的，他老爹是我的老领导，我就是去帮忙托一下价格。"

"我早就想到了，谢谢您的坦诚。但我还是想请求您，帮帮我们。江海集团也是我的心血……"

"我可以帮你，但是我不会帮陆江涛那小子。"

"我就是他，他就是我！"

顾一雄气愤地一挥手："胡说八道！"

"如果他无法渡过这个难关，我也过不去。"

"你什么意思？"

"他死我也死。"

"思思，不要胡说。"

"我没有胡说，这就是我最真实的想法。"

顾一雄沉默地望着女儿，这是他第一次发现女儿如此坚定地反抗自己。

"即使谈判，也是他来跟我谈，用不着你。"

"那我让他来。"

"但是我有一个要求，就是你必须离开江海集团，离开他！"

思思一愣，泪水流了下来，说："我答应你。"

说完，思思推门出去，留下表情凝重的父亲。

思思做的第二件事情，是去找林霞。她风风火火闯进林霞的办公室，林霞的秘书怎么都拦不住。

林霞好奇道："思思？你不是回你爸爸那里了吗？"

思思语气冰冷地说："我专程来看看你快意恩仇之后的得意表情。"

"我没有什么好得意的，这次复仇，是一次同归于尽的复仇。你是不是觉得我欺骗了你？"

"这些年，你问我江海集团的事，我都一五一十地告诉了你，没想到无意中成了你复仇计划中的一个卧底。我真傻，我还以为……"

"你还以为什么？"

"我还以为，你爱着大哥，大哥爱着你，因为有那么一层恩怨在，你们才无法走到一起。"

林霞强颜欢笑地说："你这个丫头片子，你想太多了。"

"是我想太多了吗？你难道没有问过自己吗？"

"我没有感情了。"

"你如果还是一个人，还是一个女人，你就不可能失去感情！林霞姐，你这一次太让我失望了。"说完，思思转身要走，却被林霞喊住。

"思思，对不起。"

"这是这个世界上最没有用的三个字！"类似的话林霞也对陆江涛说过。

"思思！海波他……"

思思已经走到了门口，她再次站住，转过身来说："大哥是我见过的这个世界上最善良的人，与他对你的感情相比，你所做的一切，都是那么的狠毒。"

说完，思思大步走出了林霞的办公室，林霞颤抖着坐了下去。

思思的下一站自然是江海集团，让陆江涛去凯莱谈判。眼下只有顾亦雄出手，才有可能挽回局面。陆江涛和陆海波正在一起，思思把她去找林霞的事说了出来。

陆海波气愤地教训思思："谁让你去找的林霞，你有什么资格把人家骂一顿。"

思思无辜地看着陆海波，不知道说什么。

陆江涛叫道："骂得好！替我骂了！"

"闭嘴！"

思思抿着嘴，显然很不开心地说："大哥，如果你觉得我没有资格，那么你应该有这个资格。在她最无助的时候，是你出现在她的生活里，帮她走出来。现在她为了报复江涛，不择手段，你可以去骂她！"

"我为什么要去骂人家，本来就是我们做得不对。"

"大哥，我跟你没什么好说的了。江涛，我已经帮你联系了顾亦雄，他同意见你，和你商谈共同开发这个地产项目，甚至两地连锁超市的合作项目。如果你准备好了，跟我去一趟。"

陆海波和陆江涛都愣住了，陆江涛道："思思，你……你手段挺高啊，顾亦雄你都能见到？"

思思沉默半晌，突然说："顾亦雄是我爸。"

陆江涛不敢相信地问："你不是姓靳吗？"

"我随母姓，这件事以后再说。总之我们目前这个困境一定要走出去，如果需要，我可以带你去见顾亦雄。"

陆江涛想到自己和顾亦雄的种种过往，又想到思思这么多年的兢兢业业，犹豫了。

陆海波突然说："顾亦雄先放一放吧，我想去见见林霞。"

"见她也没有用。"

"不，这次见她，是我跟她的事情。"

思思和陆江涛诧异地看着他，但转瞬间，思思就明白了过来。等陆海波出门，她也跟了上去。

陆海波笨拙地捧着一束鲜花，出现在林霞的办公室外。秘书自己都不知道这是第几次了，最近这些人总是闯林总的办公室，一个比一个莫名其妙。两人拉扯着走进林霞办公室，秘书苦着脸向林霞解释：“林总，我拦不住……”

林霞抬头望着陆海波手里捧着的鲜花，先是一愣，继而有些不知所措。

“你……先出去。”

“哦。”陆海波本来就心虚，听到林霞的话，立刻就要出去。

林霞笑了：“我是说刘秘书！”

秘书也笑了笑，退出去关上了房门。陆海波有些局促地站着，不知道该如何是好。

“你带着花来，总不会又是来道歉的吧？我告诉你，我已经复仇了，我现在原谅你们了，你们遇到的困境，你们去想办法。我是下毒的人，我自己也没有解药，咱们之间两清了。我也不希望再和你们有什么瓜葛，我就是希望安安静静地在上海做我的事情，再也不要和你们……”

林霞说着，突然发现陆海波已站到自己面前，隔着桌子把鲜花举着递向自己。

“林霞，跟那些都没有关系，你的复仇，让我明白一个道理。”

“什么……”

“你曾经那么痛苦，那么伤心，那么无助。我爱你，但我一直没有站出来，站到你身边，抚慰你的心。是因为我的缺失，让你无法走出仇恨，这一切都是我的错。”

“陆海波……你……你这是干什么？”

“我想明白了，其实这些年来，我心里一直还有你，放不下你，牵挂着你。我曾经到处打听你的下落，但是从来没有什么消息，我一直以为我今生已经错过了你。但是这一次，我意外地发现，老天又把你送到了我的身边。我觉得不管怎么样，我再也不能掩盖我心里的这个想法了……我……”

林霞听着陆海波一字一顿地表白，心中升腾着一种温暖，但出于某种奇怪的情绪，她却继续故意虎着脸，仿佛要考验陆海波似的。

“陆海波，我没有想到你也是这种人。”

“什么………人？”陆海波愣住了。

“你们兄弟是不是都爱玩儿这一手？就算你们要玩儿这一手，能不能别老在一个人身上玩儿。多少年前，你弟弟陆江涛为了要一份什么狗屁批文，说他喜欢我，让我等着他，等了多少年，最终给了我致命一击，让我失去了父亲。今天你为了你的江海集团走出困境，为了让我帮助你，又来这一手？弟弟追求完了，哥哥再出马？

你们老陆家就不能换换招数吗？”

陆海波委屈地解释道：“不！林霞，你千万不能这么想，绝不是你想的这样！我是真的喜欢你，其实很久以来我就是喜欢你，但是我不敢说，不能说，我以为我这辈子都没有机会说……”

“我不相信！”

陆海波垂头丧气地走出来，等了半天的思思立马跟上来。

“大哥大哥，怎么样？”

“思思？你怎么在这？什么怎么样？”陆海波刚问完，又想起了前几天思思跟自己说的话，低下了头。

思思明白没什么结果，调侃着陆海波：“大哥，你真有意思，都闹成这样子了，你竟然去跟林霞表白？”

“我是觉得，江涛已经伤害了一次林霞，她的感情太脆弱了，不管是谁，她现在都很难敞开心扉再爱一次。”

“唉，你真是不懂女人。”

陆海波也笑了：“废话，我要是懂女人，我能到现在还是孤家寡人？”

“你信不信，林霞一直爱着的人就是你。”

“不可能吧？”

“唉！”思思摇着头，轻轻叹气，突然趴在陆海波耳边，说了一通，似乎是在教他。

“啊？这……”

思思并没有给陆海波怀疑的机会，而是真诚地望着他说：“其实我不知道为什么，这一次我真的对林霞很生气。但是我觉得，可能只有你的爱能化解仇恨！”

一间高档餐厅里，林霞正在宴请几个客户。包间门突然被推开，所有人都是一愣。陆海波大步进来，看着林霞。

“陆总，我正在宴请我的朋友，我们之间的事情能以后再说吗？”

“不能！林霞，我知道你在谈生意，我知道对于一个公司的主持人来说，每一笔生意都很重要。但我不知道你想过没有，这个世界还有很多比生意更重要的东西，至少我是这样认为的，我的所有生意都比不上你对我的重要性。赚多少钱，亏多少钱，那都只是钱而已，在我们的生活里，有比钱更重要的事情，对于我来说，那就是你。”

林霞的脸红了，在座的客户都带着善意的微笑望着林霞。

林霞无奈地站起来，拉着陆海波出了包间，生气地说：“你到底想干什么？！”

但话还没有说完，陆海波已经勇敢地吻上林霞的唇。林霞挣扎着，想要推开他，但试图推开的手被陆海波紧紧抓住。片刻之后，林霞的眼泪流了出来，渐渐抓住了陆海波的衣服，抱紧了他……

走廊上突然走来一个服务员，看到两人的行为，惊呼一声，慌乱地跑开了。林霞突然发觉了两人的失态，一把推开了陆海波。

“我……我还有客户。”

陆海波拉起林霞的手，进了包间。林霞一脸懵懂，不知道他要做什么。

“各位，我知道你们和林总有着各种各样的大生意要谈。但是！”林霞紧张地拉了拉他，怕他突然又说出什么出格的话，做出什么奇怪的事来。

“但是今晚，你们的林总有一场恋爱要谈。请你们给我们这个时间，好吗？”

众人笑着起哄，为两人鼓起掌来。

次日，陆江涛和思思已经决定去求助顾亦雄了。商定了谈判细节后，两人来找陆海波汇报，却突然发现他很奇怪。怎么说呢，有点呆，又有点痴，仿佛他……很幸福似的。只有思思一眼就明白了，她教陆海波的办法起作用了。思思左看右看两兄弟，一个着急，一个呆傻，不由得偷偷笑了。

“大哥……”

陆海波突然回过神来：“你们来了？”

“我们还是商量一下，关于地块新闻和融资的问题吧。”

“问题已经解决了。”

“啊，解决了？”

“经过我的努力，林霞已经答应帮我们找一家大型国企做贷款担保。而且她愿意为对你的复仇做补偿。近期会有三个新闻依次发布，第一个是对当年的那起命案的深度调查，大家会从那桩命案中发现一个凄美的爱情故事，遮掩命案的血腥。第二个是她决定说服她在香港做商业地产的朋友，就在我们地块对面，建一个大型综合商场，用商业氛围掩盖那桩新闻。第三，031 地块将来会是三条地铁的交会处。”

陆江涛不敢相信地问：“林霞会帮助我们？”

陆海波点点头。

思思意味深长地看了一眼陆海波，说：“陆董事长有他的办法。”

陆江涛还是怀疑地说：“大哥，其实我这边也找到了新的解决办法。”

“哦？说说看。”

“我已经决定了，去找顾亦雄，跟他合作开发这个地块。”

“顾亦雄，不需要了吧。你和顾亦雄可是斗过几场的人。再说了我们即将进军整个西南市场，如果我们进军西南，那么凯莱集团就是我们最大的竞争对手。”

“这我知道。”

“那你还要去和顾亦雄谈？”

“大哥，你的想法太落伍了，现在是商业时代。现代商业，没有永远的敌人，只要对双方都有好处，我相信我可以说服任何一个我以往的仇人。”

“我还是觉得把握太小，反而是林霞这边，我们的把握大一些。”

“林霞和我的仇恨恐怕比顾亦雄更大吧，顾亦雄害死过我的师父，我恨他，而林霞的爸爸因我而死，是她恨我。我可以放弃仇恨去找顾亦雄，但恐怕林霞不会放下仇恨帮我们吧。如果她再给我们设下一个套，有可能把我们整个江海集团搭进去，我不能因为和她个人的原因拖累整个江海集团，我建议不要考虑林霞那边了吧。”

陆海波迟疑着，最终还是决定说出来：“其实不用担心林霞的用心，其实……”

“其实什么？”

思思用鼓励的眼神望着陆海波，希望他说出这个幸福的结果……

“其实，我和林霞恋爱了！”

“啥？”

陆江涛像个白痴一样瞪大眼睛，不敢相信自己听到了什么。

“而且我们打算环球旅行，结婚。”

除了思思，恐怕谁都没想到，陆海波和林霞会进展这么快。林霞让秘书负责和陆江涛、陆思齐对接031地块的事。事情了结后，思思请了长假，说是去香港读MBA。实际上是因为顾亦雄把她的事告诉了靳鹏生。在靳鹏生的安排下，思思不得不选择离开江海集团。

虽然陆江涛还是没那么相信林霞，但陆海波已经把公司全权交给了自己，031地块的各项事情都正常进展了，和顾亦雄的谈判自然也就暂时没必要了。自从知道了大哥和林霞恋爱，陆江涛整天都觉得心里不对劲，不舒服。这天陆思齐正好在身边，陆江涛忍不住吐槽："为什么一看到大哥对林霞千依百顺，我心里就不舒服呢？"

陆思齐嘻嘻笑着："我倒是觉得这样蛮好的，大哥终于有一个人管着了，再也不用既当妈又当爸地操心我们了。而且所有事情也都迎刃而解，皆大欢喜呀。"

"你的意思是二哥没管过你？"

"是是是，你也给我操心了。都多大的人了，这还要跟大哥争。"

"恐怕以后也争不了了，他有了林霞，再也不会管我们了。"

陆思齐忙着自己的事情，只当二哥是闲聊，并没有放在心上。陆江涛突然又说："你说有没有这样一种可能，林霞跟大哥结婚，其实是为了报复我。"

"我不知道这是不是报复，但我知道，你这是嫉妒。"

"嫉妒？我嫉妒什么？"

"你嫉妒她抢走了我们的大哥。"

4

快下班的时候，温泉来到江海集团门口，正好看到冯力和几个供货商一起往外走。

冯力热情地喊了一声："嫂子！"

温泉看了看围着冯力的几个满脸殷勤的供货商，露出了厌烦的表情。

冯力赶紧说道："唉……都是应酬！"

温泉没说话，自顾走进去，上楼推开陆江涛办公室的门，他正低头看着资料。

温泉关心道："老公，吃饭了吗？"

"没呢，一会儿一起在外面吃点儿吧。"

"我看冯力天天都有饭局呀！每天这样能有心思做好销售经理的活儿吗？"陆海波走了以后，陆江涛就把冯力提拔成了公司的销售经理。

"你别老说冯力，我看他做得还不错啊。"

“不错？自从他当了销售经理，我们出的问题还少吗？我们收到的投诉还少吗？”

“我知道你不喜欢他，可是他也做出改变了，你看他最近处理的这几件事，我觉得还是挺不错的。老婆，你别一天天操这么多心啦，好好当你的小公主不行吗？”

“我还是那句话，你要善用人、用善人。我就觉得冯力不好，迟早要出问题。”

“用人哪能注意那么多小细节。只是你和他相处不来，我觉得他挺适合的，好不好用看结果就知道了。”

温泉无奈地摇摇头说：“算了，就算我说再多，你也不会听。不过这件事你必须得听啊。下个月，老爷子就要过生日了，你有什么打算？”

“好老婆，我记得的。咱爸的生日我哪敢忘，和你有关的，我都会记得。”

“你就只有嘴甜了！”

“你放心吧！我一定给老爷子过一个隆重难忘的生日！”

晚上快十点，冯力才回到家。从出租车上下来，一眼就看到了陆思齐正站在楼下，等着他。陆思齐看冯力站都站不稳，伸手去扶他。

“你又喝酒了！”

“哎呀，我就喝了一点儿，都是为了工作，为了二哥。所以你也不要跟二哥胡说啊，多说说好话，讲讲我的辛苦，可别说我坏话。”

陆思齐本来就很不高兴，看他这个样子更是烦：“得了吧你，口口声声说为了我哥，可你自己想想，你最近办的都叫什么事，你到底是为我哥还是害我哥！”思齐气不打一处来，转身往小区外面走去。

“你……你上哪儿去？”

“二哥家！”

陆思齐坐在陆江涛家，生气地跟陆江涛抱怨着。

“天底下怎么会有这种人，天天喝到半夜才肯回家。”

温泉在一边帮腔：“其实我以前就不喜欢冯力，总觉得他不靠谱！”

“啧啧，姐妹情深啊。我跟你说，冯力这人不坏，我跟他兄弟这么多年，我太懂他了。他没别的，就是欠打！就得揍他！以后再让你不高兴，你打他，他才高兴。”

陆思齐听到二哥这么说，突然没了说下去的兴趣。二哥的“安慰”，不是她想要的。

“唉，我是确实心烦了才来和你们抱怨两句，我准备回去了。”

陆思齐出了陆江涛家，慢悠悠地走在大街上，突然感到有些迷茫。她茫然四顾，自己在这个城市竟然没有一个可以说知心话的人。她掏出手机，翻了翻通讯录，突然有点儿想大哥了，于是试着拨了过去。

“喂？思齐？”

“大哥，没事，就是有点儿想你了。也不知道你们现在玩儿到哪个地方了？”

“这样啊，哈哈哈哈。我们现在在澳大利亚呢。对了，你嫂子和我决定，延长旅游时间，两个月实在太短了，想玩儿这么多地方，那可太累人了。”

“你和嫂子在那边饮食还习惯吗？会不会水土不服？当时我去北京上学，都觉得气候干燥的要死，不舒服了好一段时间才适应。你们要注意身体。”

“没事，我和你嫂子现在每天忙着到处游荡，哪儿有时间水土不服呀！你和江涛都还好吧？生意怎么样？”

陆思齐听到那边开心的笑声，本来满肚子的话，却说不出来了。

“这边……都挺好的。二哥正走在实现梦想的路上呢，我也挺好的。那你们早点儿休息吧，这时间也不早了，我也快到家了。”

“嗯，都好我就放心了，快回去吧，有什么事一定给我打电话。”

陆思齐挂了电话，望着深夜清冷的街道，叹了口气，抬手招停了一辆出租车。可到了自己家楼下，走到门口却又停住了脚步。她实在是不想上楼面对醉醺醺的冯力。

陆思齐在门口站了一会儿，扭过头，又走回街上，漫无目的地走着。拐过街角，经过报刊亭，习惯性地往里看了一眼，《证券报》被放在很显眼的位置上。陆思齐只看了一眼就停住了脚步，因为封面上的人是庞恩岳。

她抽出报纸，照片上庞恩岳仍然俊朗潇洒。只是新闻标题却让他的脸上加了些许失意：“船大调头难，‘国企一哥’风光不再！”

陆思齐买了一份报纸，边走边看。走着走着，她停了下来，不知为什么，她掏出手机，拨通了庞恩岳的电话。

“你好。”

陆思齐的声音有点慌乱：“啊，师兄，这么晚了，没打扰你吧。”

庞恩岳的声音一如既往地深沉，似乎并没有被报纸上的新闻影响到心情：“哈哈，晚吗？我觉得这个点，上海的夜晚才刚刚开始。”

“看来，庞师兄的心情很好，我的担心多余了。”

"你看到那份报纸了？"

"刚看到。"

沉默片刻，庞恩岳突然问："你在哪儿？"

"我在……一家报刊亭边上。"

"哟，在这个明星八卦当道的今天，我还能在报刊亭占有一席之地，很开心。"

陆思齐被庞恩岳逗得轻轻笑了，心情好了很多。

"怎么样，有没有兴趣一起批判一下，你曾经供职的这份报纸越来越明显的毛病？"

陆思齐稍稍一愣："……好啊。就是怕耽误师兄休息。"

"我说过，这个城市的夜晚刚刚开始。你在哪儿，我去接你？"

"不用，我在衡山路，旁边就是地铁，我坐地铁就行。我们找个折中的地点。"

"也好。那就20分钟后吧，在新天地的星光咖啡见。"

二十分钟后，陆思齐到达星光咖啡，看到了坐在角落的庞恩岳。陆思齐走过去，先给他道歉："对不起，师兄，我还是晚了，不应该让您等我。"

庞恩岳笑笑，请她坐下，又挥手叫来了服务生。

"平时喜欢喝点什么？"

"……呃，老实说，我对咖啡没有研究。平常瞎喝的，忙起来，就是速溶的那种，一杯一杯，当水喝……"

"那我给你推荐一款，保证你喜欢。服务生，给我来杯黑咖，给这位女士来一杯黑玫瑰。"

服务生答应着离去。

"师兄，你对咖啡也这么有研究？"

"就等你的这一会儿，现学的。"

陆思齐笑了，她把那份报纸从包里取出来，推到了庞恩岳面前。

"师兄，报纸上的文章……"

庞恩岳拿起报纸看了一眼，撇撇嘴道："这些记者，把我拍得这么难看，跟庙门口的门神似的。下次，他们再来拉赞助，就把他们赶出去。"

陆思齐被庞恩岳说得又看了一眼那照片，也笑了，考虑着怎么开口。

"师兄，这里的文章您看了吗？"

"还用看？写出来的，恐怕也只是冰山一角。"

“国企……这么艰难吗？”

“百足之虫，死而不僵。表面上看，还生龙活虎，张牙舞爪，但内里已经开始溃烂。加上尾大不掉，早晚是死路一条……”

“那您……”

庞恩岳云淡风轻地笑笑说：“我怎么了？该为它哭吗？是该哭，但不能在这样一个美好的夜晚，当着小师妹的面哭啊。那样，不但糟蹋了咖啡，也影响小师妹的胃口，还给咱们学院丢人！”

“但是，我本来是想……”

“本来是想安慰我？哈哈，这是你的善意，我接受。”

服务生正好端着咖啡过来。庞恩岳端起咖啡道：“谢谢你！”

陆思齐腼腆地端起咖啡喝了一口：“哎呀，这咖啡太好喝了，有一股酒香……”

“是不是比你的速溶咖啡好多了？”

陆思齐脸红了一下。

“这款黑玫瑰加了樱桃白兰地，所以，口感上偏酒香，我猜你应该会喜欢。”

“嗯，喜欢。”

“别光说我，你怎么样？”

“我……挺好的啊。”

庞恩岳观察着陆思齐：“陆师妹，我说句冒犯话，你好像有什么不开心的事！”

陆思齐一愣，随即有些躲闪地说道：“比起您的事儿来，我那些事儿，都属于鸡零狗碎，上不了台面……刚才，的确有些不开心，但见了师兄您，一下子好多了。我想，是咖啡的功劳吧！”

“哈哈，果然，世间没有什么事是一杯咖啡解决不了的，如果有，就两杯！”

“这个梗都烂大街了，师兄还跟着起哄？”

“师兄也是俗人一个，别人能用，我怎么就不能用？”

陆思齐端起咖啡，又喝了一口。

“你心里有事，不想说，就不说。我希望，你能把我当师兄，想说心里话的时候，就找我。你会发现，平常人五人六的‘国企一哥’，也许还是个最称职的听众呢……不过，你别误会，我说这话，绝没有刺探秘密的意思，哈哈。”

“我知道。谢谢师兄……”

两人喝完咖啡，聊了一会儿，看看时间不早，庞恩岳便送陆思齐回家。快到家时，陆思齐让庞恩岳停车，自己提前下来了。

庞恩岳问道："在这儿下行吗？"

"没问题，走两步就是我家"

庞恩岳看看前面的楼，露出了然的神情。

"谢谢大师兄，今晚很愉快。您回去吧。"

"这儿有点儿黑，你先进去，我用车灯给你照着。"

"那，我先走了。"

庞恩岳看着陆思齐的背影，微微有点发愣，一直等到她走到家楼下，向他摆摆手，他才开车离去。

陆思齐上楼开门，可钥匙插进锁孔还没转动，门就被猛地拉开了。迎接陆思齐的，是冯力怒气冲冲的脸。

"吓死我了，你干什么呀？"

冯力冷冷地说："心里没鬼，怕什么？"

陆思齐不想接他的话茬，问道："你不是喝多了吗？怎么还没睡？"

"我要是睡了，怎么能看到刚才那一出十八相送、郎情妾意的好戏？"

"无聊！"

陆思齐说完往卧室里走，冯力紧紧跟着吵闹："是，我是无聊，您多有聊啊，豪车接送。隔那么老远就下车，遮遮掩掩的，演戏给谁看呢！陆思齐，车里是个什么玩意儿？怎么不请到家里坐坐？让我也认识一下。看看你喜欢的是哪一类型，我学！"

陆思齐的好心情完全败坏了，严肃地看着他说："冯力，我不想跟你吵，我也不想跟你解释。早点睡，明早还有例会！"

陆思齐说完，进了卧室。

冯力恨恨地骂道："浪货！"

陆思齐扭头，瞪着冯力问："你说什么？"

被老婆一瞪，冯力立刻怂了："我什么也没说。这个家里，我能说什么呀？"

陆思齐白他一眼，进了卧室。冯力鼻孔里哼哼着出气，也跟着进去了。

陆海波的别墅院子里，此刻一片欢腾。

林霞、温泉和思齐凑在一起。林霞一边说着话，一边不断地从箱子里往外拿礼物。

“温泉，这是给你买的，博柏利最新款的套装，最适合你的大姐大气质。”

“哈哈，我还大姐大气质，我这整天圈在家里带孩子，都快成老妈子了。这能穿出去吗？”

陆思齐接过话说：“怎么不能？总经理夫人，穿什么不行啊？赶紧试试？”

温泉将外套拿在身前比画着，林霞的眼光很独到，衣服确实很配温泉。她俩一起欢呼着好看，温泉开心地笑道：“林霞，谢谢你。要说你这眼光，我真是很服气。江涛第一次去深圳，你送的那个箱子，多少年了，我都忘不了，那式样真洋气……”

林霞佯装恼怒，说：“好端端的，说这个干什么？再说，这衣服我送别人了！”

温泉赶紧说：“我错了我错了，瞧我这张嘴……”

林霞又拿出另一件衣服，递给思齐：“思齐，这是你的，快试试！”

厨房里，陆海波亲自下厨，正在做生煎。透过窗户，看见妻子、小妹还有温泉在说笑，也笑了一下。

陆江涛靠在一边，百无聊赖地抽着一支雪茄。

“我的大哥啊，你有没有听过这么一句话，一个女人相当于五百只鸭子，这三个女人在一起，就是一千五百只鸭子，相当于咱们家变成了养鸭场。我的妈呀，我都快被吵死了……可是，我怎么觉得你特别享受你老婆的这种吵闹呢？”

“你不喜欢温泉这样啊？大家在一起开心不好吗？”

“哥，你对这次婚姻很满意吗？”

“怎么说话呢？我还能有几次？我就这一次……要说满意不满意，还凑合吧。”

说完陆海波又笑了。陆江涛翻了个白眼，出去了。走到院子里，温泉开心地迎上来，把林霞买的衣服拿给他看。

“江涛，这是林霞带给我的，怎么样？”

陆江涛淡淡地说：“不看是谁买的，当然好看。”

林霞看陆江涛出来了，拿出一个盒子说：“江涛，我也有东西给你。我跟你哥去里约热内卢的古玩市场上看到了这个烟斗，据说是四百年前一个酋长用过的，相信你会喜欢……”

“喜欢倒是喜欢，但是四百年前的东西，那岂不是从死人嘴上拿下来的？”

温泉推了他一把：“胡说什么呢？林霞，你别跟他一般见识，这人就爱瞎说！”

林霞也不以为意地说：“他的胡说八道我早领教过了，我不会往心里去的。东西呢，是我大老远地背回来的，不想要，你可以扔了！”

陆江涛只好笑笑，接过盒子说：“让您破费了，谢了啊！”

陆海波端着生煎出来，像店小二一样喊着：“生煎来喽！”

林霞闻着香味赞叹道：“真香。这段时间，做梦都想吃正宗的上海生煎。”陆海波拿起来一个，往林霞嘴里递：“来，先尝一个。”

林霞有点儿不好意思地说：“一会儿吧，让大家看着……”

“都是自己家人，看就看呗！来，小口，别烫着……看，看，让你别烫着，快，来喝点儿茶漱漱口……”

林霞推开茶，丝毫没注意到陆江涛两口子，一个嫉妒，一个不自在。

陆江涛瓮声瓮气道：“可以吃饭了吗？”

陆海波左右看看，说道：“哎，温泉，我师父呢？”

“在家看着陆远呢。”

“不是有保姆吗？或者把陆远一起带过来不就行了？我和林霞这刚度完蜜月回来，正想给他老人家行个礼呢。江涛，打电话给师父。”

温泉道：“不用了吧，他也嫌吵。”

陆江涛也说：“大哥，他老人家看见我就烦，还是算了吧。再说了，他一听你成了别人的女婿，不得急眼了呀！”

温泉脸色微微一沉。温老板这些年因为脑梗，脑子越来越糊涂，经常把陆海波当成自己女婿使唤。再加上陆江涛经常不在，更使得这事儿有点尴尬。

陆海波捶了他一下：“你小子，找揍呢？”

陆江涛也意识到了自己说话不合适，卖着乖说：“哎哟，不敢不敢，你再揍我就不敢回家了。”

众人都笑了。

陆海波又问：“那冯力呢？大哥大嫂今天刚回来，他不早点儿露面，有意见啊？”

陆思齐没好气道：“说好了去接你们的，到现在还没来。算了，不等他了……”

林霞说：“还是等等吧。”

“等什么等啊，他那人没准儿。大哥大嫂，开席吧！”

“真不等啦？”

众人正说着，冯力笑呵呵地进来了。不知道他去做什么了，鞋和裤腿上全是泥，手里还提着一只大甲鱼。

陆海波道：“正说你呢。快，赶紧洗手吃饭！”

冯力弓着腰道歉：“大哥大嫂，不好意思啊。本来想跟思齐去接你们的，但我一哥们儿跟我说，他们正在捉野生甲鱼呢，我就也去捉了一只回来。别说，这东西真不好捉，弄了我一腿泥。”

陆思齐脸上有点不高兴，说：“大哥大嫂今天刚回来，你倒干这个去了，轻重缓急都分不清，你说你弄个这个来干什么？”

“这你就不懂了。这玩意儿，炖汤大补。我想着，大哥大嫂度完蜜月肯定累，给他们补补，让他们早点儿给咱们生个小外甥……”

众人都笑了，只有陆海波和林霞有点儿不好意思。

陆江涛笑着称赞冯力：“冯力，你小子还算有点儿良心！”

陆海波也笑了：“冯力，有心了，辛苦了。”

“辛苦啥呀，为了大哥二哥，我冯力出生入死，万死不辞！”

思齐推了他一把，说：“行了，别整天表忠心了，赶紧洗手去吧。”

冯力乐呵呵地把甲鱼放到墙角，去了厨房。没一会儿洗完手出来了。众人都坐下，倒上酒，陆江涛带头，众人一起干杯。

“欢迎大哥大嫂蜜月归来……”

陆海波一饮而尽，脸上洋溢着幸福和满足，说：“谢谢大家。江涛、温泉、思齐、冯力，最近你们都辛苦了。大哥有事跟你们商量，这次，我和你们的大嫂，说是去度蜜月，其实也是去看人家国外的市场去了。这不看不知道，一看吓一跳。在国外，尤其是美国，房地产发展得太快了，简直就是雨后春笋。这么一看，我以前阻止老二进入房地产业是大错特错了。所以，我决定：继续缩小江海集团连锁超市的规模，调集资金筹建一家房地产开发公司，由江涛任董事长。”

众人先是一愣，紧接着就欢呼起来。陆江涛激动地说：“大哥，我知道总有一天，你会转过弯来支持我，我先谢谢你对我的信任！”

冯力也举起杯来：“祝贺江涛董事长走马上任！”

陆海波笑道：“别光谢我，主要是你大嫂的主意，她对国内市场的判断比我准。”

“不管是谁的主意，二哥都是董事长，都值得祝贺。来，干一个！”

陆江涛从听到是大嫂的主意那里开始，就有点儿不开心，冯力一接话，习惯性地怼他：“就你话多？”

“我……我说错什么了吗？”

温泉适时端起酒杯：“你没说错。大哥能代表大嫂，大嫂也能代表大哥。”

众人干杯，林霞感激地看了一眼温泉。

陆海波坐下，说道：“温泉说得对。我们还有一个决定，林霞不想参与江海集团太多事，所以，我也跟着她当甩手掌柜。从现在起，我和江涛换个位儿，江海集团董事长一职，由江涛担任，我只担任集团旗下连锁集团的总经理。”

所有人都怔住了。

陆江涛有些不相信地问：“大哥，还没喝酒呢，你就醉了？”

“我很清醒。这些年，我太累了，也觉得年龄不饶人。我呀，就想和你们大嫂踏踏实实过日子。江涛，做生意，你比哥强。让你长期当副手，是有点儿限制你了。咱哥俩换换，你去海阔天空地折腾去，我呢，把连锁店看好，作为咱们陆家的大本营。哪怕将来房地产有个什么闪失，有超市在，咱们一家起码有口生煎吃，你们的大嫂起码不用跟着我去拾破烂去……”

“大哥，你别说了，说半天，这不是分家吗？”

“江涛，你先别急，这怎么是分家呢？这是不把鸡蛋放在一个篮子里。”

“大哥，我就明说了吧，我不同意！我不希望我们兄弟俩因为任何一个人的出现而分裂！”

话说到这，已经不是前面隐约的尴尬了。陆江涛是在明着针对林霞。

陆海波板起脸说：“江涛，过分了啊！”

林霞笑笑，说道：“这话是说给我的，所以我不能装聋作哑。我为什么从香港回来，一是因为海波；二是因为031那块地。为了那块地，江涛，你什么方法都用上了，甚至不惜考虑与顾亦雄那样的人合作。这说明，你也看好房地产……”

“我当然看好，不然，会多出4000万来拿？”

“我们不往回翻旧账行不行？”

陆江涛冷哼一声，不说话了。林霞耐心地解释：“江涛，其实咱们的目标都是一样的，就是希望江海多条腿走路。你其实对这种安排并无异议，你不舒服的，只是因为我，对不对？”

“你是当老师出身的，论讲道理，十个我绑在一起都不是你的对手！”

陆海波不满地教训弟弟：“江涛，有事说事，别那么大火气！”

“没什么好说的，总之，我不同意！”说完陆江涛端起酒杯，一口喝掉，出了院子。冯力立刻追上去，但陆江涛脚步很快，转眼已经出了院子。气不过的冯力回头又骂：“姓林的，我就知道你不安好心。你口口声声说原谅了我二哥，其实你根本没有。你还恨他当年抛弃了你，还有你爸的死……”

陆海波大声喝道：“冯力，你胡说八道什么，有你什么事儿？滚！”

“怎么没我的事儿？欺负我行，欺负我二哥，就不行！”

陆思齐站起来往外使劲推冯力：“你赶紧走，走！”

冯力已经被思齐推出去了，老远还在朝院子里喊，林霞气得脸都红了。陆海波端杯子的手直颤，猛地灌了一口酒。林霞赶紧拍陆海波的背：“慢点儿喝，别呛着！”

“这叫什么事儿？好心当成驴肝肺！”

“行了行了，我们也是太着急了，应该先跟江涛商量一下。”

“商量什么？还不都是为了他好？”

温泉给陆海波倒了杯水说：“大哥，别生气，喝点茶。江涛就那样，孩子脾气，过一会儿知道错了，就会来跟你们道歉。”

陆海波长叹一口气，对温泉道：“我没事儿。”

“那，大哥，林霞，要不，我也先回去了。江涛那样，我实在不放心。”

“也好，那就不留你了，这次没吃好，下周末，大哥重新给你们做。哦，对了，厨房里还有热的生煎，你带点儿回去给师父……”

“好，放心吧。”

说完温泉去厨房取了生煎，往外走去。好好的家庭聚会，转眼之间就剩下夫妻两人。装礼物的盒子被拆开，还放在椅子上，显得无比凄凉。

陆海波自斟自饮了两杯，叹道：“这个小王八蛋，气死我了！”

林霞笑了：“你再气，也不能捎带着把自己也骂了啊！”

陆海波没听明白，抬头问林霞：“什么意思？”

林霞朝着墙角的甲鱼努了努嘴：“你骂他王八蛋，那你呢？你不也跟他一样了吗？”

陆海波看到墙角的甲鱼，也不由得笑了。

“就剩咱俩了，还吃吗？”

陆海波拿起筷子吃了一口菜：“吃，当然吃！我陆海波亲自下厨做的饭，哪儿是那么容易吃着的？他们不吃，那是他们没有口福。来，动筷子！”

林霞和陆海波成婚后，自己的公司就注销了——那公司本来也是为和江海作对而开的。事情结束后，林霞带着几个得力手下去了江海，做一些运营策划、信息咨询和协助管理的事。这天的家庭聚会上，冯力揣摩出一丝异样。不久之后，公司内果然开始搞派系，一个是二哥系，自然是跟着陆江涛，主要是地产的人；另一个是大嫂派，自然是连锁超市里和陆海波比较近的人。两边明争暗斗，搞得公司乌烟瘴气。

冯力自然是二哥系的领军人物，天天跟林霞的前下属没事找事，处处刁难。尤其是林霞的秘书，工作几乎寸步难行，没几天就被冯力欺负得找林霞哭诉。

这事儿肯定不能直接跟陆海波说，自己和陆江涛谈，他也不一定听得进去。林霞左思右想，发现只能拜托一个人——温泉。

下午下班，林霞约了温泉说聊聊天。两人曾经的交集其实并不算多，但互相的印象尚可。温泉虽然奇怪林霞约自己，但仍然放下带孩子照顾父亲之类的事，赴了约。

林霞本想去咖啡馆，但温泉着急回家带孩子，就随便找了个地方，约在了公园里。两人一见面，温泉就直接问：“你想聊什么？”

林霞笑了：“你这么火烧火燎的，我怎么聊啊？”

温泉也笑了：“那怎么办啊？我现在所有的时间都被孩子老人控制着，我倒也想坐下来，咱们两人翘着手指，喝着咖啡，优雅地说话，我行吗？你啊，什么时候有了孩子，就能体会我的处境了。”

林霞充满善意地点点头：“我能理解。”

“说吧，什么事儿？”

“那我直接说了，江涛对我进江海集团有意见。”

温泉一愣，似乎没想到林霞这么直接。她想了想说：“其实那天迎接你们回来，我就看出来了，为此，我还说过他。”

“温泉，正因为知道你是明白人，我才约你出来。江海集团是家族企业，海波、江涛、思齐三兄妹的情分是江海集团的生命，也是发展下去的枷锁。这几天，我冷眼看着集团的运作，说句你们不爱听的话，如果一直这样下去，几年之后，它还能不能保持现在的状态，不好说……本来我以为过了这些年，江涛的见识和格局应该是大多了。但我自从进入集团，冯力就在各种阻挠。而这些，我有理由怀疑江涛都知道，却睁一只眼闭一只眼，一任冯力胡作非为……”

“不会吧。江涛虽然有时候容易犯浑，但还不是那种小人，这种指使别人捣乱的下三烂手段，他用不来的……”

“不是最好。我如果当面问他，只会让他更加反感，不如你问问他，让他命令冯力收敛一点儿……”

“唉……现在的江涛，谁还能管得了他？”

“别人的不听，你的话他总该听得进去。为了江海，你不能听之任之……”

温泉一直心神不宁，此时电话突然响起。温泉接起来，原来是孩子哭了要找妈妈，温泉隔着电话叮嘱了保姆几句，挂掉电话说：“孩子在闹呢，你接着说……”

林霞收住了话题：“没什么了。”

“不好意思啊，心里七上八下，也没好好听你说话，下次再聊啊……”

林霞突然喊：“温泉，远远是三岁了吧？”

“对，怎么了？”

林霞站起来拉住温泉的手说：“我觉得他应该可以离开母亲了。赶紧从带娃的幸福日子中脱离出来，当年那个敢想敢做、杀伐决断的温泉，我真是很怀念呢……”

温泉尴尬地笑笑，掩饰着：“一孕傻三年，我这几年，全给他们陆家当牛做马了，我还能干什么？”

“只要你来，就有做不完的事儿，女人不能永远围着老公转！”

“好了，我先回去顾孩子去了，不跟你说了。拜拜！”

温泉急匆匆离去，刚转过身，她脸色就不好看了。走出一段距离，轻声嘟囔：“当年的手下败将，也来教训起我来了？”

而林霞则一直看着她远去，眼神怜惜……

◆5◆

晚上回家，温泉和陆江涛提出想回公司上班，却被他一口回绝。理由是他努力奋斗多年，就是为了让温泉过上好日子。温泉现在好好在家带孩子就行了，不用费其他心思。温泉被陆江涛一番话说得不开心起来，两人斗了几句嘴，最后还是作罢。

温泉没有帮到林霞。林霞没有办法，只好亲自去找陆江涛谈。

下班后，林霞约陆江涛一起聊聊。陆江涛一听林霞约的地方是林父去世的地方，就感觉是在赴鸿门宴，于是硬拉上陆思齐才去。

陆思齐远远看到林霞，好奇地问陆江涛："二哥，大嫂怎么约咱们到江边谈事？"

"这还不明白？这是提醒我：勿忘历史，不忘初心。"

陆思齐吐吐舌头，没接这个话。

林霞看到陆思齐，露出了意外的表情。陆思齐赶紧解释："对不起，大嫂，是二哥非得拉我过来！"

陆江涛瞪了林霞一眼，林霞笑道："想不到，当年那个天不怕地不怕的陆江涛也有胆怯的时候！"

"我有什么可胆怯的？"

"对，你不胆怯，你是心虚！"

"随便你。把我约到这个地方来，摆明了是想新账老账一起算。今天，我陆江涛能来，就打算接受一切，哪怕是让我从这儿跳下去！说吧！"

"陆江涛，你的跳楼秀刚表演过没几天，又要表演跳江秀？老实说，你喜欢玩儿，我没心思看！我曾经恨不得你死，但现在，你我是一家人，我再让你死了，人家会说我还对你旧情不忘，报复心还那么强。再说了，你哥哥那么宝贝你，你死了，我怎么跟他交代？"

陆江涛一句话都反驳不出。思齐在一旁看着，偷偷直乐。

陆江涛瞪了妹妹一眼，反而让陆思齐憋不住笑了出来："二哥，我看你平常能说会道的，怎么到了大嫂面前，就吃瘪了，估计都憋出内伤了！哈哈……"

林霞也笑了笑，继续说："陆江涛，我今天约你到这里，的确有另一层意思，但不是你想的那样要口诛笔伐，而是跟过去有一个正式的诀别！我既然嫁给了你大哥，就是你大嫂；我既然成了你大嫂，就会全心全力帮江海集团。对于我，你完全没有必要怀疑我别有用心，更不该纵容冯力在公司散布流言，搞什么大嫂派和二哥系。江涛，我们是一家人。关于过去，大江作证，从这一刻起，咱们把这一页翻过去！"

陆思齐开心道："大嫂，我举双手赞同！二哥，你也表个态，赶紧啊……"

“又不是小孩子，表什么态。总之我不反对！”

林霞不以为意地说：“那我就再摆一次大嫂的威风，接下来我说说江海集团存在的问题。江海是因你们兄弟二人而生的，甚至可以说，你起的作用更大。因为你的野心和创造力，也因为你是个商业奇才，所以，能迅速崛起。但它到底是从底层上来的民营企业，民企身上的优点它都有。但民企身上的毛病，它更多——你不用跟我撇嘴，其实你心里比我更清楚，江海的每一次大麻烦都是因为它的民企性质——所以……”

“所以什么？”

“所以，我们需要再次回到你大哥提出的你出任董事长的问题上来。江海集团不会永远只有零售业这一张牌可打，也不能因为兄弟感情、家族血缘而裹足不前，那样，你们兄弟之间只能互相掣肘，白白浪费现在房产行业的黄金时代！”

陆思齐开心地鼓掌：“大嫂，我太佩服你了，你说出了我心里一直想说但说不出的话。你这一番宏论，我这个经济学毕业，又有着财经记者经历的人也说不出！”

陆江涛没好气道：“那是因为你学艺不精。一边待着去。”

林霞继续说：“好了，中国有句老话，响鼓不用重锤敲。今天的话就谈到这里，陆江涛，你听进去的话，就认认真真地叫我一声大嫂；你听不进去的话，算我没说。”

陆江涛闷着头，始终开不了口，最后丢下一句：“反正我不反对。”然后头也不回地走了。陆思齐和林霞相视一笑，都明白了他的意思。

这一年是2007年，陆江涛升任江海集团董事长，负责发展规划和地产业务。陆海波则专心经营连锁超市。陆思齐和林霞留在集团，冯力被陆江涛带去了中捷地产。

陆海波正在灯下认真地将一个个小虾码整齐，往上边浇海鲜酱油。温泉进来，走到他身边静静地看了一会儿。

“大哥。”

陆海波被吓了一跳，一只虾脱手掉在了地上，他俯身捡起来，冲洗干净。

“你吓我一跳，怎么没一点儿动静就进来了。”

“我刚看着你在码虾仔，就想起以前在老宅子那里，你也经常捡一些小虾回来，用酱油和醋腌了，带回去给江涛和思齐打牙祭……”

“是啊。那时候，师父一边骂我吃他喝他偷他的，一边却让我拿东西回去给弟弟妹妹吃……那个时候，没钱才吃臭鱼烂虾；现在，得有心思，才这么吃……”

"这话很有道理。你一个拥有好几百家超市、身价过亿的老总，做这些不烦哪？"

"我做这些的时候，就忘了那些事，只记得我是石库门巷子里一个小学徒工，哈哈……"陆海波说着话，将码好的虾放进了冰箱，"明天早晨就着粥喝，不知道有多美味……温泉，你有事儿？"

"大哥，好羡慕你们啊，在家可以过小日子，在外有事业，都比我强。"

"你也不差啊，你把老陆家的长孙照顾好了，就是大功臣！"

"我其实也想出来做点儿事情，但是江涛不愿意。"

"我也不建议你出来工作。现在公司不缺人手，家里却离了你不行。我师父一天比一天老，陆远也还小，你去上班，家扔给谁去？"

温泉有些落寞地说道："感觉，我这后半生，就交代给这一老一小了。"

陆海波看她神情落寞，突然说："你要真想试试，我还真有个差事想交给你。"

温泉一听来了兴趣："什么啊？"

陆海波从客厅拿出一份报纸递给她，说道："你看这个上面有一篇报道啊，说是今年咱们周边这些地区农产品丰收了，但是很多地方因为信息闭塞，丰收了也卖不出去。我正想让人下去跑跑，到类似大丰农场这些地方去联系一下。咱们不是做超市吗，咱们得帮帮农民大哥们，主动去看看，合适的话，直接进咱们超市。"

"大哥的意思，是让我去？"

温泉兴奋地给陆海波鞠了个躬："谢谢大哥。"

"谢什么呀？这是个苦差事……"

"我不怕苦，真的。我做梦都想出去散散心，您都不知道这几年带孩子，我都待傻了，憋疯了……"

"那就这么定了。明天，先让江涛找个靠谱的保姆，我这边联系农场。江涛要是不愿意，你跟我说，大哥来说服他。等联系好了，你就直接过去，看看那边的农副产品，质量到底怎么样。订不订，你说了算。"

几辆综合执法车驶进中捷地产 031 号地块项目部。车上下来五六个人，为首的两个人穿着西装，看样子是领队，其他人都穿着综合执法制服。穿西装的人下车后，拿着一张纸走进项目部，拉住一个经过的工作人员，说："去叫你们负责人过来。"

冯力没一会儿就小跑了过来，笑嘻嘻地给来人一个个递烟，接过那人递过来的纸时，却发现那是一份土地局下发的土地变更通知，要求031地块停工。冯力的脸立刻冷了下来，低声让身边的手下给陆江涛打电话，又回头问道："这是？"

领队解释道："我们是来送达和张贴土地局通知的，通知你们031地块变更了用途。即日起立刻停工，等待后续通知。"

中捷地产的人早已围了过来。冯力一听来了火气，骂道："放你的狗屁，你把用途改了，还让我们停工？这不是端了我们的饭碗吗？凭什么啊？兄弟们，是不是？"

中捷地产的众员工一起大喊着："是！"

领队左右看看，问冯力："那您的意思，我们这通知还贴不下去了？"

冯力眼睛一瞪："你敢贴！"

执法领队也被惹起了火："别逼我啊！你们这可是暴力阻挠执法！"

冯力随手抄起一根棍子，一群天天跟着他混的人也有什么拿什么，和执法的人对峙着。

"你过来试试！"

执法领队不再搭理冯力，对着对讲机说道："市局市局，031号地块，增派警力！"

冯力的眼里闪过一丝惊慌，但他硬挺着。没一会儿，两辆警车呼啸着开进了中捷地产的项目部。十几名防暴警察跳下了车，迅速将031号地块封锁了起来。防暴盾牌立在地上，中捷地产的人互相看看，都有点害怕。

执法领队这时有了底气："先把031号地块封了！"

"谁敢！"

陆江涛拎着一根撬棍，气冲冲地跑了过来大吼道："谁敢再进一步？！谁敢！"

本来几乎坚持不住的中捷地产的人，此时又有了信心，气氛顿时剑拔弩张。领队一看僵持不下，心中也有些害怕事情闹大，只好对陆江涛道："您就是陆总吧？我们只是来下发一个通知而已，你们怎么就刀子棒子一起招呼过来了？"

"谁敢抢我的地，我就跟谁拼命！"

"这是市政规划，不是哪个人要抢您的地。您也理解一下，暴力不能解决任何问题。下发通知是我们的工作，您有疑问请您再去申诉好吗？"

冯力悄悄拽了拽陆江涛，使他冷静下来。

江风浩荡，雾气迷茫。陆家兄弟坐在外滩的长椅上，一人拿着一罐啤酒喝着。

陆海波还是想不明白："我记得奠基那天，土地局、市发改委领导不是来了一大帮吗？怎么现在又更改土地用途了？"

"要不说呢！当初鼓励开发，现在又说这块地方被纳入到了产业园区中，是国家级的产业示范基地。这不是胡说八道吗？政府也不能跟旧社会百乐门的小姐一样，说翻脸就翻脸哪！"

"别胡说！政府既然这么说，肯定有它的道理，咱们是公民，就要听政府的。政府是个什么态度？"

"以现价的评估，卖还给政府。你说这让我怎么听？"

"评估价多少？"

"1.5 个亿。"

"还可以呀。陆老二，才几个月，你一转手，5000 万到手了。从商业运作上来说，这很成功呀！"

陆江涛的声音突然大起来："成功什么呀？哥，你到底站在哪一边呀？你是外星人呀，不知道现在地价是什么样的？就这块地，我就是不盖房子，放三年之后，至少值 8 个亿。更何况我根本没想要卖它。它是我们江海转型的最好的跳板，我要在这上边建最好的房子，比现在汤臣一品打出的广告还要高档、还要华丽、还要辉煌，这是盖给全上海乃至全中国最有钱的人住的！我要靠它打品牌，上市，我不能让这 5000 万把我毁了！"

"行行行，陆董事长，别激动。你这么大火气也于事无补啊，咱们民企就是小媳妇，跟政府比，那胳膊能拧得过大腿吗？"

陆江涛不说话了，两人对着江风又喝了一会儿啤酒。

"哥，我总觉得这事儿，后面有人捣乱。你想啊，如果是市政规划的话，事前我不该一点儿风声都没听到。而且，它的正常程序是，要先跟我沟通，才下达通知。但是现在他们着急忙慌地直奔主题，我就觉得，后边似乎有个人，想一下子把我打蒙了，拱手让出这块地。"

"不是没可能。现在这块地寸土寸金，有眼红的盯上你也正常。你怀疑是谁？"

"唯一的可能就是……顾亦雄！"

"顾亦雄？我们的老敌人，他们超市不是已经退出上海市场了吗？"

"以他的性格，你认为他会认输吗？上次在竞拍现场，就是他起哄让我多掏了几千万，他肯定认为自己赢了我一次。但谁想风水轮换的这么快，马上就轮到他笑不出来了。他肯定是后悔了……”

“就算是后悔，他也没那么大本事去更改一块土地的用途吧。这都是你的猜测。”

“你别忘了，他有个虽然退了但余威还在的老岳父。凯莱虽然表面上是个民企，但里边却有国企的影子，我不相信它的屁股会那么干净。甚至可以说，这个集团就是顾亦雄翁婿俩合起手来承接项目、洗钱的平台。不行，我得查查他。”

“你也别太偏激了。凯莱集团就算在上海零售业不如我们，人家在西南的超市连锁那是有目共睹的，不能全把人往坏里想……”

陆海波看着江水说话，说着说着猛然转过头，却发现陆江涛已经走远了。陆海波无奈地叹口气，将他们喝剩下的啤酒都收拾干净，才缓缓离去。

晚上回家，陆海波自然和林霞聊起了 031 地块的事情，没想到林霞也同意陆江涛的判断。只是林霞认为凯莱集团是不可能查出有用的线索的，毕竟这么多年了，凯莱要有什么破绽早就被人揪了出来。林霞刚刚和陆江涛关系修复了一点，这件事上自然不等陆海波提出来，便主动说她有更好的办法帮助陆江涛。

夜里，陆海波已经睡了。林霞独自坐在电脑桌前，登录了 MSN。思思的头像是亮着的，说明在线。林霞想了想，点开了她的个人主页。里面的内容林霞其实不用想都知道，几乎全是吃吃喝喝。看来思思在香港待着确实闲得发毛。林霞复制了思思主页里的一张照片，发给她说：“小妮儿，这顶草帽不错！”

“好看吗？送你一顶……姐，你终于肯跟我说话了，我在香港都快闷得发霉了。”

两人指尖翻飞，文字在电脑屏幕上闪现着。

“林霞姐姐，你和大哥怎么样？公司最近还好吧？”

“我们好着呢，最近大家都比较闲……”

“比较闲？”

“我和大哥还好，连锁超市比较平稳。主要是陆江涛的公司，所有人都放假了。”

“为什么？”

“唉……本来不想跟你说这些的。其实就是你们俩苦心竞标下来的 031 号地块，可能不属于他了……”

思思几乎跳起来，隔着屏幕嘴里一边喊一边敲字：“为什么？”

“我猜，可能有人想要抢走这块地。”

“靠，谁那么大胆儿，敢跟姑奶奶嘴里抢肉吃！”

“不过，这些都跟你没关系，你好好地享受你的快乐公主生活……”

MSN 上思思的头像已经变成了灰色，她此时已经在打电话订机票了。

林霞笑笑说：“小臭丫头，脾气一点儿都没变，还这么急。”

最近的航班也已经是次日下午的了。思思到上海的时候，天已经黑了。等到了家里，时间已然不早。顾亦雄和丹丹早已准备好美食，等着女儿回来。自从她去香港读书，一年回不了几次家，两人也是想孩子想得厉害，拉着她问东问西。丹丹还准备了几个小伙子的资料给思思看，想安排她相亲。思思旅途奔波累得不行，好不容易应付完爸妈，草草洗漱完就休息了，打算第二天再联系林霞。

睡到深夜，思思穿着睡衣打着哈欠出来起夜，一边走还一边拿着手机玩。走到楼梯口，她突然看到从楼梯拐角处透过来的灯光——一楼的客厅里，这么晚还有人。

思思好奇地下了楼梯，因为穿着棉拖鞋，几乎无声。

楼下，思思的外公靳鹏生正和顾亦雄说着话。两人的声音很低，但在深夜里，听起来还是很清晰。

顾亦雄似乎听到了楼上的声音，往楼梯那边瞟了一眼，但并没有观察太多，继续说着话：“爸，思思回来了，关于 031 号地块的事情，您在她面前可把着点儿口风，千万别让她知道了……这丫头也不知道是怎么回事，在江海集团待了几年，魔怔了似的，跟陆家兄弟比跟爸妈还亲。让她知道了，指不定还得出什么事。”

靳鹏生笑道：“所以说，养女儿是很亏本的一件事情。包括我在内，养大了女儿嫁给你，害得我到现在还在给你打工……哈哈。”

思思气得咬牙，但听到他们聊起 031 地块，下意识将手机的录像功能打开，对准楼下，悄悄地将镜头和录音音量推了上去。

顾亦雄还在说着：“江海集团那边，可能已经开始调查这件事了。陆家那两兄弟倒是好办，但那个林霞可不简单，她的资源很多……”

“我知道她，当年林副主任的千金。放心，这件事谁来都不会查到什么蛛丝马迹。这么多年，那些人只盯着我和分管企业的市领导的关系，以为我是用自己的权力办事。他们也不想想，那不是摆明授人以柄吗？殊不知，我办事用的是别的关系。当然了，你的凯莱集团也起了很大作用，我也没亏待你们嘛。现在没有利益，谁给你办事？”

“应该的，爸。成立凯莱集团本身也有这方面考虑。按您授意，不让它在上海本地做得太大太显眼，也有避嫌的意思在里边。不然，凭陆江涛两兄弟，我早让他们死都不知道怎么死的了……爸，不过这次031号地块的变更，影响太大，恐怕很多人都在盯着呢，中间不会有什么问题吧？”

“幕后的障碍我全扫清了，到时候，挂牌拍卖，又是一个新的项目。你去参加竞标就好了。我也会提前跟他们打招呼，这个项目让你以较低的价格拿下来。我许诺过那几个人，事成之后，在你的项目里以别人的名字占干股，投桃报李嘛……”

“这是当然，就是您不说我也会想到的。包括您的股份，一定让您满意……但是我还是想提醒您，这件事情不能留下什么把柄和痕迹。”

“放心吧，绝对没什么痕迹，行了，早点休息吧。”

“好。您也早点儿休息。”

顾亦雄起身，向楼上走来。思思见状，赶紧溜了。

顾亦雄走到刚才思思藏身的地方，突然发现楼梯上有个小东西，他俯身捡起来，是一串珠花。顾亦雄捏着珠花站在原地，望向自己刚才和岳父聊天的地方，皱眉思索片刻。他走到女儿的房门口，静静听了一会儿，没发现什么异响，这才狐疑地离开。

咖啡馆里，思思一进门就大喊了一声：“林霞姐！”林霞抬头，看到思思踢踢踏踏地跑了过来，满餐厅的人都回头看她。

“小点儿声，没看见所有人都看着你！”

“这不是想你吗？”思思坐下，把头上戴的大草帽摘下来递给她，“这个给你！”

“干吗要给我？”

思思一愣：“你忘了？你夸我的草帽好看，我本来想给你去买个一模一样的。但时间太紧张，所以，这个先给你，我回头再去买。不许嫌弃我戴过的啊……”

林霞反应过来说：“对对，呀，好漂亮……”

思思狐疑地看着林霞。

林霞装作云淡风轻地问：“你爸妈和你外公，他们都挺好的吧？”

“挺好的，我外公，能吃能喝；我爸，能吃能喝；我妈，因为减肥，不能吃不能喝，总是批评我外公和我爸能吃能喝。”

“一天到晚这么贫……”

“林霞姐，你叫我回来，是怀疑031号地块的事是我爸爸和我姥爷做的吧？”

林霞一愣，旋即明白过来，以思思的聪明当然能很快猜到，自己也就没有必要装模作样。于是坦然回答道：“是的。”

“我问他们了，他们说，跟他们没关系。”

林霞看着思思的眼睛，猛然发现这个小女孩不知道从什么时候起，自己也看不穿了。林霞有些失望地摇了摇头，说：“看来，这次陆江涛是真的要输了……本来我怀疑是你爸的凯莱集团从中作梗，那样我们起码知道对手是谁。无论怎样，总还有转圜的余地。现在看来，要么另有他人，要么…”

“要么是什么？”

“……没什么。”

“你怀疑我爸没跟我说实话？不会的，我已经离开江海集团这么久了，我爸不会防着我的。”

“也是。”

“没别的办法了吗？”

“还有什么别的办法？”

“比如，林霞姐，你再去找找过去你认识的那些老领导，把这块地所有的一切开发呀什么的全都停下来，最好停它个三年五年的。你不是怀疑有人想通过政府力量来抢到这块地吗？几年后，那边依靠的背后的人调走了，彻底没权力了，这块地不就又回到咱们手里了吗？”

“如果事情都能靠时间去解决，天下岂不是从来不会打仗了？两个国家有仇，互相等着，等几年，一个国家消亡了，另一个国家就胜利了，哪儿有这么好的事儿呀？……现在的情况是，那边能找到人更换土地用途，就一定势在必得，也肯定不会等，他也怕夜长梦多……算了，让陆江涛听天由命吧，咱们点东西吃吧？”

思思闷闷不乐地说：“哦，好。”她垂在身边的手，偷偷从兜里摸出了一个优盘，偷偷看了一眼，在手里攥了一会儿，还是放回到了口袋里。

“你吃什么？”

“哦，随便，和你一样……”

不远处，刘毅一直在看着她们。

第八章 ◈ 大仇得报

Chapter 8

◆1◆

顾亦雄的手机突然震动起来。他拿起手机，是刘毅发过来的短信：“没有异常。”顾亦雄还不放心，又发短信问刘毅：“思思有没有给林霞什么东西？”

片刻之后，刘毅回复：“没有。”

这会儿她们应该已经吃完饭了，刘毅才能发过来肯定的信息。顾亦雄等了片刻，拨通了女儿的手机。

“思思，不回家吃饭啦？”

“爸，忘了跟你说，我跟闺蜜都已经吃过了。”

“哎哟，好不容易回来一次，都不好好陪陪爸爸妈妈？”

“好啦好啦，现在就回来。”

挂了电话，顾亦雄回了书房。等了大概半个小时，思思回到了家，跟顾亦雄打了个招呼就噔噔跑上楼，说出了一身汗，洗澡去了。

顾亦雄等了一会儿，上楼来到女儿卧室门口，四下看看，进去了。思思的手机就放在书桌上。顾亦雄拿起女儿的手机，翻看起了里面的视频。果然如他所料，思思拍摄了自己和岳父对话的视频。视频一点点地播放着，顾亦雄的脸色越来越愤怒。

“爸，您怎么在我房间？”

顾亦雄不说话，转过身来。思思看见父亲脸色铁青，再看着他手里的手机还在播放着声音：“……事成之后，在你的项目里以别人的名字占干股，投桃报李嘛……”

思思紧张地问：“爸，您怎么随意翻看我的手机啊？这是隐私，你知道吗？”

“哼，我倒从来不知道我养的女儿有这本事，在家里当起间谍了！”

“你还我！”

思思走上前要抢手机，被顾亦雄一把推开。

“你录这个干什么？啊？是想去告诉那个陆老二是不是？吃里爬外的白眼狼！”顾亦雄一边吼着，一边将那段视频删除了。

“爸，你不能删我的东西！”

“别喊了！再喊揍你！”

思思不管不顾地喊起来：“你敢！”

顾亦雄也寸步不让：“那你试试！”

思思不敢喊了。

删完视频，顾亦雄把手机扔在床上，逼近女儿，气势汹汹地说：“拿来！”

“什么？”

“你不可能就这么一份！备份呢？”

“你说什么呀？你把我想成什么人了？”

“叛徒！你就是叛徒！”顾亦雄一边骂，一边拉开思思房间的抽屉，打开柜子，掀开枕头和被子，到处胡乱翻找着。转瞬之间，房间就被他翻得乱七八糟：“把你的优盘给我交出来！”

“你干什么呀？你这是侵犯我的权利！我要告你！爸爸！”

思思拉顾亦雄，却怎么也拉不动。她从来没见过脾气温和的父亲这么暴躁的样子。拉着拉着，思思哭了。保姆听见异响跑了进来，思思连忙说：“小玲，你快打电话给我外公和我妈，就说我爸疯了，让他们快回来！”

顾亦雄大喊：“你给我站住！敢通风报信，我连你一起揍！”

“你就是个强盗！你不是怕你们互相勾结的丑事暴露吗？我本来没想告诉江海集团的，现在我就去！”

思思抓起包就打算跑出去，却被顾亦雄一把拽住：“给我老实待着！小玲，去，把家里门反锁了，我看她今天敢出去？！”

小玲吓坏了，慌慌张张地跑下楼去。思思剧烈地挣扎着，父女俩推搡之中，顾亦雄突然抬手，“啪”的一声，扇了女儿一个耳光。

思思愣住了。顾亦雄拉着思思走出卧室，将她一把推进了二楼的储物间里。门上挂着钥匙，顾亦雄把钥匙狠狠拧了几圈，反锁了门。门被思思踢得咚咚直响，思思喊着：“爸！你放我出去！你怎么这样！我怎么有你这样一个混蛋爹！”

顾亦雄气呼呼地下楼了。

陆江涛正坐在已经施工了一半的031地块的楼顶。和政府的交涉还有对顾亦雄的调查都毫无进展，他的钱每天都在蒸发……

电话突然响起来，陆江涛看了看，是个陌生的号码，心烦地直接挂掉了。但电话马上又打了过来。陆江涛接起来，恶声恶气地喊："谁啊？"

"您好，是思思姐让我给你打的电话，她被关起来了……"

顾亦雄家附近，陆江涛开着车，冯力坐在副驾。陆江涛打着电话："林霞，方便帮个忙吗？你认识市里的人多，找人把顾亦雄从家里调开一段时间，一小时就够。"

林霞似乎以为陆江涛在调查顾亦雄，问："你在顾亦雄家里？发生什么事了？"

"一时半会解释不清楚，回头我再慢慢跟你说……"

林霞犹豫了片刻，还是答应下来："那好吧，但是你别乱来啊！"

"知道了！"

挂了电话，陆江涛看看表，等了一会儿，就看见顾亦雄的车驶出院子。陆江涛招呼冯力，两人下车，来到了顾亦雄家后院的墙边。

"来，抓紧时间！"

冯力莫名道："干啥？"

"趴下啊！"

"二哥，我当垫脚石呀？"

"你不一直都是垫脚石呀？"

冯力一下想到两人少年时打架翻墙的往事，苦笑着："那是小时候，你轻。现在你一身肥肉，我这身板儿怕扛不住。"但苦笑归苦笑，冯力还是蹲了下来。陆江涛踩着冯力的肩膀。冯力龇牙咧嘴地往上顶着。费了好大劲，陆江涛才攀上墙头，俯下身又去拉冯力上墙。

顾家的保姆小玲正守着院门，顾亦雄离开家的时候，特意叮嘱她不准放任何人进来。她怎么也想不到会有两个中年男人翻墙进来。

"你……你们是谁？"

话还没问完，冯力已经一个箭步冲上去，捏住了小玲的胳膊，凶神恶煞地说："别叫！再叫弄死你！"

"你看着她。"丢下这么一句，陆江涛自顾进了顾家的客厅。左右看看似乎没人，陆江涛高声喊道："思思？"

"我在这。"

陆江涛循着声音上楼，走到了储藏室的门口。思思还在咚咚咚敲着门。陆江涛拉了拉门，问道："钥匙呢？"

"钥匙在我爸身上……"

"你退后一点。"

陆江涛退后几步，猛地前冲，狠狠一脚踹在了门上。一声巨响，门锁被这一脚直接踹坏掉，门也弹开了。

"我就说你不会不管我……"

思思猛地冲了出来，喜极而泣，就要扑进陆江涛的怀里。陆江涛本能地闪开。

"现在不是说这个的时候，你赶紧收拾东西，我送你走！"

"去哪儿？我跟你回江海集团吧。"

"你还是找个地方躲躲吧，你爸要是找到江海集团，我也不能藏着你啊，这不是拐卖儿童？"

"那好，我去香港。"

思思转身就向自己屋里跑去，很快，抓着一个包又跑出来。陆江涛以为要走，却看见思思又跑进了卫生间。卫生间里，在沐浴液的瓶子下面，压着一个超薄优盘。思思把优盘攥在手里，跟着陆江涛下了楼。

楼下，保姆小玲正在哭。冯力好整以暇地站在旁边，看得津津有味。小玲看见思思下来，立刻喊起来："思思姐，你让他放了我！"

"小玲，姐谢谢你。你再忍耐一下。冯力，你别乱来！"

冯力嘿嘿一笑："放心吧思思，好久没见，你长胖了啊。"

思思瞪了一眼冯力："你才胖了！胖得跟猪一样！不过总算干了件人事儿！"

陆江涛拉着思思往外走："你俩废话真多，赶紧走！"

冯力狞笑着，吓唬小玲："进屋去！"

"你……你想干什么？"

"呸，你想我还不想呢。进屋找个地方把你关起来！手机给我！"

冯力拽着小玲进了屋子。

车里，刚逃出来的思思，没有半点儿兴奋。

陆江涛开着车问："怎么了？都逃出来了，还这么闷闷不乐？"

“你被你爸这么关着你不伤心啊，我怎么也想不到，自己第一次被人关起来，是被我的爸爸。”

“你爸到底为什么关你？”

思思话到嘴边又咽了回去：“谁知道？我也莫名其妙……江涛，关键时刻只有你愿意管我。我现在已经是无家可归的孤儿了，我爸、我妈、我姥爷，都不要我了……”

陆江涛笑了，说：“不会的，可能就是你一时调皮，过两天就好了。我当然管你了，你还是江海集团的创始股东呢。维护股东权益，保障你的人身安全，是我这个董事长义不容辞的责任。”

思思试探着，终于问了一句：“你那个031号地块，真的要江山易主了？”

陆江涛的眼神突然有些迷茫，无奈地说：“是啊。没办法了。”

“那，你不心疼？”

“我心疼啊，疼得直叫唤……可能怎么办呢？”

思思看着陆江涛的侧脸，手不由伸进兜里，但还是没有拿出那个优盘来。

“送你去哪儿啊？”

“我也不知道，我都说了我现在就是个无家可归的孤儿。”

“好了好了，我现在呢，去找家酒店，给你开个房间。你好好睡一觉，等到明天，回家给你家里人承认错误，你家里人不会怎么着你的。”

“送我去机场吧，我得回香港。”

“你才回来没几天吧？”

“送我去机场。”思思重复了一遍。陆江涛不再说话。两人一路沉默，直到虹桥机场。思思下车，长长地舒了口气。

“就到这儿吧。这一次，我是真走啦，短期内我是不会回来啦……”

陆江涛隐约感到思思话里有话，但出于对她的感情的一贯逃避，并没有选择回应。

“到那边，发个信息回来。保重。”

“保重。”

陆江涛突然觉得有些悲伤，思思在公司里的过往全都涌上了脑海。他本以为思思要走了，下一刻，思思却猛地扑进了他的怀里，紧紧抱住了他。

“别动，就抱一下！”

陆江涛东张西望，有些慌乱，但最终还是不动了。

思思在陆江涛衣服上使劲蹭了两下，蹭掉了泪水，笑了："好啦，这次是真走啦！"说完她转身离去。

陆江涛回了公司，心情也开始莫名的沉重，心绪烦乱。他下意识掏口袋找烟，却摸到一个别的东西，掏出来一看，是一个薄薄的优盘。陆江涛没当回事，往桌上一扔，继续找烟。转而又突然心念一动，意识到，这个优盘是刚才思思塞进他兜里的。

温泉来大丰农场已经有段时间了。工作进行得很顺利，农产品考察的事情只花了两三天就都做完了。产品很不错，次日温泉就跟农场签订了收购协议，并且帮他们解决了物流问题。

每天忙完后，温泉就喜欢独自在宁长县的街上闲逛。当年他和陆江涛私奔来到这里，这里还是一个破败的小县城。但如今，宁长已经发生了很大的变化，变得现代了。温泉试着去找曾经去吃过饭的深巷老店，却怎么也找不着了。这天，温泉突然又想起了她和陆江涛去拜访过的李蓉阿姨，决定离开之前再去看望一下她。

次日一早，农场负责接待温泉的许老师带着她去了李蓉家。走到附近时，温泉的记忆就被全部激活了。许老师提着水果和营养品，远远指着李蓉家，说："温泉姐，要不我就不进去了，在这等你吧？李阿姨实在是有点……"

温泉想到当年她和陆江涛拜访李蓉的情景，理解地笑了笑说："好的，也不用等我。其实走到半路我就想起来怎么走了。你先回去吧，蓉蓉阿姨认识我的，没关系。"

说完温泉接过礼品，独自走到李蓉家，敲了敲门。

"谁啊？"

"蓉蓉阿姨？我叫温泉，大概十年前来过您家。"

李蓉苍老了许多，但仍然和多年前一样，警惕地盯着温泉看了一会儿。

"你说你是谁？"

"您还记得杨怡华吗？十多年前我和我丈夫来找您，打听过她的事。"

"哦——我想起来了。那时候我都跟你们说清楚了，现在还来找我干吗？"

"不不不，我就是正好来大丰农场，想起您来了，过来看看您。"

李蓉狐疑地让开门。温泉进去，发现房间里还有一位阿姨。

温泉放下礼品，问道："蓉蓉阿姨，您这里有客人啊？"

"这是当年跟我们一起插队的韩雯阿姨，后来进城了。这不是知青聚会吗，就又来看我。”

温泉礼貌地打招呼：“阿姨好，这么说您也是当年跟我婆婆一起插队的知青了。”

韩雯看起来比李蓉年轻一点，亲切地问：“李蓉啊，这是谁家的孩子啊？”

“对啊，你刚才说你丈夫是谁？”

“陆江涛，就是十多年前和我一起来拜访您的那个人。他是我的丈夫。”

“他妈妈是谁？”

“就是杨怡华阿姨。”

韩雯突然露出了震惊的表情：“怡华还有儿子？怡华不是早年遇到山洪暴发，去世了吗？”

“阿姨，我上次就跟李蓉阿姨说了，当时我婆婆没有死，后来被人救了，再后来就生了我丈夫。”

韩雯紧张地问：“那……那你丈夫是你婆婆被救了之后，又怀上的？”

温泉虽然觉得奇怪，但还是如实回答：“应该就是在咱们农场怀上的。”

李蓉冷冷地说：“我就不信，上次他们这么说我就不信，怡华怎么会怀了孩子？韩雯你记得不？”

韩雯突然表情悲戚，沉默片刻，竟然哽咽起来：“我知道。”

“啊？那……那是谁的孩子啊？”

“许志民的，当年我是怡华最好的朋友，她怀了孩子之后，不敢跟别人说，就偷偷告诉了我。”

温泉震惊地站了起来。

“您说什么？江涛的爸爸就是许志民？”

“没错！这是当初怡华亲口给我说的，她说身体难受，就让我陪她去医院检查。一检查发现，她已经怀上了那个混蛋的孩子！那时候，这可是要命的事啊，怡华就让我发誓，要帮她守住这个秘密。我那会儿以为他们很快就会结婚了。两个人就算回不了城，在农场种一辈子地也没什么。许志民人也还不错，怡华都还没告诉他怀孕的事，他就主动提出去申请和怡华结婚。怡华一直担心自己的出身问题耽误了他，但是许志民还是去了。那天晚上，许志民一直没从镇上回来，怡华担心，就去村口的桥头等他，结果这一去，就再也没有回来。晚上下雨发山洪，怡华她……她不知道怎么就被洪水冲走了……我们全农场的人，找了几天都没找到人，都以为她没了……没想到，没想到啊。”

说到最后，韩雯和李蓉已经泣不成声。温泉目瞪口呆。

“那，后来呢？那许志民怎么说？”

“我后来去质问过他，他发誓没有对不起怡华，怡华落水时，他没有抓住……”

李蓉狠狠地说：“意外什么啊？怡华落水没有几天，他竟然跟丹丹结婚了，原因就是丹丹的爸爸在城里平反了，落实政策了。我没想到许志民这么无情无义，就去骂了他一顿，然后他就默默地跟着丹丹回了城，上了大学，当了工农兵学员。听说他回去之后，就改了名字。”

温泉已经明白了一切：“那个丹丹是不是姓靳？”

“对！当年和怡华关系好的人，都再没有和他们夫妻来往了。”

温泉心里翻江倒海：“江涛的爸爸，竟然是……顾亦雄？”

陆江涛盯着电脑屏幕看了很久。短短的一段视频，光线昏暗，拍摄质量很差，但足以辨认其中的人是谁。最重要的是，里面的内容足以让上海官场剧荡。而陆江涛考虑的是，优盘是思思给他的，但顾亦雄是思思的父亲。

一直到下午，陆江涛都还没想好怎么处理这段视频。就在他犹豫的时候，电话突然响了起来。是冯力。

“大哥，扛不住了！”

“什么就扛不住了，没头没尾的？”

“那几家银行听说咱们那块地现在有问题，都要求我们提前还贷。咱们前期靠项目吸引的那些社会资金，现在也都不依不饶，跟着我屁股后头讨说法，怎么办呀？”

“凉拌。等这块地政府接手了，赔给我们，连本带息还他们！”

“哥，您说得倒是轻巧，那眼前怎么办？我们本来就是从银行贷款和垫资开发，指望这个月楼盘一挖坑，就向外预售回笼资金。现在好，政府横插一杠，我们拿什么还银行和其他跟投公司？再说了，您真打算乖乖把地让给顾亦雄那个老王八蛋？”

陆江涛沉吟了半晌，说道：“我知道了，让我静一静……”

挂掉电话，陆江涛思虑半天，给顾亦雄拨了个电话。

顾亦雄的声音很平静：“陆总，你终于给我打电话了。”

“您似乎等着我呢？”

“对，我一直在等你，不过你这梁上君子的毛病，还没改啊？哈哈。”

“旧情难忘，一时技痒，顾总多担待。改天我专门找个木匠，去给你修下门。”

“不必了，人也走了，你估计也没有再次登门的兴趣了，我自己换。陆总这个时候致电，有何吩咐？是不是……思思有什么话托你转告我？”

“这个还是见面谈。我觉得，咱们俩需要坐下来好好谈谈。”

顾亦雄犹豫了一下，说道：“好，是该好好谈谈。在哪儿？”

“两个小时后，在阳光大厦星巴克。”

“好的。”

陆江涛挂了电话，阴沉着脸拔下优盘。刚下楼上车，电话突然又响了。陆江涛本来正烦躁，一看是大哥打来的，只好无奈地接了起来。

“老二，你在哪儿？”

“哥，我在去见顾亦雄的路上……”

“你见他干什么？”

“思思给我留下了他和岳父掠夺 031 号地块的视频，就凭这个，他们翁婿俩都得蹲监狱。我现在去跟他谈条件……”

“你赶紧回家，或者我去找你。”

“哥，我说的话你听见了吗？我要去把我们的地夺回来！”

“我说的事儿也很重要，其实也跟那块地有关！”

陆江涛有些不情愿，烦恼地说：“……哥，咱能换个时间吗？”

“不行！”

“到底什么事儿呀？”

“你甭问！我就告诉你一句：不许和顾亦雄见面！你在哪儿，我现在去找你！”

陆江涛无奈地打着方向盘拐弯：“……我离你家不远，我去找你吧！”

半小时后，陆江涛的车驶进了陆海波的别墅院子里。陆海波早已到了，正在客厅一角擦着一张桌子。桌子上，是陆家父母的遗像。旁边还有一张全家福，上面有陆海波的父亲、杨怡华，还有陆海波和陆江涛。因为陆家老宅要拆迁的关系，陆海波把父母的遗像都搬到了自己家中。

脚步声传来，是陆江涛噔噔跑了进来。

“哥！怎么了？”

“先喘口气。来，咱哥俩给爸妈上炷香吧。”

陆海波点燃了香，给弟弟一根，两个人上了香。

“咱给爸妈磕个头吧。”

陆海波先跪下了，陆江涛虽然觉得奇怪，但也跟着跪下了。两兄弟给父母磕完头，站起身来。

“哥，说吧，什么事儿？”

“你先告诉我，你原来准备去干吗？”

“我现在手里有思思冒着生命危险录下来的视频，里面有顾亦雄和他岳父联合给咱们 031 地块下黑手的材料。我要去找他算账。我在电话里都给你说了呀。”

“温泉回来了。”

“她？她不是被你派去大丰农场了吗？回来就回来吧，我晚上回去看她。”

“温泉又去见了李蓉阿姨。”

“大哥，你到底要说什么？专门把我拉过来，就说李蓉阿姨？”

陆海波转过身来，看着陆江涛说：“顾亦雄是你亲生父亲。”

“你别磨叽……”陆江涛突然愣住了，“你说什么？”

“他就是你亲生父亲。”

“这不可能！绝不可能！”

“咱妈面前，我不会骗你。”

陆江涛突然感觉一阵耳鸣，接着仿佛整个世界都在旋转。这种感觉，他一生中仅仅在那年被滑坡的山体压住时，在昏迷前的片刻体会过。陆江涛下意识伸手去扶什么，却什么都没有。脚步一晃，差点摔倒。陆海波连忙上前扶住弟弟。

“他……他怎么会是我……他凭什么是我爹，谁说他是我爹？我不认！”

“认不认是你的决定，但是我必须把这个消息告诉你，不管你手里拿着的那个东西会有什么样的作用，我希望你在知道真实的情况之后，再做决定。”

陆江涛痛哭地抓着自己的头发：“他怎么就是我爹了，我怎么就冒出来这么一个爹！这不是真的！我怎么会有那样的爹？”

“李蓉阿姨证明的，当初咱妈就是跟他好了……他们准备登记结婚的那天晚上，咱妈在桥头等他，遇到了山洪被冲走，然后被咱爸救了。那一晚究竟发生了什么，恐怕只有他自己能说清楚。”

陆江涛一把甩开大哥，吼叫着：“别说了……别说了！”

“这个父亲可能不是一个多好的父亲，但是他确实是你的父亲。江涛，不管你愿不愿意承认……”

“我叫你别说了！”

陆海波手足无措，心疼地看着弟弟，不知道怎么才能安慰他。陆江涛闭上了血红的双眼，眼泪流了下来。

◆②◆

星巴克里，顾亦雄不断地看手表。刘毅几个人被他偷偷安排在附近。他已经做好了最坏的打算，就算使用暴力，也不能让那段视频流出去……

但陆江涛迟到了。顾亦雄从来不知道陆江涛是一个不守时的人。会不会他已经去举报自己了呢？但顾亦雄很快又否决了这个想法。陆江涛是一个成功的商人，自然知道怎样获得最大的利益。

半个小时后，顾亦雄正打算给陆江涛打电话，隔着窗户突然看到陆江涛的车停在咖啡馆外。陆江涛一脸凶狠地走进来，把车钥匙往桌上一丢，坐到顾亦雄的对面。

“顾亦雄，我今天要给你算笔总账！”

“是思思录的那些东西吗？”

“对，但是不仅仅是那些！还有大丰农场。”

顾亦雄脸色一变：“你去大丰农场了？见到谁了？”

“李蓉阿姨，韩雯阿姨，这两个人，你不会说你也不认识吧？”

顾亦雄神情一震，脸上的肌肉竟然隐约抽搐了起来。

“也好，既然你都知道了，就不用我多说了！”

陆江涛重重地拍了一下桌子：“我不知道！我要你给我说清楚！”

刘毅带着几个人突然冲了出来。陆江涛冷笑一声：“还是鸿门宴啊？”

刘毅冷冷说道：“陆江涛，你别嚣张啊。”

顾亦雄突然说：“你们都走吧。”

“可是他这态度……”

“或者我们走。”顾亦雄对陆江涛道，“算账是吧？跟我走，我们去找个能把这笔账算清楚的地方！”

“去哪儿？”

“咱们回大丰去，这个故事，我得从头给你讲。开车也就两个小时，不知道陆总，有没有时间听我这个故事？”

陆江涛站起来，拿起了车钥匙，出门离去。顾亦雄也跟上。

“顾总？”

“你不用插手了，这件事我自己解决。”

河水流淌，桥头静默。两辆车停在桥头不远处的路边。顾亦雄不知道的是，当年陆江涛和温泉跑到大丰农场，也曾在这里停留。李蓉家就在不远处。

陆江涛冷笑着问：“为什么要带我来这里？我妈就是在这里被山洪冲走的吗？”

顾亦雄悲伤地点点头。

陆江涛终于压抑不住内心的怒火，咆哮起来：“你以为带我来这里，讲一个故事就能把我骗过去吗？我从来没有见过你这样自私自利的东西！为了能够回城，你抛弃你的爱人！抛弃你的孩子！你抛弃了我们！”

“对不起！”

“你别给我说什么对不起，我都不知道我妈当初是怎么瞎了眼，跟你在一起！卑鄙无耻！贪得无厌！你知道我妈当初受了多大的罪吗？就在这条河里，她漂了多少公里！在我的记忆里，从小，我妈就见不得水，那种恐惧的眼神，每次喝一口水，就像要她的命一样！我妈……自从遇到你，就没有一天好日子！我现在明白了……她那样坚持着活下去……就是为了我，为了把我生出来！让我来找你好好算账！”

说到最后，陆江涛已经泣不成声。

顾亦雄老泪横流，对着滚滚河水说着：“怡华！我对不起你！我真不知道那时候，你还怀了我们的孩子！我真不知道，你活下来，还受了那么多的苦！”

陆江涛一把抓住顾亦雄的脖领子大吼：“你少在这里演戏！这些罪孽都是你造成的！你就是个薄情寡义的负心汉！你就是个彻彻底底的大混蛋！你骗了我妈，你骗了所有人！”

顾亦雄整个人已经虚弱无力，似乎一瞬间变成了一个老人："孩子，你不明白……那个年代，一张可以回城的工农兵学员表代表着什么，没有人会放弃的，没有人……"

"你就是个骗子！骗了我妈的感情，一张报名表，就让你原形毕露！"

"孩子，你是我和怡华的孩子，我骗谁也不会骗你。我真的很爱你妈，我以为我回了城，就能回来接她。那晚我跟她一说，她装作恭喜我，让我走，她说她要在这里多待会儿，我还没有走回村口，山洪就来了……"

陆江涛呆呆地望着眼前的流水，不敢相信。

"我知道你不相信，但当年的老支书可以证明。如果他还活着的话……要是他已经去世了，你就当你亲生父亲是个十恶不赦的混蛋，也没关系……"

"走！他人在哪？"

顾亦雄默默地回头上车，去了农场里。陆江涛一路闷头跟上，冷眼看着顾亦雄谦卑地打听着老支书的住址。这一刻的顾亦雄，和一个平凡的老人没有什么两样。任谁都不会相信他是一位在上海滩叱咤风云的老总。

黄昏时分，两人终于找到了老支书家。老人已经八十多岁了，顾亦雄费了好大劲才让他想起来许志民和杨怡华这个名字。然后顾亦雄默默地出去了，陪老人的子孙聊天。老支书家为了给老人看病，已经花了很多钱，经济状况很差。顾亦雄当场拿出了一笔钱给他们，并且答应帮助老人解决以后的医疗费用。

这么多年，顾亦雄都不敢回忆大丰农场，更不敢回去。和陆江涛这一行，激活了他许多年轻时的记忆。他也曾意气风发，也曾是一个充满理想的青年啊……他怎么就没有早点儿回来走走呢?

陆江涛和老人聊到晚上才出来。顾亦雄并不知道他们说了什么，但陆江涛脸上已经没有了白天的盛怒，取而代之的，是一眼可见的迷茫。

"吃点儿饭去吧？"

陆江涛点点头，跟着父亲离开了老支书的家。

街边，父子两人沉默地吃着小吃。吃到一半，顾亦雄情不自禁地感叹："当年你母亲，就最爱吃这个。"

"就算你说的都是真的，你也别想……"

"我懂，江涛你也是做了父亲的人了，不管你将来对你的儿子做了什么，陆远怎么恨你，但你是爸爸，你会恨你的儿子吗？今后不管你对我怎么样，你是我儿子，这谁也改变不了。你做什么，我都理解。”

“我不想听这些。你是什么时候知道……这些的？”

“思思当初要带你来和我谈判，我发现她对你的感情不太对劲，就找人彻底调查了一下你的出身——你的户籍档案，你的出生时间……我一看，就都明白了。思思对你……唉，真是造孽！那时候我就全明白了，站在我眼前的这个年轻人，就是我跟怡华的儿子，那次你最终没有来和我谈判。但只要你来，我会毫不犹豫地签字，给你钱，帮你渡过 031 的难关。”

“不可能，如果是这样，你现在为什么还要跟思思的姥爷一起，又来谋夺我的 031。我手里有证据！”

“你想想，我都知道你是我儿子了，怎么还会打你 031 的主意？那都是因为思思有个贪得无厌的姥爷，凯莱不过是他的傀儡而已。我顾亦雄也不是因为后悔错过商机，就去使下三烂手段的人。江涛……那段视频的备份能还给我吗？”

“不可能！ 031 是我的命！我不可能让你们毁了我的 031！”

“江涛……我们是父子，就算你再嫌弃我，也不能改变这一点。我不会抢你的 031，但你要是把那个视频公之于众，一切就都麻烦了……031 地块是你的，我不跟你抢。谁跟你抢，我都会替你护着。但是，凭冲动是做不成事的，你以为这个东西一交出去，就翻天覆地了？不可能，这中间有太多的利益纠葛，不能蛮干！”

“那你说怎么办？”

“把那个备份还给我，我来处理。我们想别的办法保住你的 031。你要知道 031 很值钱，但是一旦你把事情惹大了，牵连到我，就没有挽回余地了。你要知道，你是我儿子，凯莱那么多的钱，那些生意，将来都是你的。你何必为了一时意气，把这些都砸烂呢？”

“我要你什么钱？你别以为跟我说了那些，一切都翻篇了，没那么简单！”

“你想过没有，如果我们父子联手！凯莱和江海由多年的老对手，成为一家，都交给你打理，一切都是你的，那是什么情景？你是我儿子，我知道在你心里一定有梦想，这个梦想我帮你实现，我们联合在一起！”

陆江涛听到这里，不说话了。顾亦雄继续煽动着他：“我的钱再多，等我走了，还是要留给你，索性现在就都给你。我相信你，我顾亦雄的儿子，有了我的支持，谁也打不倒。但我有一个要求。”

陆江涛奇怪地看着顾亦雄，不明白他哪儿来的勇气跟自己提要求。

“我专门研究过你们江海，江海这些年发展得慢，主要是因为你那个大哥。他眼窝子太浅，没多大出息，小富即安，开个修理铺没问题，掌管一家大型集团明显格局太小，江海要靠他迟早会完蛋。”

“你少挑拨我跟我哥的关系！”

“虽然你大哥对你有养育之恩，但你要知道，抛开他，你才能真正主宰整个江海集团，才能把江海做到更大更强。让你的那个大哥在家养老，享享清福，不更对得起他吗？江涛，你必须明白，当下是最好的时代，只要敢于冒险，就有大把机会。但这个时间会非常短，错过了，你从此就只能止步不前，接下来面对的就是不断下滑，不断被人甩在身后。”

类似的话，陆江涛竟然也和大哥说过。陆江涛想到这里，烦躁地站了起来：“别说了！”说着，陆江涛往远处停车的地方走去。

顾亦雄望着儿子的背影喊：“你好好想想，就算把我举报出去，一时痛快了，但是你会失去一个让江海彻底崛起的机会！”

陆江涛回到家，已经是深夜了。大哥、温泉还有思齐和冯力都在他家。几个人担心地看着他，显然都知道了顾亦雄的事。陆江涛突然觉得一阵温暖。

饭桌上摆着饭菜，温泉关心地说：“吃点儿东西吧？”

“吃过了，我没事。你们都回去吧。”

陆江涛回了卧室，那个优盘还在他手里攥着。

031号地块已经停工快一个月了。陆江涛从一开始的心急如焚，到几乎放弃，再到突然得知自己和顾亦雄的关系，陷入了巨大的迷茫。他一个人坐在楼顶，看着这块自己花费了无数心血的荒地，发了一下午呆。

身后，有人走了过来，是顾亦雄。

“你给我打电话，我就过来了。江涛，坐在这里看着我们即将拔地而起的031地块，我相信，你会做出一个我们都乐见的决定。”

“我们可以合作，不为别的，为了我的031。”

“那先把视频给我。不管为了什么，你不要用这个视频。”

“你是不是已经做好了甩开你那个岳父的准备？”

“人必须学会自保。”

“我唯一愿意跟你坐下来谈的原因是我妈。你抛弃了她，但是她从来没有对你有怨言。她吃了那么多的苦，也从来没有让我去报复你，只是给我留了一张照片，让我找到你。老支书也说了，你们……是真心相爱的。我是不愿意让我妈在天上看到我们兵戎相见。”

“都是我的错，我会用我的后半辈子补偿你，我的孩子。”

“谁也夺不走我的031，我不用你们的视频，也要把这个天扭转过来。”

“可以，可以！你怎么做，我都能理解！”

“接下来呢？”

“我会一边将凯莱集团的资金撤出，外移到一个空壳公司，重新起一个名字，一边开始大规模融资，等到时机成熟，你我会坐下来高调谈判，用新成立的公司收购江海连锁。到时候，加上你的地产公司，这个新公司就会崛起，成为一个全新的巨无霸！”

陆江涛的眼睛明亮起来。

“江涛，你我始终是父子，我们才是一家人……还有，我今天从市里面得知一个棚户区改造的项目，这个我们也要抢过来。这个项目可以作为我们父子两个第一次联手做的项目，不过，还是你的中捷地产冲在前头，打出旗子来，我在背后支持你。”

“棚户区改造？”

“回去我就把资料传给你，我们一步步来，将来合作的路还长着呢。对了，你恐怕得说服你大哥，别让他阻拦我们的合作呀。”

“……我会说服他的。”

顾亦雄志得意满地看着楼下的荒地：“没想到为了这块地咱们争了半天，是这么个结果……哈哈。对了，我还要拜托你个事儿，这是思思的手机，帮我寄给她……”

“你为什么不自己做？”

顾亦雄惨然一笑：“现在的她，恐怕恨我恨得要死。”

陆江涛接过了手机，装进口袋，站起来，什么话也没说就离开了。顾亦雄看到在陆江涛刚刚坐过的地方，放着一个文件袋，他打开发现里面正是思思的优盘。

两天之后的晚上，顾亦雄回到家，和岳父还有丹丹正常吃着饭。丹丹还在发牢骚，怪顾亦雄对女儿太严厉，语气中对他全是苛责和嫌弃。顾亦雄心中突然一阵厌烦，做了一个计划外的决定。

“爸，丹丹，我有事跟你们说……”

靳鹏生和靳丹丹停下，看着顾亦雄。

“思思这件事，我也反思过，为了利益把孩子的感情伤了，我觉得得不偿失。所以，我决定，退出 031 号地块的竞争。”

靳鹏生一愣，问道：“你说什么？”

“我说，我决定，退出 031 号地块的竞争。”

“你决定？你决定得了吗？”

“我决定不了这块地更改用途，但凯莱集团不再参与这件事情。土地重新挂牌拍卖，我也不去参加竞拍，这个权力我还是有的。”

顾亦雄多年来第一次用这种口气跟岳父说话，靳鹏生和丹丹都愣住了。

靳鹏生强忍着愤怒说：“这么随意，你把我老头子在这件事情上的努力当什么了？我的脸面就那么不值钱吗？”

丹丹也说：“老顾，你这是怎么说话呢？你这种口气和表情我从来没有见过，你脑袋坏掉啦，赶紧跟爸道歉！”

顾亦雄看着岳父和妻子，突然笑了：“对不起，我没有办法再参与下去了。”说完他站起来，离席而去。

顾亦雄开着车上了高架桥。他并不知道自己想去哪儿，只是漫无目的地开着。他将车窗都打开。风声呼啸，两侧的灯火楼台似乎猛兽一般，迎面而来又急速而过……

顾亦雄笑着，这么多年了，这口恶气他终于出了。他不断加速，甚至还打开了车载音乐，把音量调至最大。那是他最喜欢听的京剧《智取威虎山》的选段：“今日痛饮庆功酒，壮志未酬誓不休，来日方长显身手，甘洒热血写春秋……”

之所以敢这么做，是因为他确信举报岳父的材料已经全部递上去了。由他精心准备的材料，加上他给陆江涛的剪辑过的视频，他岳父很快就得去坐牢。031 地块的危机自然解除。而他，早在从大丰农场回来后就开始着手转移凯莱集团的资金。凯莱如今已经是一个空壳，所有财富都转到了另一家公司里。任谁都查不出里面的问题，这些钱，是他的，也是他儿子的……

靳鹏生怎么也想不明白，自己的女婿为什么会像突然换了一个人似的。但多年来女婿对他的忠诚和服从，使他怎么也想不到背叛上去。直到锒铛入狱的那一刻，他才明白过来。自己玩了一辈子鹰，终究是被鹰啄了眼。但他也不能怎样，因为自己的女儿还有外孙女，都在鹰的手上……

天气晴朗，冯力开着车，正拉着陆江涛看棚户区改造的现场。因为这里离温家的老修理铺特别近，所以陆江涛特意过来看看。正看呢，温泉突然打来电话。原来今天是温老板的生日。陆江涛一拍脑袋，猛然想起一个多月前温泉就跟他说过，他差点儿就给忘了。于是他大包大揽，说要给温老板过个大寿，然后撂下冯力，跑去酒店里订包间去了。

陆江涛刚走，手下的一个工头就打来电话，说是有个钉子户处理不了。冯力骂了几句饭桶，驾车赶了过去。到了地方，冯力远远看到一个老头手里正拿着一把改锥，对着几个拆迁的小工挥舞。工头在中间拦着，似乎正在劝老头别冲动。

冯力走近一看，那个老头竟然是温泉的父亲。

温老板颤抖着手，用改锥指着工头大喊："别的都可以动，这间屋子，不许动！从我家滚出去！滚！"

冯力奇怪温老板怎么在这里，上前热情地喊道："温叔！"

包工头奇道："冯总认识？"

"我当然认识，我……"

温老板打断两人对话："你认识我，我不认识你！你是谁呀？"

冯力无奈地说："这是又糊涂了。温叔，你好好看看，我是谁？"

温老板盯着冯力看了半天，说："你是隔壁刘家的那小子？"

"谁姓刘啊？我姓冯，我是冯力，是您女婿的小兄弟……"

"我女婿，陆海波？海波也来了？我要找他说理去，凭什么拆我房子呀？"

"真是糊涂了。您的女婿是陆江涛。我们呀，就是奉他的命令来拆迁的！"

"奉他的命令？那就更不能拆了！提他更不行，我看见他就烦！"

"好好好，不拆不拆！"

温老板一听不拆，立刻换了一副表情，高兴地拉住冯力说："哎，这才是我的好女婿。海波呀，你忘了？这是你学习修理的地方呀。你高中没毕业就做了我的学徒，后来又做了我的女婿，可都是在这个院里呀……人不能忘本，怎么能说拆就拆呢？”

冯力被老头拉着，自言自语着：“嘿，又把我当成陆老大了……”又大声说：“老爷子，您放心，有我在，谁敢拆？”

“不拆了？”

“不拆！走，我送您回家！”

“哎，回家吃饭喽。”

冯力架着温老头离开，回头向包工头使了个眼色。包工头会意，对小工们一挥手道：“赶紧拆！”

陆江涛家离温家的老宅不远，因为温老板总是想回去看看，和老街坊聊聊天之类，所以当初买房时也就考虑到了这一点。冯力开着车，没一会儿就把温老板拉到了陆江涛家楼下。冯力自己先下车，帮温老板打开车门，将老人扶了下来。

“老爷子，到家了。”

“到家了。行了，你去忙吧。”

“您真的可以自己进去？”

温老板一脸不耐烦地说：“我又不瘫不瘸，我当然可以自己进去。赶紧走吧！”

冯力仔细看看，感觉温老板似乎已经不太糊涂了，放下心来。

“那我走了啊！叔，您可再不能往那儿跑了，多危险呀，砸着您就不好了！”

“放心吧，我哪儿也不去，我就在家待着！”

“好，走了啊。”

冯力钻进车，从后视镜看着温老板往楼门走去，放心地开车离开了。片刻之后，冯力的车消失在街角。温老板回头狡黠地一笑：“猴崽子，想骗我，没门儿！”

假如陆江涛走的时候，告诉冯力温老板今天生日，也许冯力就会发现异常——温老板并没有想起来今天是他的生日。陆海波两口子早早地就去一家铁艺馆取定做的礼物了；温泉去接陆远放学了；陆江涛在酒店里。所有人都没想到温老板又回到了老宅的院子里。他抚摸着那些斑驳的墙砖，那个他几乎生活了一生的地方。墙外，机器轰鸣着，但他仿佛什么都听不到，出神了。似乎正在回忆什么……

砖墙轰然倒下，温老板被整个压在了下面……

◆3◆

奉贤区一片破旧的民房里，巷子弯弯绕绕。陆江涛一边走，一边仔细观察着门牌号。走了半天，他终于在一栋老房子门口停下，敲了敲门。

没人回应，陆江涛继续敲，还是没人。敲到第三次，陆江涛抬腿，狠狠地一脚踹在了门上。一声巨响，一阵灰尘从门上震了下来。陆江涛后退几步，再次一脚踹过去，这一次，他终于把门踹开了。

房间里充满了方便面的味道，那是桌上吃了一半的一碗方便面散发出来的。桌子旁边，冯力举着一把菜刀，敞开胸口跪在地上。

“二哥，我错了。我不躲了，我知道这一天迟早要来。要杀要剐你随意！”

陆江涛怒火中烧，抓过菜刀吼道：“你以为你装可怜，老子就能饶了你？我活劈了你！”陆江涛猛地挥刀砍下，冯力闭着眼，惨叫一声。但等了片刻，刀并没有落下。陆江涛喘着气，刀在距离冯力的脸只有几厘米的位置停下了。

陆江涛骂冯力说：“你个混蛋……跟我走！”

即使陆江涛心中明白，没有人会原谅他。但他还是找到了冯力，拉着他去道歉。温泉那里，他们的道歉只换来两句冷冷的嘲讽。到陆海波家，陆海波压根连门都不给他们开。即使这件事是一个意外，但陆江涛和冯力还是在巨大的愧疚和迷茫中，不知所措了。从意外发生的那天起，陆江涛承受了全家人的冷眼甚至打骂，因为他们很快就查到这个拆迁项目是他和顾亦雄合作的。陆江涛百口莫辩，冯力选择了消失。几天之后，当陆江涛再见到冯力时，最初的愤怒已经退下。他和冯力这两兄弟，又何尝不是同病相怜，又怎么会再去打骂他……

晚上，陆江涛回到家，却突然发现有点儿不对。家里太安静了，没有人。保姆因为在出事的那天没及时发现老爷子不见了，早就被辞退了。但这么晚了，怎么说温泉和孩子也应该在家才对。

“温泉？”陆江涛轻轻呼唤了一声，没人回应。他走进卧室，终于发现了异常感来自哪里了。家里似乎少了很多东西，准确来说，温泉的东西不见了，家中被打扫得很干净。一种不祥的预感涌上心头。陆江涛心中颤抖着，拉开衣柜，发现里面没有一件温泉的衣服。再去卫生间，仍然只有他自己的东西……

陆江涛颓丧地回到客厅，突然发现餐桌上放着一封信。他拿起来，是温泉写给。

"……江涛，我带着远远走了。我知道，你绝不会同意离婚，但是我也无法继续再跟你生活下去。我们都各自冷静一下，想想我们的过去和未来。我们都要为自己负责，想清楚当下，我们才能走向未来。"

陆江涛一脚踢开身边的椅子，蹲在地上哭了起来……

温家的老宅里，已经是一片断壁残垣。当年的电子修理铺并不在拆迁的范围内，便利超市还在营业。只有后院的几间屋子被列入了改造范围。但因为那场事故，工程已经停工。被拆掉的也只有院子一侧的半堵围墙，屋子还在。

温泉抱着孩子，一名货车司机拉着一个箱子，拎着一个箱子，跟在温泉后面。两人穿行在小巷里，来到了那截断墙旁边。墙边有个小门，那是在修理铺被改成超市后特意开的。

"师傅，把箱子放门口吧。"

司机师傅将箱子放门口。温泉放下陆远，掏出钱给递司机师傅。司机接过来，摸出零钱数着，嘴里说："等等给您找钱。"

温泉说道："不用了。"然后打开院门，提起两个箱子进去了。

门外，司机喊了一声谢谢，离开了。

温泉走进院子，打开屋子的门，有些艰难地把两只箱子拎进屋里。房间里有点暗，因为许久没人来住，灰尘也很多。温泉坐在床上，觉得出奇的心安。

门背后，有一道一道的划痕，看起来年月已久。那是温泉小时候，父亲给她记录每年身高的刻度板。

温泉突然哭了起来。陆远坐在一旁，用清澈而懵懂的眼神看着妈妈，不知道发生了什么。

"妈妈，我饿了。"

温泉擦了擦眼泪，说："陪妈妈买菜去吧，妈妈给你做饭。"

温泉牵着陆远从院子里出来，去了旁边的便利超市买了些食物和日用品。正挑东西的时候，旁边的一个理货员认出了温泉，惊喜地喊道：“温泉姐？还真是你？”

温泉回头一看，竟然是小时候邻居一起玩的姐妹。她笑了笑：“小玲呀，你在这里上班？”

“可不嘛，给你们陆家打工呗……不对，是不是应该叫你陆太太，哈哈……温泉姐，你怎么来这边买东西来了？”

“回老房子这边看看。”

理货员看了看温泉购物车里满满当当的东西，问道：“怎么像是要过日子的感觉？侬是要搬回来住啦？”

温泉有些尴尬，说：“我先走了啊。”

理货员连忙过来帮忙：“你买这么多，还带着孩子呢，待会儿怎么拎到车上去？温泉姐，我帮你哦……”

“不用不用，我自己行。”

“哎呀，你跟我客气什么？咱们小时候一起长大的呀……”

温泉没办法，只好由着小玲热情地帮自己忙。两人去收银台结了账，小玲又帮温泉推着购物车出来，温泉只好牵着陆远跟着。

“温泉姐。你不开车呀？”

“这巷子太窄，不好过车的。再说，我也不会开车呀……”

理货员像看外星人一样看温泉：“天哪，你不会开车呀？堂堂江海集团董事长夫人不会开车，说下天来我都不相信的！我一个小理货员都把车开得嗖嗖的……”

温泉没说什么，两人走了几步，就已经到了老宅门口。陆江涛站在院门那，望着走来的温泉。

陆远大喊：“是爸爸！”

小玲笑着说：“哟，是陆董事长啊，陆董事长亲自微服私访来啦？一会儿要不要去我们店啦？”

陆江涛摸了一把儿子的头，对理货员道：“去忙吧。”

“哦，好，好。”说着小玲转身要回店里去，温泉接过购物车说：“谢谢啊，小玲。”

“不用，不用。我回头来推车呀……”

小玲也感觉到了陆江涛夫妇的怪异，一脸奇怪地走了。

陆江涛急吼吼地压低声音说：“非得把人丢到一个小员工跟前你才高兴？不出

三天，集团的人就都知道你搬回到老院子了，你让他们怎么说咱俩的事……”

“丢了陆董事长的脸，我很抱歉。”

陆江涛接过购物车道：“你能不能说话不这么呛人？”

温泉侧过脸，不说话了。陆江涛无奈，蹲下捏捏陆远的脸说：“儿子，爸爸带你去动物园？”

“好！”

温泉一把拽住想要扑到陆江涛身上的陆远。

“别闹脾气了好吗？咱回去，你看这巷子里，到处是垃圾，能住人吗？”

“怎么不能住人？我爸就是在这里把我养到大的。你大哥不也在这里当学徒吗？”

“我的意思是，还有孩子呢，你不能想怎么着就怎么着啊。大人受得了，孩子未必受得了……”

“陆江涛，你到底想说什么？用孩子来说服和绑架我？告诉你陆江涛，我既然决定了，就不会再回头，你死了这条心吧！我住什么样的房子，关你什么事？”

“不是，温泉，我就不明白了，咱们为什么非得走这一步？你到底要怎么样才能原谅我？要不，我在这儿给你当街跪下？”

温泉看着陆江涛，眼里有了陌生的感觉。

“陆江涛，其实你到现在为止，都没有从内心里认为自己有错，更不想认错。因为，你认为自己能走到今天，全靠你这点儿小聪明。我原来也喜欢你这些小聪明。我承认，吸引我的全是你身上的聪明、冒险、敢想敢干，但是对不起，我现在不喜欢了。不喜欢了，你明白吗？”

陆江涛的脸色变了，他猛然从温泉冷冷的表情中发现，这次温泉是认真的。

“温泉，我知道错了……真的，给我个机会，我改。别闹了，这旧街坊人来人往的，给我个面子，回家吧，啊……”

“陆江涛，你让我说多少你才肯听。总之，就是一句话：我……不爱你了。”

温泉抢过购物车，拉着孩子走了。

陆江涛站在原地无所适从，陆远回过头来，懵懂地看了一眼父亲。

“妈妈，我想去动物园。”

“明天妈妈带你去。”

“妈妈，我饿了。”

“妈妈现在就给你做饭……”

天渐渐黑下来。

超市里悬挂的电视屏幕上，正播放《第一财经》对顾亦雄的访谈。

记者问道：“有传闻说，您旗下的集团意欲收购上海本埠的连锁超市，这个传闻是否属实？”

顾亦雄很有风度地笑着：“我确实有这方面的打算。”

“本地最大的江海集团连锁超市是否也在您的视野之内？”

正在商场内巡视货品的思齐停住了脚步，看向电视屏幕。

顾亦雄似乎稍微犹豫了一下，还是承认了：“实质上，我们双方已经在谈收购的细节了……”

陆思齐愣住了。

林霞惊得直接从座椅上跳了起来。

“你说什么？凯莱集团要低价收购江海的超市业务？而且已经到了详谈的阶段？”

“是的。前段时间，各大媒体只是隐约收到一些风声。今天，干脆连《第一财经》都公开报道了。这个所谓兴凯集团，其实就是顾亦雄的凯莱集团。从媒体的发酵情况看，这事儿很可能已经启动了！”

“媒体还说了什么？”

“媒体对外宣称，说江海和凯莱集团打价格战，屡战屡败，供货商集体抗议，现金流断流，资金压力巨大，濒临债务危机。”

“这不是胡说八道吗？这是诬陷，污蔑，我们哪里就资金断流了？我们哪里就到了要被人收购的地步了？”

陆思齐有些为难地说道：“我已经打听过了，全都是我二哥和凯莱集团放出的消息，其实底下的供货商根本不知道发生了什么事情。”

林霞焦急道：“快，快去找你大哥，我们商量一下怎么办。”

“我刚才去过大哥办公室了，秘书说他出去了。我现在就给他打电话。”

林霞想了想，又摆摆手说：“算了，你那个大哥，耳根子太软，只要陆老二三句好话，他就什么都听之任之。我去找一下陆江涛。”

“我也去。”

林霞正色道：“你去，这就变成了家事。你二哥再冲你发两句火，这事儿就又白谈了！我先去，问问到底是怎么回事儿？”

“那林霞姐，你和二哥好好谈啊，别吵起来！”

“放心吧，我知道分寸。”

林霞来到陆江涛办公室的时候，陆江涛正在泡工夫茶。陆江涛抬眼看了看林霞，说道：“哟，是林大顾问啊。来，快坐，我新学会了泡茶，尝尝看……”

“我没那个雅兴。陆江涛，我就问你，凯莱集团收购江海连锁到底怎么回事儿？”

“有什么不妥吗？”

“陆江涛，如果你想雄霸市场，你大可以将凯莱并购，而不是低价把江海卖掉。你给我一个这么做的理由！”

陆江涛喝了一口茶，慢悠悠地说着：“理由就是，为了江海集团的长远发展。现在公司的情况你也清楚，我们欠银行的债务太多了，急需要人来分担。而且031号地块正在动工，银行已经不再承诺继续给我们追加贷款了。”

“银行我们可以再想办法。你这样把公司贱卖，而且还是卖给江海集团的老对头顾亦雄，你想过你大哥的感受吗？江海可是你们兄弟俩一点一滴打拼出来的！”

陆江涛阴冷地笑了一下：“哦，闹了半天，你是为了这个来找我的！原来，都是利益中人哪！”

“你什么意思？”

“你这么急三火四地来质问我，不就是怕江海低价卖了后，个人利益受损吗？你放心，属于你的顾问费我一分钱也不少给你。我大哥的股份可以原价折现！”

林霞脸色变了：“陆江涛，你知不知道你在说什么？”

“我当然知道！我不仅知道要收购江海的是那个几次三番要踩死我的对头顾亦雄，我还知道我大哥的理想，也就是开一家生煎店而已。当然了，就算他只是一个扶不起的阿斗，我也认了。兄弟嘛，谁有本事谁往前顶！他至少凡事还向着我这个当弟弟的。可自打你搅和进来以后，一切都变了。他什么事儿都要问你。你去问问我大哥，他现在脑子里除了开个小店，跟你过小日子，还有别的吗？照这样下去，江海集团早晚得姓林了吧！”

林霞气得脸色发青：“你……你胡说八道！”

“对，那你就当我胡说八道！我与其让它姓了林，不如让他姓顾。”

林霞颤抖地指着陆江涛：“你，你简直不可理喻！”

“你认识我也不止一天两天了，我是什么样的人，你心里应该清楚！”

林霞痛苦地闭上了眼睛，冷冷地说：“你说得对。我认识你的时候，你就是个为达目的不择手段的混蛋……可不论你犯了什么错，你大哥他从来都没想过要放弃你。现在，你为了顾亦雄，要背叛你的大哥！我真是为你大哥感到不值……陆江涛，从香港回来后，为了你大哥我原谅了你，事实证明，我再次看走了眼！我只想问你一句，你有把你大哥当亲哥吗？”

陆江涛嘴角依然挂着笑：“血浓于水，你说呢？”

林霞轻轻叹息：“明白了，顾亦雄到底是你父亲……论自私，你们父子俩可真像啊。”

“那就对了，我骨子里，流的是顾亦雄的血……”

林霞盯着陆江涛，陆江涛也毫不示弱地瞪着林霞。

“很好！陆江涛，你别得意太早。江海集团，有我在，你别想只手遮天！”

林霞转身出去了，陆江涛喝完杯中的茶，长出了一口气。

“都骂我吧，我不怕！别光骂，你们倒是反我啊！”

林霞回到办公室，抓过桌子上的茶水，猛地灌了一口，强迫自己平静下来。陆思齐看着她，心中顿觉不妙。

“林霞姐？”

林霞本来在看窗外，却突然擦了擦眼睛。

“你哭了？是不是我二哥给你气受了？陆江涛，他也太霸道了，我找他去！”

思齐转身要走。林霞一把拉住她：“你别去，我没事儿，只是觉得人情在利益面前不堪一击，有那么点儿伤感罢了……来，思齐，我跟你说件事儿。你二哥这次是铁了心要把江海连锁变卖了，但我知道，集团对你大哥意义重大。所以我会不顾一切，使江海不落入他人手里。关键时刻，我还需要你的帮助！”

思齐认真地点点头：“放心，林霞姐，江海集团里也有我的心血，我也不会答应让它就这么被别人抢走，我会一直站在你这一边！”

“你不怀疑我有什么企图吗？”

“我相信你！”

林霞欣慰地笑笑，说："谢谢。我不需要你为了我与你二哥为敌。只是陆江涛已经觉得我这个外人干涉你们陆家的事情太多。所以，我需要你在我身边，为我证明，我林霞所做的一切，是为了江海集团！"

"我明白！"

就在短短几天时间里，兴凯集团收购江海集团超市业务的新闻铺天盖地，瞬间成了沪市商界最惊爆、最热门的新闻，各大媒体争先报道收购进程。陆思齐离开媒体行业已久，并没能在这场新闻行业的狂欢中起到什么作用。而林霞则拼命联系公司股东，争取罢免陆江涛的董事长职务。终于在兴凯和江海收购签约的前一天，获得了大部分股东的支持。只剩下陆海波这个最大的股东了……

晚上，陆海波躺在别墅院子里的摇椅上，表情麻木。林霞坐在他身边，表情愤懑。

"现在你看出来了吧，那天他坚决不同意分家，最后死赖在董事长这个位置上，为的就是今天，他可以一手掌控江海，签下这个字。"

"我知道了。"

"你知道了？你就说一句你知道了？现在怎么办？难道你就眼睁睁地看着你们辛辛苦苦打拼起来的江海超市，以白菜价送给顾亦雄，不，不是顾亦雄，是顾亦雄和他的儿子陆江涛！"

"刚听到这个消息的时候，我也着急过，但是我想了，也许这算是一个江涛做出的分家方案。这个超市当初干起来是他的主意，每一次遇到坎儿也都是他冲在前头，贱卖是贱卖了，但是他这么选择，我也认了。就这么分家好了。"

林霞急道："陆海波，你让我说你什么好！"

"他可以对不起我，但我不想对不起他！"

"他什么时候对得起你过？他是能闯，到现在也闯出了一片天地。但是你说说，从小时候开始，哪一次他闯了祸，不是你给他擦屁股。就这样完了？我都不服气！"

"不服气又能怎么样？他说的没错，我的理想还真就是打理好一家小店。你看不出来吗？这两年我一直在往后躲，我希望所有企业都交给他，这样不挺好吗？"

"但是你有没有为大家想想，这里面不仅仅有你们兄弟的股份，还有很多人。这样贱卖，是为了你们兄弟的小利益，伤害了大多数股东的利益。我坚决反对！"

"但能怎么着呢？江涛在董事会上一票否决，驳回了你们所有人的反对意见。

明天，两边就签合同了，还能怎么办？”

“你就这么让他们父子得逞了？不出所料的话，明天是江海集团，后天就是中捷房产，他们会全部拿走！”林霞眼里有了火星。

陆海波表情有些痛苦，但还是说：“他们能父子相认，也是一桩好事。总算是没辜负了当年我爸临终时的托付，让他回到了他父亲身边……”

林霞坚定地摇摇头：“不行！这个世界，不能总是好人有苦难言，坏人心想事成。顾亦雄是什么人？他可以把自己的岳父举报了，毁了自己的家，现在又来抢夺江海。你把江海超市交给这样的人，不出半年，你陆海波这二十年在街坊邻居那里竖起来的牌子，就会被他做倒。你不可惜，我还可惜呢。我绝不会让他们得逞！”

“林霞，你要干什么？”

林霞双手扶住陆海波的双肩，认真地说：“海波，这次你听我的，我得让陆江涛知道，你这个大哥不是软柿子！我希望你联合所有股东，罢免他的董事长职务！”

陆海波犹豫片刻，最终还是摇了摇头：“不，林霞，这一次，我还是不能放手让你去对付江涛！”

“为什么呀？你这种无条件的纵容，不是爱，是犯罪！你明白吗？”

陆海波沉默了半天，突然说：“其实我……还相信江涛。”

“我跟你无话可说！”林霞气得站了起来。

4

次日，某豪华酒店的宴会厅里，早早挂起了一条横幅：兴凯集团和江海集团关于超市业务并购的签约仪式。

各大媒体早已为这个签约仪式做好了准备。媒体席位被安排得密密实实。摄影记者们早早就开始调整最佳机位，等待着记录这一重要的时刻。几位知名的财经记者摩拳擦掌，仔细核对采访问题。

林霞坐在人群后的角落里，冷冷地看着发生的一切。

主持人已经开始致辞：“欢迎各位媒体朋友们莅临现场，今天是兴凯集团和江海集团的超市业务并购签约仪式，掌声有请兴凯集团董事长顾亦雄，江海集团董事长陆江涛……”

顾亦雄从前排的椅子上站起来，遥遥看向陆江涛，眼里满是欣赏和欢喜。陆江涛也起身，脸上挂着淡淡的微笑看向顾亦雄。两个人向主席台走去。闪光灯此起彼伏，记录着他们走上台握手的瞬间。林霞眼中满是不屑和愤怒，看着这一对父子象征性地翻看着合同书，翻到最后一页，拿起笔，准备签字。

顾亦雄写下自己的名字，合上合同，抬起头，却看到陆江涛正在看着自己。合同已经合上了，似乎已经签过，但陆江涛的表情隐约有一丝不可捉摸的嘲讽。顾亦雄强迫自己不要多想，和陆江涛交换了合同。翻到最后一页，顾亦雄的脸色突然变了。

他低声喊：“陆江涛，你搞什么？”

人群里，林霞率先捕捉到了异样。

陆江涛笑笑，抓过桌子前的话筒，吹了一下，试了试音。顿时，全场全安静了。

“诸位，我想说句话。这段时间，由凯莱集团摇身一变而成的兴凯集团到处放消息，造谣江海连锁经营不下去，妄图以低于市场估价一半的价格收购江海集团。但此刻，作为江海集团的一员，我可以负责任地告诉诸位：江海集团依然如日中天，江海连锁永远是大家身边的贴心超市，它垮不了！而且，就在我签字的这一刻，又有大笔资金投入江海。所以，我拒绝被低价收购。很抱歉顾总，这个字我不签了！”

形势变化太快，顾亦雄的脸早已黑成猪肝色。他扑过来揪住陆江涛喊：“陆江涛，你……你出尔反尔！你这是戏弄，这是不守商业规则！”

无数闪光灯闪烁着，记录下了这一刻。几名保安见状，上来拉开了两人。刘毅也冲上主席台，扶住了几乎站不稳的顾亦雄。

林霞惊呆了。

陆江涛笑嘻嘻地又说话了：“这个你不能怪我，在商言商，我不能眼睁睁看着你压价收购江海集团，还把脖子伸过去任你宰割。那我陆江涛不成了冤大头了？哈哈！”说完陆江涛不再管呆住的人群，走下主席台就想离开。

一群记者立刻围了上来，七嘴八舌地提问。

“陆先生，这是怎么回事儿？”

“请问可以透露一下江海集团新的注资方吗？”

陆江涛指了指顾亦雄说：“别采访我，我也蒙着哪。这事儿从头到尾就是个美丽的误会，你们要问就问凯莱集团的顾董事长，他最清楚！”

顾亦雄脸色铁青，嘴唇颤抖着，说不出话来。兴凯集团原本和江海集团体量差不多。为了收购，他通过对赌融了海量的资金，因为他太过相信自己的儿子了。但现在收购失败，他将面对的，将是一无所有，甚至是天文数字的债务……

刘毅拨开记者，扶着顾亦雄走开了。进了楼道，半天说不出话的顾亦雄却突然推开他，独自进了电梯……

刚刚还人山人海的宴会厅转瞬之间已几乎没什么人。林霞走上主席台，拿起陆江涛的合同，翻看了一眼，那里，画了个米老鼠……

陆江涛发动汽车，拐了一个弯，看到灯光的影子里，站着一个人——是顾亦雄。陆江涛停下车，想了片刻，索性熄火，下车，迎面走了过去。陆江涛的脸上，毫无惧色，嘲弄地看着顾亦雄。

走到近前，顾亦雄抬手，狠狠一拳打在了陆江涛的脸上。陆江涛趔趄了一下，重新站直，擦了擦嘴角流出的血，笑了笑，说了一句歌词：“伤心总是难免的，您又何苦一往情深？”

愤怒的顾亦雄再次举起了拳头，一拳打过来，却被陆江涛抬手架住了。陆江涛年轻力壮，顾亦雄如何使力，拳头都砸不下去。他冷笑一声，一把将顾亦雄的手甩开。

“你没资格冲我动手！”

“我就想问你一句，你为什么要这么做？我这一切都是为了你！”

“看着你输，我高兴，这理由够充足吧？”

“我想不明白。我们父子联手，我帮助你成为上海商界的王，这不是你一直想要的吗？你为什么要摆我一道，让我成为一个笑话？”

“我是想成为上海王，但从来没想到和你这样的人在一起去成就大业。那将是我的毕生耻辱！你想用血缘关系来打动我，让我背叛我的大哥和陆家，我只能说，你太自以为是了！我告诉你，我不会做伤害我大哥的事，永远不会！这是我的底线！在兄弟情义面前，你我的那一点儿血缘关系一文不值，就是个屁！你明白吗？”

顾亦雄直直地看着陆江涛：“你这么一搞，我背后对赌的那些资金就都全完了，我会倾家荡产的！”

“我要的就是你倾家荡产！我还有太多的账没有跟你算。”

"我都是为了你，有什么可跟我算账的？"

"我师父、黄瑶，乃至我的岳父，这些我背了多少年的债，都是你给我的！"

顾亦雄被子弹击中了一般，趔趄着后退。

"温老先生的事，是个意外啊！他可是我的亲家，我也没想到会那样。而且……而且我可是把我这半辈子赚到的钱也都给你了！"

陆江涛痛苦地吼叫着："我不要你的钱！钱，我可以再赚！我要你把这些人还给我，还给我！"

顾亦雄万念俱灰地说："你不是我儿子，我儿子不该是这样的！"

"我的血管里是流着你的血，但是我告诉你，如果能选择，我宁可选择你们从没有生过我，如果能把这条命还给你，我就还给你。我要做一个清清白白的人，对得起大家的人！"

说着陆江涛从口袋里掏出一个优盘。

"这是思思录下来的原视频。我把这个交出去，你也就到监狱里去陪靳鹏生了。但是，你是我爹！这个给你！再也没有备份了，我不想认了一个爹，将来还要每天去监狱给他送牢饭。从今往后，咱们再无瓜葛！"

陆江涛的眼泪下来了，浑身哆嗦。

顾亦雄的眼里也全是泪："儿子，儿子，你就这么看我？我在你眼里，就是这么个大恶人？"

陆江涛用力地抹了把泪，笑了："无所谓，现在不是我怎么看你，是你借的那些对赌的高利贷怎么看你。我会帮你祈祷，希望你死得不要太难看。"

陆江涛上了车，重新发动。顾亦雄失魂落魄，木然地坐在了地上。黑暗中，他突然扬起脸，自我嘲弄般地笑了……

陆江涛并没有回家，而是去了郊外的公墓。两块墓碑上分别刻着黄智中和黄瑶的名字。他默默点上三支烟插在坟前，跪下磕了三个头，长跪不起，泪流满面……

陆海波拿着那份画了一个米老鼠的合同，笑得躺在沙发上，半天直不起腰来。

"哈哈哈，这小子什么时候能有点儿正形？还米老鼠，他怎么不画个唐老鸭？"

"我看看！"陆思齐抢过来合同，只看了一眼，就哈哈大笑起来。

林霞在一旁淡淡地说："一家人，他要做这些完全可以跟我们商量，这算什么？

拿我们当猴耍吗？”

陆思齐道：“林霞姐，二哥那也是怕走漏风声。不做得真一点儿，顾亦雄那老狐狸，怎么会上当？”

陆海波赶紧帮忙解释：“对对对，思齐说得对。那句话叫什么，扮猪吃老虎。对吧，林霞，你们香港人不都这么说吗？”

“谁香港人啊？陆海波，我算是看出来了，你弟弟就是把这个家给点着烧了，你也照样能给他的无法无天找出理由来。行，你们陆家的事儿，以后我再也不管了！免得人家说我是为了贪你们这点儿家产！”

林霞起身，撇下众人，去了厨房。

陆海波气呼呼地说：“他真这么说了？”

陆思齐接话：“当然了。大哥，你没看那天，林霞姐都被气哭了。”

“嘿，这个陆老二，欺负我也就算了，竟敢欺负我媳妇儿。等着，看他今天回来我怎么给他立规矩。”

就在这时，陆江涛提着一篓子螃蟹走了进来，递给陆思齐说：“……思齐，把这螃蟹先扔到水缸里让它吐会儿泥，中午让大哥给我们蒸螃蟹！”

思齐接过螃蟹，小声地说：“大嫂还生气呢。”

陆海波提高声音：“你赶紧坐这儿，我有话说！”

陆江涛乖乖地坐下，又赶紧站起来，给大哥的茶杯斟茶，再给陆思齐也倒满，这才给自己倒上。

“大哥您先喝茶，润润您的小嗓子儿，完了您再慢慢教诲我。”

“你给我坐下！听说，你在办公室还把林霞气哭过？”

“哥，我那不是真的，我……”

陆江涛突然看到大哥冲他努嘴，明白过来。

“哦，对对对，我该死。为了保证戏剧效果，以假乱真，我就只好把自己树立成了陆家所有人的敌人。其实，我跟林霞说那些话的时候，心里特别痛苦，真的，我对毛主席保证。林霞走后，我立刻就扇了自己一个嘴巴子。大哥，不信你看，这掌印儿还在脸上呢……”

陆江涛将脸凑过去，被陆海波一把推开。

“严肃点儿！”

陆思齐看着陆江涛的要宝和无赖样，不由得笑了。

“思齐，你笑什么？怎么，连你也不信？”

“我信不信不重要。你呀，赶紧去跟大嫂道歉去！”

陆海波也眉头一皱，说：“就是，还坐着？”

“是是是，我去，我去！”

林霞听了一会儿，回到餐厅：“行啦，你们俩也别在这里一唱一和了。我走了。”

陆海波赶紧站起来拦住：“别别别，马上吃饭了，怎么能走呢？”

“我还有事儿。”

陆江涛也赔着笑道：“再有事儿，不差这顿饭。林霞，我有话跟你说。”

“林霞姐，你就给我二哥，不，给我大哥点儿面子。你走了，他肯定连饭都吃不下去了。”

陆海波使了个颜色，保姆迅速把饭菜端上桌。几人拥着林霞坐下，陆江涛打开酒，给全家人都倒上，又给自己倒了一杯，说：“今天这酒都得喝。”

林霞冷冷地说：“我不喝。”

陆江涛沉吟片刻，端起酒站了起来：“今天这酒，肯定是我的赔罪酒。这第一杯，我要单敬大哥。大哥，我知道，我那段时间特别混，你肯定伤透了心。但我如果不那么做，也许江海真的就保不住。你是个把道德和节操看得比命都重的人，如果知道我是假的，是骗人的，不管对方是什么人，你都会拦着我……哥，我错了。”

陆江涛的眼泪下来了。

陆海波道：“江涛，你给我发誓，以后，决不再做这种事儿！”

“哥，我发誓！”

两兄弟碰了杯，一饮而尽。陆江涛喝完，又给自己倒了一杯。

“第二杯，我要特别郑重地敬林霞。”

陆思齐帮忙缓和气氛说：“林霞姐，您大人有大量，给他个面子呗！”林霞看看陆思齐，只好端起酒杯。

陆江涛郑重其事地说：“林霞，我知道，那些话伤害了你。这事要搁我，我得抽这个狗嘴里吐不出象牙的混蛋，那是人话吗？林霞放弃了在香港那么好的条件，又甘心以一个高干子弟的身份跟我哥在一起……”

陆海波瞪他一眼：“你找死啊！”

"本来就是嘛。人家能跟我大哥，是咱们老陆家的福气，怎么可能看得上咱家那点儿蝇头小利？当时，我为了把戏做得足一点儿，得罪，不，伤害林霞了……林霞，不，大嫂，我真心向你道歉。并且，祝福你和我大哥。"

陆海波舒了口气，说："这还像句话。"

林霞的不快终于消散，眼圈儿红了。陆海波和陆思齐也都眼泪汪汪。林霞擦了擦眼睛，举着酒杯说："谢谢你们的信任。放心吧，我会和你们大哥好好的。来，难得小陆总这么给我面子。来，都举杯，为了他这次的漂亮反击干杯！"

气氛再次活跃，一家人举起酒杯碰在一起，清亮的酒液都洒了出来……

酒过三巡，林霞突然对陆江涛说："顾亦雄落到今天的下场是他咎由自取。但是江涛，我还是要提醒你，这件事里有个人是无辜的。你知道我说的是谁，我们不管出于什么动机，都不该利用和伤害那个人。更何况她还是……顾亦雄的女儿。"

陆江涛沉默点头。

陆江涛家里，因为独自一人居住，显得有些杂乱。他拿出手机，翻出思思的电话，想要拨过去，但犹豫了一下，最终没有行动。他找来一个包裹，将一摞文件装进去，然后坐在桌边，开始写信。

"思思，我按照你给我的地址发了一个快递，这里面有你爸爸拿走的你的那个旧手机，还有一家叫兴凯的公司的所有文件和签章。那是你爸爸的，现在我也找不到他。我想来想去，我不能强占了这个公司上的钱，我都快递给你，你应该是这些东西的继承者。祝一切安好……"

5

两年后。

刚刚洗漱过的陆思齐坐到沙发上，边看电视边按摩脸部。电视里，正播放着本市新闻："2008年，在陆江涛董事长的带领下，重新改组后的江海集团，全国超市门店已经超过了一千家。"

镜头一转，电视里又开始播放全球趋势与危机经济论坛，庞恩岳出现在电视画面上。陆思齐望着风度翩翩的庞恩岳，嘴角浮出笑容。

房门被打开，冯力一身酒气，跌跌撞撞地走向沙发，一屁股坐了下去。电视里，庞恩岳还在侃侃而谈，冯力看了气不打一处来，抢过遥控器换了个频道。

陆思齐心烦地嘟囔：“你能不能少喝点？”

“我没喝高，你别以为我喝糊涂了，我心里明白着呢，电视里那人我认识，就是你的大师哥嘛。哎哟哟，不得了，厉害了，精英人物是吧。”

“胡说什么呀。”

陆思齐起身，去倒了一杯水，回来看到冯力已经把鞋脱了，脚搭在茶几上晃悠着，嘴里喷着酒气。

陆思齐嫌弃地拨开他的脚坐下。

“你怎么又回来这么晚？”

“跟几个老板喝酒去了，都是咱们集团的供货商，喝完了又去打了会儿打牌。媳妇儿，我跟你说，我今天手气特别好，又赢了一大笔。”

“你别以为我不知道他们那些猫腻。那些供货的不怀好意，故意给你塞钱。你少跟他们来往。”

冯力嗓门提高了八度：“胡说八道，我打牌靠的是运气，我冯力没别的，就运气好！”

“我劝你不要做得太过分。二哥一直忙着扩张，咱们集团现在正在飞速发展，千万不能出岔子，高速列车上随便扔上去个钉子可都是大事故。”

“你别用二哥来压我。他们那是尊敬我，你懂不？我冯力鞍前马后地跟着二哥混了这么多年，也该有出头之日了。你去打听打听，江湖上，我冯力也算有一号。出来混，靠的是大伙儿捧场。我早跟你说过，跟我多出席一些那样的场合对你有好处，你就是不听，天天陷在超市里跟那些个针头线脑打交道，能有什么出息？算了，跟你说了你也不懂，读书多了容易读傻。”

陆思齐冷笑：“还轮得到你来教训我了？”

冯力刚想长篇大论，看着思齐生气的模样，突然清醒了点儿，赔笑道：“老婆，我打小就喜欢看你这生气的样子，噘着嘴，说不出的好看。明天我陪你上街买礼物，好不？今天赢的钱，全都给你买包，买鞋，好不啦？”

“谁稀罕！”

冯力嘿嘿笑着，拦腰抱住陆思齐想亲她。但冯力满嘴酒气，陆思齐一闻就不耐烦地别开头，想推开他。

“你少碰我！”陆思齐推了一把冯力，他差点儿从沙发上滚下去。

“你干什么去？”

“我今天要熬夜写材料，明天得给分公司开会呢。”

“你什么意思？你是我媳妇儿，我还碰不得了？”

“冯力，你那些邪火别向我发，去跟你酒桌上那些个上不了席面的女人发去！”陆思齐也生气了。

冯力愣了一下，辩解道：“你看见了？哪儿来的女人？你少听那些个人乱嚼舌！”

思齐轻蔑地喊了一声：“要想人不知，除非己莫为。无所谓，我不在乎。”说着陆思齐关上了书房的门，将门反锁了。

冯力自讨没趣，靠在沙发上看电视。电视里，还是庞恩岳的采访。他冷笑着嘟囔：“不想让我碰，不就是心里惦记这孙子吗？以为我瞎呀？早晚有一天，我把你这张伪君子的脸捣成糨糊！”

陆江涛办公室里，秘书正在向他汇报工作。

“咱们江海集团的 IPO 上市申请，已经被证监会发审委否了。”

“原因呢？”

“主要就是说我们财务制度不规范，股权较为分散，内部控制机制不健全等等。”

“停停停，听不懂。说来说去，嫌我们土气呀。非得像那些洋公司那样，这制度那管理的，扯得神神乎乎的吗？”

秘书深知陆江涛的脾性，也讨好地说：“发审委那些人就是迷信西方那一套。”

“谁叫咱是学人家的呢？问题是保荐人也没跟我们说呀，这不是坑人吗？那我们是没戏了吗？”

“也不是，让我们尽快提交补充材料，规范财务制度，完善管理架构。”

“行行行。”陆江涛听得一头雾水，不耐烦地挥着手说，“你去忙你的吧，这事儿我来处理。”

陆江涛的办法，自然是找人帮忙。多年打拼下来，他在上海商界已经有了可观的人脉。稍一打听，就有一位老板给他推荐了位高人——上海证监会稽查处新上任的陈科长。按那位老总说的，只要按他指点的操作，上市毫无问题。

但陆江涛虽有人引荐，却奇怪地跑了好几趟都没见到这位高人。陈科长要么不在，要么就是在忙，总之是见不到人。一次两次还有可能是意外，连跑了三次还没见到人，就让他感到有些奇怪了。

这天，陆江涛又一次来到证监会。这次他没有像之前一样乖乖排队，而是直接往稽查处走去。之前接待他的工作人员连忙拦他："哎，同志，你不能这么闯进去！"

陆江涛脚步不停，不耐烦地推开他："别拦我，我不是办事，我找亲戚。"说着他已经推开了稽查处的门。一名干部模样的人正低着头在抽屉里翻找东西。那个拦着陆江涛的工作人员连忙说："陈科长，江海集团的陆总来了。"

看来这就是陈科长了。

陆江涛看不到那个人的脸，忍着气道："您就是陈科长？科长好，我就是托老孙过来找您的人，我这都来了第四趟了。"

那个干部背着身子，依然在找东西，终于找到了一摞材料。

"才四趟就烦了？那好啊，嫌烦，你不来不就没事儿了？"

陈科长抬头的刹那，陆江涛看清了他的脸。这位传说中的高人，居然是陈建。

"是你？"

"是我！陆总好，山不转水转，我们又见面了。"

看着陈建一副志得意满的样子，陆江涛愣住了。

"坐啊，怎么见了我，都不敢坐了，坐坐。"

陆江涛大大咧咧一屁股坐到办公桌前的凳子上，还是忍不住问了句废话："怎么是你？"

"怎么不能是我？"

"哎哟，还托人绕这么大圈子，原来是你呀？"

"除了我，还能有谁？"

"这是……人模狗样了？"

"也可以说是人五人六！"

两人你来我往，冷嘲热讽几句，都发现了对方不怀好意，沉默了片刻。

陆江涛突然说："行，我没问题了，不问了。"

陈建拿起刚刚从下面抽屉里拿出来的江海集团的申报材料，说道："陆总别着急，这份材料是我堂舅递过来的，我看是你们江海集团，其实还挺用心地看了。毕竟，咱们关系不一般。”

“还给我。”

陈建无所谓地把材料推到江涛跟前。

“这就是一堆废纸。”

陆江涛愤怒地看着陈建，陈建冷笑着说：“不动拳头，你陆江涛是不是就不知道事情该怎么办了？其实我觉得呢，咱们都过了意气用事的年纪了，现在玩的是脑子。我没有想到，就你们两个捡破烂的出身，搞几个小超市，也想到资本市场来圈钱，真是痴心妄想！你想要咨询上市，我现在就告诉你，门儿都没有。”

“你说没有就没有，你算老几？”

“我算老几？我吃公家饭的，我老几都算不上。但是我懂证券，我懂法律。”

“你懂？你懂你告诉我，让我听听你能说出什么花来，别公报私仇！”

“呵呵，我跟你最大的区别就是我受过高等教育，我就算公报私仇，我都报得合理合法。我实话告诉你，就你们那财务管理，也就是记个账吧，对于严格的资本市场，这就是笑话。还有啊，你们兄弟合伙开的企业，就是比个体户大点儿，一看就是家庭作坊式的管理，跟资本市场要求的现代化企业管理制度毛都沾不上。所以我说你们想上市绝对没戏。回去老老实实开店吧，别店都开不下去，回头再去捡垃圾。”

陆江涛强忍着揍陈建的冲动，冷冷丢下一句：“你等着！”然后离开了。

“不送啊，陆总。”陈建在他身后得意地笑着，看陆江涛出了门，拨出去一个电话。

“是我，陈建。”

电话里传来陆思齐的声音：“不是说别再联系我了吗？”

陈建看着桌子上江海集团的一堆材料，说道：“我是不想和你联系，但你们江海问题多多啊，我不得不以一个老同学的身份提醒提醒你。”

“你什么意思？”

“你们的下属子公司——中捷房产存在的问题实在不少，乱账、项目管理……”

“不需要你操这份闲心！”

“是，你们上市申请，有证监会发审委定，我是管不着，但谁让我是个眼里揉不得沙子的公民呢？我看你们中捷地产跟江海集团这关联关系，怕是有不少利益输送吧？你觉得我要是写份材料，交到发审委，你们上市还会有戏吗？”

“陈建，你别乱来！你到底想怎么样？”

陈建微笑着说：“我不想怎么样，就想约你出来喝会儿茶……”

陆思齐思考了片刻，咬牙答应下来：“好，你说个地方吧，我去……”

“谢谢你，我就知道你会愿意的。”

陈建说了一个地址，挂掉了电话。

陆思齐此刻正在公司里，接完电话后，她努力平静了一下，拿起包出了门。走到停车场，不远处陆海波刚刚停好车。

“思齐？”

陆思齐却因为心事，恍惚中没听到一般，自顾开着自己的车走了。陆海波奇怪地看着小妹的车离开，又重新上了自己的车。

陆思齐的车行驶出两条街。本来跟在后面的陆海波被一个红灯卡住，只好远远追着。又走了一段，陆思齐的车驶进一个停车场，陆海波也拐了过去。但停下车后，已找不到妹妹的身影。一种莫名的心慌使得陆海波有点着急。走了两圈，才找到妹妹的车，这才确定她确实是来了这里。楼上有一家饭店，一家茶楼，陆海波急匆匆地上去，却不知道妹妹在哪家。

茶楼的包间里，陈建和陆思齐面对面坐着，陈建神情得意，陆思齐面无表情。

“陈建，我们之间真要这样吗？你真要把江海赶尽杀绝吗？”

“言重了，哈哈。就算我把材料交给发审委，他们也不能把你们怎么着，顶多是不让你们上市。不上就不上呗，对财大气粗的江海来说，那根本也不是个事儿。”

“你做这些，都是因为我吧？”

“对，归根结底是因为我还爱你。思齐，这件事其实没那么复杂。看在我和你，还有陆老大、陆老二在一个弄堂长大的情分上，这件事你求求我，还是能解决的。”

“怎么解决？”

“很简单，你跟那个二百五冯力离婚，和我结婚，这样我们就是一家人了。江海上市，不用你们说，我帮你们搞定。”

“你这是赤裸裸的要挟，你就不怕我去告你？”

“这有什么好告的，我贪你们家钱了吗？我们本来就是相爱的，我们当初可是连结婚证都要扯了的，只不过让那个冯力钻了空子。这种事情，你去说，你去告，说得清楚，告得明白吗？”

“陈建，我真想不到你会变成这种人。你这是敲诈！”

“随你怎么说！我隐忍这么多年，就是为了有一天回来找你，谁也拦不住！”

陆思齐的眼神冷冷的，从口袋里掏出一个录音笔。

“是吗？”

陈建看到录音笔，脸色立刻变了：“你干什么？你录音了？”

“陈建，你怎么忘了？你我都是记者出身，保留证据，这不是基本常识吗？”

陈建脸色煞白。

“你这是……你这种证据法庭是不会采信的。”

“用不着，说到底我做不到你那么无赖。不过，如果我把它放到网上。你因为感情，蓄意陷害江海，你这公职身份还保得住吗？”

“你……够卑鄙的！”

陆思齐的声音高了起来：“那都是拜你所赐！”

“拿过来！”

陈建过去抢，早有准备的思齐将录音笔抓回来，提起包就往外跑。陈建立刻冲上来强抢。两人正在厮打之际，陆海波推开门冲了进来，上前将陈建推开，抬手给了他一个大嘴巴子，陈建被扇得满嘴是血，气急败坏地惨叫着：“你！陆老大，你敢打我！你们一家都打过我！”

“要不看在你姆妈的面子上，我今天打死你个不成器的东西！三儿，我们走！”

陆海波骂完，拉着妹妹离开了。两人刚走到街上，陆思齐就哭出声来了。陆海波搂住妹妹的肩头，轻轻拍着她。

“没事儿的，三儿，有大哥呢。不怕，不怕……”

一家人又坐在了一起。

陆海波看着大家，首先说：“这次的麻烦，其实是我们授人以柄。正所谓苍蝇不叮无缝的蛋，对吧？我们如果是颗好蛋，别说苍蝇，就是黄蜂它也叮不动。”

陆江涛点点头：“大哥批评得对。”

“所以我们要重新启动上市事宜。中捷那边，你尽快查补漏洞。实在不行，就让老三帮你捋一下账目，一定要弄清楚。还有财务制度咱要取取经，得学着人家建立完善。陈建给我们提了个醒，这也是我目前最头痛的事。咱要想上市，真得找一个懂得运作上市的好帮手。但是吧，咱这一群人，谁都没有经验，这都是专业的事情，得找个这方面的高手。你们想想，要是有这样的人，咱不惜一切代价，高薪聘请。”

众人你看着我，我看着你，陆思齐突然眼珠一转：“大哥，我能推荐一个吗？”

陆海波来了兴趣：“赶紧说啊？”

林霞已经明白过来，抢过话头说：“你糊涂了？庞恩岳的东洲集团都要活不下去了，它是市里的老国企，过去生产无线电，后来又做橡胶，但还是船大调头难……”

陆思齐说：“我大师兄庞恩岳在海外留过学，在国外投行工作过，也曾深度参与企业上市。因为理想回国参与了国企建设，但因为体制比较僵化，他那一身本事，没有施展空间。最近他跟我说过，他们企业已经连续好几个月，要跟银行贷款才能给工人发工资了，银行已经不再向他们开口子了。”

“这倒是个不错的选择。江涛，你不是一直想把庞恩岳挖到咱们集团来吗？干脆，你去跟他谈谈，我们江海可以把东洲集团收购了。”

“好主意！收购后，原来的无线电和橡胶能转产就转产，不能，就干脆把地腾出来开发……”

“你这脑子，天天就转在房地产上。”

陆江涛嘿嘿直乐：“你别光说我，我看你琢磨起生意来，也贼精贼精的。既想要人家的人，还想要人家的企业。不过，这庞恩岳可不是那么容易搞定的，必须董事长亲自出马！”

“所以得你去啊？”

陆江涛收敛了笑容：“不，大哥，该你去！我可能太激进，太心急了。江海这条大船，还得你来掌舵，才能走得稳，走得顺。”

几人都是一愣。

两天后，东洲集团里上下，早早就准备好了迎接陆海波的参观。原来东洲集团早有寻求收购的意向，只是苦于条件苛刻、规模庞大，没人敢接手这样的老厂。

双方的初步洽谈进行得极为顺利。流水线上，庞恩岳边走边给陆海波介绍着。陆海波感慨：“您这厂子，真是不小啊。还是国企威风呀。”

庞恩岳苦笑道：“陆总也学会说反话了？您都看到了，负担太重了，我拖不起了。”

“所以，我跟您说的那个收购方案，您考虑得怎么样？”

"陆总是厚道人，出的这个价格已经让我很意外了。不但够我还银行借款，还能解决大批退休人员的生活、医药费等问题。换了谁，看到这样的优厚条件，都巴不得马上签了字。可我不能，除非……"

"除非什么？"

"这个……还是不说了吧，这个条件有点强人所难了。"

陆海波看着那些还在工作线上的职工，笑道："你说的是他们吧？"

庞恩岳歉疚地一笑："正是。退休人员是解决了，可这些在职职工呢？他们也得活着呀，我不能把厂子一卖，丢下他们不管……"

"还有多少职工？"

"在册职工……2080 名。"

陆海波思虑着，眉头不知不觉拧在一起："不少啊。"

"是啊，很多人一听这个，掉头就走。"庞恩岳看陆海波的表情，宽慰道，"陆总不必为难，我的工人，我总能找到办法养他们……"

"我同意。"

庞恩岳愣住了："陆总？"

陆海波笑着说："我同意。原东洲集团的员工，一个都不能少，我全部接收。将来能转产，就让他们还在生产线；不能，就全部进江海连锁，我保证，只要江海不垮，就永远有他们的饭吃。"

庞恩岳眼睛有些红，他紧紧握住陆海波的手，激动地说："谢谢，我代表东洲集团的 2080 名职工感谢您！"

"庞总言重了。那接下来，您准备做点儿什么？"

"我？算了，我想休息一下，为了这个东洲集团，我太累了。"

"那不行，我说的一个都不能少，包括你，你必须到江海集团来做副总裁！"

庞恩岳再次愣住了："我？"

"对！"

"陆总说笑了，我把一个大型国企做垮了，你还要我？还副总？这玩笑开不得。"

"我没开玩笑。"

"我……考虑一下。"

"那两千员工的安置，我也得再考虑一下。"

庞恩岳第三次愣住。陆海波正凝望着他，眼神里满是坦然与真诚。

参观很快结束了。其实相关资料江海集团已经仔细研究过，参观不过是走过场。参观完了虽然时间还不太晚，但按进程还是安排了晚宴。饭后，庞恩岳独自在厂区漫步，爬上了厂区后面的一座山。多年来，他曾无数次在这里散步，思考集团的运营与决策。脚下鳞次栉比的厂区总能让他油然而生一股强烈的责任感来。这么多人，这么多家庭，都靠他来生活。今天他终于要放下了，为他们谋求了最后的出路。

夕阳西下，庞恩岳望着山下，坐在了地上，静静地看着日光渐渐暗下来。不知何时，陆思齐坐在了庞恩岳的身边。

“大师兄。”

“思齐来了？”

“您在看什么？”

庞恩岳有些感伤：“看我们的厂子。门庭冷落车马稀啊。十年前，哪是这般光景，想想，真的让人伤心。”

“这不怨您，可能是体制的问题。”

“不管什么问题，作为东洲集团的一把手，我对不起我的员工啊。”

“我大哥说是要帮您的。”

“我知道，我们谈了，只要我过去做你们的副总裁，他就接受我全部的条件。”

“那您还犹豫什么啊？”

“当然犹豫了，去江海集团做副总裁，被你两个哥哥领导着，我这……”

“面子上挂不住？”

“也不是面子上挂不住，还有……”

“您放心，我大哥是真诚邀请您，把我们江海集团，从家族企业转变成用现代化管理的企业。”

“我懂，你大哥，还有你二哥都了不起啊。说起来也就是几年前，他们没钱的时候，我还帮着他们凑局呢。”

“所以说他们还是尊重您的，您过去之后绝不是被领导，是去教我们。”

“其实这些年，我对江海集团一直很上心。思齐，你知道为什么吗？”

“为什么？”

“因为有你这个小师妹啊，但是真要进去了，我还真不知道……唉……”

陆思齐笑了：“大师兄什么时候变得这么患得患失了？您放心，只要您进了我们江海集团，需要怎么做，我都协助您！”

“那我还有最后一个条件，请转告你大哥。我拒绝他谈到的给我江海集团的股份，我也不拿年薪，我想像一个打工仔一样，只拿月薪。”

陆思齐一愣，随即理解了，说：“好，我大哥说了，您提的条件，全部答应！”

庞恩岳微笑着望着陆思齐，陆思齐微笑着望着庞恩岳。

“行，我去！”

江海集团的董事会上，一片掌声。所有股东都很高兴，除了冯力。

掌声稍息，陆海波道：“请庞总给我们讲两句。”众人再次鼓掌。

庞恩岳有些激动地说：“感谢大家，感谢大家。说句实话，我从来没有想到，在东洲集团的危难时刻，竟然是两位陆总慷慨相助。令人感动、感激、感慨。我在这里只想说一句话，士为知己者死。我一定不负两位陆总的重托，努力把工作做好，让江海集团插上资本的翅膀，腾飞起来！”

陆江涛笑说：“庞总，我们的希望就全靠您了，还有什么条件，一口气都说出来，我全都给您办了！”

陆海波也说：“对，他办不了的，我来办！”

所有人都笑了。

“我只有一个小小的条件，我希望陆思齐来和我搭档，我知道大小陆总邀请我加盟的用意，要我改革江海集团嘛。我也知道思齐才是咱们集团隐藏最深的一把利刃，我要借用这把尚方宝剑！”

众人欢笑，只有冯力憋着气一言不发。

陆海波和陆江涛异口同声：“没问题！”

这是2008年初。几个月后，在庞恩岳的帮助下，江海集团终于在上海证券交易所敲钟上市。陆家全家人都盛装出席，陆江涛热泪盈眶，眼神在人群中逡巡了很久，却没有发现温泉和孩子，不由得有些失落。

自此，江海集团有了家电卖场、百货超市和中捷地产三大产业，加上来自东洲集团的无线电和橡胶产业，通过接二连三的融资配股，集团总资产在很短的时间里完成了翻番的任务。江海集团，真正成了沪市商界的一条大鳄。

第九章 ◈ 破镜重圆

Chapter 9

1

中捷地产1791号项目部，陆江涛和庞恩岳快步走来，一边走一边说。

陆江涛道："听您的意思，最近1791号地块融资不像前一段时间那么顺利了？"

"美国的次贷危机，已经到了一个顶点，一旦爆发，对全球经济的影响不可小视。一些投资人出于风险防范，已经有点撤火的意思。"

陆江涛走到沙盘前，看着产业园的建筑模型沉吟着："最近中捷房产的资金本来就吃紧，这样下去，我们什么时候才能把这楼盖起来？"

"陆总，现在我们的野心太大，摊子太大，不妨稍微放慢脚步。不一定非得明年就把这大楼盖起来，可以后年，甚至是三年后……"

"不，话已经说出去了，哪儿有再收回去的道理？这个时候，就是一场信心博弈，我们稍微犹豫一点儿，投资者就会失去信心抽身离场，那时候，我们更被动。庞总，明年年中，这座东方硅谷科技园就将在我们手中建成。这样，你马上找思齐商量一下，调动一下她以前的媒体关系，在中捷的1791号地块和中捷跟江海集团的关系上做大文章，拉涨江海集团股票价格，差不多的时候咱们质押出去一部分股票，就够补充1791号地块建设资金了。"

庞恩岳笑了："你是尝到了资本市场的甜头了。"

"这得感谢你啊，幸亏你帮我们江海集团顺利上市了，我才敢踏出这一步。资本市场，就是我们撬起世界的支点。"

"您现在知道利用资本市场做企业跟传统做企业的不同了吧？"

"你带我见识了一个新世界。以前做企业，是拿自己的钱去拼。现在，是拿别人的钱去投自己的生意。收益不是一个量级呀！我急着把这楼盖起来，也是为了中捷房产尽快独立上市。把别人口袋里的闲钱，拿来用用，越多越爽！"陆江涛说着说着，美得自己都笑了起来。

庞恩岳冷静地提醒他："凡事不可操之过急，还是稳扎稳打的好。"

"我发现你现在说话的口气怎么越来越像我哥？哈哈，是你硬拉着我上跑道的，你可得陪跑啊。走，肚子饿了，吃饭去。”

靳鹏生被举报入狱后，顾亦雄就和丹丹离婚了。丹丹一度变得疯疯癫癫。思思有时回来照顾她，才又渐渐好了一点。顾家原本的豪宅因为疏于打理，已经变得有些杂乱。思思打开门，走进来。保姆听到声音，走出来一看，唤道：“丹丹阿姨，小姐回来了！”

丹丹闻讯，从屋里出来。她的胳膊上戴着黑孝，眼睛红肿，显然这几天一直在哭。看到女儿，她愣了一下，然后扑过去抱住思思，号啕大哭起来：“思思，我的乖女儿，你可回来了！你外公没了，什么话都没留下。监狱里的人跟我说，头天晚上还好好的，第二天发现的时候，人已经冷了……”

思思的眼泪也流出来了，但她没像母亲那般激动。她轻轻拍了拍母亲的后背，说：“姆妈，进去说吧。”

“哎，进去说，进去说。饿了吧？玲玲，快给小姐弄点儿东西吃……”

“我不饿。”

思思随着母亲进了客厅，问道：“妈，家里怎么这么冷清？不设灵堂吗？”

“唉，自从你外公出事后，以前的同事和朋友躲还来不及，谁还愿意来咱们家？他走后，我挨个儿给他们打电话，没一个人愿意来，设灵堂给谁看呀？”

思思点头，轻轻叹口气：“让外公走得清净点儿，也不是坏事儿。妈，咱们现在就去火葬场吧。”

“后天才火化，现在去干什么呀？看了难受……”

“难受也得去呀。要给外公穿寿衣、化妆、订骨灰盒，还有好多事儿要做呢。”

丹丹突然又变得焦急起来，似乎还没痊愈：“啊？怎么还有这么多事儿呢？”

“你呀，这些年在家里都待傻了。”

“是啊，妈现在活着跟死了一样……都是顾亦雄那个挨千刀的害的！白眼狼！女儿，你可一定要记住这份仇恨，不然，你外公死不瞑目呀！”丹丹说着，又开始涕泪交流，像老太婆一般絮絮叨叨，“女儿呀，姆妈说了这么多，你怎么一点儿都不难过？你难道一点儿都不恨你那个王八蛋爸爸？如果是那样，姆妈就白疼你了！”

思思冷冷地说：“有感情就一定要有泪？好了姆妈，不伤心了，把眼睛都哭坏了，走吧……”

“哦，不哭不哭……”说着丹丹去找包出门，眼中全是茫然。

思思的表情很平静，因为她经历过了更巨大的悲伤。

陆思齐操作的新闻稿没几天就大规模地铺开了，效果也确实如陆江涛所预期的，江海集团的股票势不可挡，以一个涨停板回报了他的工作。然而陆江涛还没高兴多久，就突然接到了大哥的电话，急急忙忙赶往大哥家。

一进门，就看到陆海波手里拿着一份《财经日报》，上面正是陆思齐按他的意思炮制的新闻稿，假借其他记者之名刊发的。

“知道现在老街坊们都说咱们陆家什么吗？”陆海波语气里满是不高兴，“说我们陆家出了个明星，曝光率特别高。”

坐在旁边的林霞扑哧乐了。陆江涛拿过报纸看着上面的自己的照片，也嘿嘿笑着说：“别说，我还真挺帅的”

陆海波气呼呼地一把抢过报纸扔掉，喊陆江涛：“你严肃点儿！三天不打，你上房揭瓦！你讲中捷就讲中捷，大量的篇幅在讲你们的地标跟江海这个上市公司的关系，中捷不是财务独立核算吗？你这分明是想拉高江海股价！”

“哟呵，士别三日，当刮目相看啊！我这么高的智慧都被大哥看穿啦？是，没错，我是拉高了股价，拉高一个涨停就意味着我们节省了 10% 的成本，我们就少质押一成的股票，我这不是为江海考虑吗？再说了，我们的公众股股东他们是诚心要做股东的吗？他们是看中我们的企业，还是我们的人？大哥，咱别自作多情了，一个涨停板，就能让他们爱你，一个跌停板，分分钟就能让他们恨你。他们不过把我们当作炒作的工具，所以他们把买卖股票叫炒股，而不叫投股。他们是投机，我——才是投资，我才是被他们利用的呢！”

陆海波长叹一口气道：“江涛，你变了，我同意上市，是想把企业做大，是想让更多人有工作有饭碗。这些散户，把他们的血汗钱拿出来，投了我们的信任票，他们是曾经跟我们一样，有对幸福生活的憧憬，有对过上好日子的向往，有老婆，有孩子。我们受尽冷眼累死累活有了今天，终于有了可以帮助别人的资本，你不觉得，你在帮助过去的自己吗？”

陆江涛嘟囔着：“过去的自己？过去我们捡破烂儿的时候，你说的那些无辜群众，谁正眼瞧过我们？陈建姆妈整天在巷子里骂我脏，骂我臭。这新世界，是我们兄弟一手打造出来的。”

“我说不过你。总之，江海集团不是你一个人的企业，你不能把江海当作中捷的提款机，任何通过江海公司的投资流程，都要走正常的程序，通过股东大会来决定。否则我无权给你一分钱！”

“哥，咱们一个锅里搅马勺，您能不分得这么清吗？我是你弟呀！”

“你还把我这个哥放眼里呀？我看你现在是尾巴翘上天了，我说一句，你有十句等着。反正我告诉你，你自己的屁股自己擦，中捷没钱，正好停工，别坑了股民。”

陆海波说完，丢下弟弟，回自己书房了。

陆江涛莫名其妙地问林霞：“嫂子，你看我哥，他是不是更年期提前了？”

林霞瞪他一眼：“胡说八道！”

“那你劝劝他，别让他这么古板，眼看着钱在那儿向我们招手，他就拉后腿！”

“江涛，你哥哥的话未必没有道理。我现在不在集团任职，很多话我实在不方便说。但有一点，无论何种原因，中捷房产作为子公司，都不该拖着总公司下水。在你哥心里，那是一万多个家庭的饭碗。钱，可以慢慢挣……”

陆江涛听完一脸惆怅，嘟囔着：“真是宁可跟明白人打架，不跟糊涂人说话！哥，我走了啊！”

陆海波的声音从书房里传出来：“滚！”

被训归被训，陆江涛仍然实行着自己的计划。没想到股票并没有如他预期的继续上升，而是在两天后突然下跌。因为发生了一件事。

这天，庞恩岳正在工程指挥部忙碌着，突然大门打开，进来了几个人。为首的一人直接说：“我们是市绿化和市容管理局的，有人举报你们擅自违规倾倒建筑垃圾，污染黄浦江，请你们负责人出来。”

庞恩岳连忙迎上去说：“我就是，不过我们一直有渣土管理专职人员和专门的车辆，也有固定的处置渠道，不可能是我们吧，您是不是搞错了？”

另一个人拿出两块牌子扔在桌子上，斥责道：“搞错了？你看看是不是搞错了。”

庞恩岳低头看去，发现两块牌子都是断了半截的工地安全警示牌，一块上面写着“我们的城市有你的血汗，你们的安全是我们的心愿”。这句标语还是陆江涛想的。另一块牌子上写着“城市地标，文明施工”。两块牌子下面都有一行小字“中捷地产宣”。

庞恩岳解释道："同志，这确实是我们的东西。可是，这真不是我们丢弃的呀。我们中捷一直是规范管理，对渣土有严格管控……"

"你这个老总，还有没有点责任心，有没有点社会公德啊？你都说了，东西是你们的，还就是坚决不承认，什么态度？我们是执法人员，我们只看事实。来，给你看看照片，你看过不过分？"

庞恩岳看了看那人递过来的照片，一大片渣土被倒在江边，在美丽的江景面前显得格外丑陋。

庞恩岳愣住了，思忖片刻，说："会不会有其他人……"

"你们这些乱倒渣土的企业，一碰到事了吧，就会推卸责任，什么其他人？合着你们工地垃圾还是金银宝贝了，人家还花几百上千的雇车帮你拉，帮你卸，还帮你处置不成？根据《上海市建筑垃圾和工程渣土管理规定》，我宣布，即日起，你们这个地块的工地停工整顿。等待处理意见！"

媒体仿佛嗅到了血腥味的蚊子一般，第二天就开始报道这件事。而江海集团的股票也随之下跌。陆江涛的如意算盘没打成。刚刚教训了他的大哥立刻上门兴师问罪。陆江涛吓得让庞恩岳去接待大哥，自己躲了起来。等陆海波离开，才又和庞恩岳商量该怎么办。

摆在他们面前的，是一个巨大的挑战。一方面因为次贷危机，中捷融资困难，资金流陷入危机；另一方面又因为媒体风暴，使得项目投资人信心动摇。最令人不安的是，无论是莫名其妙被停工，还是媒体整齐划一的行动，都让人不得不怀疑是有人暗中操作，目标自然就是江海集团。因为陆江涛拉升股价在先，最后导致的却是母公司市值缩水。也就是说，股东们几乎不可能同意中捷从母公司获得帮助。现在两家公司绑在一起，一损俱损。这一切背后的黑手，究竟是谁呢？

讨论不出个结果，陆江涛只好先安排陆思齐从媒体上设法改变舆论风向。然后和庞恩岳约了几个相熟的银行领导，看能不能再找点钱来。

两人正商量事，财务总监许总突然来了。絮絮叨叨一阵，说了个事，听得陆江涛火冒三丈，大吼着："去把冯力给我叫来！"

原来是包工头在公司门口拦着财务总监催账。因为资金紧张，项目上已经压了一段工程款了。许总正苦口婆心解释的时候，正好遇到了喝得醉醺醺的冯力。冯力是项目经理，包工头一见到他自然就上来倒苦水。冯力听得不耐烦，把包工头和工人一顿臭骂。连“不想干就滚”这样的话都说出来了。顿时公司门口一阵闹腾，包工头要找陆江涛说理去。冯力一听陆江涛的名字才软了下来。

恰好此时，接到陆江涛电话的思齐走到公司门口，撞见了这一幕。陆思齐好言相劝一阵，又承诺三天之内结清款项，工人们这才离去。

陆江涛看看陆思齐，显然她是故意瞒着这件事，不想把事闹大让自己知道。

许总原本只是想说说财务上的事，没想到陆江涛一追问，加上陆思齐也在，全说出来了。此时陆江涛发了火，他走也不是不走也不是，尴尬地劝着陆江涛：“陆总，您先消消气……”

陆江涛执拗道：“不行，大白天的喝大酒，不给公司出力也就罢了，还四处拆台，看我不剥了他的皮！”

许总正想出去，陆思齐突然说：“二哥，你又要干什么呀？还嫌事儿不够大呀？咱们不能坐下来好好说会儿话吗？”

陆江涛气呼呼地问：“冯力是不是也给你气受了？”

“现在这些都不重要，对于公司来说，多一事不如少一事。”

庞恩岳赞许地向陆思齐点点头，说道：“许总，您先出去吧。”

许总答应着出去了。庞恩岳说道：“这件事思齐处理得很好。绝对不能让工人停工。一旦停工，消息传出去，后续投资都会担心风险而撤资。而且，江海集团的股票会持续下跌，那将非常可怕。”

陆江涛知道妹妹和庞恩岳说的都对，烦恼道：“三天时间，去哪儿找这么多钱？这股票真成了个烫手山芋。”

“我不是早就说过吗？股市里，有狼吃肉的时候，就有狼挨打的时候。”

“庞总，能不能再去银行想想办法，谈点儿贴现，拿出来先用用？”

庞恩岳有些惭愧：“怕是行不通，工行老刘那边不知道出了什么情况。本来对投资我们挺有兴趣，突然又说央行那边收紧信贷，他们今年的信贷额度已经放完了，要放，也要再等几个月，翻过年头才好操作。这会儿跟他们要贴现，估计也没戏。”

“上海银行那边呢？”

“廖行长倒是愿意帮忙，但是他跟分行那边汇报了，上头说我们跟他们谈的那笔授信贷款，他们审核后说不同意，认为中捷资质还不过硬，要贷也得抵押贷款。”

“这帮只管锦上添花，不管雪里送炭的银行，真碰到事了，全指靠不上。”陆江涛突然神色黯然，“看来这一次，真的要死定了！”

“陆总，我看，还是找你大哥帮忙吧。一家人，他总不会见死不救……”

陆思齐也说：“是啊，二哥，大哥肯定会帮你的。这么多年，遇到困难时他哪次不是挡在你前头……”

陆江涛摇了摇头：“正因为这样，我才不想再让他为难。最近因为我这边的原因，江海集团市值缩水，大哥又是把股东利益看得比自己还重的人，这个时候告诉他，那不是逼他赎出自己的股权给我吗？那都是他的辛苦钱，我不想动。再说还有林霞。大哥的这份幸福得来的太不容易了，我不想因为这栋楼再让他的生活受影响。”

陆思齐说：“那就用我的那份股权，我也是江海的股东。”

“傻呀！你动了自己的股份，大哥能不知道？”

“这也不行，那也不行，那怎么办呀？真要停工呀？”

“别急，咱们再想想办法，办法总会有的，会有的……”

可是能有什么办法呢？股东大会上也没有通过给中捷地产输血的提议。最终，还是陆海波减持了个人的股份，才帮陆江涛暂时续上了资金流……

但这无异于饮鸩止渴。在陆思齐的努力下，江海的股价虽然稳住了，但中捷的资金问题却仍然摆在众人面前。1791 号项目当初为了和一些大国企竞争，陆江涛拍板答应了垫资要求。想要项目继续运行下去，需要的资金是天文数字。

◆2◆

咖啡馆里，思思听着刘毅滔滔不绝说了半天。她安安静静地喝着咖啡，看上去一副心无城府的样子，似乎连刘毅究竟说了些什么，都没太听进去。半晌之后，刘毅终于说完，喝了口水，等待着思思的答复。

思思想了想，问道：“我弄了半天也没弄明白，你这么大的信托公司，为什么会找到我来负责？”

“这么说吧。信托公司一般都是空壳，我们这个也是。但有一大笔资金进来，他们点名要投房地产。”

“然后呢？”

“我建议他投 1791 号地块。”

思思一愣：

“你是说，陆江涛的那块地？”

“对。前一阵，我一个很好的做基金的朋友，叫李星程。他跟我说陆江涛正在四处融资，但是最近监管形势严峻，股市又很火爆，大家都不愿意把钱投实体。所以想问问我有没有投资意向。其实我觉得这个项目，是很有前景的，将来盈利情况一定不错，当然也有风险。但是你知道，我以前在你爸手下做事，你爸跟陆江涛几次对决，我也在场。本来我想生意场上无死敌，还是想化干戈为玉帛，我也找过陆江涛，但是很明显，他的记忆太好，以至于好过他的赚钱欲望。”

“那是应该的，你们做事不地道，还指望别人当没发生过吗？”

“但他是真的缺钱，我已经调查过了，他们的现金流根本撑不到结构封顶。而且你父亲因为上次被陆江涛摆了一道，他已经在圈里说如果谁跟陆江涛合作，谁就是他的敌人。”

“为什么告诉我这些？你不是帮我父亲的吗？为什么不怕我爸去投陆江涛？”

“我告诉你，第一，是因为我想借这个绝佳的投资机会，搭上江海集团的顺风车，狠狠地捞一票；第二，我以前帮你爸，现在我独立了，我想给自己做个主；第三，我当然还是怕你爸的，所以我希望你替我出头，就算有什么不测，你爸至少不会拿你开刀。”

“拿我当挡箭牌？你算盘打得很精，为你自己想得很透彻。那你有没有帮我盘算盘算，我为什么要帮你？”

“我依然给你三个理由。第一，江海毕竟是你的老东家，当初 031 地块能拿下来，你在中间也立下过汗马功劳。可以说，没有你，这块地他陆江涛就拿不下来，你总不会眼睁睁看着它就这么成了烂尾楼吧？第二，现在 1791 项目干到了一半，只有前进，没有退路，否则，它会拖垮整个江海集团。据我所知，你还是江海集团的股东，你总不希望你的股票亏损吧？那可是你将来的嫁妆钱哦……”

思思白了他一眼，说：“真是狗鼻子，包打听，什么你都知道！”

刘毅抬起手眼睛一瞪：“我拍你啊，怎么跟叔叔说话呢！”

思思顽皮地一乐："我错了，我错了……那第三条呢？"

"这两条还不够吗？"

思思定定地看着刘毅，看得他都有些不自在了。

"你这孩子，看什么呢？"

"我来替你说第三条！——这笔钱，是顾亦雄的，对吗？"

刘毅愣了一下道："瞎说什么？我不是跟你说了？我都跟你爸一刀两断了。"

"你们断不断和我没关系。他的钱，我用！"

"思思，你什么意思，我怎么被你搞糊涂了？"

"这有什么难懂的。顾亦雄能出钱帮陆江涛，瞎子都知道这是个圈套。所以，你们会利用我去接近陆江涛。我也想对付陆江涛，可我没有钱，没有能力，正好，我们各取所需。所以，你只要回答我，是不是他的？"

刘毅有些吃惊地问："思思，你不是一直对陆江涛有好感吗？"

"这不是你一个大叔该关心的事儿！我们只说这钱，是他的，我就答应；不是他的，咱们喝了这杯咖啡后就散，你还是我刘叔，就当这事儿你没提过！"

刘毅盯着思思看了半天，她的眼神似乎已经洞悉了一切。刘毅突然觉得，这个自己看着长大的小姑娘，不知道什么时候已经变得深不可测了。

"是。"

"那我答应！"

李星程带着陆江涛还有庞恩岳，打开一个僻静的小院门。门是中式传统月亮门，门楣上没有任何招牌，似乎只是古代的一户平常人家。但这里不远处却是闹市，小院里一草一木都很别致，石砌的院墙和厚重的木门显示，这处庭院花了很大的心思，并且耗资不菲。

李星程一边走一边介绍着："这里是不才跟两个朋友合伙开的，因为我没时间打理，也没有多正式，就是朋友间喝茶聊天的地方，偶然接待朋友介绍来的客人也只收点工本费。"

说这话，李星程已经将两人带进一间雅致的屋子。服务员端着盒精致的木盒送上来，李星程小心地从里面取出几片木片状东西，架在一个古雅得像是文物的支架上，下面熏上火，一会儿一阵异香扑鼻而来。

庞恩岳笑道：“好沉香！”

李星程笑着摆弄着茶具，说道：“不过就是普通的沉香而已。陆总还满意吗？”

陆江涛笑道：“我就是个农民企业家，不懂得享受这些东西。李经理，您说一会儿跟我引见的人，几时到啊？”

“快了快了，先喝杯茶。”

就在这时，门口传来一个女子的声音：“各位久等了。”

陆江涛转头一看，愣住了。来人居然是思思。

思思大大方方地坐下说：“好久不见啊，陆总。怎么，不认识了？”

李星程意外道：“你们认识？”

陆江涛有点乱，忙说：“哦，认识认识……认识就好说了。”又对庞恩岳介绍着，“庞总，这位靳思思小姐是云思信托总经理。靳小姐，这是江海集团副总庞恩岳庞先生。”

思思礼貌地和庞恩岳握手：“庞先生好。”又对陆江涛伸出了手：“陆总，我才开始学着做投资，以后请多多关照。”

陆江涛始终在观察思思，思思新的身份让他一时间摸不着头脑。看到她伸过来的手，有些怀疑地伸手过去，轻轻握了一下，声音有些哑地说：“互相关照。”

庞恩岳始终没说话，看到了陆江涛的表情，察觉到什么。突然说：“李经理，既然靳总和陆总认识，不妨让他们直接开谈。我呢，没见过什么好东西，到你这里来正好长长见识。带我看看你那收藏的好货呗。”

李星程也明白过来，站起身说：“行行行，你们先聊着。我新进了个东西，请庞总掌掌眼。”说完两人出去了，屋里就剩陆江涛和思思。

陆江涛有些恼怒地嘟囔：“你来干什么？”

“来投资啊。”

“你知道我今天会在这儿？”

“知道啊。换别人我还不来呢。”

“胡闹！”

“我怎么胡闹了？陆江涛，你别看不起人啊，我现在是信托公司的老总，我也知道你缺钱，我来送钱，不行吗？这世上还有把钱往外推的道理？”

“那也得看是谁的钱，你的，不行！”

思思一挑眉毛，道：“我猜得不错的话，这次你面前根本就不是一道坎儿，是个坑，是条河，你过不去，就别死扛着！死要面子活受罪！”

“那是我的事儿，不用你管！”

“陆江涛，你讲不讲道理？投资家跟企业家不是天然的合作伙伴吗？你放心，我不白投，我需要你的1791号地块做抵押，而且我要利息的！”

“这个算什么条件，我借谁的钱，都要有抵押有担保，还利息是应当的！”

“那我要的比利息狠多了，我要股权！”

“你要什么股权？你就是江海集团创始股东，你干股我给你代持着呢，你随时要随时拿走。”

“那点儿股权，经过了这么多年稀释，还能剩多少？在上海买个卫生间都够呛……”

“别说了，信托投资这事儿，免谈！”

两个人脸色都不好。恰好这时，庞恩岳和李星程回来了，看到他俩的表情都愣住了。陆江涛站起身来，向李星程点点头说了声谢谢，就头也不回地走了出去。

回去的路上，庞恩岳试探着问了问陆江涛情况，但陆江涛语气生硬地用一句“免谈”把他的话憋了回去。庞恩岳只好闷头开车。

次日，陆海波办公室里。陆思齐和林霞正在和陆海波聊天，门突然被推开了。三人一看，竟然是陈建。身后还跟着好几个穿制服的人。陆海波的秘书无奈地跟在旁边，苦着脸正想解释。陆思齐脸先拉了下来：“陈建，你来干什么？”

陈建却并没有看陆思齐，一本正经对陆海波道：“陆董事长是吧？”

陆海波觉得有些好笑：“陈建，你这又是唱哪一出啊？你我从小一个弄堂里长大，你这不是明知故问吗？”

“我在公干！此刻，我代表的是证监会上海监管局。”

陈建使了个眼色，一个随从将一封函给了陆海波。

陆海波看着函件，冷笑一声：“好大的阵势啊！这是什么？”

“协助调查函。念念！”

随从正准备抽出来念，陆海波忙拦住，揶揄道：“我识字，我自己来。‘江海集团：经我们初步调查，陆海波涉嫌违反《中华人民共和国证券法》有关董事、监事和高级管理人员股份转让的相关规定。为此，特需核实查证，请予以配合！’这函写得挺客气。”

林霞想了想，突然说道：“陈处长，我想这里边可能有些误会。转让股份是很正常的操作行为，不唯我们江海一家，恐怕所有上市公司都或多或少地存在这个问题。谁都有个需要拿钱救济的时候是不是？这样，请你和同事们，到我们的接待室坐坐，喝杯茶。”

“这位是林总吧，您说得对，转让不稀奇，但我们得查呀！这就看谁倒霉了。很不幸，这次你们遇到的是我。”

林霞还想说什么，陆思齐已将她拉开：“嫂子，别跟他废话，他就是公报私仇！”

“这位同志，你这是侮辱和谩骂公职人员，我可以告你的！”

陆思齐也不退让：“你敢告，我就敢奉陪！”

陆海波走上前，将妹妹拉到身后，说：“三儿，拳头不打上门客。公函上不都说了吗？请予以配合，那咱们就配合。林霞、思齐，你们去财务那里调出我们出入账记录，我在这里，接受证监会的任何问询。”

陆思齐愤怒地瞪了陈建一眼，但还是按陆海波说的去做了。陆海波关上门，坦然道：“各位，请坐吧！”

陆思齐很快带着资料回来了。陈建手下的人迅速开始检查，陆海波则和陈建沉默相对，各自怀着心思等候着。不多时，检查结束。陈建冷笑着带人离开。陆海波独自坐在椅子上闭目养神。

门突然被推开，原来是陆江涛和庞恩岳。

陆江涛关心道：“大哥，您没事吧？”

“没事，就是配合下调查。”

林霞埋怨道：“怎么说没事呢？你哥给你救急，抛自己股票的时候违规了。”

陆海波截住话头：“跟他没关系，是我自己处理账户的时候操作失误！”

庞恩岳说道：“我明白了，根据《公司法》规定，公司董事、监事、高级管理人员应当向公司申报所持有的本公司的股份及其变动情况，在任职期间每年转让的股份不得超过其所持本公司股份总数的百分之二十五。陆总应该是抛售股票的时候超过了这个限度。”

陆江涛急忙问：“那会怎么样？会怎么处理？”

“很难说，一般来说有可能会罚款，力度不会很大，最多几百万。因为是公司实际控制人和大股东，所以也有可能增加公司限售年限。”

陆江涛懊恼道：“都怪我，大哥是为了我才……都怪我。这样，我们尽快筹资回购股票！”

林霞道：“现在中捷那边资金链这么紧张，目前大家的股票更不方便动用，江海集团这里流动资金因为铺货，能动用的也不多。从什么渠道来呢？”

陆江涛咬咬牙道：“这个我来想办法！”

说完陆江涛出了门，走到电梯口，手机突然响了，是庞恩岳发来的信息：“希望陆总能够再次考虑和云思信托合作之事。”

陆江涛看了一眼，没有回复，按下了电梯按钮。

下了楼，陆江涛突然听到一阵喧闹声。保卫科长急急忙忙地跑过来，让陆江涛先别出去。陆江涛心中有些不好的预感，走到大门口，果然看到一群平常很熟悉的老街坊，正站在门口谩骂着，他猛地想起了当年的“毒饺子”事件，和今天情景很像。他甚至看到，当年那位大妈，如今老了很多，仍然混在人群里叫嚣着。

“陆总，您真不能出去，太危险了。您先回公司，我们会处理这件事……”

陆江涛犹豫间，陆海波已经带着陆思齐、林霞等人跑向了门口。陆江涛也推开保卫科长，跟了过去。

门外还在嚷嚷着：“陆海波！我们都是因为相信你，才买了江海集团的股票，为什么你们自己要减持？”

“我都跟着跌惨了，晓得伐，我割肉割到了地板上！”

“你们太缺德了，这么坑街坊邻里，坑我们这些跟了你这么多年的老顾客。”

“陆海波，你没良心，拿我们当韭菜吗？”

“你赔我们，赔我们……”

陆家兄妹极力赔着笑，想要解释，却无奈话一出口就被众人的声音淹没。就算他们能听见，又能说些什么呢？毕竟街坊们质问的，都是事实……

不过片刻，无数鸡蛋和烂菜叶朝着他们丢了过来。陆江涛刚想冲过去，却被拉了一把。回头一看，是庞恩岳。

“让我来！你去更坏事！”

庞恩岳和职工们护着陆海波和陆思齐，狼狈地从“枪林弹雨”中逃回公司。即使这样，陆海波仍然在不断地鞠躬道歉。陆江涛难过极了，几乎说不出一句话来……

这天晚上，陆江涛拨通了思思的手机。

谈判进行得很顺利。毕竟思思本来的目的就是投资中捷地产的1791号项目。两人甚至只是简单地聊了聊，就定了签约仪式的时间。陆江涛已经管不了那么多了，无论云思信托是真是假，是好是坏，即使是灌着岩浆的火坑，他也不得不跳。

上海金茂大厦85楼的海鲜餐厅内，顾亦雄独自等待着。不多时，思思一身职业装，成熟干练地徐徐走来。她刚刚参加完和江海集团的投资签约仪式。顾亦雄看到女儿走来的样子，不由露出欣赏的笑容。

“签完了？”

“签完了。”

“想吃什么？”

“当然是什么贵点什么了。”

“你倒是一点儿不客气。”

“在你算计陆江涛的棋局里，我落下了第一子，还不该吃你一顿吗？”

顾亦雄笑了笑，并没有接话，而是叫来服务员，开始点菜。点完，顾亦雄给女儿倒上果汁，换了个话题，问道：“这两年跑哪儿去了，怎么打你电话都不回，你就那么恨我？这二十多年，我白养你了？”

“顾亦雄，你别跟我说这个！”

顾亦雄瞪眼：“你叫我什么？”

“顾亦雄！怎么了？你把我外公送进监狱，又把我妈赶走，你还指望我叫你什么？父亲，爸爸，还是爹地 or dad？”

看着思思一脸揶揄的表情，顾亦雄气得语塞：“你……你真是石头缝里蹦出来的！当初我还不如一巴掌拍死你！……你姥爷的事儿怨不得我，他自己不干净，没我他早晚也得进去！”

“你永远都有理由！你说你白养了我这么多年，那这么多年，你拿自己当这个家的人了吗？”

顾亦雄盯了女儿片刻，突然说道：“这话应该我来问！你们拿我当过自己家人吗？你的母亲，因为赏了我一个大城市大部委的名额，就觉得一辈子是我的主人；你的外公，因为在我的生意中帮过我几次，就觉得我这一生都应该跪在他的脚下给他舔鞋。我从来都是被呼来喝去的那个人，这个家从来没人在乎我的感受，甚至一个小保姆都不把我当人！哪怕我后来赚了钱，也是高高在上的他们赐给我的，好像我就是个讨饭的，对，要饭的，就是这种感觉。就连你的姓，都得跟着他们靳家姓。我一直忍着，屈从着，想着努力打拼后他们会对我刮目相看，可是不会，永远不会！最后我明白了，你如果在他们面前一天为奴，就终身为奴！”

一口气说了这么多，顾亦雄的眼里已经有了泪光，但泪光之后更有一种复仇的狠劲儿。

思思感到父亲有些陌生，哑了一会儿，才说：“这么多年，你为什么到现在才说？”

顾亦雄叹了口气，摇摇头：“是因为这个家里，只有你，拿我当家人看，而今天，你是我的合作伙伴，爸爸觉得你能够像个大人一样跟我平等对话了，我才跟你说这些……前半辈子，我就是靠着一口气活着！”

思思的眼里有了一丝同情，但很快又变成了嘲讽：“那你现在出了这口气，是不是觉得很爽？输赢对你来说，真那么重要吗？”

顾亦雄满目悲凉：“女儿啊，我的人生，只剩下了输赢。而且，只能赢，不能输。”

思思的目光移向了窗外：“你别叫我女儿。我现在只是你的合作者，或者说，你雇佣的人。”

顾亦雄脸上的温情一寸一寸地凉下去。

此时服务员端着菜走来。

“先生，您点的帝王蟹，请慢用。”

“吃饭吧。”

“我不想吃了。”

思思站起来，拿起包走了。

有了云思信托的投资，1791 号项目又快速运转了起来，楼层噌噌地往天上升。陆江涛每天都容光焕发的。但亢奋的只有他一个，林霞总觉得哪不太对劲，她拿出了自己所有的资源，也没有调查出这个云思信托究竟是什么来头。

只有很少的人知道钱是顾亦雄的，但没人知道顾亦雄是如何在短短的时间内筹集到这么一大笔资金，卷土重来的。

“这回陆江涛是彻底上钩了。我们投资数额差不多等于中捷集团 25% 的股份了，这部分债券如果他们出现违约情况，并且无力偿付，我们作为优先级债权人可以要求他们债转股，这样就可以轻松取得中捷地产的控股权了。”

刘毅语气中有些兴奋，一旁的顾亦雄正在悠闲自得地浇花。这是一处并不宽敞，但明亮舒适的小公寓，也是顾亦雄回到上海后独住的居所。

“中捷不是我们的终极目标，中捷只是我们的突破口。我们打压中捷地产，再利用中捷地产的问题，拖垮它的母公司江海集团。陆海波一定会出手救他的弟弟，这样我们就乘势拔掉他们的根。但其实，我更想看看这回哥哥救不救弟弟。若想救，求我是唯一的途径。只要他肯回归，将来我的公司还是他的天下。这就叫：肉烂在锅里，一家人，终归是一家人……”

顾亦雄的话似乎触动了刘毅，刘毅面肌僵硬地抽搐了下，赶紧赔笑。顾亦雄也突然觉察到自己说走了嘴。又补充道：“当然，他资历尚浅，就算他能回归我们，还得要你多多指教。现在和将来，公司的担子都在你身上啊。”

“不不，有您在，我配合还顺手，今后如果由陆江涛接手，我也会继续配合他。”

“嗯，时机差不多了，可以放些消息了，陆海波违规的事情可以放给媒体。”

“可是陆海波的罚款已经在上交过程中，况且处罚力度也不大，怕是起不到推倒他们的作用吧。”

“单凭这个当然不行，不过我手里有更大的王牌。这颗深水炸弹可就不是一个处罚那么简单了。”

“这些步骤，你向来比我想得远，我就不问了。我按照你的指挥操作就行。还有，从上次垃圾事件，到陆海波违规套现，我们都第一时间掌握消息。陆江涛已经察觉了，让庞恩岳和他妹妹把所涉及的财务和供应人员捋了一遍，清出去几个，我收买的那个人也在列。以后，我们想要掌握他们的消息，恐怕就没那么方便了。尤其是他们的股东决议……”

顾亦雄停止了浇花，说道：“这倒是个问题。打仗不知己知彼，就是瞎打了……”他思索了片刻，突然说：“原来，江海集团发生毒饺子案的时候，那个收了供应商一个玉蟾蜍、差点儿害得江海关门的人叫什么来着？”

“你说的是……冯力？”

“对，就是他。以前偷我走私货的那个……”

“他呀，还在。听说，在公司里混的很差，经常喝得烂醉，在工地上发脾气。

但因为是陆江涛的发小，又是陆江涛的妹夫，谁也不敢招惹他……”

顾亦雄眉毛一挑：“哦？还是陆家的乘龙快婿，这个有点意思，哈哈……”

“你是想……”

“我上次吃了陆江涛的亏，说到底，是因为没有个在他身边了解情况的人啊。现在，要开始动他的大本营，就得有这么个人。说不定，这个人就有用……”

“可是他对陆江涛死心塌地。据说，庞恩岳来之前，陆江涛走哪儿都带着他。”

“那不正好。现在他不带他玩儿了，我们带他玩儿……”

冯力确实过得很不如意。上次大白天喝醉酒，骂了催账的工人后，没两天陆江涛就把他的项目经理给下了。不让他管供材进货和招待工作，只让他去催账。冯力对这个处罚非常不忿，但也不敢跟陆江涛抱怨，只敢在自己的狐朋狗友面前咒骂几句，或者在酒桌上吹吹牛讨个痛快。除此之外也没什么别的办法。

这天下午，冯力又招呼了一群人喝酒。因为没了权力，请他喝酒的人也少了，还得自掏腰包。好在别人都知道他和陆江涛的关系，也不会扫他的面子。酒至半酣，冯力去了一趟卫生间，出来突然被一个人拉住了。

冯力愣住了：“顾亦雄？”

顾亦雄亲热地搂住了冯力的肩膀：“别紧张，老朋友……”

冯力反应了过来，甩脱了他说道：“谁跟你是朋友？姓顾的，你是我们江海永远的敌人！你赶紧走，不然，我这儿有的是人来收拾你！”

冯力扭身向包间走去，顾亦雄再次拉住了他：“冯总也算是上海滩有名号的人物了，不会这么小气吧？”

冯力停住脚步：“我喜欢你上半句，冯力的确是上海滩一人物，哈哈。”

“既然是响当当的人物，冯总一定也有相当的胸怀，一起坐下来聊聊又何妨？”

“什么时候？”

“现在。”

“现在？你神经病。我那边一堆朋友。”

“放心，我就在你对面包间，就聊一会儿。走吧，我说的，可比他们说的有意思多了……”

冯力被顾亦雄拉着进了包间。两人说了一会儿话，突然传出“咣”的一声响。

服务员推开门进去，发现有个茶杯砸碎了。好在两位客人都没事。

顾亦雄道："没事儿，茶水太烫了，我朋友没端稳，失手了……一会儿再收拾吧，给这位先生换个茶杯。"

服务员去柜子里取了一个茶杯，顾亦雄接过斟茶："谢谢。你出去吧，不叫你别进来。"

服务员应声出去了。顾亦雄笑呵呵地倒好茶递给冯力道："来，第二杯，茶色刚刚好。不要动气，气大伤身体呀。"

茶慢慢地在桌上运向冯力，冯力瞪着顾亦雄问："想让我背叛我二哥？你是被猪油蒙了心吧？我跟二哥可是出生入死的兄弟！直说吧，你到底想干什么？"

"我想干什么，刚才不都跟你说了吗？来，喝茶。咱可先说好了，不兴再拿茶杯砸我呀，我也上了年纪了，躲过一回，不一定能躲得过第二回……"

冯力恶狠狠地端起茶杯喝了一口道："我警告你，以后再让我听到这话，我打断你的狗腿！"

"打断我的腿不是什么了不起的大事，只要能平息了冯总内心的焦虑，不，应该是压抑已久的愤怒。就怕，腿断了，冯总自己的问题还是解决不了，我这狗腿可就白断了，呵呵……"

"你少阴阳怪气的。我有什么问题？"

"没有么？那干吗着急？冯总，你刚才那一茶杯，不是因为我挑拨了你和你那个什么二哥之间的兄弟感情，而是，被我戳破心事后的恼羞成怒。否则，你完全可以当我放了个屁，何必那么较真？"

"胡说！我和我二哥之间的感情，没有人能挑拨！"

"你我都是江湖上走的人。谁还不明白这么个道理：真正交心过命的兄弟，用得着天天把感情二字放在嘴边？你之所以逢人便讲你跟陆江涛的关系，无非就是提醒他不要忘了你陪他吃过苦，还救过他，这也是为了自己在江海集团还有一席之地。其实呢，你自己内心早慌了，因为，现在你在江海集团就是一个废人！"

冯力本来已经酒醒了，此刻却再次满脸通红，像是被人窥见了隐私一般，他站起来靠近顾亦雄说："你再胡说八道，别怪我不客气！"

顾亦雄却笑了："冯总，你我虽说不上有多少情谊，但毕竟是十多年的老相识。我们都了解彼此，我不是好人，你也不是。你在江海集团打拼了这么多年，为他们那个家苦苦支撑，到现在，一个外人就取代了你，你嘴里的那点儿兄弟感情，又能救你几分呢？难道，你不为自己的将来打算？”

冯力有些结巴地抗拒着：“……你别在我面前说这些，没用！让我背叛陆家，下辈子吧……”

顾亦雄的语气依然冷静：“我没让你背叛陆家。对手间互相打探内幕消息是很正常的事儿。你每天都距离陆江涛那么近，我需要掌握他的真实信息。再说这也不算什么背叛，这叫资源共享。而且，我也不会让你白忙活。我的目的，的确是成为江海集团的控股人，到时候，你来做江海的董事长，也不是不可能！”

冯力脑袋上的冷汗都流下来了，嗫嚅道：“我……可，没那么大野心。”

“你有，只是没人帮你，实现不了而已。我如果现在就给你许诺什么，你肯定认为我是在给你画饼。不如，我们换一种方式。你一直炒股，对吧？”

“是啊。怎么了？”

“那就，先让你在股市上挣点儿零花钱，表表我的诚意。哈哈。来，坐下，喝口茶，慢慢聊……”

冯力终于坐下了，端起茶杯，颤抖着喝了一口……

顾亦雄把李星程介绍给了冯力。李星程本来就是五星基金经理，受顾亦雄委托，带上冯力，做起了老鼠仓。

温泉和陆江涛离婚后，在老宅短暂地住了一段时间，后来索性租了个房子住。陆思齐这些年因为和冯力吵得厉害，尤其是庞恩岳来到江海集团后，两人几乎天天吵架。有一次冯力还动了手。于是陆思齐也搬离了家，和温泉住在一起。两个少年时代的同学和闺蜜，多年后又住在了一起。

冯力跟着李星程炒股后，几乎天天涨停。趁着这股高兴劲儿，他去找陆思齐显摆，希望陆思齐回家。可没想到被陆思齐兜头浇了一盆冷水。陆思齐怎么也想不到，她一贯对待丈夫的方式，成了压倒冯力，使他倒向顾亦雄的最后一根稻草。

顾亦雄眼前，是一块红绿色交织起来的电脑屏幕，无数数字在上面闪烁跳动着。他虽然看着前方，但双眼飘忽，并没有观察屏幕上的数字。

“江海集团最大的股东是陆家兄妹，三人合计持股45%，形成绝对控股，其他股权分散在高管、机构和散户手中……本来我们是很难通过股市拿到绝对控股权的。但目前因为中捷地产分离，陆江涛的大部分股权，已经通过吸收换股的方式转移给陆海波，但陆海波因为要救陆江涛，通过公开和非公开的方式，陆续减持了25%股份。因此，我判断，只要我们能吃进30%的江海股份，基本就能达到控股比例了。”

刘毅正操作着电脑。

“1791地块上的建筑已经抵押给咱们，现在，正是对江海总公司下手的时候。这样哪怕陆江涛发觉，陆海波也无力去救弟弟，反而要这个弟弟来救哥哥。到时候，我倒要看看，他会不会为了他哥哥，跪下来求我！”

顾亦雄说完，看向刘毅。却发现他的手指停在了买入键上，始终未动。顾亦雄伸过手去，帮他按下了买入键。分批成交的数据在屏幕上迅速刷新着。

“刘毅，什么时候开始变得犹犹豫豫了？怎么，莫非你同情陆家兄弟？”

“可能是我最近有点儿累了……”

顾亦雄居高临下地看着刘毅，没有说话。

交易大厅里，大屏幕上很快显示出了顾亦雄操作的效果：在5分钟快速涨幅上，江海集团的股票一下子窜到了第一位，须臾之间，涨幅达到了2.3%。股民的目光瞬间全部落在了江海集团上。刘毅已经调出了江海集团的股票k线图，指标以陡峭的线条上升着，无数散户买盘迅速跟进。

顾亦雄掩饰不住兴奋地说道：“才一个拉升，散户就全都跟了进来，他们根本不知道这里边是怎么回事儿就跟着往里跳。”

“好赌，是人类的天性……接下来怎么办？接着买？”

顾亦雄看看表，胸有成竹地说道：“今天的一次性吃入量已经非常惊人了，再贪心可能会打草惊蛇。别急，慢慢来，就当是给陆家兄弟送的开胃小菜，我倒要看看，他们什么反应……”

江海集团的众人在顾亦雄按下买入键的片刻之后，就注意到了异动。就在几人开会分析、陆思齐调动资源去调查情况之时，一份公告出现在了股票界面上：

因交易员操作失误，导致本机构持股超过江海集团总股本的5%，然而公司并无意继续持股或有意介入公司管理，特此公告。

下午的时候，陆思齐的调查情况已经出来。并没有发现异常，几人这才相信是虚惊一场。然而这次乌龙直接导致了江海集团的股价节节攀升，不光是散户跟进，陆续有很多投资机构也选择增持江海集团股票，更加引发了资金追进。一周之后，连续的涨停已经让许多股东蠢蠢欲动。不得已，江海集团只好召开股东会，号召众人暂时不要减持。毕竟有没有人在恶意收购还是未知。而这场会议的内容，也通过冯力被顾亦雄第一时间得知。

◆3◆

下班后，陆江涛去接陆远放学。陆远一上车，就嘟囔着："爸，你以后要不别来接我，要接就早点儿来，害得我等了半天。"

"嘿，你个小没良心的，你妈今天去医院检查身体，实在接不了你，才让你姑姑接你。这样，你老爸我才有了接你的机会，我还接出不是来啦？"

"不是，是因为你迟迟不来，我差点儿被人骗走。"

"真的假的？"

"真的，爸，有个老爷爷，拿着玩具，非要送给我。我叫他老爷爷，他说，把'老'字儿去掉，直接叫他爷爷……"

陆江涛被惊得猛地踩下了刹车，陆远差点儿碰在了前座位上。身后一片鸣笛声。

"哎哟，爸，你碰着我脑袋了！"

陆江涛心疼地用手摩挲着儿子的脑袋说："没事吧？儿子，下次遇到这个人，躲远点儿。他给你什么东西你也别要！"

陆远嘟囔着："可是你每次说陪我买玩具，最后都没去……"

陆江涛语塞，压着火儿道："哪儿那么多废话？"说完又觉得怪孩子不对，可心里还是焦急，于是拿出手机拨了个电话。

半小时后，陆江涛带着陆远，在一家咖啡店里见到了思思。陆远在一旁吃着甜点，陆江涛神色难看，但思思却仿佛没看到似的，若无其事地逗陆远玩。

"我再问一句，抵押1791号地块的信托投资后边，有没有顾亦雄的事儿？"

"钱都用了，又问这个老问题，有意思吗？"

“你认真点儿，顾亦雄去学校找过陆远了！”

思思突然转过头来：“他找陆远干什么？”

陆江涛突然想到思思可能还不知道自己和顾亦雄的关系，说：“这个……我将来再跟你解释。”

“爸，你和阿姨是在说我吗？”

“大人说话，小孩儿别插嘴！赶紧吃，一会儿让你妈看见，又该说我了！”

思思笑了笑，突然说：“你现在这样儿，特别像一个好丈夫……你们俩和好了？”

“这和你无关。我只要你明白，顾亦雄是无利不起早的人，他突然来找远远，只有一个解释。那就是，他已经在对我下手并且占了上风，才会这么有闲心思来干这种事儿。所以，你告诉我，你的信托资金，后台到底是谁？”

思思笑了，突然凑近江涛，近得几乎有些暧昧，像个八卦的小女生一样问道：“我可以告诉你，但你也必须告诉我，顾亦雄为什么去找远远？这里边有什么秘密？”

陆远突然喊起来：“妈妈！”

陆江涛回过头，看到温泉正站在门口，神色冷淡，显然看到了刚才这一幕。

思思站起来，笑得阳光灿烂：“温泉姐。”

“思思。”

“好久不见，你一点儿都没变，还是那么年轻漂亮。”

“哪儿呀，我都老了。倒是你，到底是年轻，还是光彩照人。听说，你现在在帮助江海集团？”

“确切地说，是帮助中捷集团，陆总的公司。”

温泉看了一眼陆江涛，说：“投资的事儿我不懂。不过，只要是投资，就要慎重。感情用事，往往会让投资最后不了了之，以失败告终。”

温泉说感情用事四个字时，语气明显加重了。陆江涛看着两个女人阴阳怪气的，不自在极了。

“温泉姐对陆总不太放心啊？”

“谈不上放不放心，江海集团个个都是能人高手，轮不到我说话。我只是站在一个朋友的角度上提醒一下而已。好了，我先带陆远走了，他晚点儿还要上英语课。远远，跟阿姨再见，跟爸爸再见。”

说完，温泉压根不理陆江涛，牵着陆远走了。温泉一走，思思就哈哈大笑了起来。

陆江涛不满道："你现在怎么变成这样了？损人不利己……"

"她不也变了吗？原来说话多清爽，多热情啊，现在呢？脸拉得那么长，说话酸不溜的。她是不是吃醋了？哈哈……我就知道。"

"你什么意思？你早就看见她了？"

"当然啊，不然，我干吗靠你那么近？"

"你真的变了。"

"变得刻薄了，阴暗了，对吧？"

陆江涛想说什么，终究没说出口。思思拿起包准备走，说了最后一句话："陆江涛，我对顾亦雄为什么要去找你儿子没兴趣。至于这笔投资跟他有没有关系……其实你早就有感觉，可还是想从我嘴里得到一个否定的答案。陆江涛，这次恐怕要让你失望了。我所有的资金，都是顾亦雄的，他已经假我之手，一步步将你套牢。"

就在江海集团股价飘红没多久，突然一条爆炸性的新闻把股民们轰了个措手不及：江海集团董事长陆海波因减持超过25%，而遭到证监会问责。目前，具体处罚结果已出：江海集团将面临200万元的罚款，陆海波将被罚禁入操作市场6个月。一时间，江海集团股价急转直下，每天股票一开盘就跌停，下探线像匕首一样扎着兄妹仨的心……

原本想要在高位减持的股东们，一下全炸了锅，在股东会上怒斥陆家兄妹。无论他们如何解释，都阻止不了股东们抛售止血。与此同时，顾亦雄则趁着低价又开始吃入江海集团的股票……

深夜，陆江涛独自站在自己的办公室里，看着外面灯火辉煌的城市，陷入了迷茫。目前的情况，明显是有人在恶意收购江海集团。但1791号工程已经抵押给了云思信托，而且债务缠身，他拿不出一点钱来帮助大哥回购股票。这么下去，江海集团的连锁超市和地产公司，就都危险了……

他目前唯一还能拿到钱的地方，就是云思信托。但这个女孩爱了他这么多年，而且还是他同父异母的妹妹，陆江涛实在不知道，该怎么开这个口。

就在陆江涛思虑之时，电话突然响了，居然是刘毅。他按下拒接键，但刘毅又执着地打了过来。接起电话，陆江涛还没说话，就听刘毅说："如果你想知道思思和她那个信托公司的来历，半个小时后，静安寺门口D2咖啡见。"

陆江涛放下电话，疑虑浮现在脸上。但很快，他就决定赴约。

一个小时后，陆江涛和刘毅在咖啡馆见面了。刘毅竟然说了和思思一样的话："其实你心里早有怀疑吧，这个信托公司的后台就是顾亦雄。只是你不肯相信思思会背叛江海……"

陆江涛闷声道："不仅仅是怀疑，其实我一直都知道那是顾亦雄的钱。我还知道……思思的目标不是江海，是我！"

"不愧是陆总，心气够大！可是目前，1791号受制于这家信托公司，无法抽身去援助江海总公司。而顾亦雄接下来会把信托剩下的两笔资金全部用在收购上，江海被他控股是迟早的事儿。如果你还想翻盘，只有……"

"什么？"

"和我合作。"

"和你？"

"对，和我。顾亦雄每一笔投向中捷房产的资金，都是通过原本的凯莱集团运作，打进云思信托，由我和思思一起签字才能生效。我可以在顾亦雄没有反应过来之前，将这笔资金转到中捷房产。然后，你用这笔资金吃进江海股票，不但稳住股价，而且会稳住持股仓位，让顾亦雄无论如何也无法实现控股。"

陆江涛有些怀疑地看着刘毅，刘毅继续说："那时候，你们陆家仨兄妹就可以联合坐庄，打压股价，将顾亦雄彻底套牢在高位上。我可以保证，顾亦雄也已经快要弹尽粮绝。你们之间的胜负，就在这一仗了！"

"说说你的价码儿？"

"事成之后，你的中捷房产要有一张我的办公桌，并且，20%的股份归我。"

"条件不算苛刻，但我想知道，为什么？"

"如果你发现自己鞍前马后这么多年，最后只不过是个棋子，你也会和我一样。"

陆江涛摇摇头："我不会，我曾经背叛过别人，所以我不会和背叛者为伍。"

"你没有选择。除非，除非你看着你大哥遇到难关，却见死不救。"

本来已经站起身的陆江涛突然不动了。沉默半天，他才吐出一句："成交。"

云思信托。思思正在办公室里忙碌着，突然接到了温泉的电话，约她聊聊。思思有些意外，但还是答应下来。正想出门，刘毅进来了。他手中拿着一份报告和几张支票，说道："接到你爸爸的命令，要将这笔款转给中捷房产。"

思思接过来翻看一眼，问道："是吗？我怎么没接到他的电话？刘叔叔，这一笔将近一个亿呢？"

"大概是你爸想尽快结束这场暗战，一步到位控制陆江涛吧。"

思思点点头："有您的签字就行。我这会儿要出去一下，一会儿就回来。"

"可是……"

"不着急这一会儿嘛。"

说完思思出去了，留下刘毅一人苦着脸，不知该怎么办。等了一会儿，也不见思思回来，刘毅只好拨通了陆江涛的电话。此时陆江涛正在焦急地等待着这笔钱，接到电话，也愣住了。

黄浦江边，温泉坐在一张长椅上，正出神地看着江水。思思走来，坐到了她的身边。

"温泉姐，这么着急约我出来，到底是什么事儿？"

温泉扭头看着思思，眼神里有不忍，也有同情。

"你干吗这么看着我？都把我给看毛了。"

"我不知道该怎么说。我也不知道为什么要给你打这个电话，这一路上，我这心里七上八下的，我都不知道这次找你是对还是错……"

"你以前说话多爽快呀，现在怎么变得这么吞吞吐吐？说吧，什么事儿？"

"可能，真的会伤害你……"

思思淡淡一笑："无所谓，就算万箭穿心，我也早都经历过，习惯了。请说吧。"

"……你知道，陆江涛和你爸爸是什么关系吗？"

"敌人啊！"

"还有呢？"

"还能有什么？难道说，除了商场上的敌人，还能是朋友？"

"他们的关系比朋友还要复杂。顾亦雄……是陆江涛的……亲生父亲。"

思思的脑中"嗡"的一声，犹如被晴天惊雷砸中，彻底震惊了。

"你……你说什么？他们是父子？这玩笑开大了吧？"思思不相信地勉强笑了笑，"温泉，如果他们是父子，那阎王爷和孙悟空就是亲兄弟了！"

"真的！我没有骗你。顾亦雄是在当年当知青的时候，和江涛的母亲有了他，这是我去了农场后打听到的……”

思思看着温泉的眼睛，脸上的笑容渐渐没了。

“不可能，这绝不可能……他们是父子？那……我呢……”

温泉关心地握住思思的手，婉言说道：“思思，你别激动……”

思思已经止不住地开始颤抖：“那，陆江涛知道吗？”

“他知道。所以，我不想你再蒙在鼓里，他就是个……骗子。我也不知道为什么要告诉你这些，也许，咱们都是女人，我只是不希望看到江涛还利用你的感情来让你投资……你应该知道，你有权利知道。”

“是，我应该知道，我应该知道……”

思思突然抓过包，摇晃着，踉跄着，逃一般地离开了。温泉想要跟上，却没有勇气。她慢慢坐下来，陷入了懊悔中……

半小时后，顾亦雄的小公寓门突然被重重撞开了。顾亦雄愣神间，思思已经将手里那几张刘毅留下的票据和报告拍在了顾亦雄的桌子上。

“顾亦雄，我告诉你，我不再被你当枪使了。这个信托公司的总经理，我不当了！”

顾亦雄惊讶地看着思思，不明白发生了什么。

“还有，从今往后，我没你这个父亲……”

顾亦雄拿起思思扔下的报告看了两眼，眼中闪烁起了阴狠的火光。

顾亦雄来到云思信托时，刘毅正在收拾东西，准备离开公司。

他似笑非笑地看着刘毅，突然说：“刘总，急着收拾东西，这是要去哪儿呀？”

刘毅被吓得猛地站了起来，结结巴巴道：“这个……屋里太乱，我归置一下东西。”

顾亦雄走进来，坐在沙发上，看着刘毅说：“没事，我就是路过，来看看，你接着收拾……”

“我，不收拾了。顾总，时间也不早了，我还有点儿事，要不，咱们明天再说。”

“着什么急呀？这才几点？坐，坐，站着干吗？”

刘毅只好坐下，但又如坐针毡，沉默了片刻，说：“顾总，我给您沏茶喝吧，您要喝什么？”

“喝茶不急，不如你给我出出主意，这些单子怎么处理？”

顾亦雄从口袋里掏出了卷在一起的几张支票和报告。刘毅一下子慌了，汗珠顺着脖子流了下来。

刘毅慌乱地站了起来，说：“顾总，这个是我一时糊涂，我真不是存心的……”

顾亦雄满面寒霜地说：“一时糊涂？我看你是蓄谋已久！敢背着我造假批示，想必你已经背着我跟我儿子结盟，想打败我吧！真没想到，我这里费尽力气拉拢儿子，你却在离间我们父子关系！说吧，陆江涛许给你什么好处，值得你这样背叛我？”

话说到这里，已经没有了退路。刘毅咬咬牙，发狠道：“既然说到了这个份儿上，那咱们就干脆打开天窗说亮话吧！你儿子还真是比你大方，我跟了你那么多年，替你做了那么多见不得人的事，你给我什么了？要不是你上次一时兴起说漏了嘴，我还真当你是朋友！哈！”

“我提醒你，你是替我干了不少事，但我从未要你去做见不得人的事。我有底线。哦，说到这儿，我还真想起来你干的一件事儿，好好听听，真是惊心动魄呀……”

顾亦雄打开手机，里边传出来刘毅打电话的声音：“你找点儿人，把黄瑶那丫头做掉。我决不允许有这种坏规矩的人存在……注意，一定不留活口。”

刘毅刚下去的汗又冒了出来。

“这么多年，陆江涛一直认为黄瑶是我害死的，我记得这件事我劝过你，别铤而走险弄出人命，你到底还是没听我的，背着我做了……”

“……你监听我办公室的电话？”

顾亦雄笑了笑：“对，我在那样的一个家庭里生活多年，你还指望我会毫无保留地相信一个人？”

刘毅起身，想要夺回手机，顾亦雄却直接扔给了他。

“没用，你就是把它烧了，陆家兄弟也一样已经听到了。”

“你什么意思？”

“我把这录音寄给了陆家。”

“你！你这是要我的命！”

“对不起，我说了我是一时冲动，不过还好，你还有挽回的余地。我是在收到这一沓支票后让人把录音送给陆海波的。我之所以没有直接给陆江涛，是因为我相信他现在正在着急筹钱，根本没空看邮件。另外，按我的理解，陆江涛如果拿到这个，第一时间会过来剁了你。但陆老大不会，他会先跟弟弟商量，向公安局举报你。而且，这其中最重要的是，我是发的快递，没有把文件直接发给他们。看，我还是很有人情味的，给你留出了时间做选择：或者抛弃一切跑路，或者你自己跟他要回来。我保证，从此以后我个人对此事完全保密。我老了，非常健忘的。”

顾亦雄站起来要走。刘毅“扑通”一声跪下了。

“顾总，您饶了我吧，求求您，一定要救我！”

“说说，我怎么救你？”

“现在，江海集团的命运全掌握在您手里，您放他们一马，他们肯定就不再追问我的事了……”

“这么做对我有什么好处？”

“我保证，我用后半辈子报答您，给您当牛做马，死心塌地地跟着您！”

顾亦雄摇摇头，露出了不屑的笑容，走了。

刘毅痛苦地用手撕扯着自己的头发。

陆江涛接到刘毅的电话后，心中隐约有了不祥的预感——钱很有可能今天到不了。也就是说江海的股票还得继续跌，他还要继续面对 1791 项目投资人的压力。陆江涛头痛不已，正烦心时却接到了大哥的电话。陆海波语气沉重，让他来自己家。

回到家，陆海波直接带着陆江涛来到书房，打开了收录机：“我听见敲门，出去后发现没人，却看到地上有一份邮件。里面是一盘磁带，打开一听，是这个……”

“你找点儿人，把黄瑶那丫头做掉。我决不允许有这种坏规矩的人存在，注意，一定不留活口……”

陆江涛听得汗毛倒竖。一瞬间，黄瑶死时的情景在他脑海中重现。

“能听出这个人声音是谁吗？”

“是刘毅！”

陆江涛噌地站起来，却被大哥一把拉住。

“你干吗去？”

陆江涛一脸凶狠地说：“我要拿他的命去祭奠黄瑶！”

“你疯了！我正因为怕你干出傻事，才一定要你回来！就算要报仇，也应该报警让警察去！”

就在这时，陆江涛的手机响了起来，竟然是刘毅打来的。

陆江涛怒吼着：“你还有脸给我电话？正好，我也想会会你。”

“我对不起你，可是，事情不是那样的，我是受人指使。”

“闭嘴！你知不知道，你欠的是一条人命，是你一辈子都还不清的人命！”

“我知道我该死，可是你听我说完。我死不足惜，你不能就这么便宜了幕后黑手。这盘磁带是顾亦雄给你们的，他最喜欢借刀杀人，就是想破坏我们的同盟，你哥举报了我，就没有人反制他了，求你给我一个机会，我还有办法弄出那笔钱来，救你们江海。就算你要收拾我，也不能这么便宜了顾亦雄那个黑手。等我们联手收拾了他，我任你宰割。”

陆江涛把手机扔在一边，颓然倒在座位上。陆海波抄起还没挂掉的手机，冲对方嘶吼着：“杀人偿命，欠债还钱，我陆海波不会放过你的！”然而，刘毅已经挂掉了电话。

陆江涛缓缓地调过头来，看着陆海波说：“哥，你把磁带先给我，我去举报。”

陆海波立刻感觉到不对劲：“陆江涛，你想干吗？你不会想跟那个杀人凶手达成什么协议吧？”

“哥——我知道自己在做什么，只要几天时间，就几天，我就能救江海集团和中捷地产。这只是权宜之计，什么都不会耽搁的，我一定会替黄瑶报仇的。这只是一个交易。”

陆海波突然暴怒，一把揪住陆江涛的衣领吼道：“交易？你混账！你的人生就只剩下交易了吗？一条对你恩重情深的命也成了你交易的筹码？你的良心去了哪里？你看看你，你还是陆江涛吗？你那颗心已经被钱冻成了冰！你的灵魂已经完全出卖给了利益！从前那个阳光的江涛死了吗？他死了吗？你告诉我！”

“哥！你随便骂，我是你弟，我都受着！可是哥，我是自己要变成那样的吗？但凡有一丁点儿选择，我会让自己变成那个连我自己都憎恨的人吗？我没办法！我一点儿办法都没有！我没有权有势的爹妈宠着惯着，我没高学历没好背景，我就算爬进姑娘的窗，也得被她们势利的爹妈扫地出门！我得靠自己！我只能靠自己的双手，干没有人相信我能干成的事情！”

陆海波有些心疼又有些失望地看着弟弟说：“可我们不能没有良心，不能没有底线！”

“你可以端着底线，揣着良心，可他们不吃这一套。开超市，搞连锁，上市扩容，哪一样是你规规矩矩就能成事的。咱要不想一辈子守着一个五金铺子，咱就得迎合人家，咱就得没脸没皮！您就算想做慈善，也得先挣来钱吧？有多大实力，才能办多大事！我们店开大了，能雇更多的人，这不也是在做好事吗？我们要的是结果，就不能被那些形式的东西捆住手脚。我犯的错可都是为了江海！就算你们所有人都指责我，那我也认了！哥，你是好人，你继续做你的好人。我陆江涛回不了头了，我得做下去，一切的罪过我来扛！”

“你放屁！一套混账逻辑被你说得振振有词，你已经不知道自己走得有多远了！你知不知道知情不报是犯罪！你连人命都能拿来做交易，你这样挣的钱又有什么意义？钱能买来一切吗？”

“能！为什么不能！钱能买来柴米油盐，钱能买来尊重，钱能买来人心，钱能让从前鄙视我的人仰视我……”

陆海波气得一把把磁带拍在桌子上，红着眼怒吼：“江海的钱都归你！都归你！你去买来黄瑶的命，你去买来咱妈的命，你去买来你师父的命！你去呀！”

陆江涛一把抓过磁带，哽咽道：“哥，对不起，就这一回。我就算得罪全世界，也要保全江海集团。”

“你如果敢带着磁带踏出这个家门，从今天起，就没有我这个大哥。”

陆江涛给大哥“咚咚咚”磕了三个响头，然后转身出门。

陆海波追出门外，大喊着：“陆江涛！你给我站住！”

陆江涛出了门，甚至想不起去开车，径直往街上飞奔着。陆海波还在身后追他，越追陆江涛就越想摆脱他。他害怕听到大哥的怒吼。突然，一声巨响代替了陆海波的吼声。陆江涛心神巨震，慢慢回过头来，看到大哥躺在地上，血从身下流了出来……

陆江涛艰难地迈出脚步，却发现完全不能控制自己，巨大的恐惧吞噬了他。这一瞬间，他感到彻底的无力，他像被一股神秘的力量掏空了身体一般，走着走着，腿软下来，不由自主地，长跪在路面上。

4

林霞赶到的时候，急救室的红灯还亮着。等在急救室外的思齐、温泉擦着眼泪，看到林霞来了，忙迎了上去。陆江涛万念俱灰，坐在长椅上。

林霞走到江涛面前，猛然一个巴掌掴了过去。陆江涛木然地承受着，仿佛这一巴掌扇在了别人的脸上。

急救室门打开。医生终于出来了。

林霞急忙上前问："医生，我爱人他怎么样？"

"病人受伤严重，头部受到重创伤，我们尽了最大的努力。"

思齐一听忍不住哭出声来。陆江涛狂呼了一声大哥，想要扑进去，却被拦住了。

"哎，这位家属，你干什么呀？我话还没说完呢。病人的情况虽然不乐观，但我们已经顺利地清除了血栓，病人的生命体征正在恢复！"

林霞连忙问："那您告诉我，他有生命危险吗？"

"还是非常危险的，脑部血栓可能还会形成，同时病人现在处于完全无意识状态，我们也很难说后续他还能不能醒过来。"

"那就是说，我哥他……他可能会成植物人？"

医生点了点头，陆江涛大喊："这怎么可能？他怎么就能成植物人？大夫，大夫，求你了，你要多少钱？多少钱能救我哥？多少钱都行！"

"这位家属，请你保持冷静，这不是钱的问题，你要配合我们的救治工作。"

思齐和温泉流着泪拉开江涛，替江涛向医生道歉："对不起，对不起……"

陆江涛沉默着，充满愧疚地对林霞说："嫂子，我……"

"你是我今生最后悔遇见的人。"说完林霞走向门廊，她不想多看陆江涛一眼。

陆海波出事的消息转瞬之间就传遍了上海商界。江海集团的股票一蹶不振，不断地下跌。陆家人已无心主持大局，林霞、陆江涛每天陪在大哥床前。似乎以前看得比命都重要的江海集团，现在已经不重要了。股东们纷纷要求集体抛售股票。偌大的江海集团，只有陆思齐和庞恩岳在勉力支撑着。但眼看着人心涣散，即将分崩离析……

这天，林霞在医院照顾陆海波，陆江涛在电脑上搜索着脑康复的相关信息。正忙的时候，陆思齐和庞恩岳进来了。

"二哥，你怎么不接电话呀？我这一早给你打了三十多个，你躲到这里来了？"

陆江涛不耐烦道："什么事儿？就不能让我清静一会儿？"

"陆总，事情不太妙。自从昨天新闻播出后，今天一早，就有一群集资咱们中捷地产的市民围住工地，里边也有一些小信托公司代表。他们现在在办公楼那里集结，还拉着条幅，一定要让我们给个说法。”

陆江涛眼睛盯着电脑屏幕，心不在焉地问：“给什么说法？”

“当时我们集资的时候，承诺投资年回报率是12%，现在出了事后，这些市民怕收不回本钱，所以急了！你恐怕得出面安抚一下大家。现在，江海集团极其脆弱，哪怕有人把一张负面照片传到网上去，我们都吃不消。”

“那就让他们把那座大楼拆了吧，不是要回报吗？一百块钱一块砖，他们投了多少个一百，就拆多少块砖好了。好吧？”

庞恩岳和陆思齐对视一眼，都很无奈。陆江涛却自顾自地打起了电话：“喂，您这是蓝天康复中心吗？请找一下郎主任。哦，您就是，我看到您这有一个快速复苏法，我想咨询一下……”

陆思齐一把按掉了电话。陆江涛火了，吼道：“你干什么？捣什么乱哪？”

“傻子都看出来那是骗子，你看不出来？大哥现在是在上海最好的康复医院，你不相信这里，去相信这网上的小诊所？”

“不要你管！出去！”

陆思齐突然哭了起来：“陆江涛，你闹够了没有？就你一个人爱大哥吗？你如果是真为大哥好，你就不要这么自暴自弃。你应该为他好好地守着江海集团，等他醒来。不然，他有一天醒了，发现咱们这么多年的心血都没了，你拿什么给他交代……”

庞恩岳也真诚地说：“江涛，思齐说得没错，我们不能让你大哥白白地住进医院。你现在的放弃，等于给你的对手送了一份大礼！”

陆江涛脑子猛地一激灵，拍了下脑门，站起身来：“走！”

5

中捷地产大楼前拉起了一条横幅，上面写着“江海集团暨中捷地产债权人协调会”。财务总监许总正苦着脸劝前来的债权人，但怎么说都没用。群情汹涌，保安几乎拦不住了。就在这时，许总突然看到救星一般大喊：“大家安静，陆总来了！”

众人回头看去，果然陆江涛、陆思齐、庞恩岳正远远走来。

他们仨走到台阶上，看着下面。众人又纷纷围上来，要撕扯陆江涛。保安努力地拦着，陆江涛整理了一下思路。幸亏路上庞恩岳已经把情况大概说了，要不他还真不知道怎么办。

“大家请安静，我是陆江涛。很遗憾，今天我们在这样一种情况下见面，是我们辜负了大家的信任。但是请相信，我们中捷的困难是一时的，是受到了这次金融风暴的影响。我们希望大家不要意气用事，心平气和地讨论解决方案。”

台下响起更激烈的嘘声，一位债权人骂道：“别高调了，让我们心平气和？我们怎么心平气和？我们损失的可是养老钱、看病钱。你们使钱的当然不心疼，用的又不是你们的钱。你就甭扯废话了，你就说啥时候还钱、还利息吧。”

陆江涛深深地鞠了一躬，说：“再次向你们道歉，这是我管理无方，我谨在此表达我的万分愧疚。但是我知道，我的态度并不能减轻你们的亏损，所以既然大家坚决不同意债务延期，那么我真心希望大家能接受刚才我们庞总提出的债转股方案，这将是集体共赢的最好方式。”

“凭什么让我们放弃这白纸黑字约定的回报协议？说好我们一年后稳定拿回12%的利息加本金，你们这算不算单方面撕毁协议？我们凭什么放弃固定收益，要跟你们一起承担投资风险？要是你们情况继续恶化，那我们不是要亏得血本无归吗？还不如现在就破产清算，这样多少我们还会回些本金。”

台下一片叫好声。陆江涛朗声答道：“对，破产清算当然简单，但对你们是最不负责任的做法。如果我们今天实行破产清算，中捷的资产绝大部分都投入了建设，这些钢筋水泥建材装饰，拆了卸了，根本变不了人民币，不但一文不值，还有可能花费巨大的垃圾处理费用。试问最后分到你们个人头上的赔付能是多少？这个工程作为上海重要的科技创新标志建筑，从地段上来说它是中心中的中心，从预售预租来看，国际国内的五百强大客户和百强科技企业都看好这里，将来的溢价会几倍甚至数十倍增长。你想想，如果你今天把债权转化为股权，做我们的股东，到时候，那是多少倍的收益？这个风险难道不值得冒吗？”

“算了吧，还在这里吹牛皮呢？以为我们都是瞎子，不知道你们已经离破产不远了吗？哎，各位，我可听说江海集团都要易主啦，他们还在这里给大家画饼呢！”

台下沸腾了，嘘声、跺脚声闹腾一片，陆江涛已经接不下去了。他从来没觉得像现在这样无力和无奈。陆思齐急了，说道：“谁说我们要易主了？别听那些不实的小道消息，那都是造谣！”

一个声音突然传来：“恐怕不是造谣吧？”

众人回头看去，居然是顾亦雄正徐徐走来。

顾亦雄看向江涛，眼里全是慈爱和嘲弄，像看一个束手无策的孩子。陆江涛眼里冒火，要上前去，庞恩岳一把拉住他。

“大家听到的消息，的确不是空穴来风。目前来看，中捷的确不怎么样！地是好地，可一把好牌，让他们打得稀巴烂。但是，这家伙说得对，现在破产，大家真的一分钱都拿不到！所以，我同意债转股方案！”

一位债权人莫名其妙地问：“你，你是什么人？给他们当说客的吧？”

“我是什么人？整个对中捷地产25%的信托债务里，一半都是我的投资，我有优先权。你们不必怀疑！一，你们没有决定权；二，你们有谁想要把自己的债权变现，我可以以本金价格收购。我现在就可以点现钱给你们。”

所有人都被顾亦雄的豪气震住了。

“大家没意见的话，就跟着我债转股。大家一起做股东，这多好玩儿。哈哈。”

陆江涛走下台阶。顾亦雄回过身，父子二人对视着。

“姓顾的，我们是不是该找个地方，说点什么？”

“好啊。就去你办公室吧？反正迟早要入住，我提前熟悉熟悉环境。”

“请！”

两人一前一后进了中捷地产的大门。走进办公室后，陆江涛将门关上了。

“怎么着，这是关了门，儿子准备收拾老子吗？”

陆江涛一把将顾亦雄推在了墙上，举起了拳头。

“不看着你是个长辈，我早动拳头了！”

顾亦雄嘲弄道：“行啊，出息了，敢举拳头，出息了！怎么不把这点儿能耐用在商战上？来啊，我倒要看看，你这一拳怎么打下来？！”

陆江涛被逼得往后退，气得喘着粗气，却始终打不下那一拳头。

“刘毅的那个录音，是你给我大哥的？”

“现在问这些还有什么意义？幼稚！你记好了，成王败寇，手段从来不重要，结果才重要！”

陆江涛眼里含泪，大吼着：“我大哥就是因为你这个录音，被撞成了植物人，你明白吗？！”

“对你的大哥，我表示抱歉。他是个好人，我从来没想伤害他，我只想让你知道，我不是那个害死黄瑶的人，你恨错了人，我也没想到刘毅会铤而走险。”

“你手上是没沾血，可你比刘毅更狠！”

顾亦雄却脸上毫无愧色地说：“你当初摆了我一道，在车库里羞辱我的时候，你不狠？你是我儿子，我们骨子里是一样的人！”

“你闭嘴！你再喊我儿子，我不会再像刚才那样客气！”

顾亦雄也怒了，声音猛地也高了起来：“愿赌服输！”

父子两个人互相怒视着。

“赌局是你定的，规矩是你选的，你输了，就要跪下来叫我一声爸爸！”

“我没输，你休想！”

“让你叫我一声爹，就这么难吗？”

“……你听好了，你这样的人，不配当爹！”

“那你就等着你大哥的家底儿全部赔到我手里边吧！你的中捷地产现在根本没能力去救你哥，你哥的江海集团股票顶多差 5% 就算归我控股了。你说你没输，你拿什么跟我继续赌？嗯？上一次你为了个毫无血缘关系的大哥，把我这个亲老子耍了，这一次，我看你怎么救他？”

陆江涛内心翻江倒海，几乎哽咽着说：“我把我的全都给你，你把我哥的留下……”

顾亦雄执拗地喊了一声：“那你求我啊！”

“我……求求你。”

顾亦雄百感交集，他终于要打败自己这个不服输的儿子了。

“你终于肯服软了，还是为了你那个哥……你给我跪下。跪！”

陆江涛坚持着，但他的嘴唇在哆嗦，表情无比扭曲，精神快要崩塌。片刻后，他的腿似乎弯了，即将要跪下去……

门突然被推开了。林霞、温泉冲了进来，后边随着思齐、庞恩岳站在门外。

林霞冲进来一把扶住了陆江涛，喊道：“你起来！陆江涛，你别给大哥丢人！”

“我不想让大哥什么都没了……”

“那你也给我起来！你跪我们的敌人，那才是什么都没了！”林霞扶着陆江涛，对顾亦雄冷笑道，“顾亦雄，多年不见，你长本事了！”

“从你父亲那里论，你不该叫我一声顾叔叔吗？”

“江海没那么容易被打垮！恶有恶报，咱们走着瞧！”

“走着瞧！”顾亦雄冷哼一声，推门离开了。

原来中捷出事，陆思齐和庞恩岳去找陆江涛的时候，温泉也去找了林霞。这个大家族的每一个人，现在都不想再出任何一点儿风波了……

陆家众人重整旗鼓，再次投入到了工作中。讨论方案，和股东沟通，舆论战……然而无论如何努力，也仅仅是让股价暂时在低位徘徊而已。

与此同时，顾亦雄也只剩最后一笔资金了。因为江海集团的股价在低位太长时间，抛盘的人渐渐变少，谁都不想在低位杀跌。顾亦雄没有资金再拉高股价震仓，只能静静等候着。双方都开始熬，谁先熬不住，谁就会被对方吃掉……

冯力的股票也突然开始下跌了。他每天求神拜佛，只求股价抬升，但却于事无补。几个跌停之后，冯力被强行平仓。因为他贷了高利贷加杠杆，一夜之间就变得一无所有，还欠了一屁股债。而李星程，早就背着他撤退了……

失魂落魄的冯力走在街上，突然不知道该去哪儿。陆江涛那儿还等着他讨回一笔几百万的欠款救急，但其实钱早已被他放进了股市里。至于回家……他哪里有家，陆思齐早就搬走了。

突然，冯力感觉到身后有人在跟踪他。猛一回头，赫然是追债公司的人。冯力拔腿就跑，他知道这些人什么事都干得出来。跑出一条街后，那些人已经近在咫尺，正绝望时，一辆车停在了他眼前。

“上车！”

开车的人是顾亦雄。他直截了当地告诉冯力，债务他可以帮忙，但条件是冯力交出手中江海集团 5% 的股权。

6

次日一早，陆思齐正埋头办公，门突然被敲响了。声音很轻，让她有些意外。

“请进。”

冯力进来，陆思齐立刻冷下脸来问：“你怎么来了？”

“我来看看你。”

“印象中，这还是你第一次进我的办公室敲门，难得呀。喝水吗？”

“不喝。思齐，我是个粗人，你别和我一般见识。”

“你今儿是怎么了？学会认错了？你这是又要求着我回那个家了？”

“没有，你别多想，我再也不会强迫你跟我回那个家。将来，你跟我过，我就好好跟你过；你……不想跟我过了，我就跟你离婚。真的！”

“冯力，你是不是出什么事儿了？”

“没有，什么事儿也没有！谢谢你的关心。我去看看二哥。”

冯力说完，扭头出去了。

陆江涛正在1791号项目上，一人坐在楼顶，看着楼下停工的工地，眼中满是不甘。

“二哥，你在这儿呢，让我好找。”

“那笔钱要回来了？”

冯力嗫嚅道：“……没。”

陆江涛瞪他一眼：“没有你来找我干吗呢？我早打听清楚了，人家早还了，被你拿去挪用了，你赶紧给我拿回来！你拿的都是我们的救命钱！”

“你放心，二哥，用不了太长时间，这钱我准还你！”

陆江涛没听出他话里的意思，无奈地叹口气，继续看着对面的建筑。

“二哥，你说，当初咱们蹬三轮车的时候，想没想过有一天，你能盖这么高的楼？”

“想过个屁，那时候，一日三餐能吃饱就不错了，还顾得上想那么多……”

“是啊。那……二哥你说，要是这些一夜之间都没了，成了别人的，你会咋样？”

“我不知道。可能会疯……我曾无数次地梦想，将来，这栋全上海最高的楼建起来，我和大哥，带着三儿，一起站在上边，俯瞰上海，拥抱世界！那样的人生才算没白活过！”

“不带我吗？”

陆江涛笑了，亲热地胡噜了一下冯力的脑袋，说：“上边风大，我怕把你吹着。”

“我是跟着二哥，才见识了这么大的世界。二哥，我真的要感谢你。”

陆江涛奇怪地看了冯力一眼，然后嗤地一笑：“你小子，今天脑袋让驴踢了？

突然跑这儿煽情来了？我告诉你，不好使！赶紧把欠下的钱要回来，把窟窿给我堵上。不然，别说我，江海集团都容不下你！”

冯力心里一凉，苦涩地一笑：“二哥，别急，我真的会还上的。二哥，我走了啊。”

“滚吧！”

冯力一步三回头地往楼梯口走：“二哥……你……你多保重啊！”

冯力在赶往顾亦雄家时，突然接到了陆江涛的电话。电话里，陆江涛只说了一句话：“回总公司，开会！”

半小时后，江海集团的会议室里，陆江涛、庞恩岳、冯力、温泉、林霞还有陆思齐坐在一起。

庞恩岳沉声道：“还有最后一个办法，就是毒丸计划！”

陆思齐看看众人，也想了起来，连忙解释道：“我知道，就是说当一个公司遇到恶意收购，尤其是当收购方接近控股比例的时候，公司为了保住自己的控股权，就会大量低价增发新股。目的就是摊薄收购方手中的股权，同时增大收购成本，让收购方无法达到控股的目的。不过，这种方法……”

陆江涛打断她：“我知道你想说什么，我也查过。顾不了那么多了，先对付顾亦雄再说。这个计划，虽然我可以行使一票同意或者否决，但需要你们几位大股东支持，毕竟……”

话还没说完，思齐就举起手：“我信任二哥，我同意。”

温泉道：“我并不懂这些，但如果能保住江海，我就同意。”

冯力的内心波动着。可能是因为他今天的举动，陆思齐对他的恶感也少了许多。她抓过冯力的手，举了起来：“哎呀，我们都同意了，你还有什么好犹豫的？”

陆江涛郑重地说：“那么，我宣布，当恶意收购比例达到25%，我们就启动毒丸计划，让顾亦雄竹篮打水一场空！”

几个人都很振奋，只有冯力在努力地苦笑着。会议结束后，他打电话告诉了顾亦雄这件事。自从他跟着李星程炒股，就开始把江海集团的所有决策告诉顾亦雄。

一向沉稳的顾亦雄，此刻声音却无比慌乱：“你听着，冯力，我不管你用什么方式，总之，你得让他们停下来！这次江海集团，我势在必得！不然你被砍死我都不管了！”

冯力挂了电话，惊慌失措了一阵，突然咬咬牙，下了狠心。

学校门口，冯力等了片刻，远远看到陆远背着书包出来了。陆远一向很喜欢姑父，因为他想要什么姑父都会给他买。所以一看到冯力，就惊喜地跑了过来："姑父，你怎么来了？我妈呢？"

"路上堵车，你妈妈让我来接你。"

"真的？"

"当然是真的。赶紧上车吧！"

陆远开心地跟老师说了再见，上了车。冯力勉强镇定，向老师点头微笑，然后开车走了。车直接上了高速，一直驶向了郊区。陆远好奇道："姑父，这条路好像不对，少年宫没这么远。"

"路没错。市区堵得太厉害了，相信你姑父。"

此时电话响了，看到是思齐的，冯力直接摁掉了电话。

车行到郊外的一片湿地，冯力突然停下车，说："远远，姑父下车方便一下！"然后就直接钻进了芦苇荡里。

冯力在里面侧耳听了一会儿，听到车那边传来陆远的喊声："姑父……"

冯力赶紧跑了出来："怎么了？远远？"

三个男人已经扛起陆远，向远处的车跑去。

"你们是干什么的？把人放下！"

陆远挣扎着大喊："姑父，快救救我……"

两个男人返身，将冯力打倒在地。陆远被塞进了车里，汽车绝尘而去。冯力爬起来，抹了把脸上的泥，拨通了电话："喂，顾总，跟你说一下，我绑架了陆江涛的儿子，毒丸计划肯定实行不了。"

顾亦雄猛地翻身坐了起来，吼道："你说什么？冯力，你混蛋！我告诉你……冯力，你给我听好了，孩子要是有一点儿问题，我杀了你！"

顾亦雄一边吼叫着，一边站起来向外走，但他浑身都在哆嗦，竟然穿不进放在沙发边的鞋子。

冯力一脸懵地说："顾总，不是你让我不择手段去阻止这件事吗？"

"我让你去绑架孩子了吗？我告诉你，你什么手段都能用，唯独这个不行。陆江涛的孩子不行，你明白吗？"

顾亦雄终于穿好了鞋。

"为什么呀？这孩子跟你有什么关系？"

顾亦雄压低声音吼："你听好了，他是我孙子！"

"你孙子……这到底是怎么回事？"

"你先别管，你给我把孩子完好无损地送回来。不然，我跟你没完！"

顾亦雄挂了电话。

冯力莫名其妙地自言自语："这到底是怎么回事儿？乱了套了！"

冯力转身，上了车，向绑架的车追了过去。

顾亦雄紧张地开着车，他边开车，边拨打陆江涛的手机。但此时的陆江涛根本无意接他电话，他焦急地骂了一句："你他娘的，倒是接电话呀！"

打了半天，陆江涛不接。顾亦雄只好又打给思思，可思思也挂了他的电话。

"这丫头，你爹的电话你都不接！"

又打了半天，思思终于接起了电话。

"干什么？"

"思思,我打陆江涛电话,他不接。你赶紧通知陆远妈妈,就说,冯力绑架了陆远。"

"你又在胡说八道什么呢？"

"我没有胡说！思思，你给我听好了，这事儿非同小可，你必须相信我！你现在就通知他们！"

顾亦雄的语气终于打动了思思，使他相信了这是真的："哦……我马上打电话。"

与此同时，冯力也在给陆江涛打着电话。他带着哭腔骗陆江涛："二哥，出大事了……远远，被人绑架了。在去往虹桥机场的西南方向，这边的湿地公园。我听说高速上堵车，我才从国道走的，我想下来方便一下，谁知道远远就被三个男人给掳走了……我知道，我先不报警。"冯力挂了电话，换了一副得意的神色。

短短的几分钟时间，陆江涛、陆思齐还有温泉都往冯力说的地方赶去。甚至就连思思和顾亦雄也一起赶来了。说穿了，他们是一家人。陆海波出事后，思思对陆家满怀愧疚，无论如何也无法坐视不管。

温泉双腿发软，心急如焚。陆思齐一边开车，一边安慰她。车快到湿地公园时，冯力终于接起了电话。而此时，一家人都已经知道冯力就是绑架陆远的始作俑者。

“冯力，你在哪儿？”

“我在去接二哥的路上啊。”

“冯力，你为什么要这么做？”

“我不知道你在说什么？我做了什么？”

“那我问你，远远呢？你把远远弄哪儿去了？”

冯力装不下去了，苦涩地一笑：“顾亦雄果然是个老狐狸，一出事，就先把我卖了。那好，我就直接承认了，是我干的。”

“你到底想要干什么？”

“我只有一个要求，停止那个什么毒死人计划！”

“你先把孩子送回来，什么都好商量！”

“你答不答应？”

“冯力，你不要乱来，远远毕竟是你的亲侄子，不管我们之间发生了什么，不要影响到孩子……”

冯力的声音颤抖着吼叫：“答不答应？！”

“我……这个需要全家人一起决定。我现在没法回答你。你先把远远送回来。”

“没法回答我？你们就是想让我死！你们所有人都想让我死！好，我就算是死也要拉上你们！”

“冯力，你冷静一下。我答应你，我绝对会投票反对。二哥对你那么好，你们可是一起出生入死的兄弟啊。他怎么会看着你去死呢？我们可以好好谈……”

“对啊，二哥对我那么好……可是我们已经没法谈了……我都绑了远远，我已经没有退路了。”

“冯力……”

“闭嘴！我不相信你们！你听着，孩子在我的兄弟们手里，不许报警，不许带其他帮手，不许耍花招，在见到你之前，我不会接任何电话。如果想要你的大侄子全须全尾，你就老实点儿！”

冯力挂了电话。陆思齐再拨过去，发现已经关机了。温泉热切地看着思齐。

“嫂子，你放心，孩子现在是安全的。冯力……他毕竟在我们家这么多年，没事的。你听我说，先给思思打个电话，让他们先别报警。”

“好……好。”

温泉因为太过着急，已经有些呆傻。她拿出手机，双手颤抖着，反复好几次才把电话拨出去……

◆7◆

冯力选定的地方是松江区的一个废弃砖厂，四周砖块高低错落着，非常荒凉。

两辆车先后到了。顾亦雄带着思思，陆思齐带着温泉，四人下了车。林霞在照顾陆海波，这事没告诉她。而陆江涛还在路上。

顾亦雄一下车就急吼吼地叫："冯力，你给我出来！"

温泉也声嘶力竭地喊："冯力，你出来，你到底想怎么样……"

无人应答。

突然，砖窑内远远地传来了陆远的一声呼叫："妈妈……"

众人的心立刻被揪住了。温泉疯了一般叫喊着："陆远，我的远远呀……"

陆思齐搀住想要扑进去的温泉："姐，你先别哭，你一哭，我们更听不清他在哪儿……没事，很快就能救到他，冯力不会乱来的……"

顾亦雄冷静道："声音像是从窑里发出来的，走，我们进去找找。"

砖窑里，四处透风，四处透光。地上堆砌着各种各样的垃圾，似乎曾有流浪汉在这里停留。

顾亦雄边走边叫喊着："冯力，你出来，我们什么事都可以坐下来谈。"

"冯力，如果你还念咱们夫妻一场的分上，你就别躲着。你把我们引到这里来，不就是为了谈条件吗？你这么躲着怎么谈？"

冯力没有回音，思思心念一动，突然叫道："冯力，你是不是担心我们报了警，你自己看看，这里就只有我们几个人，没有警察。"

他们停住了，因为前边是一堵封死的砖墙，已经没有了去路。他们的身后，却响起了冯力的声音："要的就是这句话！"

众人转身，冯力站在通道中间，他的身后，三个男人正牢牢地抓着陆远。

"没有警察，咱们就可以踏踏实实地谈谈。这个地方，还不错！"

温泉一看到孩子，立刻疯了一样要扑过去："远远，放开我的儿子！放开！"

思齐和思思勉强拽住温泉。陆远吓得大哭，挣扎着喊着妈妈，却被一双大手捂住了嘴，只能发出呜呜的声音。

温泉心如刀绞地喊着："远远，你别哭了，别挣扎，妈妈马上就来！别怕……"

顾亦雄上前一步，喊道："冯力，你这是要干什么？谁给你的权力这么做？"

"你闭嘴！我现在最恨的人就是你！让我配合你收购那5%股权的是你，让我鼓动大股东抛售的也是你，到头来，你却把我出卖了！你还有脸问谁给我的权力。我自己给的，不行吗？"

"可你不该伤害孩子！这是底线！"

冯力冷笑道："你这样的人，也配谈底线？哈，这真是我活这么大听到的最大的笑话。你的目的就是打垮江海集团。幸亏我没听你给我的什么当老总的承诺，就凭你关键时候背后一刀的做派，我还能指望你许诺的那点儿利益？更何况，这小子还是你的亲孙子，我真不知道你们这一家是什么关系？父亲找外人来整自己儿子！"

顾亦雄面有愧色，斥道："你，你真是疯了！"

陆思齐说道："冯力，说了这么多，还是为了利益。你先把远远放了，别吓着孩子，我跟你谈……"

"你跟我谈？你也配！一个表面清高背地跟别的男人勾三搭四的烂货，也配跟我谈？"

"冯力，你说什么呢？你再说一句！"

"往后退！你们都不许动！我再说一句怎么了？我说十句说一百句都是：你这个不折不扣的烂婊子！"

温泉尖叫一声，想要冲上去，被思齐含泪拉住："姐，不要过去！他已经疯了。你就让他说吧，他对咱们家充满了仇恨，你让他说出来就好了……"

冯力惨然一笑："行，陆思齐，你总算说了一句还算有点儿良心的话。是的，我对这个家充满了恨。我从小没爹没娘，我一直拿这个家当自己家，拿你们当我的兄弟姐妹，可是你们是怎么对我的？不是让我跟车跑运输进货就是罚我去理货，这些我都忍了。我以为我成了这个家的妹夫就真的和你们是一家人了，但是没有！我在没有用处了之后被你们一脚踢开，像甩掉脚底下的一堆烂泥！……陆思齐，我在你们的眼里，就是一堆垃圾……所以，就算是没有顾亦雄这个老东西，我也迟早会做出这样的事，我必须拿回属于我的东西，这叫公平！公平！”

冯力说着，眼睛里有了水光闪动。

温泉惨叫着：“都给你，什么都给你，你把远远放了……”

陆思齐也说：“好，冯力，你说的都对，都对！你说要拿回属于你的那一份，没问题，我在江海集团所有的股份也都给你，只要先把孩子放了，别吓着孩子……”

“行啊，我可以放了孩子，那你过来替他！我手里扣着一个陆家老三，比扣一个孩子管用！”

“行，我过去……”

思思和温泉抓住了陆思齐，思思担心道：“思齐姐……”

“没事的……”

陆思齐坦然向冯力走过去。冯力给身后的两个男人挥了下手，一个男人走上前，拿着一根绳子，准备来绑陆思齐。

突然，一个人影从旁边开着的门洞闪出，手里拿着一根撬棍，瞬间将那人一棍子敲倒在地。

“谁敢动我妹妹！”

是陆江涛。

冯力咬咬牙，直视着陆江涛，吼道：“陆江涛，你到底来了！”

陆江涛用撬棍对着冯力，两人对峙着。冯力身后的空手男子看到被击倒的同伴，突然转身跑开，竟然吓得溜了。其实他们本来也只是冯力的酒肉朋友，怎么可能卖命。

“冯力，把我儿子放了，我和你谈！”

冯力怨毒地看着陆江涛：“你们有什么资格跟我谈？我走到这一步，都是你害的，都是你们父子俩害的！”

“别做傻事！冯力，你不是做傻事的人！你一个人，我们这么多人，你跑不了！”

“那正好，同归于尽！逼急了，我先杀了你儿子！”

陆江涛拿撬棍指着控制着陆远的男子说：“就凭你俩！”

那名抓着陆远的男子语气已经变软，毕竟他答应冯力的只是做戏而已。

“力哥，咱们收手吧！”

思思敏锐地注意到了这个男子的犹豫，慢慢地向前移动着脚步。

冯力恨恨骂道：“孬种！”

男人突然扔下刀子，也向外跑去。思思连忙冲过去，护着陆远往回跑。冯力下意识伸手去抓陆远，却被思思使劲地往外推搡，然后推了陆远一把，大喊：“远远快跑！”

陆江涛三两步冲过去，但已经晚了。冯力一刀捅进思思的腹部，拔出来又是一刀。

顾亦雄肝胆俱裂，大喊着：“思思！”

思思软软地倒了下去。顾亦雄愣了一下，突然意识到这一切都是真的，也瘫软在地，老泪纵横。

陆江涛挥起撬棍，一棍打在冯力的脑袋上。冯力应声倒下。陆江涛拼命地挥舞着撬棍，一下一下砸在冯力身上，每一下都用尽了全力。转瞬之间，冯力已经发不出声音了。

思齐扑过去拉住陆江涛：“住手！不能再打了！二哥，你要打死他了！快去看看思思……”

陆远早已跑到了温泉怀里，母子二人相拥而泣。

陆江涛被陆思齐拽得摔倒在地，他突然明白过来，手脚并用地爬到了思思的身边，抱起了她。

“思思，思思你说话呀……”

思思的嘴角渗出血来，她的身上也全是血。

陆江涛目眦尽裂，涕泪横流。思思用沾满了血的手给他擦眼泪：“别哭……哥哥……”思思看着陆江涛，突然笑了。她用手抚摸着陆江涛的脸颊，断断续续地说：“拜托你件事儿，照顾我爸……他，也是你爸。再不好，他也是爸呀……”

突然，思思的手重重地垂了下去，她的脖颈也失去了力气，歪向了一边。陆江涛痛苦地闭上眼睛，他抱紧了思思，悲怆地惨呼一声，似乎要把喉咙里所有的痛苦都和血一起喊出来……

“思思——！”

冯力随后就被捕了。陆家众人没人去管顾亦雄，不知过了多久，顾亦雄才在警察的安排下怆然离去。几天之后，他就满头白发了。

陆江涛好不容易振奋起来的信心，又消沉了下去，每天只是陪着大哥说话。庞恩岳本以为出了这件事，顾亦雄应该没有心情继续图谋江海集团了，也就没有多言。

但几天之后，他从大盘上看到信息，居然又有人想对江海集团出手了。

庞恩岳和陆思齐再一次将一家人聚在了一起。陆思齐率先说道："大嫂，为了防止江海集团的股票再生枝节，还是要启动毒丸计划。"

"毒丸计划？"

"对。前段时间本来想要启动计划对付顾亦雄的恶意收购，但出了思思的事儿之后，二哥就再也没提过这件事。今天，我是自作主张要召开这个会议。二哥不拿主意，您帮我们拿这个主意！"

"我在香港的时候，就看到过有上市公司用毒丸计划来阻止恶意收购。你赞同？"

"我当然赞同。"

"温泉呢？"

"……我也不是很懂这个。但是，只要对江海集团有利，我就同意。"

"江涛，你呢？"

陆江涛懒洋洋道："你们定，我随便。"

陆思齐急了："大嫂，你看我二哥，现在说什么都是随便。你说急人不急人？大嫂，你来拿个主意，你同意吗？"

林霞想了想，说道："我同不同意不重要，重要的是，你们的大哥会不会同意……"

"可是大哥现在不能开口说话，能代表他的，只有你了。"

林霞摇头："我也代表不了他，我只能说，如果他醒着，他会怎么说……"

"大哥，他会同意吗？"

"他……不会同意！"

几个人都愣了，只有陆江涛似乎并不感到意外。

"毒丸计划的确可以通过稀释股票达到暂缓恶意收购的目的，但确实也会伤害到现在股东和股民们的利益，尤其是那些相信我们的老股民。这样一来，将来就没人敢碰我们的股票了，那股票就是跌多涨少。"

庞恩岳道："林霞，这个时候，不能顾那么多了。"

"什么时候，都不能忘了江海集团当年是怎么发展起来的！这件事情的核心是怎么处置风险，我们不想把风险套在自己脖子上，就能把风险套在其他股东脖子上吗？没有那些从我们开连锁超市时就跟着我们的老股东，今天的我们，也许现在还在开个小五金店，甚至连这个都没有。所以，我们不能把今天这拥有的一切认为是理所应当，只站在咱们陆家的利益上来考虑问题。”

陆思齐焦虑地站起来：“那咱们怎么办？白白把企业让给那个姓顾？”

众人都沉默了，此时陆远从屋里跑出来，嚷嚷着：“妈妈，什么时候开饭呀？我都饿了。”

温泉搂着儿子，溺爱道：“饿了先吃点儿饼干吧，一会儿咱们出去吃。”

“又出去吃啊？我都吃腻了。妈妈，我想吃大伯包的馄饨，一个馄饨一个虾，多好吃呀！”

“你个小赤佬儿，从小嘴巴就让你大伯喂得这么刁，将来长大了怎么办？你大伯也不能给你做一辈子饭！”

陆远的眼泪出来了：“我想大伯……”

陆远这一哭，将众人的眼泪都带出来了。

陆江涛擦了一把泪，真诚地说：“嫂子，我相信，大哥醒来的时候也会这么说。思齐，庞总，你们为江海着急，这我懂。但我赞同大哥大嫂的，再危险，也不能启动毒丸计划！”

庞恩岳问道：“那……接下来怎么办，你还得早做打算。”

陆江涛胸有成竹：“我自有主意。”

“行了，我得赶紧去医院，护工到点儿就走，我得去接班。昨天脑袋上拆了线，今天给他剪剪头发，刮刮胡子！”林霞说着往卫生间走去，陆江涛连忙站起来说：“大嫂，你歇会儿，让我去吧。”

“你去？你会剪头发、刮胡子吗？”

“我会，我会！我都专门跟护工学了。你放心，我绝对不给他剪秃了，不把他脸刮破了。再说，他现在一个病人，又不出去，弄那么好看干啥？快把剪子和剃须刀给我找出来，我去！”

林霞被陆江涛的一顿抢白逗笑了：“行，你去！”

陆江涛去了医院，细致地帮大哥洗头、刮胡子、剪指甲，每件事都做得无比认真。他一边清理，一边对大哥说：“你看你这指甲，才几天就长这么长，你这到底是真昏迷了还是骗我玩儿呢？说不定你下一秒就要冲我吹胡子瞪眼，动手打我了……”

陆江涛说着就流下了眼泪，他擦擦泪，继续说：“哥，我现在倒真的希望你能起来打我一顿。我宁愿你像小时候我犯了错，爸爸收拾我那样，狠狠地打我一顿。我都不希望你这么四平八稳地躺着……你倒是躲清闲了，你知道咱们家发生了多少事儿吗？冯力被关进监狱了。我回头让思齐和他把婚离了。我知道，三儿这婚事你自始至终就不大乐意，不是我几次三番替冯力求情，三儿和他过不到今天……我现在是看出来了，强扭的瓜不甜，早知道这样，我就不该瞎煽呼。冯力犯浑的时候早点儿把他开了，也许就没有……就没有思思这事儿。大哥，你知道吗？那个永远像个长不大的孩子似的思思，她……没了。大哥，这段时间，我想了很多。我从冯力身上，看到了一个人如果陷在欲望的深井里，该是多么可怕。我如果不拦着点儿自己，我也会像他那样……我突然觉得那些争斗，那些追逐，都没有意义。但我又不敢完全撒手。因为，我再不有所动作，咱们家的企业就要改姓了，那可都是你带着我和三儿，咱们一砖一瓦弄起来的……陆老大，你倒是醒醒啊！”

陆江涛轻轻地摇晃着大哥的手臂，泪眼婆娑。但陆海波还是一动不动。

陆江涛泄气地笑了笑：“看来，你是真想偷这个懒了。行，我可就按照我的计划做了。这一切都是我惹出来的，就让我来终结吧。赶明儿你醒了，可别怪我……”

证监会上海监管局稽查一处的办公室里，几个工作人员正聊着天。其中一个就是陆江涛拜访陈建时，拦着陆江涛的那个人。

陆江涛走进来，那人一看是陆江涛，有些意外。因为江海集团最近的新闻真是太多了。

陆江涛朗声说道：“我叫陆江涛，我是来检举揭发的。”

那名工作人员回道：“您要举报谁，举报什么事？”

“我举报江海集团，我举报……我自己！”

顾亦雄坐在公寓的沙发上，看着电视里播出的财经新闻：“近期广受股民关注的江海集团股票异常波动事件，因董事长陆江涛自我检举，今天爆出内幕，其行为涉嫌违规，在今日上午开盘一小时后江海集团股票依法停牌。据悉，若江海集团董事长陆江涛所涉操纵股价行为属实，将面临证监会重罚，或禁入证券市场……”

顾亦雄的嘴角动了一下，没做任何反应。

一天之后，两名证监局稽查人员站在了顾亦雄的面前。

“顾先生，我们怀疑你们涉嫌利用内幕交易，操纵股价。同时也有多人向我们举报你们涉嫌非法融资。因此从即日起，我们将彻查您公司的所有账目，请予以配合。”

顾亦雄仍然坐在那张沙发里，淡淡一笑：“只要你们有这个本事，随便查！”

他们确实什么都没查到。顾亦雄做事滴水不漏，没有留下任何的把柄。但几天后，刘毅被捕，为了争取宽大处理，他将顾亦雄的事全都交代了出来。这一对半辈子的朋友，终于一起进了监狱。通过新闻陆江涛才知道，原来顾亦雄卷土重来的资金全都是非法融资。他的这个亲生父亲，为了打败他竟然不惜违法……

2013年冬，陆远已经十岁了。他站在陆海波的病床边，捏着陆海波的鼻子。陆江涛正在给大哥捏着脚心，凶巴巴地喊：“陆远，快松开，你大伯正在睡觉呢。”

“每次我来他都在睡觉，什么时候才能醒过来啊？”

“你不调皮捣蛋，他就醒过来了！”

陆远撇撇嘴说：“快算了吧，你每次都这么说。我看呀，够呛！”

陆江涛一瞪眼：“嘿，你这孩子，嘴上没个把门的，胡说什么呢？”

此时，温泉和林霞进来。

“陆远，又干什么呢，惹你爸不高兴？”温泉说着话进来——她和陆江涛几年前就复婚了。陆江涛不知道从哪儿找来许多老物件，竟然把温家的小院和修理铺又原模原样恢复了出来……

陆远无奈地说：“我哪儿敢呀？我就说了一句我大伯可能会一直这么睡下去，我爸就要揍我。”

温泉敲了儿子的脑袋一下，说：“你这小子，是该揍！越大越讨人嫌！”

陆远捂着脑袋躲开了。

林霞将保温盒打开，说道：“江涛，我炖了鸡汤，你快趁热喝点儿。要我说，你哥这样，也不是一时半会儿就能好的。陆远说得对，也许就会一直这么睡下去。所以，你们也别总往这儿跑。尤其是江涛，江海和中捷地产的事儿那么多，用不着天天往这儿跑。”

“我是只管面儿上的，现在公司里边全是三儿和庞恩岳管，倒没那么忙。再说了，忙也得过来看看我哥。嫂子，你说也怪了嘿，不管心里多乱，只要坐这儿跟我哥说说话，马上就踏实了。”

林霞笑了："我看，你是把你哥当爸了！"

三人坐了会儿，聊了会儿天，就都走了。这些年，他们每天都会在陆海波身边聊天。但大家各有各的事，也不可能都陪在陆海波身边。只有陆江涛，稍微一有空就来陪大哥，甚至还模仿大哥，练出了一手上佳的厨艺。

陆江涛给大哥剪着手指甲，说着话："大哥，我一边给你剪指甲，一边给你汇报啊。这三年，咱们的江海超市，以每年 200% 的增长率，成了行业新龙头，而且自从我们这个数据发布出去之后，我们这几年一直表现不佳的股票，终于咸鱼翻身，开始拉抬了……哦，对了，大哥，给你看个东西。"

他从包里拿出一本杂志。

"看看，这是谁？陆思齐！咱们陆家的三儿，小老幺儿，你一直护着恨不得她永远在跟前的三儿……现在的三儿，可跟以前不一样了，杀伐决断，比我厉害。而且人家是大学生，比你和我这大老粗站得高，看得远，高兴吧？嫉妒吧？……哈哈。"

笑着笑着，陆江涛的眼里又有了泪："大哥，咱们家三儿，也能顶大梁使了，咱妈要是在，该多高兴……"

陆江涛泪如泉涌。突然，他听到一个极其虚弱的声音："别哭，有大哥呢……"

陆江涛抬起泪眼，看到大哥微睁着眼，宠溺而慈爱地看着他。陆江涛想要叫大哥，喉咙一哽，竟然一个字都说不出来，只能将脸上贴到大哥的手上，号啕大哭……

2013 年，江海集团响应党和政府的"一带一路"倡议，参与到了"一带一路"的建设当中，公司的跨国业务蒸蒸日上。此时陆思齐已经成江海集团的董事长，由任职副总的庞恩岳辅助管理。两人在两年前成婚……

中捷地产的产业园项目也在几年前落成。中捷一跃成了东南地区炙手可热的地产公司。陆海波的恢复让这个家仿佛迎来春天，处处焕发着生机。

这一天，陆江涛正全神贯注地看着中央电视台科技创新的新闻。新闻里在播报党的十九大报告解读。陆江涛一边听，一边在本子上记着笔记，刚写下"创新"和"科技"两个词，门突然开了，是陆海波。

经过几年的康复训练，陆海波已经恢复到和常人无异。

陆江涛兴奋地拿出几张纸递给大哥看："大哥，咱们现在配合国家扶贫攻坚政策，把超市配送业务下沉到乡镇和农村。咱们的物流园马上建成了。我已经让人设计了物流园标志。到时候，江海的运输车辆奔走在祖国大江南北，城市乡村，全是一水儿这标志，壮观不？”

“壮观壮观。你先把这活儿停一下，我有事儿。”

“什么事儿？”

“给你看样东西！”

陆海波将手中的一个大纸盒递过去。

“来就来呗，还带啥礼物啊？手表？”

打开盒子，陆江涛愣住了。那是一封封信，全都是这些年顾亦雄在监狱里写的。

陆江涛的脸沉了下去。

“这么多年了，人家给了你那么多信，你一封都不看，全扔了。思齐细心，让人都给你留着……”

“留这些干吗？当柴烧啊？”

“都‘一带一路’了，你和他之间还有什么过不去的坎儿呢？再说，他也受到了惩罚，现在孤家寡人一个！”

“大哥，你跟我说这个干什么？”

“明天，顾亦雄出狱。”

“出就出呗！我还站路边给他放鞭炮庆祝啊？”

“你这小子，我刚说你这几年修炼得越来越像我了，这又打回原形了。要不要去接，你自己看吧！”

说完陆海波出去了。陆江涛看着那个盒子发了会儿愣，但似乎是怕自己服软，将盒子扔在了办公桌下面，继续看起新闻来……

物流园项目位于甘南地区，由林霞具体负责。陆江涛作为中捷地产的经理，在林霞到达后一段时间才去了项目部。项目已经基本建设完成，陆江涛来也没什么事可做，毕竟林霞已经把所有事都处理好。交接完工作，林霞和公司的人就离开了。陆江涛提出自己要晚回去半个月。

他从甘南出发，一路向西，一直开到拉萨，再到日喀则，然后在导游的带领下来到了珠峰大本营。这一年他已超过四十岁了，但为了这趟行程，他早早就找了教练，做了半年的特训。即使如此，他还是得在夏尔巴人的帮助下才攀登上了珠峰。

珠峰上，万籁俱静，天高地阔。陆江涛从怀里掏出了思思的员工卡。他找了很久才发现，自己竟然没有思思的照片，只有这么一张员工卡。陆江涛将思思的员工卡扔出去，高海拔地区的朔风吹得薄薄的卡片翻飞着，仿佛要去往天国。

陆江涛不由得笑了。

"思思，亲爱的妹妹，活着的时候，还没来得及这么叫你，你就离开了人世。不，其实你不是离开。你只是来过，你是那么美好的、热烈的、精灵一般的女孩，你只是在人间匆忙来过而已。希望，你在另一个世界里，依然美好，永远快乐……"

回到家已经是一个月后。快要过年了。陆海波突然告诉陆江涛，顾亦雄瘫痪了。但他没告诉陆江涛到底怎么回事，只丢给他一个地址，让他自己去看。

这一晚，陆江涛彻夜难眠。他的儿子已经长成了一名少年，这些年他也懂得了很多作为父亲的心思。他在迟疑中打开了顾亦雄的信，打开第一封，就再也停不下来，把所有信都读完了……

顾亦雄住的地方，是一处还算高档的公寓。陆江涛找到地方，轻轻敲了敲门。没一会儿，一个农村人模样的男护工打开了门。

"你找谁？"

"我找顾亦雄。"

"你是谁？"

"我……我是陆海波的弟弟。"

"陆海波？哦，雇我的那个老板。进来吧。顾亦雄，有人找你。"

陆江涛进来，看见顾亦雄坐在轮椅上。轮椅停在卫生间门口，他的双手撑着门，似乎是不愿意进去。顾亦雄看到陆江涛，不耐烦地挥了挥手，做出赶他走的样子。

护工不高兴地说："哎呀，行了，都哑巴了，还这么厉害！"

"他怎么了？"

"我说了一句该洗澡啦，臭死了，这就不干了，跟我生气呢！真是个老糊涂！"

陆江涛心里很不舒服："你少说两句！走吧你！"

"那好，这里交给你了啊。我晚上再来替你。"护工开心地离开了。

陆江涛走过去，发现顾亦雄还在翻着眼，狠狠地瞪着他。

陆江涛觉得好笑："都残废了，火气还这么大？……人家给你洗澡，你为什么不洗呀？走，给你洗澡去！"

顾亦雄拽住门框不放，另一只手想打陆江涛。

陆江涛不耐烦地说："行了行了，别闹了。再拽着这门不放，我就给你打一副铁链子，把你拷在这门上，让你一辈子待在这儿！你信不信？"

顾亦雄喘着粗气，看着儿子，显然不服气。

"怎么，还不信？我是个什么样的人你还不知道？我这就去找链子去！"

陆江涛作势要走，顾亦雄紧张了，呜呜地哼着。

"怕了？怕就松开。"

陆江涛推着顾亦雄的轮椅，进了卫生间。他前些年照顾陆海波，护工的工作早就做得烂熟，顺顺当当地就把顾亦雄的上衣脱了。但当陆江涛去解他的腰带时，顾亦雄不干了，死活用手护着，拼命地摇头。

"抓紧点儿时间行吗？我还忙着呢，没空陪你玩儿这个！你一个七十多岁的老头子了，还害什么臊啊？松手！"

顾亦雄满脸通红，依然在挣扎，使上全身的力气在对抗着陆江涛。陆江涛拽不动他的衣服，又不敢使太大劲，情急之中突然喊道："松手啊！哎呀，爸！"

这声呼唤一出来，顾亦雄愣了，陆江涛也愣了。

顾亦雄的手松开了。陆江涛给父亲解开了裤腰带，用肩膀将他架起来，给他脱掉裤子。顾亦雄的手试探着，摸到了陆江涛的脑袋上。

顾亦雄突然哭了起来，呜呜咽咽地，用含糊不清的声音说着："……儿……我昨晚上梦见了你妈……我把她……给弄丢了……丢了……"

陆江涛的眼睛也湿了，点点头，温和地说："来，洗澡吧……"

2018 年春节，陆海波的别墅里，一派喜气洋洋。已经 15 岁的陆远，正和思齐、庞恩岳一起贴春联。贴好春联，陆思齐说："陆远，去推你爷爷出来。你大伯的拿手好菜马上就出锅了。"

"什么拿手好菜，每年过年都是老三样。想想我都醉了。"

"你不动手，就别那么多废话！赶紧去！"

庞恩岳笑道："跟孩子闹什么脾气，远远，走！"庞恩岳和陆远一起去了客厅，把轮椅上的顾亦雄推了出来。陆海波的别墅院子里，早就准备好了餐桌椅子。这是为了他们家的周末聚餐特意准备的。

温泉从厨房里出来，拿着一摞碗筷唤道："江涛，酒拿来了吗？"

陆江涛拎着酒和酒杯出来，摆在了桌子上："来了，早就备好了。"

林霞抱着孩子，也从屋里出来了。这一年，林霞和陆海波也终于有了孩子。

陆思齐关心道："嫂子，不让你把孩子抱来，你就是不听，多冷啊，回头感冒了！"

"哪儿那么娇气？我是高龄产妇都不怕冷，他怕？"

温泉一见孩子就开心，走过来逗着林霞的孩子："来，婶娘抱抱，哎呀，我们小宝贝呀，真是可爱！"

林霞的孩子名叫陆家，不忘家国的寓意。一群人看到孩子都欢喜得不行，相互传递着，小心翼翼地抱孩子。

此时，陆海波从厨房里端了一个汤锅出来，边走边晃悠着喊："开饭啦！"

阳春面上桌了，满院飘香……

一家人团团圆圆，围坐在桌旁。

陆江涛打开酒，给大家都倒上一杯，举杯道："一家人不说两家话，这杯酒祝咱们家越来越好，新年新气象！"

陆海波笑着拿杯子去碰弟弟的杯子，大喊："也祝咱们伟大的祖国越来越好，好景好风光！来！"

众人也举起酒杯和陆江涛碰杯："干杯！""新年快乐！"……

他们每个人脸上，都洋溢着幸福。他们面向未来，即将迎来一个宏大的时代。他们回首往昔，看到的是自己作为平凡小人物，激荡的一生。他们是伟大时代的缩影，也是中国改革开放四十年来，真真切切的受益者、见证者……

（完）

inn earth®

地球旅馆

出品

捧读文化

触及身心的阅读

全国总经销

出 品 人 张进步

策划监制 程 碧

特约编辑 孟令堃

装帧设计 八月松子 August pine nut

新浪微博

微信公众号

发 行 谭 婧

法律顾问 天津益清（北京）律师事务所 王彦玲

出版投稿、合作交流，请发邮件至：innearth@foxmail.com

了解新书，图书邮购、团购、采购等，请联系发行电话：010-65772362